巴金とアナキズム

――理想主義の光と影――

山口守　著

中国文庫

まえがき

本書は一九八〇年代から今日まで三〇年余り継続してきた巴金研究の個別論を修正、編集してまとめたもので、一つのテーマに基づく研究書ではなく、また作家論として全体性をもつわけでもない。個々の文章の間に密接な関連性はそれほどなく、むしろ一篇一篇を独立したものとして読む方が分かりやすい。また巴金研究は長い時間の中で常に発展してきたので、個々の文章は時代的限界性を免れず、修正できなかった部分も残っている。ただ全くの寄せ集め論集ではなく、本書の編集にあたって、大まかにいくつかの領域に分けて関心の所在を分かりやすくした。

序章では作家巴金の輪郭を描くために、時系列的にその作家活動を概観したが、そこから引き出されるトピックに関しては、第一章以降の各論へと繋がっている。

第一章は巴金の思想や文学を考える際にアナキズムと文学の往復について考察することが重要だと考え、一九二〇年代ではエマ・ゴールドマン、サッコ＝ヴァンゼッティ事件、雑誌『平等』と劉忠士、一九三〇―四〇年代ではスペイン内戦、欧米アナキストとの往復書簡をテーマとして、巴金にとってアナキズムと文学が振り子のような、或いは合わせ鏡のような働きをしていることを検証した。英語資料が多いので、原文は本文と切り離して注釈つきで巻末に掲載する形を採った。

第二章は巴金の小説をどのように読み解くのかについて、テクスト解読という視点を基礎に作品論をまとめた。ただし詳細なテクスト解析というより、主としてテクストの生成と受容に焦点を当てたつもりである。具体的には、まず巴金の小説創作にどのような一貫性と転換があったかを時系列的に整理して、林憾廬との出会いや戦後の巴金批判へと繋げた。また初期の代表作『家』に関するテクスト分析を示すと同時に、異なった時代に異なった人間がどのように『家』を解読したかを検証するため、演劇や映画へと改編される時のテクスト解釈の問題を取り上げて論じた。

第三章は巴金と日本との関わりを論じた文章をまとめてある。一九三〇―四〇年代であれば、それは日本の中国侵略と分かち難く結びついている。一九三四―三五年の巴金の日本滞在は小説『神・鬼・人』やエッセイ集『点滴』として結実したので、文学作品上から論じることもできるが、ここでは作品が生み出される契機や背景に注目した。例えば小説「神」、「鬼」は巴金が横浜でその家に寄宿した武田武雄の人生や中国観と切り離して論じることができない。『点滴』は巴金の近代日本への冷静な批判の眼差し抜きには成立しない。芹沢光治良やジャック・ルクリュを取り上げたのも、平和の時代ならあり得た理想主義者間の交流が、戦争によっていかに断絶してしまったかを検証するためである。その断絶による対話の不可能性については、日本の社会主義者山川均宛の巴金公開書簡を中心に論じた。

第四章は内容が多岐で一つの領域に収まらないが、専門的な研究論文としてではなく、雑誌に評論として書いたという点で共通性がある。発表時期がかなり長期にわたり、また内容的にも相互関連が薄いが、関心の所在は一貫している。巴金をアナキズムと文学という視点から考えようとする点はどの文章も同じである。

本書の内容は中国語の拙著『黒暗之光――巴金的世紀守望』（復旦大学出版社、二〇一七年）と重なる部分があるが、編集や修正の方針が異なるので、内容的に大きく異なる部分も含んでいる。また読者対象が異なるので収録論文も同じではない。表現に関しても、現在の中国の「国情」から中国の出版社が配慮して修正した点を、本書は無修正で編集してある。ただ中国語拙著の書名に使用した「黒暗之光」の精神は同じである。この言葉はサンフランシスコのアナキスト劉忠士（Ray Jones）の蔵書票に書かれている。中国語拙著でも書いたが、「黒暗之光」は意味が幾層にも重なっている。普通に読めば暗闇の中の光の意だが、暗闇という光とも受け取れる。巴金や劉忠士が生きた時代は、理想の実現を目指す実践が繰り返し挫折する暗い時代であったが、それは国家、民族、宗教、階級、性差などがもたらす抑圧と戦争が絶えない二一世紀の今日でも同じである。外の闇は内の闇に通じると考えて暗い時代を生き抜いた巴金や劉忠士から学ぶためにも、本書も「黒暗之光」の精神を共有したい。最後にその蔵書票を日本語訳しておく。

「暗闇の光」

この暗い世界にあって
私には私の蔵書がある
頑張って一字一字読み続けたい
本の中に光を求めたい
敬愛する若者たちよ
私の蔵書を読んでくれ
光で暗闇を追い払おう
自由と幸福は
光り輝く世界の中でこそ
得られるものなのだから

二〇一八年九月一六日

山口　守

目次

巴金とアナキズム——理想主義の光と影

序章　巴金の生涯と作品——永遠の理想主義者

一九八四年五月、国際ペン東京大会のために来日した巴金は、大会における発言の中で「私の創作目標はただ一つ、自分が生きているこの社会に貢献し、読者に対して同胞の一人として責任を果たすことにある」(「核時代的文学——我們為什麼写作」)と語った。作家は自己の内的世界にのみ立脚して表現を完成させればよいという立場に立てば、文学の社会的責任を強調したこの発言は、いかにも紋切り型のように聞こえる。だが激動の近代中国を生き抜いてきた巴金にとって、書くことは感情の吐露以上に、人々や社会に対する熱いメッセージであった。それは自分の思い描く理想と現実の悲しいまでの落差に心を痛め、憤怒する作家が、その分裂した二つの世界の狭間に身を置いて救済を希求する、傷ついた魂の叫びであった。その根源には「世界がぜんたい幸福にならないうちは個人の幸福はあり得ない」(宮沢賢治「農民芸術概論綱要」)という言葉に似た普遍性志向の人類愛がある。その理想主義から出発する巴金は、抑圧と不平等に満ちた社会に身を置いて苦悩、苦闘し、叫び声を上げずにはいられなかった。巴金の場合、それが文学だったのである。

一、成都時代

巴金(本名は李堯棠、字は芾甘)は一九〇四年、四川省成都の裕福な家庭に生まれた。家系に高級官吏を務める者が多く、曾祖父、祖父、父親と代々県の長官を務め、広大な土地を所有する大地主でもあった。一家は家族だけで約五〇人、使用人を含めると一〇〇人近くの人間が起居をともにする、『紅楼夢』の世界のような文字通りの伝統的名家であった。こうした家庭環境で育ったことにより、巴金は幼い頃から社会の支配、被支配の関係を家の日常生活を通して知ることになる。使用人たちに対して、巴金は幼くても支配する側の集団に属し、一方家族内においては儒教倫理に基づく上下関係に従った地位を押しつけられた。家のヒエラルキー構造の中で自己確認をしなければならない運命は、名家に育った宿命であると同時に、同じ環境に育った他の家族の多くが巴金と同じ道を歩まなかったことを考えると、自分の存在を相対化できる優れた自己認識を少年巴金がもっていたことを示している。近代アジアで家が国家の最小単位であることも考え合わせると、封建的な大家族における生活体験は、社会体験と似た意味をもっていたということができる。こうした状況も含めて、のちに家を出るまでの生活は初期の代表作『家』(一九三三)にかなりの程度まで反映されている。この小説は続篇『春』(一九三八)、『秋』(一九四〇)とともに『激流三部曲』と呼ばれ、彼の生家をモデルにして、儒教倫理によって個人を抑圧状況の下に縛りつける中国の家のあり方を鋭く告発している。

1907 年家族写真（左から 3 人目、外祖母に抱かれているのが巴金）

小説の舞台となる高家では、因襲的体制が自由を求める若者たちを圧迫し、愛情悲劇が起こり、何人かの女性が犠牲になる。一方主人公の三男覚慧は封建的な家への反発と同時に、社会改革に人生の希望を見出して社会運動に参加していく。家の内外のこのくっきりした対比は、そのまま当時の巴金の状況にあてはめることができる。巴金は五四運動の波の中で『新青年』や『毎週評論』といった当時の啓蒙雑誌を読み耽り、新しい思想に目覚めていった。特に大きな啓示を受けたのはクロポトキンやエマ・ゴールドマンらアナキストの文章で、成都外国語専門学校に在学中は積極的にアナキズム宣伝活動に加わり、自ら同志と共に「均社」という組織を結成するに至る。一九二一年に発表した評論「愛国主義與中国人到幸福的路」では、五四運動の盛り上がりによって中国全土に広がった愛国主義に警鐘を鳴らし、愛国主義は結局国家の利益を図ることにほかならず、政府、私有財産、宗教の廃絶こそが中国人を幸福に導くと主張、先鋭なアナキストとしての姿を見せている。当時の中国にあっては珍しいこのトランスナショナルな主張は、国家の枠組みを越えた普遍性を指向している点で、巴金の中に一貫して存在する普遍主義的な人類愛と深く結びついている。

ただ、小説『家』にはもう一つ重要な問題が書き込まれている。それは家の外で社会活動に参加する主人公が、若い使用人の女性との悲恋を通じて、家庭内における自分の抑圧的立場に気がつき、挫折の果てに家から自立しようとする姿を描くことにある。自由を求める自分が他人に対して抑圧者になり得ること、すなわち封建主義による抑圧構造の中で近代的自我を獲得しようとするならば、必ず被害者と加害者という二極の相克を引き受けつつ自己の解放を目指さざるを得ないという認識において、小説の主人公と作者の巴金が重なる。この原罪意識に似た解放志向が巴金の人生や文学の原点といってもよいだろう。

やがて一九二三年五月、巴金は次兄と共に成都を離れ、国際都市上海へ向かう。当時の巴金の心境は、小説『家』の最後で高家の三男覚慧が船で上海に向かう時と重なっているように思える。

目の前にあるのは、果てしなく続く緑の水である。この絶えず前へ流れていく水は、彼を未知の大都会へ乗せていく。そこではすべての新しいものが生長しつつある。そこには新しい運動があり、大勢の群衆がいる。そして更に文通だけでまだ会ったことのない、情熱に燃える何人かの友人がいる。（『家』第四〇章）

家を出て上海へ行くことは、小説の中の覚慧にとってだけでなく、巴金にとっても因襲に満ちた家と訣別し、封建制と闘うマニフェストだったのだろう。同じく近代初期の家の問題を扱っている島崎藤村の『家』が、血縁の親和力に引き摺られる人間模様を描いているのに比べると、巴金の『家』は封建的な家の否定の仕方が徹底しており、その毅然とした理想と挫折と反抗の描き方が、当時の若い中国人読者を強く惹きつけたに違いない。

二、上海・南京時代

上海に出た後は、東南大学附属中学に在籍していた南京時代の一年余りを含め、アナキズムの活動に積極的に加わり、多数の社会評論を発表している。当時、中国アナキズム運動は、上海であれば労働運動等の具体的な社会運動に力点を移していたが、その運動に巴金がどこまで深く関わっていたか、具体的には不明な点が多い。ただ発表したアナキズム関連の文章が数十篇あり、内容は海外のアナキズム運動の紹介、アナキズム文献の翻訳、大杉栄追悼文、ボルシェヴィキ批判等多岐にわたるが、すべてアナキズムに関するものである。そこに先鋭なアナキストとしての姿が確認できる。

南京に滞在するのは一九二五年八月までだが、その直前の五月に上海で、日本資本の紡績工場においてストライキに参加した労働者が射殺されたことに端を発する五・三〇事件が発生し、大規模な抗議行動が起きる。当時上海は近代工業が発達していたこともあり、労働運動がかなり活発に行われ、アナキズム運動も微小な存在だが、まだ存在していた。巴金はのちにこの事件をもとにした小説『死去的太陽』(一九三一)を発表しているが、初期の小説には、社会的事件との直接的関係がどこまであるかは別にして、アナキズム運動の体験をもとにしたものが多い。『愛情三部曲』(「霧」一九三一、「雨」一九三三、「電」一九三五。「雷」一九三五も含む)も多分にその傾向が強い。ちなみに小説を発表する時に使用するペンネーム「巴金」の「金」は、クロポトキン（Peter Kropotkin 一八四二―一九二一）の中国語訳名「克魯泡特金」から採られている（「巴」は自殺したフランス留学時代の友人の姓から採ったといわれる）。クロポトキンへの強い関心は、巴金がクロポトキンの『パンの略取』や『倫理学』などの著作を多数翻訳していることでも分かる。

三、フランス時代

やがて一九二七年一月、巴金はヨーロッパにおける社会運動の一大拠点パリへ向かう。フランス留学の目的に関して、のちに巴金は経済学の勉強をするつもりだったと語っているが、当時パリが社会運動の中心地であったことが大きく影響していることは否定できないだろう。フランス滞在中も運動に対する関心は薄れず、アメリカのアナキスト、サッコとヴァンゼッティの冤罪事件への抗議運動に参加している。獄中のヴァンゼッティと文通が始まるが、サッコとヴァンゼッティは翌年八月に処刑される。のちにヴァンゼッティを主人公とした「我的眼涙」（一九三一）、「電椅」（一九三二）の二篇の短篇小説を書いていることで、巴金の深い思い入れが分かる。

また当時パリは政治的亡命者や思想家が多く集まっていて、それらの人々の庇護者として有名なルクリュ家にも巴金は出入りしていた。彼が心酔するクロポトキンを始め、コミュニストのレーニンや日本のアナキスト石川三四郎もルクリュ家の保護を受けたといわれる。芹沢光治良もこの家に出入りしていた外国人の一人で、のちにジャック・ルクリュを中心としたルクリュ家の人々とそこに集う各国の人々の交流や、日中戦争を加害者の側に立って経験した心の痛みを『愛と知と悲しみと』（一九六一）で書き、巴金に捧げている。だがそうした活動や交流とは裏腹に、この時期の巴金の悩みは深く、心は重い。異国で暮らす彼のもとに、実家の破産や国民党による四・一二クーデターの知らせが届く。抑圧や搾取からの解放を求めてアナキズム運動に参加した巴金は、留学のためとはいえ、運動の場から離れ、しかもその運動自体がすでに実態を失ってしまっていた。

そもそも中国アナキズム運動は、辛亥革命前の革命運動を背景として生まれ、日本やフランスに留学した学生を中心にして宣伝、啓蒙活動が行われ、反帝国主義、反封建主義という点で中国社会の中で一定の影響力をもっていた。毛沢東を始めとする中国共産党の指導者の中にもアナキズムの洗礼を受けた者がおり、コミュニズムが大きな力をもつようになるまでは社会的影響力をもつ革命思想の一つであった。五四時期には民衆運動の盛り上がりと連動して、中国各地でアナキストグループが結成され、様々な刊行物が出版された。だが一方で、一九二一年に中国共産党が成立し、革命運動の主導権がコミュニストに握られると、アナキズム運動は次第に衰微し、巴金がアナキストとして活動していた一九二〇年代後半には社会的影響力を失って、一部の個人や小グループによる活動へ縮小していった。このアナキズム運動の衰退と時を合わせるようにして、巴金は中国を離れてフランスに留学するのである。

運動の終息期に中国を離れ、遥かヨーロッパへやって来た巴金のもとに、国内のアナキズム運動が分裂、衰退、解体する知らせが届く。かつてアナキストを自称した者の中には呉稚暉、李石曾、張継のように反共主義から国民党に転じる者も現れ、四・一二クーデターの際には労働者や学生の虐殺を支持するほどの変節を見せた。だが巴金にとってアナキズムとは、何よりもまず人間の解放を目指す自由思想であり、中国の民衆の闘争と不可分であり、巴金は変節する者たちに激しく反発した。巴金は「一つの原理からすべてを演繹し、現実を見ようとしない」傾向を批判し、「アナキズムは実際の民衆運動の産物である」（「無政府主義與実際問題」一九二七）と主張した。巴金にとってアナキズムとは、コミュニズムへの反発から生まれたのではなく、何よりも民衆の自己解放の思想だった。当時、巴金はこうした思想上の苦悩をエマ・ゴールドマンとの通信の中で吐露し、その返信から多くを学んでいたが、こうした国境

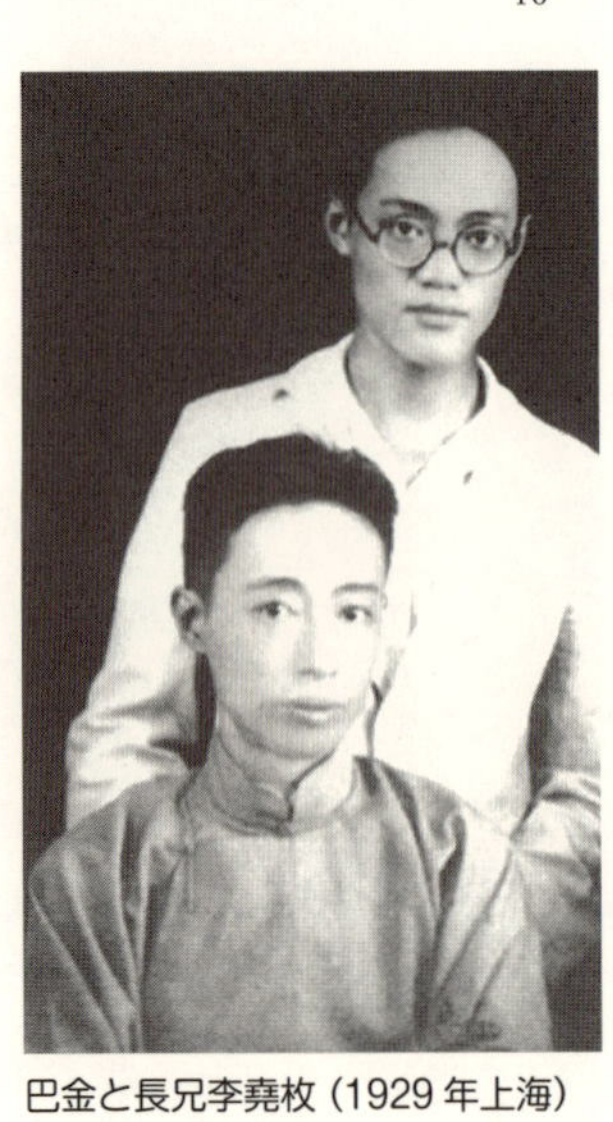

巴金と長兄李堯枚（1929年上海）

を超えた思想交流も、直面していた困難の大きさゆえにまたアナキズムの理想への憧憬を強化したといえるだろう。

だが一方で現実の巴金は、分裂、衰退していく中国アナキズム運動と離れてパリにいる。失望と焦燥、望郷と寂寞、愛と憎しみ、希望と苦悩、こうした様々な思いが交錯し、蓄積して、外へ吐き出さずにはいられなくなった時に書き始めたのが、最初の小説『滅亡』（一九二九）である。この小説はノートルダム寺院の鐘の音を聞きながら執筆が始まり、転地療養のために移ったマルヌ川沿いの小さな町シャトー・ティエリで書き継がれ、帰国に先立って当時中国で最も権威のある文学雑誌の一つだった『小説月報』に発表されて大きな反響を呼んだ。この時から作家巴金が誕生する。

四、上海へ戻って

『滅亡』発表と相前後して一九二八年末に帰国した巴金は、主に上海に居を構えながら、徐々に作家活動を開始するが、当初数年間はまだアナキズム関係の評論や翻訳が多い。小説では、フランス留学経験を反映するように、題材に西欧のものが目立つ。そもそも巴金は現代中国の作家の中で西洋文化の影響を最も強く受けた作家のように見られがちで、確かに初期の頃は、英語の文章を頭に浮かべてから中国語に直したというほど文体も欧文化している。だが巴金にとっては、自由、平等、博愛という理想に国籍がない以上、外国文化の受容に制限はない。帰国後に発表した小説には、短篇集『復仇』の作品のように、ヨーロッパを舞台に、ヨーロッパ人を主人公として書いた作品群がある。

これは西洋文化への憧憬ではなく、国境を超える人道主義そのものの表れと考えるべきだろう。どの作品もみな傷つき、迫害される人々のうめきや、告発や救済への希求に満ちている。それを描くことは、中国人読者の目を単に海外へ向けさせるのではなく、人道主義の普遍性に気がつくことを願ってのことだっただろう。

やがて一九三一年四月から上海の新聞『時報』に初期の代表作『家』を連載する頃から、アナキズム関係の文章はほとんど姿を消し、文学作品が急速に増えていく。『家』は巴金にとって転換点となる小説だったのである。自分の生家をモデルにしたこの小説は、連載開始の日に成都で長兄が自殺するという悲劇的な因縁をもった作品だが、生硬な観念性と強いロマンティシズムが混じり合った『滅亡』など初期のいわゆる「愛と革命の文学」と比べると、物語としての完成度が高い。『滅亡』はアナキズムという社会思想によって世界と関係を切り結んでいた巴金が、運動の挫折と絶望の果てに、自己内部で理想の検証に至り、それが文学という形となって表れた最初の作品だが、『家』は更に一歩進んで自分の精神史の検証や相対化から出発しようとした試みである。また題材として当時の青年にとって最も現実的な桎梏であった家を取り上げ、愛情悲劇を描いたことで多くの青年を惹きつけ、職業作家としての地位を確固としたものにした。

これ以降巴金は短篇、長篇を交えて大量の作品を発表していくが、翌年一九三二年一月、作家生活を開始した巴金にとって最初の忘れ難い事件が起こる。南京にいる友人に会いに行った巴金は、一月二八日夜、上海へ戻る汽車の中で上海事変勃発を知る。汽車は乗客を乗せたまま南京へ戻り、巴金は一週間後に船で上海へ帰って来る。待っていたのは、硝煙のたちこめる戦火の中の上海であった。この戦乱で巴金は閘北にあった家を失い、『滅亡』の続篇『新生』の原稿も商務印書館の建物とともに日本軍の爆撃で灰となってしまった（三二年七月に第二稿再執筆）。この時の体験が小説『海的夢』（一九三二）を書かせることになる。

五、福建・広東への旅

またこの時期、一九三〇年から三三年の間に巴金は三回南方を旅行している。福建や広東の農村で教育事業に携わっていた友人を訪ねるのが主な目的で、特に福建省泉州には前後三回訪れている。マルコ・ポーロ『東方見聞録』の中で「ザイトン」と呼ばれるこの古い町で、巴金の友人たちが学校を一つの共同体と見なした理想主義的な教育事業を献身的に行っており、その中にアナキストが少なくなかった。文学と農村教育という異なった道を歩んでいても、同じ理想を目指して献身的に働くその姿は巴金の心を強く打つ。一九三五年二月、横浜で書いたエッセイ「月夜」の中で巴金は「山を移そうとした愚公のように、これらの青年たちは人類のために幸福の船を探そうという重荷を無謀にも担い、無我夢中で忙しく働いていた。私は一番役に立たない人間だったが、そうした友人たちと一緒に生活し、幸福な日々を過ごした」と語る。理想主義的な献身的行為に人生を捧げる姿は、巴金が文学創作の上で追求しようとする理想の崇高さを改めて確認させてくれるものだったのだろう。引用文の中の「幸福の船」は、魯迅や夏丏尊が訳し、巴金が編集したワシリー・エロシェンコの童話集『幸福の船』（一九三一）を踏まえて言ったものである。巴金は早くからエスペラントを学んでいたが、このロシアの詩人から受けた影響は小さくない。「長生塔」（一九三七）のような寓話風の短篇小説集は、エロシェンコの作品との出会いがなければ生まれてこなかっただろう。

六、日本滞在

フランス留学が作家巴金を生むきっかけであったとすれば、一九三四年一一月から翌年八月にかけての日本滞在も、巴金にとってまた大きな転機であったといえよう。すでに本格的な中国侵略を開始していた帝国日本を訪れたのは、日本語の勉強のためだったとのちに説明しているが、実はその頃巴金は作家として壁に突き当たっていた。理想と現実との架け橋として彼は文学を考えていたようだが、社会矛盾が拡大していく中国社会の現実を目の前にして、何度も自分が文学創作に携わることに対する疑問を感じ、渡日前には筆を折る決意をしていたといわれる。だが日本における生活は、日本の社会及び知識人に対する激しい反発を呼び起こした。偽名を用い、身分を隠して訪日した巴金は、最初三か月横浜に、その後は三五年八月に帰国するまで東京に滞在した。横浜では横浜高商の中国語教師宅に下宿し、「神」、「鬼」の二篇の短篇小説を書いている。二篇とも仏教の熱心な信者であったその中国語教師をモデルに、宗教にとりつかれた知識人の姿を醒めた目で描くことで、日本の知識人への批判的視点を提示している。東京に移った後の四月五日には、満州国皇帝溥儀の東京訪問に先立って予防検束的に一晩拘留され、この時の体験を短篇小説「人」に書いている。このように滞在中に書いた小説『神・鬼・人』、及びエッセイ集『点滴』には、日本の知識人に対する失望と批判がはっきり読み取れる。そしてそれによって以前の疑問や苦悩を振り切るかのように、帰国後の巴金はまた精力的な文学活動を展開する。なお日本滞在中に巴金はアナキスト石川三四郎を訪問したり、日本滞在中の中国人作家、梁宗岱、沈桜、卞之琳らと接触している。

七、再び上海へ

日本から帰った巴金は文学創作を続けるかたわら、友人と興した文化生活出版社の編集を中心的に担い、『文学叢刊』（一九三六年から四八年にかけて一六〇冊出版）を編集したり、友人靳以と共に『文季月刊』の編集者になるなど精力的な活動を行う。ただ職業作家として第一人者だった巴金だが、今日官許の文学史に書かれるような文学運動とほとんど関係をもたない点で、独立、自立した存在であった。アナキストである立場が関係しているのだろうが、共産党系の文学者を中心に結成された一九三〇年代の大規模な文学者組織、左翼作家連盟とも関わりをもたない。しかし決して孤立していたわけではなく、黎烈文や黄源など組織に属さない文学者、編集者とは緊密な関係にあった。

また魯迅との信頼関係も厚く、一九三六年に中国の文芸界を揺るがした「国防文学論戦」では、周揚ら上海の共産党文学者グループの主張に反対して、魯迅や胡風の側に一貫して立ち続けた。周揚らが左連を解散して新たに中国文芸家協会を結成して発表した「中国文芸家協会宣言」に対抗する形で、魯迅や胡風が提唱した「中国文芸工作者宣言」は、巴金と黎烈文が起草し、魯迅が目を通した後に発表したものであった。「国防文学」はコミンテルンの反ファッショ統一戦線の提唱を受けて、周揚らが共産党のヘゲモニーの下に文芸界における抗日統一戦線の結成を目指したスローガンだが、胡風らは左翼文学者の主体性と責任を重視して「民族革命戦争の大衆文学」を提唱した。周揚らの主張は「国防」という国民党も取り込める政治的立場を文学の内容にまで押し広げて、文学者を囲い込もうとした政治主義的、セクト主義的なものであった。事実共産党グループの一人、徐懋庸は魯迅宛の手紙の中で、フランスやスペインのアナキストはトロツキストと同じように反動的であり、巴金ら中国のアナキストは更に卑劣であると中傷した。これに対して魯迅はその手紙を公開して、その無原則性、教条主義、セクト主義を批判し、「巴金は情熱のある、進歩的思想を有する作家で、屈指の好作家に数えられます」（「答徐懋庸並関於抗日統一戦線問題」、なおこの文は馮雪峰が原稿を書き、魯迅が目を通して発表されたといわれる）と擁護した。この魯迅の名による文章が「国防文学論戦」で最も有名になり、作家巴金の思想的立場を社会的に明確化したともいえる。論争は魯迅の死と同時期に終結するが、文芸界でこうした論争が起こるほど、日本の中国侵略は激しくなっていた。

八、抗日戦争

一九三七年七月七日の盧溝橋事件をきっかけに拡大した戦火は、八月一三日上海にも移り、以後数か月、中国軍の敗退まで上海でも戦闘が繰り広げられた。この時期巴金は雑誌『吶喊』（のちに『烽火』と改名）や『救亡日報』の編集、発行に携わるなど、積極的に抗日活動に参加した。戦争下で作品も小説が少なくなり、抗日戦争を背景とした評論や随筆が増え、またそうした文章から文学者としての強い抵抗の意志が読み取れる。だが戦局は中国軍に不利のまま、一〇月に上海は陥落、郭沫若や茅盾など多くの文学者が上海を脱出していった。その中で巴金は友人と翌年三月まで上海に踏みとどまる。上海市全体が日本軍の手に落ちているのに残ることができたのは、「孤島」のように外国租界が存在していたからである。巴金はフランス租界に住みながら『家』の続篇『春』を完成させ、その後ようやく上海を離れる。『春』の序文で巴金は上海の若者に対する熱い連帯の気持ちを表して、「春は彼らのものだ」と高らかに叫んだ。

上海を離れた後は、ほんの短い間上海に戻って来るが、それ以外は広州、武漢、桂林と各地を転々としながら創作活動を続け、抗日活動にも積極的に参加する。この時期に書いた文章の中で巴金は、戦場においてだけでなく各分野においても「戦士となれ」と説いている。西安事件後の表面的な国共合作を背景として、戦争という非常事態を前に文学者も強く社会参加を指向した時期だが、巴金もそうした中の一人であった。巴金は戦局の焦点となっていた武漢を訪れたり、日本軍による爆撃で破壊されていく広州で文化生活出版社の仕事や『烽火』の編集、発行に力を尽くした。そして広州陥落直前の一〇月二〇日、船で脱出して桂林へ逃れる。上海脱出から桂林へ着くまでの行動は『旅途通訊』（一九三九）に記録されている。巴金が書いた旅行記には、ほかにフランス行きの船旅を綴った『海行雑記』（一九三二)、一九三三年の南方旅行を中心とした『旅途随筆』(一九三四)、抗日戦争後期に書かれた『旅途雑記』(一九四六)があり、いずれも鋭い社会観察眼が窺える佳作である。

やがて一九三九年春、巴金は再び上海へ戻って来る。上海は外国租界があったため、太平洋戦争勃発までは他の被占領地域に比べて、日本軍の支配が直接及ばない分だけ多少状況がよかったが、一九三九年に日本の傀儡政権の首領汪精衛がやって来てから、抗日反汪の活動に対する日本軍及び汪政権の弾圧は過酷を極め、暗殺が横行する恐怖の町に変わった。そのような危険な都市上海へ巴金が戻って来た理由を、アメリカの中国学者オルガ・ラングは、暴君ネロの支配するローマへ死を覚悟して入っていったペテロの精神に譬えている(Olga Lang, *Pachin and His Writings*, 1967)。この孤立した都市上海で、巴金は文化生活出版社の編集の仕事や、クロポトキンやゲルツェンの翻訳をしているが、文学作品は『家』、『春』の続篇『秋』以外非常に少ない。『秋』の序文で巴金は「孤島」にあって遠方の友を思う気持ちを、交響曲第八番を作曲していた時のベートーヴェンのそれになぞらえ、最後を「永遠の秋など存在しない。秋が過ぎれば春は必ずやって来る」と締め括った。暗い社会に身を置いて、遠い友への連帯を謳う気持ちの表れなのだろう。『秋』を書き上げた二か月後の一九四〇年七月に上海を離れ、戦争終結まで上海に戻らなかった。上海を離れてから昆明、重慶、桂林等各地を転々とするが、最終的に重慶に落ち着く。その五年の間に、巴金は作家として大きく成熟していた。

九、抗戦期の作品

抗日戦争初期の作品は、抗日という大目標のために奮闘する人々を描いたものが多く、またそれは現実の巴金自身の姿とも重なる。長篇小説でいえば『火』第一部(一九四〇)、第二部(一九四二)が典型的な作品で、いずれも抗日活動に身を捧げる青年を描いている。理想と現実の狭間で苦闘し、なおかつ崇高な理想を捨てずに献身するという、『滅亡』や『愛情三部曲』とも共通する形の作品である。また『春』や『秋』も、自己の精神史の検証、相対化を図る『家』よりも、理想と現実、善と悪の対立という二元論になりがちな点で、『火』第一部、第二部に近い。それが大きく変わるのは『還魂草』（一九四二）と『小人小事』（一九四三）からである。

『還魂草』は抗日戦下の重慶郊外の町を舞台に、作者の分身である「黎おじさん」と少女利莎の心の交流を描いているが、ここには抗日の戦士は一人も登場しない。頻々と町を襲う日本軍の空襲、隣家との諍い、利莎の友だち秦家鳳の家庭不和……、戦時下の暗い社会で苦しみ、傷つけ合う庶民の姿が描き出される。自分の血で草を育て友の命を救うという寓話を通奏低音のようにして展開するこの小説は、日本軍の空襲によって秦家鳳が亡くなるという悲劇的な結末で終わる。純粋で優しい心をもった利莎も友を死から救うことはできない。自己犠牲や献身がそこでは現実的な意味をもたない。作者はその原因である日本軍の侵略や歪んだ中国社会を怒りをもって告発する。

『小人小事』になるとその怒りは沈潜して、作者の目は庶民の実像へと近づいていく。この短篇集の各篇が描くのは、名もなき庶民たちの諍いや密かな悲しみである。隣人同士、夫婦の間、兄弟の間で諍いがあり、互いに傷つけ合う。作者の分身である主人公は、ただそれらの悲劇を見つめるだけである。それまでの巴金の小説では、主人公が悲劇の当事者であることが多かったのに対し、ここでは主人公は悲劇を目撃するにとどまっている。そして作者の分身であるその主人公を、更に作者が外から見つめる形で悲劇は二重に対象化されている。そこにはもう理想と現実をめぐる苦悩も自己犠牲も登場しない。むせ返るような熱情に溢れ、希望と絶望を、理想と挫折を語る若者はもはやここにはいない。かつて『滅亡』や『愛情三部曲』で展開した生硬な観念論と熱いロマンの物語は、その当時の巴金にとっては厳然たる現実性があった。作家巴金には世界を救う道を探し求める情熱と自己犠牲が重要だった。だが抗日戦争の過酷な社会状況下では、救われるべきでありながら救われぬ庶民の姿に視線が移っていった。自己犠牲や献身自体は気高くとも、それだけでは自分も他人も救えぬ現実を直視しなければならなかった。その転換の始まりを告げる作品が『還魂草』や『小人小事』のような短篇小説である。

やがて彼は庶民の悲劇の観察者から一歩進んで、再び救済に至る道を考えるようになる。それが作品となって結実したのが、『憩園』（一九四四）、『第四病室』（一九四六）、そして最高傑作『寒夜』（一九四七）である。

『第四病室』は一九四四年五月から六月にかけて巴金が貴陽の病院に入院した時の体験を下敷きにした小説で、主人公の日記という形を通して、患者の生と死、医者や看護師の人間模様が描かれる。抗日戦争と国民党の腐敗した政治が背景にあり、治療費や薬代を払えぬ患者の存在、病院側の医療管理体制の不備など、暗く陰鬱な状況の中に、人類愛や人道主義という巴金の希望を託された善意の化身のような女医が登場する。だが彼女も苦しみや死をすべて消し去ることはできない。ここでは善意の献身によっても救えぬ人々の苦しみを描くことで、より強い社会批判が浮かび上がる。

『憩園』では作者の眼差しが更に日常生活の内部へと入り込んでいく。この小説は抗日戦争下の中国奥地の町を舞台にした、哀愁に満ちた旋律の流れる家への挽歌である。ここでは二つの家の悲劇が並行して進行する。そして『還魂草』、『小人小事』、『第四病室』と同じく、主人公は作者の分身のように登場し、その悲劇を見つめる役を務める。一五年ぶりに故郷に戻って来た主人公の作家は、町で偶然出会った旧友に招かれてその家に滞在することになる。友人は不在がちで、その妻は驕慢に育った先妻の息子のことで心を痛めている。一方この屋敷の元の持ち主は放蕩を繰り返して妻や長男に追い出されるが、次男だけは父親を慕っている。この両家の様子は小説『家』、『春』、『秋』の続篇となるべき「冬」のようであり、時代の波の中で崩壊した旧家の哀れな末路が示されている。この両家で起こる様々な諍いの中で、友人の妻は悲劇をくい止めようとするが果たせず、先妻の息子は溺死し、屋敷の元の持ち主も無残な最期を遂げる。この小説の中で友人の妻は、『第四病室』の女医のように作者の希望を託された愛や善意の化身だが、それでもなお悲劇を不可避のものとして描くところに、『第四病室』と同じように、献身と救済をめぐる作者の意識の変化が読み取れる。愛や善意や献身によっても救われぬこの世界の苦しみの深さを、作者はまっすぐ見つめようとしていたように思える。一方でそれゆえにこそ、決して人類を救う理想への絶望に至らず、いっそう救済を希求するところに巴金の独自性と深い人類愛がある。

『寒夜』は、『還魂草』や『小人小事』から始まる庶民の悲劇の観察と、『第四病室』や『憩園』で展開された愛や善意や献身の社会的意義の考察と、救済に至る道の探求の集大成といえる。舞台となるのは抗日戦争下の臨時首都重慶である。日本軍の空襲が町を破壊し、国民党統治下の腐敗した政治が民衆を苦しめている。当時重慶にいた作家ハン・スーインは「夏は焦熱の、冬は冷酷な濃霧に巻き込まれるところとなる。それでもここがどんなに不潔、鼠、貧窮、荒廃、想像を絶した悲惨な町であっても、堂々と、しゃがれた声を張りあげて生き続け、百万の住民の鈍重な雄叫びでときめいていた」(『無鳥の夏』)と回想している。『寒夜』の主な登場人物は三人、結核の体をおして生活のために出版社に勤める汪文宣、銀行で働くその妻曾樹生、そして汪の母親である。汪文宣はかつて曾樹生と共に教育の理想に燃えて活動していたが、抗日戦争の拡大とともに夢破れて重慶へやって来る。だが進行する結核や妻と母親の不和に苦しみ、職場では利害打算に明けくれる同僚に取り囲まれて忍従の日々を送る。曾樹生は夫を愛しながらも、自立した女性として生きたいと願う。汪の母親は息子を深く愛するがゆえに、外に自由を求める嫁を憎む。三人とも善意をもちながら、その愛はすれ違っている。

善良ではあるが無力なインテリの汪文宣には、戦争中に病死した陳範予(生物学者)、王魯彦(作家)、繆崇群(作家)

ら巴金の友人のイメージが投影されているように思う。彼らはみな社会の不正を憎み、理想の実現を目指して黙々と献身的に働いたが、その献身は報われるどころか、それゆえにますます苦しい生活を強いられ、戦争中の厳しい生活の中で死んでいった。巴金はこの小説で、そうした善良な人々を苦しめる社会を激しく告発すると同時に、彼らのような沈黙の死を拒否しているように見える。巴金には亡き友人への追悼文を集めた『懐念』（一九四七）というレクイエムがあるが、そこにも深い悲しみとともに、ある毅然とした冷静さがある。この時期巴金はアナキストとして活動していた頃から行動の理想としていた自己犠牲や献身の方法に疑問をもち、それがより社会的有効性をもつ方向へ転換されるべきだと考えていたのではないだろうか。自己犠牲や献身のために死んでいった友人に対し、彼らを深く敬愛するがゆえに、その貴い犠牲や献身が無意味になるべきではないと主張しているように思える。

一〇、理想の蹉跌と復活

巴金と友人たちの関係は『銀河鉄道の夜』のジョバンニとカムパネルラのように見える。社会矛盾と闘うためにアナキズム運動に加わり、『滅亡』などの作品で絶望の果ての自己犠牲の気高さを描き、理想主義的な教育活動に携わる友人たちに希望を託し、文学界の友人と共に編集の仕事に真摯に取り組み、抗日活動のために奮闘する巴金の姿は、友を救うために水に落ちたカムパネルラと一緒に銀河を旅するジョバンニに重なって見える。巴金にとって友人はみなカムパネルラだったのかもしれない。そして『寒夜』はジョバンニからカムパネルラに宛てて書いた最後の別れの手紙だったのではないだろうか。人類愛を実現するために様々な模索を続けてきた巴金が戦争をくぐり抜けて最後にたどり着いたのは、カムパネルラのような自己犠牲ではなく、カムパネルラの精神を受け継ぎ、現実の世界でその実現のために行動しようとするジョバンニの道だったのだろう。だが現実政治において正しい理想を求めるのは、文学者巴金にとって非常に危険であった。

『寒夜』は、夫や息子と別れて町を去った曾樹生が、戦争終結後に再び重慶へ戻って来た時、夫も家もすでになく、寒い夜の街に一人消えていくところで終わる。自己犠牲の純粋さから現実政治にコミットしながら理想を実現することへ関心が移っていった巴金は、この曾樹生の姿とどこか重なる。そしてその転換を促したのは、心情面では日本の侵略戦争と国民党政治に対する激しい怒りだろう。戦争を通じて巴金が社会矛盾に抗する理想の純粋さから、それを実現する現実の政治的改革のプログラムに関心が移っていったとすれば、現実にそれをもって実行していたのは中国共産党である。だがその現実政治における正しさの絶対化は、文学者巴金の蹉跌を必然的にもたらす。社会と自分を緊張感で対峙させ、常に現実社会に対する批評精神を保つことをやめて、無条件にコミュニズムの側に歩み寄り、そのシステムに組み込まれる危険を冒したことになる。

『銀河鉄道の夜』の最後でブロニカ博士はジョバンニにこう告げる。「お前はもう夢の鉄道の中でなしに本当の世界の火やはげしい波の中を大股にまっすぐ歩いて行かなければいけない。天の川のなかでたった一つのほんとうのその切符を決しておまえはなくしていけない」。しかし、人民共和国の政治的システムの中で、その切符を持って乗った汽車がどこにたどり着くかを、巴金は予測していなかったように思う。

一九四九年の人民共和国成立後、巴金はまさに「本当の世界の火やはげしい波の中を」歩いていかなければならなかった。自身も何度か政治的批判を受けながら、一九五〇年代の胡風批判、反右派闘争といっ

巴金

た異端審問的運動の際、躊躇しつつも批判する側に回った。この共産党の絶対的権威への幻想が崩れるのが、一九六六年から始まる文化大革命である。巴金は文芸界における実権派の一人として批判され、罪人のように扱われて様々な労働を強制された。文革中はその作品がみな「大毒草」として批判され、妻や多くの友人を失い、執筆も禁止され、作家としての生命は断たれたかに見えた。だが一九七六年「四人組」が失脚して文革が終わると名誉回復し、再びペンを執るようになった。一九七八年から八六年にかけて香港の新聞『大公報』に連載で発表した『随想録』全一五〇篇で、巴金は徹底した批判性と自省に基づいた言説を展開して、大きな反響を呼んだ。その中で自分は被害者であると同時に加害者でもあると認め、文革はなぜ起きたのか、文学者はそれに対してどのような責任があるのか巴金は厳しく追及している。多くの文学者が被害者としての立場から文革を批判するのに対し、ここまで厳しい自己批判をもとに社会批判を行う文学者は珍しく、また貴い。自らの良心に忠実に、真摯な態度で時代や歴史を見つめ、自分の理想を人々に訴えかけるこの姿勢は、一九二〇年代から四〇年代にかけての巴金を彷彿とさせる。一九四九年以降の巴金の文章の多くは、多分に現実政治に流されたものだったが、『随想録』は蘇った理想の輝きを再び示したものといえよう。

（一九八九年初稿、二〇一八年改稿）

第一章　アナキズムと文学の往復

第一節　巴金とエマ・ゴールドマン――一九二〇年代国民革命におけるアナキズム

巴金は作家としての道を歩み始める前から、或いはその後も、クロポトキンを始めとする欧米のアナキストからアナキズム思想を様々な形で受容し、その文学活動は常にアナキズム思想によって支えられ、一方アナキストとしての活動は文学活動によって堅持できた側面をもつ。ここではアナキスト Li Pei Kan から作家巴金が誕生する過程で、巴金のアナキズム受容が一九二〇年代国民革命に対するどのような評価に基づいて進行するかを、当時巴金が最も傾倒していたアナキストの一人、エマ・ゴールドマン（Emma Goldman）[1]に焦点を当てて考えてみたい。

一、巴金―エマ・ゴールドマン往復書簡

エマ・ゴールドマンは中国で最初期に紹介された欧米アナキストの一人だが、巴金研究でいえば、巴金が作家になる前に書簡を交わしている点で、その思想形成に大きな意味をもった人物といえる。中国におけるエマ・ゴールドマン紹介の嚆矢は、清末に東京で発行された『天義』第六冊（一九〇七）「新刊紹介」において、エマ・ゴールドマンがアメリカで主宰した雑誌『マザー・アース』（*Mother Earth*）[2]へ言及したことだろう。その後『民声』、『新青年』などにおいて、エマ・ゴールドマンはアナキスト、或いは女性解放運動家としてその著作が中国語に翻訳・紹介されているが、巴金が直接大きな啓示を受けたのは、まだ四川省成都にいた頃、『「実社」[3]自由録』でエマ・ゴールドマンのアナキズムに関する文章を読んだのがきっかけだった。

私が一五歳の時、あなたは断崖の縁に立つような日々から私を呼び覚ましてくれました。その後、一九二七年に二人の無罪の労働者がボストンで法律によって電気椅子へ送られ、全世界の労働者階級の叫び声が窒息させられてしまった時、私が胸に満ちる苦痛と正直な気持ちを訴え、救いを求めたのに対して、あなたは何度も心からの励ましの言葉で私を慰め、貴重な経験で導いてくれました。それらの手紙は今でも私を鼓舞する源泉であり、折に触れて読むことがあります。E.G、私の精神的な母親よ（そう呼ぶのを許して下さい）。E.G、あなたは夢の娘（かつてL.D.Abbotがそう呼びました）。あなたは私の苦しみを理解してくれる唯一の人です。[4]

巴金は一五歳でエマ・ゴールドマンの著作と出会い、やがて二一歳でエマ・ゴールドマンと英文書簡を交わすようになるのだが、それらの往復書簡は所蔵が確認されているものだけで、現時点でアムステルダムの国際社会史研究所（IISH）[5]に四通、上海の巴金故居に八通が保存されている。各書簡自体の日付、及び書簡内の前信の日付への言及を総合すると、未解明の部分を含めて、二人の間で交わされた往復書簡の全体像は、おおよそ以下（次頁の表）のようになる。（表を分かりやすくするために、書簡署名のLi Pei Kan及びLi Yao Tangは巴金、エマ・ゴールドマンはEGと表記。また＊は所在不明の書簡を示し、①～⑫は内容を後述する）[6]

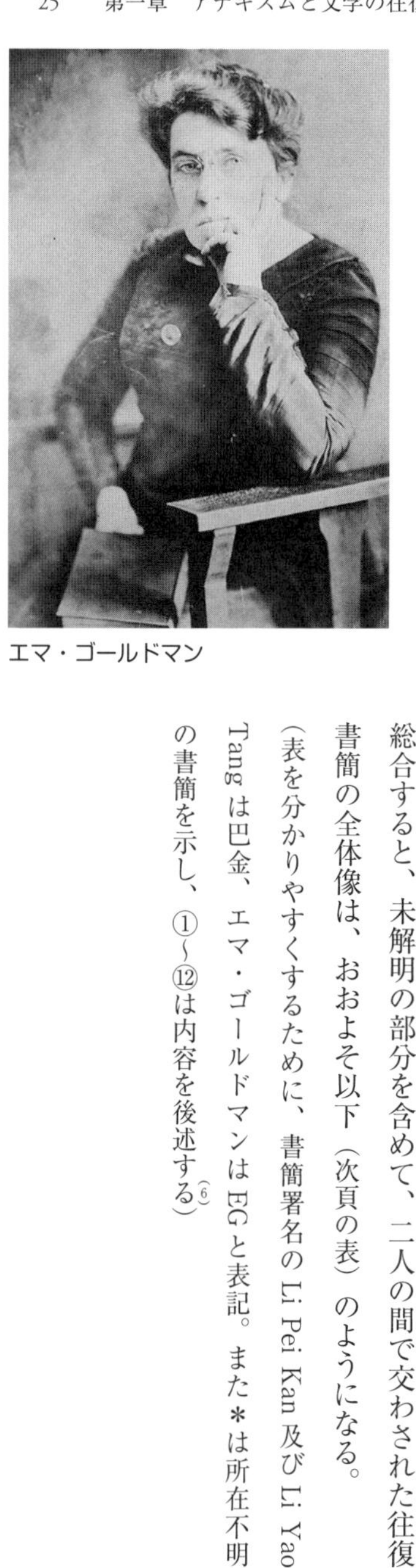
エマ・ゴールドマン

巴金―エマ・ゴールドマン往復書簡

	年	月日	発信者	発信地	受信者	受信地	所蔵場所
*	1925	7月？日	巴金	北京	EG	ロンドン	不明
①		7月29日	EG	ロンドン	巴金	南京（次兄堯林経由）	巴金故居
*	1926	秋	巴金	不明	EG	トロント（友人経由）	不明
②		12月29日	EG	トロント	巴金	不明（次兄堯林経由）	巴金故居
*	1927	3月11日	巴金	パリ	EG	トロント	不明
③		4月5日	EG	トロント	巴金	パリ	巴金故居
*		4月22日	巴金	パリ	EG	トロント	不明
④		5月26日	EG	トロント	巴金	パリ	IISH
⑤		7月5日	巴金	パリ	EG	トロント	IISH
⑥		8月4日	EG	トロント	巴金	シャトー・ティエリ	IISH
*		8月4日	巴金	シャトー・ティエリ	EG	トロント	不明
⑦		9月28日	EG	トロント	巴金	シャトー・ティエリ	巴金故居
*		（全4通、実態は不明）	巴金	シャトー・ティエリ	EG	トロント	不明
⑧		11月11日	EG	トロント	巴金	シャトー・ティエリ	巴金故居
*		冬	巴金	シャトー・ティエリ	EG	トロント	不明
⑨	1928	1月6日	EG	トロント	巴金	シャトー・ティエリ	巴金故居
⑩		4月9日	EG	パリ	巴金	シャトー・ティエリ	巴金故居
*		4月？日	巴金	トロント	EG	パリ	不明
⑪		4月24日	EG	パリ	巴金	シャトー・ティエリ	IISH
⑫		6月10日	EG	サントロペ	巴金	シャトー・ティエリ	巴金故居

巴金がどのようにしてエマ・ゴールドマンと通信を開始したのかについては、北京で秦抱樸から紹介を受けたことがきっかけとされている。一九二五年七月二九日、エマ・ゴールドマンがロンドンから巴金に宛てた最初の返信は、巴金自身の手で一部が中国語に翻訳されているが[7]、その冒頭は次のように書き出されている。

あなたのすばらしい手紙と抱樸同志の手紙が先週私のもとに届きました。私がどれほど深く感動したか、またあなたの文章にどれほど励まされたか言葉にできないほどです。若い学生（あなたは僅か一五歳で私の文章を読んだのですね）に自分が大きな影響を与えたことを知って、私はとても嬉しく思い、またとても勇気づけられます。自分の著作が多くの熱意ある、真摯な若い男女をアナキズムの理想へ向かわせるのに役立ってほしいと、かつてよく考えました。アナキズムはすべての理想の中で最も美しいものの一つだと私は考えます。しかし、アメリカから国外追放処分を受け、またロシアにおける経験から、時には自分自身や著作に自信を失うことがあります。現代の不正に対して、或いは私たちの理想を堅持して、自由へと向かう道に人々を目覚めさせることに関して、自分が僅かの貢献しかしていないように思い始めていました。あなたの尊い手紙が私の精神に希望を与えたことを、心から感謝したいと思います[8]。

「抱樸同志」とは上海出身の秦抱樸のことで、彼はアナキズムに関心を抱きながら一九二一年から二三年までモスクワのクートベ（東洋勤労者共産主義大学）に学んだ。留学中に、中国トロツキズム運動の中心人物である陳独秀の息子で、当初アナキズムを受容したがのちにコミュニストとなる陳延年とも通信があった。帰国後はやがて国民党に投じた。一九二五年秦抱樸が北京にいたおり、北京大学受験のために上京した巴金の求めに応じて、エマ・ゴールドマンに紹介したことによって、巴金とエマ・ゴールドマンの通信が始まると従来されてきた。ただ巴金とパリで同室になるアナキスト呉克剛が、少なくとも一九二五年三月以前にエマ・ゴールドマンと書簡のやり取りがあり[9]、また一九二六年六月八日付呉克剛宛エマ・ゴールドマン書簡で「現在、二人の中国人同志と手紙のやり取りがあります。一人は204 Avenue Joffre, Shanghai在住のLi Pei Kan、もう一人はあなたが手紙で書いていたPao Pu（注：秦抱樸）です[10]」とあるので、呉克剛を通じてエマ・ゴールドマンの動静を知っていた可能性がないわけではない。だが、渡仏以前に巴金と呉克剛に親交があったことは確認されていないので、この可能性は薄い。一九二五年七月二九日付巴金宛エマ・ゴールドマン書簡の冒頭を読む限り、やはり一九二五年七月前後に巴金が秦抱樸の紹介を通じて、ロンドン滞在中のエマ・ゴールドマンと書簡のやり取りを開始した可能性が高い。実は、通信開始直前にも、巴金はエマ・ゴールドマンの著作から大きな啓発を受けていて、彼自身のナロードニキへの深い関心を窺わせるように、ロシア左翼社会革命党の女性活動家マリア・スピリドノヴァについてエマ・ゴールドマンが書いた文章を中国語に訳している[11]。

巴金第一信への返信と思われる①エマ・ゴールドマン書簡（一九二五年七月二九日）は、巴金自身が「信仰與活動」（一九三五）でその冒頭を訳出しているので、中国でも存在が知られている。だが、訳文の第一段落だけが同書簡からの翻訳で、実は「信仰與活動」第二段落は⑧エマ・ゴールドマン書簡（一九二七年一一月一二日）からの翻訳である。「信仰與活動」執筆時点で、巴金がこれらのエマ・ゴールドマン書簡を手元に保存していたことがこれで分かる。また同文で巴金がエマ・ゴールドマンからの最初の書簡を南京で受け取ったと書いているので、同書簡は、巴金が南京の東南大学附属中学卒業後、結核で北京大学受験を断念して短期間南京に戻った時に受け取ったか、不在中に次兄李堯林が受け取っていたものと推測される。ちなみに②エマ・ゴールドマン書簡（一九二六年一二月二九日）では、巴金の連絡先が蘇州の東呉大学在学中の次兄経由に指定されている。この時期、巴金は主として上海でアナキズム宣伝活動に没頭していて、エマ・ゴールドマンの『女性解放の悲劇』やクロポトキン訪問記などを中国語に訳している。ロシア流マルクス主義に傾倒していく郭沫若ら創造社、太陽社系の作家との激しい論争が行われるのもこの時期である。この論争は巴金が作家活動を始める前に、アナキストとして中国文学の世界に登場していたことを示す興味深い事例である。(12)

往復書簡といいながら、書簡上の討論内容が明確に確認できるのは、渡仏後数か月が経過した時期に短い間隔で書簡が交わされる④エマ・ゴールドマン書簡（一九二七年五月二六日）、⑤巴金書簡（一九二七年七月五日）、⑥エマ・ゴールドマン書簡（一九二七年八月四日）で、それ以外は巴金書簡が未発見なので、エマ・ゴールドマンの書簡内容から巴金書簡の内容を推定するほかない。まず①エマ・ゴールドマン書簡（一九二五年七月二九日）及び②エマ・ゴールドマン書簡（一九二六年一二月二九日）から想像できる巴金書簡の内容は、エマ・ゴールドマンからいかに多くを学び、憧憬の念をもって書簡を書いたかということ、アナキズム学習や中国への思想紹介のために多く資料提供を求めたこと、中国のアナキズム運動の現状を憂慮していたこと、ボルシェヴィキ主導のロシア革命に批判的見解を抱いていたこと、この四点だろう。それが③エマ・ゴールドマン書簡（一九二七年四月五日）以降、次第に議論が具体的になり、④エマ・ゴールドマン書簡（一九二七年五月二六日）で中国国内情勢に直接的に触れて、「国民党アナキスト」という言い方が登場する。

実は国民革命をめぐるこの議論自体が、当時の巴金周辺のアナキストにとって切迫した問題であった。書簡の日付に注目すると、この問題の現実的意味がすぐに分かる。④エマ・ゴールドマン書簡（一九二七年五月二六日）冒頭に書かれているが、この書簡の前に巴金が送った書簡（未発見）は四月二二日付であった。一九二七年四月一二日に、中国現代史の政治的対立構図を決定づける蔣介石の反共クーデターが起きている。当時パリ在住の巴金がどの程度即時的に中国国内情勢を知っていたか不明だが、直前に巴金はパリのアパートで同室だった二人の同志、呉克剛と衛恵林と、国民革命や北伐に対するアナキストとしての立場をめぐる議論を行い、それを「無政府主義與実際問題」(『無政府主義與実際問題』所収、民鐘社、一九二七年四月)と題して発表している。だが三人がこうした議論をパリで行っている間に蔣介石のクーデターが勃発して、国民革命自体が崩壊し、三人の議論の前提が崩れてしまう。巴金はそれから一年後に、Ray Jones(劉忠士)ら、サンフランシスコの華人アナキスト・グループ平社発行の中国語雑誌『平等』第一巻第一〇期(一九二八年五月)に、この問題をめぐって「答誣我者書」を発表しているが、エマ・ゴールドマンが書簡で述べている見解は、おそらく巴金のこうした問題提起に対する返答なのだろう。

現時点で読むことのできる巴金発信の唯一の書簡⑤(一九二七年七月五日)は、ほぼこの問題の議論に終始している。この時期巴金は「現在の中国の同志にとって一番切迫している問題は組織問題である[13]」との立場から無政府共産主義的な組織論を展開して、国民党や共産党と異なる第三の革命を目指す、アナキズム革命のオルターナティヴな方法論を提起している。しかし問題はその第三の革命に運動実態が伴っていないことである。書簡⑤で巴金はアナキストとしていかなる政府や国家にも幻想を抱かず、国民党と共産党の対立構図の中でいずれの党とも協力しないという原則的立場を取っているが、同時に行間から、アナキズム革命を目指す展望が実際には開けないことに対して、痛切に感じている焦燥が滲み出ている。

これに対してエマ・ゴールドマンが明確にアナキストの立場から中国情勢を分析、評価したのが⑥エマ・ゴールドマン書簡(一九二七年八月四日)である。短い書簡だが、後述するように「中国は確かに多くの政府に苦しめられています。どの勢力もみな独自の支配者集団であると思います。それは世界の他地域が苦しんでいる中央集権に比べるとある程度望ましいことです。小さな政府を廃することは困難がより小さいからです」と、中国という近代国家の統一形態を全面否定する衝撃的な結論を導き出している。国民党であれ共産党であれ、中央集権の統一国家を目指す革命は否定されるべきであり、中国は各地方に分裂した状態の方が望ましいと主張しているのである。これに対して巴金がどのような反応を示したか、この書簡に対する巴金の返信が現時点で未発見のため確認できない。⑦エマ・ゴールドマン書簡（一九二七年九月二八日）を見る限り、未発見の八月四日付書簡で、巴金は中国国内情勢に関して悲観的な見方を示していたようである。⑦でエマ・ゴールドマンは「中国人は五千年も封建制の下にあったのです。一挙にその軛を投げ捨てることを期待するのは無理というものでしょう」、「あなたは若い。有効な時間があります。だから、サッコとヴァンゼッティが死刑に処せられた理想のために、時間と若さを使ってほしいと切に願います」と巴金を励ましている。

この最後の言葉と符合するように、実際に書簡④⑤⑥が交わされた期間は、巴金がサッコ＝ヴァンゼッティ救援活動に加わり、中国語、英語、エスペラントでサッコ＝ヴァンゼッティ事件関連の文章を発表し、またボストンの監獄にいたヴァンゼッティと通信している期間と重なっている。巴金がエマ・ゴールドマンに返信⑤を書いた七月上旬は、ちょうどサッコ＝ヴァンゼッティ事件が重大な局面を迎えていた時期にあたる。従ってこの時点でアナキスト Li Pei Kan（巴金）の当面の関心事は、中国国内情勢とサッコ＝ヴァンゼッティ事件であったといえるが、⑤ではサッコ＝ヴァンゼッティ事件への言及が見られず、もっぱら中国革命をアナキストの立場からどのように考えるかに議論が集中している。サッコ＝ヴァンゼッティ事件が世界アナキズム運動を中国国内へ紹介する重要な国際事件だとすれば、中国革命をめぐる議論は中国アナキズム運動を西洋アナキストたちへ紹介する重要な機会であり、二人の往復書簡は双方の性格を併せもつものだったのだろう。

巴金のサッコ＝ヴァンゼッティ事件への深い関心は、二人の処刑後、理想のために迫害を受ける他の活動家トーマス・ムーニィとウォレン・ビリングス[14]への関心となって発展したことが、⑨エマ・ゴールドマン書簡（一九二八年一月六日）で窺える。巴金は作家となった後の一九三二年にサンフランシスコ在住のアナキスト、ルイス・レオ・クラマー（Louis Leo Kramer）に書き送った書簡でもムーニィとビリングス救援に言及したようで、返信の中でクラマーは「昨日、ムーニィ救援集会が開かれ、少なくとも一万五千人以上の老若男女が参加しました。他にラジオ中継の聴衆もいたのです[15]」と詳細な報告を巴金に書いている。

巴金とエマ・ゴールドマン間で中国への関心を結ぶ別の契機はエマ・ゴールドマンの中国講演旅行計画と、共通の知人の中国行きであった。書簡①から⑫まで一貫してエマ・ゴールドマンの中国行き計画が話題になっているが、最終的には実現していない。もし実現していれば、アナキズム思想のみならず、女性解放運動の上でも大きな意義をもっただろうが、おそらく招聘資金不足で実現しなかったものと思われる。もう一つの中国関連事項は⑩エマ・ゴールドマン書簡（一九二八年四月九日）、⑪エマ・ゴールドマン書簡（一九二八年四月二四日）で言及されているジャック・ルクリュの中国行きである。これについては後述するが、⑪でエマ・ゴールドマンは、実現しなかった自分の中国講演を想像するが如く「わが同志ジャック・ルクリュはきっとすばらしい講義を行っていることでしょう」と巴金に書き送っている。

⑫書簡（一九二八年六月一〇日）で「連絡を保ち続けたい」と希望していたエマ・ゴールドマンの言葉がどの時点まで実現したか、それ以降の両者の書簡が未発見なので定かではない。或いはそのまま連絡が途絶えて、アナキストLi Pei Kanでなく作家巴金が、一九三四年にエマ・ゴールドマンを精神的な母親と呼ぶ「給E.G」を書くことになったのかもしれない。中国へ帰って作家として歩み始めた巴金にエマ・ゴールドマンに関連した著作はない。だが、逆に作家となってからエマ・ゴールドマン宛公開書簡形式で文章を書くところに、巴金にとってエマ・ゴールドマンが

いかに大きな存在であったのかが分かる。

まとめていえば、巴金とエマ・ゴールドマン間の往復書簡は、巴金側でいえば、中国アナキストが国民党と共産党という二大勢力に挟まれてオルターナティヴなアナキズム革命への展望をどのように切り開くか、また世界のアナキズム運動とどのように連帯できるか、その探求と苦悩を示し、一方ボルシェヴィキ主導のロシア革命と訣別したエマ・ゴールドマン側でいえば、中国出身の若きアナキストに対してアナキズムの理念的展望と現実的困難を解説しながら、同時に欧米から遠く離れた中国で進行する国民革命をどうとらえるか、自分の見解や激励の言葉を述べたもので、双方にとって大きな思想交流の意義をもった英文書簡といえるだろう。

そこで、以上のような往復書簡の経緯を踏まえて、二人の間で交わされた議論を具体的に検証しながら、アナキスト Li Pei Kan から作家巴金へと活動を転移させた過程における思想形成を検証してみたい。

二、民族主義とアナキズム

往復書簡で二人が熱を込めて議論しているポイントは、アナキズムと民衆運動、ナショナリズム、及び資本主義批判である。そこで、一九二〇年代国民革命においてアナキストが取るべき態度について、巴金とエマ・ゴールドマンにどのような認識の一致、不一致があったのかを検証するために、まずエマ・ゴールドマンの書簡を訳出しておく。

④一九二七年五月二六日付巴金宛エマ・ゴールドマン書簡

中国に関するあなたの短い文章が同封された四月二二日付の手紙と、呉養浩の手紙は先週届いていましたが、今日になってようやく返事を書く時間ができました。この手紙はあなたがた二人と他の同志への返事とします。

と言うのも伝えなければならない内容を二人に繰り返すだけになってしまうからです。それに呉養浩同志の手書きのフランス語は非常に判読し難いので、文章の多くを理解できないこともあります。そのため読み方のこつを会得するまでは、彼の手紙に正しい判断ができかねます。その手紙を同封してお返しします。たぶん書き直して私に再送してくれるでしょう。あなたに語らなければならないことの中でこの手紙で書かなかったことについては、彼に別途書きましょう。親愛なる同志、最初に、私の著作があなたの成長に役立ったと知って、とても嬉しく思っていることをお伝えしましょう。私の個人的貢献以上に、あなたは私から情熱を得たと考えているのではないかという気がします。そもそも我々は個人の内部にあるものを引き出すことができるにすぎないのです。ですから私たちの理想の美しさをあなたに見せ、窒息しそうな因襲の支配からあなたを自由にしたとしたら、それはちょっとした助けだけで花が咲くほど、あなたの精神が豊かだからです。しかし、もちろん私たちの運動における努力が全く無駄ではなく、少数でもあなたのような若者が偉大なる真実を理解し、それに身を捧げることに役立ったと知って、とても嬉しく思います。

実は私も中国へ行きたいし、あなたが通訳を務めてくれればと思います。でも残念ながら私はそうした旅行ができるほど豊かではありません。日本と中国の同志が協力して私の訪問を実現してくれたらといつも願っています。私の往復旅費さえ工面してもらえば、同志たちと同じような簡素で節約した生活で十分です。今あなたの国で起きている偉大な闘争を見るために、すぐに中国と日本へ行きたいと思います。しかしどうやらそれは望み薄の願いのようです。アメリカにいればそうした旅行に必要な費用を容易に集めることができますが、カナダではそう簡単ではありません。或いはイギリスに帰れば可能ですが。今の状況では、どうやら遠い将来の夢か、熱望しても実現しない夢のようです。

親愛なる同志、中国に関して我々の同志が取っている偏狭な態度にそう失望する必要はありません。あなたはこの運動の中ではまだ若い。だから私たちの隊列には当初から二つの集団があることを知らないのです。一つはアナキズムを偉大なる闘争や生活の重圧から離れて、小さな集団の中で行われる知的研究と見なす人々。もう一つは、クロポトキン、バクーニン、ルイズ・ミッシェル、マラテスタ、ロッカーなどのような偉大で、普遍的な精神です。アナキズムが社会の建設的な要因であることを願うなら、人民に近づき、人民の戦いの一部にならなければならないと考える人々です。例を挙げれば、これこそバクーニンがほとんど四〇年間にわたってヨーロッパのすべての反乱に関与した理由です。マルクスは自分の研究を継続し、理論的に複雑な教義に基づいて社会的大綱を作り上げたのですが、それは多くの注釈者を必要としたことで、逆に、うわべだけ自分の著作を捧げているにすぎないのに、人民をマルクスに近づけることになりました。バクーニンは反抗精神に満ちた人で、社会的、政治的、経済的闘争を行う大衆と、すべてのバリケードにおいていつも一緒でした。アナキズムがほとんどの国で説明者がほぼいないためにほとんど知られていないことは悲劇ですが、また向き合わなければならない問題です。長い間、労働組合主義とも関係をもとうとしませんでした。そうした人々は愚かにも、労働者を組織する努力は資本主義制度の下で単なる緩和として労働条件を改善するものと考えました。その結果、労働者たちが我々の理想を知らないか、もしくは反対することになったのです。しかしそうした同志たちにはそのような態度を取ったことへの弁明もあります。民族主義や労働組合などの大衆運動に参加する同志は、常にその潮流に屈服し、アナキズムのために何もできず、目標を見失ってしまうと彼らは考えました。そういうことが起きたことは否定しません。例えばロシアを見てみましょう。そこでも我々の運動に三つの集団がありました。一つは革命と歩みをともにし、一貫して革命に忠実な人々、一つは革命から離れて全く参加しない人々、一つはボルシェヴィキの潮流に圧倒されてしまった人々です。後二者は、革命と共産党によって打ち立てられた政治体制を区別できませんでした。たぶん中国の同志たちは、現在の中国の動きを単に民族主義的なものとしか考えず、もしそれに関与したらロシアのアナキストの一部と同じように破滅すると考えて、遠ざかっているべきだと思っているのでしょう。彼らは、我々がロシアで「ソヴィエト・アナキスト」と呼んでいるように、「国民党アナキスト」になるでしょうが、もちろんそれは残念なことです。ここで私は彼らの態度の理由としてそういう言い方をするにすぎません。確かにそれには危険性があります。しかし一方で、目覚めつつある中国の人々の大衆運動から離れていることは、アナキストとしてできないことであり、全く矛盾しています。正直言って、私は中国人の民族主義的な情熱には興味ありません。もちろん外国の侵略者から自らを解放する願望を正当なことと考えているのは分かりますが、ただそのためだけであれば、自分の立場を主張する価値のあることに思えません。しかし私にとって中国で起きていることは民族主義以上のことを大いに意味しています。一つにはそれが中国の若者の精神的、知的な目覚めであり、非常に勇気づけられることで、我々アナキストが援助するに値するように思えるからです。それはまた経済的な目覚めでもあります。外国の搾取者を捨て去ろうとしている中国人が、民族資本家を捨て去るまでは何も手にしない限りにおいて、我々は運動に関与する必要があります。最後に言えば、ロシアで起きたことを繰り返させないために、アナキストは、中国革命への情熱を破壊し、またロシアの人々の生活と健康を蝕んだ政治的腐敗を中国に浸透させる独裁権力樹立を阻止する必要があります。あなたの国の若い仲間に近づき、語りかけることができればどんなにいいでしょう。それがいまどうしても中国へ行きたい理由です。我が友よ、あなたが手に入れたいと思っている本を差し上げることができません。*Mother Earth* や *Blast* を揃いで手に入れるのは無理です。驚くかもしれませんが、私自身でさえ *Mother Earth* を揃いで持っていません。一揃いだけパリのバークマン同志のところにありますが、当地で自分用に一揃い必要な時は、アメリカの同志から借りなければなりません。出版されたパンフレットや本も持っていません。一九一七年に私たちが逮捕された時、事務所への手入れは竜巻のようなものでした。三〇年間にわたって苦労して作り上げてきたものがすべて破壊されました。多くの講演原稿を含む私の全原稿は、ニューヨークの当局者から返還されませんでした。そのため *Anarchism and Other Essays* 以外に、あなたが求めているものを差し上げることができません。もしまだ読んでなければ連絡下さい。ロシアに関する著書は、ロンドンの出版社から手に入れて送って上げられます。でもこれが今のところ持っているすべてです。

バークマンがアナキズムについて本を書いていることを知ったら、あなたは興味をもつかもしれません。彼が送ってくれた目次内容から見ると、大変な執筆作業になるでしょうが、あなたが中国へ帰る前に目にすることができるでしょう。また自国の人々のために翻訳できるでしょう。

あなたが住所を知らせてくれたサンフランシスコの同志からの手紙はすでに受け取っています。彼に対する返信の写しを同封します。その後、彼から手紙が来ます。彼とその仲間はカリフォルニアで孤立しています。何人かの同志の住所を知らせてやりました。たぶん同志たちは彼と仲間がやっている活動を助けてくれるでしょう。

あなたが興味をもちそうな切り抜きを同封します。一つはオンタリオ州ロンドンでの中国に関する私の講演報告です。田舎に移ったら新しい住所を知らせて下さい。呉養浩同志によろしく。そして書きたくなったらまた手紙を下さい[16]。

この書簡の中の中国革命に関する議論の内容を検証する前に、いくつかの事実を確認しておきたい。まず冒頭に出てくる呉養浩とは巴金の友人でパリ時代一緒に住んでいたアナキスト呉克剛（一九〇三―一九九九）のことである。衛恵林（一九〇〇―一九九二）を加えた同宿の三人がパリで行った活動については、後で見ることにする。「サンフランシスコの同志」とは、やはり巴金の友人でアメリカに移民として渡ったアナキスト劉忠士（Ray Jones 一八九二―一九七九）のことである。

巴金はのちに呉克剛をモデルにして小説まで書いているが、[17] 呉克剛はやがて経済学者になり、文学の世界とは無縁であったために、その後半生が文学史で取り上げられることはない。しかし前半生に限っていえば、呉克剛は現代中国文学史のトピックに関係している。一九二一年日本を国外追放になったロシアの盲目詩人エロシェンコが、上海経由で北京の魯迅宅へ身を寄せた時、通訳として上海から同行し、北京でも魯迅宅で一緒に暮らしたのは、まだ一〇代の若者であった呉克剛である。二三年にエロシェンコが故国へ帰国すると、呉克剛は上海へ戻ってアナキストとしての道を歩み始め、巴金がフランスにいた当時は、ロシアから亡命していたウクライナのアナキスト、ネストル・マフノ（Nestor Makhno 一八八九―一九三四）と共にパリでアナキズム・インターナショナルを組織して活動し、フランス政府から国外追放処分を受けるほどであった。彼は帰国後作家となった巴金と道を異にしながら、主として経済畑で仕事をしていたが、戦後台湾に渡って国民党政権下で大学教授として生きた。魯迅の同郷の友人許寿裳（一八八二―一九四八）暗殺後の現場に駆けつけるなど、呉克剛は激動の現代台湾史を実体験しながら世を送った。[18]

劉忠士（Ray Jones）もまたアナキスト Li Pei Kan 及び作家巴金と深く関係した人物である。一九二七―二八年パリで巴金と呉克剛たちが共同編集していたアナキズム雑誌『平等』[19] は、アメリカ、サンフランシスコの華人アナキスト・グループ平社の機関誌であった。中国語の雑誌である『平等』は世界のアナキズム運動と中国アナキズム運動を繋ぐ架け橋として大きな役割を果たし、巴金が第一作『滅亡』を執筆する契機となったサッコ＝ヴァンゼッティ事件も同誌を通じて中国へ伝えられた。ちなみに死刑囚ヴァンゼッティが巴金に宛てた手紙も同誌に訳載されている。サンフランシスコの平社の中心人物は、広東出身の中国人移民劉忠士であった。劉忠士はその一生をアナキズムの理想に捧げ、華僑という言葉から連想される財産や血統主義とは無縁の人間であった。彼は生涯を縫製労働者、或いはスタインベックが『怒りのぶどう』で描くようなカリフォルニアの農場労働者として終え、華僑社会とも距離を置いて生きた。中国人移民であった彼が晩年親しくしていたのはイタリア人移民のアナキストであった。移民労働者として教育を受ける機会もなく生きた劉忠士は、肉体労働で得た金でパリにいた巴金や呉克剛に文章を発表する場を提供してやったが、自身は何かを書いて歴史に名を残すようなことはしなかった。だが無名のまま生きた彼は周囲の人々の記憶に大きな存在として残っている[20]。

さて四月二二日付の巴金の手紙が未発見なので、その中で巴金が何を書いたか現時点では知ることができないが、このエマ・ゴールドマンの返信を読むと、ある程度内容の核心が推測できる。それは中国アナキストが北伐のようないわゆる国民革命にどのような態度を取るべきかという問題である。とりわけ四月一二日に蔣介石が行ったクーデター前後の「国民党アナキスト」の動きは、故郷を遠く離れてパリにいたアナキスト Li Pei Kan の苦悩の原因であった。実は前述したように巴金はクーデター前に呉克剛、衛恵林とパリでこの問題を議論して、三者三様の立場を表明した「無政府主義與実際問題[21]」を発表している。この三人の主張を並べてみると、アナキストの自立性と資本主義批判とナショナリズムへの警戒に関して、衛恵林、巴金、呉克剛の順にその程度が薄らいでいく。三者に共通しているのは、アナキズムを机上の空論としてではなく、民衆が自らを解放する実際の運動の中で検証される思想と考えている点で、この点において三人の主張に大きな相違は見られない。問題はどのような運動にどのように関わるかであり、それを通して何を勝ち取っていくかである。

衛恵林は「例えば中国の現在の運動について言えば、我々の一部の同志は完全に国民党の運動と見なし、我々とは関係がないと考えている。また一部の同志は現在の無政府主義者は国民革命に参加するべきだと考えている。だがこの二つは正しい見解ではない。なぜなら現在の中国の革命運動は単に国民党の運動ではないからである。最近数十年の中国の現状や中国人民の困窮した生活を考察すれば、今回の運動の原動力が人民の中にあることをはっきりと見て取ることができる[22]」と、国民革命を国民党だけに帰する運動とはとらえない一方で、アナキストが民衆の現実に目を向けた自立的な運動を志向することを提唱している。更に彼は、民族解放運動に対して「中国の現在の問題、現在の運動は、中国人の解放運動であり、表面的には国民党の運動であるが、実際にはこのような問題は単に国民党の政治的方法や武装行動によるだけでは完全な解決を得ることができない。古い軍閥と国際帝国主義の横暴は、こうした方法で表面的な解決を図ることができるが、根本的な解決では絶対にない。外国資本主義が中国から出て行った後、必ず国内の国家資本主義、或いは個人の資本主義が代わりにその位置を占有する。中国人の心理からすれば、多少胸がすく思いがするが、事実としては名目上、形式上の変化にすぎない[23]」として、民族解放が国内資本主義の打倒を意味しないことへの警鐘を鳴らしている。

これに対して巴金は「国民党の主張は我々と正反対であり、原理上は敵である。彼らはよい政府を作ろうとし、我々はすべての政府を打倒しようとすることは、誰もが知っている。だがある事業において、例えば軍閥打倒、帝国主義打倒等ならば、我々は反対しない。ただ更に前進して、国民党の樹立した政府に反対し、彼らの一切の建設に反対するのだ[24]」として、軍閥や帝国主義を国民党に先んずる大きな敵としてとらえる。この点で国民革命の多様性、多層性を重視する衛恵林とは異なり、国民党が主導する革命であることを認めたうえで、より大きな敵の打倒を優先させて考えている。その闘争の中でアナキストとしての自立性を獲得するために、むしろ国民革命における影響力をもつことがアナキストとしての戦略であると考えて次のように述べる。「現在、国民党がほぼ群衆を指導している。もし我々が民衆の中に入り、革命の渦の中に身を投じ、民衆をより大きな目標に向けて前進させることができるならば、民衆は自ずと国民党から離れ、我々とともに歩み、今回の革命運動によりいっそう無政府主義の色彩を増すことができ、中国民衆の脳裏に無政府主義の印象を深く残すことになる[25]」。民族解放に関しては、「半植民地国家が列強から離脱して独立しようとする戦争は、無政府主義者の目的ではないが、無政府主義者は反対しない。同様に、資本主義を消滅できないうちは、帝国主義打倒の運動に反対できない。私はソヴィエト・ロシアを憎むが、列強はそれよりも憎い。私は国民党が憎いが、北洋軍閥はそれよりもっと憎い。なぜならソヴィエト・ロシアは列強ほどひどくはないし、国民党は北洋軍閥と〝同じ穴の貉〟ではないからだ[26]」として、アナキズムの原理的解釈よりも、やはり当面の大きな敵に対する戦いを優先させる立場を取っている。外国資本主義と国内資本主義の問題については、現在の中国の物質的な条件の下で考えるべきだとして、「中国に一旦社会革命が起き、無政府主義の理想社会を完全に実現させようとする時、生産事業が全く未発達で、日用品をすべて外国の供給に頼り、食糧までもある程度外国の援助を仰ぐという状況の下で、各自が自分の必要とするものを取るという原理が実行できるだろうか。こういう状況の下では一歩後退し、ある程度譲歩せざるを得ない[27]」と国内産業の振興を認めざるを得ない立場を表明している。ただしその場合、農民が土地を、労働者が工場を自主管理する運動をアナキストが積極的に推進することが付帯条件となっている。

一方呉克剛は「無政府党はすべての平民運動、すべての革命運動に参加すべきであり、そうすれば我々の理想を理解し、信じる人が次第に増え、我々の理想の社会全体に対する影響を次第に大きくすることができる。平民の外に立って革命を空談していては、永遠によい結果が得られない[28]」として、アナキストが原理からではなく、平民の置かれている悲惨な現実から出発すべきであると考え、アナキズムの原理的な解釈やナショナリズム、或いは資本主義批判に焦点を当てず、衛恵林や巴金より更に積極的にアナキストの国民革命参加を主張する。戦略的には「消極的な面として、現在の革命時期に無政府党は全力を挙げて旧党に反対すべきである。国民党に対しては暫時友党と見なして同情を寄せ、攻撃してはならない。積極的な面として、国民党外（可能なら国民党内）において、積極的に今回の革命運動に参加し、今回の運動を次第に平民化、無政府主義化すべきである[29]」と主張して、「国民党アナキスト」の登場を容認する立場を取った。こうした議論はもちろん中国に限られたことではなく、例えば巴金が深く心を寄せていたスペイン革命においても同様で、三人の主張はケン・ローチが映画『大地と自由』（*Land and Freedom*）で描いていた、農民の自立的革命闘争と連合戦線の問題を想起させる。

だが三人がこうした議論をパリで行っている間に、蔣介石のクーデターが勃発して、国民革命自体が崩壊し、「無政府主義與実際問題」の議論の前提が崩れてしまう。巴金はそれから一年後に、劉忠士たちがサンフランシスコで発行していた雑誌『平等』に「答誣我者書」と題した文章を発表して、当時の三人の主張を「恵林の文章と君毅（注：呉克剛）の文章は正反対だった。君毅は名目上国民党に参加して民衆解放の仕事を行う（だが国民党の仕事はしない）ことに賛成し、恵林は大反対で、中国の革命運動に参加して無政府主義の宣伝を行うことだけを主張した。私の主張はこうであった。中国の革命運動は民衆のものであって、国民党のものではない。国民党が民衆運動を指導しているにすぎない。我々無政府主義者はすべての民衆運動に加わって、それを無政府主義の道へ導くべきであって、そばに立って罵るだけで、国民党（このいわゆる国民党は共産党を含む）に民衆運動を独占させてはならない。更に私は国民党に参加するという主張には賛成できないと言明し、理論的には国民党に反対すると主張した[30]」と整理したうえで、クーデター前後の情勢を受けて「無政府主義與実際問題」を本来発表するつもりがなかったことを次のように説明している。「当初投稿した時は、この文章は容易に誤解を招くので載せなくても構わないと手紙に書いた。この意外な知らせ（注：畢修勺が『民鐘』の編集を辞して『革命』へ移り、また多くのアナキストが国民党に加わったこと）が届いたので、我々は上海の同志に文章を発表しないよう求めることに決めた」[31]。また巴金は同文で「君毅は国民党が共産党を大虐殺している時に文章を発表し、中国の無政府主義者で国民党に加入している者は、この時期に離脱しないとしたら罪悪であると述べた[32]」として、「無政府主義與実際問題」で国民党参加を主張していた呉克剛もクーデター勃発の情勢を受けて、主張を撤回して国民党離脱を呼びかけたことを紹介している。

一九二七年五月二六日付巴金宛エマ・ゴールドマン書簡の内容から判断すると、おそらく四月二二日付書簡で巴金が書いたのは、クーデター前の北伐や国民革命に対するアナキストの態度の問題であったと思われるが、その後蔣介石によるクーデターが起きて、この議論の前提や枠組み自体が崩壊してしまったのである。そうした情勢変化を受けて、書簡に見えるエマ・ゴールドマンの中国アナキズム運動及び中国革命に対する見解に対して、クーデター後に巴金がどのような態度を示したかを次に検証する。

三、国民革命に対する巴金の態度

一九二七年五月二六日付巴金宛エマ・ゴールドマン書簡を受けて、当時フランスのパリに滞在していた巴金は一か月以上の間を置いて、一九二七年七月五日付でカナダのトロント滞在中のエマ・ゴールドマンに返信を書き送っている。この間巴金はサッコ＝ヴァンゼッティ救援活動に加わり、中国語、英語、エスペラントでサッコ＝ヴァンゼッティ事件関連の文章を発表し、またボストンの監獄にいたヴァンゼッティにも五月一七日付で最初の手紙を書いている[33]。巴金がエマ・ゴールドマンに返信を書いた七月上旬は、ちょうどサッコ＝ヴァンゼッティ事件が重大な局面を迎えていた時期にあたる。四月九日にニュー・イングランド裁判所が二人は「七月一〇日の日曜日で始まる一週間以内に死

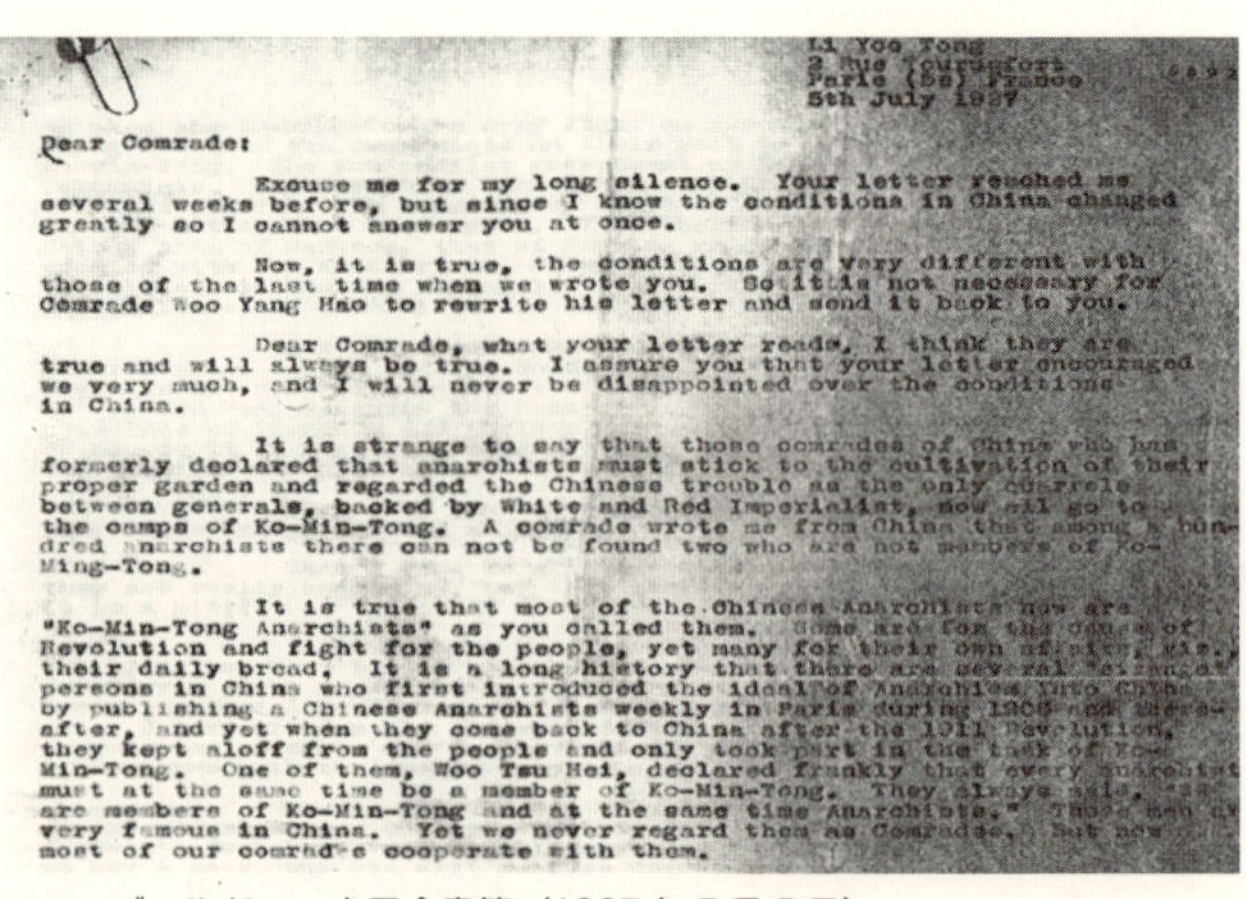

Li Yoo Tong
2 Rue [illegible]
Paris (5e) France
5th July 1927

Dear Comrade:

Excuse me for my long silence. Your letter reached me several weeks before, but since I know the conditions in China changed greatly so I cannot answer you at once.

Now, it is true, the conditions are very different with those of the last time when we wrote you. So it is not necessary for Comrade Woo Yang Hao to rewrite his letter and send it back to you.

Dear Comrade, what your letter reads, I think they are true and will always be true. I assure you that your letter encouraged me very much, and I will never be disappointed over the conditions in China.

It is strange to say that those comrades of China who has formerly declared that anarchists must stick to the cultivation of their proper garden and regarded the Chinese trouble as the only quarrels between generals, backed by White and Red Imperialist, now all go to the camps of Ko-Min-Tong. A comrade wrote me from China that among a hundred anarchists there can not be found two who are not members of Ko-Ming-Tong.

It is true that most of the Chinese Anarchists now are "Ko-Min-Tong Anarchists" as you called them. Some are for the cause of Revolution and fight for the people, yet many for their own [illegible], their daily bread. It is a long history that there are several "[illegible]" persons in China who first introduced the ideal of Anarchism into China by publishing a Chinese Anarchists weekly in Paris during 190[illegible] and there-after, and yet when they come back to China after the 1911 Revolution, they kept aloff from the people and only took part in the task of Ko-Min-Tong. One of them, Woo Tsu Hei, declared frankly that every anarchist must at the same time be a member of Ko-Min-Tong. They always said, "[illegible] are members of Ko-Min-Tong and at the same time Anarchists." Those men are very famous in China. Yet we never regard them as Comrades. But now most of our comrades cooperate with them.

エマ・ゴールドマン宛巴金書簡（1927年7月5日）

刑に処せられる」との最終判決を下していたからである。従ってこの時点でアナキストLi Pei Kanの当面の関心事はサッコ＝ヴァンゼッティ事件と中国革命であったといえるが、以下に見る巴金書簡の内容には、サッコ＝ヴァンゼッティ事件への言及が見られず、もっぱら中国革命をアナキストの立場からどのように考えるかに議論が集中している。サッコ＝ヴァンゼッティ事件が中国国内に紹介する世界アナキズム運動の重要事件だとすれば、中国革命をめぐる議論は西洋アナキストに向けた中国アナキストLi Pei Kanの情報発信という形になり、この書簡は二方向の性格を同時にもっていたと考えられる。

以下に訳出する巴金書簡のポイントは、「無政府主義與実際問題」で巴金、呉克剛、衛恵林が討議していた、中国革命におけるアナキストの自主性確保と革命展望の問題である。

⑤一九二七年七月五日付エマ・ゴールドマン宛巴金書簡

親愛なる同志：

長い間返事を出さずにすみません。お手紙は数週間前に届いていましたが、中国の状況が大きく変化したことを知って、すぐに返事を書けなかったのです。前回手紙を差し上げた時と状況が大きく変わりました。そこで呉養浩同志が再度手紙を書いてあなたに送る必要はないと思います。親愛なる同志。お手紙を読んで、書かれていることは正しいし、また将来においても正しいだろうと思います。あなたの手紙が私を非常に勇気づけ、また私が中国の状況に失望することはないだろうと自信をもって言えます。実に理解し難いことに、かつてアナキストは自分たちの固有の領域における発展に向けて努力すべきであり、中国の紛争は白色及び赤色帝国主義の支援を受けた軍閥同士の争いにすぎないと主張していた中国の同志たちが、今や国民党の陣営に参じています。ある同志が中国から寄こした手紙によれば、アナキスト一〇〇人の中で、国民党員ではない者は二人といないとのことです。

ほとんどの中国のアナキストが、あなたの言う「国民党アナキスト」であることは事実です。一部の者は人民のための革命や闘争をその理由にしていますが、多くの者は自分たちの利益、すなわち日々の糧のためです。長い運動史の中で、何人かの「不可思議な」人物は、一九〇六年にパリで中国アナキストの刊行物を出版して、最初にアナキズムの理想を中国へ紹介したにもかかわらず、その後中国へ帰国して一九一一年の革命に参加してから、人民から離れて国民党の活動にのみ従事するようになりました。その中の一人呉稚暉は、すべてのアナキストは同時に国民党員でなければならないと臆面もなく主張しています。彼らは常に「我々は国民党員であると同時にアナキストである」と言っています。こうした人々は中国で非常に名声があります。しかし私は彼らを同志だと思ったことはありません。ところが多くの同志は彼らに協力しています。

以前、共産主義者と国民党は仲間（同志と言った方がいいでしょう）でした。国民党の再組織化以来、孫文の三民主義を信じているとの理由から、中国の共産主義者たちはみな国民党員となりました。しかし実際には三、四年後、共産党は国民党を超える政党となり、国民党の実権は彼らの手に落ちました。本物の民族主義者に関しては、そのほとんどがブルジョアで、革命性に乏しく、共産主義者（ボルシェヴィキ）ほど活動的ではありません。

だから共産主義者は至る所で成功を収めているのです。しかし国民党の将軍たちは共産主義者を嫌っています。

蔣介石に率いられた国民党軍の北方軍閥に対する急速な進攻と大勝利は、民族主義者の力を強め、とりわけ反ボルシェヴィキである蔣介石の力を強化しました。この状況は、張作霖など北方軍閥を弱体化させ、崩壊を容易にする以上、共産主義者に不利です。蔣介石将軍率いる民族主義者勢力の増大は、共産主義者にとって大変危険です。そこで国民党軍が張作霖軍と前線で戦っている時、共産主義者はできる限り国民党軍の進軍を妨害しようとしました。漢口の民族主義政府は共産主義者の手中に落ちました。その結果、蔣介石と民族主義者は共産主義者や以前南京で樹立された民族主義政府と対立したのです。現在中国には、漢口、南京、北京と三つの政府があります。それぞれが互いに敵対しています。上海と広東では共産主義者が、漢口では民族主義者が、北京では民族主義者と共産主義者の双方が殺されています。

先に述べた呉稚暉とその同志たちは南京政府で指導者となっています。この間、我々のほとんどの同志は民族主義者に協力しています。呉稚暉の同志である李煜瀛は、南京政府はプルードンの理論に、漢口政府はマルクスの理論に賛成していると述べています。もちろんこれは馬鹿げた考えです。彼らが発行している『革命週報』[34]には我々の一部の同志も文章を書いています。

彼らは我々の一部の同志と共に上海で「労働大学」を設立しました。

以上が私の知るすべてです。人民について言えば、彼らはまさに覚醒しつつありますが、「悪いブルジョア」に導かれています。それは残念なことです。

あなたが中国へ行ける可能性はあると思います。できる限りその機会を探してみます。[35]おそらくいくつかの大学が教授となることを求めてくるでしょうから、*The Modern Drama and Social Problems* を講義すればいいのではないでしょうか。あなたがそれに同意するかどうかは分かりませんが。私はすでに中国の同志に手紙を書きました。あなたの中国訪問はきっと実現するだろうと思います。中国の青年たちも両手を広げて友人として、また同志として歓迎するでしょう。

あなたの著作に関しては、*Anarchism and Other Essays* とロシアに関する書[36]は受け取りました。しかしアレクサンダー・バークマン同志の *Bolshevik's Myths* は持っていないので、一冊入手していただけないでしょうか。買いたいのですが、高くて買えませんし、またここでは手に入らないのです。

呉養浩同志はフランス政府から国外追放処分を受けました。私は二週間後にシャトー・ティエリ[37]へ移ります。パリを離れる時にまた手紙を書きます。住所は上記の通りで結構ですが、手紙を下さる時は宛名を Li Yao Tang として下さい。その方が以前のものより安全だと思います。

バークマン同志とは *Plus Loin* の宴会で会ったことがありますが、彼が多忙だったため、話す機会がありませんでした。いつかホテルに私を訪ねて来ると言っていました。

ロッカー（注：Rudolf Rocker）同志に手紙を書き、返信とヨハン・モスト（注：Johann Most）に関する著作を受け取りました。

R. Jones 同志があなたに *The awakening of China* を送ったので、そのうち着くと思います。私からもあなたの写真を掲載した *Peoples Tocsin*（注：『民鐘』）を送りましたが、受け取ったでしょうか。

心からの敬意を込めて。

Li Pei（Li Yao Tang 気付）

P. S.：私は人民を愛していますが、共産主義者ばかりでなく民族主義者も嫌いです。北京政府は一、二か月以内に崩壊するでしょう。おそらく南京政府が一番強力でしょうが、我々には何ら利する点はありません。すべての政府が我々の敵です。

南京政府内に多くの国民党アナキストがいるため、アナキストは南京政府の支配地域で活躍していると考える者がいますが、私から見れば、人民とともにあるのでなければ、将来の革命から我々は何も得ることができません。[38]

この巴金書簡の内容が「国民党アナキスト」批判に焦点を当てた中国アナキズム運動現状紹介に終始している理由について、個人的な予想は先に述べた通りだが、この書簡の中で説明されている当時の中国国内の状況について、巴金がどこまで正確な情報を得ていたかについては判断に留保が必要である。例えば張作霖軍と国民党軍の戦いにおいて、敵の敵である張作霖軍に利する行為を共産主義者が意図的に行っていた証拠が提示されていないので、権力闘争の観点からいえば、確かに国民党・共産党・軍閥の三つ巴の争いの中で合従連衡の局面があり得たかもしれないが、資料や証拠の提示がない以上、それは状況論にすぎないともいえる。またその三者対立構造の中でアナキストの自主性、自立性はどのようにあり得るのかという根本問題に、巴金はこの書簡の中で言及していない。

サンフランシスコのアナキズム雑誌『平等』において、巴金は「現在の中国の同志にとって一番切迫している問題は組織問題である[39]」との立場から、無政府共産主義的な組織論を展開して、アナキズム革命のオルターナティヴな方法論を提起している。この国民党や共産党と異なる第三の革命を目指す姿勢は、「中国〝共産党〟は軍閥を利用するために軍閥をもち上げざるを得ない。以前は彼らの〝蔣総司令〟をもち上げていたが、今や蔣介石は情け容赦なく共産党を大量に殺戮している[40]」、「我々が〝レーニン党〟に反対するのは彼らが〝共産〟を実行する勇気がないからであるが、〝反共〟氏たちは逆にレーニン党が共産を実行しようとしていると言い張る。ロシアは共産を実行したのか。漢口は共産を実行したのか[41]」と巴金自身が述べていることから、軍閥やブルジョアと戦い、共産党よりも徹底した真の左翼として自己認識することで確保されているように見える、しかし問題はその第三の革命に運動実態が伴っていない現実が存在することである。

この書簡の行間から読み取れるのは、実は革命議論そのものよりも、第三の革命への言及をしないことで、アナキズム革命を目指す展望が実態的に開けないことに対して巴金が痛切に感じている焦燥であるように思う。巴金は中国アナキスト第一世代である呉稚暉や李石曾が、国共対立の図式の中で反共の立場から国民党に加わり、権力者として振る舞っている姿に激しく反発しながら、同時にかつて自分と交流のあったアナキストが、呉稚暉や李石曾と協力して国民党政治に飲み込まれていく姿に失望する。同時期の『平等』創刊号において、巴金の友人で四川省出身のアナキスト盧剣波が上海で組織した民鋒社の方針を「現在の中国の投機的なアナキストは他人が出世や金儲けしていることに羨望を覚えている[42]」と風刺する表現の中に、同志を失っていく巴金たちの怒りとともに、その心の痛みや苦悩が見えるような気がする。また文中言及されている『革命週報』は本来巴金の同志となり得るはずの沈仲九や畢修勺が編集に携わる、アナキズムを標榜する刊行物だが、最終号の「與読者告別」に「本報の目的は共産党の誤りを正し、旧社会の罪悪を排撃し、革命の真の意義を発揚し、中国の民衆に自ら解放を求める自覚を得させることである[43]」と述べるほど、反共を意識した典型的な国民党アナキストの刊行物であった。

巴金はこの書簡の中で、アナキストとしていかなる政府や国家にも幻想を抱かず、国民党と共産党の対立構図の中でいずれの党とも協力しないという原則的立場を取っているが、「無政府主義與実際問題」において、衛恵林、巴金、呉克剛が展開したアナキストの自立性と資本主義批判とナショナリズムへの警戒に関する議論と比べると、中間的な立場を取っていた巴金が衛恵林の主張に近づき、呉克剛の主張と距離を置いているような印象を受ける。これには書簡の中で巴金自身が述べているように、四月二二日付書簡の時点と、この書簡が書かれた七月五日の時点で「中国の状況が大きく変化した」ことが影響しているためかもしれない。それは「国民党アナキスト」の存在を絶対容認できない巴金の立場の表明でもあるだろう。

四、エマ・ゴールドマンの中央集権批判

巴金のこの見解に対してエマ・ゴールドマンはすぐに返信を送って、いっそう大胆で明確な持論を展開することになる。

⑥一九二七年八月四日付巴金宛エマ・ゴールドマン書簡

親愛なる同志：

七月五日付の手紙、どうもありがとうございます。手紙には興味深い情報及びそれ以上のことが書かれていました。中国で起きていることに対して、あなたが自分の考えをもっていることを知り、嬉しく思います。一九〇七年フランスにいた中国の同志に会ったことがあります。名前は覚えていませんが、その中の二人は大会に向けた予備集会に参加したことを覚えています。その年パリで開催される予定だった大会は結局最終段階で当局により禁止されました。

多くの同志が国民党内で活動していることに驚きはしません。我々の同志は各地で民族運動において同じことをしています。こうした運動が提供する宣伝の機会を利用するという考えの下に、彼らはいつも参加しているの

です。しかし必然的に彼らはそうした運動の中に飲み込まれてしまいます。ロシアでそうしたことが実際に起きたのです。少なからぬ立派なアナキストたちが、共産党に加盟しないものの、ボルシェヴィキ政府と同盟を結び、のちに吸収され、入党していきました。彼らはロシアではソヴィエト・アナキストとして知られています。ですから、歴史は繰り返されているのです。中国は確かに多くの政府に苦しめられています。どの勢力もみな独自の支配者集団であると思います。それは世界の他地域が苦しんでいる中央集権に比べるとある程度望ましいことです。小さな政府を廃することは困難がより小さいからです。にもかかわらず、あなたと少数の同志がすべての政府は悪であり、人民の苦労や自尊心を食い物にしていると考えていると思うと、とても嬉しい気持ちになります。

親愛なる同志よ、私を中国へ招く努力をしてくれていることを感謝します。中国へ行って、若い世代の前で講演できることほど嬉しいことはありません。私は若者を信頼しています。実際、未来は若い世代のものだと思います。ですから、若い人々に真実を伝える必要があるのです。彼らは我々老世代より抑圧されていて、それゆえ新しい思想を受け入れる準備がいっそうできているのです。

中国における状況について何かはっきりしたことが分かり、中国旅行が準備されているかどうかはっきりしたら引き続き連絡して下さい。バークマン同志に『ボルシェヴィキの神話』[44]を一冊あなたに送るよう手紙を書きました。彼の手元には数冊残っていると思います。きっと喜んであなたにそれを差し上げると思います。[45]

エマ・ゴールドマンのこの返信は、まず五月二六日付巴金宛書簡と同じく、国民党アナキストがロシアのソヴィエト・アナキストと同じであるという見方を繰り返している点に特徴がある。五月二六日付書簡では「正直言って、私は中国人の民族主義的な情熱には興味ありません。もちろん外国の侵略者から自らを解放する願望を正当なことと考えているのは分かりますが、ただそのためだけであれば、自分の立場を主張する価値のあることに思えません。しかし私にとって中国で起きていることは民族主義以上のことを大いに意味しています[46]」と述べ、中国の民衆運動にアナキストが関与する価値を見出そうとしていた。だが巴金の手紙で提起されている最大問題が国民党アナキストの存在をどう考えるかという点をとらえて、ソヴィエト・アナキストと国民党アナキストの類似を示したように思える。実際には中国において同じように共産主義政党への参加をアナキストが行うとしたら、共産党アナキストが誕生するはずだが、エマ・ゴールドマンはこの問題を、政権を握った政党とアナキストが連合するか、もしくはアナキストが戦略的に権力組織に加入する問題としてとらえ、五月二六日付書簡よりも単純化した言い方によってロシアの例を参照しているように思える。その書簡で「ロシアで起きたことを繰り返させないために、アナキストは、中国革命への情熱を破壊し、またロシアの人々の生活と健康を蝕んだ政治的腐敗を中国に浸透させる独裁権力の樹立を阻止する必要があります[47]」と述べる以上、エマ・ゴールドマンには中国の民衆運動にある種の期待があったはずだが、巴金の返信ではその情報が提供されておらず、関心がアナキストの自立性と権力問題に集中していたことを受けて、ソヴィエト・アナキストと国民党アナキストの類似から「歴史は繰り返す」と述べているのだろう。ロシアのボルシェヴィキが民族主義運動とどのような関係にあるか、或いは中国共産党が政権を握る将来的予測はこの議論に含まれているのかなど、この問題を分析するためには、更に詳細な検討が必要なので、ここでは単に巴金が提起した問題にエマ・ゴールドマンがどのような視点から回答したかを指摘しておくにとどめる。

この書簡で一番注目すべき特異な点は、中国国内に複数の政府が存在して社会が分裂状態にあることを、「中央集権に比べるとある程度望ましいことです」と言い切っている大胆な意見にある。一九世紀以降中国は帝国主義勢力の侵略によって国内が分断され、混乱して民衆が苦しみ、それを救うために民族主義運動が勃興して、統一中国を目指す革命が進行したという中国近代史の常識を、真っ向から否定する立場を表明するエマ・ゴールドマンの意図はどこにあるのだろうか。「中国人の民族主義的な情熱には興味ありません」と述べるエマ・ゴールドマンの立脚点は、アナキズム原理から考えれば道理にかなっていて、確固としたものである。無政府主義である以上、大きな政府よりも小さな政府の方が打倒しやすく、中央集権よりも地方分権の方が個人に対する抑圧性が低いと考えるのは原理的には当然だろう。しかし問題は地方分権が行われるにしても、政党の専制政治や軍閥支配の下で、民衆の自己解放がどのように達成されるかという点にある。そこでまた問題は民衆運動との関わり、及び個人の解放と集団の解放の関係性に立ち戻る。そして、この問題を追及する向こう側に、国民党アナキストを批判しながらも、民衆解放のためのアナキズム革命の展望を実態的に切り開けない巴金の苦悩する姿が再び浮かび上がってくるのである。

五、エマ・ゴールドマンとアグネス・スメドレーの相違

ではエマ・ゴールドマン自身は、どのような回路で中国革命の状況を理解して、分裂した中国の方が統一中国より望ましいと考えていたのだろうか。その手がかりの一つが、エマ・ゴールドマンがアグネス・スメドレー（Agnes Smedley　一八九二—一九五〇）と交わした往復書簡の中にある。一九一五年にアメリカのサンディエゴでエマ・ゴールドマンの講演を聞いて以来、アグネス・スメドレーにとってエマ・ゴールドマンは、女性解放の立場からも、労働者や農民がブルジョアと戦う戦線においても、憧憬の対象であった。一九二一年モスクワで、ボルシェヴィキ政府によって自宅監禁処分を受けていたエマ・ゴールドマンを訪ねて、初めて憧れの革命家に出会うことになる。訪ねて来たアグネス・スメドレーの印象を、「彼女は印象的な女性で、熱意あふれる真の反逆者[48]」であるとエマ・ゴールドマンは回想している。「スメドレーのドイツでの政治的仲間は、エマ・ゴールドマンやアレクサンダー・バークマンの

ようなアナルコ・サンディカリストの少数の人々であった。ゴールドマンは、スメドレーがモスクワで彼女を救い出してくれた勇気をたたえ、二人の結びつきは強まっていた[49]」と一九二〇年代における二人の関係を分析する歴史学者もいるが、エマ・ゴールドマンやアレクサンダー・バークマンをサンディカリストと決めつける見方は別にして、アグネス・スメドレーが中国へ行く前の二人の関係は、同志であり友人であったと見なしてもいいだろう。この二人が一九三〇年代半ばに決定的に決裂してしまうのは、主として共産主義に対する思想的立場の違いのためであり、この決裂に至る重要な要因の一つは、中国革命における共産党の役割評価の問題である。この点を見ると、エマ・ゴールドマンとアグネス・スメドレーの最後の対立は、実は一九二〇年代末に巴金が内部に抱えていた思想的葛藤とも共通する部分を有していることになる。

ここで巴金と書簡を交わしていた時期のエマ・ゴールドマンとアグネス・スメドレーとの往復書簡を例にして、エマ・ゴールドマンがアグネス・スメドレーに伝えていた自分の思想的立場と、アグネス・スメドレーが中国滞在中にどのような視点から情勢を分析しようとしていたかをごく簡単に検証して、巴金とエマ・ゴールドマンの間で交わされていたアナキズムと中国革命をめぐる議論の参照にするとともに、エマ・ゴールドマンが中国を理解するための生きた情報をアグネス・スメドレーからも得る方法があったことを検証してみたい。まず取り上げるのはエマ・ゴールドマンがカナダのウィニペグ（Winnipeg）からスメドレーに送った書簡だが、互いの個人的情報や出版に関する部分は省いて、ここではエマ・ゴールドマンの思想表明の部分を中心に訳出する。

一九二七年三月一日付アグネス・スメドレー宛エマ・ゴールドマン書簡（抄訳）

the Road to Freedom を読んでいますか。そうだとすれば、三月号にトロントに関する私の報告が載っていま

す。ウィニペグに関するものは四月号に載るはずです。ただ当面の新情報として、ここで私が行ったことを知っておいてもらいたいと思います。

当地に到着してから、私に敵対しようとする妨害の存在を認識しました。共産主義者のギャングどもの悪意に満ちた中傷のせいです。彼らは全勢力を招集して私が集まりをもつのを邪魔しようとしています。彼らは卑劣なので公開の場で闘おうとしません。わが同志たちが設立を援助し、長年精力や資力を投入したLiberty Templeをめぐって敵対し始めています。自分たちの勢力を増大させる常套手段ですが、共産主義者は労働者団体に大量登録を行い、それによってLiberty Temple Hallに関する動議でわが方の得票を上回ることに成功しました。同じことを労働者団体の一部である女性組織でも行いました。そうすることで、当初はかなりの人数だった市内のユダヤ人組織を分裂させました。必然的に不信や無関心や意見対立が生じ、その結果、わが方のユダヤ人集会には数名の例外を除いてほとんど出席者がいません。

共産主義者は同じことを英語圏の急進的労働者団体でも行っています。私の講演に全面的に賛成していた急進的労働者組織であるOne Big Unionの人々を惑わせることに成功したのです。共産主義者は最後の瞬間まで悪意ある活動を行い、One Big Unionは後退してしまいました。我々の集会は独立して行わざるを得ませんでした。ユダヤ人同志たちが英語使用の集会を組織することに何の経験もないことを見て、集会はかつてアメリカで我々の隊列にいた一人の人物によって独占的に行われました。反目はあまりに大きいのです。日曜日に劇場で行われた集会でも同じことを感じました。こうした重圧の下に活動することがどういうことか想像できるでしょう。それ以外に咳にも悩まされています。しかし講演への出席者が平均七〇〇―八〇〇人に上る大きな日曜集会を四回開くことに成功しました。残念ながら敬虔なカナダでは参加費は徴収できません。最低限の黒字すら残りませんが、銀貨による寄付金が集会を開くのに寄与しています。これ以外に、我々は演劇に関する講演を一週間に数回開きましたが、残念ながら出席者は微々たるものでした。しかしこの町におけるすべての努力はやるだけの価値があると思います。資金も組織もなく、すべてが私に対して敵対的であるにもかかわらず、一三回の英語講演と、五、六回のイディッシュ語による講演が開催でき、この町のすべての階層に接触することができました。それは悪くない成果だと思いませんか。[50]

これに対するアグネス・スメドレーの返信は以下のようなものだった。

一九二九年夏(?) エマ・ゴールドマン宛アグネス・スメドレー書簡(抄訳)

いま私は中国にいます。それが長い間あなたに手紙を書けなかった理由です。去年の秋にベルリンを発ち、いまは上海に滞在しています。まもなくここを離れますが、おそらく広東か漢口へ行くことになるでしょう。すでに北部のいくつかの都市を訪れ、また訪問を夢見ていた、非常に寒い満州でひと冬を過ごしました。

私の本は九月にドイツで出版されます。思いがけなく書評が出ています。

あなたの状況はどうですか。何を書いていますか。私はフランクフルター・ツァイティング(Frankfurter Zeitung)のために記事を書き、写真を送ったりしています。現在まで私はここで起きていることをもとに一連の文章を書いてきました。これほど恐るべき反動、或いは言葉にできない反動を見たことはありません。それはイタリアよりもひどい状況です。共産主義者か自由主義者だと疑われれば首をはねられます。弾丸を節約するためにそうした人々を縛って川に投げ込みます。嫌疑だけで十分で、裁判は行われず、行われたとしても茶番にすぎません。最初にそれらを見た時は、自分が神経過敏な敗残者で完全に自己崩壊するように感じました。自分が精神に異常をきたし、物事から目を塞いでいると思いました。やり抜けるために、ここの物事に慣れなければなりませんでした。一番親しかった中国人学生がこのやり方で処刑されることも経験しました。時折天が崩れ落ちてくるような感覚に襲われます。南京の役人たちは「労働者は革命の途中はよいが、革命後は好ましくない」と率直に発言します。

いまから五・三〇事件で傷ついた人々に会いに行くので、その途中雑誌社に立ち寄って、この手紙をあなたに送ります。[51]

エマ・ゴールドマンが一九二七年三月一日にウィニペグから手紙を出してから、アグネス・スメドレーの上海からの返信まで、他の書簡がなかったかどうかは現時点では確定できないが、この二通の書簡はある意味では双方の思想的立場を明瞭に伝えている。まずエマ・ゴールドマンの書簡だが、ここで訳出した文章は書簡の約三分の二を占める中心的な部分である。この前後は出版や個人情報以外に他の内容は含まれていない。従ってここでエマ・ゴールドマンが書いていること自体がアグネス・スメドレーに対して伝えたい主内容であると判断していいだろう。ここでは共産主義者の妨害など種々の困難にも屈せず、アナキストとして労働者を組織していく熱意と実践が紹介されているが、共産主義者を労働運動における対立勢力と見なしていても、自分たちの目標をブルジョアと戦う労働者の革命に置いている点で、単なる反共姿勢でないことが読み取れる。これは民族主義者や共産主義者と対立しながら、その二大勢力に飲み込まれずに、アナキストとして自立した革命の道を模索する巴金が目指す、第三の革命に通じるアナキズム運動実践例である。巴金がエマ・ゴールドマンを「精神的な母親[52]」と呼ぶ理由の一端が、アナキストとしての理論的

1928年シャトー・ティエリにて
(左端が巴金)

明晰さばかりでなく、こうした実践例に見える民衆運動の中の革命家としての情熱や誠実さにあることが理解できるように思う。
アナキストとしての立場を明確にしたエマ・ゴールドマンのこの手紙を読んだアグネス・スメドレーは、当然ながらその思想的相違を理解したうえで交流を続けたはずである。この段階でスメドレーが中国の状況をエマ・ゴールドマンに報告する時、相手と思想的立場が次第に乖離していくことを自覚しながら、あくまでも友人として返信を書き送っていたと見てよいだろう。だが手紙の内容に二人の思想的相違から生ずる政治的文脈が読み取れるとしても、逆にそれゆえにエマ・ゴールドマンは、共産主義者に同情的な視点から分析する中国の現状にも通じていたと見ることができる。巴金と一九二七―二八年に手紙のやり取りを続けていた時に、エマ・ゴールドマンがアナキストの回路だけを通じて中国理解を深めていたわけではないことが分かれば、その中央集権否定論も単にアナキズムの原理的立場を表明したものではなく、ロシア革命や欧米におけるアナキズム運動の経験を踏まえた、エマ・ゴールドマンなりの中国アナキズム運動への希望と展望を述べたものだと解釈することが可能である。

六、作家巴金の誕生

フランス滞在中のエマ・ゴールドマンが一九二八年四月二四日付書簡を巴金に送った時、巴金はパリを離れ、シャトー・ティエリに移って勉学を継続していた。エマ・ゴールドマンは一九二八年パリに立ち寄った時に巴金にこの手紙を書いているのだが、同じフランスにいて二人が会うことはなかった。まずこの書簡を見てみよう。

⑪一九二八年四月二四日付巴金宛エマ・ゴールドマン書簡

手紙を受け取り嬉しく思います。ずいぶん長い間、私の手紙に対する返事がないので、すでに中国へ帰国したのではないかと思い始めていました。あなたがパリへ駆けつけられないことを大変残念に思います。個人的に会っていろいろ話せたらどんなによかったかと思いますが、残念なことにあなたが試験前でとても忙しいことは十分に承知しています。「青年へ」という文章を同封します。これはニューヨークのイディッシュ語刊行物の英語付録用に書いたものです。どんな役に立つかは分かりませんが、いずれにしても送ります。

私の評論がそれほど多く中国語に翻訳されていることを知り嬉しく思います。あなたが言うように、翻訳がよくないことは確かに遺憾ではあります。翻訳というものは、双方の言語を完璧に熟知し、著者の感性を理解する人が行わなければなりません。しかし、翻訳について無知な者から逃れる術はありません。特に著作権のない私たちには防ぎようがありません。私の評論を収録した雑誌が一冊ほしいところです。読むことはできませんが、所蔵するのも面白い。一冊送って下さい。

中国の同志が私のために訪問旅行の可能性を探っていてくれることも嬉しく思います。中国の青年の前で講演することほど大きな喜びはありません。中国行きが準備されたとしても、今年は自伝のために忙しくて応じられませんが、来年初めまで延期してもらえば、私にとって意義深いものになります。中国の同志が旅行に関してどう動いているか、引き続き知らせて下さい。

わが同志ジャック・ルクリュ[53]はきっとすばらしい講義を行っていることでしょう。もっとも、一文ずつ通訳す

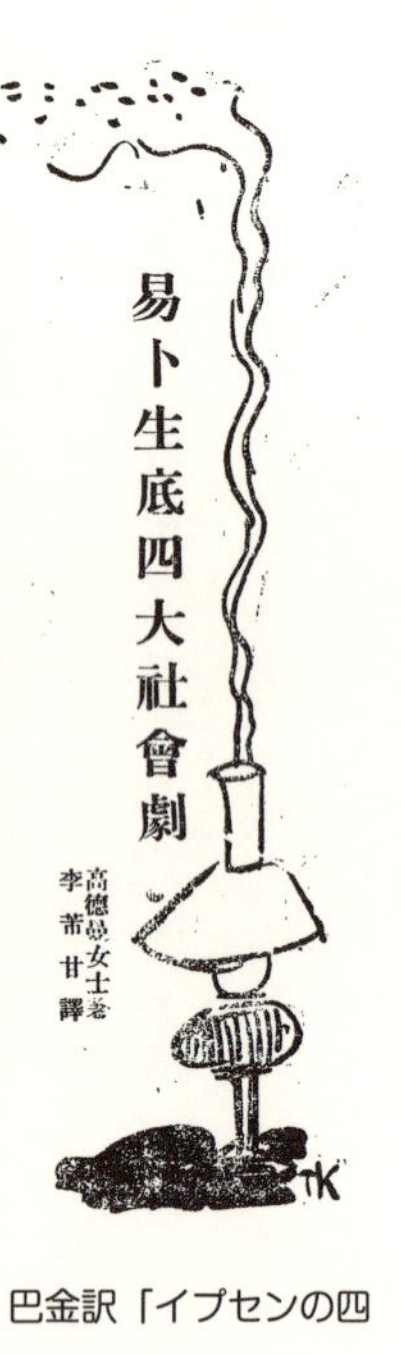

易卜生底四大社會劇

高德曼女士著
李芾甘譯

在巴黎公社失敗後不久。（一八七一年），易卜生致著名丹麥文學批評家布蘭兌斯信論及國家與政治的自由道：『國家是個人底大害。普魯士底國力是怎樣買來的？把個人囚禁在一個政治的和地理的圈子裏，花了這樣的代價，才買來普魯士底國力。……國家應該消滅！我要加入這種消滅國家的革命。打破國家觀念，代之以個人底自願的行動和那「以精神上的團結來促人羣的和睦」的觀念，若能做到這樣，才算是獲得了有價值的自由底要素』

易卜生所憎恨的妖怪並不僅是國家。凡像國家那樣，基礎在詐僞上面的一切制度在他看來都是罪惡。易卜生對於所有虛僞的偶像，和一切社會的欺騙，都不留餘地不妥協地加以攻擊。他拚命地努力推倒現社會組織底每個基石，他特別猛烈地攻擊近代社會底四大罪惡：（1）現社會的設施底詐僞；（2）禁錮人類精神的兩個怪物：

エマ・ゴールドマン著、巴金訳「イプセンの四大社会劇」

るという方法では、彼の話の精髄が全く消されてしまうように私は思います。単に内容に関してだけでなく、講義の伝達に重点を置いたそのやり方は好きではありません。もし中国へ行くことができるなら、私は英語が分かる聴衆の前で行うか、講義後に読めるよう私のテクストを誰かに中国語に翻訳してもらいたい。それが唯一受け入れられる方法です。

同志イシル[54]に書いた私の手紙のコピーも同封します。彼は印刷関係ですばらしい仕事をしています。やがて価値あるものへと発展しそうな計画で私が忙しいことを、それで理解してもらえると思います。いずれにせよ、そう願っています。

五月後半まではパリに残ります。その後はサン・トロペの住所をあなたに連絡しましょう。[55]

この書簡の前に書かれた巴金書簡は存在が未確認なので、その中でどのようなことが書かれていたか現時点では知るすべがないが、エマ・ゴールドマンの記述から想像すると、巴金が学業のためパリへ会いに来られないこと、中国におけるエマ・ゴールドマン著作の翻訳・受容についての紹介、エマ・ゴールドマンの中国招聘計画の現状報告、ジャック・ルクリュの上海労働大学への赴任等々について書かれていたのではないかと思われる。この書簡がこれまでのものと異なるのは、アナキズムをめぐる諸問題が議論の対象となっていない点である。だが仮に巴金が未確認書簡の中でその問題に言及していなかったとしても、それはアナキズムへの関心が弱まったのではなく、逆に問題がより具体化、個人化していたと考えた方がよい。例えばこのエマ・ゴールドマン書簡が届く直前、巴金はマックス・ネットラウに書簡を送り、[56]ちょうど自ら進めていたクロポトキン著作の中国語訳に関連して、アナキズムとコミュニズムをめぐる尖鋭な批判的議論を展開している。[57]それればかりでなくこの間、巴金自身にも以前と異なる決定的な転機が訪れていた。それはアナキスト Li Pei Kan が、作家巴金としての道を歩み始めたことである。

これまで紹介した巴金―エマ・ゴールドマン往復書簡が短い間隔で交わされていた一九二七年春夏は、まさに巴金がサッコ＝ヴァンゼッティ事件と深く関わった時期でもあり、サンフランシスコのアナキズム雑誌『平等』を編集・執筆していた期間とも重なっている。その時期に、巴金はすでに一九二九年中国国内で発表するデビュー作『滅亡』を書き始めていた。当初まだ全体構想がなく、社会的事件や個人的体験を契機に断片的に書き続けられていた『滅亡』は、上海を舞台に一人のアナキストの愛と革命の挫折、更にはテロルの問題を描き、当時中国で衝撃をもって受け止められた小説だが、作者巴金のフランス滞在体験とサッコ＝ヴァンゼッティ事件との邂逅がなければ創作されなかったといっても過言ではない。その意味では、エマ・ゴールドマンとの往復書簡における中国革命をめぐるアナキスト Li Pei Kan の主張と苦悩が小説『滅亡』を準備したともいえる。またその過程で浮かび上がってきた中国アナキズム運動の革命展望への深い絶望と、一九二〇年代国民革命を契機とする思想分岐及び挫折こそ、中国における近代性模索の軌跡の一筋であり、その軌跡の上に巴金文学が形成されていくのである。

七、アナキスト・サークルの広がり

一九二八年四月二四日付巴金宛エマ・ゴールドマン書簡で特に注目したいのは、ジャック・ルクリュとジョゼフ・

イシルへの言及である。書簡内容から見れば、前者はおそらく巴金の側から、後者はエマ・ゴールドマンから名前が挙がったのだろうが、書簡という個人間の通信から、こうしてアナキストの輪が広がっていく例の一つとして興味深い。ここではまずジャック・ルクリュについて触れておきたい。

ジャック・ルクリュの名前は、石川三四郎やアナキズムに関係する場合を除けば、日本では芹沢光治良『愛と知と悲しみと』（一九六一年）によって一般に知られるようになったといってよいだろう。この自伝的要素を盛り込んだ小説は、ジャック・ルクリュとの個人的交流を縦糸に、ルクリュ家に集う各国の人々、日本の中国侵略、東西文化論などを横糸として織り上げた教養小説風の作品で、大作『人間の運命』の別冊としての意味もあった。芹沢光治良が序文でこれが巴金に捧げる小説であることを紹介しているのは、一九六一年に社会主義中国作家代表団の一員として日本を訪問した巴金と面会した時、執筆完成を約束したからであるばかりでなく、一九二〇年代同じくルクリュ家に集うアジア人として巴金と顔を合わせていた可能性を意識して親近感を覚えたからでもある。しかしこの小説は戦争や革命を背景に、歴史の激流に翻弄されるジャック・ルクリュの愛と悲しみに満ちた人生、及び彼を取り巻く人々の人間模様を描きながら、その一方、仮に芹沢光治良がルクリュ家で顔を合わせていたとしても、それは作家巴金ではなくアナキスト Li Pei Kan であったことを意識しない物語になっている。芹沢光治良が巴金と対する時、日本の中国侵略の時代を自分が生きたという歴史感覚の方が切実であり、巴金がアナキスト Li Pei Kan を出発点として、その思想継続に努力・挫折・彷徨する姿に関心をもたないように見える。[58]従って、この小説ではジャック・ルクリュとアナキズムとの関わりでなく、中国との関わりが大きく描かれることになる。

ジャック・ルクリュ自身が巴金について個人的に語った文章は未確認なので、ここでは彼がなぜ中国の大学に赴任することになったかについて、戦後台湾の雑誌に掲載された回想で確認しておきたい。

私が知っている李煜瀛（注：李石曾）先生（抄）

私の中国行きをいつでも歓迎すると李先生が言ってくれたものの、私が彼の地へ行ったのは李先生の紹介によるものではない。当時フランスにはアナキズム思想に惹かれた中国人学生が多数いた。例えば李芾甘もその中の一人だ。当時彼は別の町の中学の寄宿生で、すなわちのちの著名な作家巴金である。もう一人の青年アナキスト呉克剛といつも行き来している中で彼とも知り合った。呉君は中国国内の孫先生[59]といつも連絡を取っていて、孫先生をとても敬愛し、また信頼を寄せていた。ちょうど南京当局が孫先生にベルギーのシャルルロワ大学をモデルにした労働大学[60]の設立準備を依頼していたので、孫先生は自分に代わって外国人教授を探すことを呉君に頼み、そこで彼が私を推薦したのである。当時私は新中国にとても憧れていたうえ、パリの忙しい生活に疲れ果てていたので、中国へ行って二、三年暮らすのはとても意義のあるひと時の休暇だと考えた。そこで、一九二七年のある秋の日、呉君と一緒に出発して、三二日間の航海ののち、上海へ到着した。中国での教師生活では予期した休息が取れなかったが、少なくとも中国社会の様子や、各地での心の込もった歓迎や、結んだ貴重な友誼に魅了された。そのため予定していた二、三年の逗留が、ついには興趣に満ち収穫の多い二五年もの長い滞在になった。一九五二年フランスに帰国したが、自ら望んだことではない。本当は中国で人生を終えることを希望していたのだから。[61]

『愛と知と悲しみと』の中でもジャック・ルクリュのフランスへの強制帰国のエピソードが語られているが、中国共産党が政権を握る人民共和国体制下では、中国人妻子をもっていても、ジャック・ルクリュのようなアナキズムの背景をもった外国人教師は歓迎されなかったのかもしれない。[62]その時点でジャック・ルクリュと巴金の間にどのような交流があったか現時点では不明だが、コミュニズム体制下の巴金の思想問題については、第五節「巴金と欧米アナキスト往復書簡」で詳しく見ることにする。

八、終わりに

一九二八年四月二四日に書かれたエマ・ゴールドマン書簡に対して、巴金がどのような返事を返したか、現時点では資料がないため確認できない。エマ・ゴールドマンから巴金に宛てた最後の書簡は、現時点で確認できるのは一九二八年六月一〇日付のものだが、一九三四年巴金が発表した「給E.G」を見ると、少なくとも一九二八年一〇月にフランスを離れて中国へ帰国した後に、書簡のやり取りはないと思われる。公開書簡のような形を採った「給E.G」は、巴金が文中でエマ・ゴールドマンを「私の精神的な母親」と呼んだことで、その受容の大きさを物語るものとして有名である。だが、この書簡が果たして実際にエマ・ゴールドマンに送付されたかどうか、現時点では確認できない。だが少なくとも文面から判断する限り、一九二八年一二月中国へ帰ってきた後、作家として文学生涯を歩み始めた巴金は、この公開書簡まではエマ・ゴールドマンと連絡を取っていないようである。

この文章冒頭で巴金は「E・G：あっという間に五年が経ちました。その間、私はあなたに手紙を書かなかったし、あなたがいつも目にするような新聞に何も消息を投稿しませんでした。或いはあなたは私がもう死んでしまったと思っているかもしれません」、「E・Gよ。私は決して死んではいません。しかし最初の約束に背いて、当初約束したことを果たしてはいません。帰国するとすぐに種々の奇妙な環境に束縛され、反抗しないどころか、逆に無益な仕事で自分の精力と生命を消耗させてしまいました。だから私は沈黙で自分を罰したのです」とアナキストLi Pei Kanの沈黙理由を解説しつつ、最後にこう告げる。「E・Gよ。今から沈黙を打ち破ります。この手紙とともに、最近書いたこの小説集をあなたに捧げます。これは沈黙の時期の産物で、私の血と涙が滲んでいます」。巴金はアナキスト Li Pei Kan の沈黙と引き換えに、作家巴金として小説を書き続けたと説明する。そこにはアナキスト Li Pei Kan と作家巴金が共有するアナキズムの理想と夢が存在し、また共有することで深まる苦悩も同時に示されているように思える。巴金―エマ・ゴールドマン往復書簡で交わされた言葉は、思想の言葉であるとともに文学の言葉であり、また両者の相互矛盾から共生へと向かう言葉であったのではないだろうか。

■付属資料　巴金―エマ・ゴールドマン往復書簡

巴金とエマ・ゴールドマン間で交わされた書簡で所在が確認できるものは、本文で紹介した書簡以外に八通ある。以下に付属資料として、日本語訳を添付しておく。（①～⑫は前掲書簡リストで示した数字）

①巴金宛エマ・ゴールドマン書簡（一九二五年七月二九日、ロンドン発）

あなたのすばらしい手紙と抱樸同志の手紙は先週私のもとに届きました。私があなたにどれほど深く感動したか、またあなたの文章にどれほど励まされたか言葉にできないほどです。若い学生（あなたは僅か一五歳で私の文章を読んだのですね）に自分が大きな影響を与えたことを知って、私はとても嬉しく思い、またとても勇気づけられます。自分の著作が多くの熱意ある、真摯な若い男女をアナキズムの理想へ向かわせるのに役立ってほしいとかつてよく考えました。アナキズムはすべての理想の中で最も美しいものの一つだと私は考えます。しかし、アメリカから国外追放処分を受け、またロシアにおける経験から、時には自分自身や著作に自信を失うことがあります。現代の不正、或いは私たちの理想を堅持して自由へと向かう道に、人々を目覚めさせることに関して、自分が僅かの貢献しか果たしていないように思い始めていました。あなたの尊い手紙が私の精神に希望を与えたことを、心から感謝したいと思います。

しかしながら、私があなたに与えたものに関して、過大に評価しすぎているのではないかと思います。あなたが新しい思想、特にアナキズムの理想に敏感でなければ、私にできることはたいしてありません。しかし、あなたには情熱的で非常に感性豊かな精神があります。だから、私の文章がそうしたものを引き出すのに役立っただけです。親愛なる同志、私の著作があなたに与えた影響など評価に値するとはほとんど思えませんが、私を高く評価してくれることはありがたく思います。私自身や著作に対するあなたの考えを失望に至らせないように努めたいと思います。

英語をふだん使用しないあなたが書いた英語はとてもすばらしいと思います。何人かのアメリカ出身の学生にあなたの手紙を読ませたところ、英語の巧みさにみな驚いていました。私がブリストルで訪れた友人たちも、あなたの手紙が届いた時、その文章と精神に魅了されていました。友人たちはあなたの住所を書き写していったので、きっとあなたに手紙を書くことでしょう。そうなれば、言葉の学習に役立ち、ここの同志たちと連絡を保つ励みになるでしょう。ベルリンにいるアレクサンダー・バークマン同志にあなたの手紙を転送して、『ボルシェヴィキの神話』を送るよう頼んでおきます。きっとそうしてくれるでしょう。

抱樸同志がすでに『私の幻滅』[63]二巻をあなたに送ったものと思います。もしそうでなければ、喜んで送るので知らせて下さい。ところで、イギリスの出版社が一巻にして出版する予定があり、九月には出ることになっています。一冊あなたに送るつもりですが、二巻の最初から送っても構いません。手紙には抱樸同志が送ってくれたとしか書かれていませんから。あなたの言う『ロシア革命の壊滅』[64]は本ではなく小冊子だと思います。私はそういう題名の本を書いたことがないからです。その中国語版をあなたが出版してくれるとしたら嬉しく思います。そうしたくても私には中国語が読めませんが、その本を見てみたいので、翻訳した他の文章と同じように送ってもらえますか。

親愛なる同志、学生デモや当局の発砲事件で何が起きたのか、私たちはぜひ知りたい。資本主義者の新聞からは何も得られません。上海の事件や中国の他の場所での覚醒についてできるだけ詳しくすべてを書いてくれませんか。想像の通り、私たちはとても興味を抱いているのです。すぐにできるだけ詳細を書いて下さい。

どれほど中国や日本へ旅行に行きたいことか。いつもそうした旅行を夢見ていますが、現実は、自費で行こうにもお金がなくて不可能です。ですから、同志たちが旅行を手配して費用面を保証してくれない限り、あなたの国へ行くことができません。でも、同志たちはそうしてくれるでしょうし、そうなることを切に願っています。

ロシアの現状について中国人労働者の目を開かせるために、あなたが立派な仕事をしていることを嬉しく思います。ロシア政治犯救援会英国委員会の報告書など役立ちそうな資料を今日送ります。この報告書は英国労働組合派遣団の嘘ばかりの報告書に対抗したものです。昨年冬私たちが完成させた報告書も送りますが、これにはロシア問題に関する私の文章などが含まれています。残念ながら、今はほかに私の著作はありません。絶版になっている *Essays* 以外に他の本を書いたことがあります。『近代劇の社会的重要性』[65]のような仕事です。私の小冊子は一九一七年バークマン同志と共に逮捕された時、アメリカ政府当局に没収されてしまいました。この冬、イギリスの同志たちに呼びかけて、それらの小冊子の再版に成功したら、あなたに送りましょう。

ロシアへの批判だけに限定しないという立場はきわめて正しいと思います。遺憾ながらアナキズム宣伝は至る所で必要なのです。だから両方を行っているあなたは実に正しい。あなたのグループの活動や、中国における労働運動や学生の覚醒について引き続き報告してくれることを望みます。

あなたのすばらしい賛辞や同志としての熱情に再度感謝を表します。友愛とともに。

エマ・ゴールドマン

追伸：同志のみなさんによろしく伝えて下さい。この手紙のコピーを抱樸同志にも送ります。[66]

②巴金宛エマ・ゴールドマン書簡（一九二六年一二月二九日、トロント発）

数か月前に手紙を受け取っていましたが、すぐには書けませんでした。一〇月一六日からカナダにいます。最初はモントリオールで、その後はここです。

モントリオールで六週間活動しましたが、残念ながら参集者は少なく、すばらしい成功とは言えません。モントリオール訪問の報告を *Fr.Arb.Stime*[67] と、*Road to Freedom*、及び *London Freedom* に寄稿したので、見てもらえば講演になぜ参集者が少なかったのか分かるでしょう。正直を言えば、実際のところとても失望したので、次の汽船に乗ってヨーロッパへ戻ろうかと考えています。

しかしながら、この地への訪問はモントリオールにおけるみじめな結果を十分埋め合わせるに足るものです。熱意に溢れ、きわめてよく組織されたグループが、体系的かつ入念な講演の広報を行ってくれました。それで運よくリベラルな新聞 *Toronto Star* でかなり宣伝してもらえました。今は休暇を取って休んでいますが、一月二日に五回の連続講演を再び開始し、一月一六日にロシアの政治犯のための夕食会を催してから、ウィニペグへ一か月か六週間出かけます。数週間の講演が残っているので、三月には再びトロントへ戻れると思います。その後、モントリオールを最後にフランスへの帰途の船に乗ります。

モスト[68]の肖像を提供できないことが残念です。一枚しか残していないので自分でも必要なのです。文章も掲載されている『アメリカン・マーキュリー』[69]が手に入るでしょうか。どうしてもそのことを書きたいなら、今年の六月号を探すとよいでしょう。

広東の同志たちが私の文章を出版してくれたことを嬉しく思います。中国語は読めませんが、一部手に入れたいと思います。入手してくれますか。

抱樸同志の本を受け取っていないので、彼がロシアについて書いたかどうか、また中国語なのかどうかも分かりかねます。

上記住所でいつも連絡が取れます。

新聞の切り抜きと De Cleyre[70] の肖像を送ります。

エマ・ゴールドマン[71]

③巴金宛エマ・ゴールドマン書簡（一九二七年四月五日、トロント発）

講演のために中国に関する資料を研究し終わった時に、三月一一日付のあなたの手紙を受け取るとは、何と不思議なことでしょう。それに上海からでなくパリからの手紙であることにとても驚きました。あなたが中国を離れる頃、実際の状況がどうだったか、できるだけ詳しく書いてくれることを切に願います。本を読むよりも、個人的な会話からいつでも多くのことが得られるものです。

すべての紛争はドイツや連合国の支援を受けている将軍たちの間の抗争にすぎないという中国の同志の意見と思われる声明を、あなたの手紙で読みました。自らをアナキストと自称する人々からのものとすれば、きわめて異常に思え、何を言いたいのかさっぱり分かりません。外国の侵略や搾取の影響、中国に存在する劣悪な労働条件、それに大事な点ですが、若い学生たちの覚醒を見れば、中国で盛んに起きている事件には、わが同志たちの評価よりももっと深い理由があることが証明されているように思います。偉大な民衆闘争から離れるという他の国の一部の同志たちが犯した過ちを、中国の同志には犯してほしくありません。これはどの国においても大きな誤りであり、残念な結果として、現実の大激動の中でアナキストが重要で建設的な役割を果たし得ないことになります。

社会的事件に密着した社会的反抗が必要であることは、もう何年も前にミハイル・バクーニンやわが運動の偉大な知的指導者たち全員によって認められていることです。私自身も、権力を求める政党とではなく、目覚めた意識をもつ人々の切実な願いと連帯することが必要であると認識しています。まさにそれゆえに、私は中国の種々の複雑な問題に夢中で取り組み、それをテーマに講演しようとするのです。昨夜、劇場の大勢の聴衆の前でそれを行いました。当地の夕刊に掲載した報告と、キリスト教宣教師への批判の資料コピーを同封します。

親愛なる同志、私の小冊子「結婚と恋愛」[72]の翻訳が掲載された雑誌を受け取りました。しかし私の写真を掲載した雑誌はまだ受け取っていません。雑誌を発行している人々は英語欄を設けるように努力をすべきと思います。多くの若者が英語を読むし、また中国のあちこちにいる外国人もアナキスト発行の雑誌の意図や努力を読んで理解できるでしょう。彼らにそう提案してもらえませんか。

あなたが計画しているアナキズムの学習についてですが、同志であるマックス・ネットラウ博士（Lazarethgasse, 32, 111/22, Viena）と連絡を取るべきだと思います。彼はアナキズムの偉大な書誌学者で、大規模な図書室を持ち、おそらく現在健在する一番の知識人です。もちろん英語を解するので、英語で手紙を書くことができるし、学習コースをどのように設定すればいいか助言を求めることができます。それからわが同志アレクサンダー・シャピロ[73]にも会うべきです。バークマン同志を通じて連絡が取れると思います。後者にはもう手紙を書いてあなたの住所を知らせたので、いずれ手紙が届くでしょう。もし届かなければ、A. S. Bergmann, 120 Rue Tahere, St. Cloud（S.&O.）に宛てて書いてみて下さい。あなたがロンドンで勉強できないのは残念です。というのも、大英博物館は過去何百年かアナキズムに関して起きたすべてのことの完璧な泉だからです。でもパリの国家図書館でも多くの資料を見ることができます。パリの図書館で探すべき書籍や冊子に関して、シャピロ同志が大いに手助けしてくれるものと信じます。それからルドルフ・ロッカー同志（3 Kirchhofstr., Berlin, Nuekolln）にも手紙を書くべきでしょう。彼はモストの伝記を書いています。きっと一冊送ってくれるでしょうが、ドイツ語版です。あなたがドイツ語を読めるかどうかは分かりません。モストの肖像に関して、ニューヨークにいる友人に手紙を書き、『アメリカン・マーキュリー』一九二六年六月号を手に入れてあなたに送るよう依頼します。さもなければ、自分で手に入れることになりますが、現在販売していなくても、シェークスピア・ブック・ショップ（12 Rui L'Odeon）へ行けば、最低限読むことはできます。その店の経営者の女性、シルビア・ビーチ[74]に私の紹介だといって、一九二六年の『アメリカン・マーキュリー』を持っていないか聞いてみて下さい。考えてみれば、一九二六年か一九二五年かも不確かです。自分で調べてみるしかありません。

カナダに来て以来参加した様々な集まりに関する切り抜きを同封します。過去二〇年も世界のこの場所で、私たちの思想について何もなされていないという事実から見れば、多くの人々に接したことでかなり成功したと言えるでしょう。あと一年間ここに残る可能性があります。まだ分かりませんが、数週間後には判明するでしょう。いずれにせよ、次に知らせるまでは上記の住所で連絡が取れます。

中国の重要な事柄、特に学生や女性の覚醒に関する資料があれば、ぜひ手紙を書いて下さい。自分自身の研究のために何としてでもそこへ行きたいと願っています。その場にいない限り、ある国で起きていることについて語るためにふさわしくない学習を迫られることは、遺憾ながらよく理解しています。ところが、私にはお金がないので旅行することができないし、現状ではそこへ行くこともできません。別の機会を待ちましょう。同志たちが援助してくれて講演が実現すればいいのですが。

同志であるあなたに心からの挨拶を。

エマ・ゴールドマン[75]

⑦巴金宛エマ・ゴールドマン書簡（一九二七年九月二八日、トロント発）

八月四日付のすばらしい手紙を受け取りました。手紙の口述筆記をしてくれる若い女性が今日来ることができたので、返事を先延ばししないことにしました。

一部は病気のせいですが、主としてサッコとヴァンゼッティが殺害されたことによる精神的落ち込みから、かなり多くの時間を無駄にしました。講演会まであと二週間しかないので、彼ら二人の姿を明瞭にすることに集中したいと思います。そのため今後二週間か一か月、手紙を書くことは無理だと思います。ほかにも今あなたに手紙を書きたい理由があります。同じ内容を繰り返す手間を省くために、最近何人かの通信者に宛てた手紙の写しを同封しますが、それはボストンで起きた悲劇が何を意味するか、私の考えをあなたに伝えるものとなるでしょう。

親愛なる同志よ。我々は自分の信念を放棄したり、勇気を失ってはいけないのです。しかし、私のように長年活動の最前線にいて、四〇年間もの活動の果てに、何度も恐ろしい犯罪的行為に直面しなければならない時、悲劇を乗り越え、それを理論的に説明することは容易ではありません。でもあなたは若い。有効な時間があります。だから、サッコとヴァンゼッティが死刑に処せられたその理想のために、時間と若さを使ってほしいと切に願います。

共産主義者が中国においてロシアにおけるよりも暴力的であるとは思いません。彼らはみな同じ信念に従っています。その悲劇性とは、すなわち彼らの大多数が心から信じてそれを行っていることです。ちょうど初期キリスト教徒のように、自分とともにある者たちが存在を排除されるべきだと見なされない限り、自分たちが採用している方法こそ正しいと信じているのです。

新聞における中国関係の報道は、実情とかけ離れていると断言できます。現実は常に物語より残酷なものです。しかしどうして驚く必要があるでしょうか。中国人は五千年も封建制の下にあったのです。一挙にその軛を投げ捨てることを期待するのは無理というものでしょう。ロシアのようにはいきません。ロシアの文明化は中国より遥かに新しく、農村の優れた人々（男も女も）が数百年間も進歩的思想の種をまき続けてきました。新しい考えに対する認識が不十分なのに、中国の人々が近代思想の受容を期待されるべきだとは思いません。どうか自分の同胞に絶望しないで下さい。

もちろん反動勢力が再び支配権を握っている以上、私たちが中国の人々と触れ合うことは困難でしょう。私自身について言えば、たとえ準備がなされたとしても、今ここで仕事を放棄するなど論外です。しかし、来年に設定できるなら、中国を旅行できることは非常に嬉しく思います。あなたはきっと最大限努力して下さると思います。

わが友人であるルクリュ[76]とコルネリッサン[77]が招待されて中国へ行くことに深く関心を寄せています。招聘は中国の知識人の精神を反映していると思います。

あなたが私の著書『近代劇の社会的重要性』を入手することに成功したと知り、喜びとともに驚いています。どこで手に入れたのでしょうか。私自身何人かのイギリスの同志に長いこと入手を頼んでいる本です。あなたのために入手してくれた人はきっと私の他の著作も手に入れられることでしょう。アメリカでは誰もそれらを入手することができません。

今後も連絡を取り合いましょう。頻繁に手紙を書いて下さい[78]。

⑧巴金宛エマ・ゴールドマン書簡（一九二七年一一月一一日、トロント発）

あなたの手紙を三通受け取っています。またサッコ＝ヴァンゼッティ事件のパンフレットに使いたくなる短文も受け取りました。昨日は一〇〇フランが同封されたすばらしい手紙が届きました。あなたからの手紙と寄付にどれほど深く感動したことか。本当に言葉では言い表せないほど感謝しています。しかし同時に、そのお金をどうしても受け取ることができません。あなたがどれほどつましい留学生活を送り、なおかつフランスの生活費がどれほど高いか知っている以上、その乏しい生活の糧を提供してもらうのは犯罪的とさえ思えます。だから、この一〇〇フランはお返しします。どうか誤解しないで下さい。あなたの感情を傷つけるつもりはありませんが、だからといって気軽に寄付を受けることはできません。

声明が *The Road to Freedom* に掲載されてしまったことは実に不幸です。私の知らないところで同意を得ずに発行されてしまいました。私の手助けになればと全くの善意からなされたことは分かっています。しかし、同時にそれを読んでひどく腹が立ちました。その記事には一切関知しないと説明する声明を発表しようと手紙を書くことを一度は考えましたが、個人的誤解が紙面に溢れている以上、その価値もないと考えて、そのままにしておきました。ほとんどの読者は同紙から大して得るものがないことを、*The Road to Freedom* の同志より私の方がよく分かっています。そうした情報源から受け取るものは、単に窒息しそうな感覚だけです。この件はもうやめましょう。

どうぞ私の名前をそのまま書いて下さい。私のことを Emma と気軽に呼んでくれる同志と密接に繋がっていたい。実際、ほとんどの同志や友人は私のことを Emma とか E.G. とかと呼びます。

私の人生や仕事がいくらかでもあなたや中国の同志の役に立つことを嬉しく思います。常に若者を鼓舞し続けたいと思っていたのに、アメリカにいた時は自分に大きな影響力があると自惚れていました。最後にとうとう精神的な拠り所から放逐されて孤独になれば、人々に近づき、また常に接触を保っている時と同じ精神的影響力がもてないことに気がつきました。

あなたは古いブルジョア家庭の出身だそうですね。各国の最も活動的な革命家の中には中流階級の出身者が含まれています。実際、私たちの運動の知的指導者はみな自分自身の窮乏ゆえではなく、大衆の窮乏を見ていられないからこそ社会問題に関心をもったのです。一方でまた、あなたは自分が生まれる場所を選択できません。結局、人生というものは自分が作り出すものです。あなたは若く、情熱があり、出身国で私たちの理想の偉大な影響力となり得ます。あなたは若い反抗者がもつべき誠実さと情熱をもっていると思います。それがとても嬉しい。そうした特質は今まで以上に必要となっています。と言うのも、どこでも人々は贅沢のために魂を売り払ってしまうからです。社会思想に対する関心さえも表面的で、些細な困難に遭えば放棄してしまいます。そこであなたや他の少数の同志が誠実で、私たちの美しい理想に対する深い愛に動かされていることを知って嬉しく思うのです[79]。

ここの同志たちはサッコとヴァンゼッティに関するパンフレットの発行に反対すると決めました。その計画を止めることを助言したのは私です。材料が広範すぎて、小さなパンフレットにまとめることは不可能だと思うに至りました。そのほか、サッコとヴァンゼッティの生涯に関する本が一冊出版準備中であるとの知らせも読みました。だから特集パンフレットを発行するのはお金と時間の無駄です。本は実際にニューヨークのInternational Publishing Co.から出版され、内容も決して悪くはありません[80]。著者について何も知りませんが、コミュニストではないかと思います。International Publishing Co.を支えているのはコミュニストだからです。もちろん彼らは熱心な活動家として、心理的に重要な時期を先行して利用したわけですが、仕事がきちんとした姿勢で行われ、サッコとヴァンゼッティの思い出に対して正義が果たされれば、誰が出版するかはどうでもいいことです。あなたの文章を *The Road to Freedom* に送ることに反対しないで下さい。わが同志はそれを発表するでしょう。[81]

私自身については、あまり話すことがありません。集会の集まりはとてもひどいものでした。この町では私がやっている仕事に対する関心がありません。そこで、事前に発表した講演を終えるまで頑張ってから、ヨーロッパへ戻ろうと思います。カナダ西部へ旅行をする可能性はほとんどありません。ある町の同志から招かれていますが、他のいくつかの場所から招かれない限り、行く価値はほぼありません。距離が非常に遠いし、鉄道は多額の費用を必要とします。しかし、今月末までに判明するので、またお知らせします。もしヨーロッパへ戻るとしても、一月後半ですが、パリへ行きます。その時にお会いして、私たち二人にとって大切なことをたくさん話せればと願っています。

最後にもう一度。あなたのすばらしい連帯感と寛大な心に感謝します。お金を返すことを認め、理解してもらえば幸いです。[82]

⑨巴金宛エマ・ゴールドマン書簡（一九二八年一月六日、トロント発）

親愛なる同志：

旧年が自然消滅する前に手紙を書こうと思っていましたが、果たせませんでした。新年の挨拶が遅れたことをお詫びします。

私の回想録発行経費にと送ってくれた寄付金をお返しする理由を理解してくれて嬉しく思います。自分は質素な生活に耐えられると申し出て下さったこと、ありがたく思います。それで十分です。私に何百フランも送るために、あなたが生活費を倹約するだろうと分かっていました。連帯精神に心から感謝しますが、寄付は受け取れません。そのお金を使うことなど私にはできません。あなたのように必死で生きている人々の寄付金に頼らなければ回想録が出版できないとしても、同志の好意に甘えるわけにはいきません。幸い、あなたや同じ境遇にある人々から、自分の生活のために絶対に必要なものまで提供してもらわなくても済むでしょう。いずれにせよ、あと六か月は何とかやっていけます。ほかにも、回想録が完成するまで前払金を払ってほしいとアメリカの出版社に依頼することもできます。何はともあれ、感謝します。

私の自伝はVanguard Pressから出版することにはならないでしょう。まず、手元の資料だけでも一巻分あります。それを一冊に収録しようとするとかなりの厚さになります。Vanguard Pressではそうした出版ができません。それ以外に、広範な読者に届けることのできる出版社でなければなりません。私の回想録は単に個人の人生を反映したものではないからです。長年にわたってアメリカで起きた事件に関して歴史的評価を与えるものなのです。実際のところ、アメリカだけでなく他の国々も私の活動や生活に影響を及ぼしてきました。こうした理由から、Vanguard Pressにはない広範な販売機能を備えた出版社が必要です。しかし、出版社のことで頭を悩ますのはまだ早すぎます。これから執筆に長い時間が必要ですから。

あなたの言う通りです。アメリカで生きながら葬り去られ、すっかり忘れられたムーニィとビリングスへの関心を高めるために行動しなければなりません。ところが、残念ながらキャンペーンを始めようとする者が誰もいません。サッコ゠ヴァンゼッティ事件の最中にアレクサンダー・バークマンと私がアメリカにいたら、必ずや二人の悲劇的な運命をアメリカの大衆の前に示していたことでしょう。しかし、現在は何か行動しようとする者がいないようです。ほかにも、アメリカでは息継ぐ暇もないほど次から次へ事件が起きています。そのためムーニィとビリングスは、カリフォルニアの刑務所で朽ち果てるままになっているのだと思います。

ある同志に宛てた手紙のコピーを同封します。それを読めば、現在の反動について私がどう考えているか、またきわめて絶望的な時代にあって、あらゆる政治的策略に対して譲歩を拒否することがなぜ困難なのか分かると思います。しかし、あなたの言うことは実に正しい。労働者のもとへ歩み寄ることが不可欠です。ただ、悲劇的なのは、労働者の多くが現在の反動の罠にはまっていることです。いくつかの事例において、労働者は権力者よりも反動的であり得ることを示しています。もちろん、そのことで彼らを非難するつもりはありません。子ども時代から不当な状況の下で最善を尽くすよう訓練されていて、一番よい条件下でも辛い生活を送らなければならない以上、将来のことを考えず、まともな物質的便宜を多少でも得ようとするからといって、彼らを非難することはできません。しかし、ひとたび現在の政治的、社会的暗黒が取り除かれれば、私たちの運動が飛躍するであろうことを私は確信しています。

サンフランシスコから『平等』が何号も送られてきていますが、残念ながら私は中国語もエスペラントも読めないので、それらの雑誌は役に立ちません。

まもなくカナダを離れてフランスへ向かいます。二月第一週にこの町を出てモントリオールへ行き、そこで何回か講演を行う予定です。その後、二月二〇日に船に乗ります。もしヨーロッパへの出発前に私に手紙を届けたい場合は、「R. Bernstein, 5634 Waverley St., Montreal」へ送って下さい。


友情を込めて、エマ・ゴールドマン(83)

⑩巴金宛エマ・ゴールドマン書簡(一九二八年四月九日、パリ発)

親愛なる同志：

前回手紙を頂いてからずいぶん経ちます。まだ College de Chateau Thiery で勉強しているかどうか分かりませんが、まずは書いてみようと思います。三月一日にここへ到着してから、もっと早くに手紙を書くつもりでしたが、書類などをみな荷物に入れて送ってしまったので、あなたの名前の書き方を忘れてしまいました。今日ようやくトランクが届いたので、去年あなたからもらった手紙を探し出しました。

ぜひ手紙を書いて下さい。パリへ来ますか？　五月二〇日までここに滞在します。あなたに会いたいことは言うまでもありません。パリにいるので、コルネリッサン夫人に会いましたが、ジャック・ルクリュが中国人同志[84]と共に中国へ行ったと聞かされました。その同志があなたでなければよいのですが。或いはあなたが残した転送先からこの手紙が届くことを願っています。

私の中国行きの可能性について何か聞いていますか。同志たちがこの件に関して何か動いているでしょうか。希望はありますか。すぐに知らせてもらえばありがたく思います。

自伝執筆のためにサン・トロペに滞在する予定です。どのくらい時間がかかるか分かりません。一年か、それ以上か以下か。一〇月末までサン・トロペに滞在します。中国への講演旅行計画が実現しない場合、その後、冬は北米へ行くつもりです。

すぐに返事をいただければと思います。

友情を込めて、エマ・ゴールドマン

手紙は The American Express Co., 11, rue Scribe, Paris 気付でいつでも受け取れます。[85]

⑫巴金宛エマ・ゴールドマン書簡（一九二八年六月一〇日、サン・トロペ発）

親愛なる同志：

ずいぶん待たせてしまって申し訳ありません。サン・トロペへ出発するまでとても忙しかったのです。一〇月末まではここに滞在する予定です。アメリカン・エキスプレス気付でなく、直接この住所へ書いて構いません。

バークマンがいつ執筆を終えるか全く分かりません。先月はアメリカから多くの訪問者がやって来たので、彼は執筆という重要な仕事がほとんどできませんでしたが、すぐに執筆作業に戻れるでしょう。いずれにしても夏の終わりまでに原稿が仕上がるとは思えません。印刷所の手に渡れば、すぐにあなたはそのことを簡単に知ることができるでしょう。

『自由な女性』[86]を送っていただき、どうもありがとうございます。中国の同志が私の著作を価値あるものと評価してくれて嬉しく思います。読めない言語で自分の著作を見るのは奇妙な感覚ですが、あなたの国における同志たちの活動を示すものなら、中国語の刊行物を得るのは嬉しいことです。

最近同志に宛てて書いた二通の手紙を同封します。その中で議論されているテーマに興味をもってもらえるでしょう。何回かパリで行った私的な討論会で議論された問題の概要を、近いうちに書いてあげます。討論が何か結論を得たわけではありませんが、問題提起のいくつかは数名の同志たちによって更に深く議論されています。最終的にそこから建設的な考えが生まれてくることを願います。

中国で何が起きているか、どうか手紙を書いて教えて下さい。もちろん我々の運動に関係することについてです。自伝の執筆を始めなければならず、そのために自分の時間とエネルギーを吸い取られることになるので、あなたにたびたび手紙を書くことはできません。しかし、連絡を保ち続けたいと思います。[87]

友情を込めて、エマ・ゴールドマン

（二〇一六年初稿、二〇一八年改稿）

【注】

（1）エマ・ゴールドマンEmma Goldman（一八六九—一九四〇）、当時ロシア領だったリトアニアのユダヤ人家庭の出身。一八八五年アメリカへ移住、アナキズムや女性解放運動の活動家、思想家となる。一九一九年アメリカを追放され、革命後のロシアに戻るが、ボルシェヴィキと対立、一九二一年クロンシュタット事件を契機にロシアを脱出、イギリス、フランス、カナダなど各地を転々として著作活動を続ける。巴金との書簡往来はイギリス、カナダ、フランス滞在時に行われた。

（2）『マザー・アース』（*Mother Earth*）はエマ・ゴールドマン主編で、一九〇六—一九一七年発行のアナキズム月刊誌。世界中のアナキストに大きな影響を与えた。

（3）実社は一九一七年、趙太侔、袁振英、黄凌霜らによって北京大学で結成されたアナキズム団体。

（4）巴金「給E.G」、『将軍集』、上海生活書店、一九三四年八月。『巴金全集』第一〇巻所収。

（5）International Institute of Social History（Amsterdam, The Netherlands）の略称。

（6）このうち巴金故居及びIISH所蔵書簡については、『トスキナア』第三号（トスキナアの会、二〇〇六年四月）、第五号（二〇〇七年四月）、第七号（二〇〇八年四月）、第八号（二〇〇八年一〇月）、第一一号（二〇一〇年四月）、第一二号（二〇一〇年一〇月）、第一四号（二〇一一年一〇月）、第一七号（二〇一三年六月）、第二〇号（二〇一四年一〇月）に拙訳と解説を連載した。

（7）エマ・ゴールドマン書簡の冒頭は、巴金「信仰與活動」（『水星』第二巻第二期、一九三五年五月一〇日。『巴金全集』第一二巻所収）に中国語訳がある。

（8）Emma Goldman's letter to Li Pei Kan, July 29, 1925. 巴金故居所蔵。

（9）ロンドン滞在中のエマ・ゴールドマンが、フランス留学中のWoo Yang Hao（呉養浩＝呉克剛）に一九二五年三月四日付で書いた英文書簡が上海の巴金故居に保存されている。

(10) Emma Goldman's Letter to Woo Yang Hao, June 8, 1926. 巴金故居所蔵。

(11) エマ・ゴールドマン著、巴金訳「瑪麗亜・司披利多諾瓦的迫害事件」、『民鐘』第一巻第一〇期、一九二五年一月一日。

(12) 巴金（実際には李芾甘、芾甘、芾の名で発表）が郭沫若や創造社を批判した文章及び関連する文章には、「再論無産階級専政」（『時事新報』副刊「学灯」第七巻第一二冊第一六―一八号、一九二五年一二月一六―一八日）、「馬克思主義売淫婦」（『時事新報「学灯」』第八巻第一冊第一九号、一九二六年一月一九日）、「答郭沫若『売淫婦的饒舌』」（『時事新報「学灯」』第八巻第四冊第五号、一九二六年四月五日）、「法国安那其党人的故事」（『洪水』第一五期、一九二六年四月一六日）、「洗一洗不白之冤」（同前）、「法国安那其党人的故事（続）」（『洪水』第一六期、一九二六年五月一日）、「郭沫若的堕落」（『自由月刊』第一巻第三期、一九二九年三月二五日）、「郭沫若的週刊」（同前）、「『浮士徳』裡的妙句」（同前）等がある。郭沫若や創造社側からの反論及び関連する文章には、郭沫若「新国家的創造」（『洪水』第八期、一九二六年一月一日）、郭沫若「売淫婦的饒舌」（『洪水』第一四期、一九二六年四月一日）、郭沫若「文学家的覚悟」（『洪水』第一六期、一九二六年五月一日）、周全平「写在『法国安那其党人的故事』」（『洪水』第一五期、一九二六年四月一六日）、周全平「洗一洗不白之冤」（同前）等がある。またトロツキーのトルストイ論をめぐって、太陽社の銭杏邨との間で、巴金「脱落斯基的托爾斯泰論」（『東方雑誌』第二五巻第一九号、一九二八年一〇月一〇日）、巴金「随便写幾句話答銭杏邨先生」（『自由月刊』第一巻第四期、一九二九年四月二五日）、巴金「現代文壇上最有力的批評家之真面目」（同前）、銭杏邨「関於文芸批評（力的文芸自序）」（『海風週報』第九号、一九二九年三月三日）等の論争が交わされている。（「『巴金批判の系譜』資料篇・初稿」、『研究紀要』第七一号、日本大学人文科学研究所、二〇〇六年、九五―九九頁参照。）

(13) 壬平「中国無政府主義與組織問題」、『平等』第二期、平社、一九二七年七月一日。

(14) 労働運動活動家トーマス・ムーニィ（Thomas Mooney）とウォレン・ビリングス（Warren K. Billings）は、一九一六年七月二二日サンフランシスコで起きた爆弾事件の犯人として逮捕され、一九三九年に釈放されるまで獄に囚われた。ヘイマーケット事件、サッコ＝ヴァンゼッティ事件と並ぶ政治的フレームアップとして有名。

(15) Louis Leo Kramer's Letter to Li Pei Kan, June 5, 1932. 巴金故居所蔵。Louis Leo Kramer（一八九三―一九五六）はサンフランシスコの書店経営者でアナキスト。

(16) Emma Goldman's letter to Li Pei Kan, May 26, 1927, No.5557-59, Emma Goldman Archive IX, IISH, Amsterdam, The Netherlands.

(17) 巴金は「亜麗安娜」(『婦女雑誌』第一七巻第三号、一九三一年三月。『巴金全集』第九巻所収)、及び「亜麗安娜・渥柏爾格」(天津『大公報・文芸』一九三三年一〇月二八日。『巴金全集』第一二巻所収)において呉克剛の悲恋を描いている。
(18) 呉克剛『一個合作主義者見聞録』(台北：中国合作学社、一九九九年四月)参照。
(19) 雑誌『平等』及び平社については、本書収録「雑誌『平等』に見るアナキズム思想空間の越境性——巴金と劉忠士の思想交流」参照。
(20) 劉忠士(Ray Jones)については、本書収録「雑誌『平等』に見るアナキズム思想空間の越境性——巴金と劉忠士の思想交流」参照。なお現時点でRay Jonesの唯一の個人情報であるインタビューが、Paul Avrich, *Anarchist Voices : an oral history of anarchism in America*, Princeton University Press, 1995, pp.409-410に収録されている。
(21) 恵林、芾甘、君毅「無政府主義與実際問題」、『無政府主義與実際問題』民鐘社、一九二七年四月。
(22) ここでは恵林、芾甘、君毅「無政府主義與実際問題」、『無政府主義思想資料選』下冊、北京大学出版社、一九八四年、八二八—八二九頁より引用。
(23) 恵林、芾甘、君毅「無政府主義與実際問題」、『無政府主義思想資料選』下冊、八二九頁。
(24) 恵林、芾甘、君毅「無政府主義與実際問題」、『無政府主義思想資料選』下冊、八三六頁。
(25) 恵林、芾甘、君毅「無政府主義與実際問題」、『無政府主義思想資料選』下冊、八三七頁。
(26) 恵林、芾甘、君毅「無政府主義與実際問題」、『無政府主義思想資料選』下冊、八三三頁。
(27) 恵林、芾甘、君毅「無政府主義與実際問題」、『無政府主義思想資料選』下冊、八三二—八三三頁。
(28) 恵林、芾甘、君毅「無政府主義與実際問題」、『無政府主義思想資料選』下冊、八四一頁。
(29) 恵林、芾甘、君毅「無政府主義與実際問題」、『無政府主義思想資料選』下冊、八四八頁。
(30) 巴金「答誣我者書」、『平等』第一巻第一〇期、平社、六—七頁。
(31) 巴金「答誣我者書」、『平等』第一巻第一〇期、七頁。
(32) 巴金「答誣我者書」、『平等』第一巻第一〇期、七頁。
(33) この書簡と両者の関係については本書収録「巴金とサッコ＝ヴァンゼッティ事件及び小説『滅亡』」参照。
(34) 『革命週報』は李石曾の支持の下、一九二七—二九年上海で出版された。当初は沈仲九が、のちに畢修勺が編集した。『革命週報』の書誌的情報や、その内容分析に関しては、『原典中国アナキズム史料集成』「別冊：解題・総目次」(緑蔭書房、一九九四)に詳しい。

（35）一九二七年五月二六日付巴金宛エマ・ゴールドマン書簡、七月五日付エマ・ゴールドマン宛巴金書簡、及び八月四日付巴金宛エマ・ゴールドマン書簡のいずれにも書かれているエマ・ゴールドマンの中国招請計画だが、『民鐘』第一巻第一三期（一九二五年九月）の「世界消息」欄にエマ・ゴールドマンが中国のアナキスト（氏名未記載）に宛てた手紙が中国語訳され、また招聘計画のために二千元必要なのでカンパを要請する旨の編者注が付されているので、この計画は巴金だけのものではなく、早くから中国国内のアナキストの間で進行していたものと思われる。

（36）Emma Goldman, *My Disillusionment in Russia*, N.Y. 1923, London, 1925 のことか。

（37）シャトー・ティエリ（Chateau-Thierry）はパリ東方約八〇キロのマルヌ川沿いにある町。

（38）Li Pei Kan's letter to Emma Goldman on July 5,1927, No.5892, Emma Goldman Archive IX, IISH. なおエマ・ゴールドマンの書簡や原稿などほとんどのアーカイヴは Emma Goldman Papers, University of California at Berkeley にオリジナルかコピーが所蔵されていて、マイクロフィルムとしても発売されている。その内容は *Emma Goldman : A Guide to Her Life and Documentary Sources*, Chadwyck-Healey, Alexandra,VA,USA,1995 でも検索できる。

（39）壬平「中国無政府主義與組織問題」、『平等』第二期（平社、一九二七年七月一日）、二頁。

（40）亦鳴「迷信軍閥的中国『共産党』」、『平等』第二期、一一―一二頁。

（41）黒浪「反共與反動」、『平等』第二期、一二頁。

（42）青涯「黒囚和李石曾」、『平等』創刊号（平社、一九二七年七月一日）、一〇頁。

（43）本報同人「與読者告別」、『革命週報』一〇九―一一〇期合刊、一九二九年九月一日。ここでは『無政府主義思想資料選』下冊、八六一頁から引用。

（44）Alexander Berkman, *The Bolshevik Myth*, Boni and Liveright, 1925, New York. のことか。

（45）Emma Goldman's letter to Li Pei Kan on August 4, 1927, No.5584, Emma Goldman Archive IX, International Institute of Social History, Amsterdam, The Netherlands.

（46）Emma Goldman's letter to Li Pei Kan on May 26, 1927, No.5557-59, Emma Goldman Archive IX, IISH.

（47）Emma Goldman's letter to Li Pei Kan on May 26, 1927, No.5557-59, Emma Goldman Archive IX, IISH.

（48）『エマ・ゴールドマン自伝（下）』小田光男・小田透訳、ぱる出版、二〇〇五年、五七三頁。

(49) ジャスティン・R・マッキンノン、スティーブン・R・マッキンノン『アグネス・スメドレー　炎の生涯』、石垣綾子・坂本ひとみ訳、筑摩書房、一九九三年、一〇二頁。
(50) Emma Goldman's letter to Agnes Smedley on March 1, 1927, No. 11561, Emma Goldman Archive XVI, IISH
(51) Agnes Smedley's letter to Emma Goldman, 1929 summer(?), No. 11560, Emma Goldman Archive XVI, IISH
(52) 巴金「給E.G.」、『巴金全集』第一〇巻、四頁。
(53) ジャック・ルクリュ（Jacques Reclus 一八九四―一九八四）はエリゼ・ルクリュ（Elisee Reclus）の甥であるポール・ルクリュ（Paul Reclus）を父にもつアナキスト。一九二七年上海の国立労働大学に招聘され、一九五二年まで中国に滞在した。その生涯について、米原謙「フランス人アナキストの中国二五年――ジャック・ルクリュ小伝――」（『阪大法学』第四七巻第二号、一九九七年六月）が、埼玉県本庄市立図書館旭山文庫所蔵の石川三四郎宛ジャック・ルクリュ書簡の綿密な資料研究を行い、それを基礎としてジャック・ルクリュの人生を詳細に描き上げている。ジャック・ルクリュに関しては本書収録「日中のすれ違う眼差し――芹沢光治良、ジャック・ルクリュを起点として」参照。
(54) ジョゼフ・イシル（Joseph Ishill 一八八八―一九六六）、本書収録「巴金と欧米アナキスト往復書簡」参照。
(55) Emma Goldman's letter to Li Pei Kan, April 24, 1928, No. 5552, Emma Goldman Archives IX, IISH.
(56) マックス・ネットラウ（Max Nettlau 一八六五―一九四四）、オーストリア出身のアナキスト、歴史家。マックス・ネットラウに関しては、本書収録「巴金と欧米アナキスト往復書簡」参照。
(57) 該当書簡はMax Nettlau's letter to Li Pei Kan, March 3, 1928, Max Nettlau Archive, IISH. 詳しくは本書収録「巴金と欧米アナキスト往復書簡」参照。
(58) 巴金と芹沢光治良との関わりについては、本書収録「日中のすれ違う眼差し――芹沢光治良、ジャック・ルクリュを起点として」参照。
(59)『中国アナキズム運動の回想』収録訳文でも注記されている通り、呉克剛と労働大学を結びつけていた人物だとすれば、沈仲九（一八八七―一九六八）のことと思われる。沈仲九は魯迅と同郷の逝江省紹興出身で、日本とドイツに留学。上海大学、労働大学、立達学園などで教鞭を執る一方、一九二四年に『自由人』、二七年に『革命』週報の編集長となり、アナキズム思想の宣伝活動で活躍した。三四年から四七年まで国民党福建省政府参議、台湾行政長官公署顧問など、国民党内で要職についた経歴から、典型的な国民党アナキストと見る立場もある。人民共和国期には上海で出版社の編集者や上海文史館館員を務めた。

（60）一九二七年に創立され三二年に閉校となった労働大学は、ベルギーのシャルルロワ労働大学 Charleroi Labor University をモデルに、「学校を農場・工場へ、農場・工場を学校へ変える」ことをスローガンとした、アナキズム思想の影響下にあった学校といわれる。石川三四郎や山鹿泰治ら日本のアナキストも訪れたことで、そうした印象が強いのだろう。だが大学創立が蒋介石の反共クーデター直後で、しかも創立に関与したのがいわゆる「国民党アナキスト」であること等を考えれば、アナキズム運動の発展として大学創立があるのではなく、自由主義者から国民党アナキストまでを巻き込んだ、複雑な政治的背景の下に誕生した実験的な教育機関として考えた方が妥当だろう。なお国立労働大学については Ming K. Chan, Arif Dirlik : *Schools into Field and Factories*, Duke University Press, 1991 が参考になる。

（61）原題は「我所認識的李煜瀛先生」（邵可侶著、黄淑懿訳、『伝記文学』第四五巻第三集、台北：伝記文学雑誌社、一九八四年九月、訳者の黄淑懿はジャック・ルクリュの中国人妻）。全文の日本語訳は嵯峨隆・坂井洋史・玉川信明編訳『中国アナキズム運動の回想』（総和社、一九九二）収録。ここでは一部字句の解釈が同書収録訳文とは異なるので筆者訳を示した。

（62）米原謙「フランス人アナキストの中国二五年——ジャック・ルクリュ小伝——」の中に、コミュニズムの革命に「必ずしも否定的でなかった」ジャック・ルクリュが中国退去を迫られる前後の苦悩が克明に描かれている。

（63）ここで言及しているのは二巻本が *My Further Disillusionment in Russia*, Doubleday, Page & Company, 1924, New York、一巻本が My *Disillusionment in Russia*, C. W. DanielCompany, 1925, London のことと思われる。

（64）*The Crushing of the Russian Revolution*, Freedom Press, 1922, London のことか。

（65）*The Social Significance of the Modern Drama*, The Gorham Press, 1914, Boston.

（66）Emma Goldman's Letter to Li Pei Kan, July 29, 1925. 巴金故居所蔵。

（67）一八九〇年ロンドンで創刊されたイディッシュのアナキズム刊行物 *Freie Arbeiter Stimme* のことか。

（68）ドイツ出身のアナキスト（Johann Most 一八四六—一九〇六）のことか。

（69）*American Mercury*、一九二四年創刊、一九八一年停刊のアメリカの雑誌。

（70）Voltairine de Cleyre（一八六六—一九一二）は性の平等を主張したアメリカのアナキスト。エマ・ゴールドマンの著作にその人物伝記がある。

（71）Emma Goldman's Letter to Li Pei Kan, December 29, 1926. 巴金故居所蔵。

（72）Emma Goldman, *Anarchism and Other Essays* 中の *Marriage and Love* のことか。

（73）Alexander Shapiro（一八九〇―一九四二）ウクライナ出身のアナキスト。
（74）Sylvia Beach（一八八七―一九六二）アメリカ出身。両世界大戦の間、パリ在住。
（75）Emma Goldman's Letter to Li Pei Kan, April 5, 1927. 巴金故居所蔵。
（76）前述ジャック・ルクリュのこと。
（77）労働組合運動の理論面で活躍したオランダ出身の経済学者クリスチャン・コルネリッサン（Christiaan Cornelissen 一八六四―一九四二）のことではなく、ジャック・ルクリュと愛人関係にあったといわれるその夫人を指していると思われる。
（78）Emma Goldman's Letter to Li Pei Kan, September, 1927. 巴金故居所蔵。
（79）この段落は巴金「信仰與活動」（『水星』第二巻第二期、一九三五年五月一〇日）に翻訳紹介されている。
（80）Eugene Lyons, *The Life and Death of Sacco and Vanzetti*, New York: International Publishers, 1927 のことか。
（81）この文章は実際に Li Pei Kan, *From a Chinese Comrade*（*The Road to Freedom*, Vol. IV, No.6）として掲載された。本書収録「サッコ＝ヴァンゼッティ事件及び小説『滅亡』」参照。
（82）Emma Goldman's Letter to Li Pei Kan, November 11, 1927. 巴金故居所蔵。
（83）Emma Goldman's Letter to Li Pei Kan, January 6, 1928. 巴金故居所蔵。
（84）前述のようにジャック・ルクリュと同行したのは呉克剛。
（85）Emma Goldman's Letter to Li Pei Kan, April 9, 1928. 巴金故居所蔵。
（86）巴金の友人で中国四川のアナキスト盧剣波が、エマ・ゴールドマンの初期の著作 *Anarchism and Other Essays*（Mother Earth Publishing Association, 1910）等から訳出した『自由的女性』（上海：開明書店、一九二七）のことか。
（87）Emma Goldman's Letter to Li Pei Kan, June 10, 1928. 巴金故居所蔵。

第二節　サッコ＝ヴァンゼッティ事件及び小説『滅亡』

一、事件の背景と経緯

人類の歴史において最初の世界戦争となった、第一次世界大戦に象徴される新旧世界秩序の劇的な交替期であった一九一〇年代と、不況、ファシズム、戦争によって世界全体が混乱と苦難の極限に達した一九三〇年代の間にあって、一九二〇年代は相対的に安定していた時代であったとする見方がある。アメリカでいえば一九二〇年代はジャズ・エイジ、繁栄と娯楽の時代として描かれることが多い。しかしそのアメリカでも「繁栄は上層部に集中していた。一九二二～二九年に製造業界の一人あたり実質的賃金上昇率は年一・四%だったが、株式所有者は年一六・四%の収益をあげた。六百万家族（全体の四二%）の年収は千ドルにも満たなかった」[1]。必然的にこれら貧しい労働者階級の中から社会的抗議運動を展開して、日々の糧とよりよき未来を確保しようとする人々が現れたが、その声は大政党による権力政治や、それを可能にする保守的国民層の支持、或いは産業化されたマスメディアの統制の下でかき消され、広く効果的な反応を呼び起こすまでに至らなかった。むしろ逆に抗議を遥かに上回る弾圧がそうした人々の上にのしかかってきた。それらの人々にとって一九二〇年代は、安定とは程遠い「赤狩り」と排外主義に支配された、血塗られた暗黒の時代であったということができる。

その一九二〇年代のアメリカの光と影を象徴する人物として、同時期にあまりにも対照的な人生を送ったという意味で、史上初めて飛行機による大西洋横断に成功したリンドバーグ（Charles Augustus Lindberg）と、偏見と愚劣が生む人間悲劇の典型的な例ともいえるサッコ＝ヴァンゼッティ事件の犠牲者ニコラ・サッコ（Nicola Sacco）とバルトロメオ・ヴァンゼッティ（Bartolomeo Vanzetti）の名を挙げることができる。一九二七年五月二〇日、リンドバーグはニューヨーク郊外のルーズベルト飛行場を飛び立ち、翌二一日パリ郊外のル・ブールジェ飛行場に着陸した。一夜にして彼はジャズ・エイジのアメリカン・ドリームの英雄として熱狂的に迎えられるが、一方サッコとヴァンゼッティは、同時期の一九二七年四月九日、ボストンのマサチューセッツ高等裁判所で「七月一〇日の日曜で始まる一週間以内に電気椅子で死刑に処せられる」と宣告され、世界的な抗議運動の中で、死刑確定囚として執行をめぐる重大局面に立たされていた。

「ブルジョアの正義が銀貨の国家、果ては全世界さえも支配している」[2]ことを示したサッコ＝ヴァンゼッティ事件は、一九二〇年四月一五日マサチューセッツ州サウス・ブレイントリーで発生した五人組による強盗殺人事件で、製靴会社の会計担当者と護衛が射殺され、一万五千ドル余りが奪われた強盗事件に端を発する。事件から二〇日後、製靴工のニコラ・サッコと、魚行商人のバルトロメオ・ヴァンゼッティが犯人として逮捕された。二人は英語を読むことも書くこともほとんどできない貧しいイタリア人移民で、ともにアナキズムの信奉者であった。特にヴァンゼッティは、ストライキを指導するほどの積極的な活動家だった。裁判は何ら具体的な物証もないまま、文字通り予断と偏見をもって進められ、一九二一年七月一四日の公判で陪審は第一級殺人で有罪の判定を下した。二人に対する偏見の原因は、二人が一九〇八年にイタリアからアメリカにやって来た移民労働者で、第一次世界大戦の際は徴兵を忌避してメキシコへ逃れ、何よりも当時アナキズムの熱心な信奉者であったことにある。一九二〇年当時のアメリカは、第一次世界大戦の復員軍人の失業が大きな社会問題となり、一方左翼労働運動も大きな盛り上がりを見せていた。アメリカの政治家たちはこの事態を前にして、国民の間にあった排外主義を煽り、各地で「赤狩り」が行われた。サッコ＝

Boston Public Libary 内のサッコ、ヴァンゼッティのレリーフ

ヴァンゼッティ事件は、こうした労働運動や、すでにロシアで革命を成功させている社会主義に対するヒステリックな世論を背景に作られた冤罪事件であった。

　これに対する抗議運動は、アメリカ国内のみならず、欧州、中南米にも広がり、ロマン・ロラン、ゴーリキー、バーナード・ショーら国際的に著名な文学者も参加するほど幅広いものであった。のちにアメリカの作家アプトン・シンクレア（Upton Sinclair）の小説『ボストン』（*Boston*, 1928）やハワード・ファスト（Howard Fast）[3]の小説『サッコとヴァンゼッティの受難』（*The Passion of Sacco and Vanzetti*, 1953）の題材となり、後者は映画化もされている。これらより前にも、判決の数か月後、一九二一年一〇月にフランスの作家アナトール・フランス（Anatole France）は、サッコとヴァンゼッティの命を救えとアメリカ国民に対してアピールを発表し、「いかなる党派に属していようとも、我々みんなが守らねばならない最も神聖な権利を行使するため、人が自らの命を犠牲にしなくてはならないとは、何と恐ろしいことでしょう[4]」と、この事件が単に二人の無実の人間の冤罪事件であるにとどまらず、人間の普遍的な権利に関わるものであることを訴えた。

　上告や様々な申し立てが行われていた七年間を二人は獄中で過ごしたが、やがて一九二七年四月九日ボストンのマサチューセッツ高等裁判所は「七月一〇日の日曜で始まる一週間以内に電気椅子で死刑に処せられる」と宣告した。二人の無実を信じ、不公正な審理に抗議するアメリカ国内外の運動の盛り上がりによって、死刑の執行は二度にわたって延期されたが、結局八月二三日軍隊と警察による準戒厳令状態の中で死刑が執行された。時が移って五〇年後の一九七七年七月一九日、マサチューセッツ州マイケル・デュカキス知事は「裁判は全面的に誤りであった」との公式宣言を発表し、二人の無罪を確認、また処刑日の八月二三日を「サッコ＝ヴァンゼッティ追憶記念日」とする旨宣言した。

リンドバーグの壮挙がアメリカにおける近代科学と人間の勇気の勝利であるとするなら、その同じ近代アメリカが作り出したサッコ＝ヴァンゼッティ事件は、近代の美名に隠された社会の歪みと人間の愚劣さの象徴である。後で紹介する巴金宛ヴァンゼッティ書簡にも名の見える、当時サッコ＝ヴァンゼッティ救援活動に積極的に関わっていたアメリカの作家ドス・パソス（John Dos Passos）は、二人に対する死刑が執行された直後、左派系雑誌『ニュー・マッセズ』（*New Masses*）に〝これは詩ではない。これは灰色の囚人服を着た二人の人間だ〟という書き出しで始まる追悼詩「彼らは死んだ」（*They are Dead Now*）を発表しているが、その最後で彼はこう詠う。〝彼らはいまや自由に夢みることができる。油染みたデニムの獄衣から解き放たれて、彼らの声は千の言葉となって吹き戻ってきて、一つの歌をうたう。マサチューセッツの鼓膜を破るために。その詩をうたえ、勇気があるなら！〟[5]。サッコとヴァンゼッティの死が単なる心情的同情を拒否する、人間の生存と自由の権利の至高の価値を自らの命と引き換えに世界に示した、またそれゆえにこそ命の至高の価値を逆証明した、普遍的問題に深く結びついた峻厳な生の終わりであることは、世界中に沸き起こったその〝千の言葉〟がよく示している。そしてその〝千の言葉〟の中には中国人の言葉も含まれていた。

奇しくもリンドバーグがニューヨークからパリへ向けて飛び立った五月二〇日の三日前、五月一七日にパリからボストンへ向けて一通の英語の手紙が書かれ、若き中国人アナキストと死刑囚として獄中にあったイタリア系アメリカ人アナキストの間に敬愛と連帯の橋が架けられた。この僅か一通の手紙に中国、フランス、イタリア、アメリカという四つの地域が関係しているが、今日のようにＩＴやメディアの利便に頼ることができず、個人の生活範囲の狭さと世界空間の広大さが対照的だった一九二〇年代当時の状況を考えれば、この関係空間の広がりは注目すべきことである。実はそれが近代思想のもつ普遍性指向の具現そのものでもあるともいえる。近代科学が飛行機という交通手段を生み出して、人間の行動範囲をその負的影響とともに世界全体へと広げていったとすれば、アナキズムという近代思想は絶えず挫折を余儀なくされながらも、権力や国家の否定、自由、平等、互助という理念の追求を通して、近代思想の矛盾をはらみながらも世界中に国境を超える連帯の輪を広げていったということができる。

無実のまま獄中に囚われ、死刑執行が眼前に近づきつつあったヴァンゼッティに手紙を書いたのは、フランス留学中の中国人アナキスト Li Pei Kan、のちの作家巴金である。彼は死を目前にしたヴァンゼッティと書簡を交わし、のちにその自伝を中国語に翻訳し、また自らの体験を小説化しているが、それよりも注目すべきことは、サッコ＝ヴァンゼッティ事件との関わりの中から、巴金がデビュー作『滅亡』初稿を書き始めたことである。以下、ヴァンゼッティとの交流を中心に、巴金がこの事件をどう受け止め、それが彼の思想や文学にどのような意味をもったかを探りながら、作家巴金の誕生を検証してみたい。

二、巴金の苦悩

一九二七年一月一五日、巴金はアナキズム運動の同志であり友人でもあった衛恵林と共に、上海から客船 Angers 号に乗ってフランスへ向かった。二月一八日に船はマルセイユに着き、一九日に巴金はパリへ到着する。フランス行きの目的は経済学の勉強のためであったといわれるが、フランスが大革命を経験し、ヨーロッパにおける思想、政治運動の中心地の一つであったことが大きな理由でもあっただろう。上海からパリに至る旅行の見聞と思索をまとめた『海行雑記』（一九三二）の最後は、パリ到着一か月後、次兄李堯林に宛てて書いた手紙で終わっている。そこには異国に渡った中国人留学生の感激や不安とは全く別の、苦悩する若きアナキストの孤独と憂愁が色濃く滲んでいる。

夕暮れになると、私はいつも街へ散歩に出かける。あたりの街は、夜はいつもひっそりとしている。商店が六、七時頃に店を閉めるので、通行人はごく少ない。私は一人黙々と広い道を散歩する。心が封じ込められたように感じ、周囲は目に見えない壁ばかりだ。道路に面した商店のドアは閉じられ、その秘密を中に封じ込めている。そのもの言わぬ壁に、突然苦痛の色が浮かび、中に無限の痛みを抱えていることを知らせているように思えた。(6)

巴金が中国を離れたのは、北伐の国民革命軍が軍閥孫伝芳の軍隊を長江以北に敗退させようとしていた時期にあたり、国共合作が表面的にはまだ保たれていた頃である。当時アナキズム運動は、上海では労働組合内のサンディカリズムとしてくらいしか社会的影響力をもてず、またその影響力もごく僅かで、一九二七年四月一二日上海に始まる蔣介石の白色テロと国共合作崩壊の後は、両派の間で左翼反対派として活動を展開する力のないままに、国民党に擦り寄る者が増えていった。巴金はそうした中で、主に出版物による啓蒙活動を中心的に担い、フランスへ出発する前年の一九二六年は、クロポトキンやエマ・ゴールドマンら海外アナキストの文章の翻訳を中心に、『民鐘』や『民衆』などのアナキズム刊行物の上で、アナキズムの歴史や原理を紹介することに力を尽くしていた。しかし彼はいわば衰退期にあったそのアナキズム運動の現場や同志から離れてフランスへ渡り、孤独と憂愁の留学生活を始めたのだった。のちに当時を回想した文章で、巴金はその心情を次のように説明している。

こうした環境の中で過去の記憶が私を苦しめた。上海で活動していた頃の生活や、苦闘している友人のことを思い、過去の愛や憎しみ、悲しみや喜び、苦難や同情、希望や奮闘などを考えると、心が刀で切り裂かれたように痛んだ。そして消そうとしても消せぬ炎が激しく燃え上がってきた。この寂しい若き心を慰めるために、私は生活の中から得たものを文章に書き始めた。毎晩ノートルダム大聖堂の鐘の音を聞きながら、ノートに小説らしきものを書きつけていった。こうして一か月のうちに『滅亡』の最初の四章を書き終えた。(7)

一人の理想主義者の愛と死を描いた巴金の実質的なデビュー作『滅亡』(一九二九)はこうして書き始められた。つまりアナキズム活動家から作家へと、活動の場所を変えていく巴金の転回点がそこにあったのである。異国にあることの孤独だけではなく、異国にあることによって増幅された孤独が巴金の胸の内にあった。それは単に内面化された自我の苦悩というより、むしろ世界と自分をめぐる苦悩であったというべきだろう。当時のフランスでの生活とサッコ=ヴァンゼッティ事件との関わりを小説化した「我的眼涙」(一九三一)の中で、巴金は世界と自分への絶望をこう表現している。

私の目の前の暗黒は日一日と増大していった。新聞を見れば、あるところでは飢えのために多くの人々が泣き、あるところでは豚や羊のように多くの人々が殺され、遥か遠く離れたところからも悲惨なニュースが送られてきた。これは多数の人間の受難だが、それ以外にも個人の災難、殺人、自殺、争い、訴訟、失業など、どのニュースも悲惨な話ばかりで、新聞から血の臭いがするようだった。涙やうめき声や泣き声はいつ果てるともしれず、西方世界全体が暗黒の苦海に沈んだように、どこにも一筋の光明も見出せなかった。私は空しい気持ちのまま、あちこちさまよい歩いた。生きる目標を完全に失ってしまった。私は毎晩ルソーの銅像の前に立ち、その偉人に絶望した気持ちを訴えたが、彼は何の回答も与えてくれなかった。[8]

この孤独と憂愁と苦悩は巴金に小説を書かせはしたが、その根源が世界と自分をめぐるものである以上、自己の内面の文字化だけで解決することは不可能であった。何よりも世界と自分を繋ぐ絆を確認するものが必要だったに違いない。そうした時に巴金はバルトロメオ・ヴァンゼッティの自伝『ある無産者の生活の物語』（*The Story of a Proletarian Life*, 1924）と出会ったのだった。自分の体験を脚色した小説「我的眼涙」中で、巴金は次のように表現している。

その後、私は大学へあまり行かなくなり、図書館に足を運ぶことも少なくなった。案内者のいない目の見えぬ人のようにあちこちをさまよい歩き、足を踏み外して救いのない深淵に落ち込みかねなかった。もう滅亡するしかないという時、ある日書店で、イタリアの魚行商人が書いた英語の小説が目にとまった。その中にこんな一節があった。

どの家庭も家を持ち、どの口もパンにありつき、どの頭脳も教育を受け、どの人間の知恵も発展の機会をもつことを私は願う。

まるで大雨の後の空のように、私の心は晴れやかに開けた。この本と、更にこの魚行商人に関する二、三冊の本を買って帰った。私はひたすら読み続け、このイタリア人魚行商人の自伝『ある無産者の生活の物語』を読み終えた。[9]

のちに巴金はこの *The Story of a Proletarian Life* を中国語に訳している。[10] 日中全面戦争勃発後の一九三八年平明書店版「前記」でも、「これは真実の書であり、多くの純粋な心を感動させるに違いない」[11] と高く評価している。苦海の縁にいた巴金が読んだのは、無実の罪で獄に繋がれて死刑を宣告されながらも、アナキズムの理想を捨てずに人類の希望を語るヴァンゼッティの自伝だった。ヴァンゼッティは貧しい環境に育ち、職を求めてアメリカに渡って、移民労働者として苦しい生活を送る中で、職を転々としながらも労働運動に従事し、自由意志論を核としたアナキズム信奉者となり、それゆえに無実の罪で死刑を宣告されたにもかかわらず、死を前にしてもなおその理想を捨てようとしなかった。運命が最も過酷な時でさえ希望や理想を語るヴァンゼッティの言葉は、苦悩の極限に達していた巴金に一筋の光を投げかけたのだろう。自己犠牲や献身の輝きが、世界と自分を繋ぐ絆を巴金にもう一度気づかせたのかもしれない。後年の創作回顧録である「談『滅亡』」(一九五八)の中では、ヴァンゼッティの書との出会いの前後がもう少し詳しく述べられている。

その頃はちょうどサッコ(N. Sacco)とヴァンゼッティ(B. Vanzetti)の事件が全世界の人々の心を激しく揺り動かしている時期だった。この二人のイタリア人労働者は死刑囚としてすでに六年も獄中にあった。彼らは六年前に無実の罪で死刑を宣告され、八回上告したが、すべて却下されていた。その頃は七月一〇日に電気椅子で処刑するという最後の決定が公表されたばかりだった。パリじゅうがこの事件のことで大騒ぎになった。私はカルチェ・ラタンにあるホテルの五階に住んでいたが、下は静かな裏通りで、角に小さなカフェがあった。カフェの入り口に『死刑囚監房に六年』という大きなポスターが貼ってあり、「講演会」、「救援会」、「抗議集会」の開催日時が記されていた。新聞は毎日紙面を大きく使って、二人に関するニュースや、二人の手紙や、文化人が連名で発表した再審請求或いは減刑請願書を掲載した。労働者たちは各地で集会を開き、抗議の叫びを上げ、アメリカ大使館までデモを行った。ある日私はヴァンゼッティの自伝『我が生活の物語』[12]の抜粋を読み、その中の言葉に激しく心を揺さぶられた。[13]

これによれば、巴金はある日突然ヴァンゼッティの自伝を偶然見つけたのではなく、サッコ＝ヴァンゼッティ事件がパリじゅうの話題となっていた時に、自分の関心に従ってその書を手にしたことになる。とすれば、この出会いはフランス留学と苦悩に満ちた日々が準備したことになる。挫折しかかっているアナキスト Li Pei Kan が、遠く故郷を離れたフランスのパリでこの書に出会うのは、彼が挫折しかかっているアナキストであり、フランスへ留学に来たからにほかならない。運命は結果として見れば、きわめて必然的でもあり得る。いずれにしても、この本との出会いによって、巴金はその心情を手紙に書いて著者に送ることになり、その結果、交わされた書簡から著書以上に意義ある思想を個人的に学ぶことになった。

三、ヴァンゼッティとの交流

一九二七年八月二三日、チャールズタウン（Charlestown）のマサチューセッツ州刑務所で電気椅子によって死刑に処せられたイタリア系アメリカ人アナキスト、バルトロメオ・ヴァンゼッティと、フランス留学中の中国人アナキスト Li Pei Kan（巴金）の間に数通の英語書簡があることは、巴金研究者の間ではよく知られている。また当時異郷フランスにあってサッコ＝ヴァンゼッティ救援活動に加わった巴金が、中国文壇への事実上のデビュー作『滅亡』執筆にあたって、ヴァンゼッティの返信から大きな啓示を受けたことも、研究者間では周知の事実である。

先に書いたように、一九二七年四月九日、ボストンのマサチューセッツ州高等裁判所は「七月一〇日の日曜日で始まる一週間以内に電気椅子で死刑に処せられる」ことをサッコとヴァンゼッティの二人に言い渡しているので、パリにいた巴金がこのニュースを知り、それによって騒然とした世情を目撃するのは、当然同時期の四月中のことと考えなければならない。また先に見たように、巴金はカフェに張られたサッコ＝ヴァンゼッティ事件のポスターや新聞の関連記事を目にし、書店で見つけて購入したヴァンゼッティの自伝 *The Story of a Proletarian Life* を読んで深く感動したとされる。そうした中で手紙を送った経緯を次のように述べる。

私は紙の上で憂さ晴らしをすることをもうやめた。静まりかえった小さな部屋の中で、自分の苦しみ、寂寞、苦闘、希望などをみな便箋に書きつけていった。まるで肉親に苦しみを訴えるように、アメリカの死刑囚監房にいる囚人ヴァンゼッティに長い手紙を書いた。手紙はボストンへ送り、サッコ＝ヴァンゼッティ救援委員会に転送してもらった。手紙を出した後、私はこの二人のイタリア人労働者を救う闘いに加わっていった。[14]

この時巴金が書いた第一信及び第二信は現在のところまだ発見、公表されておらず（第三信については後述）、その内容が具体的にどのようなものであったかを知ることは難しい。ただ、第一信の発信日付は、以下に紹介する巴金宛ヴァンゼッティ英文書簡第一信の冒頭の記述によって確認できる。そこには "I have received your letter of May 17."[15] とあり、巴金がパリから発信した日付が一九二七年五月一七日であったことが分かる。この手紙をヴァンゼッティがいつ受け取ったのか現段階では不明だが、これに対するヴァンゼッティの返信は、書簡に記載されている日付から六月九日付であったことが確認できる。また二人が処刑されたことを知った八月二四日にアメリカのアナキズム刊行物

The Road to Freedom に宛てて書いた手紙の中でも、"Never forget that Vanzeti has assured us that 'to struggle for Anarchy is the most beautiful way to spend a life — if its owner is worthy of it.'（a letter to me dated June 9, 1927)"[16]と日付が六月九日だったことを明らかにしている。

　この手紙は参考までに本文の後に英語原文を掲げるが、巴金自身の手によって中国語訳され、アメリカ、サンフランシスコの中国語アナキズム雑誌『平等』第一巻第四期（一九二七年一〇月）に発表されている。巴金がヴァンゼッティからこの返信を受け取った時期は、「談『滅亡』」の中の「私は恐れの気持ちを抱きながら七月一〇日の到来を待っていた。ある陰鬱な雨の朝、思いがけなくボストンから郵便物を受け取った[17]」という回想や、この事件との関わりそのものを小説化した短篇「我的眼涙」の中の「七月一〇日が近づき、胸の内にある恐れが大きくなっていった。目の前に絶えず電気椅子の恐ろしい像が浮かんだ。そうしたある陰鬱な雨の朝、ボストンからの郵便物を受け取った[18]」という記述から、七月一〇日を間近に控えたある日と断定してよいだろう。七月一〇日とはっきり書かれているのは、先に説明したように、四月九日にマサチューセッツ高等裁判所で「七月一〇日の日曜日で始まる一週間以内に電気椅子で死刑に処せられる」ことが宣告されたからである。

　これに対する巴金からの第二信は、第一信と同じく所在も内容も未確認だが、発信日付はそれに対するヴァンゼッティからの返信第二信冒頭の"Your letter dated July 11th was given to me a few days ago."[19]という記述から、七月一一日であったことが確認できる。巴金はこの手紙発信後まもなくパリを離れ、地方都市シャトー・ティエリ（Chateau-Thierry）へ移っているので、ヴァンゼッティからの返信第二信の受領など、これ以後ヴァンゼッティとの通信はシャトー・ティエリで行われている。

　巴金の第二信を受け取ったヴァンゼッティは、すぐに返信第二信を書くが、七月二三日付のこのヴァンゼッティか

巴金宛ヴァンゼッティ書簡を収めた *The letters of Sacco and Vanzetti*

らの英文書簡（同時に最後の手紙でもある）は、のちに *The Letters of Sacco and Vanzetti* (New York : Viking Press, 1928）に収録された。この書簡集唯一の中国人宛書簡である。サッコとヴァンゼッティの処刑執行は、当初七月一〇日以降の一週間以内に予定されていたものの、世界中に抗議の声が広まる中で、当時のマサチューセッツ州知事アルヴィン・フラーは、最初に一か月、次に一二日間と、二回にわたる執行延期措置を取り、最終的に八月二三日午前一時すぎにニコラ・サッコとバルトロメオ・ヴァンゼッティに対する死刑が執行された。従って、ヴァンゼッティが巴金に宛てて書いた第二信は、その最後の日々に書かれたものということになる。巴金宛書簡として最後になったこのヴァンゼッティからの返信を巴金が受け取ったのは、八月一二日のことと推定できる。『平等』第一一期（一九二八年六月）掲載の「死者與生者（二）」（署名佩竿）で巴金は次のように書いている。

　サッコとヴァンゼッティが殺される一一日前の八月一二日、私はヴァンゼッティから二回目の返信を受け取ると、すぐにサッコ＝ヴァンゼッティ救援委員会（ボストン）へ以下のような手紙を書いた。「ここにヴァンゼッティに宛てた私の手紙が一通あります。これを彼が目にすることができるかどうか分かりません。なぜなら彼は一一日後に電気椅子で焼き殺される運命にあるからです[20]」。

この記述から、ヴァンゼッティからの返信第二信の受信が八月一二日であることが確認でき、更に貴重な情報として、同日付のヴァンゼッティ宛巴金書簡第三信があることが判明する（ヴァンゼッティはこれを読むことなく亡くなった）。

巴金がどのようにサッコとヴァンゼッティの死を知ったかについては、「サッコとヴァンゼッティが殺されたニュースがフランスに届いた時、君毅同志がパリからハガキを寄こした。そこには〝二人の無実の人間が死んだ。我々は罪ある者の死を待とうではないか。それはまもなくやって来るのだ！〟と書いてあった。その日、私はアメリカの *Road to Freedom* の同志に手紙を書いたが[21]、のちに第四巻第六号に発表された[22]」、及び「私は小さな町に住んでいたので、二四日午後になってようやく『毎日新聞』[23]でその恐ろしいニュースを読んだ。最初に目に飛び込んできたのは〝罪悪は完成した。……二人の無実の人間がアメリカの役人の栄誉を増やすために犠牲となった……〟という言葉だった。同時に私は友人がパリから寄こしたハガキを受け取った[24]」との回想があり、パリ在住の呉克剛からのハガキと新聞報道でその死を知った経緯が分かる。

ヴァンゼッティ宛巴金書簡（1927年8月13日）

四、巴金―ヴァンゼッティ往復書簡について

ここで、巴金とヴァンゼッティの往復書簡を時系列的に整理しておく。サッコとヴァンゼッティの二人とも、逮捕時には基本的に英語の読み書きができず、チャールズタウン刑務所に収監されている間に、初めて英語の勉強を始めている。特にヴァンゼッティはきわめて熱心に学習を進め、刑務所内の夜間クラスで英語を学んだ後、外部の人々と英語で多くの書簡

巴金―ヴァンゼッティ往復書簡

発信年月日	発信者	受信者	所蔵場所	発表刊行物
1927年5月17日	Li Pei Kan	B.Vanzetti	不明	
1927年6月9日	B.Vanzetti	Li Pei Kan	中国現代文学館	英語原文：*Freedom*, Vol. 41 No.445（Sept.-Oct.1927, 抜粋） *Resistance* Vol.7 No.2（Jul.-Aug.1948, 全文） 中国語訳:『平等』第1巻第4期（1927年10月、一部省略あり） 『中国現代文学研究叢刊』1996年2月号（『平等』版の転載、英文原文併記）
1927年7月11日	Li Pei Kan	B.Vanzetti	不明	
1927年7月23日	B.Vanzetti	Li Pei Kan	中国現代文学館	英語原文：*The Letter of Sacco and Vanzetti*, New York, Viking Press, 1928,（抜粋） 中国語訳：『中国現代文学研究叢刊』1996年2月号（全文、英語原文併記）
1927年8月13日	Li Pei Kan	B.Vanzetti	BostonPublic Library	『中国現代文学研究叢刊』1998年2月号（全文、英語原文併記）

を交わすようになった。その人生最後の日々にヴァンゼッティが巴金に書いた手紙は、過酷で絶望的な状況下で大きな努力を払って身につけた英語の能力によって、アメリカに渡ったイタリア人移民とフランス滞在中の中国人留学生の間に架けられた、同志的友情の橋の輝きを映し出している。

巴金書簡の第一信、第二信は、現時点では所在不明だが（第三信は最後に紹介する）、ヴァンゼッティの返信二通は公表され、死を目前にした無実の死刑囚が、アジアの見知らぬ青年に宛てて書いた、真情溢れる励ましの手紙を我々は読むことができる。ヴァンゼッティから最初の返信を受け取った時のことを、巴金は次のように回想している。

ある雨の朝、思いがけずボストンから郵便物が届いた。ひと包みの本と一通の手紙だった。四枚の便箋の表裏両面に書かれていた。ヴァンゼッティが死刑囚監房から送ってきた返信だった。彼は真心の込もった言葉で私を慰め、励まし、気を落とさずにもっと朗らかになりなさいと書いてきた。それに続けて人類の進化と将来の趨勢について語り、ダンテやシェークスピアやバルザックなど、多くの人について言及した。私にそうしたことを理解させ、勇気を奮って人生の闘いに立ち向かわせなければならないのだと書いていた。彼が私に教えてくれたのは、誠実に生き、人を愛し、人を助けなければならないということだった。私はこの手紙を繰り返し何度も読んだ。その感動は想像してもらえるだろう。私はすぐに返事を書いた。数日間興奮が収まらず、ノートにまた少し文章を書いた。それが「献身を誓う瞬間」（第一一章）である。[25]

自分の悲運を眼前にしている死刑囚から逆に勇気づけられた感動を、ここで巴金は述べている。死によっても消すことができない理想があるのだとすれば、少なくとも自分は世界と繋がることができる。死が必要なほど理想が危うい現実よりも、その現実に打ちひしがれようとしていたこの時の巴金には、死を超える理想を実感させてくれる人間の方が大きく見えたのだろう。そこに作家巴金の誕生の契機があった。引用文の最後にある「献身を誓う瞬間」（小説『滅亡』第一一章）は、主人公杜大心の告白を聞いた友人の李冷、李静淑兄妹が、「自分の幸福を他人の苦しみの上に築いている人間はみな滅びるべきだ」という杜大心の言葉に衝撃を受け、豊かな家庭に育った自分たちの今までの生活を否定し、個人的な幸福や享楽を捨て、人々の幸福のために犠牲になろうと決意する場面を描いている。徹底した自己犠牲や献身のイメージにヴァンゼッティの姿が投影されていることは明らかだろう。

ヴァンゼッティのこの最初の返信は、巴金自身の手で中国語に翻訳され、抄訳の形でサンフランシスコの中国語アナキズム雑誌『平等』第一巻第四期（一九二七年一〇月）に掲載された。巴金はフランス滞在中、この雑誌の編集に携わっており、[26]第四期はサッコ＝ヴァンゼッティ特集として、ほとんどの文章を彼自身が書いている。ヴァンゼッティの返信は、「手紙受け取りました。とても感動しました」[27]と始まり、彼が巻き込まれた冤罪事件にはあまり触れずに、もっぱら自由や平等を人類の過去や未来と結びつけて解説している。その筆調はきわめて冷静、論理的である。平等の権利は人間が生まれながらにしてもっているものであり、多くの人々がそれを承認しているが、自分たちの唱える主義は決して勝利を約束されているわけではないと述べる。

しかし、だからといって、私たちの主義が必ず勝利すると運命づけられているわけではありません。そうではないのです。まずこのことをお話ししましょう。人類の歴史には二つの要素があります。個人的要素と宇宙的要素です。人類はだいたいにおいて専制と自由の二つに分かれます。個人は専制的暴君であったり自由の戦士であったりします。宇宙というのは、私たちがそこから生まれ、その中で生きているもののことです。今のところ、宇宙は人類の意志や力を遥かに超えています。宇宙的要素を除外して歴史を論じるとすると、歴史は完全に人間の意志によって決定されるといえます。私たちの望むようにできるのです。すべての現象と同じように歴史は「質」と「量」の結果です。ギリシャの哲学者ピタゴラスはそう考えました。ですから、我々アナキストは、自由を勝ち取る際に必要な「質」と「量」をいかにして手に入れるか、その方法を知っていれば勝利を得られ、そうでなければ得られません。私が考えるに、人類と歴史は予め決定されたものではないのです。[28]

ここでヴァンゼッティが述べているのは、普遍的な原理は存在するが、それを歴史の中で実現させるのは人間の意志だという一種の主体性論である。自由や平等が奪われ、飢餓や殺戮がはびこる絶望的な世界を前にして苦悩する巴金に対して、それもまた人間の作り出した状況であると冷静に分析し、それを変革する人間の意志の力を強調している。そしてこれに続く文で、貧困、堕落、腐敗といった歴史の負の面に挫けることなく前へ進めと励ます。

若き同志よ、それに構わず前進を続けなさい！「無政府」のために闘うことは（たとえそれを愚かな行為と呼ぶ者がいたとしても）最も美しい生き方なのです――その人間がそれに値するならばですが。「無政府」の本当の意味は、生を理解し、解放し、個人を解放し、人の人に対する抑圧や収奪などを廃絶することによって、この歴史の消極的結果を消滅させることにあります。ですから「無政府」こそが、生の問題を解決できる唯一の方法であり、道なのです。しかしそれは人々の希望や努力によって決定され、実現されなければなりません。それ自体自然に実現するわけではないのです。(29)

ここで述べられているのは、アナキズムの理想をめぐるユートピア的一般論にすぎないと考える者がいるかもしれない。だが、死を前にしてなお人間の意志による変革という理念を捨てず、逆にアナキストであることで無実のまま死刑に処せられようとすることに対して強い誇りを抱くヴァンゼッティの理想への献身の姿を、巴金はこの手紙から読み取ったに違いない。小説『滅亡』に反映されたのは、闇のような絶望的社会と、対照的に輝く自己犠牲や献身の精神であっただろう。

巴金がヴァンゼッティからこの最初の手紙を受け取ったのは、前述のように一九二七年七月一〇日直前と推定される。ヴァンゼッティからこの最初の返信を受け取ると、七月一一日に巴金はすぐ二通目の手紙を書き、ヴァンゼッティもまたすぐ、七月二三日に返信第二信を書く。この書簡でヴァンゼッティは、巴金から手紙と写真を受け取ったことに対して礼を述べた後、次のように書き始める。

青年は人類の希望です。あなたの写真を見て、私は心から喜び、胸の内でこう叫びました。「見よ、この若者は、今や我々の衰弱した手から徐々に地上に落下しようとしている自由の旗、この上なく美しい無政府の旗を拾い上げ、高く掲げようとしている」。それはすばらしいことです。そう考えることが、この死を前にした老ヴァンゼッティにどれだけの慰めと喜びを与えたか、それを知り理解するには、あなたはまだ多くの苦しい月日を生きていかなくてはなりません。[30]

ヴァンゼッティに対する同情は、逆に巴金に対する激励となって返ってきているのである。そして、その激励も第一信と同じく、悲観的な現状に対する冷静な認識に基づいている。

私の考えでは、我々は、人類の他の人々と共に、確かに圧政や暗黒へと引き摺られていこうとしています。いったいどこへ行き着くのでしょうか。比較的よく知られている歴史が証明しているように、人類はゆっくりと、着実に、絶えず進歩しています。前進後退を繰り返していますが、それでも着実に進歩しています。しかし死滅した文明がよい例を示しているように、我々の歴史認識の初歩段階では、何が到来し、通り過ぎていくのか知ることはできません。今ではよく分かっていますが、歴史は進化と同じく、思慮深い思想家の願いを証明するどころか、逆に失敗するのです。では、この逆行と圧政の時代の次に来るものは何でしょうか。転換期に必ず別の圧政に座を譲ってしまう、間違った民主主義が再びやって来るのでしょうか。何千年も続いてきたことが、同じように起きるのでしょうか。無政府、アナキストだけがこうした悪循環を打ち破り、新しい秩序を作る、いやもっと正確にいえば、新しい秩序を構成する事物の自然性、つまり、自然な同時性によって生み出される方法に従って、生を確立させるのです。[31]

ヴァンゼッティの論調は、ほとんど第一信の時と変わらず、歴史の悪循環を指摘し、そこから脱するためにアナキズムの旗を掲げて闘えと説いている。そして同時に、それは大変苦しいものであるが、人間の力で変革が可能だと続ける。

それは大きな事業です。しかし人間の力で可能なのです。それを理解していれば、惑わされ、堕落させられている労働者階級や、すべての階級が、真に本能的に、我々と共に歴史の偉大なる解放のために闘う時、幸福な自由の王国を建設することができるでしょう。しかしそうした時も我々は自分の事業を輝かせねばなりません。さもないと、大虐殺の結果として、新たな圧政が現在のものにとって代わるだけになります。以上が、若き同志であるあなたに重く厳しい言葉を書き連ねた理由です。あなたの若い情熱と意気込みと誠意が、私を心から喜ばせたように、私の古い経験があなたの考えをより強固に、揺るぎないものにすることができればと願っています。[32]

ヴァンゼッティの筆致は、苦悩する若きアナキスト巴金にどこまでも優しく、歴史を人間の意志によって変革させることのできる可能性を諄々と説いている。自らの悲運の死を前にしてなお、人間の主体的意志による変革を説くこの強さはどこから来ているのだろうか。巴金は一方でその理想と献身の精神の気高さに感激しつつ、一方でまたそうした純粋な魂をもつ人間を無実のまま死に追いやる現実に、怒りと苛立ちを感じずにはいられない。最初の延期によって改めて死刑執行日に指定された八月一〇日前後の心境を、巴金は次のように回想している。

私は心を火で焼かれているように感じ、気持ちの高ぶりを抑えられなかった。またノートを取り出し、まっ白なページに文章を書きなぐり、深く考えもせずにたくさん書いた。自分でも読み取れない箇所があったが、のちに一部を小説の中に使った。『滅亡』第一三章の「革命はいつになったらやって来るのか」という問題と、第二〇章の「愛と憎しみ」の論争などは、みなそれらを書き直したものである。[33]

『滅亡』第一三章の「革命はいつになったらやって来るのか」は、主人公杜大心の影響を受けて社会主義を信じ、労働組合の活動に加わるようになった労働者張為群が、貧しい人々の悲惨な現状に胸を痛めて、耐えきれずに杜大心に向かって叫ぶ問いかけの言葉である。革命がやって来るとして、その日までいったいどれだけの不幸や死が積み重ねられることになるのかという、革命の過程と理想をめぐる鋭い問いかけは、ヴァンゼッティのような理想に人生を捧げる人間が、それゆえに悲運に見舞われる現実に対して、巴金が発した叫びなのかもしれない。

また第二〇章の「愛と憎しみ」の論争とは、赤狩りで逮捕、殺害された友人張為群の復讐を果たすため、主人公杜大心が戒厳司令官の暗殺を決意し、その直前に密かに愛していた李静淑に愛を告白した際、二人の間で交わされるやり取りのことである。同志張為群の復讐のためテロリストになろうとする杜大心に対し、李静淑は憎しみではなく、愛の感化によって社会の変革を図るべきだと主張する。しかし杜大心は、苦悩のうちにストイックなまでに愛を拒否して彼女のもとを去る。愛と憎しみを対立項として選択しようとする絶望的なストイシズムは、崇高な理想に全人生を捧げるヴァンゼッティに勇気づけられながら、またそのかけがえのないヴァンゼッティの命を奪う現実社会に対して絶望を感じずにはいられない、巴金の引き裂かれた心情を代弁しているように思える。

巴金がヴァンゼッティの第二信を受け取ったのは八月一二日のことだが、これが巴金に宛てて書かれた最後の手紙となった。二度目の延期の後、八月二三日午前一時すぎ、二人に対する死刑が執行されたからである。巴金はその最後の日々と死の瞬間を、レクイエムのように小説「電椅」（一九三二）で書き、またこれを収めた彼の三番目の短篇小説集を『電椅』（上海新中国書店、一九三三）と名づけている。二人の死を知った八月二四日、*The Road to Freedom* に宛てた手紙の中で、巴金は「この二人の無実の人間が電気椅子で焼かれた時、我々はいったいどこにいたのか。何年もの間、彼らが無実であると知り、叫んできた我々は今どこにいるのか」と怒りの叫びを上げ、そして「正義は決して死なない。無政府は決して敗れない。サッコとヴァンゼッティは自分の義務を果たした。こんどは我々が義務を果たす番だ[34]」と高らかに宣言している。しかし実際の巴金は二人の死をそれほど簡単に受け止められたわけではない。そこでもやはり小説を書くという代償作用が必要だった。二人の死を知った後の心境を巴金はこう書く。

私は一日中あちこちへ手紙を書き、「ドルの国家」を告発したが、それでも気持ちの高ぶりは収まらなかった。そこでまたノートを取り出し、自分の気持ちをありったけ書き綴った。数日間書き続けて私は「首斬りの盛典」、「二つの世界」、「決意」の三章を書き、更にのちに小説の中には入れなかった文章も書いた。[35]

引用文の中の三章とは、それぞれ『滅亡』第一七、一八、一九章にあたる。第一七章は、張為群が街頭で見せしめの斬首刑に処せられるのを杜大心が目撃し、見世物でも見に来たかのような民衆の中で、一人遣り場のない悲しみと怒りを感じる様子を描く。第一八章の内容はそれに続く場面で、処刑目撃の帰途、うわべだけ華やかで賑やかな町中を、絶望と憤怒と痛苦の思いを抱いて歩く孤独な杜大心は、現実社会が富める者と貧しき者の二つの世界に引き裂かれていることを実感する。帰宅した彼のもとを張為群の妻が訪ねて来て、許しを乞う杜大心の態度から夫の死を知る。

第一九章は、張為群の死から三日目の夜を描く。杜大心は張為群の妻が夫の仇を取る夢を見る。夢から覚めた杜大心は、張為群の死に自分は責任があると考え、戒厳司令官を暗殺して自分も死ぬことを決意する。

こうした内容を直接的に見れば、死によって生の問題の解決を図るという描き方が、サッコとヴァンゼッティの死による衝撃によって生じたように見える。だが、巴金の心情が杜大心の上に直接仮託されているというより、むしろ滅亡するしかない杜大心の苦悩と絶望の深さこそ、巴金が描こうとしていたもののように思える。表面的には理想と現実、希望と絶望という対立項の積み重ねの文章を書いているように見えて、実は底知れぬ深い漆黒の闇の世界を、巴金は心の内に抱えていたのではないだろうか。ヴァンゼッティの手紙は、闇から脱出する勇気ではなく、闇の中を歩み続ける勇気を巴金に与えたのではないかと思う。

『滅亡』の序文で、巴金はヴァンゼッティのことを「師」と呼んでいる。

私には一人の「師」がいる。その人は私に愛と寛容を教えてくれた。しかしこの世の憎しみのために、その人は無実でありながら、ボストンのチャールズタウン刑務所の電気椅子で焼き殺されてしまった。電気椅子に坐ってもなお、その人は処刑にあたる人を許したいと言った。私はその人に会ったことはない。だが私はその人を愛し、その人は私を愛してくれた。私はいつも罪を犯す（I have always sinned !）。なぜなら人を愛し、許すことができないからだ。自分の兄を愛するがために、逆に兄を苦しめる結果となり、わが「師」を愛するがために、逆に教えられた愛と寛容に背き、憎しみや復讐を宣伝する結果となった。私はいつも罪を犯すようになった。(36)

愛と憎しみが二項対立ではなく、むしろ相互の根源であるような、深い闇を抱えて巴金は文章を書き続けていたのである。巴金とヴァンゼッティの間に交わされた手紙はそれぞれ数通しかないが、ヴァンゼッティから送られた二通の手紙は、巴金に彼を「師」と呼ばせるほど、その心の琴線に触れるものであった。それは何よりもヴァンゼッティ自身が暗い闇を見据えながら、その中を歩む勇気をもつ人間だったからであろう。

五、闇を歩む勇気

巴金がサッコ＝ヴァンゼッティ事件について書いた文章で一番早いものは、『民鐘』第二巻第六、七期（一九二七年七月）に発表した「死囚牢中的六年――薩珂（Sacco）與凡宰特（Vanzetti）果然会被殺麼?-」と思われる。これはサッコ＝ヴァンゼッティ事件の発生と経過を克明に解説したもので、七月一〇日を目前に控えた時点で書かれている。これ以降、巴金はこの事件に関する多くの文章を書いているが、サンフランシスコのアナキズム雑誌『平等』に発表したものが多い。それらはすべて二人の死刑執行後に書いた文章である。早いものとしては、先に挙げた *From a Chinese Comrade*（*The Road to Freedom*, Vol. IV, No.6,1928,1）があるが、これに次ぐのが『平等』第一巻第四期（一九二七年一〇月）「薩珂與凡宰特専号」掲載の数篇の文章である。『平等』第一巻第三期（一九二七年九月）掲載の「今日之世界」のように、無署名で書かれたサッコ＝ヴァンゼッティ事件関連の文章も巴金が書いた可能性があるが、確定的な証拠はない。『平等』第一巻第一二期（一九二八年七月）掲載の「死者與生者（四）」では、「『滅亡』序」と同じくヴァンゼッティを「わが師」と呼んでいる。

一九二五年に出版されたサッコ＝ヴァンゼッティ救援委員会収支報告書に、サッコとヴァンゼッティ連名の序文がある。これは「わが師」ヴァンゼッティが書いたものであることを知っていたが、報告書を入手したのは二人が死んだ後のことだった。私はそれを読むたびに涙が止まらない[37]。

たった二度の手紙による交流でありながら、巴金は「わが師」と呼ぶほどヴァンゼッティを深く慕い、その言葉を心に刻みつけ、大きな影響を受けた。ただ、『平等』に掲載された巴金のサッコ＝ヴァンゼッティ事件関連の文章は、第二巻第三期（一九二九年三月）の「薩珂與凡宰特是無罪的人」で終わる。またそれ以外の場所に発表したサッコ＝ヴァンゼッティ事件関連の文章、例えば上海自由書店から出版した『革命的先駆』（一九二八）、『断頭台上』（一九二九）所収の文章などもこの時期に集中している。それはちょうど巴金がフランスを離れ、中国に帰った時期にあたっている。一九二八年一〇月末、巴金は二年足らずの滞在を終えてフランスを離れ、一二月初めに上海へ戻った。帰国してから、しばらくはアナキズム関連の文章を発表しているが、そのうち次第に文学作品が多くなり、一九三〇年代に入ると本格的に作家としての道を歩み始める。三一年に「我的眼涙」を、三二年に「電椅」を発表するが、三八年七月にヴァンゼッティの *The Story of a Proletarian Life* の中国語訳『一個無産者生活的故事』（平明書店、一九三八）の「前記」を書いて以降、サッコ＝ヴァンゼッティ事件関連の文章はなくなる。しかし、それはアナキズムの理想との距離や、ヴァンゼッティとの思い出の希薄を意味するものではなく、むしろ理想や思い出を文学において実践する過程に踏み込んだことを示しているように思う。しかもそれは、ヴァンゼッティのように生死の極限においてなお、人類や理想を愛することのできる「師」のいない困難な実践だっただろう。政治運動と異なり、文学創作は基本的に孤独な作業によって、世界と自分との関連や断絶を検証しながら進めるものである以上、意識の主体は常に孤立せざるを得ない。内面化された自我と仮象の世界の相克というオブセッションを抱えながら、作家巴金は一九三〇年代から四〇年代を歩み通した。その運命づけられた孤独に、常に外部から導きの光が射し込まれていたわけではない。その暗闇の世界を巴金が歩んでいくことができたことに、ヴァンゼッティの教えが生きているのだろう。「師」ヴァンゼッティが巴金に教えたのは、人類の自由と平等という灯を掲げ、自分の心の中と外部の双方の闇をしっかり見つめながら、その闇の中を歩めということだったのだろうから。

（一九九五年初稿、二〇一八年改稿）

■付属資料Ⅰ　巴金—ヴァンゼッティ往復書簡原文（巻末付録①）

■付属資料Ⅱ

巴金『滅亡』各章内容：『小説月報』第二〇巻第一号（一九二九年一月）—第四号（一九二九年四月）連載版に基づく。

章	標題	内容	執筆場所	執筆時期	発表号数
一	果てしない暗闇の中を一つの魂が呻いている。	李冷は交通事故を目撃。貧富の差を実感する。一人の青年が小声で罵るのを耳にする。李冷はその後をつけ、詩人杜大心であることを知る。	パリ	パリ到着直後	二〇巻一号
二	夢と現実	杜大心は悪夢を見る。目覚めると大家夫婦が喧嘩、うんざりする。再び眠りにつきいとこの夢を見て辛くなる。	パリ	パリ到着直後	二〇巻一号
三	四年前	杜大心は一九歳の時にいとこと恋愛をするが、相手が結婚したことで、故郷を離れてS市へ来る。大学二年の時に母親が	パリ	パリ到着直後	二〇巻一号

		亡くなる。一年後、革命団体に参加、詩も発表する。いとこの夫が病死。			
四	女	いとこが夢の中で苦しみを訴え、杜大心も煩悶するが、結局は取り合わない。覚めてみれば夢だった。	パリ	パリ到着直後	二〇巻一号
五	ありふれた朝	外出した杜大心は、街で二人の少女の苦難を目撃して同情する。この社会は貧しい人々の苦しみに満ちていると感じる。	パリ	パリ滞在後期	二〇巻一号
六	李冷とその妹	李冷は江西人で、裕福な家の息子であった。五四時期にS市へ来て大学に入学。のちに妹李静淑も進学でやって来る。李冷は杜大心が不平等な社会を呪う言葉に圧倒される。	シャトー・ティエリ	クロポトキン著作翻訳の後（一九二八）	二〇巻一号
七	誕生日祝い	杜大心は李冷二五歳の誕生日祝いに彼の家を訪問。初めて李静淑に会う。家には他に大学教授の袁潤身、編集者の陳冰伯、その夫人の鄧燕華、李冷の同級生林秋岳がいた。李静淑が杜大心の作品は憎しみに満ちていて怖いというが、杜大心は反論する。李静淑はピアノを弾いて、ロシアの物語をもとにした歌をうたい、一同を感動させる。その歌詞は自分が書いたものだと杜大心が打ち明ける。	シャトー・ティエリ	クロポトキン著作翻訳の後（一九二八）	二〇巻二号
八	ある愛の物語	袁潤身がフランス時代の恋愛話を始める。大家の一七歳の娘と恋愛するが、父親の反対で失恋。病に倒れる。その後、イタリア、スイス経由で帰国して、大学教授となる。	不明	友人の話を聞いた後（一九二八）	二〇巻二号
九	杜大心と李静淑	杜大心は帰宅の道すがら、李静淑を愛し始めていることを自覚するが、同時に彼女を愛することができないことも分かっていた。革命の理想があり、個人の幸福を犠牲にしても人類を救うと誓いを立てた以上、ブルジョアの娘を愛することが	シャトー・ティエリ	クロポトキン著作翻訳の後（一九二八）	二〇巻二号

		できないからだ。一方、李静淑は袁潤身の求愛を受けて、自分が杜大心を愛していることに気づく。			
一〇	愛と憎しみ	杜大心が李冷の家へ来る。李冷兄妹は杜大心の健康を心配する。杜大心はなぜ愛を捨ててすべてを憎むのか、李冷と李静淑に告白する。彼が子どもの頃、大人は彼が飼っていた鶏を食べてしまった。また飢饉の時に、貧しい者が子どもを食べてしまう事態もあった。杜大心の母親が亡くなり、いとこも強制的に結婚させられた。この社会は人を食いものにしているのだ。	パリ	パリ滞在後期	二〇巻二号
一一	革命家が献身を誓う瞬間	杜大心の「自分の幸福を他人の苦痛の上に築いている人間はすべて滅びるべきだ」という言葉に、李冷と李静淑は衝撃を受ける。二人は「私たちが我が家の罪を贖うのだ。これから私たちはすべての幸福と快楽を犠牲にして、人民に対して罪を贖い、人民を助けるべきだ」と考えるのだった。	パリ	ヴァンゼッティ第一信受領後	二〇巻三号
一二	杜大心の悲劇	李静淑への愛をあきらめるため、杜大心はY区へ転居、張為群と同じ建物に住む。紡績労働組合事務局は、総理主義を唱える王秉鈞派と、平等主義を目指す杜大心派の二派に分かれているが、杜大心派は張為群ら四人しかいない。杜大心は結核に苦しみ、同時に李静淑への愛にも苦しんで、日記にそれを書きつけた。	シャトー・ティエリ	クロポトキン著作翻訳の後（一九二八）	二〇巻三号
一三	張為群	安徽省の貧しい階級出身の張為群こそ杜大心の真の同志であった。彼は両親の死後、S市へ来て紡績工場で働いて八年になる。三年前に結婚して子どももいる。純粋な人間で、この社会の様々な苦難を見て、自分の小さな幸福で満足せず、	パリ	ヴァンゼッティ第二信受領後	二〇巻三号

		杜大心が主張する平等主義を信奉している。張為群夫婦に杜大心は好感をもっている。ある日、張為群はもう耐えられず、杜大心に向かって、革命はいつになったらやって来るのかと訴える。そして自分たちが住む部屋には以前三人の子持ちの女性が住んでいたが、追い出されたのだと語る。			
一四	杜大心と李静淑	杜大心は夢から覚める。実は李冷の家へやって来て、病に倒れたのであった。李静淑とその兄は七日間看病した。ある晩、杜大心は自分の感情を抑えきれず、こっそり李静淑の寝室へ行く。そこで「あなたが幸福を失ったら、私にも幸福はあり得ない」という彼女の言葉を耳にして、自分は幸福を他人の不幸の上に築いていると思い、翌日李冷の家を出て、その後二度と行くことがなかった。	シャトー・ティエリ	クロポトキン著作翻訳の後（一九二八）	二〇巻三号
一五	革命党の逮捕	S市に戒厳令が敷かれ、警察は新思想に偏見をもち、封建的思想に基づいて逮捕を行った。年配の警察官が『工人旬刊』を持った労働者を逮捕して、半死状態になるまで殴って連行した。	シャトー・ティエリ	クロポトキン著作翻訳の後（一九二八）	二〇巻三号
一六	八日間	八日間、張為群の消息がない。杜大心たちは心配して、あちこち情報を探ったが分からない。杜大心は実情を張為群の妻に告げることができない。彼女は悲しみの中で耐え続けていたが、杜大心はいっそう辛かった。そのうち、張為群が拷問を受けても口を割ろうとせず、自分の死後、妻子の面倒を見てくれるようにとの同志への伝言だけが残された知らせが届く。杜大心の悲痛はより大きくなった。	シャトー・ティエリ	クロポトキン著作翻訳の後（一九二八）、のちに一部加筆	二〇巻三号

一七	一八	一九	二〇	二一
首斬りの盛典	二つの世界	最大の決意	最後の愛	「さようなら、淑！」
ある晴れた日、広場には多くの野次馬がアカの首斬りの見物に集まって来た。張為群が連行されてくる。杜大心は張為群の「杜さん、革命はいつになったらやって来るのですか」という叫びを聞いたような気がした。群衆は犯人が自分たちのために犠牲になるにもかかわらず、ただ野次馬見物しているだけだった。最後に張為群の首が斬り落された。杜大心は張為群一人を死なせるわけにいかないと思うのだった。	S市の繁華街は富裕層の世界を成していて、杜大心はこうした人間は滅びるべきだと思った。帰宅後、張為群の妻が訪ねて来て、夫の死を知り、慟哭する。杜大心は跪いて謝るが、逆に彼女から慰められる。	張為群が死んで三日後、杜大心は夢を見る。張為群の妻が復讐を果たすため、子どもを杜大心に預ける。目が覚めた杜大心は、張為群一家の幸福を自分が奪ってしまったと思い、自分の命を犠牲にして復讐を果たそうと決意する。死こそが彼に休息と静かな幸福をもたらすのだ。	杜大心は李静淑を訪ね、心の内にある愛を訴える。李静淑も自分が愛していることを告白する。二人は抱き合ってキスをする。杜大心は復讐のためにある人間を殺す決意を告げる。李静淑に説得されて、杜大心の心は揺らぐ。だが結局は張為群の死を思い起こし、李静淑に別れを告げる。	帰宅の道すがら、杜大心は李静淑への愛のために苦悩する。いったんは李冷の家へ戻るが、入っていくことができず、翌日また来ようと考えるが、帰路で張為群の首を目撃。結局、
パリ	パリ	パリ	パリ	シャトー・ティエリ
ヴァンゼッティ処刑執行後	ヴァンゼッティ処刑執行後	ヴァンゼッティ処刑執行後	ヴァンゼッティ第二信受領後	クロポトキン著作翻訳の後（一九二八）
二〇巻四号	二〇巻四号	二〇巻四号	二〇巻四号	二〇巻四号

		死を決意する。			
二二	滅亡	翌日、杜大心の同志朱楽は杜大心からの手紙数通と金を受け取る。S市にあるニュースが広がった。一人の青年が戒厳司令官に向かって四発発砲して怪我をさせ、護衛二人を射殺、最後に自分を打って自殺した。犯人の首はさらしものとなった。五年後、大規模ストライキが起こり、リーダーは李静淑だと伝えられた。	シャトー・ティエリ	最後に執筆	二〇巻四号

【注】

（1）Howard Zinn, *A People History of the United States*, Harper Collins, 1999, p.382. ここでは『民衆のアメリカ史（中）』（ハワード・ジン著、平野孝訳、TBSブリタニカ、一九八二年）、六三五頁より引用。

（2）盧剣波『薩樊事件』「序言」、上海：泰東図書書局、一九二八年、一頁。巴金の友人でもある盧剣波は、同書の中でアナキストの立場からサッコとヴァンゼッティの冤罪事件に抗議しているが、胡適が『現代評論』に発表した反対の見解などを収録して、自分の意見の客観化を試みている。

（3）一九五〇年代巴金はハワード・ファストの転向を批判する文章を書き、逆にそれが理由で自分が批判される経験をしている。詳細は本書収録の「巴金批判と林憾盧」参照。

（4）Anatole France, *Anatole France's apeal to the American people*, ここでは John Dos Passos, *Facing the chair*, Sacco-Vanzetti Defense Committee, 1927, p.7. より訳出。

（5）「彼らは死んだ」（*They are Dead Now*）は *New Masses* III：7（October, 1927）掲載。ここでは Virginia Spencer Carr, *Dos Passos : A Life*, New York : Doubleday, 1984, p.228 より訳出。

（6）巴金『海行雑記』、『巴金全集』第一二巻、人民文学出版社、一九八九年、九四頁。

（7）巴金『写作生活的回顧』、『巴金全集』第二〇巻、人民文学出版社、一九九三年、五四六頁。

（8）巴金「我的眼涙」、『光明』、『巴金全集』第九巻、人民文学出版社、一九八九年、二六一頁。「我的眼涙」は小説である以上、そのまま事実と見なすわけにはいかないが、当時の状況と対照すると、現実に即していると思われる部分が少なくない。以下にこの小説を資料として利用する場合も、こうした傍証としての引用となる。

（9）巴金「我的眼涙」、『光明』、『巴金全集』第九巻、二六一―二六二頁。

（10）最初に「一個無産階級的生涯底故事」（『革命的先駆』、上海自由書店、一九二八年）と題して発表され、単行本として一九二八年上海自由書店より『一個売魚者的生涯（凡宰特著自叙伝）』と改題して出版。以後一九三五、一九三八、一九四〇年と何回か改題されて再版が出ている。

（11）巴金『一個無産者生活的故事』「前記」、平明書店、一九三八年、二頁。

（12）前掲 *The Story of a Proletarian Life* のこと。一九三五年に再訳して『文学季刊』第二巻第三期に発表した時、この訳名（原文『我的生活的故事』）を用いたが、単行本化の際また改題した。

（13）巴金「談『滅亡』」、『巴金全集』第二〇巻、人民文学出版社、一九九三年、三八一頁。

（14）巴金「談『滅亡』」、三八一―三八二頁。

（15）Bartolomeo Vanzetti's letter to Li Pei Kan, June 9, 1927. 中国現代文学館所蔵。

（16）Li Pei Kan, *From a Chinese Comrade, The Road to Freedom*, Vol. IV, No.6, January, 1928.

（17）巴金「談『滅亡』」、三八二頁。

（18）巴金「我的眼涙」、二六六頁。当時の状況と照合すると、この部分はかなり現実に近いと思われる。

（19）Bartolomeo Vanzetti's letter to Li Pei Kan, July 23, 1927. 中国現代文学館所蔵。

（20）佩竿「死者與生者（二）」、『平等』第一一期、一九二八年六月、一一頁。

（21）Li Pei Kan, *From a Chinese Comrade, The Road to Freedom*, Vol. IV, No.6, January, 1928.

（22）佩竿「死者與生者（二）」、『平等』第一一期、九頁。

（23）巴金「談『滅亡』」の中国語原文では、「巴黎『毎日新聞』」と書かれているが、その意味から見て、*le Quotidien* のことと思われる。*le Quotidien* は一九二三年、Henri Dumay によって創刊され、一九二四年から二八年までで左派紙として発行されていたが、二八年に右転回し、三六年九月に廃刊となった。

（24）巴金「談『滅亡』」、三八四頁。
（25）巴金「談『滅亡』」、三八二頁。
（26）詳しい経緯は、本書収録「雑誌『平等』に見るアナキズム思想空間の越境性――巴金と劉忠士の思想交流」参照。
（27）Bartolomeo Vanzetti's letter to Li Pei Kan, June 9, 1927. 中国現代文学館所蔵。
（28）Bartolomeo Vanzetti's letter to Li Pei Kan, June 9, 1927. 中国現代文学館所蔵。
（29）Bartolomeo Vanzetti's letter to Li Pei Kan, June 9, 1927. 中国現代文学館所蔵。
（30）Bartolomeo Vanzetti's letter to Li Pei Kan, July 23, 1927. 中国現代文学館所蔵。
（31）Bartolomeo Vanzetti's letter to Li Pei Kan, July 23, 1927. 中国現代文学館所蔵。
（32）Bartolomeo Vanzetti's letter to Li Pei Kan, July 23, 1927. 中国現代文学館所蔵。
（33）巴金「談『滅亡』」、三八三―三八四頁。
（34）Li Pei Kan, *From a Chinese Comrade.*
（35）巴金「談『滅亡』」、三八五頁。
（36）巴金「『滅亡』序」、『巴金全集』第四巻、一九八七年、三頁。
（37）「死者與生者（四）」、『平等』第一巻第一二期、一九二八年七月、一二頁。

第三節　雑誌『平等』に見るアナキズム思想空間の越境性――巴金と劉忠士の思想交流

一、作家巴金の誕生

(一) 小説『滅亡』の成立

作家巴金の出発点となった小説『滅亡』は、巴金のフランス留学時代（一九二七年二月―一九二八年一〇月）に書かれているが、創作の契機や背景として、イタリア系アメリカ人アナキストへの政治的フレームアップであるサッコ＝ヴァンゼッティ事件(1)、蔣介石によるクーデターで緊迫、混乱した中国国内の革命情勢の二つが考えられる。前者は国際アナキズム運動の連帯意識とアナキズム原理が本質的に指し示す普遍性志向や世界性志向に関連し、後者は中国アナキズムの固有性に関わる巴金自身の思想問題に関連している。そうした政治・思想問題を核とする苦悩や焦燥や挫折の中から、フランス在住の中国人アナキスト Li Pei Kan が、敬愛するロシアのアナキスト、クロポトキン（克魯抱特金）の名前の一部をペンネームに用いて、作家巴金として小説を書き始めるのである。

『滅亡』の主人公杜大心は、裕福な家に育ちながらアナキズムの革命思想に目覚め、大学を中退して労働運動に従事する肺病病みの憂鬱な青年である。小説はこの青年の革命活動と恋愛問題を二項対立的に描き、最後に杜大心はテロルに走って命を落とすことになる。この人物形象について「杜大心はイデオロギーの説明ではなく、作家の感情の産物であり、この感情は当時の時代的雰囲気や社会心理と一致した点を有する」、「杜大心こそ中国現代文学史上最初の、完全な姿で現れたプチブル階級革命家の芸術的形象であり、専制恐怖制度に反抗する個人主義の英雄である(2)」、或いは「物語の主人公、詩人杜大心は高覚慧（『激流』）、呉養清（『死去的太陽』）、そして巴金自身と多くの共通した特徴をもっている」[3]など、小説中の人物である杜大心に作家巴金とアナキスト Li Pei Kan の姿を同時に見ようとする見方がある。ここで言う「共通した特徴」とは、社会的文脈でいえば中国革命における自分の思想的立場と現実行動の狭間で苦悩する、また個人的文脈でいえばロシア・ナロードニキにも通じる道徳的原罪意識と自己解放の相克に苦悩する一九二〇年代革命派知識人、より正確にいえば、一九二〇年代アナキスト知識人の姿と見てよいだろう。こうした作家巴金とアナキスト Li Pei Kan と小説の主人公杜大心という三者を重ね合わせて論じる『滅亡』の解釈は、思想と文学の往復運動、もしくは互いに鏡像のようにして生み出されてくる巴金の文学作品の特徴を指し示している。巴金自身が「もちろん杜大心は私ではないし、他の人物を描く時にも誰かを投影したつもりはない。だが中国でそうした人々を見たことは確かである。私個人について言えば、張為群を愛する」[4]として、杜大心に作者巴金の姿を見ることへの反論を述べても、自分が創作した小説中の人物への愛情を語ることで、それはいっそう現実の作家巴金と小説中の人物との距離の近さを証明して、Li Pei Kan・巴金・杜大心の三者の関係の深さを逆証明することになっている。作家の思想的葛藤が創作作品中の人物の思想的葛藤にきわめて近いという印象を読者に与えるとしたら、それは一九二〇年代当時の時代的文脈だけでなく、巴金がそもそも思想的葛藤の結果として文学作品を創作する作家であり、文学創作の彷徨の果てに思想的営為を見出す知識人であったことが理由であるように思える。とりわけ巴金がアナキストとして最も多くの著作活動を展開する一九二五—二九年の最後の時期に小説『滅亡』が世に送り出され、また作家として中国文壇に登場した当初は著作の中で文学作品よりむしろアナキズム関係の文章の方が多いことで、よりいっそうアナキスト Li Pei Kan と作家巴金の相互関係に注目せざるを得なくなる。

（二）巴金の思想的苦悩

フランス留学時代の巴金の思想的苦悩は、一つに中国国内のアナキズム運動が一九二七年四月の蔣介石のクーデターを契機に分裂、挫折することに原因があった。実は中国アナキズム運動は蔣介石のクーデター以前に、北伐や国民革命に対してどのような態度を取るかですでに内部対立が表面化して、巴金はフランス滞在当時、一九二五年から書簡を交わしていた著名なアナキスト、エマ・ゴールドマン宛ての手紙の中で「中国アナキストの多くが、あなたの言うように〝国民党アナキスト〟であることは確かです」、「我々は彼らを仲間だとは思っていませんが、ほとんどの同志は彼らと行動をともにしています[5]」と述べ、国民党と共産党という二大勢力に挟まれて思想的自立性を失っていくアナキストが多いことを嘆いている。これに対してエマ・ゴールドマンはそれ以前から「中国に関して我々の同志が取っている偏狭な態度にそう失望する必要はありません。あなたはこの運動の中ではまだ若い。だから私たちの隊列には当初から二つの集団があることを知らないのです。一つはアナキズムを偉大なる闘争や生活の重圧から離れて、小さな集団の中で行われる知的研究と見なす人々。もう一つは、クロポトキン、バクーニン、ルイズ・ミッシェル、マラテスタ、ロッカーなどのような偉大で、普遍的な精神です[6]」と、アナキズムを現実の社会運動の中で考えることの重要性を指摘していた。

当時の中国アナキストの議論の論点は、国民党と共産党を中心に推進された国民革命におけるアナキストの自立性と、資本主義批判と、ナショナリズムへの警戒感、及び民衆運動への態度四点に集約されるだろう。巴金は蔣介石によるクーデター前に、パリの下宿の同居人であり、またアナキストとして同志であった呉克剛[7]、衛恵林[8]とパリでこの問題を議論して、「無政府主義與実際問題[9]」を発表している。この三人の主張を並べてみると、アナキストの自立性と資本主義批判とナショナリズムへの警戒感に関して、衛恵林、巴金、呉克剛の順にその程度が薄らいでいく。三者に共通しているのは、アナキズムを机上の空論としてではなく、民衆が自らを解放する実際の運動の中で検証される思想と考えている点で、この点において三人の主張に大きな相違は見られない。問題はどのような運動にどのように関わるかであり、それを通して何を勝ち取っていくかである。

衛恵林は民族解放が国内資本主義の打倒を意味しないことに警鐘を鳴らす。これに対して、巴金は国民革命とは国民党が主導する革命であることを認めたうえで、軍閥や帝国主義を国民党に先んずる大きな敵としてとらえ、その打倒を優先させて考えている。その闘争の中でアナキストとしての自立性を獲得するために、むしろ国民革命における影響力をもつことがアナキストとしての戦略であると考え、アナキズムの原理的解釈よりも当面の大きな敵に対する戦いを優先させる立場を取る。外国資本主義と国内資本主義の問題については、当時の中国の物質的な条件の下で考えるべきだという立場から、国内産業の振興を認めざるを得ない立場を表明している。ただしその場合、農民が土地を、労働者が工場を自主管理する運動をアナキストが積極的に推進することが必要条件となる。一方、呉克剛は、アナキストは原理からではなく、民衆の置かれている悲惨な現実から出発すべきであると考え、アナキズムの原理的な解釈やナショナリズム批判、或いは資本主義批判に焦点を当てず、積極的にアナキストの国民革命参加を主張し、戦略的に「国民党アナキスト」の登場を容認する立場を取った。だが三人がこうした議論をパリで行っている間に、蔣介石のクーデターが勃発して、国民革命自体が崩壊し、「無政府主義與実際問題」の議論の前提が崩れてしまうのである。巴金はそれから一年後に、国民党参加を主張していた呉克剛でさえもクーデター勃発の情勢を受けて、主張を撤回して国民党離脱を呼びかけたことを紹介している。(10)

いずれにしても、蔣介石によるクーデターなど中国国内情勢の変化を受けて、巴金はアナキストとして次に進むべき道を模索することになったわけだが、当時の中国国内のアナキズム雑誌には彼の主張を受け入れるだけの余裕も戦略も中立性も乏しかった。代わりに巴金にその意見発表の場を提供し、中国アナキズムの問題が、国際アナキズム運動や世界革命の過程の一部であることを示してみせたのが雑誌『平等』である。巴金がこの雑誌に拠ってアナキズム関係の文章を書き続けていた時期と、小説『滅亡』執筆時期が重なっていることで、世界を語る思想の言葉が自分を語る文学の言葉へ発展していく貴重な実践過程を見ることができるのである。

二、雑誌『平等』と劉忠士

（一）北米華人移民の歴史

以上のような視点から作家巴金の誕生を考える場合、フランス滞在当時、特に『滅亡』執筆当時の巴金のアナキズム著作活動を見ると、中国国内のアナキズム運動の挫折や内部対立の影響を受けて、『民鐘』[11]のような中国国内のアナキズム雑誌への寄稿が不可能になり、代わってその文章の多くがアメリカのアナキズム雑誌『平等』に発表されていることの重要性に気がつくだろう。当時巴金にその言論活動の場を提供したのは、アメリカ、サンフランシスコの華人アナキストグループの中国語雑誌『平等』であった。この雑誌は当初巴金が同志と共にフランスで編集、上海で印刷、アメリカで配布するという、アナキズムがもつ世界性志向、普遍性志向を体現する発行形態をもち、またその内容も中国語読者の目を世界に向けさせると同時に、自らの声を世界に向けて発信する意図を併せもっていた。パリ、サンフランシスコ、上海を結んで形成されたこのアナキスト・ネットワークの中で、巴金と劉忠士[12]の思想交流が展開されることになるが、太平洋と大西洋を跨ぐ地理的空間は、両者のフランス留学とアメリカ移民という空間移動が準備したものである。そこでまず劉忠士が華人移民としてアメリカへ渡り、アナキズム活動を開始する経緯を検証しておく。特に劉忠士が移民から想像される祖国憧憬と無縁であった稀有な存在であり、ナショナリズムを拒否してアナキストとして活動した原因に着目して考えると、巴金と劉忠士の思想共鳴の原点が見えてくるように思う。

まず清末に中国人がアメリカへ移民する歴史的経緯だが、一般的には一八四八―五四年のゴールドラッシュと、一八六三―六九年の大陸横断鉄道西部区間建設を契機とする二つの移民流入期があったとされている。サンフランシスコは現在でもゴールドラッシュの歴史を反映して「旧金山」と漢字表記されることが多い。一八六〇年の人口調査によれば、サンフランシスコの華人居住者は三万四九三三人で、全市人口の一〇分の一を占めていたといわれる。[13] 時代は多少下るが、一八七〇年代後半―八〇年代初頭の全米華人居住者が一〇万人前後なので、[14] サンフランシスコに華人移民が集中していたことが窺える。海港サンフランシスコの都市形成がゴールドラッシュと分かち難く結びついていて、現在でもチャイナタウンやリトル・イタリーが市の中心部に位置する歴史的背景が想像できる。北米で華人集中居住区がチャイナタウン（Chinatown）と呼ばれるようになる最初の都市もサンフランシスコである。ちなみにメキシコ領であったカリフォルニアがアメリカ合衆国の州となるのは一八五〇年のことである。

金脈枯渇後は、大陸横断鉄道西部区間建設でまた華人移民が増加するが、それも建設修了とともに終わりを告げ、華人移民は次の段階へと移る。とりわけ中・米間で移民労働者の渡航・入国が合法化するバーリンゲイム条約（一八六八年）以降は、アメリカの近代産業を下支えする非熟練低廉労働者としての性格を強くする。一八八二年に排華法が成立する社会的背景がそこにある。近代産業の発展に伴い、資本主義が必然的に非熟練単純労働者を必要とし、労働条件が経済効率によって規定される結果、労働市場における移民利用にエスニシティが大きく関係した。特に英語が不得意なアジア系移民労働者は、欧米からの後発移民より更に劣悪な労働条件や、低廉な給与で雇用できることに資本家側は目をつけたのである。

ところが「一八七〇年代後半の不景気の中で、白人は仕事をめぐって華人と競合することになる。雇用主は華人労働者を低賃金で雇用し、白人労働者と対立させ、一連の事件を誘発した[15]」ことから、労働運動の場において、華人労働者は独占資本に協力してスト破りを行うと見なされ、労働者同士が対立することになった。その典型が一八八五年ワイオミングのロック・スプリングス（Rock Springs）における華人労働者襲撃・殺害事件で、本来資本家に対して連帯すべき白人労働者と華人労働者が、労働条件をめぐって対立する構図が生まれる。労働運動の成果というべき労働騎士団（Knights of Labor）が中心となって引き起こしたこの排華事件は、移民労働者が実は「移民」・「労働者」と異なる二つの概念、身分、立場を内包した用語であることを喚起する。劉忠士のアナキズム思想を理解するには、こうしたアメリカにおける華人移民労働者問題を知る必要がある。ちなみに一八八二年の排華法（Chinese Exclusion Act）は当初労働者のみに適応される法律で、同じ華人でも商人・学生・教師・外交官・一般旅行者は対象外であった。

一九四三年に撤廃されるまで、途中の修正を経て有効であった排華法は、こうした移民問題と労働問題の対立を内包したアメリカ社会の新来者と既住者間の対立、排斥から生じている。華人移民労働者の場合、問題は華人＝エスニシティ、移民＝マイノリティ、労働者＝被搾取階級の三層に跨っている。例えば、華人の労働運動の場合、ナショナルな回路へ進めば、エスニック共同体、つまり華僑社会の連帯や強化が必要になり、必然的に出自国との紐帯が重要になる。一方、インターナショナルな回路へ進めば、華僑であるエスニシティを前提としてマイノリティ間の連帯を探ることになる。またトランスナショナルな回路もあり得る。宗教や政治イデオロギーのように、人種や言語を超える理想によって、華人であることを脱構築する立場である。華人移民労働者の場合、通常はナショナルな回路に進む者が多く、一部インターナショナルな立場を取る者がいるが、劉忠士のようにトランスナショナルな回路へ進む者は、在米華人移民労働者の中ではきわめて少ない。

（二）華人移民の社会運動

華僑社会の紐帯は血縁・地縁・業縁、つまり家族・親族、出身地、従事産業の三要素だとよくいわれるが、華人社会のそうした特徴を反映して、一九世紀末―二〇世紀初頭のアメリカ華人移民労働者の社会運動には、大きく二つの流れがある。ただ相互に関係のない運動ではなく、清朝・中国における政治状況を反映して、多かれ少なかれ互いに連動している。一つは出身地中国における革命活動の延長、もしくは後方基地としてのナショナリズム運動である。もう一つは、居住地アメリカにおけるマイノリティとしての権利獲得運動である。前者でいえば、孫文らの辛亥革命への関与が中心となる。華人は一般に漢族とほぼ同義であり、一九世紀に渡米した華人の多くは劉忠士のように広東出身者なので、清末の改良派への支持活動から、同じ広東出身の孫文らの滅満興漢を旨とする革命活動、更には中華民族主義による中華民国成立への援助まで、在米華人共同体は故国中国の革命活動を経済的に支える組織として機能した。孫文は辛亥革命以前に四回サンフランシスコを訪れているが、華人移民労働者の歴史をなぞるように、前二回一八九六年と一九〇四年は船で、後二回一九〇九年と一九一一年は大陸横断鉄道に乗ってサンフランシスコに到着している。いずれも華人社会内保守派の妨害をはねのけて、資金集めや革命宣伝を行う訪問であったことが、アメリカの華人が眼差しを故国に向けて政治運動に関与する傾向があったことを示している。

チャイナタウンがその活動の中心だが、ここはそもそも移民の生活条件維持やノスタルジア充足のため、飲食・宗教・風習・言語等において、伝統中国を再生産するのが通例である。今日でもサンフランシスコのチャイナタウンには、中華料理店、寺廟、会館が林立している。チャイナタウンとは単に中国人居住区ではなく、中国式生活様式の場であることがよく分かる。この場合の生活様式は、故国憧憬を中心とする以上、伝統を再生産するものであるが、孫文らの近代化を目指す革命活動と矛盾しないのは、民族・国家伝統が歴史的連続性を前提とする以上、近代から遡及できるものであることによる。つまり中華民族主義は、伝統を再生産・維持することで近代へと繋がり、その近代が伝統の再生産を保証する条件を生み出していることで、矛盾しない国家統合意識なのである。

一方、華人社会にはナショナリズム以外の政治思想運動も存在し、居住国における社会運動の萌芽となった。ただし、その多くは故国中国の社会主義運動の延長、もしくは影響であった。例えば、袁世凱の秘書だった江亢虎は、中華民国成立後の一九一三年に袁に離反して、東京経由でサンフランシスコへ逃げて、社会主義同志会の名目の下に政治活動を行った。江亢虎はアメリカの社会主義者やインド独立運動家と交流があったといわれるが、チャイナタウンで国語学習会を開き、国民党員の協力を得て反袁世凱の活動を繰り広げ、その活動は在米華僑社会の運動というより、故国の運動の延長もしくは連携であった。ところが、同じ反袁世凱の立場を取っていても、中国アナキスト第二世代の代表者である師復の終生の同志だった鄭彼岸は、一九一三年に反袁世凱の第二革命が失敗すると渡米し、サンフランシスコのチャイナタウンの華文夜塾を拠点に、一九三〇年代までアナキズム宣伝に従事した。彼は江亢虎のように反共・反北伐や対日協力へと思想的転向せず、アナキズム思想普及に尽力して、華人社会内でのちの左派運動の種を蒔いた。

こうした背景の下に一九一〇年代後半に誕生した華人シンディカリスト組織であるサンフランシスコ工芸同盟総会は、在米華人社会内で初めて賃金労働者として社会運動を繰り広げた画期的な組織で、第一次世界大戦後の不況及び華人労働者の長期的な経済条件悪化の中で、労働組合を中心としたアナキスト活動を模索した。チャイナタウンの縫製工場主や店主に対して、九時間労働、時間外手当など九項目の要求を突きつけ、受諾しない場合はストライキを行うと宣言した。一九世紀後半に白人労働者からスト破りと見なされることもあった華人労働者が、エスニシティを共有する華人資本家に抗して、初めて自主的、組織的に立ち上がった特筆すべき行動である。華人でもなく、移民でもなく、ひたすら労働者という立場から資本家と闘った初のケースとなり、また同時に、華人や移民を契機とする共同体ではなく、労働者が運動を通じて連帯組織を結成しようとした点で、大きな意味をもっている。

この運動の勝利を得て、工芸同盟総会は洗濯業や農業部門にも組織を拡大し、一九一九年にはサンフランシスコ郊外のスイスン（Suisun）で農業労働者を組織して支部を結成し、同時に組織名をアメリカ工芸同盟総会と改称した。一九二〇年には協同組合まで結成するほど運動が盛り上がったが、一九二二年にいったん下火になり、活動が停滞した。その後一九二四年に『工声月刊』を創刊して、活動を再開した。誌上では会員千数百人を自称していたので、当時アメリカで最大の華人左派組織だったことになる。ただ、一九二七年には再び消滅状態に陥ったといわれる。[16]これに代わってサンフランシスコ周辺の華人社会内で思想・労働運動を堅持したのが、アナキストグループ平社（The Equality Society）である。

（三）平社と劉忠士（Ray Jones）

平社の成立は、上海で起きた五・三〇事件運動を記念する平社名義のビラに、一九二六年五月三〇日と書かれていることから、[17]この時期までに成立していたものと思われる。グループの中心人物、劉忠士（Ray Jones）は以下に見るインタビュー記事で「平社は一〇―一二名程度のとても小さなグループでした」と述べているので、工芸同盟総会と比べるとかなり規模の小さい団体だったことになる。劉忠士は中国やアメリカの近代史に名が残る思想家でも政治家でもなく、ほぼ無名の華人アナキストであるが、逆にその無名であることが、その思想と人生の歴程や意義を如実に示している。

先に見た清末のアメリカへの華人移民史を参照すれば、劉忠士のアメリカ移民は遅い方で、彼がアメリカに入国した一九〇九年の華人移民入国者数は一九四三人[18]と、一九世紀と比べるとかなり減っている。移民数のピークは一八八〇年代初頭で、一八八二年に中国人移民制限のための排華法が成立すると入国移民は激減するが（一八八七年には公式統計で僅か一〇名[19]）、一九世紀末に一定程度回復する（一八九二年には二七二八名[20]）。劉忠士が渡米した一九〇九年にはすでに現地で華人社会が形成されているので、彼は後発移民に属する。すでに排華法が施行されているので、在米華人居住者の親族と偽るなど、おそらく名前や履歴を変えての入国だっただろう。ちなみに彼のアメリカ入国と同年の一九〇九年、孫文もサンフランシスコを訪問している。劉忠士は自分の人生を、アメリカのアナキズム研究者ポール・アヴリッチによるインタビューの中でこう語っている。

私は八二歳になります。一九〇九年にアメリカへやって来てから、様々な職業に就きました。鉄道建設労働者や、サクラメント近くの農場労働者としてなどです。平社は一〇―一二名程度のとても小さなグループでした。私たちは刊行物を発行して、それを無料で配布しました。中国やアメリカ全土で配ったのです。巴金は仲間内で最も重要な書き手でした。ええ、サンフランシスコへやって来たYat Tone[21]にも会いました。彼は最も優れた、敬愛すべき中国人アナキストの一人です。一九三〇年代に中国へ帰国してから彼がどうなったかは知りません。

私たちは野外活動や講演会などの活動を通してサンフランシスコのイタリア語・英語グループと交流がありました。私はサンフランシスコ公立図書館へ『平等』を寄贈しましたが、資料や写真などは保存してありません。私はアナキストに生まれついたのだと思います。その理想は最初から私の中にありました。アナキズムは今でも最も美しい理想であり、いつの日か実現するだろうと思います。[22]

華人移民労働者の平均月収

鉱夫	15—25＄
鉄道建設	20—25＄
洗濯	15—20＄
土木	15—30＄
店員	15—25＄
料理人	15—25＄
雑用	10—15＄
教員	35—40＄

平均的華人移民の例に漏れず、劉忠士も肉体労働者として働いたが、また同時に他の多くの華人移民と異なり、財産や安定した地位を築くことをせず、一生を「美しい理想」に捧げた。ポール・アヴリッチより一年早く劉忠士にインタビューした、アメリカ華人史研究者ヒム・マーク・ライ（Him Mark Lai、麦礼謙）は、劉忠士が縫製労働者、農場労働者として一日一・二五ドル程度の収入しかなかったことを記録している。[23] 毎日仕事があり、週休一日だったとすれば月収三三・七五ドルになるが、移民労働者がそうした好条件であることは稀である。当時の華人移民労働者の平均月収に関して右のような統計がある。[24]

この表を参照すると、劉忠士も華人移民労働者の典型的な経済状態にあったことが想像できる。しかし、インタビューを行ったポール・アヴリッチは他の華人移民と異なる劉忠士の人物像を描き出している。例えば、その貧しい生活の中から、アメリカ各地のアナキスト団体に寄付を続けていた思想的献身ぶりである。

Red Jones（通常 Jonesie と呼ばれた）というありそうもない名前の中国人アナキストは、Lau Chung-si（このため Jonesie と呼ばれる）という名で、一八九二年広東の Lung-du に生まれた。一七歳の時にアメリカへ渡って移民労働者となり、太平洋岸でエマ・ゴールドマンの言う「野蛮で残酷な迫害」の犠牲者となった。まもなく Jonesie はアナキストとなり、一九一九—二〇年の「赤の恐怖」の期間、国外追放からかろうじて逃れた。一九二五年サンフランシスコで平社（The Equality Group）の創設者となり、その最も活動的なメンバーであった。一九二七年から二九年にかけて平社は『平等』（*Equality*）と呼ばれる刊行物を発行し、その重要な書き手は Li

Pei Kan、のちに著名な中国作家となる巴金であったが、彼のペンネームはバクーニンとクロポトキンの綴りから取ったものである。一九二八年に発行された『平等』に「鐘時同志」[25]なる興味深い一文を発表している。政府の妨害と対決しながら、平社はアナキズムに関する書籍や冊子を発行し、また一九三四年には『無政府共産月刊』を七期発行した。Jonesie は労働者としての乏しい収入の中から *The Road to Freedom*、*Man !*、*Spanish Revolution* など一九二〇—三〇年代のアナキズム刊行物に寄付を行い、またサンフランシスコ周辺の英語・イタリア語グループが主催する講演や野外活動に参加した。平社は私が Jonesie を訪問した一九七四年にはもう長く消滅状態にあった。彼はブロードウェイの中国風の小さな部屋に一人で暮らしていた。壁にはバクーニンの「すべての人間が自由にならないうちは、私は自由ではない」という言葉を書きつけたエマ・ゴールドマンの写真が貼ってあった。それを私のために翻訳してから Jonesie は、バクーニン、クロポトキン、更にヘイマーケット事件の殉難者など有名なアナキストの顔写真を掲載した中国のアナキスト刊行物の写真を見せてくれた。Jonesie は巣穴のような小さな部屋の中で悲しそうに、また孤独に見えた。おそらく英語があまりできないせいだろうが、無口だった。しかし誠実な態度と静かな物腰がとても強く印象に残った。インタビューから三年後、彼はアメリカを離れて故郷に程近いマカオへ向かい、一九七九年にそこで亡くなった。[26]

劉忠士は華人というエスニシティを超え、アナキストとしての思想的一貫性が徹底している点で、華人移民労働者のステレオタイプがあてはまらない人物といってよい。実際一九二八年に劉忠士は、ニューヨークで逮捕されたイタリア人アナキスト、アーマンド・ボルギ（Armando Borghi）救援のためのビラ撒き中に逮捕され、家宅捜索や暴行を受けるなど[27]、アナキストゆえの迫害を受けながらも、民族や国家を超えてアナキズム連帯に生きた。また晩年に至るまでイタリア系移民アナキストとの同志的友情が途切れることなく、親しかったアンジェロ・ルカ（Angelo Luca）の息子マーク・ルカ（Mark Luca）の証言に拠れば、郵便物もルカ家経由で受け取っていたほどである。[28] また別のイタリア系移民アナキスト、ドミニク・サリト（Dominick Sallitto）は、アーマンド・ボルギ講演会の思い出として、「Jonesieは誰よりも早くやって来て、椅子を並べ、ボルギの講演に熱心に聴き入っていました。ひと言もイタリア語が分からないにもかかわらずです。そして終わると椅子を全部片づけ、最後に会場を後にしました。彼はいつも歩いてやって来ました。笑うことはあっても、滅多に喋りませんでした。内面にどのような感情を抱いていたか分かりませんが、とにかく献身的な人でした[29]」と、その誠実で献身的な姿を回想している。

（四）劉忠士（Ray Jones）の思想形成――ナショナルな地平を超えて

こうした劉忠士のアナキズム思想の中核が、中国を離れる前にすでに形成されていた可能性はある。中国アナキズム運動第一世代の機関誌『新世紀』（パリで創刊）、『天義報』（東京で創刊）はともに一九〇七年の創刊だが、そこに至る過程で広東を中心とする新思想の受容がなければ、孫文らの革命活動もアナキズム運動もあり得ない。「私はアナキストに生まれついたのだと思います。その理想は最初から私の中にありました」との本人の言からすれば、広東の少年時代にすでに思想の核は形成されていたのかもしれない。ただ一九〇九年に一七歳の若さで渡米した経歴から考えると、中核が形成されていたとしても、思想として開花したのはやはり渡米後と見るのが妥当だろう。華人であるエスニシティによって差別を受け、移民というマイノリティとして不公平な権利状態に置かれ、労働者であることで資本家から搾取される日々の中で、一九一〇年代サンフランシスコにおける鄭彼岸らの活動や、工芸同盟総会の結成のような現実の社会運動、更にはアメリカ各地のアナキズム運動情報に触れながら、自らのアナキズム思想を深化させたと思われる。ただし、アナキズムが国家や政府を否定する自由思想であることから考えれば、受容空間は華人社会にあったとしても、アナキズム思想を深化させる契機は華人エスニシティではなく、移民及び労働者という弱者の立場だったはずである。

のちに日中戦争が始まると、当然アナキストとして反戦活動に加わるが、その立場は愛国主義に基づいたものではなく、ナショナリズムを批判しながら貧しき者のために戦争反対を呼びかけるという姿勢であった。当時彼は「両国の人民は／資金を集めて援助し／金を借りて戦争し／国のために奉仕する／貧者が犠牲となり／富者が驕り栄える」[30]と詩に書き、国家間の戦争という視点で問題を考えることの弊害を指摘して愛国主義に抗し、実際に彼はアメリカ在住華僑の互助組織、中華公所（Chinese Consolidated Benevolent Association）の戦争募金を拒否して殴られるという経験もしている。[31]更にベトナム戦争反対運動が昂揚した一九六〇年代には積極的に反戦活動に参加し、一九六八年の個人メモに「私は年老いて孤独であるが、反戦の列に加わってデモに参加し、何度も歩いて公園の集会に出かけたものだ」[32]と記している。こうした思想と行動の一貫性こそが劉忠士の場合、アナキズムの実践そのものだったのだが、それはナショナルな革命の求心力に吸収されてしまう呉稚暉、李石曾ら中国の第一世代アナキストと異なり、自分の生活思想の内部に普遍性、世界性を内包する「理想」への献身であり、中国人としての出自を超えて「理想」によって個人が結びついていく新たな共同性への憧憬の表れである。劉忠士は出発点として中国人としての固有性を有しており、事実死ぬまで中国語を母語としていた。彼は中国のアナキズム運動に関心を寄せ、フランスにいた巴金たちに『平等』の編集を任せ、当時中国国内の刊行物では実現が困難な、自由で先鋭な誌上討論を可能にした。その一方『平等』は中国アナキズムの活動枠を超えて、世界アナキズム運動の窓口でもあった。この雑誌は中国語雑誌ではあるが、中国国内で読まれることを目的とせず、北米華人に向けたアナキズム雑誌であり、中国語を通して世界と結びつこうとするものであった。それは編集に携わった巴金とその仲間のアナキストがもっていた普遍性、世界性志向の表れであると同時に、フランス・アメリカ・中国間で情報と思想のネットワークを組む劉忠士の思想の具現でもあっただろう。

（五）劉忠士家書

著作のほとんどない劉忠士の思想内容を理解する資料は少ないが、かろうじて残された私信の中に少し手掛かりがある。例えばカリフォルニア大学バークレー校の図書館に、劉忠士の家族宛中国語書簡の下書きが残されている（付属資料Ⅰ参照）。この中の一九二二年二月二八日付父親宛書簡原稿で、劉忠士は故郷広東にいる妹の結婚を両親が取り決めようとしていることに反対している。書簡の前半で劉忠士は、まず両親が信じている因習的な信仰や風習を迷信として批判し、その伝統的観念を厳しく批判する。そして「結局のところ、婚姻制度は劣悪で廃絶すべきものです。私は知下の妹の結婚を両親が決めてしまった件ですが、妹が相手の男性を知っているか、気に入っているかどうか、私は知りませんし、またそのことはどうでもいいです。妹に自由な権利や自分の考えがあってほしいと願うばかりです[33]」と、妹が封建的婚姻を強制されることに強く反対して、旧来の婚姻制度を全面否定している。代わりに提唱するのは、男女が自由意思によって結びつく近代的婚姻観である。「もし妹がその男性と知り合い、気に入り、愛し合い、共同生活を送ることを願うなら、あなた方両親は二人の自由にさせるのがよろしい。自由意思で夫婦となれば、それで十分です。しかし、いま妹は結婚が取り決められ、私はその不合理な婚礼儀式に反対なのです[34]」。自由恋愛を提唱するこうした考えは、一九二二年アメリカという時空と、海を越えた中国の五四新文化運動の潮流が共鳴した形になっている。

更に同年三月二一日付父親宛書簡原稿では、「父上が今年弟を学校へやらなかったことを知りました。弟に勉強の機会を与えないことは、私有財産制資本主義の教育からの圧迫によるものです。資本主義の私有財産制を打破すれば、貧困に苦しむことなく、子女は親の負担なしに完全な教育を受けられます[35]」と、資本主義を批判する立場に立って、弟の進学を強く支持している。近代教育が近代人を育成するという考え自体は、今日から見ればプリミティヴに見えるかもしれないが、劉忠士の家族が暮らす一九二〇年代初頭の広東の農村にあっては、自由世界を創設するための重要な方法であった。こうした家族宛書簡から見える当時の家庭・婚姻・社会の構図は、まさに一〇年後に巴金が小説『家』で描き、取り上げる問題へと通じているのである。

ここで家族宛書簡を確認したのは、劉忠士が他の華人移民労働者と同様に、故国との紐帯を保ち続けたことを示すためではなく、むしろ逆に、その紐帯を通じてアナキズムのような近代思想を伝播させている点である。華人ネットワークを通じて国家・民族を否定するアナキズムが広がることは、エスニシティと思想の自家撞着ではなく、ネットワークという人間関係の輪がもつ可能性に鍵がある。中国語雑誌『平等』発行もその一環と考えられる。こうした思想と行動の一貫性がアナキスト劉忠士の特徴だが、それはナショナルな革命の求心力に吸収されてしまう多くの華人移民と異なり、トランスナショナルな共同性への憧憬の表れであった。

劉忠士は出発点として華人としての固有性を有しており、中国語を母語として、最後まで英語が流暢ではなかった。その一方、彼は一生をアナキズムの理想に捧げ、華僑という言葉から連想される蓄財や血統主義とは無縁の人間であった。彼は生涯を土木労働者、縫製労働者、或いはスタインベックが『怒りのぶどう』で描くようなカリフォルニアの農場労働者として終え、華人社会とも距離を置いて生きた。華人移民であった彼が晩年親しくしていたのは、イタリア系移民のアナキストであった。移民労働者として教育を受ける機会もなく生きた劉忠士は、自らの肉体労働で得た金で、以下に見るように雑誌『平等』の発行を可能にし、フランス滞在中の巴金や中国国内のアナキストに文章発表の場を提供してやったが、自身は何かを書いて歴史に名を残すようなことはしなかった。だが無名のまま生きた彼は、実は周囲の人々の記憶に大きな存在として残っている。まさに『怒りのぶどう』の主人公トム・ジョードのように、劉忠士は「暗闇のどこにでもいる」のである。

三、巴金と雑誌『平等』

（一）雑誌『平等』の刊行状況

以上のような経緯で発行されていた雑誌『平等』（*The Equality*）は、現時点で確認できる範囲では、一九二七年七月から一九三一年一〇月まで、全部で二三期発行されている（付属資料Ⅱ）。編集は当初フランスで、のちに上海で巴金が中心になって行っていたが、特に巴金のフランス滞在時代に重なる第一期から第一三期（一九二七年七月―一九二八年八月）は、紙面のかなりの部分を巴金自身が執筆している。この時期の『平等』は、ボストンのサッコ＝ヴァンゼッティ事件、シカゴのヘイマーケット（Haymarket）事件などの特集を組むほか、クロポトキンやアレクサンダー・バークマンの著作を翻訳して紹介したり、各国のアナキズム運動のトピックを報告したりするなど、世界のアナキズム運動への窓口として雑誌を機能させている。その基本的立場として、中国のアナキズム運動が世界的運動に帰納するというようなコミュニズム的発想からではなく、個別の運動自体に世界性が内包されていて、共時性を有していることを自覚していたものと思われる。彼らのこうした立場を現実的な状況の中で可能にするのは、フランス在住の中国人アナキストがアメリカの華人アナキストの雑誌を編集するという空間的、精神的広がりと視野の広さ、及び中国国内問題への距離の取り方だが、先に述べたように、こうした条件を作り出すために平社の中心人物劉忠士が果たした役割は大きい。彼の存在と思想が『平等』を支えていたといっても過言ではない。

パリにいた巴金がどのような経緯で劉忠士と連絡を取り、『平等』を編集することになったか、それを知る資料は現時点ではきわめて限られていて、当時の状況を具体的に知る手掛かりはないに等しい。ただ劉忠士に宛てた巴金書簡（付属資料Ⅲ）や『平等』の記載内容から編集の実態が多少判明する。例えば劉忠士に宛てた巴金書簡（一九二九年春）に次のような記述がある。

「人生哲学」の翻訳を急いでいたので、長い間手紙を書きませんでした。『平等』第三期を郵送したので、きっとすでに受け取っていることと思います。第四、五期合刊は通常の倍ほどの紙幅があり、近々出版できます。合刊の理由は印刷所の仕事が遅滞しているためです。第六期は編集をすでに終え、近いうちに印刷所に回します。いずれにしろ『平等』は必ず維持し続けます。原稿面では仲九[36]と克剛と私の三人が今後も執筆を続ければ、よい結果が得られるでしょう。第二期から一〇〇部余分に残します。というのも、国内にいつも欲しいという者がいるからです。第七、八期はサッコ＝ヴァンゼッティ特集号です。私はそれを冊子にしようと思っています。この合刊は五〇〇部余分に印刷して国内で配布しようと思いますが、いかがでしょうか。「国民革命問答」は第六期で完結し、第九期

平等
第二卷第三期
（即第十六期）
總編輯兼發行
美洲三藩市平社
EQUALITY
No. 16. March. 1929
Published Monthly by
THE EQUALITY SOCIETY
(PINGSHEH)
1129 Stockton, Street
San Francisco, Cal, U.S.A.
定價大洋五分

『平等』第２巻第３期表紙

から私は「アナキストの心理」もしくは「我々はどのように革命を行うか」を訳します。長篇ですが、各章が独立しているので大丈夫でしょう。それに中国にはよいアナキズム雑誌がないので、『平等』が長文を掲載してもいいと思います。印刷費を多めに送金してもらえないでしょうか。毎月私が述尧に一〇元返します。余裕があれば多めに返します。「田園と工場」は今週出ます。「人生哲学」は来月出ます。「人生哲学」はまだ三章が翻訳中です。それを訳し終えたら「自叙伝」です。(37)

最後の部分はクロポトキンの著作を中国語に翻訳する仕事をこの時期に巴金が行っていたことを示すものだが、それまでの部分を見ると、『平等』の印刷費をサンフランシスコの平社が提供し、巴金が編集責任者で、上海で印刷を終えた『平等』をアメリカへ送っていたことが分かる。ちなみに発行経費は『平等』第六期末頁に掲載された第一期から六期までの収支報告(38)を見ると、六期分で印刷費が五五五・一元、郵送費が五七元とあるので、平均で毎期印刷費が約九二・五二元、郵送費が九・五元かかっていることになる。『平等』の郵送費は一部あたり二分で、当時の一般雑誌国内郵送費とほぼ同じだが、これから算出すると、国外郵送分を無視すれば、毎期八〇部程度を個別に郵送していたことになる。収入はすべて寄付金に頼り、各号に寄付者の名前が掲載されていて、第六期までで五〇四・五元とあるので、非売品だった第一期から六期までは赤字経営だったことになるが、第七期以降は一部五分で販売しているので、寄付金が従来通りであれば、印刷部数にもよるが、大きな赤字になることはなかっただろう。五分という値段は安いように思えるが、頁数が最少一六頁から最多三六頁と薄い冊子のような雑誌なので、巴金の『滅亡』(一九二九)を掲載した当時権威的な文学雑誌であった『小説月報』が毎号百数十頁以上もあるのに一・五角だったことを考え合わせると、赤字の埋め合わせ以上にカンパという性質ももっていたのではないかと思われる。劉忠士側からの送金額は、後で見る巴金書簡を手掛かりにすると一回に五〇―一〇〇元のようだが[39]、どの程度の間隔で送金されていたか定かではない。ただ毎期掲載されている寄付金額の最高が一〇元であることを考えると、劉忠士の送金はきわめて多額のものであったといってよいだろう。印刷部数ははっきりしないが、平社名義の冊子印刷の場合一五〇〇部発行しているので[40]、これを超えないにしても雑誌『平等』もそれと大差ない部数を刊行していた可能性が高い。

先に引用した巴金書簡の執筆時期は、「国民革命問答」の掲載計画や、第四、五期が合併号になることから、これらの内容が『平等』第二巻の発行事情に沿っていて、第二巻第三期（一九二九年三月）発行後、第四、五期合併号（一九二九年四、五月）発行前あたりの時期であることが推定できる。この時点で巴金はすでにフランスから帰国して上海に居住しており、小説『滅亡』が雑誌『小説月報』に連載されて大きな評判を呼んでいたが、まだ文学活動を本格的に始めていない時期である。この時期の巴金の著作はほぼすべてがアナキズム関係で、それ以外には外国文学の翻訳や評論しかない。巴金が『滅亡』後に次の小説を書くのは、一九二九年後半執筆と思われる「房東太太[41]」、及びそれに次ぐ翌年一九三〇年前半の『死去的太陽[42]』なので、この時期はアナキスト Li Pei Kan と作家巴金が同時進行で著作活動を展開していることになるが、アナキストとしての文章の方が遥かに多い時期である。ただ『平等』の内容や視点からいうと、この第二巻の時期はフランス留学時代とかなりはっきりした相違が見られる。巴金フランス滞在時代と重なる『平等』第一巻（一九二七年七月―一九二八年八月）は全部で一三期発行されているが、創刊号（一九二七年七月）発行の翌月に、巴金が小説『滅亡』の一部を執筆する契機となるバルトロメオ・ヴァンゼッティの死刑執行が強行され、第四期（一九二七年一〇月）ではサッコ＝ヴァンゼッティ事件の特集が組まれている。また創刊号から一貫して世界のアナキズム運動紹介が紙幅のかなりの部分を占め、日本・オーストリア・アメリカ・ロシア・フランスなど各国の運動情況を紹介する中に中国アナキズム運動紹介が混じり、世界のアナキズム運動を全面的に知るという視点で編集されているように見える。

最後に『平等』第一期から二三期までの記事内容（付属資料Ⅱ参照）から見るその思想性を確認しておくことにする。この当時巴金が使用していたペンネームである芾甘・佩竿・黒浪・壬平・李冷・鳴希・春風・亦鳴・甘寧・赤波などを念頭に置いて各期の執筆者を見ると、どれほど多くの記事を巴金が書いていたかが確認できる。

（二）『平等』（*The Equality*）の思想性

先に述べたように、第一期から一三期までの各期で特徴的なのは、内容の中心が世界のアナキズム運動の紹介や翻訳である点で、第四期のサッコ＝ヴァンゼッティ事件や第五期、六期のヘイマーケット事件の特集号が象徴的である。翻訳でいえば、クロポトキンの著作の翻訳が多いことは巴金の思想的傾向を反映し、更に巴金自身の手でロシア・エスエル左派運動史が翻訳されていることは、パリから上海に戻った巴金がロシア・ナロードニキの紹介・翻訳を精力的に行い、ゲルツェンやゴーリキーなどの翻訳にも乗り出していることとも関連し、この時期の巴金の関心がアナキズムとナロードニキにあったことを示している。最初の小説『滅亡』をエスエル左派の活動家であったロープシンの『蒼ざめた馬』（一九〇九）と比較して論じる視点が可能な理由の一つにこのことが関係している。要するに第一期から一三期までの時期は、世界のアナキズム運動を知り、中国であれアメリカであれ、その受容の中から自分たちの運動が世界と繋がっていることを認識する過程であったと分析できるだろう。

第一三期から第二巻第一期にあたる第一四期まで五か月間隔が空いている理由は、一九二八年一〇月に上海在住のアナキスト朱永邦[43]が劉忠士に宛てた手紙の中で「芾甘は帰国の途中であり、おそらく私に協力してくれるでしょう。『平等』第一四期はまだ印刷していません。芾甘が帰国してから相談しようと李卓[44]が言っています[45]」とあり、主編であった巴金の帰国に主たる理由があることは間違いないが、これ以外にも『平等』発行には政治的理由からの迫害がアメリカ・中国双方で加えられていた。第一二期（一九二八年七月）の「消息」では「本社は捜索を受けた後、多くの書籍がアメリカ政府によって没収された。今は逮捕された者が釈放され、事態は収束したと言えるが、残念なことに、苦労して集めた書籍はすべて失われた。我々が迫害と拘留に遭ったことは挫折と言えるが、今後も引き続き自分たちの活動に努力していく[46]」と平社の活動がアメリカの官憲の弾圧対象になっていることを説明している。巴金が帰って来た上海でも似たような状況にあり、『平等』第一一期（一九二八年六月）に拠れば「五月に突然軍事警察と警察が銃を持って自由書店へ乱入して来た。捜索が終了し、幸運にも楽夫及び『革命週報』の畢修勺[47]は用事で外出していたので逮捕を免れた[48]」とあり、巴金らによるクロポトキン著作の翻訳を刊行していた自由書店も捜索と逮捕という弾圧を受けている。また時期は第二巻の終わり頃になるが、一九三〇年後半の劉忠士宛巴金書簡⑤で「『平等』復刊に関して今は望みありません。恵林が帰国してまもなく、三期の刊行物を発行し、一、二回集まっただけで、恵林の家は何度も家宅捜索されました。継続は不可能です。発行責任者の仕事振りも信頼できません。結局上海での発行には望みがありません。私は病弱で仕事も多く、『平等』の全責任を負えないことを遺憾に思います。将来あなた方の印刷所が次第に発展して成功すれば、長期的に『平等』を出版する機会があるでしょう[49]」と書いており、アナキストとして活動する限り、常に官憲の弾圧対象になる社会状況は国境を超えて共通していた。第二巻は合併号を三期出すことでかろうじて発行が継続できたが、それもやがて終焉を迎える。

巴金帰国後の第一四期から第二三期の第二巻の時期（一九二九年一月―一九三一年一〇月）は、第一巻から引き続き世界のアナキズム運動の紹介や翻訳があるが、「我們的閑話」、「国民革命問答」という二つの連載記事で、中国国内の情勢を踏まえたアナキズム革命論・運動論が展開されている点で、第一巻とは方向性を少し変えている。第一巻の時期も第一〇期の芾甘（巴金）「答誣我者書」のように、中国アナキズム運動内部の問題に対する主張はあったが、第二巻ではそれが「我們的閑話」、「国民革命問答」のように連載という形で継続的に議論展開されている点が特徴的である。世界を知ることでアナキズムの普遍性を確認する主体を確立する方向性が見える第一巻の時期と比べ、第二巻は当初からのアメリカ華人向け情報発信という形式を保ってはいるが、実質的に中国アナキズム運動固有の問題に焦点を当てて、自分たちの運動内部でアナキズムの世界性や普遍性を追求することを目指しているように思える。いわば世界を知る窓口であると同時に、世界へ発信する窓口でもある雑誌として構想していたと考えられないだろうか。この『平等』の方向性の変化は、主編であった巴金の変化でもあったように思う。実は『平等』の終焉は巴金が本格的に作家活動を進める時期とほぼ重なっている。それはアナキストとして活動する中で苦悩、挫折した Li Pei Kan が、思想の言葉を失って文学の言葉に救いを求めたのではなく、世界や普遍性を語っていた思想の言葉が個人の精神世界へ越境して入り込み、作家巴金が自分を語り出したことを意味していると考えられるのではないだろうか。思想と文学の往復運動が文学活動や思想的営為を生み出す巴金の原点がそこにあるように思う。

（二〇一四年初稿）

■付属資料Ｉ　家族宛劉忠士書簡

Him Mark Lai Collection, Ethnic Studies Library, University of California, Berkeley 所蔵の家族宛劉忠士書簡原稿はノートに手書きされたもので、最終的に投函されたかどうかは不明である。また一部に判読し難い字や文法的な問題があるが、原稿状態なので、ここでは暫定的に読み取れる形で整理した。民国期の中国語なのでいわゆる旧字体で復元してある。

①一九二二年二月二八日

父母親：

你們一月一號和一月廿號寄給我的信都有收到了，一號答給我的信說（迷信木泥之神，已除棄八九。惟祖先之神牌存在），照這話看來都算是有些少覺悟了。惟是可惜不是眞覺悟，仍是迷信罷。你們知道神牌是木和泥造成的，爲什麼還要把那一部份的神牌留存呢？是不是還是迷信偶像呢？你們想做人的生活呢？你們就要快快徹底覺悟向前去打破種種的偶像社會才有進步呀！

二十號的說（第二妹一月十七號承了親。是年出閣，望你在外照料），「望我在外照料」，這話我眞是不懂。未必想我做些不合理的假人情，假禮儀麼？或要我替你們辦那舊壞風俗的所謂鳳冠麼？嫁妝麼？若是這樣說，我聽著便是肉麻，見著便是心都要嘔。爲什麼呢？因是我要破除人情、面子、體面、和婚姻制度的。（我們要破除的「人情」「體面」和「偶像」的道理，前給你們的信說過了）現不再談罷。

婚姻制度究竟是什麼？養到子女十六七歲便要和他問年庚定親事。那些三姑六婆（媒人）聞了風聲，便一起一起，拿庚帖來游說，甚麼男才女貌啦！甚麼門登戶對啦！把一套一套水茫茫的大話，說一大頓，不獨把子女欺騙，連他兩家的父母都欺騙了。（媒人婆）做不正當的生活，以謀利益，他的說謊，和那買賣牛馬豬的（中人）何以異呢？

還有很多最卑鄙、最惡劣的事，說出來實在令人可恨。女家要索男家的聘金、豬肉、餅等等。男家要索女家的妝奩等等。兩造信使往來都是論價交易，好像賣豬買豬一樣。兩家把子女還當是個人麼？不是把人當做豬馬牛嗎？價錢議妥，定價也交過了，也收過了。遲得一年或幾個月，便是交易的時期了。時期一到，兩家父母各自將他的子女裝辦起來。簪花啦，掛紅啦，霞佩啦。拿子女辦成神廟的菩薩一般，和古董一樣。等到爆竹一聲，那兩個菩薩就出現於紅烘烘的堂子上，隨著那喜娘（足婆）堂倌（托腳）的指揮，一起一落，一起一落，亂拜亂拜，頭也昏了，腰也酸了，膝也疼了。這才回房中休息。唉！做人這樣，究竟婚嫁禮，有甚好處呢？

過了恐怖可憐的第一日，（出家迎親）第二日是拜堂，第三日是請女婿，第幾日是去外家。兩家初次相見，面行相當的敬禮，還說得過去。惟是他們的禮，那裡是敬的呢？簡直是欺僞的罷了。

甚麼堂上的偶像木牌神位，首先亂拜亂拜，甚麼大人、太太、奶奶、安人、姨人、亞公、亞婆、舅父、舅母、叔公、叔婆、岳父、岳母、個個請出來受拜。不敢當，再請不敢當，三請四請不敢當，朝上拜，一迭連聲，絕一停口，那「足婆」從裡邊呼出來，好像私塾裡的教學老師叫兒童背書一樣，企在椅邊，唉！這叫敬，這叫禮，眞眞是混賬了，眞眞是迷信了。

總之婚姻制度是惡劣的，是必要破除的，至於你們替第二妹承了親的事，伊和那少年相識不相識，合議不合議，我都不知，我也不理。但我很願望伊有的自由權、自己主張。

他若是和那少年相識、相愛、合意，願兩個共同互助的。你們做父母的就可任他們倆，自由去結合就夠了。但現在伊是承了親了，我又不贊成那不合理的婚嫁禮。這樣又有怎麼樣辦法呢？照我的意思，至好是預定一個日子，叫那少年和伊同齊行去。實行伊和他的自由結合、共同互助的生活就好了。「但是要兩個合意情願的」照這樣做法，兩家都免了花費錢財，亦可是初級改良些少婚嫁禮的舊壞制度。

至於他的衣裳呢？伊自己所穿的衣裳可自由取用。伊若是現今都未得夠來保暖身體，你們做父母就要幫助做些少，但實不可奢華。衣服能保護身體就夠了。我很望你們照這樣辦法呀。

父親！我看寄來的信，知道你前年曾染一回病。你老人家生病　實在是痛苦的。但你的病是已好了。這眞是歡喜極了。我望你以後永遠都無病。

祝你和母親康健長壽享福！
幼弟必要給他們接續讀書，求些學問纔好。
今寄返八八重「園物」一個。請你們照重查收纔是。
各人都好！

一九廿二，二月廿八日
忠士

② 一九二二年三月二一日

父親
我昨接到遜堯三月十七日寄來的信，知道你今年沒有給他去讀書了。我想你不給他去求學問，實在是因私產制的資本主義的教育所迫。若打破了資本主義的私產制度，你們就可以免貧窮的苦楚，和子女也不必要你供給，他們也能受完滿的教育。現在你實在不能供給他麼？
他是有心去讀書，和能自己勉力求學問的，請你使他接續去讀多幾年。學費要用幾多，望你寄信給我知，定必寄返。
祝你和母親康健！　弟妹們都好！

一九廿二，三，廿一
忠士

勞轉給父親宇昆收入

■付属資料Ⅱ 『平等』目次

巻・期・総期	発行年月	記事内容
一巻一期（総一期）	一九二七年七月	「我們的宣言！」、鳴虫「我們還要這不公平的社会嗎？」、君毅「平等！」、山火「自由底掠取底呼声」、青涯「短評三則」、青涯「巴枯寧略伝」、林蕙「日本無政府主義運動略史」、青涯「詩二首」、「今日之世界」、「小消息」、「社務」、「通信」、「祝詞」
一巻二期（総二期）	一九二七年八月	壬平「中国無政府主義與組織問題」、君毅「人」、林蕙「日本無政府主義運動略史（続）」、「短評八則」、「今日之世界」、「小消息」、「社務彙志」
一巻三期（総三期）	一九二七年九月	青涯「痛！快！」、鳴冬「又一次偉大的工人革命」、黒浪「工人的血染紅了維也納」、李卓「維也納的工人暴動」、鳴虫「空想與懦怯」、青涯「詩」、「今日之世界」、「通信」、「小消息」、「社務彙志」
一巻四期（総四期）	一九二七年一〇月	『薩珂與凡宰特専号』 黒浪「法律下的大謀殺」、芾甘「俄国革命的第十週年」、鳴虫「反対慶祝双十節」、「薩珂與凡宰特致全体同志的信」、「薩珂給他児子但丁的信」、「凡宰特致本社黒浪同志的信」、佩竿「死者與生者」、「今日之世界」、「短評」
一巻五期（総五期）	一九二七年一一月	『芝加哥殉道者四十年祭専号（上）』 「芝加哥無政府主義殉道者像」、芾甘「芝加哥無政府主義者殉道後的四十年」、李卓「鬧県」、李卓「巴黎通訊」、「小消息」
一巻六期（総六期）	一九二七年一二月	『芝加哥殉道者四十年祭専号（下）』 芾甘「芝加哥無政府主義者殉道後的四十年（続）」、「短評」

一巻七期（総七期）	一九二八年一月	李冷「祖国」、鳴虫「三個工人的談話」、司太恩堡著、芾甘訳「俄国左派社会革命党運動略史」、「今日之世界」、「通信」
一巻八期（総八期）	一九二八年二月	楽夫「廠主的利益就是工人的利益嗎？」、米爾波著、李卓訳「平民文学」、「今日之世界」、「『黒光』的致詞」、黒浪「通信」
一巻九期（総九期）	一九二八年三月	李冷「法律」、鳴希「工人的実力」、司太恩堡著、芾甘訳「俄国左派社会革命党運動略史（続）」、「今日之世界」、米爾波著、芾甘訳「平民文学」
一巻一〇期（総一〇期）	一九二八年五月	「第四十三個五一節」、克魯泡特金著、黒浪訳「無政府主義與工団主義」、芾甘「答誣我者書」、芾甘「感謝国民党人錚錚君代登広告」、芾甘「左派国民党在那里？」、仲扶「被捕経過情形」、芾甘「勿為我們杞憂」、「今日之世界」、「小消息」
一巻一一期（総一一期）	一九二八年六月	柏克曼著、壬平訳「巴黎公社與克龍士達脱暴動紀念」、鳴希「工人、組織起来！」、克魯泡特金著「無政府主義與工団主義（二）」、佩竿「死者與生者（二）」、卓「上海国立労働大学校慶祝一九二八年的五一節的典礼和祝詞」、「国民革命軍後：遺散的兵」
一巻一二期（総一二期）	一九二八年七月	黒浪「我們現在応該怎樣做呢？」、克魯泡特金著、黒浪訳「工団主義無與政府主義（三）」、司太恩堡著、芾甘訳「俄国左派社会革命党運動略史（続）」、佩竿「死者與生者（四）」、「法国無政府当対於済南案発生後之中国観」、「消息」
一巻一三期（総一三期）	一九二八年八月	克人「薩苛和凡宰特的週年之回憶」、黒浪「巴枯寧底無政府主義」、克人「俄羅斯大革命中」、黒浪「怎様做法？」、克人「我們今日的中国見聞録」、「消息」
二巻一期（総一四期）	一九二九年一月	本社同人「捲土重来」、石川三四郎著、行知訳「労働団体」、月灰、春風、一平、平平「我們的閑話」、信愛「国民党員的国民党観」梅子、月灰、平平、春風「三言両語」、「鬼話一則」
二巻二期（総一五期）	一九二九年二月	黒浪「無政府主義原理（為克魯泡特金八年祭而作）」、式永「一個無政府主義者的宣言」、月灰「我們的閑話（二）」、天心「国民革命問答」、人人「鬼話一則（続）」、「我們的報告」

二巻三期（総一六期）	一九二九年三月	黒浪「薩珂與凡宰特是無罪的人」、月灰「改造社会的時機到了嗎？.」、一平、春風、月灰、「我們的閑話（三）」、天心「国民革命問答（一続）」、「請大家熟読這一封信」
二巻四—五期（総一七—一八期）	一九二九年四—五月	黒浪「五一運動史」、君毅訳「克魯泡特金的司法論（上）」、平平「我們的閑話（四）、天心「国民革命問答（二続）」、一平、春風、月灰「旧事重提」
二巻六—七期（総一九—二〇期）	一九二九年六月	月灰「事実勝於雄弁」、S.T. 訳「克魯泡特金的司法論（下）」、一本、月灰、同台「我們的閑話（五）」、天心「国民革命問答（続完）」、非人「人的話」
二巻八—九期（総二一—二二期）	一九二九年七—九月	「啓事」、鳴虫「復帰於行動的無政府主義」、白葉「一個問題的問答」、月灰「我們的閑話」
二巻一〇期（総二三期）	一九三一年一〇月	黒囚「暴日侵略下之寧粤聯歓」、Pierre Besnard 著、天毀訳「合理化與失業」、A. Dauphin-Maunier 著、楽天訳「匈牙利的無政府主義運動」、熊大「馬拉特斯塔」、天毀、忠士、卑智「我們的閑話」、傷心人、王望「民意三則」

■付属資料Ⅲ　劉忠士宛巴金書簡

本文ではアナキスト Li Pei Kan が作家巴金へどのように接続するか、雑誌『平等』に中国アナキストの思想的葛藤がどのように映し出されているか、更には平社の中心人物、劉忠士の渡米からアナキストとしての生涯にどのような思想的軌跡が見られるかを見てきた。文中たびたび引用した書簡は公刊されていないので、ここに劉忠士宛巴金書簡を整理して、研究の基礎資料作成を試みたい。いずれも現在 Ray Jones Archive, Him Mark Lai Collection, Ethnic Studies Library, University of California, Berkeley に所蔵されている。ここでも原文を尊重していわゆる旧字体で復元を試みるが、判読し難い部分があり、疑問が残る場合は傍線で示した。

これらの書簡を読むだけで、アナキズム思想空間の共同性がどのように形成されるか如実に分かるが、①―⑤が雑誌『平等』第二巻刊行時期の一九二九―三〇年に書かれ、⑥―⑮が国共内戦期の一九四八年から人民共和国体制発足直後の一九五〇年にかけて書かれているという時代背景に留意して読まなければならないことはいうまでもない。

①一九二九年三月二五日

鐘時

一百元收到。照你的意思辦就是了。寄在李卓處的人名單未見，我已寫信去問李卓去了。這次寄來的當然登出。述堯[50]已有信來答應把印人道的款來印平等及平社小册子。現在國民革命問答已在平等二卷二期發表。登完卽印小册。我們近去信約惠林回來，因爲現在人太少了，做事忙不過來。昨天寄你平等二卷二期（此期交稿甚早，因過舊年關係被印局耽擱了）十本（我們的財富二份如要還可寄），其餘的從明天起陸續寄發。以後多載「我們的閑話」一類稿子。書店關係我們的宣傳甚大，我們決努力做去，你們能幫忙甚好。克氏全集六、七、八三卷月内都可出版了。[51]以後各卷當努力進行。

書店事我的意見和樂夫一樣由他覆你好了。

餘後談。祝

健

芾甘

② 一九二九年四月或五月(52)

鐘時：

我因趕譯人生哲學之故，所以許久未寄你信。平等三期已寄上，想已收到，四五期合刊篇幅較平常加倍，日內就可出版，合刊的理由是因爲印局耽擱。六期稿已編好，不日就付印。總之平等我必繼續維持下去。而且稿件方面只要仲九克剛我三人繼續做下去，成績一定很好。從第二期我多留了一百多份，因爲國內常有人要。第七八期合出薩凡專號。我專做一本小冊子。這期合刊多印五百份在國內散，你說好麼？

國民革命問答六期登完。從九期我或寫一部A主義者的心理或譯「我們怎樣革命」一書，雖然是長篇，但每章獨立不要緊。而且中國現在沒有A的好雜誌，平等登長文也可以的。印費希望再寄點來。我以後每月可還述堯款十元，若有錢或可多還。田園工廠這禮拜出，人生哲學下一月後出，人生哲學還有三章在譯。譯完卽譯自敘傳。

餘話後談，因我忙。

芾甘

支出

二卷

第一期　十九元
第二期　十九元
第三期　二十一元
第四五期　三十九元
寄費
　第一期（八包）六元
　第二　七包　五元五角
　第三期　五元
（以上三項）記不十分清楚了，不對請改正。
　　零份的寄費及雜費由我擔任
收到
　李卓交來二十八元
　鐘時兌來五十元
　胡茵[53]捐款五角
　芾甘還逑堯款二十五元（共欠逑堯一百八十元，除二十五元，尚欠一百五十五元。以後陸續還清。此款在不在平等登出。盼告）
　不足一元
　第四五期平等寄費未算。第六期已交印局，印費若干尚不知道。
以後信請寄法界太平橋永安裡十八號朱永邦轉。兌款最好由郵局，因廣東銀行取款時需銀行擔保。很費手續。捐款簿李卓未見。

③一九二九年六月二六日

鐘時：

寄上信想已收到。小册與大書可以同時印好。小册本印一千五百册，因印局弄錯只印了一千册。現在寄上八百册，書先寄上兩百册，餘存在自由書店，不夠時請來函添寄。存在自由書店的書由樂夫經理，以後可結算。

述堯的一百元尚未到，不知他已否寄出。

你前說買鉛字，現在我在啟智交涉了，他們把實在價目開來，如要買，大概還可以便宜一點。在商務買，貴得多。平等在上海出版又成問題。一則惠林要離開上海，二則原定發行地方及計劃已被國民黨人知道，恐不穩。我們確實需要在外國設立一個印刷所，這在各國革命黨人都有的。將來中國也許會有壓迫極厲害的日子，所以留一點根基也是好。現將價目單寄上，如何請你斟酌。

現忙後再談。

祝

健

芾甘　六月廿六

樂夫附筆問好

④一九三〇年五月七日(54)

鐘時：

來信收到，『A的ABC』(55)已經在昨夜寫完，排也排了一半，我想在六月初出版，錢請速寄。書作平社出版。江灣南京有一部分同志想加印一千本送人，但他們恐怕籌不到許多款。（加印排工不算，一千部也要一百元）現正進行。平社印一千本。二百五十元恐怕不夠，但相差不過數十元，我也可以另想法。印好你們要若干本？請告我。餘交樂夫由自由書店發售，另立帳目計算。自由書店共出書十三本小冊，月刊數本。現在并非停業，不過無錢再印新書。

啟明書店印了自傳後也無餘錢，不過自傳銷路不壞，可望收點錢進來，現在第二本朱洗譯，信愛校『互助論』又要付印了。我與樂夫打算如果在別處籌不到，就用你們的錢來印，籌到款時再還。

我現決定編一克氏傑作集凡六種，都可以公開發售，不會禁止的。（一）自傳（已出）（二）田園工廠（另由我譯，因舊譯甚壞）（三）互助（將印）（四）俄國文學，我另譯（五）法國革命，我另譯（六）人生哲學（已有，將來另由啟明出版）。這六部再合上自由書(56)的三部（自由書店再出一部論文集）。這工作只要你們可幫助，我一個人在幾年內定能完成它。

我事忙，身體又弱，這是沒有法的事。不過我至少總還有幾年可活，總可以做點事出來。

平等我們現組織一團體來維持它。現決定八月內出版，經費仍望你們負責，南京方面答應每月捐十五元，如經濟充裕可改出半月刊。印局大概不成問題。

非宗教小冊已早交印局，因他們甚忙，至今尚未印出，最近又在趕排A、B、C，所以要遲一向了。這是無法的事，請原諒。

現寄上滅亡五本，請查收。緩當寄上我的「俄國十女傑」十本，快出版。款我將來扣出就是了。不過前寄的「爲了知識……故」八本是送人的。

平等，若上海不發生變故，就這樣決定了。如不成功，那時再告你。買鉛字我可以介紹在啟智印局買，要便宜許多。

London 的 *Iron Heel*，中文譯名「鐵踵」，泰東書局出版，譯者不知是誰。也許是個馬克思主義者。

圃公[57]要的左拉的書，中文只有一本『左拉小說集』（北新有「一夜之愛」，左拉小說集內已有。我當去函叫出版合作社寄他，款由我付，送圃公好了。因價很便宜。

龐人銓戲劇集我處沒有，當設法去找。

芾甘
五月七日

⑤一九三〇年一〇月以後[58]

鐘時：

來信收到。買鉛字可在啟智買，不過我想與其買鉛字不如買銅模，一付銅模只要兩千多字就夠了，大概不到五百元。據說你能在美國鑄字，也不過花四五百元。結果亦不過一千多元，但你買鉛字也要花一千多元（或者還不止此）運費也很貴，鉛字也不能用許久，如購銅模倒可以長期使用。你的意思怎樣？在美國鑄字是否方便？這一層我不知道，希望你注意一下。銅模當然只購五號或選購少數三號字。

平等恢復事現在無望，因惠林在上海住不久，而且最近只辦了三期專刊，開了一兩次會，惠林住處就被檢查幾次。無法繼續下去，而且答應負責發行的人做事也不可靠。總之平等在上海發行暫無希望。我的身體太弱，工作又多，所以不能負起平等的全部責任，很慚愧，只希望將來你們印局逐漸發展成功，我們纔可以有長期出版平等之機會。書已印好，至少半月內可以寄上（因現在裝訂）述堯錢尚未收到。大概不久可到罷。小册子八百册和書兩百册將來一幷寄上，請你分寄述堯。

圃公信收到。我們現在只要本著不屈不饒的精神繼續不斷地干下去，雖然附和者少，成績很微，但總有效果的。我們不要因現狀而灰心，尤其中國的運動更使人失望。但我們的理想是民眾的理想，是人類的理想，民眾以至於全人類要得著最完全的幸福生活，必然要靠了這理想的。這理想是民眾生活之命脈，民眾要求解放，必靠此成功。所以它會不管我們底無力，而自行發展的。這時候中國現狀，實無組織A黨的可能，但我們仍要努力做去，時樣一旦成熟，潛伏的勢力會顯露出來，我們的運動便會突進的發展，等著罷，我相信著。

不知圃公以爲如何？

芾甘

⑥一九四八年九月四日[59]

鐘時：

廿三日來信收到，知道一切。但意文報等尚未收到。大概近來船少，所以到得慢點。寄你的畫册應當收到了。你說Fresno埠意國友人寄我款和書幷未收到過。我只收到Berkeley埠西班牙友人兩次寄來的書。款子只有由Adunata社[60]轉支加哥友人寄來的二十元，我已把這筆錢寄回美國，去購西文克氏書。我另外印了畫册，送了Adunata社六十册。我去信說我不希望國外友人寄款，我有兩個理由：第一，我們印書要是沒有人看，賣不出錢回來，那是白白糟塌錢。捐款只能一次，多了等於「打秋風」「敲竹桿」。我編印克氏全集就只募捐一次，幷且算做股本。第二，國外友也窮，他們刊物更需要錢，錢對他們更有用處。所以以後請他們不要起捐款來的念頭。我們目前需要的只是書報。你見著國外朋友，請把這意思告訴他們。要是他們有款交給你，可以退給他們或改捐西文刊物。我們雖不寬裕，但湊點小數目，也幷不太難。

妃格念爾獄中記已譯好。我開始譯 Rocker 的 *The Six*(61) 和續譯克翁的獄中記了。克氏全集中「互助論」與「麵包」又再版了。匆覆。祝

好

芾甘

四日

⑦一九四八年？月三一日(62)

鐘時：

信收到。你寄的書只有九月一四日寄的 *The Hudson Review*(63) 一包沒有收到。後來寄的都得到了。我寄 Jonchello(64) 的一本書，他轉給你甚好。我寄給他，也只是因爲書中有插圖，拼有意大利文書名。現在克氏集已出四種，除倫理學外，都再版了。我最近印的西班牙畫集第二種也已出版，拼且寄了幾本給你，想當收到。我最近在翻譯 R. Rocker 的 *The Six* 一書，大約四個月後可以譯完。克氏的「獄中記」也得在明年譯完。妃格念爾的獄中記付排甚久，被印局耽誤，至今只排出一半，希望能在明年二月印出。目前上海局勢不甚安定（最近稍好），但我們無處可去，也只好不走了。將來怎樣還難說，不過我想上海多半不會有戰事。有信仍可寄原處。嘯塵(65)一信請卽轉去。因航郵貴，附在這信內可省點錢。

芾甘

卅一日

⑧一九四八年一二月一三日

中時：

　前幾天寄你兩冊新編印的畫冊，想來不久當可收到。你寄我的幾冊意文書都收到了。現在就只有*Hudson Review*合訂本（或季刊）未到。美國西岸罷工，郵包都耽誤了。後寄的已到，先寄的反而未來。但現在工潮已解決，應該來了。我們還好。生活雖較苦，還可以過得去。只是物價高，印刷裝訂費更高，以後印書較困難了。上海印的畫冊中文本八百冊，在限價期間，不到一個月就被搶購光了。但是賣的錢印較薄的第二冊也已不夠了。不過書印出來，有人看，也是好事。祝好

芾甘

十二月十三日

⑨一九四九年三月四日

中時：

　寄上小書二冊，其一請轉小塵[66]。這是我從前寫的東西，未發表過，這次檢出來修改了一遍，寄給那邊友人付印出版了。我還在翻譯 Rocker 的 *The Six*。Figner 自傳過兩天即可出版[67]，仍寄你二冊，請轉小塵一份。前次說的意文書 *Tolstoi, sua vita e sue opere*[68]，不知已否寄出。又 Resistance 社[69]近出 *An appeal to the Young*[70] 新版，望寄我一份。

祝

好

芾甘

又寄 *Hudson Review* 的回執是多少號碼？ 那兩册刊物內有些什麼重要文章？ 盼告。

三月四日

⑩一九四九年六月三日

嘯塵，鐘時：

現在上海已經「解放」了。我很安全，一切都好。在上海戰事的最後幾天裡國民黨的反動軍人和黨棍好像發了狂似的殘殺良民，活埋，槍殺，酷刑，監禁，無所不用，弄到人人自危。要是他們在上海多守半個月，恐怕連我也無法活下去了。「解放軍」上月二十五日開始進城，上海戰事到廿八日完結。現在秩序恢復了，并且有了新的氣象。我仍舊照常做我的工作，譯書看稿。現在一切都很自由。要是這自由的空氣能夠長久保持，我們還可以做點事情。一切都得看將來。我前些時候（大約兩星期前吧）曾給中時一信，說上次錯投的郵包已經送到了，又給嘯塵一信說我不會離開上海，這些信想均已收到。此後書報仍請照寄。并請把我安全的消息告訴朋友們。嘯塵寄的藥尙未收到，但我的手膀已經完全好了。那本 *Legacy of Sacco and Vanzetti*[71] 不知嘯塵寄出否？ 寄出的郵包大概不會遺失的。

我的生活和工作都不會改變。「六人」快要譯完了。仍將續譯克氏的俄法獄中記。這信請中時看後交嘯塵看。等到航信通時我再給你們寄航空信。劍波[72]仍在成都，現在那邊消息斷絕了。聽說他身體不好，在生病，不知道怎樣，十多年來他的身體就是這樣壞的，我有七年不看見他了。

祝

好

芾甘

六月三日

⑪ **一九四九年一〇月二九日**

鍾時：

信收到。你寄來的書也收到了。謝謝你。我很好。前些時候我去過一次北平，參加文藝界代表大會。現在仍埋頭做翻譯工作，「六人」已經出版了。能寄書包時當寄你一部。我目前生活較前稍苦，但仍能活下去。解放軍入城後，一切比較國民黨時代都好得多。國民黨政府的腐敗眞是天下第一，他們五月中旬敗退前還殺了不少的良民。我現在繼續譯妃格念爾的「自傳」。什麼時候能印出，還說不定，因現在書的銷路較差，我的書的銷路也少了。四川仍在國民黨手中，劍波處無法通信，也不知道他的近況如何。另一信請加封轉寄 Michigan 大學 A. Inglis[73] 女士。別的話下次談。

好

祝

芾甘

十月廿九日

⑫ **一九四九年一二月三日**

鍾時：

信收到。轉來意友的一封信也收到了。同時我也收到了他直接寄來的信。你那位朋友的文章也讀過了，寫得還好。我只聽說他的手有點不方便，卻沒想到他的眼睛也不成了。現在是否已經全瞎了，我很惦記他。我很好，仍舊在我的編校翻譯工作，生活稍苦，但是還可維持。我一家三口也許明年還要添一個小孩。我現在翻譯屠格涅夫的小說。克氏獄中記尚未譯完，因這書目前還無法出版。我寄了你一本「六人」，想已收到。這本書深一點，倒是好書。妃格念爾自傳第一部在翻譯中，半年內可以譯完。我的「家」法文譯本快要出版了，我已經見到了預告。英文本則無消息，恐怕找不到出版處。有新書仍望寄我幾本。密支根大學 A.I 小姐處，我也寄過「六人」去了。上次托你轉的信想來已經轉去。她已經七十多歲了，不知道身體怎樣？

祝

好

芾甘

十二月三日

上次請買的 *Rebels of Individualism*, by Jack Schwartzman, The Exposition Press, New York, 不知已買到否。

⑬一九四九年一二月二九日

鐘時：

信收到。上海解放後，我已寫過好幾封信給你，想來不久會收到的。我還寄過你一本「六人」。你的信和書都收到。今天同時掛號寄上一包我最近出的書。另外附了一本「秧歌與腰鼓」，另外還有兩張記載秧歌步法的報紙。不知道對你的朋友有無用處。我也不懂秧歌，故不能說這本書好不好。重慶已解放，成都大概快了，劍波一直無消息，不知道他怎樣。因格裡斯女士處我曾托你轉過信去，我自己也有信去。我想她應該收到了。她今年七十幾歲，但精神很好，對人也不錯，希望她能長壽。克氏全集一時無法續出，無好譯稿，也無印費。

你信上說要詩歌小品文，不知道是怎樣性質的，請告訴我，即可寄上。

又 *Retort*[74] 新詩是否續出，請告。

請你替我在意國友人處找一本　在 Napoli 出版的 *Volonta*[75] 月刊 *Amo* III, 11（一九四九年五月一五日出版，還有 *L'Adunata dei Refratari* Vol.XXXVIII.（1949）Numbers 15.16.17.21.22.23.24.25.40.41.42.43.44.45.46.47.48.49.50.

祝

好

芾甘

十二月廿九

⑭ 一九五〇年二月一六日[76]

鐘時：

信收到。書寄不出，就放在你那裡，等將來交通方便，郵局收寄時再寄。有新舊的好書仍望代爲搜集。劍波已有信來，他仍在成都川大。他身體不好，自然有點苦悶。我還好。生活還可維持，雖然比以前稍窘一點。我還只有一個女孩，但再過六七個月會添一個孩子，因此有點耽心。不過目前我還是照常翻譯點文學方面的書。前次寄上的一本屠格涅夫的小說想已收到。我靠翻譯總可以維持一家生活，我不希望朋友們寄款。不過要是有書送我，我是歡迎的。本月六日這裡被國民黨匪機大炸一次，我家裡一星期沒有電燈。被炸地方離我們住處不太遠，不過我們是在住宅區，還是比較安全的。福建那位姓葉的朋友[77]到廣州去了。他在那邊教書，但好久沒有來信了。A. Luca[78] 那篇散文，還不錯，有空當爲你譯出。我的小腸有病。本月底或下月初要進醫院去開刀。我想住半個月便夠了吧。出院後會有信給你。去年下半年的新書報請代我搜集，尤其是意文的。又去年美國 New Jersey, Stelton? 的 Modern School 出了一本 Elizabeth Ferm[79] 的論教育的書 *On Education*, 也請你給我找一本。向紐約 Resistance 社查問，一定可以問到。

別話下次再談。

祝

好

芾甘

二月十六

Elizabeth Ferm : *Freedom in Education*[80] $ 1.50

⑮ 一九五〇年五月一三日

鐘時：

你一月廿三日和四月廿七日來信都收到。我三月初進醫院開刀，三月底以前出院，在家裡一直養到現在，身體尚未復原。最近一個多星期我已經上街了。不過不能多走動。你要看新詩，過些天當找一點寄給你。前個月寄了你一包書，裡面有一本左拉的小說「勞動」的譯本，原書很好，只是譯文不大好。另外有本我譯的《回憶托爾斯泰》[81]（另一本請你轉給嘯塵）。我仍在譯書，但這兩個月因病什麼事都沒有做。以後有新書仍寄給你。我有七八個月沒有收到美國寄來的書包了。據說美國還不肯收寄中國的郵包。可是中國這邊卻收寄美國的郵包。所以我能寄書給你。倘使美國一直不肯收寄書包，那麼我只好請一個香港朋友代收下，再由他轉寄上海。關於意文和西班牙文的書請你陸續搜集。圃伯有信來，他仍在新會。劍波在成都，生活較苦。中國大陸差不多全解放了。帝國主義的勢力完全打倒了。的確有一些新氣象，有改善，有進步，主要的驕奢淫佚的現象沒有了，貧富間的差別漸漸在偏短，連有錢人也不得不找工作了。一班負責干部都能苦干實干。但也有少數的人思想狹窄。不過困難還是很多。一般人的生活一時也未能改善多少。失業的現象也相當嚴重。連文生社的生意也差多了。幣值已穩定，物價也常跌，這是好現象。可是一般人的購買力也很差，所以書的生意（除了政治學習書好）也很壞。像克氏全集的書現在不能出了，唯一原因是沒有多少人買，印一本得花不少錢，卻賣不進來。俄法獄中記我還是要慢慢地譯完的。留到一般經濟狀況好轉時再出版吧。祝

好

芾甘

五月十三

【注】

（1）巴金とサッコ＝ヴァンゼッティ事件に関しては本書収録「巴金とサッコ＝ヴァンゼッティ事件及び小説『滅亡』」参照。

（2）陳思和、李輝『巴金論稿』、人民文学出版社、一九八六年、一六四頁。

（3）Olga Lang, *Pa Chin and His Writings : Chinese Youth Between the Two Revolutions*, Harvard University Press, 1967, p. 108.

（4）巴金「『滅亡』序」、『巴金全集』第四巻、人民文学出版社、一九八七年、四頁。

（5）Li Yao Tang's letter to Emma Goldman, July 5, 1927, Emma Goldman Archive, International Institute of Social History (IISH), Amsterdam, The Netherlands. Li Yao Tang は巴金の本名李堯棠のアルファベット表記。巴金とエマ・ゴールドマンの思想的交流に関しては本書収録「巴金とエマ・ゴールドマン」参照。

（6）Emma Goldman's letter to Li Yao Tang, May 26, 1927, Emma Goldman Archive, IISH.

(7) 呉克剛（一九〇三―九九）、安徽省出身のアナキスト。君毅、呉養浩の名でも文章を発表。第二次大戦後は台湾で経済学者として活躍。本書収録「巴金とエマ・ゴールドマン」参照。

(8) 衛恵林（一九〇四―九二）、山西省出身のアナキスト。一九二一―二五年日本留学、一九二七―三〇年フランス留学。パリで巴金や呉克剛と同居。第二次大戦後は台湾で人類学者として活躍。本書収録「巴金とエマ・ゴールドマン」参照。

(9) 恵林、芾甘、君毅「無政府主義與実際問題」、『無政府主義與実際問題』所収、民鐘社、一九二七年四月。

(10) 巴金「答誣我者書」、『平等』第一〇期、一九二八年五月、六―七頁。

(11) 『民鐘』は一九二二年広東新会で創刊、二三期出た後、最後の三期は上海に移って刊行され、一九二七年停刊。

(12) 劉忠士（一八九二―一九七九）中国広東生まれ、一九〇九年アメリカへ移民、一貫してアナキストとして活動。一九七七年マカオへ移り、一九七九年死去。中時、鐘時、鐘鳴、忠庶、蔡賢、Ray Jones、Red Jones、Jonesie など多くの筆名や別名がある。晩年一九七四年六月一二日のインタビュー記録が Paul Avrich, *Anarchist Voices : an oral history of anarchism in America,* Princeton University Press,1995, pp.409-410 に収録されている。またアメリカの華人史研究者 Him Mark Lai（麦礼謙）による一九七四年一月一四日の簡単なインタビュー記録も存在する。なお劉忠士の書簡・遺稿・ノート等は Him Mark Lai が整理して Ethnic Studies Library, University of California, Berkeley に寄贈した。

(13) 劉伯驥『美国華僑史』、台北：黎明文化事業公司、一九七六年、五一頁。

(14) 劉伯驥『美国華僑史』、五二頁。

(15) Peter Kwong, *The New Chinatown,* New York : Hill and Wang, 1988, p.13.

(16) 麦礼謙、「美国華人左派運動簡史（二）」及び「同（三）」、サンフランシスコ：『為民報』、一九七三年九月及び一二月。

(17) 麦礼謙、「美国華人左派運動簡史（三）」、サンフランシスコ：『為民報』、一九七三年一二月。

(18) 劉伯驥『美国華僑史』、五六頁。

(19) Shin-shan Henry Tsai, *China and the Overseas Chinese in the United States,* 1868-1911, University of Arkansas Press, 1983, p.98.

(20) Ibid. p.98.

(21) 未詳。

(22) Paul Avrich, *Anarchist Voices : an oral history of anarchism in America,* Princeton University Press,1995, p.410. このインタ

ビューは一九七四年六月一二日行われた。

（23）Him Mark Lai. *Summary of Interview*, January 14, 1973.（個人蔵）

（24）李徳浜等著『近代中国移民史要』、哈爾浜出版社、一九九四年、二八七頁。

（25）黒浪「鐘時同志」、『平等』第八期、一九二八年二月、平社、一一―一六頁。黒浪は当時巴金が使用していたペンネームの一つ。

（26）Paul Avrich. *Anarchist Voices : an oral history of anarchism in America*, Princeton University Press,1995, pp.409-410. この記述には『平等』の発行期間などいくつか修正すべき点がある。

（27）仲扶「被捕経過情形」、『平等』第一〇期、一九二八年五月。

（28）Paul Avrich. *Anarchist Voices*, p.168.

（29）Ibid. p.167.

（30）劉忠士「中日戦争」、Box 1-2, Ray Jones Archive, Him Mark Lai Collection, Ethnic Studies Library, University of California, Berkeley.

（31）Him Mark Lai. *Summary of Interview*, January 14, 1973.

（32）Ray Jones's short memo, Box 12, Ray Jones Archive, Him Mark Lai Collection.

（33）父親宛劉忠士書簡（一九二二年二月二八日）、Box 1-2, Ray Jones Archive, Him Mark Lai Collection.

（34）父親宛劉忠士書簡（一九二二年二月二八日）、Box 1-2, Ray Jones Archive, Him Mark Lai Collection.

（35）父親宛劉忠士書簡（一九二二年三月）、Box 1-2, Ray Jones Archive, Him Mark Lai Collection.

（36）沈仲九（一八八七―一九六八）、浙江省紹興出身。ペンネームに信愛、天心、銘川などがある中国第一世代アナキスト。一九〇五―〇七年日本留学。浙江第一師範、湖南第一師範、中国公学、上海大学、立達学園、労働大学等で教鞭を執った。『平等』にも執筆したが、自らも上海で『自由人』や『革命週報』などアナキズム雑誌の主編を務めた。陳儀と共に戦後台湾へ渡って要職を務めた経験もある。

（37）劉忠士宛巴金書簡（執筆年月日未記載）。Box 1-5, Ray Jones Archive, Him Mark Lai Collection. このコレクション所蔵の劉忠士宛巴金書簡の中国語原文は手書きで未整理状態であったので、数度の調査を経て確定できたものを今回本文の後に付属資料Ⅲとして番号付きで掲載した。例えばこの書簡は巴金書簡②にあたる。なおこの整理作業にあたって、復旦大学中文系の張業松教授の協力を得た。

(38)「本刊第一期至第六期収支報告」、『平等』第六期、一九二七年一二月、一二頁。
(39) 劉忠士宛巴金書簡(一九二九年三月二五日及び同時期)、Box 1-5, Ray Jones Archive, Him Mark Lai Collection. 巴金書簡①―④参照。
(40) 劉忠士宛巴金書簡(一九二九年六月二六日)、Box 1-5, Ray Jones Archive, Him Mark Lai Collection. 巴金書簡③参照。
(41) 巴金「房東太太」、『小説月報』第二一巻第一号、一九三〇年一月一〇日。のちに『復仇』(上海新中国書局、一九三一年八月)所収。
(42) 巴金『死去的太陽』、開明書店、一九三一年一月。
(43) 朱永邦(生没年不詳)、ペンネーム楽夫、フランス留学経験あり。巴金らが訳した『クロポトキン全集』を出版した上海自由書店の責任者。
(44) 李卓(生没年不詳)、山西省出身、勤工倹学でフランスへ渡り、一九二二年パリで陳延年(陳独秀の息子)が創刊した『工余』の編集にも参加経験がある。『平等』にもフランスから投稿したことがある。
(45) 劉忠士宛朱永邦書簡(一九二八年一〇月四日)、Box 1-6, Ray Jones Archive, Him Mark Lai Collection.
(46)「消息」、『平等』第一二期(一九二八年七月)、一六頁。
(47) 畢修勺(一九〇二―九二)、ペンネームは震天、碧波、鄭鉄など。一九二〇年勤工倹学でフランスへ渡り、李卓と同じく『工余』の編集に携わっていたこともある。一九二七―二九年上海で『革命週報』や『民鐘』を編集。労働大学や立達学園で教鞭を執っていたこともある。畢修勺が「国民党アナキスト」へ傾斜していく時に巴金は厳しく批判した。その後も往来はあったが、思想面で巴金は常に一線を画していた。この問題に対して、呉念聖「畢修勺と巴金」(二〇一一年度早稲田大学総合研究機構プロジェクト研究第七号、二〇一二年三月)は筆者とは異なる立場を取っている。
(48)「上海自由書店被封」、『平等』第一一期、一九二八年六月、一二頁。
(49) 劉忠士宛巴金書簡(一九二九年一〇月以降)、Box 1-5, Ray Jones Archive, Him Mark Lai Collection.
(50) カナダのヴァンクーバーを中心に覚社、仁社を組織し、また平社の活動にも参加した華人アナキスト陳述堯のことか。
(51) クロポトキンの著作の中国語訳に関しては李存光編『克魯泡特金在中国』(珠海出版社、二〇〇八年)が参考になる。
(52) 日付は書かれていないが、書簡に『平等』第三期がすでに出版され、第四・五・六期がまもなく出版されるとあることから、ほぼこの時期と思われる。

(53) 胡茵（生没年未詳）は四川省広安小学校の美術教員。

(54) この書簡は月日だけで西暦年が書かれていないが、クロポトキンの著作の中国語訳や「俄国十女傑」（一九三〇年四月上海太平洋書店）の出版時期から見て、一九三〇年に書かれた可能性が高い。

(55) Alexander Berkman, *ABC of Anarchism*, Vanguard Press, 1929 の翻訳か、もしくはそれに大きな啓示と影響を受けて巴金が書いた『従資本主義到安那其主義』（上海：自由書店、一九三〇年七月）の原稿を指すか。

(56) 「店」の字が漏れていると思われる。

(57) 一九五〇年五月一三日の書簡で言及している広東省新会の「圃伯」と同人物の可能性がある。そうだとすれば、おそらく西江郷村師範学校（一九三二―三六年）を運営していた広東のアナキスト陳洪有か、その周辺人物だろう。

(58) 日付が書かれていない書簡だが、『平等』刊行停止に言及していることから、第二巻第八―九期発行後の一九三〇年一〇月以降である可能性が高い。

(59) この書簡には一〇月五日に受け取ったとの劉忠士のメモが付されているので、前月か前々月に書かれたと推定できる。一九三〇年以降、この書簡までに巴金と劉忠士の間にどのような通信があったか、現時点では不明。

(60) Adunata は一九二二―七九年ニューヨークで機関誌 *L, Adunata dei Refrattari* を発行していたイタリア系アナキストグループ。巴金は同紙一九四八年一月三一日、二月二八日、六月一二日の号に通信メモのような短文を寄稿している。

(61) 巴金はドイツ出身の著名なアナキスト、ルドルフ・ロッカー（Rudolf Rocker　一八七三―一九五八）の著作 *The Six* を中国語に訳して出版しているので（『六人』上海文化生活出版社、一九四九年）、その翻訳作業のことだろう。本書収録「巴金と欧米アナキスト往復書簡」参照。

(62) 執筆年と日だけで月が書かれていないが、内容から見て一〇月か一一月に書かれた可能性が高い。

(63) *The Hudson Review* は一九四七年ニューヨークで創刊された文学・芸術雑誌。

(64) 未詳。

(65) 未詳。

(66) 未詳だが嘯塵と同一人物だろう。

(67) 薇娜・妃格念爾著、巴金訳『獄中二十年』（文化生活出版社、一九四九年二月）のことだろう。

(68) 未詳。

（69）Resitance は *Resistance*（一九四三年創刊の *Why?* の後身）を発行していたニューヨークのアナキストグループ。巴金は同誌 Vol.7 No.2（一九四八年七―八月）に一九二七年六月九日付巴金宛ヴァンゼッティ書簡を解説つきで寄稿している。

（70）クロポトキン『青年に訴える』のことか。

（71）Louis Joughin, Edmund M. Morgan, *Legacy of Sacco and Vanzetti*, New York: Harcourt, Brace & co., 1948. を指すと思われる。

（72）劍波は盧劍波（一九〇四―九〇）、四川省出身。北京、上海でもアナキストとしての活動経歴をもつが、主として郷里の四川省で活躍。中華人民共和国成立後も四川大学で教鞭を執りながら、初期にはアナキズム刊行物『思想』を主宰するなどアナキストとしての活動を堅持した。日本や欧米のアナキストとの交流も多い。

（73）アグネス・イングリス（Agnes Inglis 一八七〇―一九五二）。本書収録「巴金と欧米アナキスト往復書簡」参照。

（74）*Retort*（一九四二―五一）は *Resistance* と並ぶ、当時アメリカ東部の代表的アナキズム刊行物。

（75）*Volonta* は一九四六年創刊のアメリカのイタリア系アナキストグループの刊行物。

（76）年が書かれていないが、巴金の二人目の子どもが誕生する六、七か月前なので一九五〇年と見てよいだろう。

（77）葉非英（一九〇六―六一）と思われる。広東省出身の葉非英は北京の世界語専門学校で学んだ後、広東や福建でアナキストとして活動。福建省泉州の黎明中学で農民教育に献身的に尽くした。巴金は彼との友情やその非業の死について、「懐念葉非英兄」（『随想録』一四七、一九八六年、『巴金全集』第一六巻所収）を書いて追悼している。

（78）劉忠士の親友であり、アナキズムの同志だったイタリア系アナキスト Angelo Luca のことか（Paul Avrich: *Anarchist Voices*. p.168, p.504 参照）。

（79）Elizabeth Ferm（一八五七―一九四四、結婚前の名前は Mary Elizabeth Bryne）は一九〇一年から Alexis Ferm と共に自由教育を目指す学校を経営。一九二〇年 New Jersey の Stelton に移って、Francisco Ferrer Guardia（スペインの教育家、自由思想家。一九〇九年処刑される）の思想的影響を受けた、集団生活を基礎とする共同体運動と結びついたモダンスクール（The Modern School）の運営を引き継いだ。一九一〇年代から六〇年代にかけてアナキズムの影響の下、自由と独立精神を掲げてアメリカ国内で展開されたいわゆる The Modern School Movement の中でも、一九五三年まで維持された当校は最も長く継続した学校の一つである。（Paul Avrich: *The Modern School Movement*, Princeton University Press, 1980 参照）

（80）Elizabeth Bryne Ferm, *Freedom in Education*, New York : Lear Publisher, 1949. だろう。

（81）高爾基著、巴金訳『回憶托爾斯泰』（平明出版社、一九五〇年四月）のことだろう。

第四節　巴金とスペイン内戦

二〇世紀の世界史を巨視的に見れば、戦争とイデオロギーという二つの語でかなりの部分を総括することができる。相互に原因となり、また補完し合うこの二つのキーワードが、二〇世紀の歴史叙述に欠かせないものであることは周知の事実だが、ポストコロニアリズムの問題と同じように、ポスト・イデオロギー、ポスト・ウォー[1]を考える時、イデオロギーや戦争の時代が収束してもなお社会に残る、その社会システムやパラダイムにおける後遺症を考える必要がある。例えば冷戦体制崩壊後、イデオロギー時代が収束したといわれ、反イデオロギー的な動きが強まったとしても、その場合反イデオロギーモデルは対象となるイデオロギーに逆規定されたものであり、更にイデオロギーからの脱却もまた同じようにイデオロギーの呪縛からの解放という形で、結局はイデオロギーの脱構築よりは、イデオロギー要素の除去という二分法的作業を余儀なくされ、イデオロギー・パラダイムが消えることなく遺伝子のように残るからである。ポスト・ウォーについても同じことが考えられるが、結局のところ、イデオロギーや戦争という語に象徴される「思考の枠組み」をいったん括弧に入れるためには、むしろポスト・イデオロギーやポスト・ウォーを連続性の観点からとらえて、イデオロギーや戦争をその当初に立ち戻って、それ自体を再検証する必要があるだろう。

以下で述べることも、簡潔にいえば実はその作業の一過程であり、ファシズムと戦争の時代であった一九三〇年代に、中国とスペインという地球の正反対に位置する国で起きた戦争とイデオロギー対立が、どのような同時性をもっていたかを検証しながら、更に一歩進んで、官製イデオロギーの干渉を受けて見えにくかった文学者の思想問題として、いま一度とらえ返したい。具体的にここで論じるのは、一九三〇年代の国防文学論戦の中で、中国共産党側のイデオローグたちに巴金が攻撃されたことで、スペイン内戦と統一戦線の問題が、抗日戦争と統一戦線の問題に重なるという認識が一般化され、そのコンテクストの中で逆に巴金の思想性が軽視される結果となった事態を、もう一度巴金のアナキズム思想という観点から評価し直す必要性についてである。国防文学論戦自体の研究はそれなりに進んでいるが、渦中に巻き込まれた作家に対する個別研究はまだ十全には進んではいない。一つには論戦からすでに八〇年近い時間が経過しているにもかかわらず、依然として共産党イデオロギーと抗日戦争という歴史叙述の二大要素からしかこの問題を考えようとしない傾向が存在するからである。ここではむしろ攻撃された巴金の側から、アナキズム思想の同時代性や世界主義について考えることで、この問題に別の光を当ててみたい。

中国の文芸界でスペイン内戦をどのように見るかについて、中国の現実と直接関わる形で注意が向けられた例として有名なのは、魯迅が死去の前月に発表した「答徐懋庸並関於抗日統一戦線問題[2]」である。徐懋庸は巴金や黄源を攻撃する理由として「フランス、スペイン両国の〝アナキスト〟の反動が連合戦線を破壊したのは、トロツキー派と同じであることを知っています。中国の〝アナキスト〟の行為は更に卑劣です[3]」と書き送った。これに対して魯迅側が厳しく反論し、更にこの前後のやり取りが国防文学論戦を契機とした抗日と統一戦線という文脈の中で行われ、中国の現実問題へと波及していった。国防文学論戦自体はこの文章の発表後、収束に向かい、魯迅の死去とともに消滅したかに見えたが、文学史的に見れば「国防文学」と「民族革命戦争の大衆文学」の対立は、関係した胡風、周揚、馮雪峰らの社会主義中国における地位の浮沈と連動して、善悪、是非が幾度となく変化しながらその評価が決められてきた。ここでは紙幅に限りがあるので、それを詳しく述べることはしないが、現在は胡風、周揚双方のセクト主義と周揚側のコミンテルンの影響を指摘するのが一般的になっている。ただそこには脱イデオロギーという客観を装う、変形したイデオロギーの干渉が存在していて、[4] この問題が一九三〇年代中国において、どのようなアクチュアルな思想問題としてあったかについては解明が閉ざされてしまいがちである。とりわけ徐懋庸から攻撃された巴金の反論に含まれる二つの問題、すなわちアナキズムという世界思想と、抗日統一戦線という中国の現実問題が、後者が前面に出ることで、前者がもっていた同時代性が見えにくくなっている。

そこでまず「答徐懋庸並関於抗日統一戦線問題」をめぐる問題を、一般的な文学史からではなく、巴金の側から整理しておくことにする。国防文学論戦のさなかに、巴金は黎烈文と共に「中国文芸工作者宣言」を発表しているが、その経緯を巴金は次のように説明している。

魯迅先生が「文芸家協会」に参加しなかったので、我々も参加しなかった。それに私には人前に出るのが苦手で、社会活動に参加したくないという個人的な理由もあった。「文芸家協会」は宣言を発表し、少なからぬ作家が署名した。魯迅先生は体の具合が悪いため公に意見を述べることができず、我々も抗日救亡に対する態度を公に述べる機会がなかった。ある日の午後、黎烈文との会話の中で、我々も宣言を発表した方がいいということになり、互いに相手の執筆を求めた。翌日会って、お互いの原稿を見せて譲り合った後、黎烈文が二人の原稿を魯迅先生のところへ持参して、そこで二つの原稿を一つにまとめ、魯迅先生に署名をお願いした。「中国文芸工作者宣言」という標題をつけて何通か写しを取り、知人が編集している『作家』、『訳文』、『文季月刊』に渡し、手分けして署名する人間を探して発表した。[5]

この文章は文革後に書かれたもので、論戦から約半世紀の時間が経過しており、一九三〇年代当時の心情や思考を完全に再現しているかどうかは確認できない。しかし、巴金が国防文学論戦で魯迅の側に立ち、周揚ら共産党グループと対立していたことは事実でも、一方で当時個人的に良好な関係にあった胡風らと常に集団行動をともにしていたわけではないこともはっきりしている。この間の経緯を巴金は別の文章の中で、「前後一度も会議を開いたことはなく、胡風を訪ねて行ったこともない。胡風も一通の写しを携えて知人に署名を求めに行った」[6]と説明している。つまり対立する側から見れば、巴金は胡風らと一緒に行動しているように見えたかもしれないが、それぞれ独自に主体性をもって行動していたのである。「中国文芸工作者宣言」では「我々は各人固有の立場を保ち、従来堅持してきた信念に基づき、過去の路線に沿って、我々が文芸に従事した時から始まっている民族の自由を勝ち取る仕事を強化する」[7]と述べ、「民族の利益のために一致団結する」[8]ことを強調する国防文学派と異なり、自分の信念を堅持する主体性をはっきり打ち出している。つまり統一戦線ではなく連合戦線を構想しているのである。

従って少なくとも巴金の意識においては、抗日戦争と文学者の態度をめぐっては、アナキズム的原理からいえば本来理論的矛盾をはらむが、民族の危急に際してどのような大同団結が可能かという意識はあっても、政治的統一戦線の問題は最初から眼中になかったといってもいいだろう。その彼が否応なく統一戦線をめぐる対立に巻き込まれたのは、やはり「答徐懋庸並関於抗日統一戦線問題」でアナキストであることが攻撃されたことに原因があり、更にフランスやスペイン、及び中国国内アナキストを引き合いに出されたことへ反発する形で事態は拡大した。ここでその発端となった「答徐懋庸並関於抗日統一戦線問題」の文中の関連部分を再確認しておこう。徐懋庸が巴金に言及しているのは次の箇所である。

更に「文芸家協会」に参加した「戦友」について言えば、先生が疑っているように、一人一人が右傾化し堕落しているわけではありません。まして先生の周囲の「戦友」に巴金や黄源のような連中が含まれている以上、先生は「文芸家協会」の人々がみな巴金や黄源より劣るとお考えではないでしょう。私は新聞雑誌から、フランス、スペイン両国の〝アナキスト〟の反動が連合戦線を破壊したのは、トロツキー派と同じであることを知っています。中国の〝アナキスト〟の行為は更に卑劣です。[9]

ここで徐懋庸が巴金とアナキズムを関連づけて攻撃するのは次の三点である。

（一）巴金はアナキストである。
（二）フランス、スペイン両国のアナキストは反動的で、連合戦線を破壊している。
（三）中国のアナキストは更に卑劣である。

魯迅（または馮雪峰）は「答徐懋庸並関於抗日統一戦線問題」において、これが正面からの批判でなく、誹謗中傷にすぎないことを認識したうえで、次のように反論する。

巴金は情熱のある、進歩的思想を有する作家で、屈指の好作家に数えられます。彼はもとより「アナキスト」と呼ばれていますが、我々の運動に反対したことはなく、文芸工作者連名の戦闘宣言にも名を連ねています。黄源も署名しています。こうした翻訳家や作家が抗日統一戦線に参加することを我々は歓迎します。徐懋庸らがなぜ彼らは「卑劣」だと言うのか理解できません。まさか『訳文』の存在が目障りだというわけではないでしょう。スペインの「アナキスト」の革命破壊まで巴金に責任を負わせるわけではないでしょう。[10]

ここでの魯迅（または馮雪峰）の反論は以下の二点にある。

（一）巴金はアナキストと呼ばれているが、我々と行動をともにしている情熱と進歩的思想をもった優れた作家である（従ってアナキストというレッテルを貼るだけでは批判の根拠とならない）。

（二）スペインのアナキストの革命破壊の責任を巴金に負わせることはできない。

同文ではアナキズムやスペイン革命の問題に対する魯迅（または馮雪峰）の評価は詳しく論じられていないが、反論の中心が「誹謗」に対する巴金や黄源の人格擁護であることが読み取れる。従って反論の中で、徐懋庸からの批判のうち、第三点の「中国のアナキスト」に触れないのは当然かもしれない。国防文学論戦のさなかの文章である以上、抗日統一戦線という大テーマにすべての議論が収束していくのが当然であるともいえるが、当の巴金自身のとらえ方は違っていた。次に巴金の反論を詳しく見ながら、その中に彼の思想性がどのように表れるかを考えてみることにする。

「答徐懋庸並関於抗日統一戦線問題」で魯迅が徐懋庸の私信を公表したことで、巴金や黄源への誹謗が公になったが、それに対する巴金自身からの反論は、思想面からの理論的な反論である「答徐懋庸並談西班牙的聯合戦線」[11]、及び私小説風の作品で実名が登場しない「一篇真実的小説」[12]、更に論戦関連部分がのちに全面削除された「答一個北方青年朋友」[13]の三篇がある。このうち「答一個北方青年朋友」は論戦前後の様々な文壇裏事情を紹介していて、「しばらくして、別の友人が『作家協会』の宣言をもって来て署名を求めたが、私は発起人になりたくないと答えた」[14]等、論戦に関わる最も詳細な個人事情を知ることができる文章である。この文中に一部が引用されている徐懋庸が中国のアナキストを批判した「答巴金之答」[15]を読むと、そもそも徐懋庸の中国アナキスト批判は、自身が国民党系アナキスト経営の労働大学で学んだ経験から、「私が見た中国のアナキストは革命活動など全くせず、外国の革命的アナキストは幼稚で過激な要素がある」[16]と個人的印象から断定的に述べたものにすぎない。おそらく「答一個北方青年朋友」は、こうした徐懋庸の浅薄な個人攻撃への反発が大きく影響しているのだろう。のちに削除される理由もこの内容と関係しているのかもしれない。

これに比して「答徐懋庸並談西班牙的聯合戦線」は、巴金の正面からの理論的反論といってよい。「答徐懋庸並関於抗日統一戦線問題」で引用されている徐懋庸からの攻撃の主要三点に絞って、魯迅（または馮雪峰）と違った立場から真っ向から反論したものとなっている。その大きな特徴はアナキズム思想擁護の立場である。まず自分がアナキストであるかどうかという点に関して、彼は次のように説明する。

私はアナキストと呼ばれることを願い、今でもその思想を信じ、前に述べた人々も尊敬しているが、実際には私にはもうその資格がない。ここ数年現実の運動の陣営から離れ、墓のような部屋に閉じこもって、原稿用紙と本の上で命を無駄にしている。私の行動にはプチブル的な悪い習慣が少なからずある。作品の中にも自分の信念と矛盾する部分がある。そうした私にアナキストの資格があるだろうか[17]。

ここで巴金は自分の思想的立場を非常にはっきりと表明している。すなわち、自分はアナキズムを信じ、かつてアナキストとしてその運動に加わっていたが、現在は運動から離れ、作家として生きている。今なおアナキズムを信じているが、自分にはアナキストを名乗るだけの資格がない。こうした思想表明は、アナキズムが無前提に他人を批判する理由となる徐懋庸ら共産党グループへの第一の反論である。アナキストを名乗る資格がないという懺悔にも似た告白は、巴金の文学や思想を読み解くキーワードの一つだが、紙幅の都合上ここでは詳しく論じることをせず、彼の確固たるアナキズム思想を指摘しておくだけにとどめたい。

次にフランス、スペインのアナキストが連合戦線を破壊しているという徐懋庸の攻撃に対しては、フランスのアナキストの問題にはごく短く触れるだけで、巴金の反論のほとんどはスペイン革命及び内戦に関わる記述となる。これにはスペイン内戦の勃発（一九三六年七月）が、対ファシズムの闘いということで、当時の世界的ニュースであり、抗日戦争を闘う中国においても大きく報道され、関心を集めていたことが影響しているだろう。スペインで人民戦線側に立って闘い、その後中国へ転進した医師ノーマン・ベチューン（Norman Bethune）のような例でも、対ファシズム戦争を闘う同時代の戦線としてのスペインと中国という図式の描き方が可能である。そうした視点は当然コミンテルンのような共産主義国際組織が積極的に宣伝するところで、徐懋庸ら上海の共産党グループも国防文学論戦を繰り広げる以上、当然それを踏まえて発言していただろう。しかし、巴金が彼らと大きく異なるのは、あくまでもスペインにおける革命の現実への関心であり、しかもコミンテルンに繋がる前衛党に主導される革命でなく、労働者や農民ら民衆の自治や自主管理の実践としてのスペイン革命を中国に紹介する視点である。このことは後で述べる巴金のスペイン革命への関心が、アナキストとして活動していた一九二〇年代から始まっているという事実と、また巴金が中国のアナキストへの非難に反論する際言及する、中国の農村におけるアナキストの自主管理的自治の実践と大きく関係する。そのため反論の主内容は、当時のスペイン革命の闘いにおけるアナキストの役割を強調したものとなっている。

徐懋庸がもしスペイン革命の陣営の中でどの勢力が最大で、最強か知らないなら、スペインのことを話さない方がいい。徐懋庸がもし一九三三年一二月の革命の中で、連合戦線を破壊したのがＣＮＴかＵＧＴかを知らないなら、スペインの連合戦線のことを話さない方がいい。一九三三年の失敗後、翌年になってもCNTがまだ連合戦線の必要性を訴える宣言を発表している事実からそのことが分かる[18]。

私がこの文章を書いている時も、或いは徐懋庸が例の「私信」を書いている時も、CNT指導下の一二〇、三〇万の労働者とFAIの旗の下に団結する五万の革命家が、スペインの南北両面の各前線で人民戦線のために血を流している[19]。

ここで注意しておきたいのは、この文章で巴金が一貫して「連合戦線」という言い方をしている点である。一つの原則に基づく統一体を目指すコミンテルン的党派発想の「統一戦線」を拒否して、各人各集団が自主性を保持したまま協力態勢を取る「連合戦線」こそ、巴金にとってスペイン内戦のみならず中国における抗日の闘いで重要な原理なのである。それゆえ巴金にとってスペインで起きていることは、単なる内戦にとどまらず、労働者・農民による革命実践の過程として、中国と繋がっているのである。

ただCNTは「付属資料」注釈にも書いたように、スペインのシンディカリスト系労組の連合体で、必ずしもスペインのアナキズム運動のすべてとはいえず、またスペイン革命においてその蛇行した路線が正負の影響をもたらしたという見方もあり得る。だが、抗日にどのように取り組むかという当時の中国のコンテクストで考えれば、巴金が反証にもち出す理由も理解できる。巴金はCNTを例にして、統一戦線と連合戦線の問題をアナキストの視点から論じたともいえるだろう。具体的には、スペイン革命におけるアナキズムの位置づけをより明確にするために、巴金は同文で二人の人物を紹介している。フランシスコ・アスカソ[20]とブエナベントゥーラ・ドゥルティ[21]だが、実は二人とも一九二七年に巴金がパリ留学中に、フランスから国外追放されそうになって抗議運動が広がったため、アナキズムの理想を共有する巴金が熟知していた名前であった。また巴金はこの文章の中で、一九二八年にＦＡＩのディエゴ・アバド・デ・サンティラン[22]から手紙を受け取ったことも紹介している。実際、巴金のディエゴ・アバド・デ・サンティランに対する関心は一九五〇年代まで継続していて、ルドルフ・ロッカー[23]宛の書簡で次のように述べている。

かつてサンティランがバクーニンの偉大なる伝記を翻訳し、"*Protesta-Supplement*"の七章分を出版したことを知っています。でもそれだけです。もう一七、一八年ほど彼から連絡がありません。サンティランに手紙を書く機会があれば、私がこの手紙で書いていることを伝え、彼が訳したネットラウ[24]の *Documentos Ineditos* を一冊送ってもらえないか頼んでいただけますか。以前持っていたのですが、一九三二年の中日戦争の際、失くしてしまいました。[25]

この例でも分かるように、一九二〇年代から一九五〇年代まで巴金のスペイン革命への関心は、アナキズムを媒介として連続しているのである。巴金は魯迅（または馮雪峰）と同じように徐懋庸が「フランス、スペイン両国のアナキストの反動」を巴金への攻撃材料としていることに反発しながら、一方で更に一歩進んで、遠く離れたスペインのアナキストを擁護している。自分がスペイン革命には直接関わり得ないことを言明しながら、その一方でスペイン革命への共鳴を表明する巴金にとって、その二つの立場を繋ぐのは、スペインと中国の個別の戦線に顕現する共通の理想であるアナキズムという世界思想である。そして、その前提として、中国におけるアナキズムへの連帯意識がある。つまり中国という固有の空間におけるアナキズムを擁護する立場でなければ、スペイン革命への連帯意識はあり得ない。この点が巴金の思想の特徴であり、徐懋庸がアナキストである一点で巴金を非難することへの反論となっている。更に突き詰めて、果たして自分はアナキストといえるだろうかという問題にぶつかった時、今度は文学という固有の空間における苦闘がなければ、思想領域におけるアナキストとの連帯意識があり得ないという考えに発展していく。ここでまず徐懋庸への反論として、巴金が中国のアナキストをどのように擁護しているかを見てみることにする。

実際には徐懋庸は「中国のアナキストの卑劣な行為」を見ることはできない。そうした人々は文壇に紛れ込むことなく、辺鄙な場所で黙々と仕事に励んでいるからである。彼らは文章を書かず、雑誌を発行せず、小新聞に言行が載ることもない。彼らの勢力は大きくはないが、情熱に満ちた希望と堅い信念を抱き、自己犠牲の精神をもって忍耐強く働いている。[26]

この後の文章で巴金は「私は彼らの代言者ではないし、私の言行も彼らとは関係がない[27]」と、徐懋庸がスペインのアナキストを例にして巴金を非難したことへの反論の時に用いた表現と同じパターンで前置きを述べながら、その後にアナキストを名乗る資格がないという先に指摘しておいた懺悔意識を表明しているのである。スペインと中国、アナキストと作家という二つの対比を貫く巴金の懺悔意識と連帯意識は、中国の現実に直面して表現者として苦悩する作家巴金の思想そのものである。その例証となる文章が同時期に書かれた「一篇真実的小説」である。

この私小説風の作品は、人名を挙げていないが明らかに徐懋庸への反論と分かる出だしで始まる。国防文学を主張する者の手紙に書かれた、スペインで血を流して闘っている人々への中傷に怒り、その卑劣さに心が暗くなり、部屋に戻って明かりもつけずに物思いに沈む「私」が、やって来た友人とスペイン革命の夢と挫折と再生を語り合うというのが前半の内容である。後半は中国の現実に直面して苦悩する「私」が描かれる。友人が去った後、彼が持ってきた若い読者の悲惨な人生に苦しむ心情を訴える手紙を読み始める。辛い労働、嫁ぎ先から別の家に売られてきた善良な母親、叔父に犯される母親、無能な父親、母親を救いたい自分。切々たる思いを綴ったその手紙に感動して、これこそが本当の小説ではないかと思い、眼前からスペインの闘いも国防文学も消え失せる。どうしたらこの世の絶望を救えるのか、どのように若者の声に答えられるのか、それを考える「私」の頭には「文字」しか思い浮かばない。こうした悲惨な現実を前にした文学者の苦悩を綴るのが後半の内容である。

つまりこの文章では、国防文学提唱者への反論、スペイン革命への共感という形で、中国から出発して世界へ向けられた関心が、再び中国の現実に戻ってくるという巴金の意識の回路を通して、彼のアナキズム思想が固有から出発して普遍に向かい、普遍からまた固有に戻ってくる軌跡を見て取ることができるのである。従ってスペインのアナキストを論じながら、同時にそれが中国のアナキストを論じることと繋がっている巴金の態度は、思想的に一貫しているのである。事実彼のスペイン革命に対する関心は、国防文学論戦から始まったわけではない。「付属資料」から分かるように、一九二〇年代に巴金はすでにスペイン革命を中国に紹介する文章を発表している。しかもそれは作家巴金が誕生する以前であり、また中国でなく、フランス滞在中に書かれているという事実が、アナキスト巴金の思想の連続性を確認する証拠ともなっている。

スペインでＦＡＩが成立した一九二七年、巴金はパリ滞在中の同志呉克剛、衛恵林と共に、アメリカ、サンフランシスコを中心に活動していた劉忠士（R. Jones）ら華人アナキストグループ平社（The Equality Society）の中国語機関誌『平等』（*The Equality*）を編集していた。その創刊号に「西班牙無政府主義者阿斯加索快被釈放」[28]という一文を発表している。これが現在確認できる巴金の最も早いスペインのアナキストに関する文章である。次に巴金がスペインのアナキストについて書いたのは、皮肉なことにのちに国防文学論戦で同じ側に立った胡風から受けた批判に反論するためであった。「我的自弁」[29]がそれだが、この中で巴金は、谷非（胡風）は必ずしも他のマルクス主義者のようにアナキズム＝反動という決めつけ方をしていないが、アナキズムとヒューマニズムを混同し、アナキズムとヒューマニズムとニヒリズムを一人の作家の頭に被せようとしている点を批判した後で、「新興階級の主観ともっとよく接近を果たすべきだ」という胡風の忠告に対して、新興階級が一党独裁下のソ連の労農階級でなく、スペインのＣＮＴやアルゼンチンのＦＯＲＡの下で闘うプロレタリアを指しているなら同意してもよい。なぜなら自分の政治的立場は後者と同じだと言い切っている[30]。

従ってここでは、一九二七年パリ時代と同じアナキズム連帯意識が持続していることになる。そして、この意識が中国というコンテクストにも通底していることが分かるのは、同時期に巴金が福建と広東のアナキスト活動地を訪問する旅の途中に「西班牙的夢」[31]を書いていることである。巴金はこの文章で、友人から見せてもらったフランスのアナキストＣの手紙に触発された感慨を書いている。Ｃはスペインへ赴き、貧苦の中でＣＮＴの活動に献身的に加わった。フランスに戻って極貧の生活に喘いでもスペイン革命への情熱を失っていない。自分も彼のようにバルセロナの地を踏むという夢を実現させたい。こうした内容の小文だが、これを福建と広東のアナキストたちとの交流の旅で書いているところに、フランス、スペインのアナキストを見る同じ目で中国のアナキストを見ていることが分かる。この旅で巴金が訪れたのは、福建省泉州でアナキストたちが教育実践の場としていた黎明中学と、広東省新会の同様の農村教育実践地、西江師範学校だが、まさにこうした農村におけるアナキストの理想教育と社会改造の実践こそが、「答徐懋庸並談西班牙的聯合戦線」の中で、「辺鄙な場所で黙々と仕事に励んでいるからである。彼らは文章を書かず、雑誌を発行せず、小新聞に言行が載ることもない。彼らの勢力は大きくはないが、情熱に満ちた希望と堅い信念を抱

エマ・ゴールドマン著、巴金訳『戦士ドゥルティ』

き、自己犠牲の精神をもって忍耐強く働いている」[32]と巴金が書いていた、自己犠牲と献身の姿そのものなのである。従って国防文学論戦の中で、巴金がアナキストであり、フランスやスペインのアナキストと並べられて非難される事態には、奇しくも前提として巴金の思想の一貫性があり、それが魯迅（または馮雪峰）による徐懋庸への反論とは異なる角度からの反論へと向かわせているともいえる。

一九二七年及び一九三三年の巴金のこうした文章の後に、一九三六年の国防文学論戦があるのだが、巴金のスペイン内戦及び革命に関する著述は、「付属資料」を見て分かる通り、実際にはその後の方が圧倒的に多く、とりわけ一九三八、三九年の二年間に集中している。これらの著作の特徴は、翻訳が多いことである。翻訳という形で、ニュース報道の代替ともなっていることに注意すべきだろうが、それはおいて、特にここでの問題に焦点化していえば、その同時代性を指摘しておきたい。スペイン内戦は一九三九年にフランコ将軍側の勝利となって終わっているが、巴金がこうした翻訳でスペイン内戦をアナキストの視点から紹介しているのは、まさに革命側が危急存亡の時期にあたっている。単に国防文学論戦における統一戦線の問題をめぐる政治的対立の延長ではなく、巴金はここではっきりとスペインの対ファシズム戦争が、抗日戦争と共通の闘いであるという立場を表明している。

しかしスペインの情勢の発展は私の心を非常に強くしてくれた。この小書籍を翻訳編集するのは、まだ見ぬ友人を記念し、その誠実な仕事と惜しみない犠牲に感謝と敬愛の念を表明するばかりでなく、同時に別の国が経験した苦難や、偉大なスペイン革命の前途がどのようにこうした苦難によって切り開かれるかを、いま苦闘している抗日戦争時期の中で我が同胞にいくらかでも知ってもらいたいからである。[33]

南欧のスペインは地理上我々とは遠く隔たっているが、その運命は抗日戦さなかの我々の運命と繋がっている。我々はスペインの教訓をしっかり覚えていなければならない。[34]

ここで表明されているスペイン内戦と抗日戦争の同時代性、同目的性にだけ注意していると、重要な点を見落とすことになる。それは巴金の思想の連続性である。彼が抗日を言う場合、単にそれは民族の危急を救うというようなナショナリスト的な立場からではなく、ファシズムと闘う民衆の闘争の一貫として抗日をとらえるアナキストとしての思想性から出発している。その証拠に、スペインのアナキストの闘いを翻訳、紹介する巴金の仕事は、「付属資料」にあるように、抗日戦争勝利後の一九四八年においても続けられているからである。つまり国防文学論戦のさなかにそれを理由に攻撃されたことだけを見て、巴金とスペイン内戦及び革命の問題をとらえるのでは、結局のところ統一戦線問題をめぐる政治的対立の中でしか巴金の思想を考えないことになる。一九二〇年代パリで思想を同じくする同志への連帯から始まった巴金のスペイン革命への共鳴や共感は、福建や広東のアナキストの自己犠牲的献身の姿を通して、中国アナキストに対する巴金の敬意へと連動しながら、国防文学論戦の中で巴金の政治的マニフェストを招来して、やがて対ファシズム戦争として抗日戦争を位置づけることから、戦後へと連続していく軌跡を描いたのである。その軌跡の果てに登場した社会主義中国における作家巴金の挫折を論じるのは別として、ここではアナキスト巴金から作家巴金まで、アナキズムの理想が連続性をもつ一つの例として、また彼の世界志向の思想が顕現した例として、スペイン内戦及び革命への関心があることを今一度確認して小論を終わりたい。

（二〇〇六年初稿）

■付属資料　巴金の著作とスペイン及び国際情勢

西暦	巴金の著作	中国国内情勢	スペイン及び国際情勢
一八七九			・スペイン社会党創立
一八八八			・UGT創立
一九一〇			・CNT創立
一九一二		・中華民国成立	
一九二〇			・スペイン共産党創立
一九二一		・中国共産党創立	
一九二三			・スペイン軍事独裁開始（〜一九三〇）
一九二七	・「西班牙無政府主義者阿斯加索快被釈放」『平等』一巻一期	・四・一二クーデター	・FAI創立
一九三一		・満州事変	・スペイン第二共和制成立
一九三二		・上海事変 ・満州国建国	・CNTゼネラルストライキ、蜂起 ・ドイツ・ナチス第一党に
一九三三	・「我的自弁」『現代』二巻五期		

	・「西班牙的夢」『東方雑誌』三〇巻一五期		
一九三四			・カタロニア自治政府蜂起
一九三五			・フランコ総参謀長に就任 ・コミンテルン第七回代表大会（反ファシスト統一戦線を決議）
一九三六	・「答徐懋庸並談西班牙的聯合戦線」『作家』一巻六号 ・「一篇真実的小説」上海『大公報』副刊「文芸」九月三日	・西安事件	・スペイン人民戦線、議会選挙で勝利 ・七月スペイン内戦勃発 ・CNTとPOUM、カタロニア自治政府に参加 ・国際旅団マドリードに到着 ・ドイツ政府、フランコ政権を承認
一九三七	・『西班牙的闘争』R.Rocker著、巴金訳、平社	・盧溝橋事件 ・抗日戦争拡大	・ゲルニカ爆撃 ・POUM幹部一斉逮捕
一九三八	・『西班牙的血』Castelao作画、巴金編訳、平明書店 ・『一個西班牙戦士的日記』Rudiger著、巴金訳、『烽火』一三―一四期 ・『戦士杜魯底』（「前記」は『烽火』第一四期、掲載）、高徳曼等著、巴金訳、平明書店 ・『西班牙在前進中』（『文芸』旬刊一巻二期掲載）、巴金編、平明書店 ・『西班牙的黎明』Sim作画、巴金編訳、平明書店 ・「佩徳拉伯司兵営」C.Rosselli著、巴金訳、『文叢』二巻四期 ・「西班牙的日記的片断」C.Rosselli著、巴金訳、『文叢』二巻五―六期		・国際旅団解散 ・バルセロナ陥落

一九三九	・『西班牙的闘争』R.Rocker著、巴金訳、平明書店 ・『一個西班牙志願兵的日記』(「前記」は前年『烽火』一五—二〇期連載)A.Milling著、巴金訳、平明書店 ・『西班牙』S. Souchy著、巴金訳、平明書店 ・『巴塞洛那的五月事変』S. Souchy著、巴金訳、平明書店 ・『西班牙的日記』C.Rosselli著、巴金訳、平明書店		・イギリス、フランス政府、フランコ政権を承認 ・フランコ政権勝利 ・スペイン政府、国連脱退
一九四〇			・フランス政府、ナチスドイツに降伏
一九四五		・日本降伏	・第二次世界大戦終了
一九四七		・国共内戦勃発	・フランコ終身大統領就任
一九四八	・『西班牙的血』Castelao作画、巴金編訳、文化生活出版社		
一九四九	・『西班牙的曙光』Sim作画、巴金編訳、平明書店	・中華人民共和国成立	
一九七五			・フランコ死去

[表中略称]

UGTはUnion General de Trabajadoresの略称。一八八八年創立、スペイン社会党傘下の労働組合組織、一九一九年には一五万人のメンバーがいた。

CNTはConfederacion Nacional del Trabajoの略称。一九一一年創立、急進的シンディカリスト組織、一九一九年には七六万六千人のメンバーがいた。

FAIはFedaracion Anarquista Ibericaの略称。一九二七年創立、スペイン、ポルトガルのアナキスト地下組織、ほとんどがCNTのメンバーでもあった。一九三七年には一五万人のメンバーがいた。

POUMはPartido Oberero de Unificacion Marxistaの略称。一九三五年創立、内戦時に大きな影響力をもっていたマルクス主義政党。トロツキズムの傾向があったといわれる。

【注】

（1）魯迅が「平和為物，不見於人間。其強謂之平和者，不過戦時方已或未始之時」（『摩羅詩力説』）というように、単に戦争の後というだけでなく、戦争の前も含めた「戦争」を考えなければならないことはいうまでもない。そこで時代区分としての戦後・戦前と区別するために、ここでは戦争をめぐる歴史叙述のあり方を問題にして、「ポスト・ウォー」と仮の用語を設定しておく。

（2）魯迅「答徐懋庸並関於抗日統一戦線問題」、『作家』第一巻第五号。『且界亭雑文末編』所収。ただし当時魯迅は病床にあったため、この文章は馮雪峰が魯迅の意を受けて執筆したといわれる。

（3）魯迅「答徐懋庸並関於抗日統一戦線問題」、『魯迅全集』第六巻、人民文学出版社、二〇〇五年、五四七頁。

（4）一九八一年出版『魯迅全集』第六巻収録「答徐懋庸並関於抗日統一戦線問題」注（33）で「当時参加人民陣戦的無政府主義工団派在内部制造分裂，対革命起了很大的破壊作用」とアナキズムを非難する表現が見られるが、こうした見方が当時のコミンテルンやスターリンの立場に立った一面的なものにすぎないことは、その後の多くの研究で明らかになっている（例えばスペインであれば Abel Paz, *Durruti en la revolucion espanola*, Barcelona, Laia, 1986 など）。二〇〇五年版『魯迅全集』第六巻収録「答徐懋庸並関於抗日統一戦線問題」注（33）では「当時有人将失敗的責任帰於参加人民陣戦的無政府主義工団派」と表現が大きく変わっているが、アナキズムに対する偏見を払拭したものではない。

（5）巴金「懐念黎烈文兄」、香港『大公報』副刊「大公園」、一九八〇年五月三一日―六月二日、『探索集』（香港三聯書店、一九八一年）所収。ここでは、『巴金全集』第一六巻、二〇〇―二〇一頁より引用。

（6）巴金「懐念胡風」、香港『大公報』副刊「大公園」、一九八六年九月二一日―二八日、『無題集』（香港三聯書店、一九八六年）所収。『巴金全集』第一六巻、七三七頁。

（7）「中国文芸工作者宣言」、ここでは、『中国現代出版史料（乙編）』、中華書局、一九五七年、一四三頁より引用。初出は『訳文』第一巻第四期、一九三六年六月一六日等。

（8）「中国文芸家協会組織縁起和宣言」、ここでは、『中国現代出版史料（乙編）』一四〇頁より引用。初出は『文学界』第一巻第二期、一九三六年七月一〇日。

（9）魯迅「答徐懋庸並関於抗日統一戦線問題」、『魯迅全集』第六巻、五四七頁。

（10）魯迅「答徐懋庸並関於抗日統一戦線問題」、『魯迅全集』第六巻、五五六頁。

（11）巴金「答徐懋庸並談西班牙的聯合戦線」、『作家』第一巻第六号、一九三六年九月。『巴金全集』第一八巻（人民文学出版社、一九九三年）所収。

（12）巴金「一篇真実的小説」、上海『大公報』副刊「文芸」、一九三六年九月三日。『巴金全集』第一八巻（人民文学出版社、一九九三年）所収。

（13）巴金「答一個北方青年朋友」、『中流』第一巻第三期、一九三六年一〇月。この論戦に関係する部分はのちに単行本に収録される際に削除されて、『巴金全集』第一二巻（人民文学出版社、一九九三年）収録の版でも削除されたままになっている。

（14）巴金「答一個北方青年朋友」、『中流』第一巻第三期、一七二頁。

（15）徐懋庸「答巴金之答」（上・下）、上海：『立報』副刊「言林」、一九三六年九月二〇日、二一日。

（16）徐懋庸「答巴金之答」（上）、上海：『立報』副刊「言林」、一九三六年九月二〇日。

（17）巴金「答徐懋庸並談西班牙的聯合戦線」、『巴金全集』第一八巻、三七七頁。

（18）巴金「答徐懋庸並談西班牙的聯合戦線」、『巴金全集』第一八巻、三七八頁。

（19）巴金「答徐懋庸並談西班牙的聯合戦線」、『巴金全集』第一八巻、三七八―三七九頁。

（20）フランシスコ・アスカソ（Fransisco Ascaso 一九〇一―一九三六）、スペインのシンディカリスト運動の指導者で、バルセロナで死去した。

（21）ブエナベントゥーラ・ドゥルティ（Buenaventura Durruti 一八九六―一九三六）、CNT、FAIで活動したスペインの著名なアナキスト。巴金は「付属資料」の表にあるように抗日戦争中に『戦士杜魯底』（高徳曼著、巴金編訳、平明書店、一九三八年）など多くの翻訳や評論でドゥルティやスペインのアナキストの革命活動を紹介している。

（22）ディエゴ・アバド・デ・サンティラン（Diego Abad de Santillan 一八九七―一九八三）、スペイン及びアルゼンチンの著名なアナキスト。

（23）ルドルフ・ロッカー（Rudolf Rocker 一八七三―一九五八）、ドイツ出身のアナキスト。巴金はロッカーと書簡を交わすほか、『六人』（上海文化生活出版社、一九四九年）等、その著作を中国語に翻訳している。本書収録「巴金と欧米アナキスト往復書簡」参照。

（24）マックス・ネットラウ（Max Nettlau 一八六五―一九四四）、オーストリア出身のアナキスト、歴史家。巴金は一九二〇年代フランス留学時代にネットラウと通信があった。本書収録「巴金と欧米アナキスト往復書簡」参照。

（25）Li Pei Kan's letter to Rudolf Rocker, August 24, 1950, Rudolf Rocker Archive, International Institute of Social History, Amsterdam, The Netherlands.

(26)　巴金「答徐懋庸並談西班牙的聯合戦線」、『巴金全集』第一八巻、三七六―三七七頁。
(27)　巴金「答徐懋庸並談西班牙的聯合戦線」、『巴金全集』第一八巻、三七七頁。
(28)　巴金「西班牙無政府主義者阿斯加索快被釈放」、『平等』第一巻第一期、一九二七年七月一日。『巴金全集』第一八巻所収。
(29)　巴金「我的自弁」、『現代』第二巻第五期、一九三三年三月一日、のち『生之懺悔』（商務印書館、一九三六年）収録。現在『巴金全集』第一二巻所収。
(30)　巴金「我的自弁」、『巴金全集』第一二巻、二六一頁。
(31)　巴金「西班牙的夢」、『東方雑誌』第三〇巻第一五号、一九三三年八月一日、のち『旅途随筆』（生活書店、一九三四年）収録。現在『巴金全集』第一二巻所収。
(32)　巴金「答徐懋庸並談西班牙的聯合戦線」、『巴金全集』第一八巻、三七六―三七七頁。
(33)　巴金「『戦士杜魯底』前記」、『烽火』第一四期、一九三八年五月一一日（単行本は一九三八年文化生活出版社より刊行）。『巴金全集』第一七巻、一八六頁。
(34)　巴金「『西班牙』後記」（『西班牙』はS. Souchy著、巴金訳、平明書店、一九三九年四月）。『巴金全集』第一七巻、一九〇頁。

第五節　巴金と欧米アナキスト往復書簡

一、研究意義

まず以下に紹介する巴金と欧米アナキスト間の往復書簡を研究する意義について二点述べておきたい。第一に、一九八〇年代から九〇年代にかけて、冷戦体制の崩壊に従って世界各地で紛争が激化し、研究者の一部には近代の終焉について議論する者も現れた。そうした視点から見れば、二〇世紀的「近代」の中心的イデオロギーである資本主義や社会主義は、人類社会を構築、牽引する理想としての力を失い、近代そのものが限界性を露呈させたと考えられるかもしれない。人類史上最初の世界規模の戦争となった第一次世界大戦、更にそれより大規模で大量虐殺が頻発した第二次世界大戦を経験した二〇世紀は、長い人類史から見れば血塗られた世紀と呼べるかもしれない。だが、既成イデオロギーが崩壊し、国家、民族、宗教によって紛争や戦争の絶えない現在を見れば、近代の終焉というより、むしろ近代の矛盾の真っ只中にいるというべきだろう。また一方でこの事態は、国家、民族、宗教を超越する普遍性を有すると豪語して体制化した資本主義や社会主義が、実は国家、民族、宗教に深くとらわれていたことの証拠でもある。

この視点で二〇世紀の内実を見れば、人類は百年の不毛な時間を過ごしたことになるが、近代終焉論者の主張は体制化したイデオロギーに押しつぶされた無数の理想主義の試行を無視していることになる。果たして二〇世紀の近代は、二一世紀の今日あれこれ論じられているような概論的な全体に収まるのだろうか。今日求められているのは近代の終焉を論じることではなく、近代が生み出す矛盾を指摘しながら、単一化した近代を拒否することにあるように思う。二〇世紀中国の近代でいえば、重要なのは単一のイデオロギーに収斂される近代叙述を拒否して、近代創成過程の多様性を検証することだろう。この意義において、巴金と欧米のアナキストの思想的交流は、中国という枠組みの限界性を突破して、権力と結合する普遍性を個人の固有性によって克服し、同時に中国近代の多様性、複線性を示す証拠である。

巴金と欧米のアナキストの思想的交流は、アナキズムという共通の理想と国境を超えることで強まる相互への関心に基づいていると思われる。両者の間で交流が行われた時代には、人類の精神をめぐる希望と理想の輝きが微弱になる一方、それゆえにまた暗い社会に一筋の光を投げかけていた。一部の論者から近代の終焉を告げられた二一世紀に身を置けば、今日の混迷を極める社会では次の一歩を踏み出すどころか、身動きできない状態になっている。だが、一九世紀から二〇世紀にかけての近代模索実践を検証することは、近代を発展的に克服する契機となり得るだろう。中国近代もこの視点から出発して、繰り返し多くの人々の新たな個別事例研究と全体性解析実践を経て検証されるべきである。巴金と欧米のアナキスト間の書簡研究はまさにその検証実践といえるだろう。巴金の思想自体に中国近代が内包され、また一方で彼の言論活動そのものが中国近代創出の一部でもあるからだ。

第二に、巴金の初期思想を考察する場合、その基礎資料は一九二〇年代であれば、アナキズムやロシア・ナロードニキなどを紹介して論じた巴金の文章に限定されている。こうした文章は多くが啓蒙主義的な色彩を帯びている。これによって、一方でこうした思想が中国でどのように受容、伝播されたかを窺い知ることで、その思想的焦点を確認して輪郭を描く助けになるが、また一方で、これだけで巴金の思想形成を論じるには不十分であり、限界性をもっている。巴金の思想形成を理解するには、公的に発表された著作からその思想の固有性、普遍性、連続性、非連続性を読み解き、同時代の各種資料を参照することが必要だが、もう片方で、発表を前提としない個人の言葉、例えば書簡のような個人生活の中で読み書きされる文字資料を手掛かりとして、この問題を考察することも有効である。

ただ、残念ながらこれまで公表された巴金の書簡や日記はほとんどが中国国内のものに限られ、また時代も一九五〇年代以降であることが多かった。一九二〇年代に巴金がアナキズムを通じて形成した海外とのネットワークは、エマ・ゴールドマンのように往復書簡があることが明白な場合でも、書簡自体が未発見、未公開であるために、なかなか全体像の解明に繋がらなかった。また一九四〇年代末から一九五〇年代初めにかけて、すなわち抗日戦争が終了して国共内戦が進行する時期から人民共和国体制初期にかけて、巴金が大きな時代変動の中でどのような思想状態にあったのかも、資料が乏しいこともあって、ほぼ解明されてこなかった。実はこの時期に、巴金は一九二〇年代と同様に欧米アナキストと大量の書簡を交わしている。

こうした過去と現在の研究状況があるがために、巴金と欧米アナキスト間の往復書簡の研究がいっそう大きな意義をもつのである。以下、現時点で確認できる書簡を紹介して、今後の巴金思想研究の発展へと繋げたい。

二、巴金書簡リスト

まずこれまでの資料調査によって確認できた巴金と欧米アナキスト間の往復書簡を、年月日、発信者、受信者、使用言語、所蔵機関によって整理した表で示しておく。これ以外にもまだ未発見の書簡が多く残されていると推定できるが、今回は原文が確認できたもののみ列記した。

巴金と欧米アナキスト間の往復書簡（略称等の記号については表末に記す）

発信年	月　日	発信者	受信者	言語	所蔵機関
1925	July 29	Emma Goldman	Li Pei Kan	E	巴金故居
1926	July 8	Li Pei Kan	T.H.Keell	E	IISH
	December 29	Emma Goldman	Li Pei Kan	E	巴金故居
1927	April 5	Emma Goldman	Li Pei Kan	E	巴金故居
	May 26	Emma Goldman	Li Pei Kan	E	IISH
	June 9	Bartolomeo Vanzetti	Li Pei Kan	E	中国現代文学館
	July 1	T.H.Keell	Li Pei Kan	E	巴金故居
	July 5	Li Pei Kan	Emma Goldman	E	IISH
	July 18	Li Pei Kan	Alexander Berkman	E	IISH
	July 18	T.H.Keell	Li Pei Kan	E	巴金故居
	July 23	Bartolomeo Vanzetti	Li Pei Kan	E	中国現代文学館
	July 25	Alexander Berkman	Li Pei Kan	E	IISH
	July 29	T.H.Keell	Li Pei Kan	E	巴金故居
	July 31	Ernst Liebetrau(1)	Li Pei Kan	ES	巴金故居
	August 4	Emma Goldman	Li Pei Kan	E	IISH
	August 13	Li Pei Kan	Bartolomeo Vanzetti	E	BPL
	August 13	Li Pei Kan	Sacco-Vanzetti Defense Committee	E	BPL
	August 20	T.H.Keell	Li Pei Kan	E	巴金故居
	September 4	T.H.Keell	Li Pei Kan	E	巴金故居
	September 27	Ernst Liebetrau	Li Pei Kan	ES	巴金故居
	September 28	Emma Goldman	Li Pei Kan	E	巴金故居
	October 9	Ernst Liebetrau	Li Pei Kan	ES	巴金故居
	October 13	Arthur Müller Lehning(2)	Li Pei Kan	E	巴金故居
	October 19	Albert de Jong(3)	Li Pei Kan	E	巴金故居
	November 8	T.H.Keell	Li Pei Kan	E	巴金故居
	November 10	Alexander Berkman	Li Pei Kan	E	巴金故居
	November 11	Emma Goldman	Li Pei Kan	E	巴金故居
	November 16	Albert de Jong	Li Pei Kan	E	巴金故居
	November 26	T.H.Keell	Li Pei Kan	E	巴金故居

	December 21	Alexander Berkman	Li Pei Kan	E	巴金故居
1928	January 6	Emma Goldman	Li Pei Kan	E	巴金故居
	January 8	Alexander Berkman	Li Pei Kan	E	巴金故居
	February 6	T.H.Keell	Li Pei Kan	E	巴金故居
	February 4	Ernst Liebetrau	Li Pei Kan	ES	巴金故居
	February 22	T.H.Keell	Li Pei Kan	E	巴金故居
	March 3	Li Pei Kan	Max Nettlau	E	IISH
	March 14	T.H.Keell	Li Pei Kan	E	巴金故居
	March 17	T.H.Keell	Li Pei Kan	E	巴金故居
	March 24	T.H.Keell	Li Pei Kan	E	巴金故居
	March 25	Ernst Liebetrau	Li Pei Kan	ES	巴金故居
	March 30	Albert de Jong	Li Pei Kan	E	巴金故居
	April 9	Emma Goldman	Li Pei Kan	E	巴金故居
	April 24	Emma Goldman	Li Pei Kan	E	IISH
	June 10	Emma Goldman	Li Pei Kan	E	巴金故居
	June 23	Ernst Liebetrau	Li Pei Kan	ES	巴金故居
	September 26	T.H.Keell	Li Pei Kan	E	巴金故居
1929	March 25	Li Pei Kan	Ray Jones	C	ESUC
	April 24	Sacco-Vanzetti Defense Committee	Li Pei Kan	E	LSHU
	April or May	Li Pei Kan	Ray Jones	C	ESUC
	June 26	Li Pei Kan	Ray Jones	C	ESUC
1930	March 29	T.H.Keell	Li Pei Kan	E	巴金故居
	May 7	Li Pei Kan	Ray Jones	C	ESUC
	* undated	Li Pei Kan	Ray Jones	C	ESUC
1932	April 26	Albert de Jong	Li Pei Kan	E	巴金故居
	November 5	Louis Leo Kramer (4)	Li Pei Kan	E	巴金故居
1948	June 1	Agnes Inglis	Li Pei Kan	E	LCUM
	June 4	Agnes Inglis	Li Pei Kan	E	LCUM
	July 3	Li Pei Kan	Agnes Inglis	E	LCUM
	September 2	Agnes Inglis	Li Pei Kan	E	LCUM
	September 4	Li Pei Kan	Ray Jones	C	ESUC

	October 14	Li Pei Kan	Rudolf Rocker	E	IISH
	October 19	Li Pei Kan	Agnes Inglis	E	LCUM
	November 8	Li Pei Kan	Agnes Inglis	E	LCUM
	November 21	Agnes Inglis	Li Pei Kan	E	LCUM
	December 13	Li Pei Kan	Ray Jones	C	ESUC
	December 19	Agnes Inglis	Li Pei Kan	E	LCUM
	December 19	Agnes Inglis	Li Pei Kan	E	LCUM
	December 28	Li Pei Kan	Rudolf Rocker	E	IISH
	＊ ? 31	Li Pei Kan	Ray Jones	C	ESUC
	＊ undated	Li Pei Kan	Rudolf Rocker	E	IISH
1949	January 8	Agnes Inglis	Li Pei Kan	E	LCUM
	January 23	Li Pei Kan	Boris Yelensky	E	IISH
	February 3	Agnes Inglis	Li Pei Kan	E	LCUM
	February 6	Li Pei Kan	Agnes Inglis	E	LCUM
	February 14	Li Pei Kan	Agnes Inglis	E	LCUM
	February 19	Li Pei Kan	Boris Yelensky	E	IISH
	March 4	Li Pei Kan	Ray Jones	C	ESUC
	March 6	Agnes Inglis	Li Pei Kan	E	LCUM
	March 9	Li Pei Kan	Agnes Inglis	E	LCUM
	March 14	Agnes Inglis	Li Pei Kan	E	LCUM
	March 16	Li Pei Kan	Rudolf Rocker	E	IISH
	March 18	Li Pei Kan	Commission des Relations Internationales Anarchistes	F	CIRA
	March 21	Li Pei Kan	Agnes Inglis	E	LCUM
	April 4	Agnes Inglis	Li Pei Kan	E	LCUM
	April 9	Agnes Inglis	Li Pei Kan	E	LCUM
	April 12	Li Pei Kan	Joseph Ishill	E	IHHU
	May 5	Agnes Inglis	Li Pei Kan	E	LCUM
	May 7	Li Pei Kan	Agnes Inglis	E	LCUM
	May 15	Agnes Inglis	Li Pei Kan	E	LCUM
	June 3	Li Pei Kan	Ray Jones	C	ESUC
	June 10	Li Pei Kan	Agnes Inglis	E	LCUM

	October 29	Li Pei Kan	Agnes Inglis	E	LCUM
	October 29	Li Pei Kan	Ray Jones	C	ESUC
	November 27	Agnes Inglis	Li Pei Kan	E	LCUM
	December 3	Li Pei Kan	Ray Jones	C	ESUC
	December 29	Li Pei Kan	Ray Jones	C	ESUC
	December 31	Li Pei Kan	Agnes Inglis	E	LCUM
1950	February 4	Li Pei Kan	Rudolf Rocker	E	IISH
	February 16	Li Pei Kan	Ray Jones	C	ESUC
	February 28	Li Pei Kan	Rudolf Rocker	E	IISH
	February 28	Agnes Inglis	Li Pei Kan	E	LCUM
	April 26	Li Pei Kan	Agnes Inglis	E	LCUM
	May 13	Li Pei Kan	Ray Jones	C	ESUC
	May 24	Agnes Inglis	Li Pei Kan	E	LCUM
	August 24	Li Pei Kan	Rudolf Rocker	E	IISH
	September 18	Li Pei Kan	Agnes Inglis	E	LCUM

［使用言語略称］

C：Chinese, E：English, ES：Esperanto, F：French,

［所蔵機関略称］

巴金故居：上海巴金故居

IISH：International Institute of Social History, Amsterdam, The Netherlands

BPL：Boston Public Library, USA

LSHU：Law School Library, Harvard University, USA

ESUC：Ethnic Studies Library, University of California, Berkeley, USA

LCUM：Labadie Collection, Special Collections Library, University of Michigan, Ann Arbor, USA

IHHU：Ishill Collection, Houghton Library, Harvard University, USA

CIRA：Centre International de Recherches surl L'Anarchisme, Lausanne, Switzerland

［発信者・受信者名］

巴金は海外との通信でLi Pei Kan、Li Yao Tangなどいくつかの名前を使用しているが、ここでは検索の便宜のため使用頻度が最も高いLi Pei Kanで統一してある。ただし巻末付録の各書簡内は原文のままに表記した。

［年月日］

一部の書簡は年月日が確定できないため、不明箇所は＊で示した。

［原文］

現時点で内容の検証が済んでいる人物の書簡は巻末に原文を掲載した。それ以外の人物は原文を掲載せず、人物注釈にとどめた。

①トマス・キール（Thomas H. Keell）[5] 及び『自由』(*Freedom*)[6]

発信年	月　日	発信者	受信者	言語	所蔵機関
1926	July 8	Li Pei Kan	T.H.Keell	E	IISH
1927	July 1	T.H.Keell	Li Pei Kan	E	巴金故居
	July 18	T.H.Keell	Li Pei Kan	E	巴金故居
	July 29	T.H.Keell	Li Pei Kan	E	巴金故居
	August 20	T.H.Keell	Li Pei Kan	E	巴金故居
	September 4	T.H.Keell	Li Pei Kan	E	巴金故居
	November 8	T.H.Keell	Li Pei Kan	E	巴金故居
	November 26	T.H.Keell	Li Pei Kan	E	巴金故居
1928	February 6	T.H.Keell	Li Pei Kan	E	巴金故居
	February 22	T.H.Keell	Li Pei Kan	E	巴金故居
	March 14	T.H.Keell	Li Pei Kan	E	巴金故居
	March 17	T.H.Keell	Li Pei Kan	E	巴金故居
	March 24	T.H.Keell	Li Pei Kan	E	巴金故居
	September 26	T.H.Keell	Li Pei Kan	E	巴金故居
1930	March 29	T.H.Keell	Li Pei Kan	E	巴金故居

三、個別書簡について

以下に個別書簡について、受信者ごとにまとめておく。書簡原文については、巻末に注釈と説明を付して収録した。

①トマス・キール

巴金とトマス・キールの間に交わされた書簡だが、トマス・キール個人というよりもアナキズム刊行物『自由』(*Freedom*) 編集部に宛てたという色彩が強い。書簡内容を見ると、巴金は友人が参加していたアナキズム雑誌『民衆』に言及しているが、キールからの返信の多くが『自由』の講読に関する事務連絡だからだ。一九二八―一九二九年の講読手続きでは、巴金はLi Yao Tangと本名を使用している。なお国際社会史研究所（IISH）の『自由』(*Freedom*) アーカイヴには、巴金の友人の呉克剛や陳範予の名前も見えるので、この刊行物の中国における一定の影響力が確認できる。

②エマ・ゴールドマン（Emma Goldman）

発信年	月　日	発信者	受信者	言語	所蔵機関
1925	July 29	Emma Goldman	Li Pei Kan	E	巴金故居
1926	December 29	Emma Goldman	Li Pei Kan	E	巴金故居
1927	April 5	Emma Goldman	Li Pei Kan	E	巴金故居
	May 26	Emma Goldman	Li Pei Kan	E	IISH
	July 5	Li Pei Kan	Emma Goldman	E	IISH
	August 4	Emma Goldman	Li Pei Kan	E	IISH
	September 28	Emma Goldman	Li Pei Kan	E	巴金故居
	November 11	Emma Goldman	Li Pei Kan	E	巴金故居
1928	January 6	Emma Goldman	Li Pei Kan	E	巴金故居
	April 9	Emma Goldman	Li Pei Kan	E	巴金故居
	April 24	Emma Goldman	Li Pei Kan	E	IISH
	June 10	Emma Goldman	Li Pei Kan	E	巴金故居

②エマ・ゴールドマン

本書収録「巴金とエマ・ゴールドマン――一九二〇年代国民革命におけるアナキズム」参照。

③アレクサンダー・バークマン[7]

エマ・ゴールドマンと比べると、アレクサンダー・バークマンは巴金の思想形成に決定的な影響をもつアナキズム思想家とは一般に見なされていない。巴金は「信仰與活動」の中で、ゴールドマンの文章との出会いが自分の思想的覚醒にいかに大きな意義をもったかを説明して、「私はかつてエマ・ゴールドマンを〝私の精神的な母親〟と呼びました。彼女はアナキズムのすばらしさを初めて私に見せてくれました」、「エマ・ゴールドマンの文章はその雄弁な論拠、精密な論理、透徹した眼差し、豊富な学識、簡明な文体、鼓舞する筆調によって、いともたやすく一五歳の私を虜にしたのです[8]」と、エマ・ゴールドマンの文章との出会いの意義を述べている。これに比して、アレクサンダー・バークマンに言及している文章はそう多くない。巴金は『ロシアの悲劇』（*Russian Tragedy*）[9]、及び『獄中記』（*Prison Memoirs of an Anarchist*）[10]などバークマンの著作を中国語訳し

③アレクサンダー・バークマン（Alexander Berkman）

発信年	月　日	発信者	受信者	言語	所蔵機関
1927	July 18	Li Pei Kan	Alexander Berkman	E	IISH
	July 25	Alexander Berkman	Li Pei Kan	E	IISH
	November 10	Alexander Berkman	Li Pei Kan	E	巴金故居
	December 21	Alexander Berkman	Li Pei Kan	E	巴金故居
1928	January 8	Alexander Berkman	Li Pei Kan	E	巴金故居

ているが、個人的交流に言及した文章は少ない。ただ中国語訳『獄中記』の「後記」[11]、日本滞在中に執筆した小説「神」[12]、及び散文「死」[13]の中でバークマンの自死に多少言及している。小説「神」は虚構と現実が交錯する作品だが、『獄中記』「後記」でも同様のことを書いているので、ほぼ事実と見なしてよいだろう。『獄中記』「後記」の冒頭で小説「神」からの引用として次のように書いている。

アレクサンダー・バークマンは勇敢な人だ。六年前、私はパリ郊外St.Cloudの彼の家を訪ねたことがある。彼が手紙を寄こす時に使うベルリン事務所の便箋には「神もなく、主人もなく」という文字が鮮明に印刷されていた。この人はもう六〇歳を超えているが、いつも「死ぬまで若々しく」と書いている。それならば、死ぬまで神の存在を信じないことは疑いない。何と立派な人だろう。そう考えると、背が低くてがっしりして頭に毛がないバークマンの毅然とした姿が目に浮かぶ。一四年間の獄中生活も彼の信念を変えることはできず、逆に遥か遠くイギリスのカーペンター老を驚嘆させた「人類の魂の記録」を書き上げたのである。神は存在しないという事実がその本の要旨であり、その生活の事実なのだ。彼の命がアメリカで危機に瀕している時、遠くクロンシュタットの水兵たちが救援の旗を掲げたことがある。それによって彼が神よりも偉大な存在であることがはっきりと示された[14]。

アレクサンダー・バークマン

日本人の宗教観を観察した小説「神」において、宗教批判の例としてアレクサンダー・バークマンの無神論が引用されているわけだが、バークマンのアナキズム思想が巴金の思想全体に関わる決定的な影響力をもつとはいえないとしても、面談から六年後にも同じ感想をもって作品を執筆しているという事実に、巴金がバークマンの無神論や自立精神から大きな啓示を得ていることは間違いない。エマ・ゴールドマンから得た理論的な啓示とは違って、巴金はバークマンから徹底した理想主義を実践する姿とそれを支える高度の自立精神を学んだということだろう。

アレクサンダー・バークマンとパリ郊外で会ったのは小説「神」執筆の六年前一九二八年のことと思われるが、両者の間に交わされた書簡は前年の一九二七年に集中している。唯一確認できる巴金からバークマンに宛てた英文書簡の内容、及び通信開始の経緯については、巻末掲載の原文で確認できる。

アレクサンダー・バークマンからの返信は四通発見されているいるが、一九二七年一一月一〇日の返信が比較的長文で、その内容から巴金がバークマンに書いた手紙の内容が多少想像できる。例えばこの書簡の中でバークマンは巴金の質問に答えて、サッコ＝ヴァンゼッティ（Sacco=Vanzetti）事件及びムーニィ＝ビリングス（Mooney=Billings）事件[15]について解説している。このことから推定すると、小説『滅亡』執筆前後に巴金が両事件に大きな啓示を受けているものと思われる。

なお上海巴金故居に所蔵されているアレクサンダー・バークマンのアーカイヴの中に、呉克剛宛が四通（一九二四年八月二五日、一九二五年四月一四日、五月一五日、五月三〇日、すべてベルリンから発信）、及び秦抱樸宛二通（一九二四

④バルトロメオ・ヴァンゼッティ（Bartolomeo Vanzetti）

発信年	月　日	発信者	受信者	言語	所蔵機関
1927	June 9	Bartolomeo Vanzetti	Li Pei Kan	E	中国現代文学館
	July 23	Bartolomeo Vanzetti	Li Pei Kan	E	中国現代文学館
	August 13	Li Pei Kan	Bartolomeo Vanzetti	E	BPL
	August 13	Li Pei Kan	Sacco-Vanzetti Defense Committee	E	BPL

⑤マックス・ネットラウ（Max Nettlau）

発信年	月　日	発信者	受信者	言語	所蔵機関
1928	March 3	Li Pei Kan	Max Nettlau	E	IISH

年五月一五日、六月一〇日）がある。二人が巴金よりも早くからアレクサンダー・バークマンと通信があったことを考えると、巴金をバークマンに紹介したのはこの二人のうちの一人である可能性が高い。

④バルトロメオ・ヴァンゼッティ

本書収録「サッコ＝ヴァンゼッティ事件及び小説『滅亡』」参照。

⑤マックス・ネットラウ[16]

アムステルダムの国際社会史研究所（IISH）所蔵の巴金書簡はこの一通だけだが、他の多くの巴金書簡がタイプされたものであるのと異なり、手書き書簡であることが特徴的で、国際社会史研究所の歴史と現在を紹介した冊子 *Tracing the past*[17] の中でも取り上げられるほど貴重な資料となっている。内容は巻末に掲載した原文で確認できるが、クロポトキンの著作に関する自分の見解、及び関連質問が主である。冒頭で前年一九二七年八月二日にマックス・ネットラウから手紙をもらったことへの礼が述べられているが、その前に巴金から書いた書簡は現時点で所在不明である。

書簡内容を見ると、巴金は一九二八年フランスでクロポトキンの『倫理学』の翻訳を行っていたことが分かる。当時を振り返って巴金は「丸々二か月かかった。この二か月間に、自分のすべての精力を作業のためにほぼ使い果たした[18]」と述べ、『倫理学』翻訳への熱意を表明している。この書

マックス・ネットラウ

簡は基本的にこの翻訳作業にあたって巴金が研究者ネットラウに質問するという形で書かれている。特に森戸辰男の証言と見解に対して巴金は疑問を抱き、本当にそのような事実があったのかどうかをネットラウに確認している。「訳者序」で巴金は「ネットラウの回答の第一点に甚だ疑問を感じたので、ある時手紙でこの点を質問したことがある。多くの事実を引証しながら、森戸氏が転用しているネットラウの言葉が間違いであることを証明しようとした。もしネットラウが述べたとされる言葉が本当ならばだが[19]」。ここで言及されている「ある時手紙で」というのが、すなわちこの書簡だろう。「訳者序」の末尾に「一九二八年四月一二日、芾甘序、フランスにて」とあるので、時期的にも符合する。

巴金は「訳者序」の中で、『民鋒』掲載の『倫理学』に対する批判、例えば「玄学的だ」とする批判に激しく反発し、更に森戸辰男の見解を厳しく批判している。巴金が森戸辰男の見解に疑問をもち批判するのは主に二点である。第一に、ネットラウへのインタビューで得られた回答に基づくとの説明で、クロポトキンの『ロシア文学』及び『倫理学』等の英文著作は、アメリカの保守的な読者への対策として直接的な表現を避けているので、これらの著作だけではクロポトキンの全人格を知ることはできないと森戸辰男が述べていること。第二に、帰国後にロシア革命に参加するため、クロポトキンはイギリス滞在中に毎週射撃訓練を行っていたとネットラウが述べたとの理由から、クロポトキンが暴力に反対する「平和主義者」ではないと森戸辰男が断じていること。これが書簡で巴金が提示している二つの問題である。ネットラウが巴金の質問にどのように答えたかは、返信の所在が不明なので正確な内容を知ることは現時

⑥劉忠士（Ray Jones）

発信年	月　日	発信者	受信者	言語	所蔵機関
1929	March 25	Li Pei Kan	Ray Jones	C	ESUC
	June 26	Li Pei Kan	Ray Jones	C	ESUC
	＊ undated	Li Pei Kan	Ray Jones	C	ESUC
1930	May 7	Li Pei Kan	Ray Jones	C	ESUC
	＊ undated	Li Pei Kan	Ray Jones	C	ESUC
1948	September 4	Li Pei Kan	Ray Jones	C	ESUC
	December 13	Li Pei Kan	Ray Jones	C	ESUC
	＊ ? 31	Li Pei Kan	Ray Jones	C	ESUC
1949	March 4	Li Pei Kan	Ray Jones	C	ESUC
	June 3	Li Pei Kan	Ray Jones	C	ESUC
	October 29	Li Pei Kan	Ray Jones	C	ESUC
	December 3	Li Pei Kan	Ray Jones	C	ESUC
	December 29	Li Pei Kan	Ray Jones	C	ESUC
1950	February 16	Li Pei Kan	Ray Jones	C	ESUC
	May 13	Li Pei Kan	Ray Jones	C	ESUC

点でできないが、「訳者序」で「ネットラウからの返信で、森戸氏が伝えている内容はすべてネットラウの本意と異なることが判明した。森戸氏がネットラウの言葉を聞き間違えたのでなければ、意図的に白黒を逆にしていることになる」と巴金が述べていることからある程度の想像ができる。

こうした経緯を考えれば、この書簡は巴金のクロポトキン著作翻訳への情熱やネットラウのようなクロポトキン思想の著名な研究者への敬意を示すばかりか、当時二〇代だった若き巴金のクロポトキン及びアナキズム思想理解の水準がいかに高かったかを証明しているといえる。

⑥劉忠士

本書収録「雑誌『平等』に見るアナキズム思想空間の越境性——巴金と劉忠士の思想交流」参照。

⑦アグネス・イングリス[20]

第二次世界大戦終結から「社会主義中国」成立に至る数年間は、中国の人々が渇望していた歓喜と平

⑦アグネス・イングリス（Agnes Inglis）

発信年	月　日	発信者	受信者	言語	所蔵機関
1948	June 1	Agnes Inglis	Li Pei Kan	E	LCUM
	June 4	Agnes Inglis	Li Pei Kan	E	LCUM
	July 3	Li Pei Kan	Agnes Inglis	E	LCUM
	September 2	Agnes Inglis	Li Pei Kan	E	LCUM
	October 19	Li Pei Kan	Agnes Inglis	E	LCUM
	November 8	Li Pei Kan	Agnes Inglis	E	LCUM
	November 21	Agnes Inglis	Li Pei Kan	E	LCUM
	December 19	Agnes Inglis	Li Pei Kan	E	LCUM
	December 19	Agnes Inglis	Li Pei Kan	E	LCUM
1949	January 8	Agnes Inglis	Li Pei Kan	E	LCUM
	February 3	Agnes Inglis	Li Pei Kan	E	LCUM
	February 6	Li Pei Kan	Agnes Inglis	E	LCUM
	February 14	Li Pei Kan	Agnes Inglis	E	LCUM
	March 6	Agnes Inglis	Li Pei Kan	E	LCUM
	March 9	Li Pei Kan	Agnes Inglis	E	LCUM
	March 14	Agnes Inglis	Li Pei Kan	E	LCUM
	March 21	Li Pei Kan	Agnes Inglis	E	LCUM
	April 4	Agnes Inglis	Li Pei Kan	E	LCUM
	April 9	Agnes Inglis	Li Pei Kan	E	LCUM
	May 5	Agnes Inglis	Li Pei Kan	E	LCUM
	May 7	Li Pei Kan	Agnes Inglis	E	LCUM
	May 15	Agnes Inglis	Li Pei Kan	E	LCUM
	June 10	Li Pei Kan	Agnes Inglis	E	LCUM
	October 29	Li Pei Kan	Agnes Inglis	E	LCUM
	November 27	Agnes Inglis	Li Pei Kan	E	LCUM
	December 31	Li Pei Kan	Agnes Inglis	E	LCUM
1950	February 28	Agnes Inglis	Li Pei Kan	E	LCUM
	April 26	Li Pei Kan	Agnes Inglis	E	LCUM
	May 24	Agnes Inglis	Li Pei Kan	E	LCUM
	September 18	Li Pei Kan	Agnes Inglis	E	LCUM

和の時間が短く、実質的には戦後社会の権力掌握をめぐって国民党と共産党の内戦が激化する混乱の時代であった。会談、停戦協定、決裂、弾圧、抵抗と、国共両派を中心とする政治図式の中で抗争が続き、やがて訪れる大規模な内戦を予感させる重苦しい不安が戦勝後の社会を覆っていた。抗日戦争中、「大後方」と呼ばれる国民党支配地域を転々としながら、一九三〇年代のような若い世代の情熱を過剰とも思えるほど直情的に表現した作品群とは異なり、『憩園』、『第四病室』などむしろ苦い現実を生き抜く人々の夢と挫折や希望と悲哀に関心を向けた、成熟した作品を生み出していった巴金は、戦後まもなく自身の文学生涯の頂点を形成する小説『寒夜』を完成させている（一九四六年一二月三一日脱稿）。しかし戦後の混乱した世情の影響を考慮に入れても、この時期の巴金の文学活動は決して旺盛なものではない。オスカー・ワイルドの童話や散文、ヴェラ・フィグネルの回想録、スペイン内戦関係資料などの翻訳が執筆の多くを占め、創作はごく少ない。この時期を彼の文学生涯の中で創作の低潮期と見る立場も成立するかもしれない。

アグネス・イングリス

だが、この時期は一九二〇年代後期とともに巴金が国外の人々と最も頻繁に連絡を交わした「通信の高潮期」である。一九二〇年代中後期に、当初上海から発信された欧米アナキスト宛の巴金書簡は現時点で未発見だが、その後フランス留学中にエマ・ゴールドマン、アレクサンダー・バークマン、バルトロメオ・ヴァンゼッティ、マックス・ネットラウ、トマス・キールら欧米のアナキストと交わした書簡は、多数所在が確認できる。それらの書簡は巴金にとって、アナキズム思想を媒介とした世界への関心と思想的求心力の表現と考えられる。だが一方で、一九四〇年代後半は、抗日戦争を通じたナショナリズムの昂揚と一九四九年のコミュニスト政権の成立の影に隠れて、巴金の思想の展開が読みにくい時期である。そのため海外のアナキストと交わした書簡は、この時期の巴金の思想問題を考察する際の貴重な手掛かりとなる。特に通信が一九四九年の中華人民共和国建国を挟んだ時期に行われているだけに、アナキズムとコミュニズムやナショナリズムの関係を焦点に、巴金の思想を分析する上でいっそうその意義を大きくしている。中でもアグネス・イングリス宛巴金書簡はその数量ばかりでなく、内容も巴金の思想解明に大きな助けとなる。

巴金がアグネス・イングリスと書簡を交わすようになった経緯ははっきりしないが、現在確認できるアグネス・イングリスの巴金宛二通目の書簡（一九四八年六月四日）で、巴金から本の寄贈を受けたアグネス・イングリスが"your name is not new in the collection. And you will see I have corresponded with the group in San Francisco"[21]と記していることから判断して、平社（The Equality Society）の劉忠士（Ray Jones）が仲介した可能性が高い。事実、劉忠士は一九三〇年代からアグネス・イングリスと連絡があり、ラバディ・コレクション（Labadie Collection）に所蔵されている最も早い時期の劉忠士宛アグネス・イングリス書簡（一九三四年一二月二二日）では、劉忠士から中国語のアナキズム刊行物の寄贈を受けたことへの礼が述べられており[22]、またアグネス・イングリス宛劉忠士書簡（一九三六年五月一二日）でもこの時寄贈した本の一冊について"Snow, a story about the miner and the employer by Li Pei Kan"[23]と説明があり、アグネス・イングリスのその言葉を裏づけている。ただ一九四八年の通信開始の経緯に関しては、現時点では不明のままである。

なお現在ラバディ・コレクションに所蔵されている巴金宛アグネス・イングリス書簡がすべて実際に発信されたかどうかは、現時点では完全には証明できない。アグネス・イングリス宛巴金書簡はアグネス・イングリスが整理記録しているので受信が確かめられるが、巴金宛アグネス・イングリス書簡は巴金側の記録資料が不明なので、現時点で

⑧ルドルフ・ロッカー（Rudolf Rocker）

発信年	月　日	発信者	受信者	言語	所蔵機関
1948	October 14	Li Pei Kan	Rudolf Rocker	E	IISH
	December 28	Li Pei Kan	Rudolf Rocker	E	IISH
	* undated	Li Pei Kan	Rudolf Rocker	E	IISH
1949	March 16	Li Pei Kan	Rudolf Rocker	E	IISH
1950	February 4	Li Pei Kan	Rudolf Rocker	E	IISH
	February 28	Li Pei Kan	Rudolf Rocker	E	IISH
	August 24	Li Pei Kan	Rudolf Rocker	E	IISH

確かめるすべはない。ラバディ・コレクションに所蔵されている巴金宛アグネス・イングリス書簡はすべてタイプされたもので、それが実際に投函されたのか、それとも草稿の状態なのか確認できないのである。内容から推測するしかないが、例えば一九四八年六月一日と六月四日のアグネス・イングリス書簡を比較すると、六月一日付の書簡は草稿で、実際には六月四日に発信されたのではないかと想像できるが、現時点で証明する方法がないので、暫定的に往復書簡の一つとして処理する。

⑧ルドルフ・ロッカー[24]

アグネス・イングリス以外に現時点で所蔵が確認できる欧米アナキスト宛巴金書簡では、ルドルフ・ロッカー宛のものが一番多い。その内容自体はロッカーの著作 *The Six* の中国語訳に関する質問だが、ごく僅かだが巴金が当時の中国の状況に言及している箇所があり、当時の巴金の思想を多少垣間見ることができる。

一九四八年一〇月一四日の書簡で巴金は、ルドルフ・ロッカー七五歳の誕生祝いの言葉を述べ、*The Six* の中国語（一九四九年に『六人』と題して上海文化生活出版社より出版）に着手していることを報告している。これから見ると、この時期の往復書簡は巴金側から始まったようである。だが、二人が互いを知るのはもっと早く、一九二〇年代にすでに通信が始まっている。一九四八年一二月二八日の書簡で巴金は、一九二〇年代パリ在住当時、ベルリンにいたルドルフ・ロッカー

ルドルフ・ロッカー

宛に手紙を出して返事を受け取り、またドイツ出身でアメリカで活躍したアナキスト、ヨハン・モスト（Johann Most 一八四六―一九〇六）の著作をもらったことを書いているので、二人の通信が一九二〇年代に始まっていたことは確かである。作家活動や抗日戦争による中断を挟んで、戦後にまた通信が復活したということだろう。

一九四八年一二月二八日以降の書簡は大部分がルドルフ・ロッカーの著作の翻訳や関連資料に関するものである。例えば、ルドルフ・ロッカーやクロポトキンの著作の中国語訳を送った通知や、巴金が求める各種資料送付の要請が書かれている。興味深いのは、巴金がその中で自分は英語、フランス語、ドイツ語以外にスペイン語、イタリア語、ロシア語ができるので、そうした言語の資料でも構わないとルドルフ・ロッカーに告げている点である。一九五〇年二月二八日の書簡ではイディシュ語の書籍を求めていて、巴金の外国語理解力の高さと幅広さが判明する。この時期に巴金がキューバからスペイン語資料を取り寄せていたことが、ルドルフ・ロッカー宛書簡の数か所に見えることもこの点を証明している。

こうした書簡内容から推定できるのは、巴金が人民共和国体制下でもアナキズムに対する関心をもち続けていたことで、*The Six* は文学性が強くアナキズム思想を直接的に論述したものではないとはいえ、ルドルフ・ロッカーのような著名なアナキストの著作を翻訳すること自体が、当時の巴金の思想状況を物語っているといえるだろう。一九五〇年二月四日の書簡で巴金は、ルドルフ・ロッカーの全著作を中国語に翻訳することを希望し、八月二四日の書簡では、ルドルフ・ロッカーの回想録が本世紀最良の書だと言い切っている。この時期の巴金のルドルフ・ロッカーへの傾倒ぶりと、アナキズム理想の追求態度が鮮明に表現されている。ただ、すでに人民共和国体制にある状況下で、自分の理想と中国共産党との関係をどう考えていたかは検討すべき問題として残る。アナキズムの理想があるがゆえに人民共和国体制を支持したのか、だとすればアナキズム思想原理からして矛盾しないのか、一九二〇年代にエマ・ゴールドマンとの通信で言及していた「国民党アナキスト」のように巴金も「共産党アナキスト」になったのか等々、深く検証すべき問題が残されている。

実際にはルドルフ・ロッカーとの書簡の中で、巴金は中国国内の形勢にほとんど言及しないので、その手掛かりを探すのは難しい。唯一、一九五〇年二月四日の書簡の末尾で、国民党軍による上海空襲について触れ、それをファシスト的行為として非難している。少なくとも国共内戦時に巴金が国民党を批判し、共産党を受け入れる姿勢があったことを窺わせる。

⑨ボリス・イエレンスキー[25]

オルガ・ラング（Olga Lang）は *Pa Chin and His Writings*[26] の中で巴金がボリス・イエレンスキーと交わした書簡を例として、第二次世界大戦後も「巴金は海外のアナキストと連絡を保ち続けた。一九四九年初頭にアレクサンダー・バークマン基金の秘書と通信を交わしている[27]」と述べているが、この二通の書簡がそれにあたるだろう。

ボリス・イエレンスキー

最初の書簡の冒頭で、これがボリス・イエレンスキーからの手紙の返信にあたることが分かる。巴金はボリス・イエレンスキーたちがシカゴで展開している自由社会グループ（Free Society Group）の活動と、アナキズム書籍の出版を高く評価したうえで、Libertarian Open Forum への寄稿を断っている。次の書簡では、イディシュ語の書籍を送ってくれたことに感

⑨ボリス・イエレンスキー（Boris V. Yelensky)

発信年	月　日	発信者	受信者	言語	所蔵機関
1949	January 23	Li Pei Kan	Boris Yelensky	E	IISH
	February 19	Li Pei Kan	Boris Yelensky	E	IISH

⑩ CRIA

発信年	月　日	発信者	受信者	言語	所蔵機関
1949	March 18	Li Pei Kan	Commission de Relations Internationales Anarchistes	F	CIRA

⑪ジョゼフ・イシル（Joseph Ishill)

発信年	月　日	発信者	受信者	言語	所蔵機関
1949	Aril 12	Li Pei Kan	Joseph Ishill	E	IHHU

謝を表明するが、最初の書簡と同じく寄稿を断っている。この二通が巴金研究の上で重要なのは、当時の中国の社会状況に対する巴金の見解がある程度分かることにある。一九四九年一月二三日付の書簡で巴金は「状況が複雑である」とだけ書いているが、二月一九日付の書簡では「中国の事情は複雑で、不可解です。中国人である私たちでも理解できません。中国の状況は欧米とは違います。中国ではアナキストの中にさえ、アナキストを自称しつつ封建的勢力を擁護し、アナキズムが非難することを行う人間がいます。ここにはアナキズム銀行家、アナキズム資本家、アナキズム官僚、アナキズム民族主義者がいるのです。彼らは我々の理想に恥辱を招いています。これこそわが中国アナキズム運動の堕落原因です」と明確な筆致で当時の中国社会に対する見解を述べている。

これを見る限り、当時中国アナキズム運動が実態的にあったと仮定すれば、巴金はアナキストを自称する者に失望、反感を感じていたことになる。だが一方で、自称アナキストたちのアナキズムの理想に背いた行為を非難することは、逆にいえば、アナキズムの理想をどこまでも追求する意義を強調していることになる。その方向の先に、アナキスト巴金が人民共和国体制を受容する道があったのかどうかは、検討、解明しなければならない大きな課題である。

⑩ＣＲ－Ａ[28]

現在確認できる巴金の唯一のフランス語書簡である。原文は巻末に掲載した。

⑪ジョゼフ・イシル[29]

巴金がいつどのようにジョゼフ・イシルと交流を始めたのか、現時点では不明だが、巴金の書簡を読む限り、一九二〇年代のジョゼフ・イシルの活動状況や作品に詳しいので、少なくとも文献上では早くから知っていたと思われる。一九二〇年代にエマ・ゴールドマンとジョゼフ・イシルの個人的交流がかなり活発に行われていたので、一九二八年四月二四日付エマ・ゴールドマンの巴金宛書簡に、前提なくジョゼフ・イシルの名前が登場するのはエマ・ゴールドマン側では自然だが、そもそもエマ・ゴールドマンは巴金がジョゼフ・イシルのことを当然知っていると考えたから言及したのだろう。更にパリ時代巴金と同宿だったアナキスト同志、呉克剛が当時ジョゼフ・イシルに宛てた手紙の中で、アナキズム刊行物 *The Road to Freedom* を送ってほしいとの希望を述べているのも[30]、その傍証となる。こうした経緯から見て、一九二七年に巴金がジョゼフ・イシルの名前を知っていた可能性は高いが、現在所蔵が確認できるのは一九四九年に書かれた書簡だけなので、まずその内容を簡単に検討する。

ジョゼフ・イシル

当時巴金はアグネス・イングリス、ルドルフ・ロッカー、ボリス・イエレンスキーと四〇通近い往復書簡を交わしているが、ジョゼフ・イシルとの間の書簡はこの一通しか所在が確認できない。ただ、アグネス・イングリスやルドルフ・ロッカーがジョゼフ・イシルに宛てた書簡の中で巴金の名前に言及しているので、相互に情報は広く共有されていたものと思われる。例えばアグネス・イングリスはジョゼフ・イシルに宛てた書簡の中で「現在、上海在住の Li Pei Kan という中国人と手紙のやり取りがあります。彼は作家で、自分の作品を当コレクションに寄贈してくれました。優れた作家であるばかりか、クロポトキンのすばらしい翻訳者です。サッコ＝ヴァンゼッティ事件やヘイマーケット事件などアメリカに関心を寄せています。かつてヴァンゼッティと通信がありました。若い頃、パリに留学していました[31]」と説明し、またルドルフ・ロッカーもジョゼフ・イシルに宛てた書簡の中で「大晦日に思いがけず上海から *The Six* のすばらしい中国語訳本を受け取りました。訳者は Li Pei Kan です[32]」と書いている。

巴金書簡を表面的に見ると、ジョゼフ・イシルが印刷、出版した作品を入手したい希望を伝えているだけの内容と読めるが、実は人民共和国体制成立前後の時期に巴金がこのような海外アナキストとの通信網をもっていたこと自体が重要である。この時代性に注目すべき理由が二つある。一つは共時性である。抗日戦争終結後から人民共和国体制成立後数年間、巴金は海外のアナキストとの通信復活に努力していたわけだが、それは同時代の世界と繋がろうとする姿勢として考えられる。もう一つは通時性である。書簡の中で巴金が言及している出版物は基本的に一九二〇―三〇年代のものであり、抗日戦争を経ても巴金はなお過去のアナキズム文献に関心をもっていたことになる。つまりこの時期に海外アナキストとの通信を回復する行為は、戦争という非常事態が終結して通信を行う条件が整ったという外在的理由からだけでは説明がつかない。ある意味ではアナキストとしての自覚が高まっていたとも受け取れる。だが現実世界では、一九二〇年代に巴金が批判していたコミュニズムの政権が成立しようとする時期にあたり、巴金は基本的にそれを受け入れる態度を示していた。解明すべき問題はその当時の巴金の思想状態だろう。その手掛かりがこうした書簡にあるといえる。

四、一九四〇―五〇年代巴金書簡が示すもの

一九二〇年代のエマ・ゴールドマン、アレクサンダー・バークマン、バルトロメオ・ヴァンゼッティらとの往復書簡と比べると、一九四〇年代末から五〇年代初めにかけての欧米アナキストとの往復書簡の特徴は、アナキズム思想や理論の討論がほぼなく、ほとんどがアナキズム関係の資料の翻訳や情報交換だという点である。ただ、Li Pei Kanという一九二〇年代から使用していたアナキストとしての対外呼称を用いていて、内容も作家巴金のアナキズム資料翻訳作業に関するものである。この点に注目すれば、アナキスト Li Pei Kan と作家巴金を二項対立的に考えるのは誤りだということができる。むしろ巴金のアナキズムへの関心領域が、時代の変遷とともに変化しただけだと考えた方がいいだろう。この時期に巴金がここまでアナキズム資料の翻訳に熱意を注いでいたことから考えて、当時の中国でアナキズム運動が消滅していても、巴金のアナキズムの思想や理想への関心は以前と同じく維持され、なおかつ海外のアナキズム思想や運動と繋がりをもち続けようとする強固な意志があったといえる。

巴金がジョゼフ・イシル宛の書簡で言及しているルドルフ・ロッカー *The Six* の中国語訳『六人』の出版は人民共和国成立直前である。「『六人』後記」で巴金は「三年前にこの本の翻訳を始め、中断が何度かあったが、今年の五月に最後の一章を訳し終えた。大部ではないこの本の翻訳にそう時間は必要ではない。実際にかけた時間も多くない。ここ三年どころか、もう一三年来というもの、大部分大半の時間は出版社の編集、校閲の仕事に取られてしまった。ここ三年どころか、もう一三年来というもの、大部分の時間をこの無償奉仕的な仕事に費やすことになってしまった[33]」と述べて、翻訳作業が抗日戦争終結後まもなく始まったこと、及び文化生活出版社内でもめ事があったことを示唆している。巴金はそのことを「私を理解していると自称する数名の友人がここ三年間、いつも私を攻撃し、面倒を起こし、私の限られた時間を奪っていった。ひどい時は外

で私を中傷して、私が出版社を独占しようとしていると噂を流した」[34]と直截に嘆いている。だが、この「後記」における決定的に重要なひと言がその次に出てくる。「翻訳を終えて印刷に入ると、私は北平へ行って一か月余り滞在した。四〇日間の楽しい日々を送り、多くの新しい情勢を目にした」[35]と、人民共和国体制発足を歓迎する姿勢を示している。

この北京行きが巴金にとってどのような意味をもったかが、アナキスト Li Pei Kan が作家巴金として共産主義政権にどのような態度を取ったのかを解明する一つの鍵だろう。巴金が一九四九年七月に上海から北京へ赴いたのは、まもなく成立する人民共和国の準備として中国共産党が開催した「第一回中華全国文学芸術工作者代表大会」に出席するためであった。席上巴金は「我是来学習的」と題した発言を行ってこの会議に対する自分の思想的立場を表明した。「長い間、私はペンを用いて文章を書いてきましたが、自分の作品が軟弱で無力であることをいつも嘆き、苦衷を訴え、ペンをおこうとしました。しかし今や多くの人々がペンばかりか、行動や血や生命をもって自分の作品を完成させるのをしっかり見て取りました。そうした作品は無数の人々を鼓舞し、革命事業への参加を呼びかけています。そうした作品は現在も将来も若き魂を不断に教育し続けることでしょう」[36]と積極的に共産党の革命事業に参加することを表明したのである。実際に巴金は会議の期間中に、中華全国文学芸術連合会、中華全国文学工作者協会、及び中華人民政治協商会議の全国委員に就任している。

アナキストとしてコミュニズムにどのような態度を取るか、一九二〇年代に巴金は書簡を通じてエマ・ゴールドマンと深い討論を展開していた。当時は帝国主義列強と中国、封建主義と近代主義、国民党と共産党など二項対立的に設定される情勢を受けて、アナキズムは中国社会において個別の実践こそあれ、実体的な勢力となり得ず、微小な存在であった。しかし、たとえそうであったとしても、またそうであるがゆえに、巴金はエマ・ゴールドマンからオルターナティヴなアナキズム精神を堅持することの重要性を学んだはずである。確かに一九四九年巴金が直面していた問題は次元も状況も一九二〇年代と異なる。アナキストして共産主義社会に生きることはもはや二項対立的な問題ではないだろう。一九二〇年代から一九五〇年代まで続いた巴金と欧米アナキスト間の往復書簡の検証を経れば、アナキスト Li Pei Kan と作家巴金が分裂した別の存在でないことは明らかである。いわばアナキスト Li Pei Kan と作家巴金は、合わせ鏡のように互いの姿を見ることで自分を確認し、互いを必要とする一つの人格なのであり、相互に創造の機制を形成している。そう考えれば、巴金はアナキズム思想の理想を抱くがゆえに、つまりアナキズムの理想を託せる存在として共産党をとらえるからこそ、共産党支配下の人民共和国体制に反対しなかったのだともいえる。その寄託が失敗に終わったのか、或いは一九二〇年代に巴金とエマ・ゴールドマンの間で議論された「国民党アナキスト」の延長線上に、「ボルシェヴィキ・アナキスト」に似た「共産党アナキスト」が存在したのか、解明するには共時的な、また通時的な大きな研究が必要だが、今回は巴金の思想解明の手掛かりとして欧米アナキストとの往復書簡を概観するにとどめる。

（一九九六年初稿、二〇一八年改稿）

■付属資料　巴金と欧米アナキスト間の往復書簡原文（巻末付録②）

【注】

（1）Ernst Liebetrau（生没年不詳）、ドイツのアナキスト。エスペラント刊行物“*JNO*”もしくは“*INO*”を発行。「ENLA MALLUMA NOKTO」（『緑光』第五巻第一〇―一二期合刊、一九二八年一〇―一二月）で巴金は標題の下に「わがドイツの友人、同志Ernst Liebetrauに捧げる」と書いているので、当時二人に交流のあったことが確認できる。

（2）Arthur Müller Lehning（一八九九―二〇〇〇）、オランダのアナキスト、編集者、歴史家。国際社会史研究所（IISH）の創立に尽力した。この書簡の中で呉克剛の名を挙げているので、おそらく呉克剛の紹介で巴金との通信が始まったものと思われる。また書簡では双方のアナキズム運動の動向を紹介し合うことを希望し、巴金に自分たちのInternational Anti-Militarist Commissionの活動を紹介している。

（3）Albert de Jong（一八九一―一九七〇）、オランダのアナキスト、サンディカリスト。この書簡でArthur Müller Lehningと一緒に編集している反軍国主義の月刊誌*The Weapon Down*への寄稿を巴金に要請している。

（4）Louis Leo Kramer（一八九三―一九五六）、アメリカのアナキスト。サンフランシスコで書店を経営していた。この書簡の中で一九二七年に巴金が彼に宛てた書簡がRay Jones（劉忠士）の手元に留め置かれ、一九三二年になってようやく彼のところへ転送された経緯が説明されている。巴金のその一九二七年の書簡は現時点で所在不明。

（5）トマス・キール（Thomas H. Keell 一八六六―一九三八）、イギリスのアナキスト。『自由』（*Freedom*）を自ら編集、植字する傍ら、『労働者の声』（*the Voice of Labour*）にもよく投稿していた。一九〇七年オランダで開催された国際アナキズム会議（International Anarchist Congress）に参加。第一次世界大戦に強く反対。一九一六年にはパートナーのリリアン・ウルフと共に逮捕、投獄された。

（6）『自由』（*Freedom*）、一八八六年創刊、イギリスで最も有名なアナキズム刊行物の一つ。クロポトキン周囲の同志たちが創刊し、大きな影響力をもっていた。何度か改称して現在でも発行されている。トマス・キールは一九一二年から一九三二年まで編集長を務めた。

（7）アレクサンダー・バークマン（Alexander Berkman 一八七〇―一九三六）、本名Ovsej Berkman 一八七〇年リトアニアKovno生まれ、一九三六年フランスのニースで死去。国際的に著名なアナキスト。一八八八年アメリカへ移民、一八九二年労働争議で労働者が殺害されたことの報復を試みるが失敗して、一九〇六年まで入獄。一九〇六年ニューヨークで*Mother Earth*の編集に参加。一九一六―一七年サンフランシスコで*Blast*の編集に参加。一九一七年反戦活動を理由に逮捕、投獄。一九一九年ロシアへ追放されるが、一九二一年ロシア革命の実情に失望して出国、ドイツやフランスを転々とするが、一九二五年以降はフランスに定住して、アナキズム運動やロシアのアナキスト救援に積極的に関わる。巻末の書簡でも分かるように、巴金はフランス時代にバークマンに面会したことがあり、上海へ戻ってから *Prison Memoirs of an Anarchist*（1912）などバークマンの著作を中国語訳している。

（8）巴金「信仰與活動」、『水星』第二巻第二期、一九三五年五月。ここでは『巴金全集』第一二巻、人民文学出版社、一九八九年、四〇四―四〇五頁より引用。

（9）同書の中国語訳は、柏克曼著、巴金訳『俄羅斯的悲劇』、『民鐘』第一巻第一二期、一九二五年七月。

（10）同書の中国語訳は、柏克曼著、巴金訳『獄中記』、文化生活出版社、一九三五年九月。中国語訳が出た段階で、バークマンが亡命していたフランスで同書はまだ出版されていないので、巴金の翻訳は中国アナキズム運動が世界と同時代的な繋がりをもっていた証明ともなる。

（11）巴金『獄中記』「後記」、文化生活出版社、一九三五年九月。『巴金全集』第一七巻所収。

（12）巴金「神」、『文学』第四巻第一号、一九三五年一月。該当部分は『巴金文集』版で削除され、『巴金全集』もそれを踏襲しているので、そこに収録された『神』では読むことができないが、『巴金全集』第一七巻「序跋篇」収録の『獄中記』「後記」で確認できる。

（13）巴金「死」、『文叢』第一巻第二号、一九三七年四月。『巴金全集』第一三巻所収。

（14）巴金『獄中記』「後記」、『巴金全集』第一七巻、一六六頁。

（15）Thomas Mooney（一八八二―一九四二）と Warren K. Billings（一八九三―一九七二）のこと。二人ともアメリカの労働運動活動家。一九一六年サンフランシスコで起きた爆発事件の犯人とされ、物証がないまま逮捕、起訴、入獄となり、最終的に一九三九年にようやく釈放された。一八八〇年代シカゴのヘイマーケット（Haymarket）事件、一九二〇年代ボストンのサッコ＝ヴァンゼッティ事件と並んで、政治的迫害による冤罪事件の一つ。

（16）マックス・ネットラウ（Max Nettlau 一八六五―一九四四）、オーストリア Neuwaldegg 生まれ、オランダ、アムステルダムで死去。著名なアナキズム史研究者。ウィーン、ロンドンなど欧州各地を転々としながら、ミハイル・バクーニン（Michail Bakunin）、エリコ・マラテスタ（Errico Malatesta）、エリゼ・ルクリュ（Elisée Reclus）など多くのアナキストの資料を収集した。また各地のアナキズム運動にも参加した。

(17) Jan Lucassen, *Tracing the past : Collection and research in social and economical history*, Amsterdam : International Institute of Social History, 1989.

(18) 巴金「訳者序」、『人生哲学：其起源及其発展（上篇）』（『克魯泡特金全集』第四巻）、上海自由書店、一九二八年九月、一頁。

(19) 巴金「訳者序」、『人生哲学：其起源及其発展（上篇）』、一八頁。

(20) アグネス・イングリス（Agnes Inglis 一八七〇―一九五二）、アメリカ、ミシガン州の裕福な家庭に生まれたが、エマ・ゴールドマンの著作に深い感銘を受け、アナキズム思想に目覚めた。一九一六年にミシガン大学におけるエマ・ゴールドマンの講演を企画したことで親交が始まった。生涯をミシガン大学のラバディ・コレクション（Labadie Collection）［一九一一年ジョセフ・ラバディ Joseph Labadie が創設したアナキズム資料室］の資料収集と整理に捧げ、その結果全米でも屈指の収蔵量を誇るコレクションとなった。巴金が通信を始めた一九四八年に彼女は七五歳と高齢だったが、熱心に資料収集と整理を継続していた。その生涯については、Paul Avrich, *Anarchist Voices : an oral history of anarchism in America*, Princeton University Press, 1995. p.481 参照。

(21) Agnes Inglis's letter to Li Pei Kan, June 4, 1948, Labadie Collection, Special Collections Library, University of Michigan, Ann Arbor.

(22) Agnes Inglis's letter to Ray Jones, December 22, 1934, Labadie Collection.

(23) Ray Jones's letter to Agnes Inglis, May 12, 1936, Labadie Collection.

(24) ルドルフ・ロッカー（Rudolf Rocker 一八七三―一九五八）はドイツ出身のアナキスト。一八九〇年社会民主党反指導部派に参加するが、除名されてアナキストに転じる。一八九二年パリへ逃れ、一八九五年ロンドンへ行ってクロポトキンに会う。またユダヤ人の労働運動に積極的に参加する。一九一八年ドイツに帰国して、シンディカリズム運動で活躍する。ナチスが政権を取ると一九三三年アメリカへ亡命、一九五八年ニューヨークで死去。

(25) ボリス・イエレンスキー（Boris V. Yelensky 一八八九―一九七四）はロシア生まれのアナキスト、アメリカで死去。一九〇五年のロシア革命に参加、失敗後アメリカへ亡命するが、一九一七年に帰国して革命に参加。のちにボルシェヴィキと意見が合わず出国、一九二二年以降はアメリカでアナキズム運動に参加。中でもアレクサンダー・バークマン基金（Alexander Berkman Aid Fund 一九三六―五七）と自由社会グループ（Free Society Group 一九二三―一九五七）で重要な役割を演じた。

(26) Olga Lang, *Pa Chin and His Writings : Chinese Youth Between the Two Revolutions*, Harvard University Press, 1967.

(27) Olga Lang, *Pa Chin and His Writings*, p.214. この部分には注釈（p.320.n107）がついていて「Li Pei Kan と署名されたアレク

サンダー・バークマン基金の秘書宛の巴金書簡はアムステルダムの国際社会史研究所に所蔵されている」と書かれていて、オルガ・ラングがこの書簡を根拠にしていることが分かる。

(28) Commission de Relations Internationales Anarchistes は一九四八年三月パリで欧州アナキスト会議が開かれた際、フランス、イタリア、スペイン、及びユダヤ人代表によって組織された連絡網で、一九四九年まで継続した。ブルガリアのシンディカリストも加わるほか、南米ウルグアイに支部も設置された。このフランス語書簡は現在スイス、ローザンヌにあるアナキズム資料室CIRA（Centre International de Recherches sur l'Anarchisme）が所蔵している。

(29) ジョゼフ・イシル（Joseph Ishill 一八八八―一九六六）はルーマニア生まれのアナキスト、印刷工。アメリカへ移民後 Modern School Movement にも積極的に参加、ニューヨークの Ferrer Center でこの運動の各種資料の印刷を担当した。また Stelton, New Jersey にあった Modern School Movement の実践地で印刷技術を教えたこともある。クロポトキン、ベンジャミン・タッカー、エリゼ・ルクリュらの著作を手作業で印刷し、その精緻で美しい印刷が評判だった。ハーバード大学内の図書館（Houghton Library, Harvard University）にジョゼフ・イシルの作品や資料が所蔵されていて、Ishill Collection と呼ばれる。この巴金書簡もこのコレクションの中にある。

(30) Woo Yang Hao's letter to Joseph Ishill, undated, bMsAm1614-16, Ishill Collection, Houghton Library, Harvard University.

(31) Agnes Inglis's letter to Joseph Ishill, April 3, 1949, bMsAm1614-75, Ishill Collection.

(32) Rudolf Rocker's letter to Joseph Ishill, February 3, 1950, bMsAm1614-116, Ishill Collection.

(33) 巴金「『六人』後記」、魯多夫・洛克爾著、巴金訳『六人』、文化生活出版社、一九四九年、二三一―二三二頁。

(34) 巴金「『六人』後記」、二三二頁。

(35) 巴金「『六人』後記」、二三二頁。

(36) 巴金「我是来学習的」、『人民日報』一九四九年七月二〇日。ここでは『巴金全集』第一四巻、三頁より引用。

by courtesy of：
International Institute of Social History, Amsterdam, The Netherlands

Boston Public Library, USA

Law School Library, Harvard University, USA

Ethnic Studies Library, University of California, Berkeley, USA

Labadie Collection, Special Collections Library, University of Michigan, Ann Arbor, USA

Ishill Collection, Houghton Library, Harvard University, USA

Centre International de Recherches surl L'Anarchisme, Lausanne, Switzerland

第二章　小説論

第一節　巴金の小説の変化について

巴金の小説というと一般に『家』（一九三一―三二）[1]のような初期の作品か、『憩園』（一九四四）、『寒夜』（一九四六―四七）といった後期の作品がそれぞれ個別的に取り上げられることが多いが、ここでは巴金の文学の完成過程を追う視点から、後期の作品を中心にして、主要作品をある程度類型化して分析するという方法を用いて、巴金の文学の特質を探ってみたい。

一、作品の類型

一九四九年以前の巴金の作品は、小説だけを取ってみても相当な数にのぼるが、それらの作品の主なものを、作者の文学創作に対する意識（表現意識）及び表現されたものとしての作品の世界（表現世界）の共通性により分類していくと、次の三つのグループができる。

第一グループは、『滅亡』（一九二九）、『死去的太陽』（一九三一）、『新生』（一九三三）、『愛情三部曲』（「霧」一九三一、「雨」一九三二、「雷」一九三三、「電」一九三四）、『火』第一部（一九四〇）、第二部（一九四二）などの、いわゆる〝愛と革命の文学〟の作品群である。これらの作品は主要登場人物がほとんど青年であり、その苦悩や理想が強く前面に押し出され、登場人物の反抗から挫折に至る姿が非具象的なイメージで描かれ、作者の熱情が生硬さと混じり合って作品の世界が形造られているところにその特徴がある。

第二グループは、『家』（一九三一―三二）、『春』（一九三六）、『秋』（一九四〇）など、作者自身の体験（身体的な意味でも精神的な意味でも）が題材となり、骨組みを形造っている作品群である。『神・鬼・人』（「神」一九三五、「鬼」一九三五、「人」一九三五）などはこのグループに入れてもよいだろう。巴金はこれらの作品において、体験を用いることにより、現実をそのまま作品世界にもち込んだが、題材のレベルを完全には脱し切れていない作品もある。同じく体験・見聞をもとにしている作品でも、『砂丁』（一九三二）と『雪』（一九三三）は、表現意識という点で第一グループに入れるべきであろう。

第三グループは、巴金の文学が成熟していく過程におけるそれぞれの段階での到達点としての作品群である。『還魂草』（一九四二）、『小人小事』（一九四三）（短篇集であるが特に「猪與鶏」一九四二、「兄與弟」一九四二、「夫與妻」一九四二が特徴的である）、『憩園』（一九四四）、『第四病室』（一九四六）、『寒夜』（一九四六―四七）などがこれにあたる。『火』第三部（一九四五）は多少異なった傾向をもち、第一グループの作品にも近く、第一のグループから第三グループへの過渡的な作品ではあるが、一応第三のグループに入れてもさしつかえないだろう。この第三グループの作品群は、初期の作品のように作者が自己の感情の中で陶酔し、その感情が具体性とかけ離れた形で作品の中に表れるのとは違い、抗日戦下の市井の人々の日常生活に目を据えた、筆致細やかなものとなっている。

以上の第一、二、三のグループの作品群以外に、巴金は多くの短篇小説、紀行文、エッセイ等を書き、また翻訳も行っているが、ここでは一応こうした主要な中篇、長篇小説だけに限定して分析を試みたい。

二、各グループの特徴

まず各グループの作品の特徴について見てみよう。

初期の作品が多く含まれる第一グループは、テーマもストーリーの展開もきわめて似かよっており、当時の若者たちの理想と現実との格闘の様を、語り手と作者巴金が密着した形で展開させたものである。しかし作品の中で「愛」や「革命」が語られていても、作者自身が作品に密着しすぎ、作品が表現世界として自立していないため、言葉にイメージの広がりがなく、作者の感情や願望が未消化のまま剝き出しで表れる結果となっている。しかも各作品を通じて、青年の理想、反抗、闘争、挫折、犠牲という同じパターンの繰り返しが多く、どの作品を読んでも似たような印象を受ける。こうした傾向は初期の頃ばかりではなく、かなり後に書かれる作品にも見られ、第二グループを通り越した後も強く作品に表れている。先に挙げた第一グループの中で最も後に書かれた作品、『火』第一部、第二部がそれにあたる。作者自ら失敗作であると語っている[2]この二篇の長篇小説の中に、初期の『滅亡』や『愛情三部曲』に見られる傾向がそのまま表れている。第一部は上海、第二部は当時の「第五戦区」と舞台は異なるが、いずれも抗日活動に参加する若者たちの「愛と革命」を初期と同じ手法で描いている。

総じて第一グループに属する作品では、巴金の視点でとらえた限りの範囲において、当時の若い世代の姿を過剰な感情や願望とともに描いた類型的な小説の世界が造り上げられているといえる。しかし小説としての完成度に疑問があるこうした作品が当時の若い世代に受け入れられたのは、作品の中で語られる若者たちの理想（それは巴金自身にも共通するだろう）や苦悩や反抗する姿が、当時の時代的コンテクストの中で意義をもっていたからではないだろうか。巴金の作品の中にある同時代性が当時の若者の心を惹きつけたといってもよいだろう。

第二グループの典型的作品は、巴金の文学の代表作として取り上げられることの多い『家』である。小説『家』は、封建的な家族制度の下で押しつぶされる人々と、覚慧に代表される反抗する若い世代を描いた、作者自身の精神史とでもいうべき作品である。巴金が生まれ育った四川省成都の実家をモデルにしたこの小説は、体験や見聞を小説の土台にしている第二グループの中で最もまとまりのあるものとなっている。第二グループの作品は、第一グループの作品に比べて体験や見聞を前面に押し出している点で、小説の骨組みがしっかりしている。しかし、作者の意図はどうであれ、中心となる体験が希薄になるにつれ、小説としてはどうしても第一グループに近づかざるを得なくなっている。これは第二グループの作品の中での体験や見聞のあり方が、題材のレベルを脱しきれていないことを示している。

作品内部における体験や見聞の希薄化に伴う第一グループへの接近をはっきりとした形で見ることができるのは、『激流三部曲』と呼ばれる『家』、『春』、『秋』の後二篇においてである。この三篇の長篇小説を連続した形において見ると、現実の家の構造や人間関係をとらえるという点では『家』が最も優れ、『春』、『秋』と進むにつれて人物描写やストーリー展開が類型的なものになっていく。特に『秋』における覚民の『利群週報』への参加とその同人たちとの社会活動は、素材としては巴金自身の成都における「適社」や「均社」の活動の体験をもとにしているのであろうが、小説での描かれ方としては『滅亡』や『愛情三部曲』に似ている。つまり第二グループの作品は、素材の現実性を利用することで、ある程度までは時代や社会に結びつくことができたのだが、文学に関する表現意識は第一グループから脱却できていなかったといえるだろう。そして同時に、『秋』で破滅していく高家と社会運動に参加する覚民ら若者世代という二つの分裂した世界が対照的に描かれるのは、第一、第二グループの作品群が巴金文学の中でもつ意味を象徴的に示している。すなわち、巴金の作品はほとんど何らかの形で体験や見聞を直接的にもとにしてはいるが、『秋』執筆の段階では、「愛と革命の文学」の第一グループと、体験を骨組みに用いた第二グループは、相互に発展した形においても、融合した形においても、まだ合流していなかったのだといえる。

三、生活への眼差し

第一、第二グループの作品のもつ問題点を克服し、巴金独自の文学へと成熟させたのが第三グループの作品群である。このグループの輪郭をはっきりさせるために、巴金自身の言を引用してみよう。

四〇年代に私は何冊かの小説を出版した。長篇小説もあれば中篇小説も短篇小説集もあった。短篇小説集の標題は『小人小事』である。長篇小説『憩園』の中で、私はある金持ちの口を借りてこう述べた。「気概がなさすぎる。君はどうして小人の小事ばかり書くのかね」。

しかし実は私はそうした小人の小事を好んでいたのである。英雄の登場しないこうした小人の小事を描く作品は、『還魂草』あたりから始まり『寒夜』をもって終わる。(3)

ここで巴金は英雄の登場しないこれらの作品への批判に対する反批判の意も込めて、「小人の小事」について言及しているのだろうが、ある意味では非常に華々しく劇的な若者世代の理想や苦悩を作家である自分と密着させた形で描く第一グループの作品から、時代の片隅でひっそりと生き、死んでいく人間を対象化して描くことへ移行することで、その文学は新たな段階に入ったと見てよいだろう。

第三のグループの作品の中にも、作者の体験や見聞が描き込まれているが、第二グループの作品と決定的に異なるのは、第二グループの作品がもっぱら体験や見聞のもつ現実性を利用する形になっていたのに対し、第三グループでは、体験や見聞を通して深化した作者の生活意識が作品の中に投映されていることである。といっても、それは単にリアリズムに近づいたという意味ではない。巴金の文学の特徴はあくまでもロマン性の強いところにある。ただ、この第三グループの個々の作品は、それぞれ第一、第二グループの作品の表現世界に引き摺られていたり、作者自身のロマンチシズムの脆弱さを残していたりして、その作品世界は決して一様ではない。それをまず『還魂草』から見ていこうと思う。

友人王魯彦の編集する『文芸雑誌』創刊号のために、一九四一年桂林で書いた中篇小説『還魂草』は、「敏」という友人に対する書簡形式を採っている。実は巴金はこれより五年前の一九三六年に全く同じ形式を用いて「窓下」[4]という作品を書いている。『還魂草』と「窓下」はいずれも日本軍国主義の罪状を告発したものであると巴金は語っているが[5]、小説として見た場合、同じ目的で書かれた作品でも「窓下」と『還魂草』ではその表現世界が異なっている。「窓下」は玲子という女性とその恋人である小学校教員の間の愛が、日本人に媚び諂う玲子の父親により妨害され、二人が引き裂かれるという話である。ここでは若い男女の側が善で、父親と日本人商人の側が悪であり、この悲恋の観察者たる主人公がそれに憤りを感じるという図式の中で、短篇という制約はあるにせよ、個々の人間の内面までは描き得ていない。

一方『還魂草』は、重慶を想起させる町の抗日戦下の情況を背景として、利莎と秦家鳳という二人の純真な少女間の友情と主人公との心の交流を描き、「窓下」よりは人間の内面に対する観察が鋭い。同じ目的、同じ形式で書かれたこの二篇の小説が、たとえ短篇と中篇という違いはあるにせよ、表現された作品世界において異なっているのはなぜだろうか。その理由を巴金の社会認識の変化に求めることは可能だろうか。例えば抗日戦争に対する意識を見てみよう。一九三七年八月戦乱下の上海で書かれたエッセイ「一点感想」は、民族一致して抗日戦に立ち向かおうというマニフェストになっているが、一年後の一九三八年に書いた「失敗主義者」[6]、「国家主義者」[7]、「最後勝利主義者」[8]では、日本帝国主義に対して厳しい批判を行っていると同時に、中国社会の中における敗北主義、国家主義、事大主義なども容赦なく批判している。巴金のこうした態度はそれ以前からも見られ、また社会状況の推移に合わせて文章の内容が変わっているとも受け取れるが、巴金の社会認識が深化していることは疑いない。

だが問題は、こうした当時の現実社会或いは政治状況に対する認識の変化だけによって、巴金の小説の変化を説明することができるかどうかだ。その見方が成り立つとしたら、初期と後期の作品の相違は、単に作者の内部における社会意識、政治意識の相違から生じたことになってしまう。そうではなく、第三グループの作品が生み出される過程には、日常生活の中で形成される生活意識の内在化があったのではないかと思う。これが「窓下」と『還魂草』の微妙な差異に繋がっているように思う。つまり、「窓下」を書いた一九三六年の巴金よりも、一九四一年の巴金の方が、日常生活における個としての人間のあり方を対象化することに成熟していたということである。先に挙げた巴金の「小人の小事を描く」という言葉のもつ意味の重要性がここにある。

それではもう一度作品自体について考えてみよう。『還魂草』では、巴金を連想させる主人公黎伯伯と九歳の少女利莎の心の交流が中心となっているが、この二人によって形成される世界だけでは、どうしても第一グループの作品に近くなってしまう。自分の血で還魂草を育て、瀕死の傷を負った友人を救うという伝説を友情の物語として象徴的に題名に用いたこの小説は、黎伯伯と利莎の間の心の交流や、利莎と秦家鳳の間の友情だけを描いたのでは、戦時下で日々を送る人々の生活の実相が見えてこない。その意味では、主人公の友人でもある利莎の父親と隣の料理屋の店員の争いや、家庭不和が秦家鳳の上に投げかける暗い影を併せて描いたことが、この小説が平板なものになることを防いでいるといえる。これがなければ、日本軍の空襲による秦家鳳の死という結末の悲劇性も十分に生かされなかっただろう。同じ時期（一九四一年一二月）に書いた「某夫婦」[9]が同様に空襲による死を扱っていても、『還魂草』を超える作品となっていないのは、一つにはそうした点に問題があったからではないかと思う。

しかし以上のことにもかかわらず、『還魂草』にはまだなお第一グループの作品の雰囲気が漂っている。そのことを最もよく表しているのは、作者の願望を仮託された形で登場する少女利莎である。作者の現実社会への反発と希求から生み出される抽象的な願望、例えば愛とか友情を体現する存在としての利莎のこの小説における役割は、描かれ方こそ変わっているが、『新生』の李静淑や『愛情三部曲』の李佩珠のそれと全くかけ離れているわけではない。ところが、『還魂草』は第一グループの作品における平板さから決定的に救われている。その抽象的な願望の純粋さを背負う人間が少女であったからである。つまり子どもの世界における純粋さのもつ現実性が作品にリアリティを与え、作品を平板なものとなることから救ったと考えられる。当然ながら、『還魂草』の利莎を大人の世界に属する人間として描けば、作品はかなり第一グループに近いものとなったに違いない。そして事実そうなってしまった第三グループの作品の例として『火』第三部を挙げることができる。

『火』第三部は、巴金の友人であり一九三六年以降雑誌『宇宙風』の編集に携わった林憾廬[10]をモデルにしている。主人公田恵世の現実との格闘と死を中心に描いて、『滅亡』や『愛情三部曲』を彷彿とさせる面をもちながら、第一グループの作品とは多少異なった雰囲気をもっている。第一部、第二部から連続して登場する活動的な若い女性馮文淑が登場し、確かに作品の傾向が変わった印象を受ける。その相違は僅かなものだが、『火』第一部、第二部と比べると、抗日戦争の「大後方」たる昆明を舞台に、一方で田恵世が雑誌『北辰』の発行に奔走する様が、また一方で朱素貞ら西南聯合大学の学生たちの姿が描かれるこの小説は、馮文淑、朱素貞らの活動世界だけを取り上げると、作品としては『愛情三部曲』に近く、『火』第一部、第二部の延長線上にあるように思える。だが、敬虔なキリスト教徒である田恵世の理想と死を絡めて描くことで、抗日戦下で巴金をとらえていた人間のあり方の問題を浮き彫りにしている。

美しい夢や輝ける理想が挫折、失敗した絶望的な日々を人はどう生きていくか考察している点で、新たな文学の世界に踏み込んでいるといえる。

しかし、以上のような特徴をもっているにもかかわらず、この小説は第三グループの中では特殊な位置にあり、『憩園』や『寒夜』へは直接繋がっていかない。まず、先に『還魂草』の分析で指摘しておいた、作者の抽象的な願望の純粋性を背負う人間の問題がある。『還魂草』で作者の願望は少女利莎に仮託され、秦家鳳との美しい友情のうちに表現されていたが、『火』第三部で、それは田恵世の理想と生き方を通して表現されている。『火』第三部を読むことを通して、読者は田恵世のモデルである林憾廬に対して巴金が抱いていた友情を知ることができるが、その個別性を超えて、普遍的な人間の善意や人類愛の問題にまで進むのは容易ではない。作者の作品への密着度によって、表現されたテクストの自立が阻害されているように思う。換言すれば、個人の個別的な感性や思想の次元を超えることができないでいるからである。

また第三グループの他の作品と比べてみても、『火』第三部の未成熟の部分が見えてくる。例えば、前年に書かれた「猪與鶏」、「兄與弟」、「夫與妻」や、一年後に書かれた『憩園』と比べれば歴然とするが、抗日戦という社会状況を背景に、一人の人間として思考し行動している作者の生活者としての意識が見えてこない。作者がとらえようとしている対象は第三グループの他の作品と共通性を有しているが、表現意識の点では第一グループに近いという矛盾を『火』第三部はその内部に抱えている。こうした意味においてという限定条件つきならば、「論巴金的小説」で王瑶が「文学作品として芸術的な力に欠けている」[11]ととらえているのは妥当かもしれない。

一般的に人民共和国体制下の中国では『火』第三部を完全に否定してしまう評価が多い。また作者も自ら失敗作である旨を語っているが、その理由となるとそれぞれ評価を下す人間によって様々である。ただ総じて『火』第三部の主人公のキリスト教徒田恵世の思想や行動を取り上げて論議の対象としているものが多い。こうした評価方法を取る場合、当然ながらその評価基準を変えれば自ずとその評価も極端に変わってくる。例えば政治でなく宗教的観点からの評論になると評価は一変する。イエズス会員であったフランス人神父（Jean Monsterleet 中国名は明興礼）は、同じ対象をとらえながらも、キリスト教徒としての視点から作品を解釈、評価して、「非宗教的なヒューマニストである巴金は『火』第三部において、キリストの愛の中で暮らす家庭の楽しさを描いてみせてくれた[12]」というとらえ方をした。こうした政治と宗教からの極端に異なる評価は一見関連性のないもののように見えて、実は全く同じ方法を用いて作品を解釈しており、ただその評価基準が違うことで、否定や肯定の違いが出ているにすぎない。

しかし政治や思想や宗教的基準の絶対性から作品の解釈を行うこうした方法では、『火』第三部が作品として失敗に終わった理由を説明することはできない。当時の作者巴金にとって目指すべき方向は政治的自覚の高さや表現技術の巧みさではなく、物語化の過程で一人の人間としての生活意識をいかに主体的に再構成していくかということにあったのだと思う。そして、そうした方向性をもち、『寒夜』の出現を準備したものとして注目しなければならないのは、『火』第三部の前年、一九四二年に書かれた三つの短篇「猪與鶏」、「兄與弟」、「夫與妻」である。

『火』第三部とかなり異なる表現世界が展開されているこの三篇の短篇小説は、「小人小事」という言葉に象徴されるように、英雄も革命も理想も、およそそれまでの巴金の小説の中心となっていたものは消え、その代わり淡々と庶民の哀歓を綴るものとなっている。『還魂草』と同じ視点がそこにあることに注目しなければならないだろう。そしてこの三篇では『還魂草』よりも更に深く一生活者としての作者の目が社会や人間をとらえている。この三篇で描かれる庶民の哀歓、そして彼らの生活の中における争いは、題材としては取り立てて珍しいものではないが、そこに注目している作者の視点、そしてそれを文学創作の方法論とする姿勢に、巴金文学の新しい流れを見ることができる。

この三篇は、成都、重慶、桂林と執筆場所こそ異なるが、同じ表現方法を採っていることは明らかであり、その共通性の象徴こそ、まさに収められている短篇集の題名「小人小事」である。「猪與鶏」の馮太太と方太太、「兄與弟」の唐二哥と唐五哥、「夫與妻」の蔣嫂子とその夫、これらの人々の争いは、きわめて日常的、平凡、陳腐な、文字通り「小人小事」であり、そのことの社会的重要性の程度をもってしては作品の良し悪しを論ずることができない。これらの作品がもつ意味とは、三篇とも一人称の観察者の目を通して描かれ、その観察者の視点が作者巴金と繋がるところにある。一般的なリアリズム作品のように見えて、実は観察者を登場させ、作者の目を感じさせることによって、巴金らしいヒューマニティを浮かび上がらせた、ある意味ではロマン性のある作品なのである。だが、それでも第一グループの作品とは違って、作品に過剰に介入することをせず、観察を続ける主人公をもう一つ外側の世界から語り手が観察するという二重構造になっている。そこに『小人小事』が第三グループの作品群の中で占める位置の重要性がある。

『龍・虎・狗』（一九四二）や『廃園外』（一九三八―四二）のようにポエティックにロマンチシズムを謳うことはせず、『還魂草』のように灰色の世界の救いに抽象的なヒューマニズムが直接登場してくることもなく、徹底して観察者であろうとする意識がヒューマニズムやロマンチシズムと融け合っているところにこの三篇の特徴がある。それを見落として、これを単にリアリズムの作品ととらえると、『憩園』や『寒夜』へ至る道が見えてこない。写実的ではあっても、傍観者的な目で観察に終始するリアリズムはこの三篇にはない。これらの短篇小説が巴金に特徴的なヒューマニズムの文学世界であることは、例えばその中の「兄與弟」を魯迅の「弟兄」（『彷徨』）と比較するとはっきりとする。魯迅の場合、見せかけだけの仮面の下の人間の真実を見通す冷徹な目をもっていて、「弟兄」において「麗しい兄弟愛」の下に潜むエゴイズムを見事に描いた。これと対称的に、巴金は「兄與弟」で、日常的な利害や打算、或いはエゴイズムを超えた「麗しい兄弟愛」を描いた。こうした相違は、二人の作家の文学的質の違いというより、むしろ人間認識自体の違いだろうが、巴金の作品とリアリズムの関係をよく説明している。

こうして『還魂草』から始まった、普通の人々の普通の日常生活から人間性の真実を見出すという視点とヒューマニズムとロマンチシズムとの融合は、『小人小事』において生活意識の内在化の深化となり、やがて一九四四年から四七年にかけて、『憩園』、『寒夜』という巴金の文学の頂点をなす作品が生み出されてくるのである。

四、成熟へ向かう作品

執筆順では、「猪與鶏」、「兄與弟」、「夫與妻」から『憩園』、『第四病室』までの間には、『火』第三部が入ってくるが、第三グループの中での新しい文学の流れとしては、「猪與鶏」、「兄與弟」、「夫與妻」は『憩園』、『第四病室』へ直接繋がっている。そして『憩園』、『第四病室』は相互にかなり異なる雰囲気をもつ作品のように見えて、実は『小人小事』を素地に発展させた文学世界の両面ではないかと思わせる作品である。『憩園』と『第四病室』を比べてみると、そこに描かれている世界が、一方は一九四一、四二年の作者の帰郷の際の見聞に基づいた、ロマンの香り高い家への挽歌であるのに対し、もう一方は一九四四年五月から六月にかけて作者が貴陽で入院した時の体験を素材にしている。ただ、作者の願望を仮託した人物と人間生活の暗部の描き方に相違があるにせよ、創作にあたっての作者巴金の表現意識と、表現されたものとしての作品世界は、本質において同じなのではないかと思う。

『憩園』では、楊家と姚家を舞台に家庭の悲劇が繰り広げられ、絶対的善意をもつ万昭華が登場し、ロマン性の強い物語が展開されている。これは過ぎ去りし日々への挽歌の意も込めた、『還魂草』、『小人小事』という新しい文学の流れの中での、ロマンチシズムの面の発展ととらえることができる。一方『第四病室』は、病室内での患者たちの苦しみやエゴイスティックな人間の姿を描き、人間の死を社会における被害者という視点からとらえようとしたもので、病室内の人間関係は『小人小事』を彷彿とさせ、この小説が『小人小事』の写実性を受け継いだものであることが想定できる。しかし同時に、『第四病室』は女医楊木華という善意の化身を登場させている点で、『憩園』と相通ずる面をもち合わせている。万昭華と楊木華は共にそれぞれの作品の中で同じ働きをしており、『小人小事』では救われなかった庶民の悲劇の救済者として登場している。楊木華について巴金は、「この小説の中で彼女だけが私の創作である。小説の中に彼女をつけ加えた唯一の理由は、一人の患者として私はこうした医者がいてほしいと願ったからである。私が作り上げたのは私自身の願いであり、またすべての患者の願いでもあった[13]」と説明しているが、楊木華はいわば作者の人間社会に対する希求そのものであり、極端なまでに理想化されているが、第一グループの作品におけるように、その希求の中で作者が自己陶酔している様子はない。『還魂草』や『小人小事』で到達した、自分の視点をも相対化する表現意識がここで生かされているように思う。

ただ『第四病室』が『小人小事』と少し異なるのは、第一人称の主人公陸懐民の存在が強く前面に押し出されている点で、『小人小事』では第一人称の眼差しが庶民の哀歓を見つめていたのに対し、『第四病室』では第一人称の眼差しが「私」として強調され、病室内の人間関係や患者たちの苦しみを見つめるだけでなく、陸懐民という個人の存在としてそれに関わり続けるという構図になっている。この点は『憩園』も同じである。『憩園』では姚家と楊家を繋ぐ人間として黎先生が登場し、その眼差しを通して両家の家庭の悲劇が描かれる。黎先生は『第四病室』の陸懐民より悲劇への関わり方が深く、全くの傍観者ではないが、本質において陸懐民と黎先生は作品における役割が同じである。眼差しを通して読者に物語を語り、更にその眼差しのあり方を通して作者の思いを読者に告げるという働きをもつ点で似通っている。

このように『第四病室』と『憩園』は、表面的には写実性とロマン性のどちらの色彩が濃いかという違いはあるが、暗い社会状況或いはエゴイスティックな人間関係における善意のあり方を訴えている点で、同じ表現世界を提示しており、巴金が第三グループの作品で到達した文学世界を同じように示している。作品の完成度自体についていえば、社会悪の告発という指向の強い『第四病室』は、病院内の患者の置かれた状況を通して人間社会の矛盾を描くという作者の狙いはあるが、人間関係の描写に類型化の印象が免れず、必ずしも作者の意図が完全に成功しているとはいえない。一方、『憩園』の方は巴金らしいロマンチシズムが家への挽歌という形で自然に現れ、ヒューマニティとノスタルジアが巧みに組み合わされた佳作となっている。

しかし両作品とも、とりわけ『第四病室』では、作者の願望を担う善意の化身の存在が孤立し、その部分だけリアリティを欠く結果となっている。女医楊木華が作者巴金の願いそのものであったとしても、そしてそれが当時の患者たちの共通した願いであったとしても、『第四病室』の中の楊木華は個別性を超える普遍性を獲得するまでには至っていない。例えば『第四病室』から楊木華を除けば『小人小事』の世界に近いのだが、逆にいえば、それだけ楊木華の存在は『小人小事』の世界と融合できていないことになる。一方、『憩園』の万昭華は、設定された状況が家庭という形で異なり、またノスタルジックなロマン性の強い作品ゆえに作品の中で違和感は少ないが、究極的には作品におけるあり方は楊木華とそう変わってはいない。両作品とも作者の主観の上では、社会矛盾や人間のエゴイズムの中にあって苦しむ人間に同情し、愛や善意のあるべきことを説く小説となっている。

この描き方が逆にあるべき愛や善意がいかに得がたいものであるかを読者に感じさせる点で、ある程度まで人間の真実を描き得ている。ところが先にも述べたように、その愛や善意の思想と作者の一個人としての生活意識がうまく結びついていないため、『還魂草』や『小人小事』を成熟させた完成作品として位置づけられるところまでいってい

『寒夜』1947年晨光図書初版表紙

ない。しかし『還魂草』、『小人小事』、『火』第三部、『憩園』、『第四病室』といった作品の試行を経て、『寒夜』において初めて、巴金のヒューマニズムと生活意識が融合し、個別的体験や意識が普遍性へと発展したことを考えると、『寒夜』の直前に書かれた『憩園』と『第四病室』のもつ意味は大きい。

五、到達点としての『寒夜』

『寒夜』の舞台となっているのは、一九四四年から四五年にかけての抗日戦下の重慶である。作品の大半は抗日戦争勝利後の一九四六年に書かれ、発表も抗戦後で、雑誌『文芸復興』一九四六年八月号（第二巻第一期）から一九四七年一月号（第二巻第六期）に連載されたものであり、時期的には抗日戦争とずれがあるが、作品としてはどこまでも抗戦期の文学である。それはただ単に『寒夜』が抗戦期の知識人の生と死を描いているからということだけではなく、『滅亡』から出発した小説家としての巴金が、抗日戦争を通じて自己の文学を成熟させていった、いわば彼の文学の到達点としての意味をもつがゆえに、『寒夜』は「抗戦期の文学」ととらえることができる。

『寒夜』は登場人物もそう多くはなく、人間関係の広がりも僅かなものであり、主に汪文宣とその妻曾樹生、そして汪の母親の三人によって物語が展開されていく。汪文宣はそれまでの巴金の小説には見られぬタイプの人間で、第一グループの作品におけるような理想や蹉跌の狭間に生きる若者ではなく、また第二グループの作品におけるような制度や因襲に対して反抗を試みる若者でもない。かといって第三グループの他の作品におけるような人間悲劇の観察者でもない。汪文宣は大学で学び、教育の理想に燃えるが、抗日戦争によって夢の挫折を経験し、家族と共に「霧の重慶」にやって来てからは、進行する結核や妻と母親の諍いという家庭の不和に苦しみ、外にあっては利害打算に明けくれる人間に取り囲まれて仕事をせねばならない。理想を追い求めて挫折し、灰色の日々を送る汪文宣の生の軌跡は、そのまま第一グループの「愛と革命の文学」、第二グループの『家』を中心とした文学、第三グループの庶民の悲劇を注視する文学という展開に、図式的にぴたりとあてはまる。その意味でも『寒夜』は巴金の文学の集約点といえるだろう。

汪文宣のイメージを形造った人物として巴金は陳範予[14]、王魯彦[15]、繆崇群[16]、それに自身の従弟の四人を挙げているが[17]、共通しているのはそれぞれ経歴や専門こそ異なるが、みな知識人であるということであり、特に王魯彦と繆崇群は巴金と同じ文学者である。つまり巴金にとって、汪文宣はあるタイプの知識人のイメージそのものであるといってよい。しかし『寒夜』は抗戦下の重慶を舞台に、無名の知識人の悲劇を描いたものではあるが、個別的な社会階層として知識人の運命をとらえるだけに終わったものではなく、知識人の運命に見られる人間の真実を表現したものであった。この場合、作者の意識内において、知識人という存在は最大限の切実感があるのだが、作品を解釈する読者としては切実感の向こう側に人間の真実を読み取ることになり、知識人であることは副次的なものとなる。言葉を変えていえば、『寒夜』は個別的な階層としての知識人の運命を描き切っているがゆえに、知識人という枠を越えた人間存在の普遍的境地に入ることができたのである。

汪文宣以外の主要な登場人物である曾樹生と汪の母親の二人は、ある意味では近代中国におけるあるタイプの人間を象徴的に表しているともいえる。例えば曾樹生の姿に中国における近代的女性の例を見出すことができる。大学で教育を受けた曾樹生は、汪の母親のような旧世代の思想と衝突せざるを得ず、彼女にとって桎梏である家庭から脱出しようとし、自由を主張する。しかし彼女の考える自由は他者と自我という袋小路のような回路を抜け切れていないため、自分の欲望と他者への愛情がせめぎ合う状況の中で苦悩する。彼女が身につけてきた近代思想は、当然ながら個人の自由を尊重して束縛から脱しようとする。一方、旧社会の善良な庶民である汪文宣の母親は、息子を深く愛するがゆえに樹生を憎む。近代中国において旧世代に属する彼女の場合、母性愛は旧来の様々な伝統的観念と密接不可分であつた。その結果、諍いの解決は当時者双方にとって難しかったといえる。

汪文宣自身もやはり中国における近代の光と影を背負った人間だということができる。汪は善良な性格（それは作者のある種の知識人観でもあるのだが）ゆえに、他者への思いやりに溢れ、妻と母親の諍いの調停役すら覚束ない。また彼が妻とその上司の関係を黙認し、妻の恋愛の自由を認めようとするのは、その性格だけではなく、彼の受けてきた教育、そして身につけた近代思想にもよるだろう。妻の自由を奪わないために身を引き、また母親を傷つけまいとして苦しみを一人で背負おうとする汪文宣は、エゴを殺すという道を歩むことで悲劇の解決に至ろうとしたように見える。しかしそれは同時に自我の放棄でもある。結果として汪文宣は、社会悪に満ち溢れた当時の社会に押しつぶされ、悲惨な死を遂げる。

そこから読者は、名もない善良な知識人を死に追いやる当時の社会状況を知ると同時に、そうした社会にあって生を求めて苦闘する人々の姿から、自我や自由や優しさやエゴイズムなどの問題を再検証する鍵を得て、夢破れし者の人生をいま一度考えることができるだろう。これらは、いずれも近代化の過程で、どの国のどの地域の人も、孤立した個人として必然的に直面しなければならない問題である。ここに『寒夜』が文学として普遍性を有している証明がある。第一、第二グループにおける欠点が基本的に克服され、生活意識がヒューマニズムやロマンチシズムと融合した作品がここで完成したのである。夢や理想を追い求める情熱を保ち続けても、それが挫折した後の厳しい日々を生きていかざるを得ぬ人間にとって、絆とは何か、人間存在とは何か、そのあり方を問う文学となった『寒夜』は、巴金が数々の試行を経てたどり着いた到達点であったといえよう。

（一九八二年初稿）

【注】

（1）本節ではすべて作品初出の年で統一した。
（2）「火」第一部、第二部の「後記」（それぞれ一九四〇年、一九四一年）で、巴金はこれらの作品が失敗作である旨を述べており、また「関於『火』」でも、「『火』全三部はすべて失敗作である」（『巴金全集』第二〇巻、人民文学出版社、一九九三年、六三六頁。初出は香港『文匯報』一九八〇年二月二四日、及び『芸叢』第二期［長江文芸出版社、一九八〇年九月］）と語っている。
（3）巴金「関於『環魂草』」、『巴金全集』第二〇巻、六五八頁。初出は香港『文匯報』一九八〇年六月一日。
（4）巴金「窓下」、『巴金全集』第一一巻、一九八九年。初出は『作家』第二巻第一期、一九三六年一〇月。
（5）巴金「関於『環魂草』」、『巴金全集』第二〇巻、六五六頁。
（6）巴金「失敗主義者」、『巴金全集』第一三巻、一九九〇年。初出は『見聞』第二期。『見聞』は一九三八年八月広州で創刊された半月刊で、同年一〇月まで全五期発行して停刊した。発行は宇宙風社、主編は林憾廬。
（7）巴金「国家主義者」、『巴金全集』第一三巻、一九九〇年。初出は『見聞』第三期。
（8）巴金「最後勝利主義者」、『巴金全集』第一三巻、一九九〇年。初出は『見聞』第五期。
（9）巴金「某夫婦」、『巴金全集』第一一巻、一九八九年。初出は桂林『文芸雑誌』第一巻第二期。
（10）巴金の友人で『火』第三部主人公のモデルにもなった林憾廬（林語堂の兄）については、本書収録「巴金批判と林憾廬」参照。
（11）王瑶「論巴金的小説」、ここでは『王瑶文集』第五巻、北岳文芸出版社、一九九五年、四五六頁より引用。初出は『文学研究』

第四期、一九五七年。

(12) 明興礼『巴金的生活和著作』、文風出版社、一九五〇年、八八頁。

(13) 巴金「関於『第四病室』」、『巴金全集』第二〇巻、五九五頁。初出は香港『文匯報』一九七九年四月九日。

(14) 巴金は一九三〇年福建省泉州の黎明高級中学で陳範予と初めて会っている。当時陳は同中学で教鞭を執っていた(陳は前年から廈門大学生物学教室で研究に従事)。その後上海立達学園、泉州平民中学でも教鞭を執るが、一九四一年結核のため死去した。巴金は彼を追悼して「悼範兄」(『巴金全集』第一三巻所収。初出は『抗戦文芸』第七巻第四、五期合刊、一九四一年一一月)を書いた。陳範予の生涯については『陳範予日記』(坂井洋史整理、一九九七年、学林出版社)が参考になる。

(15) 巴金と王魯彦の最初の出会いは一九二五年北京で、エスペラント語学会の関係者の紹介によるものであったという説があるが、現時点では史料的な裏づけが取れない。王魯彦の福建滞在中に巴金は何回か会っており、また王魯彦は巴金が一九三〇年代前半たびたび訪れていた泉州の黎明高級中学で教師をしていたこともある。二人の交際は一九四〇年代初期まで続くが、王魯彦は一九四四年八月二〇日桂林で病死。巴金はその死を悼み「写給彦兄」(『巴金全集』第一三巻所収。初出は『文芸雑誌』新一巻第一期、一九四五年五月)を書いている。王魯彦については拙文「三つの王魯彦論をめぐって」(『季節』第一一号、季節の会、一九八二年)も併せて参照されたい。

(16) 巴金は一九三一年南京で日本留学から戻り雑誌の編集をしていた繆と初めて会った。以降何回か連絡の途絶えることがあったが交際は続く。抗日戦争が始まってから繆は各地を転々とした後桂林へ赴く。『宇宙風』の編集に参加したこともある。重慶に移ってから正中書局で働き、一九四五年一月結核で死去。巴金は追悼文「紀念一個善良的友人」(『巴金全集』第一三巻所収)を書いた。

(17) 巴金「談『寒夜』」、『巴金全集』第二〇巻、五一二—五一三頁。初出は『作品』新一巻第五、六期合刊、一九六二年六月。「関於『寒夜』」(『巴金全集』第二〇巻、六九一頁、初出は香港『文匯報』一九八一年二月一四日)でも同様の説明をしている。

第二節　巴金批判と林憾廬

一、自己批判と他者批判

香港『大公報』に発表した『随想録』の中で、巴金は人民共和国成立以降の自分のいくつかの文章に対して否定的評価を下しているが、過去の自分の文章をのちに否定すること自体は作家の回想録として取り立てて珍しいことではない。だが、それを社会状況に迫られた妥協として必然的であったととらえることは、巴金研究の上では別の問題として考えなければならない。例えば以下のような見解で巴金研究を進めることができるだろうか。

巴金が「私も以前は〝歌徳派〟であった[1]」としても、それは巴金一人に限ったことではなく、多かれ少なかれ一九四九年以降の中国現代作家の一つのパターンであった。情報が常に少数の人間の手で管理され、作家が常に現実の政治に絡み取られている情況の下では、大多数の作家は、たとえ自ら完全に賛成することができない場合においても、〝歌徳派〟であらざるを得なかった。特に巴金のように「私は学びに来たのです」（一九四九年七月中華全国文芸工作者代表大会における発言）と高らかに叫んで社会主義社会に飛び込んでいった作家にとって、「党」を信じることは絶対であった。それゆえ巴金が〝歌徳派〟になることは必然のなり行きであった。それは致し方のないことであった。

こうした見解には大きな陥穽があると私は考える。なぜなら作家の主体性という視点が欠落しているからである。この論理の中には、「政治」により歪められてしまった一人の良心的な作家を擁護し、その本当の姿はこうであったとする意図が見える。つまりこの観点は、ある意味では政治の彩りを拭い去って、巴金の真の姿をとらえようとすると解釈することもできるが、それは別の観点から恣意的な巴金像を作り上げ、巴金の文学や思想の全体像を曖昧にするものだろう。

「ある時期、私は林彪や四人組やその手先を信じ、彼らが宣伝するすべてを信じ、自分は〝罪人〟で、自分の本は〝毒草〟であると考え、進んで罪を認めた。私は自分を完全に否定し、改造を受け入れ、正しい人間になろうとした[2]」という告白を政治的に評価する前に、その事実をまず受け止めることが必要だろう。つまり、全体性という観点からいえば、巴金の文学や思想の全体性とは、一九二〇年代にアナキズムの啓蒙的な文章を多数発表し、その後『滅亡』、『家』、『憩園』、『寒夜』等の作品を執筆し、一九四九年以降は朝鮮戦争の戦地や欧州の政治的会議に赴いてルポルタージュを書き、一九五五年には胡風らを、一九五七年には丁玲らを批判する文章を発表し、文革中は一時期四人組を信じたが迫害を受け、妻を失くし、文革後は回想録で自分の過去を批判する文章を発表したこと等々、すべてを巴金自身の作家行為としてとらえ、全体像を把握する中で巴金研究を進めるべきだろう。どこか一部を取り出したり、或いは削除するのでは、巴金の全体像をとらえることができない。

巴金は一九五八年当時の自分を回想して、「実を言えば私にもより痛ましい教訓がある。一九五八年軽薄で大げさな宣伝が流行っていた時期、自分でも様々な〝大言壮語〟を信じたうえに、他の人につき従って嘘を吹聴したものだ[3]」と述べているが、ある意味ではこうした発言はいかにも巴金らしい誠実さを物語っているといえる。他の中国作家はなかなかこうした懺悔の言葉を口にしない。だが、ここでは巴金のそうした誠実さを議論するよりも、巴金自身がどのような自分の表現行為から教訓を得たとしているのかを検証する方が建設的である。そのために、一九四九年以降、巴金が関わった運動としての文学者批判について少し見てみよう。

一九四九年以降、巴金が他の文学者に対する批判運動に参加したとされるケースは三回ある。一回目は一九五五年胡風らに対して、二回目は一九五七年丁玲らに対して、三回目は一九六五年映画『不夜城』のシナリオを書いた柯霊に対してである。南京の東南大学附属中学の先輩で、国防文学論戦の際はともに魯迅の陣営に立った胡風に対して、「胡風反革命集団の本当の姿は他の反革命分子と変わりがない[4]」などと政治的な批判をしたとされている。だが『随想録』の最終篇である「懐念胡風」の中で、『人民文学』に発表した「窪地上的〝戦役〞」を例に挙げて、「『人民文学』の編集者が私の文章に手を加えてくれたおかげで、逆に助かった。そうでなければ、大変な面倒が降りかかってくるところだった[5]」と、当時の文章に他人の手が入っていることを公に認めている。

丁玲に対して巴金は「顔中泥まみれで、臭い水の中でのたうっている。嘘泣きかどうか、〝抒情の独白〞かどうかは知らないが、嫌悪の情を催させる醜態を隠すことはできない[6]」など、強い表現で罵倒しているが、これにも他人の手が入っていることが十分想像できる。事実、こうした認識がすべて自らの思考の主体性の上に成り立ったものではないことを、「党と同志たちが彼らに対して大量の批判と暴露をしてくれたおかげで、我々はようやく反党、反人民、反社会主義の姿をはっきり見て取ることができた[7]」と意識せずに語っている。これは当時巴金がいかに共産党から教えを受けているかを示そうとしたものだが、その意図とは逆に、そこに表現者としての主体性へのあきらめが見えないだろうか。

巴金自身はこうした自らの文章に対して、文革後の文章で誤りを認めている。丁玲と同時期に批判した馮雪峰に関して、「紀念雪峰」（『随想録』二九）で「私は本当に過去を忘れたいのだが、一九五七年のことは決して忘れることができない[8]」と慚愧の思いとともに当時の事情を説明している。また一九六五年の映画『不夜城』批判に関しても、「〝遵命文学〞」（『随想録』七）で自らの苦い思い出を書き、その中で、当時の批判文の中に柯霊の名を出さなかったことや、ある晩わざわざ柯霊の家へ行き釈明を試みたことなどを振り返っている。[9] いかにも、巴金らしい誠実さが表れているが、しかしそれは政治的に見れば「多くの労働者がこの映画に怒りの声を上げげた。彼らにはその権利があるのだ」[10] という言葉から想像できる、「彼ら＝プロレタリアート」（もっといえば「党」）に対する絶対的服従から来るものである。それが彼の場合、人格的な誠実さによるものとして理解される。こうした巴金の誠実な姿勢自体を取り上げて評価することは可能だが、共産党を誠実に信じることと、自分が共産党の宣伝に利用されて他の作家を攻撃したことを誠実に反省することが、文学と別の次元で人格の問題として扱われることになってしまう。

同じ評価方法が、巴金とアナキズムの関係についての考え方にも表れている。例えば文革直後の評論でいえば、「試論巴金的世界観與早期創作」（李多文『文学評論』、一九七九年第二期）のように、アナキズム否定の観点からすべての問題が語られるので、巴金の文学自体の分析に至る以前に、すでにその人格や思想を評価する基準が決められている。その点、文革前に発表された評論と大して差はない。仮に異論の幅があったとしても、作品の分析に至る前に政治的な評価基準が決められている以上、そこから出発するいかなる作品の分析も、思想の議論の題材を探すという形でしかあり得ない。それでは巴金の作品分析に至る想像力は閉ざされてしまったも同然である。

巴金の文学に対する現在の評論や批評には、文学とかけ離れたところでその人格や経歴を語っているものが散見する。そのため、反右派闘争時の自身の文章に対する苦い思いを巴金が述べると、彼の人格的な誠実さという形で批評の論理が現れる。巴金が人格的に誠実であることについて誰も異論はないだろう。ただ文学研究の上で、過去と現在の巴金の言論を繋げた議論が必要だろう。その観点から誠実さについていえば、共産党に従って胡風や丁玲を批判する巴金と、一九五〇年代後期に多くの文章で批判されるとそのまま自己改造の問題としてとらえる巴金は、同一人物の問題として考えなければならない。巴金において、批判することと批判を受け止めることは、根本において一つなのではないかと思う。現実に見える政治を基本的に絶対視しているのである。そのため、巴金の場合、ある人間を批判する自身の文章が、同時に他の人間の批判の対象となることが、矛盾ではなく心の葛藤という形で表れるのではないかと思う。

例えば、アメリカ共産党を離脱した作家ハワード・ファスト（Howard Fast）に対して、一九五八年に巴金は他の作家と共にその変節を批判する文章を書いた。だが「ファストがこうした道を選択したことを多くの人が残念に思った。私もその中の一人である」、「ハワード・ファストの悲劇は彼のような知識人にとって避けがたい悲劇である」、「しかし私は大きな声で彼に呼びかけたい。こちらの岸に戻って来なさい！　これが最後の機会だと[11]」と語る文章の調子は、『文芸報』の同期に掲載された曹禺の「斥叛徒法斯特」に比べれば、かなり寛大なものである。作家巴金の誕生に関係あるサッコ＝ヴァンゼッティ事件をファストが小説化した『サッコとヴァンゼッティの受難（*The Passion of Sacco and Vanzetti*）』（一九五三）のことも念頭にあったのかもしれない。そこには胡風や丁玲を批判した時の厳しさは見えないが、ただ基本的立場は変わっていない。

ところが、この文章に対して直後から批判が始まる。一九五八年第一一期の『文芸報』は「対『法斯特的悲劇』一文的意見（読者討論会）」と題して、三篇の批判文を掲載し、合わせて巴金自身のそれに対する見解も載せている。その中で巴金は「読者の意見によって私は教育を受けました」、或いは「それゆえ読者の批判には根拠があるのです[12]」と全面的に批判を受け入れてしまっている。この姿勢が一九四九年以降の巴金の一つのパターンである。先に述べた巴金の誠実さの問題である。

当時巴金の「法斯特的悲劇」に対する批判で典型的なのは次のような意見である。「巴金は裏切りの階級的原因を見落として、事物の表面的現象だけを見ている」、「作者の思想を見れば、この二篇は〝人生論〟と〝全人類を愛する〟

という作者の超階級的観点に貫かれている」[13]。これも含めて、一九五八年前後に『文学知識』や『読書』などの雑誌に巴金の作品に対する多くの批判が発表された。巴金「法斯特的悲劇」が唯一の理由なのではなく、当時の政治状況から起きた政治運動の一環としての巴金批判である。その中で強調されたのは、巴金の「超階級観点」である。引用した「法斯特的悲劇」批判の文章では、フランス革命について巴金の書いた「丹東的悲哀」(『沈黙集』(二)所収、一九三四年)が取り上げられているが、一九五八年各雑誌の誌上で展開された巴金批評の対象となったのは、『滅亡』、『愛情三部曲』、『家』などで、特に『家』に関する批判が多い。巴金の文学に批判者が求めているのが教訓性であることが想像できるが、『家』は「超階級観点」に立っているとして一刀両断に切り捨てられることはなかった。「超階級観点」に立つ作品として批判されたのは『火』第三部である。『火』第三部の主要人物、キリスト教徒田恵世の描き方が「超階級観点」そのものだとされたのである。「階級矛盾、民族矛盾が先鋭で複雑だった当時、巴金氏は田恵世という人物を通してブルジョア階級の平等や博愛の思想を宣伝したのである」[14]と、物語中の人物を現実世界の政治的基準から断罪され、批判されることになったのである。

二、巴金と林憾廬

田恵世のモデルである林憾廬について、巴金は追悼文「紀念憾翁」[15]を書き、また『火』第三部の「後記」で「この出来のよくない作品を天にいる彼の霊に捧げたい」[16]と哀悼の意を表している。それほどまでに巴金をこのキリスト教徒に結びつけていたものは何だろうか。

「関於『火』」[17]で巴金は、『火』第一、二、三部を繋ぐ人物である馮文淑について、「馮文淑は蕭珊である」[18]、「馮文淑を書く時、蕭珊の生活を借用した」[19]と巴金の妻蕭珊をモデルにしたことを繰り返し述べている。蕭珊は当初巴金の作品の読者の一人にすぎなかったが、一九三七年以降、一九四四年に巴金と正式に結婚するまで、多くの時間を巴金とともに過ごしている。「関於『火』」によれば、一九三八年秋の広州脱出の際、蕭珊は巴金に同行しており、更に一九三九年初め、巴金が桂林から浙江省金華まで行き、更に温州経由で上海へ戻った時も蕭珊は巴金と一緒だった[20]。アメリカの研究者オルガ・ラング（Olga Lang）は一九三九年に巴金が日本軍占領下の上海へ戻った心情を、暴君ネロの支配するローマへ決死の覚悟で赴いたペテロに擬えているが、「関於『火』」は回想だけに二人の愛情に焦点が当てられていて、「決死」の雰囲気はそう濃厚ではない。

上海へ戻ってから三、四か月後、蕭珊は一人上海を離れて昆明へ行き、西南聯合大学に入学する（巴金の昆明到着は翌年）。『火』第三部の馮文淑のモデルが蕭珊だとすれば、昆明へ行った蕭珊は小説の中の馮文淑と同じ設定になるが、「私は一九四三年の桂林で一九四一年の昆明を描いた[21]」と巴金は説明しているので、時間的には少しずれがある。それでも小説中の馮文淑の設定は、西南聯合大学学生であった蕭珊とよく似ている。小説中で馮文淑が知り合う田恵世のモデルはすなわち林憾廬であり、雑誌「北辰」はすなわち『宇宙風』である。蕭珊は巴金を通して林憾廬と連絡があり、『宇宙風』にも「程慧」というペンネームで数篇の文章を発表している。ただ蕭珊だけが馮文淑のモデルともいえない。馮文淑が田恵世と友人になり、雑誌『北辰』の出版を手伝うという点は、現実の巴金と林憾廬の関係に近いかもしれない。巴金は林憾廬のことを「まっすぐで善良な人間である[22]」と評しているが、林憾廬とはいったいいかなる人物であろうか。

林憾廬の名は一般の中国現代文学史の資料にほとんど出てこない。いわゆる作家ではないからである。彼自身の名前を出すよりも、林語堂の兄といった方が分かりやすいだろう。経歴はよく分からない部分が多いが、林憾廬が一九四三年二月三日桂林で病死した後、『宇宙風』第一三一、一三二、一三三期に連載された数篇の追悼文を総合すると、

『火』第三部の第三章にある田恵世の経歴と似通っている。林憾廬は本名を林和清といい、福建省の生まれで、父親は厳格というよりむしろ横暴なキリスト教の牧師であったとされている。一五歳の時、四年制の学校をまだ卒業しないうちに、父親の命令で教会経営の病院へ医学の勉強に行かされる。一九歳で卒業し、医者になるとともに、父親の命令で結婚する。七年後、また父親の命令で東南アジアへ商売に行かされる。ゴム農園の経営などをしていたらしい。四年後に帰国し、廈門の鼓浪嶼で薬局を開き、また医者として働き始める。まもなく父親が死去する。四年後に医者を辞め、教育関係の仕事をしていたといわれる。

一九三六年、林憾廬は『宇宙風』第二三期から編集に参加する。一九三七年以降は、上海、広州、桂林、香港、桂林と各地を転々としながら『宇宙風』の発行にあたった。この移動コースは巴金とよく似ていて、実際二人はのちに述べるように行動をともにしていた時期もある。やがて一九四〇年、林憾廬は上海へ戻り、雑誌『西洋文学』や『中国與世界』を発行するようになったが、この上海滞在も巴金と一時期重なっている。彼の最大の仕事は『宇宙風』の編集、発行だが、それ以外に、同じく宇宙風社の雑誌『見聞』を編集、発行していたこともある。ただこの雑誌は短期間で停刊に至っているので、『宇宙風』ほど注目されなかった。

『見聞』の主編は林憾廬、発行人は陶亢徳（宇宙風社の中心的人物）で、一九三八年八月広州で創刊された半月刊の雑誌である。第一期は「轟炸特大号」と称し、抗日戦争の戦火が広州へ及んでいることを想起させる内容となっている。発刊の言葉に「本刊は神聖なる抗日戦争のさなかに創刊され、当然時代が与えた使命を負っている。それゆえ抗日戦争の事跡に注目し、戦役や戦争地域のルポルタージュや、民衆の自衛のための遊撃活動の報告や、悲壮な犠牲物語によって、目覚める我が民族の光輝を発揚する」[23]とあるように、抗日宣伝に特化した雑誌である。第一期に巴金は「在広州」[24]（「『夢與酔』序」のことで、『旅途通信』所収の同名文章ではない）、第二期に「失敗主義者」[25]、第三期に「国家主義者」[26]、第五期に「勝利主義者」[27]を発表し、林憾盧の仕事に積極的に協力している。『見聞』は毎月五日、二〇日が発行日であり、第五期は一〇月五日付発行であるから、一〇月二〇日が第六期の発行日にあたるが、二〇日は日本軍が広州を占領する前日で、しかも巴金が蕭珊や林憾盧ら宇宙風社の人間と共に船で広州を脱出するその日である。そうでなくとも日本軍侵攻前の広州の出版事情を考えれば、『見聞』が発行不能になったことは容易に想像できる。

『見聞』の執筆者には、靳以のような巴金の友人や、政治的立場の異なる周而復などもいるが、大部分は宇宙風社と繋がりのある人間である。巴金は宇宙風社自体と深い関係があったわけではなく、あくまでも林憾盧との個人的関係によるものと考えられる。ただ巴金も林憾盧と長く親しくつき合っていたわけではなく、最初の出会いから七年ほどは、全く交際がなかった。初めての出会いは一九三〇年で、福建省泉州の関帝廟内にあった黎明中学に通学する長男を送って来た林憾盧と会ったのが初めての出会いであった[28]。この時の旅行で巴金は林憾盧以外に、王魯彦、陳範予とも初めて会っている（「写給彦兄」、「悼範兄」参照）。巴金は一九三二、三三年と続けて泉州を訪れ、当地で農村教育活動に従事していたアナキストと交流を深めている。王魯彦は一九三〇年当時、廈門近郊の集美師範学校で教鞭を執っていて、旅行中の巴金と廈門沖の小島鼓浪嶼で出会うのである。一九三三年、王魯彦は泉州の黎明中学へ移り、この年も巴金とその地で会っている。抗日戦中に病死した巴金の友人の中で、林憾盧、王魯彦、陳範予と、いずれも一九二九年―三〇年巴金が福建を旅行した際に知り合った人物であることは興味深い。

林憾盧が正式に『宇宙風』の編集に携わるのは一九三九年のことらしいが、巴金「関於『火』」の回想によれば、一九四二年に林憾盧は桂林で『宇宙風』を復刊したことになっている[29]。これは『宇宙風』第一二七期で、この期から半月刊が月刊に変わっている。一九四〇年上海へ戻った林憾盧は『宇宙風』を出そうとするが、当時上海は租界も日本軍に包囲されている暗黒時代で、抗日関係の文章を載せることができなかった。そこで従来通りの内容の『宇宙風』

を香港で発行し、上海では弾圧を避けるため、内容を工夫した乙刊（一九三九年三月発刊）を発行するという二重発行体制となった。第一一七期は香港陥落により発行不能になってから復刊した初めての『宇宙風』で、「七周年紀念号」になっている。一九三五年に林語堂が陶亢徳とこの雑誌を創刊してから、編集者の交替は何回かあった。第一一七期の編集者は、林語堂、林憾廬、繆崇群となっているが、林語堂は一九三九年以降アメリカに居住しており、ここには名目的に名を連ねているにすぎない。当初からの編集者であった陶亢徳は一九四一年一〇月に『宇宙風』から手を引いていて、林憾廬が編集の実質的な中心人物であった。

林憾廬と共に『宇宙風』の編集に携わっていた繆崇群は巴金の長年の友人で、一九四五年一月一八日、重慶の江蘇病院で病死している。巴金は「紀念一個善良的友人」という静かな悲しみに満ちた追悼文を捧げている。一九三一年、巴金は日本留学から帰った繆崇群と南京で初めて出会い、その後、繆崇群が亡くなるまで親交が続く。のちに巴金が小説『寒夜』を書く時、繆崇群は汪文宣のイメージに投映され、追悼文で「今このすべては寒い夜とともに消えていく[30]」と書く巴金の心情は、小説『寒夜』執筆時と直接繋がっているだろう。

『火』第三部第一八章で、臨終の床にある田恵世は香港陥落後初めての『北辰』を手にするが、その編集、発行過程は『宇宙風』第一一七期のそれに近いと思われる。これ以外にも林憾廬と田恵世の重なり合う部分は多く、例えば『火』第一四章で、日本軍の空爆によって亡くなる田恵世の次男世清は、『宇宙風』第一一七期の巻頭で林憾廬が追悼文を書いている病死した息子伊曙をモデルにしていると思われる。総じて『火』第三部は林憾廬をモデルにしているというよりも、むしろ林憾廬の生涯を描いた小説といってもいいかもしれない。

巴金は『宇宙風』第一一七期に「随筆三篇—旅途通訊続篇—」（『旅途雑記』所収の「別桂林及其他」前半部）を発表しているが、この期以外にも『宇宙風』に何篇も文章を発表している。それは単に編集者と作家の関係ではなく、もっと人間的な繋がりから来ているように思える。抗戦中に巴金は『自由中国』（孫陵主編）、『文学創作』（熊佛西主編）、『国民公論』（胡愈之主編）等の雑誌にも文章を発表しているが、林憾廬との関係より強いものを他の雑誌の編集者との間にもっていたようには見えない。それでは巴金と林憾廬を結びつける絆とは何だろうか。

「私の人道主義思想は彼のそれと合流した」、「私は彼と共に空襲の中で生活し、敵の迫害という黒い影につきまとわれながら、文章を書き、編集の仕事をした。そしてそれによって深い友情が生まれた[31]」と巴金は回想しているが、抗日戦中に林憾廬と生死をともにした体験と、ヒューマニズムの思想が二人を結びつけていたと考えるのが妥当だろう。『火』第三部で描かれる田恵世のキリスト教精神でも、或いは概念的な愛とか犠牲とか理想とかの言葉でもなく、林憾廬の現実の行動が大きな意味をもっていたということになる。林憾廬は自らのキリスト教精神に基づいて、戦火の中で抗日宣伝のために『見聞』を編集、発行し、身を犠牲にしてまで『宇宙風』の刊行継続に努力する。巴金はその献身的な姿を見て友情を感じているのであり、同じく「愛」とか「理想」を口にしていても、林語堂に対してはそれを感じない。それは抗日戦中にアメリカという安全地帯で、巴金をして恥辱を感じさせる[32]『吾国吾民』を書く林語堂の生き方を見るからであろう。巴金と林憾廬を結びつけているものは、愛や理想や献身という言葉の観念性ではなく、きわめて日常的なレベルでの行為の積み重ねということになる。このことは同時に巴金の抗戦期の作品を読み解く鍵にも通じている。それを見ずに巴金の文章に表れる言葉の表層的な意味だけをとらえると誤解を生みやすい。しかもその誤解は、『火』第三部を分析する上で、決して完全な誤解だとも言い切れない。この小説にはその解釈が成り立つだけの欠点がある。

巴金が『火』第三部を執筆するにあたって、小説の材料を林憾廬から採ってきていることは間違いない。しかし、表現過程から見れば、巴金は林憾廬という現実の人間から得た感性や観念を、つまり愛や理想のための献身を、再び林憾盧をモデルにした田恵世の中で具現化しようとしている。いわばメビウスの帯のような堂々巡りのヒューマニズムになっているのである。『火』第三部は観念が先行しているわけでも、具象化が不十分というわけでもない。たとえ観念が先行していようと、それが徹底して観念的な物語に終始していれば、具象化の問題を議論する必要がなくなる。そうではなく、観念と現実が結局のところ同じ場所で袋小路状態のまま二分されているように見えるだけなのである。そのため「大後方」昆明の暗く醜い現実を描いても、現実性の衣を着せているだけのように見える。朱素貞と同じ西南聯合大学の学生である呉共平、温健、謝質君、王文婉らのエゴイスティックな言動を描いても、従来の巴金の単純世代論が緩和した印象を受けるだけで、それ以上ではない。ムッソリーニ信奉者である張翼謀やその友人黄文通を登場させても、彼らの存在の理由が説明されないと舞台装置にしか見えない。

『火』第三部のもう一方の世界である田恵世一家を愛の理想郷として巴金は描くが、同じようなメビウスの帯状態から脱していない。やはり現実から得た感性を、再び現実の人物をモデルにした登場人物に仮託せざるを得なくなっている。こうした議論では、「超階級観点」かどうかという批判は全く意味をなさない。共産党イデオロギーの基準からいえば、巴金の作品はすべて「超階級観点」であるといっても過言ではない。問題は巴金の作品に表れるこうしたヒューマニズムが一九五〇年代の「右派」批判や、文革後の『随想録』とどう繋がるかだろう。

巴金は自ら「『火』三部はすべて失敗作である[33]」と自己否定的な評価を下しているが、その理由について私は必ずしも巴金自身の説明を全部受け入れることはできない。仮に『火』第三部が失敗作であるというならば、それは先に述べた理由のほかに、個々の人間の善意の総和が善意とはならないことの説明がない点にあるように思う。社会的矛盾や死によっても滅びることのない理想の永遠性や不滅性を巴金が描きたかったとしても、田恵世（林憾盧）の正義感や善意が、その当時の社会矛盾に押しつぶされるという単純な形ではなく、田恵世一家の構成員の個々の善意を総和しても、一家全体の「善意」とはならないことを描くのが必要だったのではないか。田恵世一家を麗しい理想的な家庭として描くことに終始したところに問題があったように思う。
個の善意と総和としての善意の問題を扱い、それに成功した巴金の作品として『寒夜』を挙げることができる。この小説を書き始めたのは『火』第三部執筆から時間的に遠くない一九四四年初冬だが、『火』第三部では失敗しながら、なぜ『寒夜』ではそれに成功したのだろうか。それを考察するためには、同じ抗日戦争期に書かれた他の作品を合わせて分析の対象としなければならない。その源流をどこに求めるかは難しい問題だが、小説としては『還魂草』（一九四一年）あたりから始まるのではないかと思う。

（一九八一年初稿）

【注】
（1）巴金「〝豪言壮語〟」（『随想録』三一）、『探索集』、『巴金全集』第一六巻、人民文学出版社、一九九一年、一四三頁。初出は香港『大公報』一九七九年九月二〇日。『四川文学』一九七九年第一二期にも転載。
（2）巴金「文学生活五十年」、『巴金全集』第二〇巻、一九九三年、五六七頁。初出は『花城』第六期、一九八〇年八月。
（3）巴金「再論説真話」（『随想録』五一）、『探索集』、『巴金全集』第一六巻、二三七頁。初出は香港『大公報』一九八〇年一〇月一一、一二日。
（4）巴金「〝学問〟和〝才華〟」、『人民文学』九月号、一九五五年九月八日。
（5）巴金「懐念胡風」（『随想録』一五〇）、『無題集』、『巴金全集』第一六巻、七四四頁。
（6）巴金「反党反人民的個人野心家的路是絶対走不通的」、『文芸報』第二一期、一九五七年九月一日。

(7) 巴金、靳以「狠狠地打擊右派，狠狠地改進工作，狠狠地改造思想」、『解放日報』一九五七年一〇月八日。
(8) 巴金「紀念雪峰」（『随想録』二九）、『随想録』、巴金全集』第一六巻、一三三頁。
(9) 巴金「〝遵命文学〟」（『随想録』七）、『随想録』、巴金全集』第一六巻、三四頁。
(10) 巴金「談話一定要給戳穿」、『文匯報』一九六五年七月五日。
(11) 巴金「法斯特的悲劇」、『巴金全集』第一九巻、一九九三年、九、一五、一六頁。初出は『文芸報』第八期、一九五八年四月二六日。
(12) 巴金「復『文芸報』編輯部的信」、『巴金全集』第一九巻、一六頁。初出は『文芸報』第一一期、一九五八年六月一一日。
(13) ここでは北京師範大学中文系巴金創作研究小組『巴金創作評論』（人民文学出版社、一九五八年）一〇四、一〇七頁より引用。
(14) 北京師範大学中文系巴金創作研究小組『巴金創作評論』、九四頁。
(15) 巴金「紀念憾翁」、『巴金全集』第一三巻、一九九〇年。初出は『宇宙風』第一三一期、一九四三年五月二五日。
(16) 巴金「『火』第三部・後記」、『巴金全集』第七巻、一九八八年、六一四頁。
(17) 巴金「関於『火』」、『巴金全集』第二〇巻。初出は香港『大公報』一九八〇年二月二四日。
(18) 巴金「関於『火』」、『巴金全集』第二〇巻、六三八頁。
(19) 巴金「関於『火』」、『巴金全集』第二〇巻、六四一頁。
(20) 巴金「関於『火』」、『巴金全集』第二〇巻、六三七頁。
(21) 巴金「関於『火』」、『巴金全集』第二〇巻、六四三頁。
(22) 巴金「関於『火』」、『巴金全集』第二〇巻、六四八頁。
(23) 「発刊詞」、『見聞』第一期、宇宙風社、一九三八年八月一日。
(24) 巴金「在広州（『夢與酔』序）」、『巴金全集』第一三巻。初出は『見聞』第一期、一九三八年八月一日。
(25) 巴金「失敗主義者」、『巴金全集』第一三巻。初出は『見聞』第二期、一九三八年八月二〇日。
(26) 巴金「国家主義者」、『巴金全集』第一三巻。初出は『見聞』第三期、一九三八年九月五日。
(27) 巴金「勝利主義者」、『巴金全集』第一三巻。初出は『見聞』第五期、一九三八年一〇月五日。
(28) 巴金「関於『火』」、『巴金全集』第二〇巻、六四八頁。
(29) 巴金「関於『火』」、『巴金全集』第二〇巻、六四八頁。

(30) 巴金「紀念一個善良的友人」、『巴金全集』第一三巻、五一六頁。
(31) 巴金「関於『火』」、『巴金全集』第二〇巻、六四七、六四八頁。
(32) 巴金「関於『火』」、『巴金全集』第二〇巻、六四九頁。
(33) 巴金「関於『火』」、『巴金全集』第二〇巻、六三六頁。

第三節　小説『家』の構造

一、文学における家

オルガ・ラング（Olga Lang）はその著書『中国の家族と社会』の中で、「家父長制家族は孔子の発明したものでもなければ、中国に独特のものでもない。絶対権をもつ父親の下に家族が強靭な紐帯につながれる家族構造は他の文明諸国にもあった。ロシア革命までは、母系社会を含むすべての社会において、女性は男性より劣ったものとされていた。にもかかわらず、中国の家は独特の性質をもち、歴史上おそらく最も極端な家父長制家族をなすものであった」[1]と書いている。一般的に中国の「家」の独自性を考える場合、家父長制という家の構造的実質が表れる場として大家族制が想定される。そしてその大家族制は社会的、経済的に見て、上層階級にいくに従ってより多く見られることも常識となっている。大家族制を成立させる経済的条件と、多数の人間を家の枠内に囲い込む社会的秩序（家の中から見ればそれは求心力として表れる）の面から見て、上層階級においてより実現されやすいからである。

こうした上層階級における家父長制と大家族制の例を中国古典文学の中にも見ることができる。例えば『紅楼夢』の賈宝玉を中心とした愛情物語や賈家の人間模様に、中国の家父長制や大家族制の姿を見て取ることはそれほど難しいことではない。しかし『紅楼夢』は中国における家の問題を提起した作品であるということもまたできない。それはいうまでもなく、『紅楼夢』が家のあり方を問う作品ではないからである。言葉を換えていえば、『紅楼夢』の作者は家のあるべき形を提示する意図をもってこの作品を書いたのではないからである。これは本来贅言を要しないが、家の形態を見て取ることのできる文学作品が少なくない一方で、家のあり方を問う作品がごく僅かであることは留意しておかなければならない。

一般に家のあり方が問われるのは時代の転換期であることが多い。それは家が拡大した自己であると同時に縮小された国家であると考えると説明がつく。また家は何よりも歴史的連続体であると見なす点で、当然時代と分かち難く結びついている。そのため、国内における叛乱と外国の侵略によって帝政が崩壊し、旧来の文化と西洋文化の衝突や受容によって新しい文化が誕生しつつあった近代中国の時代の転換期に、家のあり方を問う文学作品が現れることは不思議ではない。しかし先のオルガ・ラングの文章の中にあるような「極端な家父長制」について、漠然とした一般認識はあるだろうが（例えば『紅楼夢』を思い浮かべるイメージの水準を考えてみればよい）、近代中国において現実の問題としてそれが存在している認識水準を測るのは容易ではない。そのため家を描いたとされる作品は、往々にして家の実態を提示して説明を加えたものと受け止められ、それが全体として作者の思想そのものである点は見落とされがちである。文学における家を検討する視点でいえば、実際に作品によって提示されている家は作者の思想そのものである。或いは「そのものであるべきだ」というべきかもしれない。いずれにしても、家を描く作者の立ち位置や眼差しと、作品に表れた家がどのような関係にあるかは、小説における家の問題を議論するためにどこまでも執拗に追求される必要があるだろう。そしてそのことを通して、作者が家を描くという行為によって向き合っていた、転換する時代の波の衝撃が見えてくるはずである。その意味で、ここで取り上げる巴金の『家』は、著者自身の精神史であると同時に、時代の転換に巴金が何を見ようとしていたのか、家というフィルターを通して映した作品であるともいえよう。

図①　高家家系図

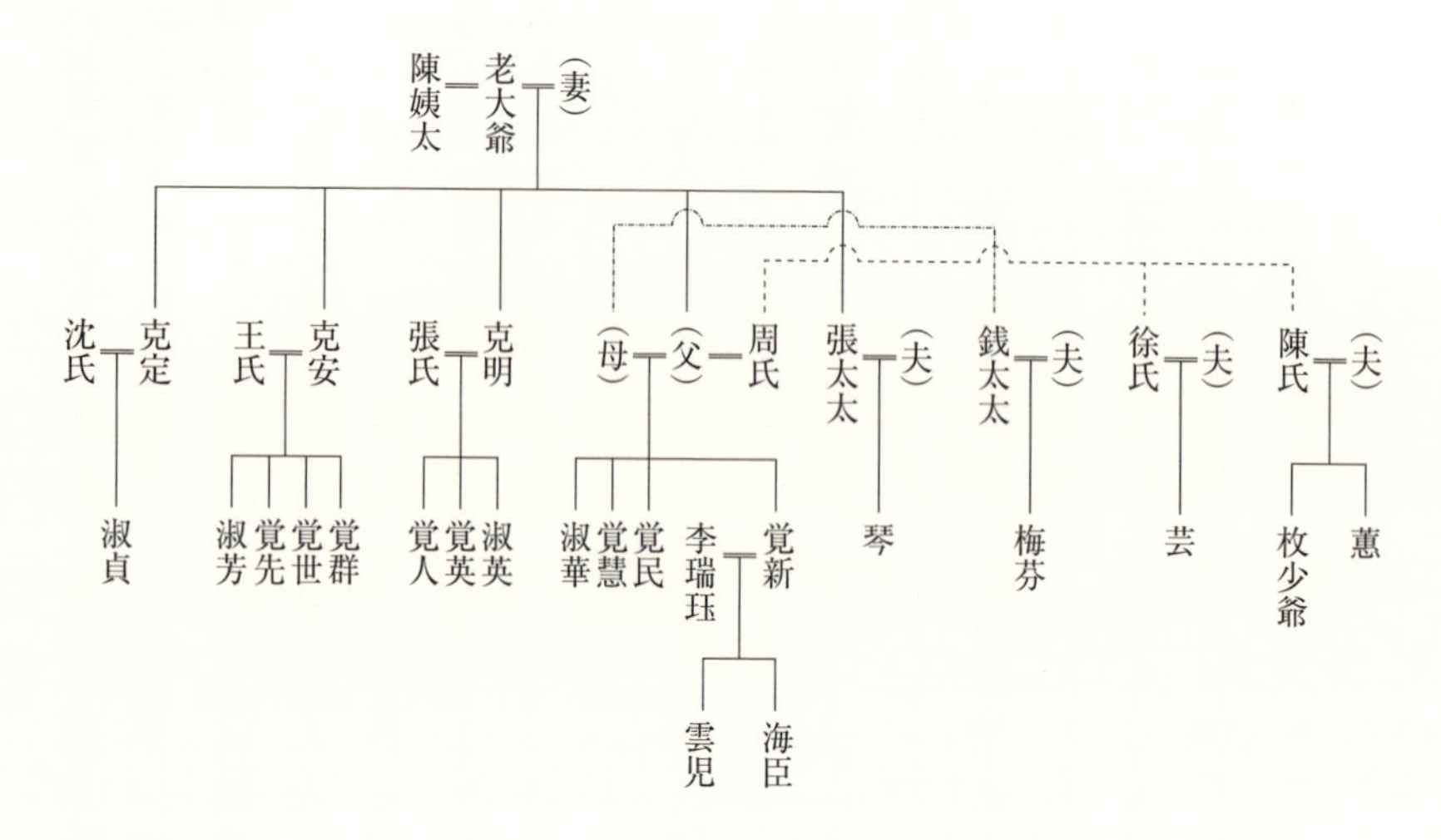

二、三兄弟の相違

よく知られているように、巴金の小説『家』（一九三一―一九三二）は、彼が一九歳まで生活した成都の生家における体験を踏まえて書かれている。小説の中の登場人物にも巴金の家族の肖像が投影されているといわれる。巴金の長兄李堯枚はその最も象徴的な人物だろう。ところが上海の新聞『時報』に『家』の連載が開始された翌日の一九三一年四月一九日、巴金は長兄の自殺を知らせる電報を受け取る。連載開始と同時に長兄の死の知らせを受け取るという痛ましい偶然は、何よりも小説『家』が巴金の現実の家と密接に繋がっていることを象徴的に示している。「『家』初版代序」[2]が捧げられている巴金の長兄の姿が小説『家』の覚新に重なるのは、モデルとしての意味においてよりも、巴金が現実の家の問題の集約点として覚新を描き出している点でより重要な意味をもっている。いわば覚新は抽出されたものとして存在していると見ることができる。これは『家』における覚慧と作者巴金のイメージが重なることとは意味が異なる。覚慧は作者巴金の思想、願望を仮託された人間であり、小説の中におけるその行動が青年巴金の軌跡と重なることで、読者は覚慧と巴金を重ね合わせて考える傾向がある。一方、覚新は巴金が長兄から抽出した家の人物化であり、そのため『家』における人間関係は覚新に収斂されるように展開される。たとえ『家』における覚新、覚民、覚慧の三兄弟が現実の李堯枚、堯林、堯棠（巴金）三兄弟に重なるように見えるとしても、それは家という枠組みにおける高家三兄弟の存在位置を測る手段として考えられなければならないだろう。覚新、覚民、覚慧の高家における位置を確定するために、堯枚、堯林、堯棠の三兄弟が利用されているということができるかもしれない。

覚新、覚民、覚慧は図①を見ても分かるように、高家の中では新しい世代の中の年長グループに属している。『激流三部曲』と呼ばれる『家』（一九三一―三二）、『春』（一九三八）、『秋』（一九四〇）において、物語がこの三人を中心に展開されていることは、この三人が新しい世代の代表であると同時に、家の問題の具現化する存在であることを指し示している。三人三様の家への対応の仕方や家における位置を見ることによって、家の枠組みが見て取れるように小説は書かれている。試みにいくつかの例でこの三人の相違を見てみよう（次頁表①参照）。

改めて書き出してみるまでもなく、この小説を一読しただけでも、この三兄弟の相違に容易に気がつく。要するに、家の中で妥協の道を選ぶ覚新と、拒否から反抗へと向かう覚慧が両極にいて、覚民は両者の中間に立っているという構図である。これはある意味ではきわめて図式的に小説の中で描かれており、多くの問題に関してこの三人の位置がずれることはない。愛情問題に関していえば、三人とも不幸な愛の形を抱えて苦悩し、結果的には覚民だけが自分の意志を貫くことができるのだが、この結末は決定的に重要な意味をもっていない。なぜなら結婚の自由を抑圧するものとしての家が作者の描く中心的対象であり、その問題への対処の仕方が作者の最大の関心事だからだ。

覚新は『家』、『春』、『秋』のいずれにおいても、家による結婚の強制には妥協しかないと考える人物として描かれ

表① 高家三兄弟相違

	覚新	覚民	覚慧
恋愛	いとこの梅芬を愛していたが、父親の命令により瑞玨と結婚させられる。梅芬を忘れることができないが、同時に瑞玨も愛している。	いとこの蘊華を愛している。祖父に馮家の娘との結婚を強要されるが、覚慧の助けを借りて家を出る。最後に認められる。	密かに高家の使用人鳴鳳を愛しているが、彼女が馮楽山の妾になることを強要され、絶望のあまり自殺する時に助けることができない。また恋愛より社会運動の方が重要であると考える。
社会運動	五四時期の雑誌を購読はするが、運動には参加しない	社会的関心は高いが、実際の社会運動には参加しない。	軍閥に対する学生の抗議活動に積極的に参加する。
		『黎明週報』に対して熱心ではない。	『黎明週報』発行にきわめて熱心である。
慣習	伝統的習慣を受け入れる。	竜灯を操る者に対する周囲の仕打ちを見ても特に何も感じない。	竜灯を操る者に年長者が花火を向けやけどさせて喜ぶのを見て怒る。
家の強制に対して	祖父の命令に従い、社会運動を自粛して外出しないよう覚慧に頼む。		社会運動への参加を禁ずる祖父の命令は承服し難いが、兄覚新の頼みに渋々応じる。
	弟覚民に祖父の決めた縁談に従って結婚するよう勧める。	祖父の決めた縁談を拒否するため、弟覚慧の助けを借りて一時家を出る。	兄覚民の家出を援助する。
	陳姨太の発案による老太爺のための巫女の祈禱に参加する。		迷信に基づいた巫女の祈禱を拒否して止めさせる。
	祖父の死後、出産の迫った妻瑞玨を郊外へ移すことに同意する。	妊婦である兄嫁瑞玨を郊外へ移すことに反対だが、兄覚新にも同情する。	兄嫁瑞玨を郊外へ移すことに反対し、兄覚新への同情を断ち切る。

ている。『家』における自身の結婚、覚民への縁談、『春』における淑英と陳文治との縁談（小説の最後では淑英を上海へ逃がすことに協力することになるが）、蕙と鄭国光の結婚、『秋』における枚少爺と馮文英の結婚、これらすべてに対して、覚新はそれを痛ましいことだとは考えても、阻止しようとまではしない。痛ましいことだと考えるのは彼の善良な性格によるものであると同時に、恋愛や結婚の自由という新思想を受け入れているからである。しかし彼はその思想に基づいて一歩踏み出そうとはしない。

一歩踏み出したのは覚民である。覚民は『家』における自身の愛情問題において、自分の意志を貫き、続篇『春』では淑英を家による結婚の強制から救おうとする。しかし覚民は恋愛や結婚の自由を抑圧する社会秩序そのものにはあまり目を向けない。そのため鳴鳳が自殺した時は、彼女が金持ちの家に生まれていればこんな結果にはならなかったのではないかと考える。結婚の自由が真の自由ではなく、特権にすぎないことに気がついていないのである。

覚慧は鳴鳳の死以前は覚民の立場に比較的近い。しかし鳴鳳の死後、恋愛や結婚の自由を個人のレベルで実現することより以上に、家における封建的秩序そのものを破壊しなければならぬと考えるようになる。ただし、この考えは鳴鳳が妾として馮家に送られることを知りながらも彼女をあきらめようとすることに通じている。個人的な問題（個の革命）よりも社会運動（集団の革命）の方が重要であると覚慧は考えるのだが、実はそこで家における恋愛や結婚の自由の問題の解明への回路は断たれている。ある意味では覚慧のこの考えは鳴鳳の死に対する責任回避だが、しかし逆説的にいえば、覚慧はこの考えによって家を出る論理をつかむことができた。家への反抗意識を目覚めさせる個人的体験を振り捨て、あくまでも個人的問題から訣別しようとするこのストイックな生き方は、作者巴金の思想そのものであるように思える。

この愛情に対するストイックな考えは、巴金の初期の作品、例えば『滅亡』（一九二九）、『新生』（一九三三）、『愛情三部曲』（「霧」一九三一年、「雨」一九三二年、「雷」一九三三年、「電」一九三四年）の中に一貫して流れているのではないだろうか。鳴鳳を見放すというエゴイスティックな行為と、封建的秩序を破壊するために社会運動に参加するという行為が同一人物によって行われ得るのは、家の問題を社会的関係の反映として理解することに基づいていると考えられる。覚慧におけるこのアンビバレンツは個人的問題へのストイシズムによって初めて可能であり、そこでは人が自らの家における自分の位置を選んでいく契機に内在している、血縁や性の紐帯によって結ばれた家の解明は回避されている。小説『家』において、巴金は各登場人物の家における位置を儒教的秩序に基づく役割によって定め、その位置の測定が儒教的秩序に裏づけられた家の枠組みを明らかにするように小説を作り上げている。ところが、社会的「家」とともに検証されるべき血縁的「家」の方は副次的なものとしてしか取り扱っていない。『家』の最後で覚慧が高家を出ていくことは、封建的な「家」と訣別し、時代の激流に飛び込んでいくことを示していると同時に、血縁的「家」の解明を回避することを意味している。そしてこのいったん放棄された問題は、巴金の後期作品である『憩園』（一九四四）や『寒夜』（一九四六―四七）によって再び取り上げられることになる。

三、対立の構図

小説『家』において、人間関係の基本形が対立であることを見抜くのは難しくない。対立の要因は場面により様々だが、この物語は対立によって組み立てられているかのような印象さえ受ける。この小説の中で最も多くの対立関係を有しているのは覚慧だが、対立があることによって家の中における覚慧の位置が確定されている。彼の家における主な対立関係は次のようになっている（図②参照）。

対立における対応の仕方に違いはあるが、覚新、覚民においても基本的にこの図式は変わらない。つまりこの場合、覚新、覚民、覚慧ら若い世代と、老太爺、克明らの古い世代の対立という図式になっている。そこで小説『家』を考えるにあたって、まず世代的対立という観点が成り立つ。

『家』の物語は基本的にこの図式に従って進行していて、これに各世代の人間の行動軌跡が交錯して作品世界が形成される。特に若い世代の愛情問題が家における対立の契機として大きく取り上げられる。覚新と梅芬と瑞珏、覚民と琴（蘊華）、覚慧と鳴鳳のそれぞれの愛情物語の進行に、家における対立が覆いかぶさってくるのである。この形は『家』の続篇『春』、『秋』でも変わらず、『春』では父親に強いられた結婚から逃れるために淑英は家を出ていき、蕙小姐は不幸な結婚のまま死に、『秋』では枚少爺がやはり強いられた結婚を受け入れ、やがて血を吐いて死んでいく。結末はそれぞれ異なるが、同じように愛情問題が対立を提示する手段として用いられている。

一般に家において結婚が常にある決まった形式を要求されるのは、実は性に基づく血縁が家を存続させる最も重要な条件であることを儀式化によって隠すことに繋がっている。そのため家においてある秩序が支配的である場合、当然結婚もその秩序に従って行われることになる。小説『家』において若い世代が直面したのもまさにこの家の秩序による強制結婚であった。

図②　覚慧の対立図

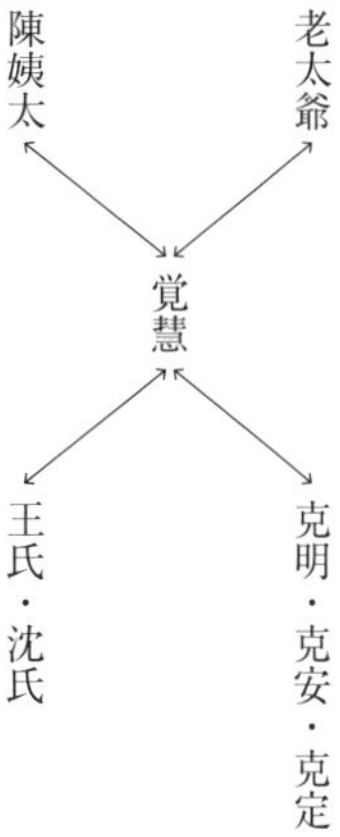

老太爺　　　　克明・克安・克定

　　　　覚慧

陳姨太　　　　王氏・沈氏

家における各種の対立とは、いうまでもなくその秩序をめぐるものであったが、先にも述べたように、それに対する各人の態度は一様ではなく、対立は決して新対旧の二元論にはなっていない。例えば老太爺による覚民への結婚の強制に対して、覚慧は覚新と対立するが、その覚慧の人間としての輪郭を明確にしているのは、『黎明

図③　世代間の対立と世代内の対立

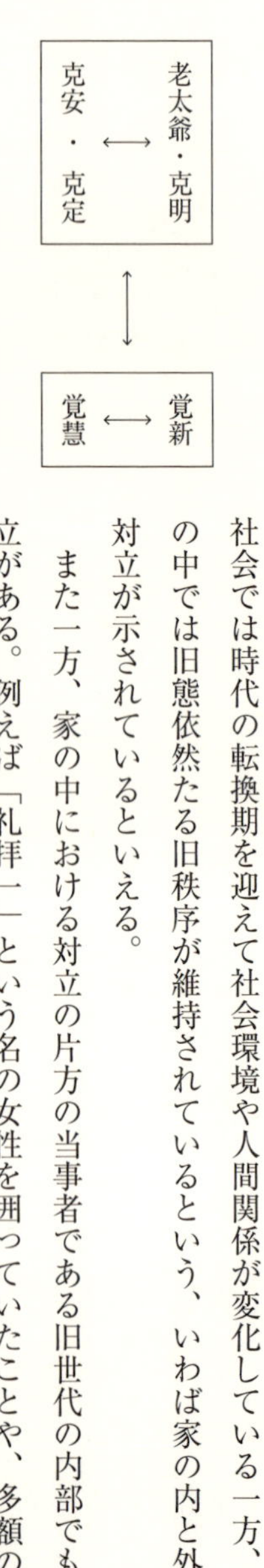

図④　対立の積み重なり

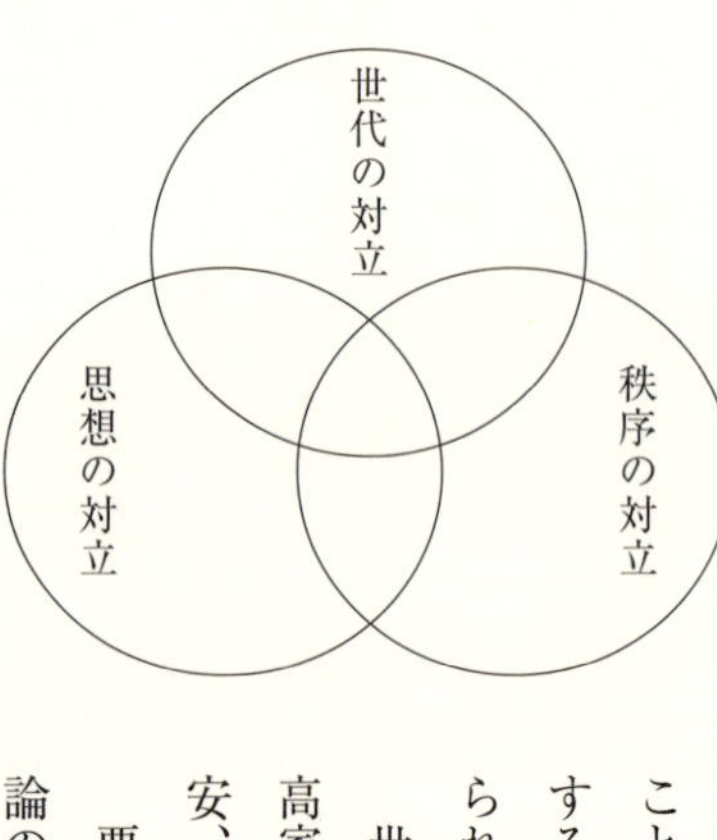

週報』発行活動に参加する姿を描く部分である。家の中における覚慧の位置を家の外の彼が明確にしているという構図である。これによって、家の外の社会では時代の転換期を迎えて社会環境や人間関係が変化している一方、家の中では旧態依然たる旧秩序が維持されているという、いわば家の内と外の対立が示されているといえる。

また一方、家の中における対立の片方の当事者である旧世代の内部でも対立がある。例えば「礼拝一」という名の女性を囲っていたことや、多額の借金を作っていたことで、老太爺は息子克定に激怒し、そしてそれが老太爺と覚慧の和解に繋がっていく。旧秩序を維持する側にも対立があることを書くことによって、真の意味で何が対立の要因であるかを作者は焦点化しようとする。先の覚慧の対立関係の図②は、角度を変えれば図③のように書き換えられてもよい。

世代間の対立から世代内の対立へという描き方は、覚慧の出ていった後の高家を描く『春』や『秋』でも使われ、覚英のような新しい世代の人間を克安、克定型人間として描く点によく表れている。

要するに、作者巴金は対立を人間関係の中心に据え、いわばマニ教的二元論のような図式を積み重ねることによって、あるところにたどり着こうとしているのである。抗争であれ解消であれ、対立の結果を描こうとするのではなく、図④のように対立を積み重ねることで、その根本的要因を提示しようとしている。
対立を中心に人間関係を組み立てていけば、小説の中の人間像はある程度図式化されてしまうが、この小説の場合、それぞれの基準による焦点の明確化という意味において有効に機能している。図式化された人間像を構造的にとらえることによって、家の枠組みを明確な形において把握できる。そのため小説『家』の中の人間像がかなりの程度まで単純化されても、この図式化に効果的に働いているということができる。

四、家における性

対立がこの小説の中で大きな意味をもっているとして、その対立の当事者たちの高家の中での関係はどのようになっているであろうか。

対立の集約点にいる覚慧にとって、その相手とは祖父であり、また祖父の妾であり、叔母であり、更にある時は兄なのだが、ふつう家における対立から予想される肉親間対立の重要な部分がこの小説の中では対立構造の中に入っていない。すなわち家における対立から一般的に最初に考えられる親子の対立がこの小説にはない。図①の家系図を見ても分かるように、覚新、覚民、覚慧の実の両親は、この小説の中では覚新の回想の中に父親が出てくるだけで、人物としては登場しない。周氏は継母であり、血縁的な母子という構図をあてはめるわけにはいかない。彼女の継子に対する態度は慈愛に満ちた保護者としての優しさであり、先妻の子への継母の愛情以上のものではない。覚慧も生母のいない悲哀を感じつつ、軍閥同士の戦争による混乱状態の中で継母周氏の思いやりに感激して（第二一章）、愛情を感じている。しかし継母と継子の関係から来る遠慮という感情が二人の間に一定の距離を置かせている。覚民が老太爺の命令による結婚を拒否して家を出た時を除いて、覚慧と周氏の間には対立と呼べるものは存在しない。

僅かに蘊華が断髪に関して母親と対立する部分が、この小説における唯一の母子の葛藤といえるが、対立の作り出す緊張感が二人の間にあるとまではいえない。また父子の対立は覚慧たち兄弟にとって初めから存在し得ない。唯一覚新だけが就職と結婚を本人の意志に反して父親に一方的、強制的に決められるが、これは小説の中では過去の出来事として扱われ、また覚新はこの父親の強制に対して抵抗感はあっても服従せねばならぬと考えるだけで、対立までには至っていない。一方、老太爺と叔父の克安や克定の対立も、それが顕在化する前にその発端のところで老太爺が倒れ、やがて死んでしまうので、本格化することなく終わっている。

覚新と覚慧の関係が時として親子関係に擬せられているように見えるのは、覚新が高家の中で長房の家長であることによるのだが、覚新と覚慧の対立は、覚新が家長としての権威をもって事にあたるからではない。高家のヒエラルキーの中での長房の家長という立場に立って覚慧と対立するのではなく、老太爺によって体現される儒教的秩序に従って生きるかどうかをめぐって対立するのである。家長の地位はその秩序によって与えられたものである。覚新と覚慧の対立はこの小説において主要なものというだけでなく、最も近い血縁関係をもつ者の対立である。しかし、たとえ覚新と覚慧の関係からツルゲーネフの『父と子』の中のアルカーディとその父、或いはバザーロフとその父のように、親愛の情によって結ばれていても越えられぬ溝を隔てている親子が連想できるとしても、この二人は兄弟として、また同世代の人間として家における生き方をめぐって対立しているので、家を構成する縦系列の対立の代替とはなり得ない。

また一方、家を存続させる重要な役目を背負っている夫婦における対立も、この小説では中心的テーマとして取り上げられていない。叔父克定の放蕩をめぐる夫婦喧嘩がエピソードとして挿入されても、それ以上には発展しない。この小説の中で詳細に描かれる唯一の夫婦、覚新と瑞珏は、家による強制を経て結婚に至っていて、夫覚新がかつて愛した梅芬という女性の存在によって、二人の間に何らかの緊張関係が生まれても不思議ではないが、双方の思いやりによって、この夫婦は少なくとも二人の間では幸福な生活を営んでいくことができる。それぞれに苦悩はあっても葛藤には至らない。

一般に日本文学の作品を見れば、家を考えるにあたって、まず「しがらみ」という言葉が容易に連想される。例えば夏目漱石の『道草』の主人公健三が直面するような、煩わしい、しかし切り捨てることのできない親族関係のようなものが想定できる。或いは健三とその妻のように、夫婦関係を維持しながら無意識のうちに互いに傷つけ合わずにはいられない状態から、家を成立させる契機が男女関係にあることを想定するかもしれない。歴史的連続体としての家を存続させる性による結合に対して、そこにはいかなる形であれ常に緊張関係があるはずであると考えている。だが、巴金の小説『家』がそうした認識を含んでいるとはいい難い。覚新と瑞珏という善意をもった二人の人間が、たまたま良好な夫婦関係をもち得たにすぎないのだが、作者巴金は恋愛を取り上げても、性による家の成立にほぼ関心を向けない。血縁や性の問題を排除してしまうことで、小説の中の家の構造は平板化してしまうが、血縁であれ性であれ、巴金は家を形成する実質を主題からいったん外して、家の枠組みに焦点を当てようとしているように思える。

親子であれ夫婦であれ、その間の対立はそれが血縁や性によって結びついている者同士の対立であることによって他の対立と区別され、また血縁や性による対立の接点に家の問題が隠されていると一般的に考えることができる。島崎藤村の『家』の中で、小泉三吉が否応なく古い家に巻き込まれていく様や、自身の家庭の不和に苦悩する姿に、日本の読者がある種の共感をもって家の問題を見るとすれば、それは家における血縁の紐帯に関心を払っているからである。いわば家における血縁の親和力に惹きつけられているのである。

巴金は小説『家』において、その血縁の親和力を主題から排除することで、一面では家における血縁構造の解明に至る道を自ら閉ざしてしまっている。しかし家における人間関係の秩序、すなわち儒教的秩序を抽出することによって、家の枠組みや構造を読者に提示することができているのではないだろうか。巴金が小説の中で家における血縁や性の問題をどのように取り上げるかを知るには、抗日戦争末期の小説、とりわけ『憩園』や『寒夜』まで待たなければならない。

五、家の構造

家における血縁の親和力の問題を取り上げていないこと以外に、もう一つこの小説で特徴的なことは、家の経済的基盤を描いていないことである。二〇人を超える親族と、名前が出てくる者だけで三〇人以上の使用人が生活しているこの大家族制の家が、どのような経済的基盤の上に成り立っているか、小説の中では触れられていない。続篇『春』の中に小作料の取り立てに人を派遣する話が出てくることで、高家が不在地主であることが分かるが、『家』ではそうした経済問題は描かれない。また『激流三部曲』全体でも、家を説明するために必要不可欠なものとしてそれを描くことはしない。現実問題として、当時の社会で上層階級に属する高家は、それだけ社会や時代と関係をもつことなしに存立できていたのかもしれぬが、高家を外の社会と切り離して小説の舞台にしたのは、作者がある目的をもっていたからであるように思える。この小説の中で覚慧が唯一社会に目を向けた人物であり、その他の人々は悲喜こもごもの感情を胸に抱きながら、家の中でのみ人生を送り、そこから出ることなど夢にも思わない。いわば籠の中の楽園で滅びの日を待っていることになる。

巴金はこの小説で、血縁の親和力や経済問題を切り捨ててでも、その後に残るもの、つまり家の人間関係の枠組みである伝統的な儒教秩序を描こうとしたのではないだろうか。その意味では、家をある程度社会と切り離して描いたことによって、この小説が政治的、歴史的明確さを失ってしまったと批判するのは当たっていない。作者は最初から家の政治的、経済的分析を行おうとはしていない。時代や社会に結びついた家の姿を知りたい場合には、中国現代文学では茅盾『子夜』や老舎『四世同堂』のような作品を読むことで可能となるだろう。そうした作品と対照的に、巴金の『家』ではあくまでも家の構造に強く焦点が当たっているのである。

小説『家』において、家の枠組みの中で起こる悲劇や様々な人間の生き方の形は、ある意味では非常に図式的だが、それゆえに却って人間を図式的な世界の中に閉じ込めておく軛としての家の秩序の崩壊の必然性に対して、作者巴金がどれほどの確信を抱いていたか、その熱い思いが伝わってくる。家の秩序を支えるものと、それに反抗して家を出ていく青年の出現を作品の中で描くことによって、巴金は家の伝統的秩序を支えていた時代が終わりつつあるという予感、もっと正確にいえば「終わらなければならない」という確信にも似た意志を読者に伝えているように思う。転換する時代の行く末を巴金は非常に漠とした形でしか示していないが、時代の変革へ向かう強い意志は作品の中ではっきりと示している。古い家の枠組みを提示し、新しい世代の生き方のヴァリエーションを示すことによって、この小説『家』は、近代中国の他のいかなる小説よりも家と人間のあり方を問うているということができる。

（一九八四年初稿）

【注】

（1）オルガ・ラング『中国の家族と社会Ⅰ』小川修訳、岩波書店、一九五三年、六八頁。原著は Olga Lang, *Chinese Family and Society*, Yale University Press, 1946.

（2）巴金「『家』初版代序」、『巴金全集』第一巻、人民文学出版社、一九八六年。

第四節　『家』のテクスト変容——小説・戯曲・映画をめぐって

「中国で新文学誕生以来、最も売れた小説は巴金の『家』だろう[1]」との認識は、正確な統計数字がない状態では証明が困難だが、一般的印象としてはあながち的外れの見解ともいえない。台湾の作家、白先勇も少年時代の愛読書に還珠楼主、張恨水、徐訏の作品と並んで巴金の『家』・『春』・『秋』を挙げているが[2]、武侠小説など文学市場で多くの読者をもつジャンルの作家と同列に読書対象となっていたことが、巴金『家』の読者層の広がりを感じさせる。以下に紹介する開明書店版だけでも、初版が出版された一九三三年から一九五一年まで三三版を重ねていて、発行部数の正確な統計は難しいが、時には一年に複数版を重ねていることから、その発行量の多さが推定できる。当然ながら、その読者層は広範にわたっているはずであり、また個人の読書の個別性の問題もあり、どのような読みがなされていたかの統一的な全体像を描くことはもちろんできない。ただ、演劇・映画のような文学以外の領域のテクストへ転換される際の読み方の特徴を分析することで、ある社会や時代状況の下でなされた解読方法を考察して、共有化された解読の類型を探ることは可能だろう。以下に小説、戯曲、映画に分けて、各時代各個人の『家』の読み解き方を検証してみたい。

一、文学テクストの成立と変遷

（一）小説の構想

『家』の執筆動機と経緯について、後年の回想で巴金は次のように説明している――一九二八年パリでエミール・ゾラの『ルーゴン・マッカール叢書』に触発されて断片的な文章を書き始め、一部をのちに『家』第三七章に取り込んだが、[3]当時はまだ小説『滅亡』の連作計画だけで、小説『家』そのものの構想はなかった。やがて一九二八年一一月フランスからの帰国途次、長兄や自分、或いは無残に苦しめられた兄弟姉妹のために小説を書き、自分を含めた同時代の若者のために非道を告発するという構想の下に『春夢』を書こうと決めた。帰国後の一九二九年夏に成都から上海へ出てきた長兄にその計画を話し、その後、手紙でも言及した。[4]『家』初版に代序として収録した「呈献給一個人」で、チャールズ・ディケンズの『デイヴィッド・カッパーフィールド』のような小説をという長兄の激励を紹介しているが、[5]これを具体的に述べた一九三〇年旧暦三月四日付の長兄からの手紙は、次のような内容であったといわれる。

『春夢』を書こうとしていることに賛成だ。それに我が家の人物を主人公とすることにも、とりわけ賛成だ。実際、我が家の歴史はすべての家族の歴史を代表できる。『新青年』などの書籍や新聞を読んでから、私は小説を書こうと思い立った。だが私にはどうしても書けない。いまお前が書こうと考えているので、私は嬉しくてたまらない。謹んで敬意を表する。それを完成させる時間があることを願っている。恐れる必要はない。恐れていたら『デイヴィッド・カッパーフィールド』など書けるはずがなかったのだ。[6]

長兄が手紙の中で述べているように、この小説は成都の生家における巴金の見聞をもとに構想されたものであった。「『家』を書こうとした当初、私は小説の構造をざっと考えてみた。まず先に脳裏に浮かんだのは、自分が見慣れた顔であり、その後多くの忘れられぬ出来事が次々と浮かび、更に少年時代を過ごしたあの場所が浮かんだ[7]」という巴金自身の言葉が示しているように、西洋文学に啓発されながらも巴金が描こうとしたのは、自分の成長過程で体験した中国の伝統的家制度と、その中に生きる新世代の若者の姿であった。

このように巴金の実生活、とりわけ生家での少年時代の体験から取材され、構想が起こされているので、現実と物語が混同されやすい小説ではあるが、悲劇的な挿話がその見方を強化した点も否めない。上海の新聞『時報[8]』に連載が始まった一九三一年四月一八日の翌日、巴金は長兄が自殺したとの電報を受け取るからである。自殺は巴金の創作とは関係ない個人的なものだったが、この挿話が後年、小説『家』と巴金の実生活を直線的に結びつける読みを生む理由の一つになっていることは確かである。

(二)『時報』連載版

小説『家』は当初、新聞連載小説として発表され、のちに単行本として出版されているが、新聞連載という発表形態が小説構造や物語叙述に影響を与えることはほぼなかったと思われる。そもそも巴金が『時報』に小説を発表するのも、偶然の結果といってよい。フランス留学中に書いた中篇小説『滅亡』が一九二九年『小説月報』に発表されて以降、一躍脚光を浴びる作家となった巴金だが、『家』発表以前は短篇小説とアナキズム関係の翻訳が多く、『滅亡』以後一番長い作品は中篇小説『死去的太陽』だけである。『家』の発表は実質的に巴金にとって最初の長篇小説の発表であり、しかも初めての新聞連載小説であった。連載実現のきっかけはエスペラントにあった。

エスペラント学習者の火という名前の友人を通して、上海『時報』編集者が連絡を寄こし、『時報』に連載小説を書いてくれないかと求めてきた。毎日約千字掲載するとのことだった。『春夢』がとうとう現実となると考えた。連載小説を書いた経験はなかったが、そんなことに構わず、すぐに引き受けた。まず「総序」を書き、更に最初の二章（「両兄弟」・「琴」）を書いて、火という名の友人を通じて新聞の編集者に届けて検討してもらった。編集者が承諾したので、私はそのまま書き続けた。「総序」を書き終えた後、『春夢』を『激流』と改めることに決めた。物語は構想し終えていなかったが、主題はすでに存在していた。(9)

『家』（連載当時は『激流』、その後単行本化される際に『家』と改名）が連載された上海の新聞『時報』は、当時の上海新聞界で『申報』や『時事新報』のような大新聞と比べると販売部数が少し落ちる中堅新聞というべき位置にあり、発行部数は巴金の『家』（『激流』）の連載が始まった一九三一年に三万五千部との統計がある。(10)一九三〇年代の中国全土の人口が約四億人という点から見れば、もちろん圧倒的に少ない数字だが、当時の上海市内の人口が約三〇〇万人で、しかも識字者が多いとはいえない社会状況を考慮に入れ、更に日刊紙の連載という点から見れば、上海市内を中心に中堅新聞としての地位に相当した読者を確保できていただろう。ただ読者にとってこの連載小説は実に読みにくい形態の連載方法を採用していた。

連載期間は一九三一年四月一八日から一九三二年五月二二日まで約四〇〇日間、連載回数は二四六回なので、単純計算では平均して毎週四、五日掲載されていたことになるが、実際には休載の曜日は固定されていない。連載開始後の三か月間は一か月に数日しか休載がなく、ほぼ連日掲載されていたが、八月になると休載が増え、やがて一一月二八日を最後に一旦連載が中止されて、次に復活するのは二か月後の一九三二年一月二四日のことである。新聞連載小

図① 『家』1931年『時報』連載初回

長篇小說

激流 巴金作（一）

引言……

幾年以前我流了眼淚讀託爾斯太底小說復活，曾在書前的一頁空白上寫下了「生活本身就是一個悲劇」這樣的一句話。

事實並不是這樣。生活乃是一個Jeu。我們生活來做什麼？或者說我們爲什麼要有這生命？羅曼羅蘭底回答是「爲的是來征服牠。」我以爲他說得不錯。

在這世界上我自從賦有了生命以來，雖僅過了二十幾年的歲月，這短短的時期中並不是白費的，這其間我也曾看見了不少的東西。我底周圍是無邊的黑暗，但我並不孤獨，並不絕望。我無論在什麼地方總看見那一般生活之激流在動盪，在創濟牠自己底徑路，以通過黑暗的亂山碎石之中。

這激流永遠動盪着，並不曾有一個時候停止過，而且也不能夠停止的；沒有什麼東西可以阻止牠。在牠底途中，牠曾發射出了種種底水花，這裏面有愛，有恨，有歡樂，也有受苦。這一切造成了一股激流，具着排山之勢，向着那唯一的海流去。這唯一的海是什麼而且什麼時候牠纔可以流到海裏，就沒有人能夠確定地知道了。

我和所有其餘的人一樣，生活在這世界上，是爲的來征服生活。我也參加在這個Jeu裏面。我有我底愛，有我底恨，有我底歡樂，也有我底受苦。但我並沒有失去我底信仰，對於生活之信仰。我底生活並未終結，我不知道在前面還有什麼東西等着我，然而我對於將來卻也有了一點含糊的概念。因爲過去並不是一個沈默的啞子，牠會告訴我們一些東西。

在這里我所欲展示給讀者的乃是過去十多年間的一幅圖畫，自然這里只有生活底一小部分，但我們已經可以看見那一般由愛與恨，歡樂與受苦所組織成的生活之激流是如何地在動盪了。我不是一個說教者，所以我不能明確地指出一條路來，但讀者自己可以在裏面去尋牠。

有人說過，路本沒有，因爲走的人多了，便成了一條路。又有人說路是有的，正因爲有了路纔有許多人走，誰是誰非，我不想判斷。我還年青，我還要生活，我還要征服生活。我知道生活之激流是不會停止的，且看牠把我載到什麼地方去。

（一九三一年四月 巴金）

第一章 兩兄弟

風刮得很緊，雪片像扯破了的棉絮似的無力地在空中飄舞，無目的地落下地來。牆脚已經堆砌好了一條白的路，左右兩邊各有這樣的一條，好像給中間的泥濘的道路鑲了兩道寬的邊。

街中有行人和兩人抬着的轎子。他們努力在和風雪奮鬥，但依然敵不過牠，顯出了畏縮的樣子。雪片還是不住地落，而且愈過愈多，白茫茫的佈滿在天空中，向四處落下來，落在傘上，落在轎頂上，落在轎夫底斗笠上，落在行人底臉上。

風玩弄着傘，把牠吹得向四面偏倒，有一兩次竟至把牠吹離了行人底手。風在天空中怒吼着，聲音很是淒厲，和雪地上的腳步聲混合起來，成了一種異樣的音樂，這音樂刺着行人底耳，使他們在困苦之外還感到一種恐怖，這好像給他們指示出來，這風雪會長久地管治着世界，明媚的春日是不會再回來的了。

已經是傍晚，天陰沈着，路旁的燈火還沒有燃起來，但街中的一切都只剩有模糊的輪廓了，其餘便消失在這逐漸增加的灰暗的暮色裏。時間不停地向夜走去。到處都是寒冷。街中滿是水泥。一個唯一的希望，鼓舞着行人在這困難的環境中掙扎，這便是溫暖明亮的家。

「三弟，走快點，不然恐怕趕不上晚飯了，」說話的是一個十八歲的青年，一手拿着傘，一手提着棉袍底一角，說着掉過頭來看後面，圓圓的

説が理由説明もなく二か月も休載するのは通常考えられないが、その背景には九・一八事変勃発による報道姿勢の変化があった。

連載復活の一九三二年一月二四日の再開説明では「『時報』は巴金先生の創作小説『激流』を昨年六か月にわたって発表してきたが、九・一八事変が起きて、国難関係のニュースをより多く掲載するために、小説連載のスペースがなくなり、二か月近く休載となった。読者及び作者にお詫び申し上げる。今日からは紙面の一部をこの小説のために

割き、毎日連載して五、六週間以内にすべて掲載し終える予定である」[11]とある。だがこの説明にもかかわらず、予定通りに完結するどころか、実際には連載が再開された六日目の一月二九日から再度約二か月の休載期間が生じて、三月一六日に何の説明もなく突如また連載が再開され、一九三二年五月二二日にようやく最終回が掲載される結果となった。予定通りの掲載が不可能になったのは、上海で一・二八事変が起きたためだろうが、前後二回、約四か月の休載は、熱心な読者であっても読み続けるためには忍耐力を必要とする。更に巴金の回想によれば、新聞社は連載にそう熱意がなかったような印象を受ける。

誰も原稿催促に来なかったし、新聞の状況もはっきりしなかった。だが情勢が緊迫し、デマが乱れ飛び、住民は絶えず租界に移ったり、故郷に戻ったりした。いつ何時、付近の日本海軍陸戦隊が閘北区に「奇襲」をかけるかもしれなかった。私は十分な創作の時間がある一方、「単身避難」の準備をしなければならなかった。それ以外に、ゆっくり書き続けていると、小説がどんどん長くなることに気づき、新聞社が不満を言ってくる心配があったので、速やかに小説を完結させる方がよいと思った。早めに物語を収束させようと、瑞珏が死ぬ場面まで書いたところで、新聞社から手紙が来て、小説が長すぎて、最初の予定字数をすでに越えていると文句を言われた。[12]

交渉しても埒が明かないと考えた巴金は、最終的に原稿料は要らないから最後まで掲載してほしいと申し出た結果、結末まで掲載されたと同文で述べている。[13]これから推察できるように、少なくとも『時報』側は巴金の『家』（『激流』）をそう高く評価していたわけではない。別の文章で巴金は、『時報』の編集者が交替し、元の編集者が暇を取って故郷に帰ってしまった後に連載打ち切りの打診が『時報』からあったと述べているので、[14]掲載の開始が編集者との個人的関係から始まったことも背景にあるかもしれない。

このように連載が途切れがちだったこと以外に、当初毎回千字という約束で始まった『家』の連載は、今日の常識では考えられない掲載方法を取っていた。一回ごとの連載は当初四段組（図①参照）、のちに三段組の紙面スペースだけが機械的に設定され、その大きさに見合う行数だけを収めるため、文章の途中や、ひどい時は単語の途中で切って次の回に繋がる体裁の連載だった。例えば七七回の最後の文字は「鳴」で終わり、翌日七八回の冒頭が「鳳」で始まるので、並べて読んで初めて「鳴鳳」という人物の名前であることが判明するという、読者にきわめて不親切な連載方法を採用していた。従って二度にわたる長期休載以外に、そもそも通常の連載期間内であっても、多くの読者を獲得できる体裁の小説ではなく、また連載という形式が小説構造や物語叙述に大きな影響を与えたとは考えられない。巴金自身も長兄の自殺を知らせる電報を受け取った一九三一年四月一九日当時を回想した文章の中で「当時私は閘北宝山路宝光里に住んでいて、電報は午後届いたが、第六章を書き終えたばかりで、まだ新聞社に送っていなかった。新聞社は山東路望平街にあり、三、四章書き終えると新聞社の文書受付室へ届けたが、毎回送付した原稿は一〇日間から二週間使用できた[15]」と述べていることから、連載形式が小説構造に影響を与えたとしても、章立て構造になっていること程度であり、長兄の自殺や九・一八事変、一・二八事変など、一年以上の長い執筆時間の間に起きた身辺内外の出来事が物語内容にどのように影響したかを検証すること以外に、連載という発表形式の意味を見出すことは困難である。

この連載方法の不備から生じる読みにくさを僅かながら緩和していたのは、全四〇章に題名がつけられていたことで、物語の展開を読者に知らせる機能を果たしていた。一つの章の掲載回数は最短で三回、最長で一四回なので、一つの章の連載期間が長くなる場合は機能しないが、全体を通した場合、物語の推移を把握するのに役立つ。後で検証

表①　『家』の章題

章	章題	章	章題
一章	両兄弟	二一章	囲城
二章	琴	二二章	重逢
三章	両個面龐	二三章	恐怖
四章	決心	二四章	邂逅
五章	霊魂底一隅	二五章	女人底心
六章	母與女	二六章	新的路
七章	做大哥的人	二七章	生與死
八章	旧事重提	二八章	微小的生存
九章	請願	二九章	両夜的夢
一〇章	祖孫両代	三〇章	青年的心
一一章	愛	三一章	一件大事
一二章	生活之一頁	三二章	逃婚
一三章	掘開過去的墳墓	三三章	梅
一四章	合家歓	三四章	変
一五章	忘	三五章	捉鬼
一六章	除夕	三六章	祖父底死
一七章	雪下的火山	三七章	復仇之一
一八章	彩虹	三八章	新的〝塔布〟
一九章	焼龍灯	三九章	叛徒
二〇章	明月夜	四〇章	再見

する演劇脚本や映画脚本の内容と比較する際に参考となるので、各章の題名を抜き書きしておく。（表①参照）

（三）開明書店版

こうして連載を終えた『家』（『激流』）が開明書店から単行本化されるのは、一九三三年五月のことで、この段階で著者自身によって最初の書き換えが行われている。まず全体が四〇章からなる構造は変わりないが、『時報』版の第三・四章が単行本では一つの章としてまとめられて第三章になり、更に『時報』版の第四〇章が開明書店版では第三九・四〇章に分割されているので、結果として全体の章数に変わりはない。細かな字句修正以外に、開明書店版の第七、二二、二八、三二、三五、三六章に大幅な書き換えがあるが、物語内容そのものがはっきり変化しているわけではないので、開明書店版は『時報』版を構造的に組み替えてはいるが、物語内容はその延長線上にあると考えてよい（これ以降各章に言及するときは開明書店版に拠るものとする）。開明書店版は一九三三年から一九五一年まで三三版

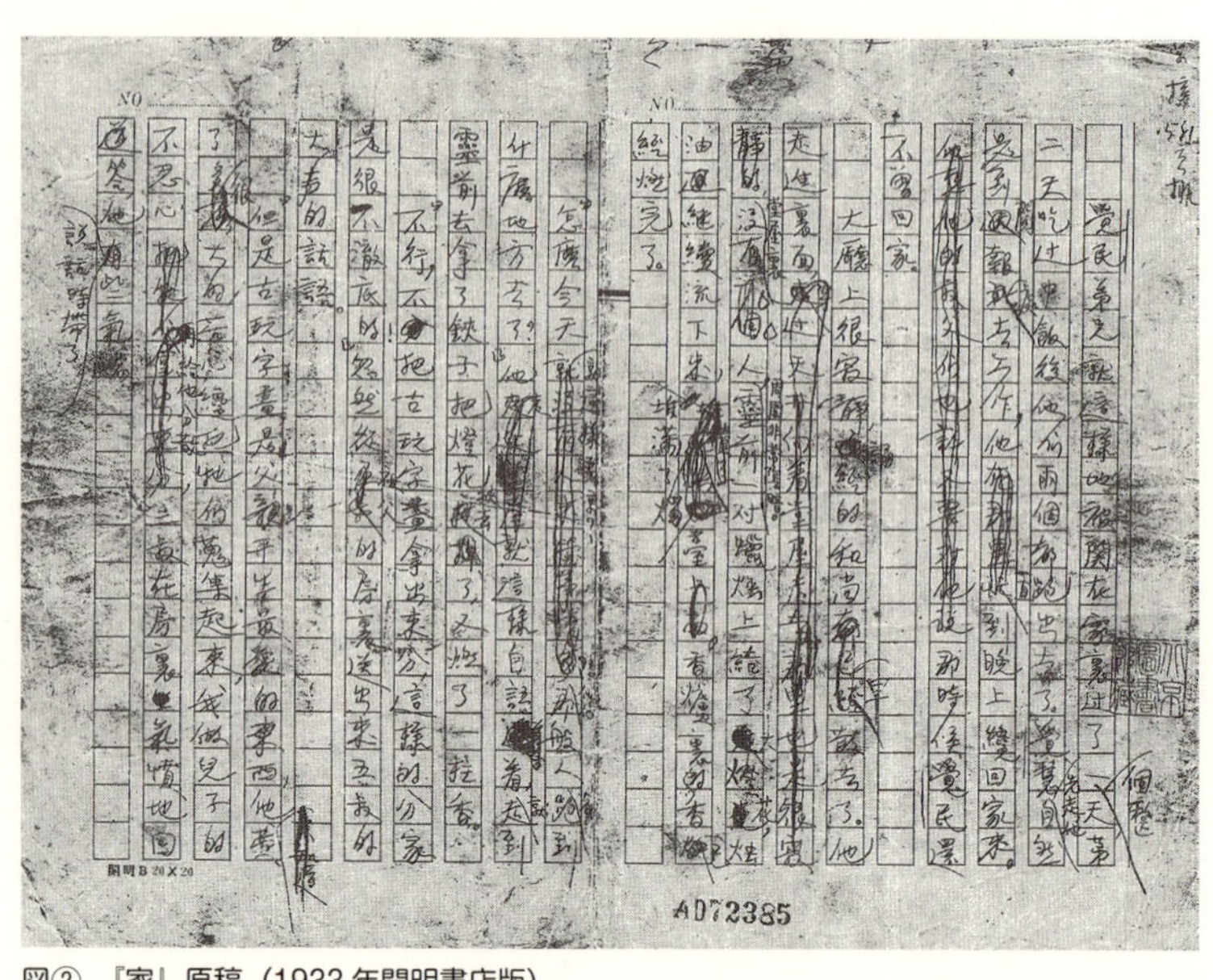

図②　『家』原稿（1933年開明書店版）

を重ねているが、途中にも更なる書き換えが行われている。[16]
まず一九三六年『家』の続篇である『春』を執筆するにあたって、『家』を再読した結果、「誤植の字を一つずつ修正し、その他に五頁を新たに組み直した[17]」第五版を出すことになったが、大幅な書き換えは見られない。次に書き換えが行われるのは、第一〇版を出す一九三七年のことである。僅か一年足らずの間に五版を重ねたことで、この時期に飛躍的に読者が増加したことが判明するが、続篇『春』がこの間『文季月刊』に連載された[18]ことが大きな理由として考えられる。この時の書き換えは小説全体にわたり、形式面では『時報』の連載時にあった各章の題名が削除され、更に「今回五、六年前に書いた小説を、辛抱強く最初から最後までひとわたり手を入れた[19]」と巴金自身が述べているように、人物形象に関わる部分で書き換えが行われているが、小説の構造全体や主題に関わる大幅な書き換えとまではいえず、修正は基本的に文章表現や微細な人物造形に限られている。例を挙げれば、第四〇章で陳剣雲が「重い肺病を患っているので、おそらくそう長くは生きられないだろう」という箇所を「肺病に罹ったが、

一、二年静養すればよくなるはずだ」と書き換えたことを巴金は紹介しているが[20]、小説の構造全体や主題に関わる大幅な書き換えは見られず、修正は限定的である。

この第一〇版で興味深いのはむしろ新たに書かれた序文で、この中で巴金は不公平な運命に対する反抗が『家』執筆の動機であり、長兄自殺の電報を受け取った夜に『家』の構造全体を最終的に決めたと告白している点が[21]、小説『家』の成立に関わる著者の説明として参考になる。この証言に依拠すれば、『家』は『時報』における連載という形式に物語構造が左右されず、第六章完成時にすでに全体構造が定まっていたことになる。この第一〇版がその後長く『家』のテクストとして認知され、一九五一年まで多くの読者に読み継がれることになる。一九四一年に第二二版が出版されているが、一九三七年七月以降抗日戦争が大規模に進行して、出版業自体が困難に直面する中でも四年間に一一版を重ねている事実は、続篇『春』（一九三八）、『秋』（一九四〇）の出版により『家』への関心が高まったこと以外に、戦争期に一回の大量印刷が困難だったこと、平常時と比べて文学をめぐる状況が変化していたことに加え、ナショナリズムとの関係など様々な分析が可能だが、詳細な検討は今後の課題として残る。

図③　『家』1933年開明書店初版表紙

（四）人民文学出版社版

やがて人民共和国体制下でこの開明書店版が改訂されて、一九五三年六月に人民文学出版社から新版が出版される。一九五二年三月から従軍作家として朝鮮へ赴いていた巴金は、同年一〇月に帰国後、民国期に発表した小説の改訂に取り組み、『家』を始めとして『新生』、

『海的夢』、『愛情三部曲』、『憩園』、『旅途随筆』、『還魂草』などの改訂に取り組んで、翌年五三年に続々と新版を出版している。『家』の改訂を説明した文章の中で「自分の意思に基づいて[22]」改訂したと巴金は述べているが、この時期に民国期の小説を改訂して出版することは、社会主義体制下において過去の小説に新たな形を与えることで、自らの文学の社会主義改造を巴金が目指していたと考えられる。巴金は「『家』はすでにその歴史的任務を終えている。そこでいっそ本来の姿のままにしておくことにした。それでもひとわたり修正を加えたが、用字が不適切な部分を改めると同時に、余計な語句を削除した[23]」と述べているが、実は単なる字句訂正以上のことが、この改訂で行われている。

例えば、長兄の人物像が最初にまとめて描かれる第六章を見ると、開明書店版にある「彼は胡適主義者にすぎない。それどころか胡適の『イプセン主義』という文章すらその議論が些か過激にすぎるように感じていた[24]」という箇所が全面削除されている。また第三五章の覚慧と祖父の和解を描いた部分では、開明書店版で覚慧が布団から差し出された祖父の手を握ってベッドの横に跪く場面や、祖父の言葉に感動して覚慧が泣き出す姿など、覚慧と祖父の家族愛が描かれていた場面が削除され、封建世代の代表である祖父が近代青年である覚慧に謝罪することを強調した叙述へと変化している。物語構造の基本的枠組みこそ変化しないが、人物造形や表現方法に異なる国家体制下における書き換えの特徴がよく表れているといえるだろう。

更にこの人民文学出版社版をもとに改訂を加えた一九五八年五月の『巴金文集』第四巻『家』でも、語句修正以上の書き換えが行われ、社会主義体制下の『家』のテクストがこれで確定したといえる。当時巴金は、同じ『巴金文集』に収録された『春』の改訂に関して、曹禺の戯曲『家』に啓発されて物語を書き換えたと説明しているが[25]、巴金『家』→曹禺『家』→巴金『春』と作者や作品を超えてテクスト変容が受け継がれていくほど、巴金は改訂に拘りがない。

人民文学出版社初版から『巴金文集』版までの間に、胡風事件と反右派闘争があり、いずれも巴金は胡風や「右派」を批判する側に回っていたことで、この『家』改訂問題がそうした政治状況と関連していると見るのが自然だが、巴金の場合、更に一九五八年三月から六二年八月まで全一四巻で刊行された『巴金文集』（人民文学出版社）の刊行途中に、巴金作品批判運動があったことが、改訂問題と直接関わっているのではないかと推測できる。一九四九年以降、巴金の民国期の作品に関する個別の評論は散見するが、集中的に現れるのは反右派闘争直後で、巴金がアメリカの作家ハワード・ファスト（Howard Fast）に同情を込めた批判を行った「法斯特的悲劇」[26]を発表したことも、巴金批判を強める要因の一つだった。

政治姿勢が鮮明に出ていても学術的立場を失っていない作品評論としては、その直前に揚風「巴金論」[27]や王瑶「論巴金小説」[28]があるが、一九五八年後半以降の巴金批判は政治運動の一環として展開され、その一部はのちに二冊の書籍としてまとめて出版されている。それぞれ北京師範大学中文系と武漢大学中文系の学生による運動としての巴金作品批判だが、前者による『巴金創作評論』の「出版説明」で「巴金の作品は長期にわたって多くの読者を擁し、読者（特に青年読者）間にある程度広範な影響を与えた。解放後、作品の発行部数は相当多く、映画『家』、『春』、『秋』の上映や『巴金文集』の編集出版以後、読者範囲は更に広がった」、「民主革命時期において巴金の作品は一定の積極的な役割を果したが、作者の世界観や歴史的条件の限界から、作品の中の無政府主義思想と個人の奮闘や反抗などの情緒は、読者に消極的な影響を生じさせた」、「最近北京師範大学の学生たちは、党の〝迷信を除去し、思想を解放せよ〟というスローガンの下、科学的研究活動を展開し、中文系の学生たちが〝巴金創作研究小組〟を成立させた」[29]と述べ、この作品批判が共産党側からの指令に基づくものであることを表明している。後者による『巴金創作試論』の「内容提要」でも「〝巴金の世界観と創作を論じる〟は解放前の巴金の世界観の諸矛盾要素を比較的体系的に分析し、巴金の代表的作品の積極的な意義と消極的な作用を批評して、巴金の世界観における様々な複雑要素が創作に制約作用を及ぼしたことを論証した[30]」と述べ、同様に民国期の巴金の文学創作を「世界観」の観点から批判する運動であることを表明している。

このように一九五八年後半以降の巴金作品批判は政治運動の一環として展開され、『巴金創作評論』と『巴金創作試論』の内容から分かるように、共産党側からの指令に基づいて展開されたのである。こうした巴金批判は民国期の巴金の文学創作を「世界観」の観点から批判する運動であって、テクスト改訂問題や評論のレベルではなく、作家の政治的立場そのものを問題としている。「自分の意思に基づいて」という巴金の言葉の背景に、こうした政治運動があることを知っておく必要があるだろう。

その後文革中は、周知のように巴金の作品が「毒草」として批判対象となっていたので、出版されることはあり得なかった。文革収束後に執筆活動を再開した巴金は、『巴金選集』全一〇巻に『家』[31]を収録する際、再び書き換えを行うが、「先月の改訂は直した箇所が一番少なく、また最後の改訂になるだろう[32]」と述べている通り、『巴金文集』版とほぼ変わりがない。やがて人民文学出版社が一九八六年から九四年にかけて全二六巻の『巴金全集』を出版する際、第一巻に収録した『家』が最後の確定したテクストになる。これは『巴金選集』版を踏襲したものであり、五三年人民文学出版社版の延長線上にあるテクストといえる。

以上述べたことをまとめると、『家』には大きく分類して『時報』版と開明書店版と人民文学出版社版の三系統のテクストが存在していることになる。巴金自身は晩年の回想で「『家』は少なくとも八回は修正した」、「修正した『家』は初版本より欠点が少ないと私は一貫して考えている[33]」とテクスト修正に関する立場を表明しているが、ここで問題となるのは、どのテクストが妥当なのかということではなく、文学テクストの変容によって様々な解読がなされ、また各テクストの同時代における解読でさえ個別性と集団性があるという点である。そこで以下に紹介する戯曲化、映画化の過程を考える際、どの時期のテクストを作家や脚本家がどのように読んでいたかを確認しながら考察する必要がある。

二、戯曲化

小説『家』の演劇脚本は地方劇まで入ればかなりの数になるだろうが、ここでは『家』の代表的戯曲化作品として、曹禺と呉天[34]の手になる二種類の戯曲『家』を取り上げて、両者を比較しながらその解読方法の違いを考えてみたい。一般的に『家』の演劇脚本として知名度があるのは曹禺の戯曲『家』[35]だが、これには戯曲作家としての曹禺の知名度や巴金との個人的関係が影響していることも否めない。一方、曹禺の作品ほど注目されなかった呉天の戯曲『家』[36]については、「呉天改編の『家』は失敗作品ではないが、原著に過剰に拘っているため、忠実のように見えて逆に見劣りがする」[37]との批評のように、作家としての個性が鮮明に表れず、また登場人物の造形に作者独自の解釈が見られないという批判があるが、逆に原作の小説にあった多角的視点や多層的物語構造を忠実に再現しようとした努力はもっと評価されるべきだろう。二作品はいずれも抗日戦争中の近接した時期に創作、上演されているが、戯曲への改編時期が多少早い呉天『家』から、その執筆経緯と解読方法を検証してみたい。

（一）呉天の『家』

呉天の戯曲『家』の単行本は戦後の一九四七年になって出版されているが、実際の執筆は当然これより早く、舞台化が行われた抗日戦争中の一九四〇年末か一九四一年年明けのことと思われる。単行本の「後記」（一九四一年九月執

図④　呉天改編『家』

筆）で「一年前の今日、私は友人の勧めと、劇社の要請を受けて『家』の改編にあたった。三か月間かかり、最後の一か月は厳寒の冬の夜を耐え忍び、苦しみの極限の中で執筆した[38]」と執筆経緯が説明されている。これから判断して、戯曲化は呉天周囲の人間の働きかけによるもので、劇の上演を目的として脚本が執筆されたことが分かる。同じく「後記」で「離れたところにいて、出版期日も迫っているので、原著者の貴重な意見を求めることはできなかった[39]」とあるので、発表以前に原著者巴金が原稿に目を通した戯曲ではなかったことになるが、「改編した後、健吾、于伶、西禾三先生が注意深く校閲してくれた。特に上演の際、健吾先生が周到に簡潔なものにしてくれたことを忘れられない[40]」と、巴金の友人の名前を挙げているので、無関係な第三者の手による戯曲化でもない。三人のうち陳西禾と李健吾はそれぞれ『家』の続篇『春』と『秋』の戯曲化を担当していて[41]、李健吾の自伝に拠れば「本来巴金との約束では私が『春』を改編することになっていたが、のちに陳西禾が取り替えてほしいと言ったので、承諾して『秋』を改編した[42]」とあるので、李健吾が呉天に助言しているとすれば、呉天が小説『家』を戯曲へ書き換えることを巴金が知っていた可能性はある。

　初演は上海劇芸社[43]によって一九四一年二月、フランス租界内にあった上海辣斐（Lafayette）劇場で行われた。呉天『家』「後記」によれば、「上演後、観衆や世論の評判が良く、三か月連続公演となった[44]」とあり、これだけを見ればある程度成功した戯曲といえるが、その翌年一九四二年に曹禺の戯曲『家』が発表されてからは、あまり顧みられることがなかった。ここで、なぜこの時期に『家』の戯曲化が行われたのかを少し考えてみたい。というのも、日中戦争の最中に租界内で話劇『家』の公演が行われること自体が時代的な意味をもっていたと考えられるからである。『家』の続篇にあたる『春』が一九三八年四月に、『秋』が一九四〇年七月に開明書店から出版されていて[45]、戯曲化される時点で『激流三部曲』が完結していることが戯曲化の動きの一因であることは間違いない。だがそれだけでは『家』、『春』、『秋』の戯曲化や、後で検証する映画化の動きが一九四一―一九四二年に集中していることの説明としては不十分である。演劇や映画の作品として世に送り出すには、大量の人員と相当額の費用が必要であり、個人の意思だけでは実現が困難である以上、集団の意思が働いていることを想定しなければならない。「戯劇家たちは全人民を抗戦へと奮起させると同時に、民族解放を阻害し、抗戦建国を破壊する種々の暗黒現象を怒りをもって暴き、深い憂国の心情によって優れた作品を生み出した[46]」との概括は、一面的なイデオロギーを示しているように見えるが、実は抗日戦争時期の文芸がすべて愛国・祖国防衛に奉仕するものではなく、国民党支配地域における文学・演劇・映画界に社会批判精神と近代化創出に向けた実践を行っていた人々がいたことを示唆している。検閲や発禁などの言論弾圧を潜り抜け、抗日戦争を戦いながら、社会の近代化を目指す人々にとって、反封建というスローガンの結集力を利用することが、戦略的に有効であることは十分想像可能である。

(二)　曹禺の『家』

その場合、家制度の封建制を告発するならば、恋愛や婚姻の不自由から生じる悲劇を描き、自由を獲得しようと青年を描く作品こそが大衆動員力を確保できると考えても不思議ではない。とりわけ曹禺のように原作小説の中の恋愛の悲劇を中心にテクストを創作しようとすれば、意図のあるなしに関わらず、演劇のように一回性の身体芸術でも、映画のように複製された表象芸術であっても、文字テクストより遥かに現実社会における即時的影響力が強くなる。ただし、それはまた小説に対する評価と別に、その解読方法、創作方法自体に対する新たな評価をも生じさせ、イデオロギー問題を招来する諸刃の剣でもある。曹禺の戯曲『家』の個性的な解読方法が、多くの人々から支持され、映画化にも影響を与える一方、またイデオロギー的な批判を受ける理由がそこにある。

曹禺が『家』を戯曲化するにあたって、原著者巴金が深く関わったことは、様々な資料からも明らかである。曹禺死去後に書いた回想で巴金は、四川省江安の国立戯劇専科学校で教鞭を執っていた曹禺を一九四〇年一一月中旬に訪ね、「毎晩同じ部屋で机越しに向かい合って座って話した[47]」時に、『家』の戯曲化計画を知らされたことを次のように記している。

その頃の彼は創作が旺盛な時期にあり、『蛻変』、『北京人』を続けざまに書き上げていた。ちょうど上海で公演した『家』（呉天改編、上海劇芸社公演）について話が及んだ時、彼は自分も改編してみたいといった。私はやってみるのがいいだろうと励ました。彼には彼の『家』があり、個人的情感があるからには、自身の『家』を書くことができる。四二年重慶付近に停泊していた汽船上で、家宝は自分の『家』を書き始め、ひと夏費やして自分の中にある愛と苦しみをすべて書き上げた。その激情に満ちた美しい台詞は彼の心の奥底から流れ出したものであり、その中には彼の愛と憎しみと涙と魂の叫びがある。彼は自分の真実の感情のために奮闘したのだ。桂林で彼の原稿を読み終えた時、その才能に感嘆しないわけにいかなかった。彼こそ本当の芸術家だった[48]！

曹禺の場合はすでに発表された呉天の『家』を受けて創作に取り組み、また発表にあたって原著者巴金自身が戯曲の原稿を読んでいる点で、呉天の執筆・発表状況と異なっているが、小説解釈もまた大きく異なっている。演劇が一回性の身体芸術として臨場性や空間性をもっていても、文学テクストより盛り込む情報が遥かに少ない以上、戯曲化するには演劇の時間や空間の条件の中で、小説の何を取り、何を捨てるかを考えなければならない。後年受けたインタビューの中で曹禺は「巴金の小説『家』を読んだ時、一番深く感動し、思想的共鳴を感じたのは、封建的婚姻に対する反抗だった」、「『家』の原著は覚慧という人物の封建的家庭に対する反抗と革命への情熱を書いているが、戯曲『家』は封建的婚姻に対する反抗を重要視して突出させ、覚新、瑞珏、梅の三人の善良な青年の婚姻における不幸を描いた[49]」と語ったとされている。更に曹禺は「巴金同志に送って見てもらった時、とても不安だった。私の改編に賛成してもらえないのではないかと心配だった。粗筋や人物は大体原作に基づいているものの、結局はいくつか異なる部分があった。我が旧友巴金同志は読み終えた後、喜んで認めてくれた[50]」と述べているが、「大体原作に基づいている」というのは、個々の場面に限られ、全体構造は大きく書き換えられている。

(三) 二つの『家』の比較

ここで、比較するために呉天と曹禺の二つの戯曲の構造を並べてみる。

表② 呉天改編『家』（一九四一年二月年初演）

幕・場		主内容	小説の該当章
第一幕		大晦日の一族の集まり。覚新と瑞珏と息子海児の登場。叔父たちの堕落。覚慧の反抗。	二、九、一二―一三、三三
第二幕		元宵節前日。覚慧と鳴鳳の恋愛。琴と陳剣雲来訪、覚民との恋愛関係。梅を忘れられぬ覚新の苦悩。馮楽山の偽善者ぶり。市街戦勃発。梅が高家に避難。	三、七、一〇、一二、一四、一六、一八―二〇、二六
第三幕	第一場	覚新、覚民それぞれの恋愛問題。鳴鳳の絶望。	一〇、一二、一五、二六
	第二場	覚新、梅、瑞珏の苦悩。鳴鳳の自死。	一六、二一、二四、二六
第四幕	第一場	祖父の誕生日。覚慧の反抗。馮楽山の姪との結婚を強要され家を出る覚民。妥協を重ねる覚新。叔父たちの堕落。梅の死。	三〇―三三
	第二場	病床の祖父。迷信にこだわる一族。覚慧の反抗。祖父の謝罪。覚民の帰宅。祖父の死。	三四、三五
第五幕		禁忌のために妊娠中の瑞珏が城外へ追われる。覚慧は覚新、覚民、琴に家を出て上海へ行くことを告げる。瑞珏の死。	三七、三八

表③　曹禺改編『家』(一九四三年四月一八日初演)

幕・場		主内容	小説の該当章
第一幕	第一場	結婚を強要される覚新。瑞珏との結婚式当日の高家の様子。女性の悲運の様々な例。	六
	第二場	結婚式後の夜。覚新と瑞珏の対話。	
第二幕	第一場	二年半後。仲むつまじい覚新と瑞珏。覚慧と鳴鳳の恋愛。妾に出される鳴鳳の絶望。	一〇、一六、二六
	第二場	二時間後の深夜。市街戦の勃発と高家の混乱。	二〇―二三
	第三場	十数日後。避難していた梅、覚新、瑞珏のそれぞれの苦悩と愛。	二四
第三幕	第一場	三か月余り後。鳴鳳の死によりいっそう家に対する憎しみの強まる覚慧。結婚を強要されて家を出る覚民。目上の者に妥協するしかない覚新。梅の死。馮楽山の偽善者ぶり。	三〇―三四
	第二場	二か月余り後。祖父の死。覚民の帰宅。覚慧と周囲の対立。	三五
第四幕		一週間後。妊娠している瑞珏は城外へ追いやられる。兄覚新に家を出ることを告げる覚慧。瑞珏の死。	三六―三八

内容や該当章を見れば歴然としているが、両戯曲とも後半は似ていても、前半が大きく異なっている。曹禺の『家』は覚新・瑞珏・梅の恋愛悲劇を中心に物語を組み立てたため、他の恋愛悲劇や覚慧の活動を中心とした社会との接点が後景化されている。それが曹禺にとって「自分の『家』」ということになのだろう。だが、そもそも小説『家』は五四運動直後の一九二〇―二一年を時代背景として、いくつかの恋愛問題を同時進行させることで、異なる生き方を

する三兄弟とその周囲の人々の生き方の対照を鮮やかに浮かび上がらせ、恋愛の自由が個人の自立問題と不可分であることを描いた点で、多くの若者の心を惹きつけることができた。小説の中の恋愛問題を分析すると、そこには当時の中国の若者が直面したであろう様々な問題が数多く描かれている。

まず覚新・瑞珏・梅の三者をめぐる愛情悲劇は、梅と瑞珏の死で封建制への批判と悲劇性をいっそう強めている。覚民と琴による恋愛の自由を獲得する戦いは、覚民自身の家への反抗よりも、一人の女性として自立して生きたいと願う琴の存在によって意義深くなり、恋愛の自由が女性の自立なしには成立し得ないことを提示している点で、女性の革命を積極的に主張している。これに優柔不断なニヒリスト陳剣雲の琴への片思いが加わることによって、自立しない男を拒否する女と、自立に失敗した男の対照が鮮明になる。自立に目覚めた果てに敗残者となった男が、社会の余計者として周縁に生きざる得ない姿を描き出す点は、魯迅の小説の登場人物を彷彿とさせる。覚慧の恋愛は身分差を超える点で三兄弟の中で最も困難な道をたどり、最終的に鳴鳳を救うという私的な革命よりも、社会運動という公的な革命を優先する道を選んだ覚慧が、家における革命者としては敗北し、家という共同体を拒否して、新たな共同体創出の夢を抱いて家を出る結末を迎える。

曹禺の『家』がこのうち覚新の恋愛悲劇を中心に据えて戯曲に改編したことに対して、「原著の精神をより突出させ、主題思想の芸術表現力を強化するためである[51]」とだけ評価するのは一面的に過ぎるだろう。巴金の『家』が様々な恋愛の形や青春群像を描いていたのに対して、曹禺の『家』が特定の愛情悲劇を集中的に描いたのは、曹禺が小説『家』を自分の視点で解読して、演劇脚本として創造した結果であって、その点で原著にある複数の視点や重層的な物語構造を舞台上で再現しようとした呉天の『家』と解読の違いが存在する。呉天は戯曲『家』の最後に「附録」として小説中の高家を解説した文章を書いているが、その中で「時代の波濤が絶えず沸き起こり、高家の覚新、覚民、覚慧、三兄弟は新思想の薫陶を受けて直接的、間接的にその中に巻き込まれていった」[52]と基本的な読み方を説明し、覚新・覚民・覚慧の三人の対照的な生き方や、他の登場人物に対しても丁寧に言及している。こうした視点からの戯曲化が社会的に成功した作品となっていれば、曹禺の『家』と比肩し得る作品として認知されただろう。だが、その時代の一般的解読方法と合わなかったのか、またはその後のイデオロギー的評価が低かったのか、或いは脚本としての完成度や舞台演出水準が曹禺の『家』に及ばなかったのか、結果的に忘れられた作品となってしまった。

このように、二篇の戯曲を比較すると、原作の巴金『家』が様々な恋愛の形や青春群像を描いていたのに対して、曹禺の『家』は特定の愛情悲劇を中心に描き、呉天は不十分ながら原著にある複数の視点や重層的な物語構造を舞台上で再現しようとしたことが分かる。そこにはテクスト解釈と戯曲の完成度の違いがあるだけで、「原著の精神」把握の的確さを論じるには別の議論が必要である。そもそも覚新の愛情悲劇を描いたことを曹禺だけの個性的創作とい い切ることもまたできない。巴金は『家』の続篇として当初上海へ出た覚慧を主人公とする小説『群』を構想していたにもかかわらず、結局覚慧のような社会活動に参加する青年を描かずに、覚民を中心とした家の中の愛情悲劇を続篇『春』、『秋』で展開している。これを参照すれば、曹禺の戯曲化は巴金が『春』、『秋』で焦点化した愛情悲劇の方向に沿ったものと見ることができるからだ。従って曹禺の場合、原作小説『家』が包含していた多角的な視点や多層的な構造を捨象して、単線的に覚新を中心とした恋愛悲劇として描いたことで、恋愛や婚姻の不自由という現実問題に直面する人々の支持を受け、反封建という政治的方向性が主導する時代的コンテクストの中で受容されたという見方が成り立つ。

実際に曹禺の戯曲『家』は、抗戦期の政治・文化状況を背景に、反封建や近代創造の文脈の中で、恋愛や婚姻の不自由という現実問題に直面する同時代の若い人々の熱い支持を受けて、演劇として大きな成功を収めた。初演は一九四三年四月一八日、重慶の銀社劇場において中国芸術劇社によって行われ、演出は章泯、出演俳優は金山、張瑞芳らが登場し、呉天『家』の上海公演時と同じく三か月連続公演という盛況で、「『家』は計八六回公演を行い、九万人の観衆を動員したが、公演回数と観衆数は抗戦期重慶の劇場公演の最高記録を作り出した。重慶の人口が九四万人なので、市民の一〇分の一が『家』を見たことになる[53]」といわれる。その後、七月一二日に留桂劇人実験団が桂林の「広西劇場」で欧陽予倩の演出により公演、八月初めにはまた留桂劇人協会が桂林で田漢、熊佛西の演出で公演、九月には抗敵演劇二隊が華北興集で公演等々[54]、数か月の間に各地で何度も公演が行われたことが、曹禺の『家』公演に対する演劇人の熱意や観衆の支持を示していると同時に、そのもととなる巴金の小説への関心の高さをも示していると見てよいだろう。

この時期の巴金『激流三部曲』の影響力は意外なところに及び、日本帝国主義の傀儡国家であった満州国でも、序文で明確に抗日意識を宣言している巴金の『春』が公開出版されている[55]。こうした『激流三部曲』の完結、小説『家』の大量出版、『家』の戯曲化、『家』公演の広がり、更には映画化が、一九四〇―四三年に集中していることから、抗日戦争という時代抜きにこの問題を考えることができないことがはっきりする。その一方で、社会的受容は時代的コンテクストと関連しているので、例えば時代を社会主義体制下へと変えれば、逆に「婚姻の不自由は封建社会の主要矛盾ではない[56]」とのイデオロギー的批判を招来することにもなる。

演劇に一回性の身体芸術としての特性があることは事実だが、そのため脚本は必ず原著と大きく乖離しているべきだとはいえず、むしろ戯曲化や映画化にあたって試みられた様々な解読の形を比較した方が、戯曲や映画のテクスト創作を論じるのに生産的だろう。曹禺の『家』の覚新への焦点化問題は、呉天の『家』とのみ比較するだけではなく、例えば以下に紹介する覚慧と鳴鳳の恋愛だけに焦点を当てて描いた香港映画『鳴鳳』と比較することで、当時の恋愛の自由をめぐる現実性が検証できるだろう。ここではむしろ曹禺の『家』が愛情悲劇を中心にすることで反封建を鮮明に表現して、先に述べたように日中戦争期のナショナリズム、社会批判、近代化実践の方向性と合致していると考えた方が、社会的受容の成功理由として妥当だろう。

三、映画化

小説『家』は二〇世紀中国文学の中で最も映画化回数の多い小説の一つで、現在まで二種類の言語バージョンで四回の映画化が行われている。各作品を時系列的に並べると次のようになる。

①『家』（国語）〔一九四一年、上海、中国聯合影業公司、新華影業公司〕
・制作：張善琨
・監督：卜万蒼、徐欣夫、楊小仲、李萍倩、岳楓、呉永剛等の集団演出
・脚本：周貽白
・俳優：袁美雲、陳雲裳、梅熹、劉瓊、姜明、胡蝶、顧蘭君、陳燕燕、王引、韓蘭根、殷秀岑、王元龍、李紅

②『家』（広東語）〔一九五三年、香港、中聯電影企業有限公司〕
・監督・脚本：呉回
・俳優：呉楚帆、張瑛、張活游、紫羅蓮、梅綺、黄曼梨、小燕飛、容小意、林妹妹、石堅、盧敦、李月清、周志誠、黄楚山、檸檬

③『家』（国語）〔一九五六年、上海、上海電影製片廠〕
・監督：陳西禾
・脚本：陳西禾、葉明
・俳優：孫道臨、張瑞芳、張輝、魏鶴齡、王丹鳳、黄宗英、章非、汪漪

④『鳴鳳』（国語）〔一九五七年、香港、長城影片公司〕
・監督：程歩高
・脚本：魏博
・俳優：石慧、鮑方、張錚、李次玉、姜明、洪亮、陳思思、劉恋

（一）一九四一年『家』（上海：国語）

小説『家』の映画化で一番早い一九四一年上海版『家』は、前章で検証した呉天の戯曲『家』の成立、公演時期とほぼ同時期であり、その点だけでも抗日戦争と切り離してこの映画化を考えることができないことが明らかである。また制作場所である上海という国際都市の特徴も映画化に影響を与えている。上海は中国映画発祥の地であり、また一九三〇年代以降多くの映画を生み出した中国映画の中心地だが、一九三七年七月に日中戦争が勃発してから、日本軍が容易に進駐できない外国租界があったことで、他の地域とは異なった歴史を歩んでいる。そもそも抗戦期の文化を考えるには、国民党支配地域、共産党支配地域、満州や華北のような日本軍占領地域、上海や香港など外国勢力支配地域と、各地域の異なった社会状況を相互に関連させながら考えなければならない。更に上海は「孤島」と呼ばれる租界を抱えているだけで、香港のような植民地ではなかったので、日本の勢力が進出する余地が残され、中華電影

（一九三九年設立）や中華聯合制片（一九四二年設立）のような日本人脈の映画会社が上海で設立された。

一九四一年に上海で『家』を制作した張善琨もそうした流れの中の人物である。ただし当時の上海映画界は政治的にも、文化的にも相当複雑である。抗戦期である以上、愛国・救国をテーマとする映画が増えるのは当然だが、国民党・租界当局の検閲や日本軍の監視がある状況下で、自由に抗日宣伝映画を撮ることは容易ではない。張善琨が制作した映画『木蘭従軍』（一九三九）が古典物語の形を取っていても、観衆からナショナリズムを鼓舞する映画として歓迎される文脈に上海映画界の複雑性が表れている。『木蘭従軍』の成功に刺激されて一九四〇年は古典物映画の隆盛を迎えるが、言論発表の権利が制限されている状況で歴史に借りて政治批判を織り込むことは、中国の他の地域でも、他の時代でも行われている。

図⑤　『青春電影』1941年9月映画『家』特集表紙

また抗日戦期の上海映画に恋愛物が多いことも特徴的だといわれるが[57]、これには映画そのもののもつ特性も関係しているといえるだろう。映画は制作、機材、宣伝、映画館まで、大きな商業資本なしには成立し得ない芸術であり、文学より遥かに商業資本の影響が大きい。一九三七年から四一年にかけて、僅か数年間に二〇〇本近い映画が上海で制作された理由を、映画が産業として発展した時期なので検閲があっても相対的に統治者から独立していたこと、非戦闘地域である租界には映画消費能力があったこと、多くの創作人員を擁していたことに見出す見解もある[58]。更に現実問題として、戦争によってハリウッド映画のような外国映画の輸入が減ったことで、ナショナリズムの高揚と連動して国産映画制作の機会が増えたことも影響しているだろう。

こうした状況下で、映画資本の側は規制に配慮しながら短期投資に見合う作品を制作するために「商業的題材の使用に熱心になる」[59]一方、監督、脚本家、俳優など制作側は創意工夫で規制を潜り抜けて表現の主体性を確保しようとしたはずである。古典物や恋愛物映画の隆盛にはおそらくそうした背景があることが考えられる。だが上海とて戦争と無関係ではあり得ず、やはり多くの映画人が上海を離れ、一部は香港へ逃れた。「その中には劇作家も含まれていた。この時期の上海は〝脚本不足〟に直面していた。オリジナルの映画脚本が不足している状況の下で、多くの映画投資商は中国内外の文学名著に目を向けた」[60]との説に従えば、恋愛と家の問題を扱って多くの青年読者から支持されていた巴金の小説『家』、『春』、『秋』が選ばれることは自然の成り行きであった。ちなみに「一九四一年に各映画会社が制作・上映した映画は八〇数本あり、現代物が六〇数本で、尚且つ制作・上映された現代物は〝孤島〟時期全体の五分の四を占めた」[61]といわれるので、現実生活に近い現代物映画の制作増加も近代文学名著の映画化に関係しているだろう。

この映画の脚本を書いた周貽白や数名の監督の小説解読の方向性は、同時期の呉天の戯曲『家』と似通っている。まず冒頭に大晦日の一族の集まりを設定して登場人物を自然に紹介する設定は、呉天の戯曲と同じである。更にこれ以後の物語の展開は原作小説とほぼ同じで、プロットの省略よりもむしろ補充が多く、呉天『家』よりも遥かに原作小説に近い。場面展開が技術的に容易で、文字でなく画面で物語を説明できるという映画の特性を最大限利用して、小説の物語をほぼ全面的に映像で再現しようとする意図がはっきり見える作品である。従って物語構造や人物造形は原作に忠実であることを試みているが、文字による想像が読者の個別性に任されている文学と異なり、映像による物語解釈が一方通行で提示される表象テクストへ変容している。

この『家』映画化を受けて、上海では一九四二年に更に『春』と『秋』を原作とする映画が制作され、[62]『激流三部曲』がすべて映画化されている。一九四〇年代初頭にこうした映画が上海で制作される意義は、巴金が一九三九年から四〇年にかけて上海で『家』の続篇『秋』を執筆する意図を「抗戦以後はどうなるのか、抗戦中に封建に反対しなければならないなら、抗戦以後も封建に反対しなければならない[63]」と回想する視点から理解できるのではないだろうか。つまり抗戦期における文化創造とは、単なる愛国・祖国防衛のためではなく、抗日戦争を戦うことが中国人一人一人の自立と近代化実践の一過程であるという、国防文学論戦における魯迅や巴金の立場と共通した認識である。

ただその場合、恋愛を描くことは一方で娯楽や商業性と関連づけられやすいがゆえに通俗的、大衆的であると低く評価されがちだが、巴金のデビュー作『滅亡』（一九二九年）が革命のために恋愛を捨てるという形で、人を愛するという行為を断念することが最大限の犠牲になり得ることを逆証明するのに似て、恋愛問題が引き起こす個人の自立への苦闘が多くの読者や観衆の関心を惹きつけるからこそ通俗的、大衆的なのであり、通俗的、大衆的であるからこそ近代化実践足り得るという視点でこの映画を見る必要があるだろう。それはナショナリズムや祖国憧憬の問題とも関連して、後で述べる戦後香港映画における巴金原作映画でも、同じように検討すべき問題である。

(二)　一九五六年『家』（上海：国語）

同じ上海で人民共和国体制下の一九五六年に制作された映画『家』は、一九四一年版とは大きく原作解釈を変えている。監督と脚本を担当したのは、抗戦期に『春』を戯曲化したことのある陳西禾で、原著者巴金の友人であり、映画脚本の初稿と第四稿を巴金に見せているので、[64]原著者の作品解釈に近い立場の人物のように思えるが、映画公開後に意見を求められた巴金は、「映画はただ物語を語るだけで、何も人の心を動かす芝居がない。脚色・演出の同志は原著の解釈に力を注いだようだが、〝芸術の再創造〟の仕事をするべきことを忘れてしまった。自分の責任を放棄したので失敗したのである」[65]と、呉天『家』に対する例の評価を思い起こさせる否定的な見解を述べている。

ただ一般的には巴金と逆に肯定的評価が多く、「映画『家』は原著に忠実であり、意味深く且つ簡潔で、真情が込もって感動的であることで、映画界や世の人々から賞賛されている」[66]との評価はある程度広く共有されていたように思う。この作品は「原作小説の主要人物や主要な粗筋をほぼ残し、覚新の部分を減らさずに、当時の広範な青年観衆の審美傾向と審美追及に基づいて、覚慧を比較的重要な地位に置いている」[67]と評されるように、曹禺の戯曲『家』の覚新の愛情悲劇の部分を残しながら、覚慧と鳴鳳の悲恋をも描き込むという物語構造になっている。それでも物語の中心はやはり覚新で、原作小説の中の多角的、多層的な視点や構造は再現されていない。そもそも小説という文字テクストと映画という表象テクストでは、環境・効果・鑑賞などの諸条件がきわめて異なり、また演劇のような一回性の身体芸術と異なって、映画は近代複製技術やメディアや都市文化と分かち難く結びついた新興芸術であり、更に商品としての即時的影響力や娯楽性が文学や演劇より遥かに強い。そのためテクスト生成にはそうした諸条件や特性が強く影響することになる。一九五六年上海版映画『家』に対する巴金の不満も、逆に多くの観衆の支持も、実はそうした映画の諸条件や特性から発している部分があるのかもしれない。

(三) 一九五三年『家』（香港：広東語）と一九五七年『鳴鳳』（香港：国語）

一方、戦後香港でなぜ多くの巴金作品が映画化されたかという問題は、これまで検討が十分になされてこなかった。[68]また制作された映画に関しても、例えば前述した一九五〇年代後半の巴金作品批判運動で「映画『家』、『春』、『秋』の上映や『巴金文集』の編集出版以後、読者範囲は更に広がった」と言及された映画『春』と『秋』は、実は香港映画『春』と『秋』の国語吹き替え版であったが、巴金研究の上でほとんど看過されてきた。一九五三年香港で制作された広東語映画『春』は翌年同じく香港で制作された『秋』とともに国語に吹き替えられ、一九五七年中国国内で上映され、『春』が文化部選定の「一九四九―一九五五年優秀影片奨」を受賞しているのだが、なぜ民国時期に上海で制作された一九四二年国語版『春』と『秋』ではなく、戦後香港で制作された広東語版『春』と『秋』の吹き替え版を社会主義中国で上映したのか、今後の研究を待たなければならない。ここではまず戦後香港の「文芸片」と呼ばれる文学作品を原作とする映画に、巴金原作の作品が多い理由を社会的文脈から考えてみることにする。

　香港は一九九七年まで英国植民地であったが、住民の大多数が広東語話者の中国人であるため、映画が広東語で制作されることは、香港領域内の映画市場の視点から見れば当然であり、また同時にアジア諸国を中心に海外に広東語話者の華僑がいることで、広東語映画は海外市場をもっていた。しかし「上海の映画市場は全国と南洋に向けたもので、南洋の映画商人は上海へ買いつけに来た。香港映画の市場は一九三三年以前は香港と広州に限られるほか、香港はせいぜい中国内地映画の南洋向け配給機構の所在地にすぎなかった」[69]との見方があるように、産業としての成熟度、映画制作の条件、経済規模、人口などから見て、一九三〇年代以前であれば香港の映画産業は上海に及ばない。やがて一九二五年上海で設立された映画会社天一公司が、一九三三年に広東語映画『白金龍』を香港や南洋で公開し、大成功を収めたことで、広東語映画産業が香港でも勃興することになる。ちなみに日本軍に占領される一九四一年一

表④　香港で制作された映画[70]

西暦	制作映画本数
1931年	3本
1932年	2本
1933年	5本
1934年	12本
1935年	36本
1936年	49本
1937年	85本
1938年	87本
1939年	125本
1940年	89本
1941年	80本

二月以前に、国語映画を含めて香港で制作された映画数には表④のような統計がある。

このうち国語映画は全面的な日中戦争開戦後の一九三八年から四一年までの四年間で二〇本しか制作されていないので[71]、全体の数パーセントしか占めておらず、この時期制作された香港映画の圧倒的多数が広東語映画と考えられる。香港の一九三七年当時の人口が上海の約三分の一、一〇〇万人程度なので、今日の人口比率から見ても映画制作数激増の程度が想像できる。ただし一九三六年国民党政府が国語統一を理由に（国語映画産業の基地上海の権益を守るためだったとの説もある）地方言語による映画制作を禁止する法律を制定したことで、広東語映画制作に大きな障害が生じた。しかし、反対運動による紆余曲折を経て、全面的な日中戦争が勃発すると、映画産業の一部が上海から香港へ移動したため、法律の実施は困難となった。この戦争が映画産業に与えた打撃が、皮肉にも戦前期香港映画の隆盛に繋がる[72]。内地文化人のいわゆる「南下」が始まるからである。

日中戦争期の「南下」の波は二回あり、一回目は広州が陥落した一九三八年一〇月で、英国植民地だった香港へ大量の避難民が流入し、映画人も含めた文化人もその中に含まれる。当然抗日を題材とする映画の制作も積極的に行われるようになる[73]。二回目は国民党の左翼弾圧が厳しくなる一九四一年三月―五月で、茅盾のような文学者も香港へ移って来た。一九四一年に香港の人口は約一六〇万人となり、三七年と比べると一挙に六割増加したことになる。これによって「香港は中国文化の中心地の一つとなり、内地人が主導的地位を占める文化が繁栄した[74]」といわれるほど、文化活動が活発になる。だが、それも一時的で、一九四一年一二月の太平洋戦争勃発によって香港が日本軍に占領されると、戦争終了までまた停滞を余儀なくされる。やがて抗日戦争が終結すると、今度は国共内戦が本格化して中国国内が混乱を極め、三回目の「南下」が始まる。一九四八年に香港へやって来た左翼文化人には、郭沫若、夏衍、曹禺、欧陽予倩、司馬文森、于伶、柯霊、程歩高など文学・演劇・映画関係者が多く含まれ、この中に、のちに巴金の小説を映画化する人々も含まれていた。こうして香港は戦争終結とともに、戦前の映画産業が復活し、加えて内地から流入した映画人を加えて戦前期以上の発展を遂げることになる。

当初国民党の地方言語による映画制作禁止措置のため、広東語映画は中国内地に市場をもてず、国語映画が優勢であり、上海から移って来た張善琨が同じ浙江出身の李祖永と組んで設立した永華影業公司のように国語映画制作で成功する会社もあった。だが一九四九年に大陸に社会主義政権が成立すると、香港は英国植民地でありながら、台湾とともにもう一つの中国を創造する文化基地となり、その経済発展と都市生活の進展を基礎として、自らの映画市場と南洋市場に向けて広東語映画が国語映画と拮抗して発展することになった。香港映画市場の確立は植民地型資本主義の発達と、戦後香港文化形成の指標でもある。一方、南洋市場への再進出は、政治的に見れば、華僑社会を通じた中華民族主義の膨張であったのかもしれないが、文化的、商業的に見れば、広東語の越境による香港映画の国際化だともいえる。

一九五〇年から五九年までに香港で制作された映画は約二一三〇本、そのうち広東語映画が一五三〇本、国語映画が四五二本、残りが他の地方言語映画という統計があるが、[75]一九七〇年に逆転するまで香港では広東語映画が多数派であり、[76]とりわけ一九五〇年代には広東語映画が国語映画を圧倒する。大陸で共産党による社会主義政権が成立し、台湾で国民党が亡命政権として生き延びる対立状況の中で、香港は植民地文化特有のクレオール性、ハイブリッド性を帯びることになる。まず人口の圧倒的多数を占める中国系住民は、伝統的価値観と五四精神に象徴される近代的価値観が単純に対立するのではなく、両者は時として対立し、時として融合し、また対立や融合の程度や次元を異にする場合もあり得た。そこに英国がもたらす欧米文化があり、また自由貿易港としての国際性も存在するので、香港文化は独特の多様性、多層性を有している。

映画に関していえば、一九五〇年代香港映画のテーマを分析すると、伝統劇、武侠アクション、文芸・恋愛、喜劇の四種類に分類できるとする見方があるが[77]、いずれのテーマも、伝統的価値観に拠るにせよ、批判するにせよ、一方で商業的に成功するテーマが選択されることになるので、伝統劇の中で悲恋を描きながらも、近代を志向して封建道徳を批判したり、現代青年の自由恋愛を描きながらも家庭倫理との衝突を不可避のものとして描くなど、芸術志向と商業志向のせめぎ合いの中で映画が制作されることになる。ただし戦後初期に香港映画産業が確立してくると、市場としてのマレーシアやシンガポールなどから投機資本が流れ込み、「一片公司」と揶揄されるような粗製濫造の広東語映画が増え、制作本数の増加は作品水準の向上に直結するわけではなかった。

その中で一九四九年四月に「粤語電影清潔運動宣言」を発表して映画文化の向上を目指す人々が現れた。呉楚帆[78]、白燕[79]、李晨風[80]ら一六四名が署名したこの宣言に次のような一節がある。

華南映画事業は、客観的環境の種々の困難、及び主観的認識の不足のために、我々の作品が理想に合致せず、果ては社会の観衆を失望させることもあった。だが去るものは行かせ、来るものは追うべしで、時代は絶えず進歩している。我々は改めて自己批判し、深く反省して、今後いっそう努力し、互いに一致団結し、立場を堅持し、持ち場を守り、己の責務を尽くして、国家民族に貢献を果たし、社会の期待に背かぬようにしたい。国家民族の利益に背き、社会に危害を加え、人心を悪化させる映画を撮ることを止め、二度と他人にも自分にも背くことのないようにしよう！　願わくは栄光が粤語映画とともにあらんことを、恥辱が粤語映画から絶縁されんことを。[81]

植民地香港に生活しながら、中国という国家への帰属意識を鮮明に表現したナショナル・アイデンティティのマニフェストになっている点に注意したい。ここでいう中国とは現実の社会主義中国か、それとも中華民国か、或いは伝統を継承する文明の象徴符号としての中国か、または期待に満ちた想像の中に仮想されている中国か、そうした概念の分析や検討は別の機会に譲るとして、こうした意識をもった映画人が戦後広東語映画の水準向上に取り組んだことは、以下に紹介する巴金の小説を原作とする映画を検討する際に重要である。というのも、この宣言の中心となった人々によって、巴金の『家』、『春』、『秋』が映画化されるからである。

一九四九年の「清潔運動」、及び伝統劇と現代演劇の俳優の役割分担を目指す「伶星分家」運動を経て、五〇年代になると四大公司と呼ばれる中聯・新聯・華僑・光芸の四社が設立され、多くの優れた広東語映画を制作するようになった。中でも一九五二年一二月に設立された中聯電影企業有限公司（中聯）は、同人組織という斬新な運営形態の映画会社という特徴に加え、「清潔運動」のリーダーの一人呉楚帆を社長に、李晨風を脚色・演出部の主任として発足して、「南国話劇の伝統と広東語映画工業をより深く結合させた。五四時代の話劇伝統——例えば反封建、恋愛の自由の提唱、知識人の苦悩や不遇、現実社会の混乱や不公平——が多くの中聯の作品のテーマとなった[82]」といわれるように、単に左翼知識人の「南下」によるものでも、或いは映画産業の商業主義的運営の実行でもなく、両者の影響を受けながら、香港映画人の主体的実践として映画制作を行う集団であった。いわば戦後香港映画のモダニティを創造する基地として機能したのである。その中聯が一九五二年会社設立と同時に、自らの映画制作の方向性を示して最初に制作に取り組んだのが、巴金の小説を原作とする広東語映画『家』であった。

翌五三年に香港で公開されたこの映画は大ヒットとなり、中聯の経営を軌道に乗せただけでなく、戦後広東語映画や「文芸片」の確立に大きな貢献を果たした。呉楚帆は当時を回想して「その収入は春節に上映した歌謡映画の何倍にも上り、映画館は連日満員で、チケット売り場に長蛇の列が途切れることなく続いた。この長蛇の列は映画館業者の文芸映画に対する価値観を改めさせた[83]」と述べているが、確かに当時の報道を見ると、「『家』は七日に上映開始後、予想外に初日の収入が三万四千元余り、二日目が初日より更に多くて三万七千元余りに達した。おそらく三日目の収入はこれよりもっと多くなるだろう」、「消息筋に拠れば、『家』の制作費は一二万元余りだが、現在の客入りをもとに計算すると、将来決算の時に『家』は香港・九龍地区の上映で若干の利益を得るだろう[84]」とある。五〇年代の香港広東語映画の制作費は三万元から八万元だが、中聯は映画作品の質を向上させるために、それまでの広東語映画が九〇分で三〇〇カット（国語映画は五〇〇カット）だったのを、四〇〇―五〇〇カットに増やしたため、制作費が大幅に上昇したといわれる[85]。だが映画『家』の興行成績はその高額な制作費を超える利益を中聯にもたらした[86]。興行収入から逆算して、香港・九龍地区の住民二二四万人の一八％がこの映画を見たとの資料がある[87]。

『家』がこれほどの成功を収めた理由は、香港文化の歴史的文脈による以外、やはり制作者と観衆の双方の意図や期待が表象テクストの上で交差したと考えるのが妥当だろう。制作者の立場から見れば、植民地香港において仮想であれ現実であれ、祖国憧憬を基礎とした近代性志向の社会意識があっただろうし、観客の立場からすれば、倫理擁護であれ倫理批判であれ、恋愛や家庭を描いたドラマを鑑賞する欲求があったということだろう[88]。この点を考察するためにも、ここで『家』を含めて、香港で制作された巴金の小説の映画化作品をすべて確認しておきたい[89]。

○『家』（広東語）〔一九五三年、中聯〕
監督・脚本：呉回
俳優：呉楚帆、張瑛、張活游、紫羅蓮、梅綺、黄曼梨、小燕飛、容小意、林妹妹、石堅、盧敦、李月清、周志誠、黄楚山、檸檬

○『春』（広東語）〔一九五三年、中聯〕
監督・脚本：李晨風
俳優：呉楚帆、白燕、容小意、張活游、羅細鉗、石堅、李月清、黎灼灼

○『秋』（広東語）〔一九五四年、中聯〕
監督：秦剣、脚本：司馬才華（秦剣）
俳優：呉楚帆、紅線女、張活游、容小意、林家声、石堅、黄楚山、周志誠

○『寒夜』（広東語）〔一九五五年、華聯〕
監督・脚本：李晨風
俳優：白燕、呉楚帆、黄曼梨、李清、黄楚山、馮奕薇、姜中平、李月清

○『愛情三部曲』（広東語）〔一九五五年、国際〕
監督：左几、脚本：何愉（左几）
俳優：呉楚帆、白燕、梅綺、容小意、黄曼梨、王鏗、姜中平、黄楚山

○『火』（広東語）〔一九五六年、国際〕
監督：左几、脚本：何愉（左几）
俳優：紅線女、張瑛、梅綺、李亨、馮奕薇、姜中平、李月清、黎雯

○『鳴鳳』（国語、原作『家』）〔一九五七年、長城〕
監督：程歩高、脚本：魏博
俳優：石慧、鮑方、張錚、李次玉、姜明、洪亮、陳思思、劉恋

○『人倫』(広東語、原作『憩園』)〔一九五九年、中聯〕
監督：李晨風、脚本：李兆熊
俳優：呉楚帆、白燕、張活游、黄曼梨、容小意、梁俊密、黎小田、杜平
○『故園春夢』(国語、原作『憩園』)〔一九六四年、鳳凰〕
監督・脚本：朱石麟
俳優：鮑方、夏夢、平凡、王小燕

これを見ると分かるように、巴金原作の小説の中で香港において映画化された作品は、『激流三部曲』以外に『愛情三部曲』、『寒夜』、『火』、『憩園』と、恋愛や家庭問題をテーマとした作品が多い。一九一三年に香港で映画制作が始まってから二〇世紀中に映画化されたいわゆる「五四文学」作品は全部で三三本あるが、そのうち三割弱の九本が巴金の小説を原作としている[90]。それに次ぐのは『雷雨』、『日出』、『原野』が映画化された曹禺くらいだが[91]、これはそもそも戯曲なので、巴金のように小説から映画化されたものとは事情や経緯が異なるだろう。いずれにしても、いわゆる文芸片における巴金小説の重要性がこうした数字上からも確認できるが、そうした巴金原作小説の映画化作品に恋愛や家庭問題をテーマとした作品が多いことは、単に香港映画におけるファミリー・ロマンスの位置づけや、作家巴金が五四文学の中で流行作家としてイコン的存在であったことだけでは説明が不十分だろう。そこにやはり香港映画人の自立的な小説受容、解読があったことに注目しないわけにいかない。次にその解読方法を検証してみる。

広東語映画『家』は主演男優が社長の呉楚帆であり、主演女優が「清潔運動」や会社設立同人に名を連ねていた白燕であることから分かるように、集団制作的な側面はあるが、小説を脚本に改編したのは監督を兼ねた呉回[92]であった。

この時呉回たちが使用した広東語脚本[93]は、完成した映像と比較すると、撮影時の改編によって内容が変更されているが、大幅な改編ではなく、またここでは文字資料の方が小説と比較しやすいので、この未公刊の脚本に従ってテクストの変容を考えてみる。まず映画脚本という性質上、小説とも戯曲とも異なり、撮影用シーンによって物語が区切られ、また演技指示のためか、各登場人物に対する説明が、年齢から性格に至るまで詳細に脚本の冒頭に掲げられている。これら登場人物の顔ぶれはほぼ原作の小説に従っていて、一九五六年版映画『家』と異なり、一九四一年版映画『家』に似て、原作にかなり忠実な人物設定になっているが、描かれる物語にはそれまでの戯曲や映画にはない、独特の解釈が施されている。

全体は七〇シーンによって構成されているが、同一シーンで複数のカットがあるため、形式的には八八に区切られている。物語の粗筋の全体的展開は小説とほぼ同じだが、物語の中心人物が覚慧になっている点が他の諸テクストと最も異なる点で、このテクスト解釈の姿勢が一九五七年に制作される『鳴鳳』に繋がるのではないかと想像できる。冒頭、家の概観の次に覚新と瑞珏の新婚生活が描かれる点は、曹禺の戯曲『家』や一九五六年上海映画『家』と似ているが、その内容はシーン一から二〇までの中で半分程度を占めるにすぎない。シーン二一から三八までが覚慧と鳴鳳の悲恋の物語になっていて、小説の第二六章の内容が忠実に映像化されているように見える。しかし実に独創的な改編がなされている。まず原作小説ではのちに真実を知ることになる覚慧が、シーン三二で入水自殺を図る鳴鳳を自ら池に飛び込んで救おうとするという斬新な改編が行われている。広東語脚本では次のように設定されている。

第三二場
景＝花園、時＝夜、人＝新、民、慧、婉、高家全體

（慧等奔至花園）

慧：（邊行邊叫）鳴鳳、鳴鳳！

（你們來至湖邊、行上小橋）

（繼續的雷聲）

民：（用手電筒照射湖水）

（湖水平静地影在電光之下）

新：（突然發覺）哎呀！

（湖水面漂流著一條手帕）

（一聲巨響）

眾：（他們已明白、這是怎麼一回事、不約而同）哎喲！

慧：（奮不顧身地擬跳下去）

新：（急將慧拉住）你又唔識游水、跳落去有乜用呀？

婉：（痛哭）鳴――鳳！

（狂風飛揚、雷聲更急）[94]

更に原作小説には全く存在しない場面がシーン三八に登場する。覚慧が鳴鳳の葬儀に自ら参列して、棺が屋敷の裏口から運び出されるのにつき添うのである（図⑥参照）。広東語脚本シーン三八では、次のように覚慧が棺を前に発する台詞まで書かれている。

第三八場
景＝後門、時＝晨、人＝同三六場
（傳來大門口的吹更打聲很清楚）
（鳴鳳的棺木剛抬出後門）
（門內的新、民、慧、琴、錢姑媽和梅表姐等悲　哀地送走了棺木）
（鏡頭推成慧個人的特寫）
慧：鳴鳳、你放心、我會記得你嘅話、永遠記
住你、記住係乜野人害咗你嘅[95]！

この後シーン三九から最終シーン七〇までは、主として小説の第三〇章から三七章までの物語展開にほぼ沿っている。全体として見ると、小説にも戯曲にも他の映画にもない、覚慧と鳴鳳の新たな物語の創作が、この広東語映画の一番大きな特徴といってよい。

自身も映画監督である舒琪は一九四一年版や一九五六年版よりも、一九五三年版広東語映画『家』が優れている理由の一つとして、この鳴鳳が入水自殺をする場面を例として取り上げている[96]。その見解の妥当性の検討はおいて、鳴鳳の死をめぐる新たなテクスト創造の独自性は、確かに高く評価してよい。覚新の愛情悲劇を直線的に反封建に結びつけようとする解読を拒否し、覚慧の恋愛問題を焦点化して、家の中で最も反抗的、情熱的な覚慧が、自ら愛する人を救おうとして失敗し、葬送の場にも立ち会う姿を描くことで、二つの時代に足を置くことで身動きが取れなくなる覚新と対照的に、家の中で反逆者として振る舞う覚慧の悲劇的な挫折を明瞭に形象化している。社会運動に参加して

図⑥　1953年香港映画『家』の鳴鳳葬送場面

家の外部で理想を追い求めながら、家において封建道徳に反対していても、結局は愛する女性を守ることのできなかった覚慧が、再生に向けて家を出ていく、その思考や行動の軌跡を鮮烈に表現している。このきわめて独創的な改編は、一方で原作にある覚慧の社会運動家としての側面が後景化して、覚慧の人物像を平面化してしまう嫌いがあるが、恋愛問題という観点から見れば、自由恋愛が到達目標でなく、近代人の自我の出発点を指し示すという認識を表していると考えれば、原作小説『家』の非常に深い読みに支えられた新たな物語創造にまで進んでいる。小説テクストの水準の高い解読というだけでなく、戦後香港映画人の主体性とモダニティの標識となる映画でもあったといってよいだろう。五四文学からも香港商業映画からも学びつつ、映像表現の独自性と主体性を目指した映画実践が、戦後香港の観衆から熱く支持されたことは、香港文化成熟過程の里程標といってもよい。

以上述べてきたことをまとめれば、表面的な類型としては、曹禺の戯曲『家』と一九五六年上海版映画『家』は巴金の『春』と『秋』に繋がる愛情悲劇焦点化型、呉天の戯曲『家』と一九四一年上海版映画『家』は愛情悲劇複数比較型、一九五三年香港版映画『家』と一九五七年香港版映画『鳴鳳』は、香港文化の独自性を反映した覚慧の反逆と挫折焦点化型に分類できるかもしれない。ただ小説、演劇、映画は形式も情報量も鑑賞方法も異なるテクストである以上、平面的に比較して論じることはできない。ここでは読書行為の自由度が高い小説テクストから、一回性の身体芸術であるために情報量が少ないが、凝縮性・即時性・臨場感に溢れた演劇テクストへ、また単方向的で商業主義の影響を受けるが、情報量が最も多い映画テクストへ書き換えられる過程で、それぞれ原作小説の何がどのように焦点化されたかを探り、それが各テクストの検討に資するだけでなく、原作小説の解読の豊かな果実を検証することでもあることを確認しておきたい。

（二〇〇八年初稿）

【注】

（1）司馬長風「家──第一暢銷書」、『新文学叢談』、香港：昭明出版社、一九七五年、一一七頁。
（2）白先勇「驀然回首」、『驀然回首』、台北：爾雅出版社、一九七八年、六八頁。
（3）巴金「談『新生』及其它」、『巴金全集』、人民文学出版社、第二〇巻、三九八─三九九頁。初出は『巴金文集』第一四巻、人民文学出版社、一九六二年八月。
（4）巴金「関於『激流』」、『巴金全集』第二〇巻、人民文学出版社、六七五頁。初出は香港『文匯報』副刊「文芸」一九八〇年一月一〇日。
（5）巴金「呈献給一個人」、『巴金全集』第一巻、四三二頁。初出は『創化』第一巻一号、一九三二年五月一日。
（6）巴金「関於『激流』」、『巴金全集』第二〇巻、六七四頁。
（7）巴金「関於『家』（十版代序）──給我的一個表哥」、『巴金全集』第一巻、四四二─四四三頁。初出は『文叢』第一巻第一号、一九三七年三月一五日。
（8）『時報』は清末の一九〇四年六月一二日上海で、狄葆賢によって創刊された。地方政府の妨害を避けるため日本人宗方小太郎を名義上の発行人としていたが、実際には康有為、梁啓超の援助を受けた改良派系の新聞であった。民国期になっても文化・時事報道に傾斜しながら発行を続け、やがて全面的な日中戦争勃発後の一九三九年九月一日停刊した。

（9）巴金「関於『激流』」、『巴金全集』第二〇巻、六七五―六七六頁。
（10）二次資料ではあるが、秦紹徳『上海近代報刊史論』（復旦大学出版社、一九九三年）一八二頁の統計数字を見ると、一九三一年八月の国民党中央宣伝部登記編制の全国日刊紙販売数に拠れば、『申報』一五万部、『新聞報』一五万部、『時事新報』五万部、『大公報』三万五千部、『時報』三万五千部、『益世報』三万五千部とある。
（11）「関係小説」、『時報』一九三二年一月二四日。
（12）巴金「関於『激流』」、『巴金全集』第二〇巻、六七七頁。
（13）巴金「関於『激流』」、『巴金全集』第二〇巻、六七七―六七八頁。
（14）巴金「談『春』」、『巴金全集』第二〇巻、四二七頁。初出は『収穫』第二期、一九五八年一月二五日。
（15）巴金「関於『激流』」、『巴金全集』第二〇巻、六七六頁。
（16）各版の異同に関する初歩的な研究として龔明徳「巴金『家』的修改」（『巴金研究論集』、重慶出版社、一九八八年）がある。
（17）巴金「五版題記」、『巴金全集』第一巻、四三六頁。
（18）巴金『春』は『文季月刊』第一巻第一期―第六期、第二巻第一期連載（一九三六年六月―一二月）。単行本は一九三八年四月開明書店より出版。
（19）巴金「関於『家』（十版代序）」、『巴金全集』第一巻、四五二頁。
（20）巴金「関於『家』（十版代序）」、『巴金全集』第一巻、四三八頁。
（21）巴金「関於『家』（十版代序）」、『巴金全集』第一巻、四四一頁及び四四四頁。
（22）巴金「関於『激流』」、『巴金全集』第二〇巻、六八四頁。
（23）巴金「『家』新版後記」、『家』、人民文学出版社、一九五三年六月。ここでは『序跋集』、花城出版社、一九八二年三月、四〇三頁より引用。なお後年巴金はこの見解を撤回している（「『熠火集』序」、『巴金全集』第一五巻、四七四頁）。
（24）ここでは巴金『家』（開明書店、一九四一年八月、二二版）四八頁より引用。
（25）巴金「談『春』」、『巴金全集』第二〇巻、四二九頁。
（26）巴金「法斯特的悲劇」、『文芸報』第八期、一九五八年四月二六日。『巴金全集』第一九巻所収。
（27）揚風「『巴金論』」、『人民文学』七月号、一九五七年七月。
（28）王瑶「論巴金的小説」、『文学研究』第四期、一九五七年一二月。

(29) 北京師範大学中文系巴金創作研究小組「出版説明」、『巴金創作評論』、人民文学出版社、一九五八年一二月、一頁。
(30) 武漢大学中文系三年級巴金創作研究小組「内容提要」、『巴金創作試論』、湖北人民出版社、一九五九年九月、目次裏頁。
(31) 巴金『家』、『巴金選集』第一巻、四川人民出版社、一九八二年七月。
(32) 巴金「関於『激流』」、『巴金全集』第二〇巻、六八五頁。
(33) 巴金「為香港新版写的序」、『巴金全集』第一巻、四六五頁。同文は当初『随想録』第一二三（一九八四年一二月一一日）として書かれ、『無題集』（三聯書店香港分店、一九八六年一二月）所収。
(34) 呉天（一九一二—一九八九）、本名は洪呉天。江蘇揚州の人。一九二七年中学時代に共産主義青年団に参加、三一年上海美術専門学校時代に学生運動に従事。三五年来日後、東流社に参加。三六年マレーシアに潜入して抗日活動に従事、三八年マラヤ共産党に入党。まもなく英国当局から指名手配となって帰国、上海で中国共産党に入党、地下活動と演劇運動に従事。巴金の『家』を戯曲化したのはこの時期である。（『中国近代人物名号大辞典』、浙江古籍出版社、三五〇頁参照）
(35) 曹禺『家』、重慶・文化生活出版社、一九四二年一二月。
(36) 呉天『家』（五幕劇）、光明書局、一九四七年六月。
(37) 田本相『曹禺劇作論』、中国戯劇出版社、一九八一年一二月、二四六頁。
(38) 呉天『家』、二四四頁。
(39) 呉天『家』、二四六頁。
(40) 呉天『家』、二四五頁。
(41) 林柯『春』（林柯戯劇集）、文化生活出版社、一九四七年二月。林柯は陳西禾の筆名。李健吾『秋』（李健吾戯劇集Ⅵ）、文化生活出版社、一九四六年三月。
(42) 李健吾「李健吾自伝」、『咀華與雑憶』、中央編訳出版社、二〇〇五年四月、五三〇頁。
(43) 上海劇芸社は一九三八年七月上海フランス租界で成立、太平洋戦争勃発後の一九四二年に解散。于玲、李健吾、阿英ら上海で演劇運動を繰り広げていた演劇人が、それまでの青島劇社、上海芸術劇院などの活動を受けて、中法聯宜会戯劇組の名義で結成した。
(44) 呉天『家』、二四四頁。この時演出を担当した洪謨も「抗戦時期的上海話劇（二）——訪洪謨」（『新文学史料』二〇〇七年第二期、人民文学出版社）で同様の内容を証言している。なお邵迎建「上海抗戦時期話劇的轟動劇目及日本電影上映場数比較」（『話劇』二〇〇六年第四期、上海話劇芸術中心）に公演状況の研究がある。

(45)『春』と『秋』の出版年月に関しては、『巴金全集』版のようにそれぞれ一九三八年三月、一九四〇年四月との資料もあり、諸説の検討を必要とするが、ここでは序文が書かれた日付や前後の行動記録からひとまず唐金海・張暁雲主編『巴金年譜』(四川文芸出版社、一九八九年)に拠っておく。
(46)葛一虹主編『中国話劇通史』、文化芸術出版社、一九九七年三月、二二四頁。
(47)巴金「『蛻変』後記」、『巴金全集』第一七巻、人民文学出版社、一九九一年、三三八頁。初出は曹禺『蛻変』、文化生活出版社、一九四一年一月。
(48)巴金「懐念曹禺」、『再思録』(増補本)、広西師範大学出版社、八〇—八一頁。初出は『人民日報』一九九八年五月一五日。
(49)「曹禺同志漫談『家』的改編」、『曹禺研究資料』(上)、中国戯劇出版社、一九九一年一二月、一八七頁。初出は『劇本』一九五六年第一二期。
(50)曹禺「為了不能忘却的紀念」、『家』、上海文芸出版社、一九七九年、二二五頁。初出は『文匯報』一九七八年八月六日。
(51)王正「従巴金的『家』到曹禺的『家』」、『曹禺研究専集』下冊、海峡文芸出版社、一九八五年、三九三頁。初出は『文学評論』一九六三年第三期。
(52)呉天『家』、二四八頁。
(53)田本相他編著『抗戦戯劇』、河南大学出版社、二〇〇五年八月、九九頁。
(54)曹禺『家』の公演記録は田本相「曹禺年譜」(『曹禺研究資料』上冊、中国戯劇出版社、一九九一年一二月)四五—四六頁を参照。
(55)巴金『春』(激流之二)は初版が康徳八年(一九四一年)六月に、再版が一〇月に新京の啓智書店出版部から出版されている。
(56)何其芳「関於『家』」、『曹禺研究資料』下冊、中国戯劇出版社、一九九一年一二月、一一五九頁。
(57)李道新『中国電影史研究専題』、北京大学出版社、二〇〇六年三月、四八頁。
(58)李多鈺主編『中国電影百年』上篇、中国広播電視出版社、二〇〇五年六月、一一〇—一一一頁。
(59)陸弘石『中国電影史 1905-1949』、文化芸術出版社、一〇六頁。
(60)張巍主編『中国映画専業史研究・電影編劇巻』、中国電影出版社、二〇〇六年一月、一二〇頁。
(61)陳文平、蔡継福編著『上海電影100年』上海文化出版社、二〇〇七年三月、二三七—二三八頁。
(62)映画『春』(一九四二年、中華聯合製片股份有限公司制作、監督・脚本:楊小仲、俳優:徐立、厳化、王慕萍、周曼華、王丹鳳、陳琦、梁影、陳一棠)。映画『秋』(一九四二年、中華聯合製片股份有限公司制作、監督・脚本:楊小仲、俳優:李麗華、徐立)。

(63) 巴金「関於『激流』」、『巴金全集』第二〇巻、六八二頁。
(64) 巴金「談影片的『家』」、『巴金全集』第一八巻、一九九三年、六九四頁。初出は『大衆電影』第二〇期、一九五七年一〇月二六日。
(65) 巴金「談影片的『家』」、『巴金全集』第一八巻、七〇三頁。
(66) 孟犂野『新中国電影芸術史稿（一九四九―一九五九）』、中国電影出版社、二〇〇二年九月、二五〇頁。
(67) 孟犂野『新中国電影芸術史稿（一九四九―一九五九）』、二五〇頁。
(68) 巴金の小説と広東語映画や文芸片に関する国内の先行研究としては、現時点で道上知弘「戦後初期の『広東語文芸映画』」（『香港におけるリテラシーの変遷と変異に関する社会言語学的研究』平成一六―一八年度科研費補助金成果報告書、課題番号16320048、研究代表者吉川雅之）以外に直接的な研究は見当たらない。
(69) 周承人、李以荘『早期香港電影史（1897-1945）』、三聯書店（香港）、二〇〇五年一二月、一三四頁。
(70) 周承人、李以荘『早期香港電影史（1897-1945）』、二二一―二二二頁、二五六頁。
(71) 周承人、李以荘『早期香港電影史（1897-1945）』、二五一頁。
(72) 二次資料ではあるが、上海と香港の映画産業の地位の逆転を数字で表した統計表がある（鍾宝賢『香港影視業百年』、三聯書店［香港］、二〇〇四年一〇月、九八頁）。

映画製作本数

西　暦	上海	香港
1909-20	33	2
1921-30	644	11
1931-37	459	195
1938-45	571	396
1946-49	157	434

(73) 一九三八年制作の香港映画八七本のうち、国防をテーマとする映画が一八本あった（周承人・李以荘『早期香港電影史（1897-1945）』、二五七頁）。
(74) 鍾宝賢『香港影視業百年』、二〇八頁。
(75) 廖志強「五〇年代到六〇年代香港粤語電影再解読――意識形態的探討」、呉月華・陳家楽・廖志強『同窓光影――香港電影論文集』、国際演芸評論家協会（香港分会）、二〇〇七年六月、一八七頁。

(76) 鍾宝賢『香港影視業百年』一七七頁の統計によれば、一九六八―六九年は広東語・国語映画本数が八三対七二だったのが、六九―七〇年に六三対九五と逆転する。

(77) 廖志強「五〇年代到六〇年代香港粵語電影再解読――意識形態的探討」一八五―一九一頁で、伝統中国の価値観が香港映画の主要なテーマを支配した状況を分析している。

(78) 呉楚帆（一九一一―一九九三）、本名呉鉅璋、原籍は福建で、天津生まれ。一九三〇年香港の倍正中学を卒業後、店員や工場労働者を経て、一九三二年『夜半槍声』で映画デビューし、抗日映画の『生命線』（一九三五）や『人生曲』（一九三七）で名を上げた。一九六六年に引退するまで二五〇本の映画に出演。俳優、監督、プロデューサー、脚本家として多方面で活躍、「華南影帝」と称された。一九四八年「粵語片清潔運動」を発起し、一九五二年「中聯」設立の中心人物となり、社長を務めた。巴金の小説を原作とする広東語映画『家』、『春』、『秋』、『愛情三部曲』、『寒夜』、『人倫』では主演男優を務めた。自伝に『呉楚帆自伝』（台北：龍文出版社、一九九四年）がある。

(79) 白燕（一九二〇―一九八七）本名陳玉屏。一九三五年広州教忠女子中学在籍中に映画界へ飛び込み、まもなく香港へ移って女優となる。戦後「清潔運動」や中聯設立に参加、呉楚帆と共に巴金の小説を原作とする広東語映画『春』、『愛情三部曲』、『寒夜』、『人倫』の主演女優を務めた。

(80) 李晨風（一九〇九―一九八五）、本名李秉権、広州生まれ。一九二七年広東省立第一中学時代に国民党による「清党運動」の迫害を逃れて、嶺南大学附属戯劇学院に入学。更に二九年に欧陽予倩が開いた広東戯劇研究所付設の演劇学校に入り、三一年に学校が国民党に解散させられるまで在学しながら演劇活動に従事。三三年香港に移って活動を続け、三五年からは映画界に身を投じる。四一年香港が日本軍の手に落ちると脱出して南洋を点々とした。戦後香港へ戻って映画界に復帰、五二年に呉楚帆らと中聯を設立、五三年には巴金の小説『春』を脚色し、自ら監督を務めて映画化している。

(81) ここでは二次資料になるが、鍾宝賢「南国伝統的変更與消長――李晨風和他的時代」、黄愛玲編『李晨風――評論・導演筆記』香港電影資料館、二〇〇四年四月、二〇頁より引用。

(82) 鍾宝賢「南国伝統的変更與消長――李晨風和他的時代」、二三頁。

(83) 呉楚帆『呉楚帆自伝』、台北：龍文出版社、一九九四年、一六〇頁。

(84) 「『家』公映後的新消息」、香港『商報』一九五三年一月一〇日。

(85) 鍾宝賢『香港影視業百年』、一三九頁及び一四一頁。
(86) 余慕雲「巴金和香港映画」(香港『文匯報』一九八四年一一月三日)に拠れば、映画『家』の興行収入は二八万香港ドルに達し、続けて制作・公開された『春』は一八万香港ドル、『秋』は二五万香港ドルの興行収入を上げたといわれる。
(87) 一九五三年映画『春』公開時のパンフレットに「『家』の収入に基づけば、香港・九龍両地域の住民が二百数十万人であることから、一・八割が『家』を見たことになる」(香港電影資料館、アーカイブ番号PR605X)とある。
(88) 家族ドラマとナショナル・アイデンティティを考察した優れた研究に、韓燕麗「ファミリー・メロドラマの政治学――一九五〇年代の香港『国片』と変貌する母の表象」(『野草』第八〇号、中国文芸研究会、二〇〇七年八月一日)がある。
(89) 『展影』三〇(香港電影資料館、二〇〇六年一―三月)及び『香港影片大全』第四巻(香港電影資料館、二〇〇三年一月)を参照。
(90) 梁秉鈞・黄淑嫻『香港文学電影片目』、嶺南大学人文学科研究中心、二〇〇五年六月、二三三頁。
(91) 梁秉鈞、黄淑嫻『香港文学電影片目』、二三三頁。
(92) 呉回(一九一二―一九九六)、中聯創立時の中心人物の一人。一九二九年盧敦や李晨風と共に広東戯劇研究所付設の演劇学校で学習。その後、盧敦や李晨風と広州で劇団活動を行った。一九四一年香港に移り俳優となり、善良な小市民の役を得意とし、出演映画は一〇〇本を超える。一九四七年『今宵重建月児圓』から監督に転じ、巴金原作の『家』以外に『敗家子』(一九五二)、『原野』(一九五六)、『雷雨』(一九五七)など二〇〇本を超える映画の監督を務めた。一九七〇年以後はテレビ界に活躍の場を移した。
(93) 映画『家』広東語脚本はガリ版刷り原本が現在香港電影資料館に保存されている。アーカイブ番号SCR1762。
(94) 電影劇本『家』、香港電影資料館、SCR1762。
(95) 電影劇本『家』、香港電影資料館、SCR1762。
(96) 舒琪「電影『家』、『春』評」、黄愛玲編『李晨風――評論・導演筆記』、六三頁。なお同文は映画のシーンの詳細な分析を通じて香港映画『家』、『春』を論じた先行研究として非常に参考になるが、一九四一年上海版映画『家』と一九五六年上海版映画『家』の間の大きな相違を重要視しないなど、個人的には異論が残る。

第三章　日本経験

第一節　巴金の日本滞在に関する記録（横浜時代）

一、横浜へ

一九三四年一〇月六日、日本への出発を間近に控えた巴金の送別会が、文学社の主催によって上海の南京飯店で開かれた。招待に応じて出席した魯迅は巴金に対して、日本に行ったらできるだけ多く文章を書くようにと激励したといわれる。[1] 巴金の日本滞在は作家生活の出発点となったフランス留学（一九二七―二八）と違い、一般的にはその文学に決定的な影響を与えたとは見なされていないが、その日本体験は小説「神」、「鬼」、「人」やエッセイ集『点滴』となって結実し、日本人及び日本社会に対する巴金の分析や批判の視点を確定させる上で大きな役割を果たした。滞在中に書いた作品の数はそう多くはないが、滞在体験が創作の上で着実に生かされている点で、魯迅の激励にある程度応えていると見てよいだろう。

訪日の目的に関して巴金は、文革後に書いた「関於『神・鬼・人』」の中で次のように回想している。

なぜ日本へ行こうとしたかだが、唯一の理由は日本語を学ぶためだった。一六、七歳の頃、成都で日本語を勉強したことがある。光緒年間に日本へ留学した二人の叔父が、帰国後に向こうでの生活をよく話題にした。私は珍しい事物にとても興味を覚えた。のちに魯迅や夏丏尊の訳した日本の小説を読んで日本文学が好きになり、日本語の自習を始め、日本語のできる友人に単語を教えてもらったり、日常会話を少し習ったりしたが、中断もあったので、初歩ともいえない[2]。

だが日本滞在中や帰国後に書いたいくつかのエッセイの中では、当時の心境がもっと矛盾に満ちたものであることを告白している。例えば「海的夢」や「繁星」でこう当時を振り返っている。

未練、慙愧、後悔の感情が私を苦しめる。なぜ慌ただしくあちこち動き回るのか。なぜ友人たちと一つの場所に落ち着いて仕事をしないのか。みんなの行くなという忠告を振り切って出発した[3]。

私はなぜここへ来ようとしたのか。私の求める自由はここにないではないか。険しい道を離れ、見知らぬ地に暫しの安静を求めてやって来て、無用の書物の中で日を送る。これはまさに追放者の生活ではないか[4]。

これを読む限り、渡日時の巴金に思想的な苦悩があったことが想像できる。例えば、ここでいう「険しい道」とは、アナキズムとの関連でいえば、理想の実現を模索する道のことだろう。一方、帰国後の一九三六年二月に書いた「断片的回憶」では、苦悩の原因が文学と思想をめぐる心の葛藤であったことを説明している。

「なぜ矛盾を打破しようとしないのか。なぜ怯懦な人間のままでいるのか」。文章を書く自分を別の自分がいつもこう責める。その叱責に何も不満は言えない。私は確かに矛盾に満ちた人間だ。

何度も筆を折ろうと考えた。その矛盾を取り除くためだ。もちろん私の抱える矛盾は多いが、それは中でも大きな矛盾の一つだ。例えば一昨年の末、私は日本へ行ったが、その時は書くのをやめる決意をしていた。しかし向こうへ着いたとたんに決意が揺らいでしまった。(5)

この場合の矛盾は幾重にも錯綜している。巴金はアナキストとしての活動の挫折を経験しながら、フランス留学を契機として文学の道に進むようになった。現実の社会運動の挫折の果てが文学であった。しかし人類愛や人道主義を中核とした彼の理想は挫折したわけではない。それは困難の大きさゆえにいっそう純化していったはずである。初期の作品の中で狂おしいまでの、ひたむきな人類愛による救済の希求が表現されているのはそのためだろう。だが同時に国内にあっては抑圧の暴力が人々を支配し、国外からは日本の侵略が進行していく当時の中国社会にあって、自分のペンの力に疑念が生じるのは、ある意味では当然である。しかしペンの力に絶望を感じた時、今度はどんな道を歩めばよいのだろう。第三の道を探るべきか、再び社会運動の場へ戻るべきか、それともなおペンを執り続けるべきか。そうした葛藤を矛盾と呼ぶのだろう。巴金が日本へ来たのは、そうした問題を静かに考える場所を求めてのことであったのかもしれない。だが日本における体験は、その矛盾よりも日本人及び日本社会に対する反発を文学において表現する方向へ心を向かわせる結果となった。そして日本を訪れた巴金が最初に接した日本人が後述する武田武雄であった。

武田武雄が巴金を客として受け入れる経緯については、「関於『神・鬼・人』」の中に説明があるので、多少長くなるが、先の日本語と日本文学に対する関心の説明に続く部分を引用してみる。

一九三四年、私は北京に数か月滞在した。まず沈従文の家に厄介になったが、のちに章靳以が『文学季刊』発行のために家を借り、誘ってくれたので、三座門大街一四号へ引っ越した。曹禺とは靳以の紹介で知り合った。曹禺は当時清華大学の院生で、春休みに学友と一緒に日本を旅行し、帰国後、三座門大街の家で日本の様子をあれこれ話してくれた。それを聞いて日本へ行ってみようという気になった。この年の七月、北京から上海へ戻り、呉朗西と伍禅に話をすると、彼らは日本の友人の家に住んだ方がいいと言った。そうすれば日本語の勉強に便利だからとのことだった。うまい具合に、以前彼らが東京で勉強していた時、武田という知り合いがいて、その当時横浜高等商業学校で中国語を教えていて、たぶん受け入れてくれるだろうと言う。呉朗西（或いは『小川未明童話集』の訳者張暁天の弟張易）が武田氏に手紙を書いて、〝黎徳瑞〟という名の中国人を受け入れてもらえるか尋ね、さらに黎は書店の店員で、日本語の勉強のために日本へ行きたがっていると説明した。すぐに返事が来て、喜んで客として迎えるとのことだった。(6)

「関於『長生塔』」によれば、偽名を用いたのは日本の警察の治安管理が厳しいと聞き、不要な面倒を避けるためであったという。(7) 自らがかつてアナキズム運動の活動家であり、当時知名度のある作家であることを考慮したためかもしれない。巴金はこの偽名を帰国まで使い通し、武田には最後まで正体を明かさなかったらしい。(8) 偽名を使っていることから見て、少なくとも巴金は表向きの日本ではなく、庶民の実像を観察することを通して裏側の日本を見ようとしていたように思える。

巴金に武田武雄を紹介した呉朗西と伍禅は、一九二五年に来日し、呉朗西は上智大学でドイツ文学を、伍禅は東京高等師範学校で生物学を学び、一九三一年満州事変の勃発後に帰国している。二人は帰国後、巴金も前後三回訪れている福建省泉州におけるアナキストの農村教育運動に参加し、またのちに共同で文化生活出版社を興すなど、巴金と親しい関係にあった。その二人が東京で武田と知り合う経緯についての詳細は今のところ不明だが、当時中国語の教師であった武田との接点は少なくなかったのではないかと思われる。[9]

巴金の日本到着の日に関しては、これまで確かな資料がなく、本人の記憶による一一月二四日が定説とされてきた。[10] しかし巴金自身の記憶もそう確かなものではなく、「関於『神・鬼・人』」では「一一月二四日（おそらく間違いないだろう）に横浜に着いた」[11]と留保つきで回想している。乗った船については、「買ったのは二等のチケットで、乗客はそう多くはなく、中国人は更に少なかった。横浜の税関の職員は二等船客に対して非常に礼儀正しく、我々が食堂に座っていると挨拶にやって来て、何の手続きもなく上陸させてくれた」[12]と説明している。「関於『長生塔』」の回想はより具体的で「買ったのは〝浅間丸〟の二等で、船内のサービスはとてもよく、横浜で上陸する際も検査はなかった」[13]と書いている。つまり巴金の記憶では、浅間丸に乗って一一月二四日に横浜港へ着いたことになっている。だが当時の資料を見るとこれは事実に合わない。日付か船名のいずれかを覚え違いしていると思われる。

まず船名が正しいと仮定してみよう。浅間丸は一九二九年に竣工された、日本郵船が世界に誇る豪華客船で、総トン数一万六千トン余り、竣工当時日本最大の客船であった。船内の装飾は英国のクラッシック調に統一され、設備もプールからカードルーム、ビリヤードにアスレチッククラブまであるという豪華版で、サービス面でも責任者を欧米へ研修に派遣するほど気を使い、高い質を目指したといわれる。[14] 乗客は一等が有名人や高級官僚、将官、金持ちの外国人、二等が一般のビジネスマンから商家の主人クラス、三等が学生や移民が多かったといわれる。巴金が二等船客であれば、確かに行き届いたサービスを受けられたに違いない。浅間丸はほぼ同規模の豪華客船である秩父丸、竜田丸とともにサンフランシスコ線を、香港、上海、神戸、横浜、ホノルルを寄港地として往復した。三隻は二週間に一回出船する定期船なので、単純計算では上海―横浜間を浅間丸が航海するのは六週間に一回ということになる。一九三四年一一月七日付『横浜貿易新報』の「波止場だより」によると、浅間丸は七日に入港し、八日にホノルルへ向けて出港している。当時太平洋航路は約二週間の船旅を要しており、同船が一一月二四日前後に再び上海―横浜間を航海するのは不可能である。従って巴金が浅間丸に乗ったとすれば、横浜到着は一一月七日が正しいことになる。一一月一日付『上海日日新聞』の「船舶入港予定」、二日付同紙の「日本郵船出帆広告」を見ると、いずれも浅間丸の出港が三日午後となっているので、巴金は一一月三日に上海から浅間丸に乗船し、七日に横浜に着いたことになる。

次に日付が正しいと仮定してみよう。一一月二三日付『横浜貿易新報』「波止場だより」では、同日午後上海からの船は「マラヤ号」が入港予定となっているだけで、翌日の入港予定はない。二四日、二五日にも上海からの客船の入港記録はない。マラヤ号の接岸は埠頭ではなく「ブイ二〇号」となっているので、おそらく貨物船だろう。従って、一一月二四日に横浜港へ着いたと仮定しても、当該の客船がない以上、仮定自体が間違っていることになる。

以上これら当時の資料に基づいて判断すれば、巴金の横浜到着は一一月七日とするのが正しい。乗った船も、船上で受けたサービスや横浜税関の職員の対応から見て、浅間丸であったことはほぼ間違いなく、巴金自身の記憶とも一致する。一一月二四日という日付については、巴金が横浜で書いた短篇小説「神」が『文学』第四巻第一号（一九三五年一月）に発表された時、末尾に「一九三四年一一月二四日 P.K. 在神戸」と書かれており、のちに巴金がそれをもとに記憶を整理し直した可能性がある。

横浜上陸日の問題はここまでにして、本題に戻ろう。横浜港の埠頭には、武田武雄が一家で出迎えに来ていた。その時の様子を巴金は「関於『長生塔』」の中で「船が接岸した時、武田夫婦が二人の娘を連れ、〝歓迎黎徳瑞先生〟と書いた小旗を振って埠頭で出迎えてくれた[15]」と書いている。〝黎徳瑞〟という名前は先に述べたように偽名で、武田は巴金の正体を知らずに自宅に受け入れて住まわせた。では当のその武田武雄はいったいどのような人物だったのだろうか。

二、武田武雄について

武田武雄の経歴について述べる前に、まずその名前のことを説明しておかなければならない。巴金関係の研究資料によっては「武田博」としている場合があるが、本書では「武田武雄」を採用している。実はいずれかが間違っているわけではなく、どちらも正しいのである。更に「武田龍泉」という名前もあり、これも正し

武田武雄夫妻と長女、次女

い。理由は武田が二度改名しているからである。戸籍によると武田は本来「武雄」という名前であった。理由は現時点で不明だが、一九三七年一月にまず「博」と改名している。更に一九四四年二月に「龍泉」と改名し、一九八六年に亡くなるまでこの名前を使用していた。遺族の話では、日中戦争中、中国に陸軍通訳官として滞在していた時、仏教信迎を通して知った龍泉寺という寺の名前から取ったのではないかという。この二度の改名はいずれも法律的な手続きを経て行われており、戸籍によって確認できる。巴金が武田家を訪れた時は、従って「武雄」という名前であったはずである。

武田武雄は一九〇三年（明治三六年）、新潟県糸魚川の裕福な商家の次男として生まれた。一九〇四年生まれの巴金とは同世代ということになる。一九二一年三月、糸魚川中学を卒業し、四月に東京外国語学校支那語部貿易科に入学する。当時支那語部では、戦前の中国語教育の権威であり、巴金が『点滴』収録の「支那語」(16)でその教育内容や姿勢を厳しく批判する宮越健太郎氏が教鞭を執っていて、武田とは後年に至るまで親密な師弟関係を結んだ。武田の在学

中の成績は優秀で、当時の学籍簿によれば、二年次には貿易科（学生数一三名）で一番の成績を取っている。一九二四年三月に同校を卒業し、第一外国語学校[17]講師を経て、一九二六年三月に横浜高等商業学校支那語講師となり、巴金が来日した当時は助教授の職にあった。

住まいは横浜市中区本牧和田の高台にあり、巴金が小説「神」の中で書いているように、窓から市街を見渡すことができ、坂を下りて市電通りを越えれば、小説「鬼」に登場する浜辺へ散歩に行くこともできた。この一帯は敗戦直前の一九四五年五月にアメリカ軍の空襲によって焼失し、また戦後は一九八二年に返還されるまでアメリカ軍に接収されていたので、現在は当時の面影は全くない。海岸も戦後埋め立てが進んで様相が一変し、今は巴金の小説「神」、「鬼」で描かれるような浜辺を散策するような場所ではない。

この武田家で巴金は「長生塔[18]」、「神[19]」、「鬼[20]」の三篇の小説と、『点滴』に収められるいくつかのエッセイを書いている。「長生塔」は「神」を書き上げた後、一二月に書かれたもので、エロシェンコの童話「おちるための塔」にヒントを得て書かれた童話風の作品である。エロシェンコの童話は「自分がそこからおちるための塔をきずくために[21]」青春と全生涯を費やした愚かな貴族を描いた寓話風の作品だが、巴金の「長生塔」も同様の皮肉を込めた寓話風小説で、自分が長生きするために人民を犠牲にして建てた高い塔から落ちて死ぬ皇帝の話で、彼は「この童話を通して蔣介石を罵った[22]」のだという。少なくともこの作品には、壁に突き当たって筆をおく決意をしていたことを感じさせない、ある種の毅然とした態度が見られる。

巴金が来日後に書いた最初の小説である「神」は、実際に接した武田武雄の生活を不可解なものと受け止め、それを近代日本の知識人の一つの型として考えようとする巴金の意識が表れた作品として読める。小説の中に登場する日本人は〝長谷川〟という名前で、場所も神戸という設定になっているが、これは武田家での見聞がもとになっていることを、武田本人にも読者にも分からせないための配慮であって[23]、人物造形から生活の細部の描写に至るまで、武田やその一家がモデルになっていることは間違いない。主人公である中国人の眼差しは日本人や日本社会に対して冷ややかで、『点滴』の各篇を彷彿とさせる。この作品はある意味では小説の形を採った、日本人の生活に関する観察記録ともいえる。

話は友人の紹介で日本人の会社員宅に寄寓することになった主人公の報告の手紙という形で始まる。港町の高台にあるその家にやって来た主人公を迎えたのは、〝長谷川君〟夫婦と三人の子どもであったが、これは巴金を迎え入れた一九三四年一一月の武田家の実際にそのまま重なる。小説の中に六、七歳と四、五歳の女の子と生まれたばかりの赤ん坊が登場するが、武田武雄も当時五歳と三歳の女の子と六か月の男の子の父親であった。小説の中の日常生活の描写も、当時の武田家の生活を題材にしたものだろう。この中でも特にこの作品のモチーフと関連があるのは、〝長谷川君〟の日蓮宗信仰である。小説の最初の方に半月前の断食修行の話が出てくるが、武田家遺族の証言によれば、武田武雄も巴金来日直前の一九三四年一〇月に日蓮宗の修行を行ったそうである。日蓮宗入信のきっかけは、遺族の推測では家庭問題の悩みがもとではなかったかというが、巴金は「彼は無神論者から神を信じる人間になった[24]」、「この無神論者がつい最近宗教を信じるようになったのは、政治の圧力、社会の圧力、家庭の圧力に屈服したからだろう[25]」とのちに回想している。実は巴金のこの理解には現実の武田武雄とずれがあり、そのずれこそがこの小説を巴金の日本人批判として成り立たせているように思える。

和服を着た巴金（後列左端）

小説の中で〝長谷川君〟は主人公に向かって「私も以前は無神論者だった」と語っているが、現在のところ武田武雄が思想的に無神論者であり、当時の日本の社会や政治に対して尖鋭な批判的意見をもっていたことをはっきり確認できる材料はない。仮に武田が実際に自分は無神論者だと巴金に語ったとしても、無神論をアナキズムのような社会思想と結びつけて考える巴金との間には、その理解に大きな違いがあるだろう。「関於『神・鬼・人』」で巴金は、武田が無神論者であったことの根拠をその左翼関係の蔵書に求めている。[26] それを反映するように、小説「神」では〝長谷川君〟の蔵書として、文学関係の本ではトルストイ、ドストエフスキー、ツルゲーネフ、ユーゴー、ゾラ、ゲーテ、ゴーリキー、社会思想関係ではプルードン、オーウェン、バクーニン、シュティルナー、ラサール、ニーチェ、バークマン、大杉栄、河上肇、米田荘太郎の著書が挙げられている。いずれも巴金の愛読する作家や思想家であり、特に思想関係でアナキズムのものが多い。だが現在までの調査では、武田が何らかの政治活動に関係していた形迹はなく、遺族の証言でも若い時期の左翼思想は確認できない。蔵書についても、武田家は前にも述べたように戦災に遭っているので、今となってはもはや確認するすべがない。

今のところ、日蓮宗への入信は家庭問題に関する悩みから逃れようとしたものではないかとの遺族の証言が信頼できるように思われる。これに加え、のちに陸軍の特務機関に自ら進んで入る武田武雄の生き方を考えると、日蓮宗入信という形を取った〝転向〟に近い思想的転換が、一九三四年当時に行われていたとは考えにくい。だとすれば、小説「神」には巴金のある種の〝思い入れ〟が働いていると考えられる。小説の〝長谷川君〟は先の蔵書に加え、三井洋行の紅茶を飲みながら資本家による搾取や財閥による経済支配を口にするなど、社会意識をもった人間として描かれている。そして「政治の圧力、社会の圧力、家庭の圧力」に負けて信仰の道に走ったことが挫折として描かれる。更に小説には〝長谷川君〟が新聞の購読を止め、社会に関心をもたなくなったことを告白する場面も登場する。中国における封建制を徹底的に批判し、近代社会実現のために自由、平等の実現を目指す巴金にとって、こうした形で宗教を信じることは非科学的で、欺瞞に満ちた現実逃避にしか映らないだろう。小説のモデルである武田武雄がかつては進歩的思想をもった知識人であったととらえれば、宗教に走るその姿に対する失望、反発、批判はよりいっそう強くなっただろう。

だが実際には武田武雄の日蓮宗信仰は亡くなるまで続けられ、陸軍通訳官として中国にいた時も日蓮宗の団体と連絡を保ち、一九四四年に中国の寺院の名を取って「龍泉」へと改名するほどである。まして中国語教師としての彼の生き方や戦争への参加は、後でも述べるように、決して〝圧力〟に負けた結果ではなく、むしろ自発的なもののように見える。つまり信仰と現実に関する武田の精神のあり方を〝逃避〟、〝転向〟という概念で説明することには無理がある。だが、注目しなければならないのは、そのように武田を理解し、その理解を小説に描き込む点に、巴金の日本の知識人に対する期待と失望が見えることである。その実像と認識のずれは小説「鬼」でも形を変えて表れる。

「神」に比べると「鬼」はフィクションの要素が多い。前半部の〝私〟と〝堀口君〟の学生生活や恋愛問題はおそらく純粋な創作で、後半部に武田武雄をモデルにしたと思われる話が登場する。この小説で〝堀口君〟は海辺の町の商業学校の教員として登場し、現実の武田の境遇に近い設定にしてある。死者の霊を慰めるために海へ供物を捧げに行ったり、読経に励む〝堀口君〟の姿は、武田そのものであった。[27]「関於『神・鬼・人』」の中で、巴金は武田が深夜枕元へ除霊にやって来たエピソードまで紹介している。[28]信仰に関して武田が極端な傾倒を示し、そのため巴金により強い印象を与えたことが、小説の中の人物造形に影響しているのではないかと思われる。

「鬼」では日蓮宗の信仰が、心中まで考える恋愛問題の苦悩の結果として描かれるが、実は「神」よりもこの造形の方が実際の武田武雄の精神状況に近いように思える。小説で〝堀口君〟は強い個性がありながらも、どこか脆弱な精神をもった知識人として描かれていて、その入信の姿も日本人の一般的な宗教習慣から見て自然である。小説の中での「彼は一般の日本人同様何ら社会思想をもたず、分に甘んじて己れを守る人間である」[29]という厳しい批判を含む表現は、のちに述べる公開書簡の同様な表現と併せ、知識人は社会思想を有すべき存在であるという、巴金の側の期待から発する批判を明確にしている。また一方で、脆弱な知識人、すなわち近代的教養をもちながら、強固な社会思想を自らの精神の中核にできない当時の日本の知識人のある典型として武田武雄を見ているようにも思える。のちの武田の軍隊との関わり方を考えると、この方が武田の実像に近いだろう。

巴金が武田武雄の宗教信仰に反感をもち、我慢しきれずにその家を後にして東京の中華青年会館[30]へ移るのは一九三五年二月のことだが、それ以降帰国するまで武田武雄に会うことはなかった。「関於『神・鬼・人』」によれば、四月の溥儀訪日に際して巴金が予防検束的に一晩警察署に拘留された後、それに対する不満を武田に手紙で訴えたところ、また戻って来たらどうかと申し出てくれたそうだが[31]、巴金は二度と武田家に戻ることはなく、また帰国の際も横浜から上船したにもかかわらず、武田には連絡をしなかった。一九三六年夏、武田は上海を訪れて巴金と再会しているが[32]、この時も巴金は作家であることや本名を告げていない[33]。

三、戦争と中国

一九三七年、本格的な日中戦争が始まり、戦火に包まれる上海の街で、巴金は武田武雄に二通の公開書簡を書いた[34]。これは武田武雄個人に宛てたというより、むしろ彼に代表される日本の〝脆弱な知識人〟に対する呼びかけであったと見るべきだろう。内容はその少し前に書かれた日本の社会主義者山川均宛の公開書簡[35]に比べると、いくぶんか穏やかな表現になっているとはいえ、日本軍の中国侵略への怒りと、その戦争を支えて協力する日本の一般大衆に対する強い抗議と批判の意志をはっきりと表明したものだった。その中で巴金は、武田武雄が他の日本の民衆と同様に、侵略戦争を推行する力に「反対しないどころか、それに追従し、現実を見ずに支持するに違いない[36]」と書いている。武田がこれを読むことはなかったようだが、ただ巴金が武田のことを「分に甘んじて己れを守り」、「権力者に騙されている[37]」と書いている点を見れば、この書簡が徹底的な非難というより、むしろ武田のようなタイプの日本の知識人全体に向けた、最後の覚醒の呼びかけという意味をもっていることを感じさせる。だが巴金が「あなたは予備役だからおそらく今はまだ番が回ってこないだろう。きっとあのきれいな小さい家で読書生活を送っているに違いない[38]」と書いていた時、実は武田は横浜高商を辞め、陸軍通訳官として華北にいた。

武田武雄が通訳官として陸軍に入った個人的動機は今の段階では不明だが、戦前の中国語教師の生き方として珍しいものではない。戦前は中国語教育自体が戦争と深く結びついていたからである。安藤彦太郎が『中国語と近代日本』の中で、中国語の〝実用〟には「戦前における中国大陸への日本の進出の二つの側面に対応して、〝商務〟と〝軍事〟の二面があった[39]」と書いている通り、手段としての中国語は国策に結びついた形で存在していたといっても過言ではない。

巴金は「支那語」と題するエッセイで、宮越健太郎、杉武夫、清水元助という三人の戦前の中国語教育の権威が作った教科書を取り上げて、会話の例文が清朝の言葉であること、〝時文〟の内容が満州国の法令や溥儀の即位詔書などであること等を強く批判しているが[40]、当時の中国語教育のありかたを考えると、中国人の側からこうした批判の声が上がるのは当然であり、巴金の批判は皮肉という形を取っている分まだ好意的なのかもしれない。巴金がこのエッセイの冒頭で例として挙げて批判している宮越健太郎、杉武夫編集の教科書とはおそらく『最新支那語教科書会話篇』（外語書院、一九三三年）のことだろう。竹内好が「支那語の教科書について」の中で「自ら行商せず、行商支那語をヘタに並べかえるだけで、アヤシゲな文法的体裁を虚飾した卑劣な官立学校支那語」[41]と非難している対象と同類だろう。

武田武雄の恩師である宮越健太郎は戦前の中国語教育の権威であり、東京外国語学校支那語部で教授として教鞭を執るかたわら、雑誌『支那語』の編集や各種中国語教科書の出版などに精力的に活躍していた人物である。宮越は東京外国語学校在学中の一九〇四年から一九〇六年まで陸軍通訳として日露戦争に従軍しており、最初から軍隊と深い関わりがあった。また満州事変後の中国語ブームの中でも、雑誌や教科書の編集を通して当時の時勢を反映した仕事を行っている。巴金が「支那語」で言及している宮越健太郎編集の『支那現代短篇小説集』（文求堂、一九二九年）には、魯迅、郭沫若、葉紹鈞、郁達夫ら著名な作家の作品が収められていて、中国現代文学への関心が窺われるが、問題はそうした文学への目配りも含め、当時の中国語教育の体制自体が、〝実用〟ということを通して戦争と深く関わっていた点にある。巴金が内容の拙劣さとともに批判しているのもそのことのはずである。武田自身も中国語教師として宮越とそう遠くないタイプの人間であったように思える。一九三七年に武田は宮越の監修を仰いで『満州語五十講』（〝満州語〟というのは当時の時勢を反映した言い方で、実際には中国語のことである）と題した会話の教科書を出しているが、宮越の「緒言」と武田の「序言」にそれぞれの当時の考え方がよく示されている。

武田武雄出征時（前列左から５人目までが武田一家）

輓近日満両国ノ提携愈愈緊密ノ度ヲ加ヘ、資源開発ニ或ハ農業ニ従事スル目的ヲ以テ渡航セントスル者益々多キヲ見、且北支那ニ於テハ吾ガ国大陸発展政策遂行ト共ニ北支経済提携ノ実成リ、今ヤ俄然吾国商品ノ一大市場ト化シツツアルハ躍進日本ノ為メ誠ニ慶賀ニ堪エザル所ナリ。随ツテ満蒙・支那ニ対スル理解ト認識トヲ深メントスル第一義的段階タル語学ノ研究ハ吾国上下ノ和唱ス可キ問題トナリツツアルハ是レ当然ノ帰趨ナリト雖モ、吾人ノ誠ニ欣快トスル所ナリ。「緒言」[42]

余東京外国語学校支那語科卒業後本校に職を奉じ宮越教授御指導の下に研鑽に従事すること十星霜、其間幾多有為の人材を出し遠く満州並に支那に実地研究に屢々出張を命ぜられ親しく其実状視察をなし、学術的並に実際的語学併用の教授法に関し多大の教益を得たのである。即ち玆に恩師の監修を仰ぎ得たのは余の甚だ光栄とする所である。今や満州に北支那に吾が国民の光輝ある進暢を見んとするに際し、本書が是等人士の座右の書となるを得たならば余の最も欣幸とする所である。「序言」[43]

「吾ガ国大陸発展政策」を全面肯定し、大陸理解の最初の段階として中国語をとらえる宮越健太郎と同じく、「今や満州に北支那に吾が国民の光輝ある進暢を見んとするに際し」、武田武雄は中国語を有用の外国語と見ている。この教科書は「これは本です」から始まり、日常会話を中心に手紙や商業文の書き方まで含めた〝実用〟外国語教科書になっていて、武田のそうした中国語教育に対する姿勢がよく表れている。彼は伝達手段としての中国語に関心をもち、その関心に見合う中国文化に興味を示しているのであって、その言語が伝えようとしている中国の現実や人々の実像にまでは探求の目を向けない。またその言語を話す人々に対し、日本が何を行っているかを検討することもない。快く巴金を迎え入れて客として歓待した武田が、通訳官として陸軍特務機関に入って大陸に赴くことに矛盾を感じないのは、〝実用〟手段として国策と深く結びついていた中国語を通して中国理解を進めていたことに関係があるように思える。

武田武雄が軍人になることに彼自身の生き方として合理性があるとしても、具体的な動機は依然不明である。召集令状が来る前に志願すれば、通訳官として佐官待遇が受けられること、教師時代より経済的に厚遇されることといった生活条件から考えられる理由以外に、当時の戦争体制への積極的な参加を意図したものとも考えられるが、今のところいずれも推察の域を出ない。ただ武田が横浜高商を辞める一九三七年八月は、盧溝橋事件勃発直後にあたり、陸軍に入ったのが戦況と関係あることは確実である。それが強制的な命令によるものか、或いは自発的なものか、確定的な判断は下せないが、今まで見てきた資料等に推測を加えれば、要請があったかどうかは別にして、やはり後者であった可能性が強い。

以下、一九四一年四月の軍事恩給申請に際し、陸軍から武田武雄に送付されてきた履歴書に基づいて、当時の武田の行動を追ってみる。書類の上では武田は一九三七年八月三〇日に横浜高商を依願免官、翌三一日に陸軍通訳官となり、第二軍司令部付となっている。当時戦局の拡大に伴い、「北支那方面軍」は八月三一日に編成し直されているので、武田が三〇日横浜高商退官、三一日陸軍通訳任官、第二軍司令部付となっているのは書類上のことで、実際はもう少し早い時期に実質的な退官、任官が行われていた可能性が強い。九月四日に武田は神戸から船で出発し、塘沽から上陸して天津に到着する。当時第二軍は津浦線に沿って兵を進めており、武田も戦線の移動とともに南下していったと思われる。一二月二八日には駐蒙兵団司令部付と配属先が変更になり、翌三八年一月二日に済南を出発している。第二軍は一二月二六日に済南を占領しているので、武田が第二軍の戦線に合わせて移動していたことは確実である。以後、山海関、長春を経て、最後は張家口に落ち着く。横浜から家族も呼び寄せ、一家は張家口に居を構えた。

その後の武田武雄の行動は特務機関で働いていたこと以外、いつどこにいたかはあまりはっきりしない。東京外国語学校在学中に教えを受けた東大教授塩谷温に宛てた私信、当地の日蓮宗の団体からの感謝状、軍事恩給申請の返信などから、一九三八年、三九年には包頭の、四一年には呼和浩特の陸軍特務機関に所属していたことだけは判明している。やがて四一年、現地の戦況悪化に伴い、武田は一家をあげて日本へ帰国して横浜の自宅へ戻り、市ヶ谷の参謀本部に勤務することになる。戦後武田は教職に復帰せず、日本交通公社に入社して普通の会社員となり、中国関係の著書も一九七九年に龍渓書舎から『歌劇王昭君』一冊を出しただけで、研究者としての仕事はしていない。遺族の話では特務機関で働いていたことで戦犯問題を心配していた時期もあったそうだが、戦後は平凡な一市井人としての人生を全うし、一九八六年に亡くなった。

四、日本滞在の意味

巴金が日本に来る前に作家としてある種の壁にぶつかっていた点は最初に説明したが、日本滞在中に書いた文章、特に『点滴』所収のエッセイには、自分のペンの力に疑問を抱いていたことが嘘のように、激しい感情を露わにしたものが少なくない。前出の「支那語」を始めとして、『嘆きの天使』上演をめぐる日本の大学教授への諷刺を書いた「『藍天使』」[44]、鶴見祐輔の講演を批判した「河馬」[45]などがそうだが、中でも代表的なのが日本の作家を厳しく批判した「幾段不恭敬的話」[46]だろう。この中で巴金は、芥川龍之介を筆頭に、菊池寛、吉川英治、大佛次郎、加藤武雄、長与善郎、田山花袋、松岡譲、島崎藤村らの作品に対して、低俗、無内容などの理由で厳しい批判の言葉を浴びせている。ある意味では感情的に見えるその反発の言葉は、それまでの巴金の外国文化批評には見られないものである。巴金にそうした反発を感じさせたのは、結局のところ当時の日本の社会や文化のあり方であるように思う。「談我的短篇小説」の中で彼は、「当時日本の新聞、雑誌は連日のように中国に罵言を浴びせ、中国人を口汚く罵っていた」[47]と書いている。

そうした日本の社会の雰囲気は日本滞在中の巴金にとって確かに耐え難いものであったろう。さらに武田武雄のように個人的に接触した人間から感じたり、考えさせられたりしたことも、そうした反発に影響しているに違いない。

武田家に滞在する前の巴金にとって、日本人とはどういう存在だったのだろう。本節冒頭で来日の目的が日本語や日本文学への関心に基づいているという巴金自身の説明を引用したが、巴金が一九二〇年代アナキストとして活動していた時期には、アナキズムを通した日本人像があったはずである。一九二四年には大杉栄追悼文や大杉栄年譜などを発表しており、また一九二五年に処刑された日本のアナキスト古田大次郎の獄中記『死の懺悔―或る死刑囚の遺書』（春秋社、一九二六年）は、巴金にとって「字句の間に一人の人間の内心の激闘や血と涙の交流を見出す[48]」ほど強い印象を与えたものだった。アナキズムという共通の理想を掲げて奮闘する仲間への連帯感がそこにあった。そうしたアナキズムの回路を通じて親近感を覚えた日本のアナキストを弾圧する軍国日本の姿に直接触れたのは、彼に『海的夢[49]』を書かせるきっかけとなった一九三二年の上海事変の時である。

『海的夢』は「太平洋上のリベロという島国」における抑圧と革命を童話風に描いた作品だが、現実の太平洋の島国日本からやって来た軍隊は、上海の街を破壊し、人々を殺戮した。そして閘北に自宅のあった巴金は「屈辱、悲痛、憤怒の気持ちを抱いて、日本軍統治下のかつての自宅に何度か戻って、被害に遭った書籍を運び出し[50]」、「瓦礫の山の間を、焼け焦げた木切れや割れた瓦を踏みしめながら進んだ。道端には死者の頭蓋骨があった。威勢を見せつける侵略者と意気消沈した庶民の姿を途中ずっと目にした[51]」。この頃の巴金にとって、日本は中国を侵略する帝国主義国家以外の何者でもなかったはずである。アナキズムと戦争という二つの要素を媒介にした日本及び日本人像は、この時分裂したイメージとしてあったのではないだろうか。巴金が日本語や日本文学に対する関心を抱く時、そこにはアナキズムに象徴される進歩的思想を育む土壌を持った日本の近代文化が想定されていて、たとえそれが日本文化全体の中できわめて小さな部分しか占めていなかったとしても、同じように中国で少数派の知識人として生きる巴金に、ある種の期待を抱かせるには十分だったはずである。

だがその一方で、中国侵略を進める帝国主義国家としての日本が現実に存在している以上、巴金の中でその両者が分裂したまま別個に存在していて、日本に来て見聞を広める中で、実は日本の近代文化自体が帝国主義と不可分の関係にあることを痛切に思い知らされることになったのではないだろうか。武田武雄の生活様式や思考に対する巴金の当初の当惑や不可解な思いは、そうした巴金の日本及び日本人のイメージが強く影響しているように思える。武田が苦悩から逃れるために日蓮宗の信仰に入ったのは事実であるが、社会思想を放棄した脆弱な日本の知識人のタイプとして巴金が受け止めたのは、あるべき知識人像をもつ理想主義者巴金の、日本の知識人への期待や希望があったからではないだろうか。武田武雄の一生は、戦前に中国と関わりをもった日本人としては決して特殊なものではない。戦争への姿勢はむしろ一般的といってもよい。だとすれば「神」や「鬼」で展開された武田をモデルにした日本人分析や批判は、ある意味では期待から出発したといってもよいだろう。巴金が覚醒の呼びかけを公開書簡という形で発表した一九三七年一〇―一一月、武田が軍人として華北の戦場にあったことを考える時、巴金の期待を幾重にも破ることになった戦前の日本の知識人たちの責任の重さを考えずにはいられない。

巴金にとって日本滞在は、失望、反感を呼び起こされたという点で決して愉快な体験とはいえないだろうが、日本文化に対する分析、批判を通して、日本及び日本人像が分裂から統合へと進んでいったという収穫があっただろう。また筆をおかずに作家として文章を発表し続ける契機にもなったはずである。その後、巴金が作家として成熟していくにあたって大きな影響を及ぼしたのは抗日戦争という現実だろうが、その前の日本経験も、日本及び日本人への批判の視点を明確にした点で、作家としての成長に繫がっている。その点は、抗日戦争初期に武田武雄や山川均に宛てた公開書簡からも窺える。
日本に来る直前、巴金は周作人の対日姿勢を暗に批判した短篇小説「沈落[52]」を書き、それを読んだ友人沈従文が私信で批判を書き送ってきたのに対して、横浜滞在中にエッセイ「沈落」を書いて反論した[53]。その文章の中で巴金は、「もしまさに〝沈み〟つつある途中でもがいているこの民族を引き上げることができるなら、未来には黎明が残されている[54]」と書いた。巴金の日本滞在は反発、批判を通してその黎明を希求する気持ちをいっそう強くしたであろうし、横浜の武田家での生活をもとにした小説「神」、「鬼」は、巴金の日本の知識人に対する分析、批判であると同時に、中国の読者に対してそれを伝えることで、広い意味における「民族を引き上げる」努力の一つともなっていると考えるべきだろう。それを考えれば、巴金の日本滞在は悲しむべき現実の負の力による表現意識の明確化という点で、その作家生活において大きな意味をもっているといえる。（本稿を作成するにあたって、武田武雄氏の御遺族並びに東京大学の藤井省三氏に資料面で多大の協力、援助を仰いだ。心より御礼申し上げたい。）

（一九九〇年初稿）

【注】

（1）巴金「魯迅先生就是這様一個人」、『巴金全集』第一五巻、人民文学出版社、一九九〇年。初出は『中国青年報』一九五六年八月一日。のちに『賛歌集』（上海文芸出版社、一九六〇年）所収。
（2）巴金「関於『神・鬼・人』」、『巴金全集』第二〇巻、一九九三年、六一〇頁。初出は香港『文匯報』一九七九年一〇月一四日。
（3）巴金「海的夢」、『巴金全集』第一二巻、一九八九年、四五五頁。初出は『漫画生活』第四期、一九三四年一二月。のちに『点滴』

（開明書店、一九三五年）所収。

（4）巴金「繁星」、『巴金全集』第一二巻、四七八頁。初出は『文学』第四巻第一号、一九三五年一月。のちに『点滴』所収。

（5）巴金「断片的記録」、『巴金全集』第一二巻、四三七―四三八頁。初出は天津『大公報』副刊「文芸」、一九三六年四月一日。のち『憶』（文化生活出版社、一九三六年）所収。

（6）巴金「関於『神・鬼・人』」、『巴金全集』第二〇巻、六一〇―六一一頁。

（7）巴金「関於『長生塔』」、『巴金全集』第二〇巻、五八二頁。初出は香港『文匯報』一九七九年八月一二日。原文同箇所で巴金は〝黎〟を日本人が（中国語読みで）発音すると〝李〟と区別がつかず、偽名であってもとっさに呼ばれたときに反応できるからだという。また〝徳瑞〟は友人の話からヒントを得たものだったとされる。

（8）武田武雄の遺族の証言によれば、晩年研究者が訪問するまで、小説「神」及び「鬼」に登場する主人公の友人の日本人のモデルが自分であることを武田武雄は知らなかったという。

（9）巴金の日本滞在と武田武雄に関して、藤井省三『東京外語支那語部』（朝日新聞社、一九九二年）に優れた論考がある。本稿もその恩恵に浴している。

（10）「巴金著訳年表」（『巴金全集』第二六巻、人民文学出版社、一九九四年）、「巴金生平及文学活動事略」（『巴金研究資料』上巻、海峡文芸出版社、一九八五年）、『巴金年譜』（四川文芸出版社、一九八九年）等中国国内の研究資料ではいずれも「二一日上海出発、二四日横浜到着」としている。

（11）巴金「関於『神・鬼・人』」、『巴金全集』第二〇巻、六一一頁。

（12）巴金「関於『神・鬼・人』」、『巴金全集』第二〇巻、六一一頁。

（13）巴金「関於『長生塔』」、『巴金全集』第二〇巻、五八一頁。

（14）浅間丸については『日本郵船戦時船史（上・下）』（日本郵船株式会社、一九七一年）、『二引の旗のもとに』（日本郵船株式会社、一九八六年）、『船体写真集』（日本郵船株式会社、一九六七）を参照した。

（15）巴金「関於『長生塔』」、『巴金全集』第二〇巻、五八一頁。

（16）巴金「支那語」、『太白』第一巻第八期（一九三五年一月）、のちに『点滴』（開明書店、一九三五年）収録。『巴金文集』第一〇巻（人民文学出版社、一九六一年）所収の『点滴』では削除されたが、『巴金全集』第一二巻（人民文学出版社、一九八九年）所収の『点滴』に再収録。

(17) 第一外国語学校は一九二四年創立の私立外国語学校。東京外国語学校及び明治大学の教授を歴任した英語学者村井知至氏らによって設立された。英語科、独語科などのほかに「支那語科」も開設していたが、夜間授業であった。一九三三年日本大学に譲渡され、一九三五年からは日本大学第一外国語学校と改称し、日本大学専門部芸術科附設の外国語学校となる。一九三九年同科江古田移転後、戦局の進行とも重なり事実上廃校となった。

(18) 巴金「長生塔」、『巴金全集』第一〇巻、一九八九年。『中学生』第五一号（一九三五年一月）、のち『沈落』（商務印書館、一九三六年）所収。

(19) 小説「神」には少なくとも三種類の版があり、その間の異同が大きい。初出の『文学』第四巻第一号（一九三五年一月）版と文化生活出版社『文学叢刊』第一集に単行本として収録された『神・鬼・人』（一九三五年一一月）版の間の違いは少ないが、『巴金文集』第八巻（一九五九年）では物語の場所を神戸から横浜へと変更したり、主人公の蔵書内容を変えるなど、書き換えが少なくない。『巴金全集』第一〇巻（一九八九年）収録の版も『巴金文集』版を踏襲している。ここでは一九三四、三五年当時の巴金の考えを探ることが主眼なので、以下本文では初出の『文学』第四巻第一号に拠って話を進める。

(20) 小説「鬼」も「神」と同じく版によって異同があり、文化生活出版社版『神・鬼・人』（一九三五年）以降は書き換えがある。小説「神」と同じ理由から、ここでは『巴金全集』第一〇巻版ではなく、初出の『文学』第四巻第三号（一九三五年三月）の版に拠る。

(21) エロシェンコ「おちるための塔」、高杉一郎編『エロシェンコ全集（Ⅱ）』、みすず書房、一九五九年、四四頁。

(22) 巴金「関於『長生塔』」、『巴金全集』第二〇巻、五八三頁。

(23) 「関於『長生塔』」の説明によれば、作家であることを悟られないため、足音が聞こえるとすぐに本で原稿用紙を隠すなどの苦労をしていたという（『巴金全集』第二〇巻、五八二―五八三頁）。小説の中の設定を変えてあるのも同じ理由からだろう。

(24) 巴金「関於『神・鬼・人』」、『巴金全集』第二〇巻、六一二頁。

(25) 巴金「関於『神・鬼・人』」、『巴金全集』第二〇巻、六一三頁。

(26) 巴金「関於『神・鬼・人』」、『巴金全集』第二〇巻、六一二頁。

(27) 巴金「関於『神・鬼・人』」、『巴金全集』第二〇巻、六一四頁。

(28) 巴金「関於『神・鬼・人』」、『巴金全集』第二〇巻、六一五頁。

(29) 巴金「鬼」、『文学』第四巻第三号（一九三五年三月）、四四三頁。

(30) 正式名称は「中華留日基督教青年会館」。一九〇七年に設立された中国人留学生用施設。寄宿舎、集会所として使われていたが、一九三五年一二月に焼失。現東方学会ビル（西神田二丁目）の筋向かいにあった。
(31) 巴金「関於『神・鬼・人』」、『巴金全集』第二〇巻、六一四頁。
(32) 「関於『神・鬼・人』」では一九三六年の後半か一九三七年の前半としているが（『巴金全集』第二〇巻、六一三頁）、当時上海に住んでいた武田武雄の妹、松本安代の回想によれば、武田が上海を訪れたのは一九三六年夏であったという。
(33) 巴金「関於『神・鬼・人』」、『巴金全集』第二〇巻、六一三頁。
(34) 巴金「給日本友人（一）」、『烽火』第一〇期（一九三七年一一月七日）、「給日本友人（二）」、『烽火』第一一期（一九三七年一一月二一日）、のちに『控訴』（烽火社、一九三七年）所収。
(35) 巴金「給山川均先生」、『烽火』第四、五期（一九三七年九月二六日、一〇月三日）。のちに『控訴』（烽火社、一九三七年）所収。
(36) 巴金「給日本友人」、『控訴』、『巴金全集』第一二巻、五七三頁。
(37) 巴金「給日本友人」、『控訴』、『巴金全集』第一二巻、五七三頁。
(38) 巴金「給日本友人」、『控訴』、『巴金全集』第一二巻、五八〇頁。
(39) 安藤彦太郎『中国語と近代日本』、岩波書店、一九八八年、一五頁。
(40) 巴金「支那語」、『点滴』、開明書店、一九三五年、三三―三四頁。『点滴』は版によって収録篇に削除があるので、ここでは最初に収録された開明書店版に拠る。
(41) 竹内好「支那語の教科書について」、『中国文学』第七八号、中国文学研究会、一九四一年一一月一日、四二六頁。
(42) 宮越健太郎「緒言」、宮越健太郎、武田博『満州語五十講』、有朋堂、一九三七年、「緒言」一頁。
(43) 武田武雄「序言」、『満州語五十講』、「序言」一頁。
(44) 巴金「『藍天使』」、『点滴』、『巴金全集』第一二巻。初出は『漫画生活』第七期、一九三五年三月、のちに『点滴』（開明書店、一九三五年）所収。
(45) 巴金「河馬」、『点滴』、『巴金全集』第一二巻。初出は『漫画生活』第八期、一九三五年四月、のちに『点滴』（開明書店、一九三五年）所収。『巴金文集』第一〇巻所収の『点滴』では削除されたが、現在『巴金全集』第一二巻に再収録。
(46) 巴金「幾段不恭敬的話」、『点滴』、『巴金全集』第一二巻。初出は『太白』第一巻第八期、一九三五年一月。のちに『点滴』（開明書店、一九三五年）所収。『巴金文集』第一〇巻所収の『点滴』では削除されたが、現在『巴金全集』第一二巻に再収録。

(47) 巴金「談我的短篇小説」、『巴金全集』第二〇巻、五一六頁。初出は『人民文学』一九五八年六月号。
(48) 巴金「死」、『夢與酔』、『巴金全集』第一三巻、一九九〇年、八五頁。初出は『文叢』第一巻第二号、一九三七年四月。のちに『夢與酔』(開明書店、一九三八)所収。
(49) 巴金『海的夢』、『巴金全集』第五巻、一九八七年。初出は『現代』第一巻一―三期(一九三二年五―七月)。単行本は一九三二年上海新中国書局が初版。
(50) 巴金「写作生活的回顧」、『巴金全集』第二〇巻、五五四頁。初出は『読書』第三巻第一期だが、その後何度か修正が加えられている。最初は『巴金短篇小説集』第一集(開明書店、一九三六年)所収。
(51) 巴金「関於『海的夢』」、『巴金全集』第二〇巻、六〇二頁。初出は香港『文匯報』一九七九年七月八日、一五日連載。
(52) 巴金「沈落」、『巴金全集』第一〇巻所収。初出は『文学』第三巻第五号(一九三四年一一月)、のちに『沈落』(商務印書館、一九三六年)所収。
(53) 沈従文とのやり取りの経緯については巴金「懐念従文」(『巴金全集』第一九巻、一九九三年)に詳しい説明がある。
(54) 巴金「沈落」、『巴金全集』第一二巻、四六六頁。初出は『文学』第四巻第二号(一九三五年二月)、のちに『点滴』(開明書店、一九三五年四月)所収。

第二節　日中のすれ違う眼差し――芹沢光治良、ジャック・ルクリュを起点として

一、中国近代史から見る箱根

温泉地としての箱根の歴史は奈良時代に遡るといわれ、またのちの豊臣秀吉の小田原攻略や東海道箱根関に関係した歴史などを加えれば、史跡としての箱根に関する解説はかなりの長さになるだろう。だが明治以降の箱根は、そうした温泉療養地及び交通、軍事的重要地点としての歴史や伝統とは必ずしも合致しない近代化した様相を見せる。それは現在の観光地としての基礎の一部を築いた西洋人の来訪に拠るところが大きい。明治初期、横浜の外国人居留地に住む西洋人が避暑や静養に適した場所として箱根を訪れるようになったことが、宿泊、商店、飲食など各方面で観光地箱根の近代化に貢献を果たした。この点は雲仙、軽井沢、那須などとも共通している。

現在の箱根登山鉄道も当時横浜から箱根にやって来る西洋人が利用した馬車道の後を受けて建設されたものであった（一八八八年小田原馬車鉄道設立、一九〇〇年全線電化）。宮ノ下にある当時の代表的な西洋式宿泊施設「富士屋ホテル」（一八七八年創業）は、アーネスト・フェノロサ、フランク・ロイド・ライト、ラフカディオ・ハーン（小泉八雲）、ヘレン・ケラー、チャールズ・チャップリンなど各国の著名人が宿泊したことで有名だが、その宿泊者名簿には当時清朝打倒の革命活動のために世界中を奔走していた孫文の名前も見える。一九〇〇年四月一日、浅田ハルという日本女性を伴ったS. NAKAYAMA なる人物がレジスター・ブックに署名をしているが、亡命中の日本で「中山」なる偽名を用いていた孫文その人である。これも当時箱根がすでに外国人の保養地・観光地として広く知られていたことを

示す例の一つといってよいだろう。一八九五年の初来日以降、たびたび日本を訪れていた孫文は、箱根では富士屋ホテル以外に、小涌谷にある三河屋旅館（一八八三年創業）などにも足跡を残していて、揮毫した書が当旅館に現在も保存されている。この旅館には他に中華民国第二代総統の黎元洪（一八六六—一九二八）揮毫の書も保存されている。

こうした記録資料によって、辛亥革命前後、中国の革命家、政治家、文人が東京、横浜経由で箱根を訪れていた歴史を確認できる。科挙の廃止（一九〇五）もあって二〇世紀初頭に急増する中国人留学生（一八九六年に僅か一六名だったのが、一九〇五年には八千名を超えた）の中にも、箱根を訪れる者が多かったことは想像に難くない。その中でも無名の留学生の箱根に対する印象が、数十年後にある作家の思い出の中に甦る例を見てみたい。更にこの作家がのちの滞日体験の中から、近代日本にどのような眼差しを向けるかまでを追うことにする。

二、芹沢光治良とジャック・ルクリュ

巴金は一九二七—二八年のフランス留学やアナキズム思想の受容、更には西洋文学の薫陶を受けて文学創作の道を歩み始めた経歴から、西洋への強い関心に貫かれた作家と見なされることが多い。だが実は人類を解放するアナキズムの理想に基づいて、国境を超える連帯を主張する立場から、同じアジアの隣国日本にも関心を抱いていた。アナキストとして活動していた一九二四年に書いた文章七篇のうち六篇は、関東大震災の際、東京憲兵隊で伊藤野枝や甥と共に殺害された大杉栄を追悼して書かれているほどである。やがて作家として活躍するようになった巴金は、一九三四—三五年にかけて来日して、東京と横浜に滞在し、その体験から小説やエッセイ集も発表している。[1] ただその時は箱根を訪れてはいない。彼が箱根の地を訪れるのは、戦後の一九六一年になってからである。しかもそれは父方の叔父の遠い記憶に結びついていた。四川省成都での子ども時代を振り返った晩年の文章で、巴金は次のように箱根とい

う地名との出会いを語っている。

この町で営業している大弁護士である二番目の叔父が、若い時に日本の東京で法律を勉強したことだけは知っていた。叔父は成都でもかなり有名で、事務所はわが家の屋敷内に設けられていた。三番目の叔父が助手を務め、その他に若い書記がいた。私はその鄭書記と仲良くなり、夜、用事がない時に将棋を指しに行ったりしたものだ。鄭書記は法廷における叔父の弁論の様子を絶賛して、私が一緒に傍聴に行かれるよう手配してくれさえした。行くことは行ったが、審理の日程が突然変更になり、その後はもう行くことがなかった。

二番目の叔父が日本について語るのを聞いたことはなかったが、その筆名（室名でもある）は箱根室主人であった。彼が健在の時、私は箱根がどういう場所かは口にできなかった。一九六一年に日本を訪問して箱根へ行った時、思わずずっと前に亡くなった叔父のことを思い出し、二人の間の距離が近くなったように感じた。当時叔父が箱根を好きだったことを、以前はなぜか思いつかなかった。彼は守旧派だと思い込み、『激流』の中の高克明のモデルにさえした。この小説の中で淑貞の纏足のことまで書いた。だが実際の従妹はほどなく纏足から解き放たれ、わが家にはもはや頑迷な年配者はいなかった。(2)

巴金が初めて箱根を訪れる機会を得た一九六一年三月―四月の日本訪問は、中国作家代表団の団長としてアジア・アフリカ作家会議に出席するためで、約一か月の滞在期間中、芹沢光治良、井上靖、中島健蔵、亀井勝一郎、有吉佐和子、木下順二ら日本の作家とも交流を深めたが、それには文学者としての交流だけでなく、当時まだ国交関係のなかった日本と中華人民共和国との文化交流という政治的な側面もあった。それを窺わせるように、翌六二年巴金は原水爆禁止世界大会に出席するため再来日し、更に六三年も作家代表団を率いて訪日して、日本共産党幹部の蔵原惟人とも面会している。一中国人作家の来日ではなく、社会主義中国の作家を代表した訪日という形式に、本来アナキストとして国家権力の打倒を目指していた若い頃との矛盾を見出すのは容易だが、その検討はひとまずおく。

この時の訪日で、巴金は鎌倉から熱海経由の日帰りで箱根へ行ったことを、帰国後に書いたエッセイで回想しているが[3]、箱根に関する具体的感想は何も書き残していない。亡き叔父に対する親近感を生じさせはしたが、叔父ほどには箱根に惹かれなかったということなのかもしれない。この一九六一年、六二年の訪日の思い出を、巴金が日本の作家との個人的交流を中心に綴ったエッセイ集『傾吐不尽的感情』[4]は、原水爆禁止運動、松川事件、内灘闘争などにも言及して、訪日の意図が政治的目的を含む文化交流であったことを窺わせながら、しかしそこにはやはり巴金らしい誠実な人間性が垣間見られる。例えば一九六二年八月原水禁世界大会に中国代表団の団長として出席した時、巴金は代表団のメンバーが歌をうたった場面で、「私は歌っても調子はずれで、日本語の歌詞も覚えられなかったが、目に涙が溢れてきた。日本の友人も顔に笑みを浮かべながら、その目は光り、目尻から涙がぽろぽろと零れ落ちた[5]」と、その感動を記している。だがこの時の巴金は、それから数年後の一九六四年に中国が自ら核実験を行うことを想像もしていなかっただろう。

ここで注意すべきことは、巴金の個人としての誠実さが、このエッセイ集や同時期に書かれた他のエッセイ集、例えば一九二〇年代にアナキストの立場から厳しく批判したレーニンが率いたソヴィエト・ロシアを社会主義国家の模範として賞賛する『友誼集』[6]（一九五九）や、中国語を流暢に喋る金日成将軍に率いられた朝鮮民主主義人民共和国の人民が「自分たちの指導者を愛し、自分たちの英雄を愛する[7]」姿を描く『生活在英雄們的中間』（一九五九）などの作品における〝誠実さ〟と切り離して考えることはできないことである。政治的思惑を超える誠実さと、政治的目的に利用される誠実さを一体のものとして考えなければ、巴金のようなアナキスト作家がコミュニズム体制下で活動する意味を解析できないだろう。政治への素人意識ゆえに政治を誠実に学習する作家が、権謀術数が張り巡らされ、権力闘争の絶えない専制政治下でいかに政治的に利用されていくかという被害者的観点だけでは、正しさを誠実に追求するからこそ加害者となる陥穽を解明できない。この問題はのちに巴金自身が晩年の集大成ともいうべきエッセイ集『随想録』(一九七八—八六)で、繰り返し自問自答している問題である。

訪日の印象と感想を綴った『傾吐不尽的感情』の第一篇「致芹沢光治良先生」は、「この蒸し暑い夜に、私はあなたが送ってくれた美しい小さな本をまた開きました。『愛と知と悲しみと』[8]というあなたの著書と、心の底まで打ち明けるような誠意に満ちた筆使いに、私はとても親しみを覚えました」[9]という文章で始まっている。一九六一年春、戦後初めて日本を訪問した巴金が出会った作家はかなりの数に上り、またその交流を綴った文章も『傾吐不尽的感情』にたくさん収められているが、その中でも芹沢光治良への呼びかけで始まるこの篇を作品集の冒頭に置く理由は、当時の政治的文脈や日中友好という要素だけではなく、芹沢光治良との会話の中から「パリでの留学生活、南京で苦難に喘ぐ中国人孤児、済南で日本軍によって刑場へ送られる中国人青年、東京の空襲……こうした心を揺さぶる話の中に、公正率直で善良な心を見出した」[10]巴金が、自分と共通する人道主義を目指す作家として芹沢光治良を評価したことも影響しているだろう。そもそも引用文の冒頭に登場する芹沢の『愛と知と悲しみと』は、巴金に捧げられた自伝的小説である。

静岡県沼津市に生まれた芹沢光治良(一八九七—一九九三)は、一高に進学するまで沼津に暮らした。ちなみに沼津から国道一号線を上って、箱根の関所を越えた最初の宿場である畑宿の箱根一里塚脇に、「箱根路や/往時をもとめ/登りしに/未来の展けて/たのしかりけり」という芹沢光治良の歌碑が立っている。芹沢光治良は成人してから東京に居を構えたので、沼津とは少し縁遠くなったが、現在沼津に市管理の芹沢光治良記念館があり、また墓も沼津市営墓地にある。墓碑の上部は書物を広げた設計になっていて、「自己確立のために／東大、パリ大学に遊んだが／病を得てから／自ら求めて学んだ／イエスに生と愛を／仏陀に死と生を／中国の聖賢に道を／科学者の畏友ジャック(11)に／大自然の法則と神の存在を／かくて孤絶に生きて／ひたすらただ書いた」と芹沢光治良が残した文章が刻まれている。

『愛と知と悲しみと』は、物語の前に「巴金先生」と呼びかける序文のような文章を置く。その中に次のような一節がある。

　話のなかで、僕が中国人を初めて識ったのは、フランスの友人ジャック・ルクリュの家であったこと告げて、ルクリュの家で会った中国人のことや、ルクリュが北京にのこした娘のことなどを語ったが、兄もルクリュに面識があるばかりでなく、一九二七年にフランス留学なさって、ルクリュ家に往来したようであるから、若い日にあの家で僕たちは恐らく顔をあわせたことがあるだろうと考えられて、ますます兄に親愛の情を寄せた。

　兄も楊朔さんも、北京に招待するから、ルクリュの娘にもあい、その上で、創作にかかるようにと、親切な申出をなさった。そればかりでなく、帰国後ただちに、日中文化交流協会を通じて、その夏中国を訪問されるように慫慂された。不幸にしてその頃、僕

芹沢光治良記念館（沼津市）

は肺癌の惧れがあって、病床にあり、死を前に苦悩している状態であったから、兄や楊朔さんに感謝したが、同時に、中国訪問が不可能であるから、兄や楊朔さんが熱心にすすめた小説について、真面目に考え、それを完成することが、友情にこたえることであろうと、切実に思った。[12]

これを読む限り、芹沢光治良がもともともっていた小説の構想に、巴金らが刺激を与えて創作に至ったと解釈できる。「小説のできはどうであれ、巴金兄よ、兄に捧げるよろこびで、僕は病床をはなれるや否や、この小説の筆をとった」[13]結果、『愛と知と悲しみと』は完成したわけだが、芹沢光治良は一九二五―二八年、巴金は一九二七―二八年フランスに滞在していたので、確かにパリのルクリュ家で顔を合わせていたとしても不思議ではない。当時ルクリュ家は各地域のアナキストのみならず、亡命者・芸術家・科学者が集う自由なサロンのような場所であった。ルクリュ家の中心人物エリゼ・ルクリュ（Elisee Reclus）はパリ・コミューンにも参加したことのあるアナキストで、地理学者としても名高い。[14]その甥のポール・ルクリュ（Paul Reclus）もクロポトキンらアナキストと交わり、日本のアナキスト石川三四郎とも親交を結んだ。その次男がジャック・ルクリュ（Jacques Reclus　一八九四―一九八四）である。

ジャック・ルクリュ（北京にて）

ジャック・ルクリュはピアニストになる夢をもっていたが、第一次世界大戦における負傷で挫折、一九二七年に上海の国立労働大学の教員として赴任してから、一九五二年に中国政府によって国外追放されるまで約二六年間を中国で暮らした。一九二七年創立の国立労働大学はベルギーのシャルロワ労働大学（Charleroi Labor University）をモデルに、「学校を農場・工場へ、農場・工場を学校へ変える」ことをスローガンとした、アナキズム思想の影響下にあった学校だといわれる。「一九二七年夏までにアナキストとその支持者は、上海で自分たちが構想した新しい教育機関の運営へと、労働運動の経験をもつ若いアナキストを勧誘することに成功した[15]」との労働大学創立にまつわる分析は、国民党に加入したアナキストに限定すればある程度的を射た解説ともいえるが、呉稚暉、李石曾ら中国の第一世代アナキストが国民党内で反共主義者として大きな力をもっていたこと、労働大学の創立が一九二七年四月の蔣介石による反共クーデター直後であることを考えれば、アナキズム運動の発展として大学創立があるのではなく、それは「国民党アナキスト[16]」の権力行使の結果であり、また自由主義者から国民党アナキストまでを巻き込んだ、微妙かつ複雑な政治的思惑が錯綜した教育計画であったと考える方がより客観的だろう。

ジャック・ルクリュ（1936年北京、左端）

ジャック・ルクリュは労働大学創立に関与した李石曾との思い出を綴った文章の中で、労働大学に赴任したのは、ルクリュ家に出入りしていた巴金の友人呉克剛[17]（一九〇三―一九九）の推薦によるものであったことを証言している[18]。芹沢光治良が『愛と知と悲しみと』で書くように、確かに当時のルクリュ家はアナキスト、亡命者、芸術家、科学者などが出会い、その人生を交差させる場であったに違いない。だが当時巴金と芹沢光治良がルクリュ家で知り合ったとしても、その後、加速度的に進む日本の中国侵略の中で、芹沢光治良はもはや巴金と自由に語り合う場をもたなかっただろう。彼は一九三八年、改造社特派員として中国の戦地に赴き、日本軍による残忍な行為や中国民衆の悲惨な境遇を目の当たりにすることになるからである。

三、芹沢光治良の中国体験

芹沢光治良は一九三八年四月二九日出発、六月一五日帰国の日程で、兄の芹沢真一（同盟通信社勤務）の同行を得て、改造社特派員の資格で日中戦争下の中国を旅行している。『愛と死の書』（一九三九）に収録されることになる「孤雁」執筆のための取材旅行ということになっているが、戦後のエッセイ「小説とはやくざの業か」では「ちょうど南京が陥落した時だったが、この日華事変の実相は何か、わが目で観、実地に戦線を巡って自分で判断しようと、考えたのだった[19]」とも回想している。この時の中国旅行は「孤雁」以外の小説やエッセイなどにも反映されているので、芹沢光治良研究にとって重要な意味をもつ事柄だが、この旅行中に芹沢光治良が記録した日記に、戦争の実態に触れた生々しい感想を垣間見ることができる。

作家が改造社特派員として中国で取材を行う以上、軍部、特に特務機関と関係をもたずに旅行することは困難である。それでも宣撫工作に積極的に加担することも肯じ得ない芹沢光治良は、中国取材旅行中の「日記[20]」において、ジャーナリストのようなある程度客観的な視点で戦地や占領地域の観察を試みている。「生きようとする支那農民の努力」（五月五日）に共感して、日本軍の破壊による「人間の業であったと思ひたくない光景」（六月一〇日）、とりわけ「入城後日本兵がそのりゃくだつの跡を消すために焼いたのだといふが、殆ど街全体が焼かれている」（六月一二日）南京の様子を目撃して心を痛めるが、一方「人を殺すのが哀れになる」（五月二五日）日本兵の心情への想像も欠かさない。芹沢が「日記」で何度も言及する各地の慰安所の実態は、占領地域で女性を凌辱する日本兵の姿と重ね合わせて、「日本では女性に対する尊愛といふことを教育のなかに置かないところに、文明が発達しないといふことを、北京につくとすぐ云った或る人の言葉をここでも思い出した」（六月一三日）という記述から、文明未発達国家日本を見る芹沢の眼差しに、近代西洋に憧憬を抱く姿を想像できるが、だとすれば、そうした近代文明観すら否定する軍国主義が跋扈する日本社会を憂慮していたと読めば、この「日記」の時代性を確認できるかもしれない。

その後、日本の侵略戦争は末期に入り、アメリカとも開戦して太平洋戦争へと拡大していくが、芹沢光治良は「支那の変から六周年だ。日本もよく頑張りつづけている。六年も実に簡単にすぎたような気がする。こんなことをして、死んでしまうのだろうか。いい作品を書くことしか考えないようにしよう。世界が終るともよい。作品を書いていよう[21]」（一九四三年七月七日）と、複雑な心境を抱えたまま、暗黒の現実から離れて文学の中へ沈みこもうとする。少なくとも文学を自己主張の場ではなく、避難場所と考えようとしている。ただ「戦争は——少なくともこの大東亜戦争にあって、はっきりと感じていたことは、国民が欲するからではない[22]」（一九四五年一月一八日）と反戦意識はあっても、「小説も書く元気がない。日本の運命が暗く考えられる。負けたことのなかっただけに日本民族の将来を思うと悲しくなる[23]」（一九四五年）と最終的には侵略戦争を遂行する日本という共同体への帰属感を保ち続けていた。

実は一九三八年の取材旅行で芹沢光治良は北京でジャック・ルクリュに会おうとしたが、戦争勃発を受けて南方に避難したルクリュとは面会できなかった。「日記」に「Reclus は一ヶ月休暇を得て上海へ行ったが、大学のよい口を探しに行ったやうでもある[24]」（五月二〇日）とあるが、ジャック・ルクリュが北京を離れるのは個人的理由ではなく、全面的な日中戦争開始という危機状況によるものであることは明らかだろう。

ジャック・ルクリュは一九三七年初頭にフランスへ一時期帰国していたが、戦争勃発を心配して盧溝橋事件の頃には北京へ戻っていたと思われる[25]。フランス帰国中の講演で、国民党支配の中国政治・社会に対する批判的見解を述べながら、「日本人の傲慢さとその帝国主義の脅威は大変な発憤剤だった。世論が明らかになり始めており、それはますます強まっている」[26]と述べたジャック・ルクリュが、中国の政治・社会状況と無縁に個人生活をするはずがない。彼は一九二七年に上海の国立労働大学へ赴任してから毎年のように日本を訪れ、石川三四郎や芹沢光治良と親交を深めているが、「昭和十年の冬休暇に有馬温泉で、日本憲兵から手荒く扱われてから、日本へ来なくなった」[27]との芹沢の回想にあるように、東アジアの二つの国の友人、知人と友情を結びながらも、ジャック・ルクリュはアナキストとしての思想的立場を堅持していた。

一方、「日記」には芹沢光治良の中国文学観を推定する材料もある。同時代作家魯迅への批判的眼差しが見られるのである。日本から中国へ渡る船中で芹沢は「魯迅の小説、故郷、波紋を読む」（五月二日）、「魯迅を終日読む。さうたいした作家だと思へない」[28]（五月三日）と簡単に記している。一九三八年四月の時点で読める魯迅作品の日本語訳ならば、『魯迅全集』（全一巻、井上紅梅訳、改造社、一九三二年）、『魯迅選集』（佐藤春夫・増田渉訳、岩波文庫、一九三五年）、『大魯迅全集』（全七巻、改造社、一九三七年）のいずれかだろうが、旅行中に携帯がしやすいことと「波紋」という訳名からして、芹沢が携行したのは文庫版の『魯迅選集』だったと推定できる。その魯迅の小説をどのように読んで「さうたいした作家だと思へない」と断定したのか、その根拠が示されていないので、現時点では芹沢光治良の魯迅観を論じる基礎材料は乏しい。だが戦前に魯迅を小説家として評価しないのは、実は芹沢光治良に限ったことではない。

松岡譲は魯迅の小説に若い女性が出てこないことや恋愛を描かないことを挙げ、「魯迅の作品を読んで、私は新らしい文学に出会はしたといふ感じがしない。むしろ私達がとうの昔に忘れ去つた明治文学の可もなく不可もなき凡作にめぐりあつた感じがする」、「手法などに至つては学ぶべきところはまずないといつてよく、第一作家としての身構へ方からが本腰でない気がする」とまで断定をして、「恋愛と女性のない彼の小説の主人公は、変人、貧乏人、病人、狂人、阿呆、なんぞといふ類[29]」と揶揄する松岡譲の眼には、魯迅がなぜ「変人、貧乏人、病人、狂人、阿呆」を意図的に取り上げて描くのかが全く見えていない。近代中国において先駆的に個の確立を目指すならば、必然的に社会から変人・狂人扱いされて孤立し、病人・貧乏人として滅びるしかない目覚めた少数派になぜ魯迅が関心を寄せるのかという一点すら理解できていない。冷静に自らを省みれば、病んでいるのはむしろアジア侵略へと突き進む当時の日本社会自体なのに、そのことに対する自覚を欠いて、侵略相手国の作家を貶める者が文学者として評価される社会こそ問題にされるべきである。

それにしても中国の近代文学のみならず、近代そのものの成立に大きく寄与した魯迅を、芹沢光治良が「さうたいした作家だと思へない」のは不幸なことだと思う。少なくとも自国の国民性への徹底した批判に基づいて、絶望と希望の空しさを自覚しながら、西洋とも日本とも異なる近代の創出へと奮闘した作家魯迅と向き合う契機がそこで断たれているのは残念である。中国を見る眼差しが一方通行に陥りがちなのは芹沢光治良や松岡譲ばかりではなく、芥川龍之介や横光利一など戦前中国を訪れた作家の多くに共通したことでもある。そもそも戦争とは、相互理解を断ち切って暴力で相手に自分の主張を認めさせる反人道的行為なのだから、中国への侵略が進行する時代にあって、言論に相互理解を育む実例が珍しいことは最初から想像がつく。問題は、歴史を後から振り返る特権と限界を有した後世の人間が、そうした一方通行の眼差しから何を読み取り、どのように総括するかが問われるということである。そこで、逆に中国側から日本文学を見ればどのような文学として見えたか、一つの実例を取り上げながら、その問題を反対側から考えることにする。

四、巴金の日本近代文学観

芹沢光治良が戦時期の中国を訪れた当時、巴金は雑誌『吶喊』（一九三七年八月創刊、第三期より『烽火』と改名）を発行したり、文芸界救亡教会の執行委員を務めたりして、積極的に抗日宣伝活動に加わりながら、同時にスペイン内戦やクロポトキンの翻訳などアナキズム啓蒙活動も並行して行い、また日本軍に包囲されていた上海の租界で、若い世代に捧げる「小さな贈り物」（『春』序）として『家』の続篇『春』（一九三八年三月）を書き上げた。ただこの当時、巴金の言論は決して一方通行的なものではなかった。彼は特定の日本人個人に向けて三通の公開書簡を発表して、自らの主張を述べるとともに、日本社会に対して回答を迫っていた。山川均、石川三四郎、そしてここで取り上げるある市井の日本人に宛てた公開書簡を雑誌に発表するのだが、その意図は、その人物からの回答を期待しているというより、日本社会がその問いにどう答えるかを期待していたと考えるべきだろう。残念ながら、当時その問いに答える者がいなかったことが、帝国主義国家日本の暗く閉塞的な状況を映し出しているともいえる。

ある市井の日本人に宛てた巴金の公開書簡は、発表当初は氏名を伏せて「××君」としか記されなかったが、のちに単行本に収録される時、「武田君」と実姓が公開されている。実はこの人物は、一九三四年一一月から三五年八月まで巴金が本名を隠して日本に滞在していた時、自宅の一室を提供してくれた横浜高商の教師、武田武雄のことである。[30]巴金は一九三四年一一月から三五年二月まで横浜にあった武田家に下宿したが、その間、武田武雄本人をモデルにして「神」（一九三五）、「鬼」（一九三五）と二篇の小説を書き、更に『点滴』（一九三五）に収録される一〇篇近いエッセイを書いている。特に『点滴』は、巴金が日本社会をどう観察し、近代日本文学をどう評価したかを知る資料として貴重である。その厳しい近代日本批判は、一九二〇年代アナキストとして活動していた時に、大杉栄追悼文などを積極的に発表する巴金と差があるように見えて、実は思想的には一貫していると考えた方がよい。『点滴』における巴金の近代日本批判には、アナキズムを通じて形成された日本への関心が、侵略という形で裏切られて跳ね返ってくることへの怒りと悲しみが宿っているように読めるからである。

まずその「給日本友人」と題した公開書簡の内容を見てみよう。冒頭で巴金は日本軍の攻撃で廃墟となった上海北部の戦災状況を描写した後に、戦場で敵として武田武雄と向かい合う悪夢を見たと述べた後で次のように語りかける。

××君、この夢はあまりに奇妙なものだから、現実とはならないと信じている。だが、今朝ベッドで目が覚めると爆弾が炸裂する音が聞こえた。君たちの空軍兵士が防御能力のない難民や防衛設備のない都市に向かってまた爆撃を行っているのだ。どのような狂った力が彼らにこうした行いをさせているのだろうか。平和に暮らす人々を虐殺する権力を誰から授かったというのだ。全世界の良心は一致してこのような罪悪を糾弾している。それなのに、君たちはそれを支持している。このような罪悪を野放しにしておけば、やがて私たちのような非武装の人間でさえやむなく銃を取って勇敢に戦場へ赴き、人道と正義の原理を守り、民族の生存を防衛する日がやって来るだろう。その時に私たち二人が敵同士となって相まみえることがないとはいえない。それはなんと悲しいことだろう。[31]

巴金の語り方はかつての知人を一方的に糾弾するだけのものではない。むしろ悲しい運命に至らないために努力をすることを呼びかけたものである。そこには日本の侵略行為を支えるのが政治家や軍人だけでなく、ごく一般の日本人であることを見つめる冷徹な眼差しがある。またそれゆえにこそ、一般の日本人の戦争に対する責任の大きさが問われているといえる。この後、巴金は日本文学を話題にして、次のように侵略戦争を前に無力な近代日本の矛盾を告発する。

一九三五年正月二日、君の家で、東京から孫俍工著『続一個青年底夢』[32]を携えて来た君の若い友人が、怒りもあらわに多くを語り、傍らで君は相槌を打っていた。君たち二人の論調は一致していて、ただ君の方がいくらか穏やかだった。その時、私は完全には聞き取れなかったが、孫氏が序文の中で貴国の軍閥の中国東北四省侵略行為に対していくらか憤慨の意を示したことに、君たちが腹を立てていることは分かった。孫氏は『ある青年の夢』の著者を尊敬していたので、この本を武者小路実篤氏に送ったわけだが、白樺派のその領袖を中国の友人として信頼するのも、かつて武者小路実篤氏自身がそう自称していたためである。孫氏は人道主義者たる武者小路氏の良心に心から訴え、人類の繁栄に危害を及ぼす野蛮な勢力を積極的に批判することを望んでいた。ところが、武者小路氏は罪悪の前に沈黙してしまった。この非戦論者は異国の心服者の信頼に背いたのだ。これは二年前のことだが、最近の側聞によれば、武者小路氏はいっそう山川均や林房雄の後を追い、軍閥政府の提灯持ちになっているとか。武者小路氏でさえここまで変わるからには、自由主義者の室伏高信が軍閥の手先となって「一刻も早く中国に打ち勝たねばならない」と叫ぶのも不思議ではない。[33]

ここでも巴金は、本来侵略戦争に反対するはずだと考えていた日本の作家が戦争協力することに怒りと嘆きを表明しているが、それを武田武雄に語りかけている点が、従来の信頼や期待を裏切るという図式を示して、日本人への失望を隠そうとせず、さらに個人としての日本人の侵略戦争に対する責任を問おうとしている巴金の心情を伝えているように思う。この期待から転じる失望という心理変化は、実は武田武雄宅に下宿していた時に書いたエッセイ「幾段不恭敬的話」(『点滴』)における近代日本文学批判と比べると、戦争期であるにもかかわらずかなり穏和なものであり、それゆえに感情の抑制の利いたこの公開書簡の意義がいっそう際立っている。

「幾段不恭敬的話[34]」は芥川龍之介の「長江游記」(一九二四)の記述への反発から書き起こされている。「現代の支那に何があるか?政治、学問、経済、芸術、悉堕落してゐるではないか?殊に芸術となつた日には、嘉慶道光の間以来、一つでも自慢になる作品があるか?[35]」と語る芥川龍之介の脳裏には、伝統中国の文化的輝きがあるのかもしれないが、その軛から脱して近代中国を建設するために苦闘している巴金のような近代文学者には、同時代日本人作家のこの言葉は容認できるものではない。これに対して反発するように巴金は「彼は日本にどのような誇り得る芸術作品があるか疑問に思ったことはないのだろうか[36]」と反問する。続けて批判対象となるのは、巴金が日本滞在時に目にした文学関係の広告に並ぶ著名作家である。菊池寛、吉川英治、大佛次郎、加藤武雄の名前を挙げて、巴金は「侠客と恋愛が日本の通俗小説を代表している[37]」と松岡譲の魯迅批判に反論するかのようにその水準の低さを批判する。更に長与善郎、久保田万太郎、室生犀星にも言及した後に、田山花袋を例に挙げて、日本の自然主義はエミール・ゾラと遠く隔たっていると批判し、最後に島崎藤村批判へと筆が進む。島崎藤村が小説『新生』において自らの姪との禁断の恋を描いたことを、『復活』に見られるトルストイの偉大さに比して島崎藤村は怯懦であるとして、道徳的な観点からその文学創作を批判している。実は巴金と島崎藤村にはエミール・ゾラなどフランス自然主義を愛読したこと以外にも、『家』、『新生』など題名が同じ小説を書いたという不思議な偶然があるが、その文学的方向性は大きく異なっていたといってよい。それを窺わせるように巴金はこのエッセイの最後で、芥川や島崎への反感から生じる日本文学批判とともに、次のように自分の文学観を表明している。

結局のところ、真の芸術の重要な使命とは、人類を連帯させることであって、離間させることではない。この点は誰もが認めるに違いない。だとすれば、日本文学には本当に見るに足るものはない。個人の悲喜及び離合や、英雄、侠客の超人的行為など腐るほどあるではないか。過度に技巧を凝らして、表現上巧妙に手練手管を弄するなどは、華麗な服装をまとった死骸のようなもので、至る所にある。[38]

これを見ると巴金の文学観には、道徳や希望のような精神的高尚を目指すべきだという理想主義が存在することが分かるが、逆にそれゆえに隣国の文学者に対する期待も大きかったはずである。その期待が破られる落差から厳しい近代日本文学批判が生まれて来る経緯を想定すれば、「幾段不恭敬的話」の執筆意図も想像できる。そこには自分の同胞への殺戮と郷土への侵略を進める帝国日本への非難や怒りとともに、それを支えている多くの日本人への覚醒の呼びかけが含まれていると考えるべきであるように思う。それはまた日中全面戦争勃発後に武田武雄という市井の日本人に向けた公開書簡における呼びかけと共通して、国家と向き合う時の個人の自立のあり方を問うているともいえる。

（二〇〇九—二〇一一年初稿）

【注】

（1）巴金の日本滞在に関しては、本書収録「巴金の日本滞在に関する記録（横浜時代）」参照。

（2）巴金「懐念二叔」、『再思録』三聯書店（香港）、一九九六年、四八頁。初出は一九九二年香港『二十一世紀』一〇月号。
（3）箱根行きへの言及はあちこちの文章に散在するが、例えば「看了『松川事件』以後」（『傾吐不尽的感情』所収）のように、どの文章でも鎌倉から熱海経由で箱根へ行った事実だけを記している。
（4）巴金『傾吐不尽的感情』、百花文芸出版社、一九六三年。『巴金全集』第一五巻（一九九〇年）所収。
（5）巴金「傾吐不尽的感情」、『巴金全集』第一五巻、三五七頁。初出は上海『文匯報』一九六二年一〇月一日。
（6）巴金『友誼集』、『巴金全集』第一五巻。
（7）巴金「平壌、英雄的都市」、『巴金全集』第一四巻、一九九〇年、一一八頁。初出は『人民文学』一九五二年六月号。単行本は『生活在英雄們的中間』、人民文学出版社、一九五三年。
（8）芹沢光治良『愛と知と悲しみと』、新潮社、一九六一年。
（9）巴金「致芹沢光治良先生」、『傾吐不尽的感情』、『巴金全集』第一五巻、二七三頁。初出は香港『文匯報』一九六三年二月六日。
（10）巴金「致芹沢光治良先生」、『傾吐不尽的感情』、『巴金全集』第一五巻、二七三頁。
（11）「科学者」とあるので、ジャック・ルクリュではなく、芹沢光治良が滞欧中に知己を得たノーベル物理学賞受賞者ジャック・シャルマンのことと思われる。
（12）芹沢光治良『愛と知と悲しみと』、新潮文庫、一九七二年、五―六頁。
（13）芹沢光治良『愛と知と悲しみと』、新潮文庫、一九七二年、五―六頁。
（14）ルクリュ家の人々については、『日本アナキズム運動人名事典』ぱる出版、二〇〇四年、七一四―七一五頁に詳しい。
（15）Ming K. Chan, Arif Dirlik, *Schools into Fields and Factories*, Duke University Press, 1991, p.45.
（16）「国民党アナキスト」という呼称及び中国アナキズムとの関係については、本書収録「巴金とエマゴールドマン」参照。
（17）呉克剛については本書収録「巴金とエマ・ゴールドマン」及び「雑誌『平等』に見るアナキズム思想空間の越境性――巴金と劉忠士の思想交流」参照。
（18）邵可侶「我所認識的李煜瀛先生」、『傳記文学』第四五巻第三期、台北：伝記文学雑誌社、八八頁。
（19）芹沢光治良「小説とはやくざの業か」、芹沢光治良文学館一二『こころの広場』、新潮社、一九九七年、八九頁。初出は『ノーベル賞文学全集二〇』「月報一九」（主婦の友社、一九七二年四月）。芹沢の中国行きの目的については、鈴木吉維「日中戦争下における芹沢光治良の位置」（日中文化研究会編『曙光』一一、和泉書院、二〇〇〇年）に解説がある。また同氏は「芹沢光治良の見た中国」(『曙光』一〇、一九九九年)でも芹沢の中国旅行の意味を論じている。

(20) 勝呂奏・藤澤太郎「【資料紹介】芹沢光治良「中国取材日記(昭和十三年)」(『桜美林大学紀要・日中言語文化・第七集』、二〇〇九年三月)。以下の引用は一六八、一八六、二〇五、二一〇、二一八頁に基づく。

(21) 『芹沢光治良戦中戦後日記』、勉誠出版、二〇一五年、一一三頁。

(22) 『芹沢光治良戦中戦後日記』、二七三頁。

(23) 『芹沢光治良戦中戦後日記』、二九二頁。

(24) 勝呂奏・藤澤太郎「【資料紹介】芹沢光治良「中国取材日記(昭和十三年)」、一八〇頁。

(25) ジャック・ルクリュの中国生活を中心とした伝記として米原謙「フランス人アナキストの中国二五年——ジャック・ルクリュ小伝——」(『阪大法学』第四七巻第二号、一九九七年)が非常に参考になる。

(26) 米原謙「フランス人アナキストの中国二五年」、二八九頁。

(27) 芹沢光治良「闘病生活をすてた日」(芹沢光治良文学館12『こころの広場』、新潮社、一九九七年)、九〇頁。

(28) 勝呂奏・藤澤太郎「【資料紹介】芹沢光治良「中国取材日記(昭和十三年)」、一六六頁。

(29) 松岡譲「小説家魯迅」、『セルパン』、一九三三年二月号、三一頁。

(30) 巴金と武田武雄に関しては、本書収録「巴金の日本滞在に関する記録(横浜時代)」参照。

(31) 巴金「給日本友人(一)」、『烽火』第一〇期、一九三七年一一月七日、一五〇頁。『巴金全集』第一二巻所収の版とは字句の異同がある。

(32) 孫俍工(一八九四—一九六二)は毛沢東とも知己のある湖南出身の学者、作家で、北京高等師範卒業後、一九二四年から二八年まで上智大学に留学してドイツ文学を学んだことがある。帰国後は復旦大学などで教鞭を執った。『続一個青年底夢』は六幕劇の戯曲で、一九三四年上海中華書局より出版。

(33) 巴金「給日本友人(一)」、一五一頁。

(34) 巴金「幾段不恭敬的話」、『太白』第一巻第九期、一九三五年一月。単行本は開明書店、一九三五年。『巴金全集』第一二巻にも収められているが、開明書店版とは異同があるので、ここでは以下開明書店版から引用する。

(35) 芥川龍之介「長江游記」、『芥川龍之介集』、改造社、一九二五年、二一八—二一九頁。

(36) 巴金「幾段不恭敬的話」、開明書店、一九三五年、四一頁。

(37) 巴金「幾段不恭敬的話」、四二頁。
(38) 巴金「幾段不恭敬的話」、四六頁。

第三節　山川均批判と通州事件

一、通州事件と山川均の反応

竹内好が中心となって刊行した雑誌『中国』は戦後日本において中国認識の深化のために大きな貢献を果たしたが、「中国の会」会員頒布から徳間書店発行の市販雑誌へと移行した創刊号（一九六七年一二月号）で、「日本の社会主義者と中国」と題した特集を組み、巴金が山川均に宛てた公開書簡を訳出しながら、「二人の間にあった断層の問題そのものは、それから三十年たった今日、なお未解決である。それどころか、私たち日本人共通の問題として、見なおされなければならない意味をもっている」[1]として、日本の社会主義者に抱いた期待が破られた巴金が書いた公開書簡が、どのような認識の断層を表面化させたかを検証しようとした。それから更に四〇数年経過した現在でも、両国の言論界には相変わらずある種の断層が見られ、しかも一九六七年当時と大きく異なり、一九七二年に日中国交回復が果たされ、文革が終了して中国も経済的に資本主義の道を歩み始め、加えて世界的に情報技術の革新が日々進む状況になっても、そうした断層は消えるどころか、逆にインターネット情報によって拡大する局面すらある。互いの人的、物的、知的交流が進めば断層が狭まると単純に期待しても、それだけでは事態は改善しない。その原因がまだどこかにあるはずである。一つには国家単位の認識という問題の立て方に検討の必要があるように思う。ここでは、雑誌『中国』が「二人の間にあった断層」を「私たち日本人共通の問題」として、表現者個人の問題ではなく日本社会という共同体の問題と考えた点に着目しながら、この問題を再考してみたい。

まず巴金の山川均宛公開書簡の原因となった通州事件を簡単に概観しておいた方がよいだろう。通州は北京市街地から東へ一〇キロ余り、一九九七年に旧称の通県から通州区へと名称変更している。杭州から北京まで一八〇〇キロ近く続く大運河の終点として知られている地でもある。盧溝橋事件から三週間経った一九三七年七月二九日、日本の傀儡政権である「冀東防共自治政府」所属の保安隊が日本の軍隊、特務機関、警察の各施設及び旅館を襲撃して、日本人及び朝鮮人に二〇〇名を超える死者を出したとされる。雑誌『中国』にも犠牲者数が書かれているが、(2)『東京朝日新聞』一九三七年八月六日の記事によれば、八月五日の時点で死者は一八五名だが、生存者の内訳が「内地人男四一、女二四、子供一二、小計七七、鮮人男一五、女二五、子供二〇、小計五八（ママ）」とあり、通州に多数の朝鮮出身者が居住していたことが分かる。帝国日本の中国侵略に、その帝国に支配蹂躙されている植民地朝鮮の人々が動員され、巻き込まれ、帝国の人間と共に殺害される二重の悲劇がそこで起きたことになる。

この事件の背景や原因に関する詳細な検討は省略するが、確認しておきたいのは、事件後日本国内の新聞報道が、当初の戦況報道めいた見出しからすぐに扇情的なものへと変わり、『東京朝日新聞』を例に取れば、「通州邦人の安否憂慮」（七月三一日）、「通州の我が守備隊、邦人六十名保護」、「一千名の武装を解除」（八月一日）等から、数日後には「保安隊変じて鬼畜、罪なき同胞を殺害、銃声杜絶え忽ち掠奪」（八月四日）、「殲滅した敵は意外、鬼畜の保安隊」、「鬼畜！臨月の腹を蹴る」、「鬼畜の都、通州へ一番乗り」（八月五日）、「この暴虐！通州惨劇第一報」（八月八日）等へと一挙に感情的な言葉の羅列へと変わっていることである。特に「鬼畜」とい

雑誌『中国』1967年12月号

う人間性全面否定の形容を用いたことが、後で見る巴金反発の理由に繋がっている。

この通州事件は盧溝橋事件直後に起きたことで、拡大した日中戦争初期の象徴的事件となり、報道が新聞から雑誌にまで広がっていった。例えば雑誌『改造』は盧溝橋事件後の戦争拡大を受けて「日支事変と現下の日本」という特集を組んだ九月特大号を発行したが、その中の「北支事変の感想」と題した欄に、山川均は「支那軍の鬼畜性」と題した短文を寄稿した。巴金が公開書簡を発表して山川均を批判したのは、直接的にはこの短文の内容に反発したためである。ここでその原文をまず引用しておく（文中の丸数字は後で分析するために筆者が付した。また原文一か所に「……」と検閲による伏字がある）。

①通州事件の惨状は、往年の尼港事件以上だといわれている。②つぎつぎに発表された遭難者の報告は、読む者をして思わず目を蔽わしめるものがある。③新聞は「鬼畜に均しい」という言葉を用いているが、鬼畜以上という方が当っている。④同じ鬼畜でも、いま時の文化的な鬼畜なら、これほどの残忍性は現わさないだろうから。⑤こういう鬼畜に均しい、残虐行為こそが、支那側の新聞では、支那軍の……して報道され、国民感情の昂揚に役立っているのである。⑥北支事変の勃発そのものがそうであるように、通州事件もまた、ひとえに国民政府が抗日教育を普及し、抗日意識（ママ）を植えつけ、抗日感情を煽った結果であるといわれている。⑦文化人を一皮剝げば鬼畜が出る。⑧文化人は文化した鬼畜にすぎない。⑨支那の抗日読本にも、日本人の鼻に針金を通せと書いてあるわけではない。⑩しかし人間の一皮下にかくれている鬼畜を排外主義と国民感情で煽動すると、鼻の孔に針金を通させることになる。⑪通州事件の残虐性と鬼畜性に戦慄する人々には、むやみに国民感情を排外主義の方向に煽動し刺戟することの危険の前に戦慄せざるを得ないだろう。⑫支那国民政府のそう

いう危険な政策が、通州事件の直接の原因であり、同時に北支事変の究極の原因だと認められているのだから。[3]

この文章は①⑥が「いわれている」、⑫が「認められている」で終わっているが、これに注目して雑誌『中国』編集部は、判沢弘が『転向』で山川均を評した「しなやかな抵抗[4]」という言葉を抜き出して小見出しに採用している。判沢弘は山川均の時局批判に関わる文章には「山川の思想と性格とを熟知している読者ならば、山川流の反語と皮肉の底に冷徹な批判を読み取るであろうが、素朴な読者は山川の意図を充分には汲みとる術を持たず[5]」、山川均の「支那軍の鬼畜性」は「日支事変勃発直後の通州事件の報道に激昂する国民感情の風圧に真向から立向かうことなく権力や時勢に妥協し、真顔で同調して見せつつ、いわねばならぬところはピシリと言ってのけている[6]」と独特の抵抗の表現があったと解釈する。日本の中国侵略、とりわけ盧溝橋事件直後に発生した通州事件に関して、たとえ死者の多くが日本人だったとしても、社会主義者山川均が中国人兵士の反乱行為を「鬼畜以上」と考えるはずがなく、そこには検閲や弾圧を予想した巧妙な言語的抵抗が隠されていたととらえる意図がそこに窺える。

山川均自身、当時社会民衆党など左翼が雪崩打つようにファシズムに呑み込まれていったことを戦後批判して「民族感情とか国民感情というものが、外でもりあがってきたばかりでなく、彼ら自身の頭の中でも強まってきた。つまりプロレタリア的な国家観念にブルジョア国家観念がうち勝った、知らずしらずのうちにブルジョア国家のイデオロギーに支配されるようになっていた[7]」と回想しているように、国家主義・帝国主義に取り込まれていく人々と一線を画して、山川均はしたたかに抵抗したという印象がそれらの評者にあるのだろう。事実、「支那軍の鬼畜性」発表数か月後の一九三七年一二月、山川均は「人民戦線事件」で逮捕され、その後は敗戦まで断筆していることが、そうした印象をより強めているに違いない。

この見方は近年の文章にも同じように見られ、「支那軍の鬼畜性」を収録した『山川均全集』第一四巻の編者は「終わり近く日本の国民感情をあてこすった部分に主眼があることはすぐにわかる。けれどもすぐにわかるのは私たちが山川という筆者を知って読むからであって、それを知らない、また文章に親しむことの少ない人が読めばどうであろうか。たぶん前半を印象づけられて肝腎なところを読みすごすと思われる[8]」と判沢弘と同様の見解を述べる。山川均が「しなやかに抵抗」する社会主義者であることを「知って」いるから、「鬼畜に均しい」などと本当に考えているはずがないと考えているのである。筆者を「知って」読めば、④⑦⑧⑩⑪に権力批判が隠されていて、③⑤は真意ではないことがすぐに分かるという見解だとすれば、判沢弘の「いわねばならぬところはピシリと言ってのけている」という解釈より後退した肯定的評価だが、それに関する議論はおいても、筆者が誰であるかがこの文章の意図を決定するならば、逆にこの文章自体にはそう解読しなくてもよい可能性があるということになる。つまりテクストの意図を著者評価や社会的文脈から解読するのであれば、解釈の幅だけテクストに多義性があることになるが、果たしてこの文章をそのようにプリミティヴなテクストとしてとらえることが可能なのだろうか。もし可能だとすれば、山川均の言語的抵抗の一例として考えずに別の解読を試みる者に対しては、ひたすら筆者山川や社会的文脈を正確に把握しているかどうか争う必要が出てくる。それではどこまでいっても山川均という人物像をどう描くのかがテクスト解釈の鍵になり、逆にテクスト自体の解釈から限りなく遠ざかるように思える。

仮に「支那軍の鬼畜性」において山川均が「しなやかな抵抗」を見せていたと解釈するならば、同時代の他の社会主義者（転向問題は別にして）との比較において、それは本当に抵抗と認定するに足る言語表現だったのかを検証してみなければならない。

『改造』一九三七年九月特大号は発売禁止処分を受けたが、「北支事変の感想」に寄稿した一三人（本田喜代治、萩原朔太郎、津村秀松、鈴木茂三郎、水野廣徳、鈴木安蔵、杉森孝次郎、阿部真之介、下村海南、岡田宗司、山川均、中野重治、向坂逸郎）のうちでも、鈴木茂三郎、水野廣徳、鈴木安蔵の文章は検閲により伏字が多く、読解不能の箇所が多数ある。また中野重治は「『北支事変』は恐らく二つの問題を持つであらう。第一はそれが何であるかの問題である。第二はそれがどうなるかの問題である」と冷静に書き出しながら、「単純に見られた中国の武力は、日本のそれに現在劣ってゐるであらうか?たしかに劣っているであらう。何時までそれは劣つてゐるまゝに止まるであらうか[9]」と「支那」ではなく「中国」という国名を使用しながら、戦争への警鐘を鳴らしている。また向坂逸郎は「興奮状態といへば、新聞紙上に現はれる二三文士の興奮した様子は余り見よくない。国に重大なる事件があればあるほど、日頃高級なる知識人をもつて任じてゐる人々のことだから、冷静なる態度を持すべきではあるまいか。すぐに批判力を失つて血が頭に来るなどといふのは、社会の発展を背負う筈の知識人としてはづべきことではないかと思ふ。目の前に生起してゐる事柄には誰でも注意してゐる。知識人はその後に来るものに深い平静な考察をひそめなければならぬのではあるまいか[10]」と、以下に紹介する巴金の山川均批判にも通じるような知識人批判を展開している。少なくとも、抵抗というならば、中野重治や向坂逸郎の言語的抵抗は「素朴な読者」にも十分意図を汲み取れるものであり、山川均の文章のように、彼を「知らない」人の自由な解釈を拒否するようなところはない。

だが巴金は少なくとも山川均を知らない人ではなかった。巴金は巴金の方法で山川均を知っていたのである。以下に紹介するのは、巴金が知っていた山川均を批判する公開書簡である。

本刊已呈請内政部中宣會登記
烽火
第四期　九月二十六日出版
文學社　譯文社　中流社　文季社　聯合刊物
編輯人：茅盾
發行人：巴金
給山川均先生……巴金
模範（小說）
八月的風暴（詩）
「我的牲口！我的牲口！」（漫畫）
三個傷兵（速寫）……黎烈文
在夜的交通線上（報告）
發行處：上海城内西倉橋街三號
代售處：全國各書店報販
每星期日出版
每册國幣二分

山川均宛公開書簡掲載の『烽火』

二、巴金の公開書簡

盧溝橋事件によって日本の中国侵略が拡大すると、上海在住の巴金は戦火が上海まで及ぶ中で雑誌『吶喊』（一九三七年八月創刊、第三期より『烽火』と改名）の発行を中心的に担い、また文芸界救亡協会の執行委員を務めるなど、積極的に抗日宣伝活動に加わっていった。こうした時期に作家巴金が山川均に対して公開書簡を発表したことには（同時期に武田武雄、石川三四郎にも公開書簡を書いている）、主たる対象の中国の読者ばかりでなく、間接的に内容が伝わることを期待する日本の読者に対しても自らの主張を述べる以外、他の意味も含まれていたと考えることができるように思う。期待から失望へと動く巴金の心理を想像するならば、公開書簡という形式は彼の知る個別日本人への厳しい批判以外に、悔い改めて本来の正義を自覚することへの一縷の希望が含まれていたはずだからである。しかし残念ながら誰もそれに答えることなく終わったことが、断層というより深い亀裂、もっといえば対話の不可能性という大きな問題を表しているように思う。

巴金が発表した「給山川均先生」と題した公開書簡は、自らが発行人となった『烽火』第四期、五期に連載したものである。[11] 発表当時の一九三七年九月―一〇月は、上海にまで拡大した戦火によって、巴金の周囲でも多くの犠牲が出ていた時期である。日本の軍事侵攻による上海での戦火は八月一三日に始まるが、自らが編集執筆する雑誌『吶喊』（のちの『烽火』）創刊号で、巴金は当時上海で目にした戦争被害を次のように描写している。

大世界の前で爆弾が爆発したその日、道の両側に群れをなす難民を私は電車から目撃した。全身に血を浴び、手に手を取り、押し黙って西へ向かっていた。みな厳しい表情で、恐怖や悲痛の表情は見られなかった。まるで義に殉じ、大きな犠牲を払うかのように見えた。

その場の血は雨によって洗い流されていたが、自動車、人力車、一輪車など十数台の破壊された車両がまだ路上に残されていた。各階層の人々は等しく一つの目標のために犠牲になり、死の前で躊躇するものは一人もいない。生存者も誰一人不平を洩らさない。

今日とある交差点を通りかかった時、空き地に一〇〇―二〇〇体の遺体が並べられているのを見かけた。一体一体整然と並べられ、上に何かが掛けられていて、頭と足だけが露出していた。トラックが棺桶を下ろすとすぐに走り去り、何人かの人が作業していた。棺桶を一つずつ並べ終えると、一体ずつ遺体を中に入れた。きっと爆撃で亡くなった人たちだろう[12]。

つまり巴金にとって戦争や死は眼前に存在しているものであり、自分がいつ死者となるかもしれない恐怖の中を生きていたのである。山川均宛の公開書簡の中でも、九月八日に上海郊外の松江駅が爆撃されて、戦火から逃れようとした多くの避難民に死者が出た惨劇を告発しながら、その事実をどう受け止めるかについて、巴金は山川均に次のように迫る。

このような冷静な殺戮について、あなたはどう説明しますか。そこにはもっと重大な鬼畜性や残虐性が見られませんか。腕がちぎれた人が血にまみれた自分の腕を脇に挟んで歩く姿や、顔面を吹き飛ばされた人が胸を叩きながら狂ったように街を走り回る姿を、もちろんあなたは目にすることがないでしょう。何も知らない子どもが父母の死体の傍らで泣き叫んでいる姿を目にすることはないでしょう。破壊されていない路上に多くの手が散乱している光景を目にすることはないでしょう。焼け焦げた母親の腕がしっかり愛児を抱きかかえているのを目にすることはないでしょう。自分の子どもを愛さない母親がどこにいるでしょうか。中国の無数の母親は死の危険を冒してでも、自分の幼い子どもたちを戦争地域から遠ざけようとしたのです。[13]

もちろんこうした言葉の中には山川均の文章への対抗的な表現はあるが、山川均と決定的に異なるのは、巴金は戦火と死の恐怖の渦中にあることだ。確かに山川均も権力の監視や妨害に晒され、やがて投獄もされるが、戦争状況の中では巴金たちに死の恐怖を与えている帝国の側に身を置いている。人は歴史的、社会的な限定条件の中を生きていかなければならず、また歴史が連続する時間観念を基礎とする以上、自分が所属する共同体の歴史を高所から傍観者のように眺めることはもちろんできない。一九三七年という時代にはその時代特有の限界性があり、現在の価値尺度や倫理観でその当時のすべてを断罪することはできないが、また同時にその限界性を乗り越える努力をしなければ、いつまでも社会は進歩せず、似たような誤りを永遠に繰り返すことになる。二一世紀の時点から一九三七年を眺めて、山川均の言論をそれだけで断罪する特権はないだろうが、逆にそこから何も学ばないのでは、同じ歴史がまた繰り返される危険性が常に存在する。巴金が山川均を批判する文章から学べることの一つは、言語表現の問題や抵抗に関する文脈議論よりも、極限状態にあってなお人間性を信じようとする根源的な希求である。

例えばこうした戦争拡大局面にあっても、巴金は日本の良心ある人々への期待を捨てることはなかった。上海事変勃発直後、巴金は後で見るような日本民衆への呼びかけを書いている。中国語で書く以上、それが日本の民衆にそのまま届くと考えているはずがない。基本的にはまずこれを読む中国国内の人々に向けて自分の戦争への立場を表明しているのであり、次に中国語を解する日本の誰かの手で日本の民衆へ間接的にこの声が届くことを期待していると考えるべきだろう。この点を見れば、日本国内の特殊な文脈や解読方法でしか成立しない言説を展開するより遥かに多元的な表現行為である。もっといえば、山川均の「支那軍の鬼畜性」にはこのような越境性はない。

戦火のさなかにあって巴金の主張は非常にはっきりしている。例えば当時、以下のようにアナキストらしく愛国の慫慂ではなく、日本の民衆に向けて解放や革命への決起を期待する思想的立場を中国の民衆に表明している。

五年前「一・二八」事変が起きた時、日本政府は陸軍を上海に派遣して作戦を実行したが、当時大阪などの地では労働者が相次いでストライキやデモを繰り広げ、「中国への攻撃反対！」、「中国の兄弟を殺すな！」をスローガンに掲げた。現在日本政府はまたも陸軍を上海へ派遣してきた。日本ではデモのような運動があるかどうか、私には分からないが、きっとあるだろうと思う。しかもその運動は、今回はいっそう拡大し、激烈なものとなっているだろう。

日本の兵士（大半は農民）には上海へ来て中国を侵略したり、中国の人々を殺す必然性はない。同様に日本の労働者にもそうした行為に賛成する理由はない。

アナトール・フランスによれば、ヨーロッパ戦争なるものは一部の資本家の金儲けのためにすぎない。だとすれば、日本が中国を侵略する戦争もまた、少数の軍閥、政治家、浪人が出世し、金儲けをするための早道にすぎない。日本の人々がこの戦争から得られるものといえば、過重な負担、生活困窮、生命の喪失にすぎない。日本の軍閥、政治家、浪人は全国国民の運命を投機事業の資本としているのだ。

しかし抗戦の叫びは中国の広大な大地に響いている。中国の将兵の血戦や中国の民衆の情熱的な献身は、まさに日本の軍閥、政治家、浪人の頭上に重い一撃を加え、中国の抗戦の叫びは日本の民衆の共鳴を得るはずである。日本の軍閥、政治家、浪人の失敗や日本帝国主義の崩壊は、まさに日本の民衆が幸福を得る第一歩である。だからこそ、我々の勝利はひたすら日本の民衆を利する。日本の民衆は敵をはっきり見定め、中国の兄弟に刃を向けるべきではなく、国内の敵を攻撃すべきである。(14)

巴金はここで、戦争は日本の帝国主義勢力を利するだけで、民衆の抑圧からの解放には繋がらず、日本の労働者農民は中国への軍事侵略に加担するべきではなく、日本国内の敵と戦うべきだと主張している。しかもそうした努力を続けている良心的な人々が日本国内に存在するはずだという期待がそこにある。その例として第一次上海事変の時の大阪等の労働組合の運動を取り上げるのは、アナキズム思想から発する国境を超えた連帯感の表れである。巴金日本滞在中のエッセイ集『点滴』(一九三五)に見られる厳しい近代日本批判の中に、アナキズムを通じて形成された日本への関心が侵略という形で裏切られて跳ね返ってくることへの怒りと悲しみが宿っているように読める理由もそこにある。また武田武雄のような市井の日本人への公開書簡が、一方的に糾弾するだけのものでなく、むしろ悲しい運命に至らないために努力をすることを呼びかけたものであり、そこには日本の侵略行為を支えるのが政治家や軍人だけでなく、ごく一般の日本人であることを見つめる冷徹な眼差しがある。それゆえ、こうした期待感が社会主義者である山川均に対してより強かったとしても自然であったといえよう。山川均への公開書簡は次のように書き出されている。

夜は静まりかえり、すべてが暗闇の中に沈んでいるようです。重砲が突然ドーンドーンと鳴り響き、続いて機関銃の一斉射撃音が聞こえます。私の部屋は微かに振動しています。まさにこの時、私はあなたの「北支事変の感想」を読んでいるのです。あなたの文章を読むのは、決して中国の友人だと見なしているのではなく、あなたがかつて科学的社会主義者であったことを知っているので、きっと私たちのためにいくらかでも正義を主張する文章を書いてくれるものと期待してのことです。

ところが、あなたは自分の別の一面を隠そうともせずに明らかにしました。あなたのいう「一皮剝ぐ」時がやって来て、「文化人」があっという間に浪人やゴロツキに変貌し得ることがようやく分かりました。それに対して私はただ強い嫌悪感を覚えるばかりです。

あなたは憤慨して「支那人の鬼畜性」なる問題をもち出し、中国人は「鬼畜以上のもの」であると罵っています。口をきわめて罵り倒すのはお手のものなのでしょう。悪罵とデマに慣れている貴国の新聞記者ですら「鬼畜」の二文字しか使用していません。

先生、私は自分たちが「鬼畜」以上であるとか以下であるとかを弁明しようとは思いません。私たちはともに人類の一員です。身体内外の組織も同じです。同じように理性をもち、同じように教育を受け、同じように自由を必要とし、同じように生存を必要としています。人間だとか畜生だとか、どう呼ぼうと、本質においてはっきり同じです。だから私は今、あなたを自分と同じ一人の「人間」と考え、あなたの理性に訴えたいと思います。

あなたを憤慨させ、呪いに似た悪罵を吐き出させたのはいわゆる「通州事件」ですが、私は貴国の論客が「皇軍」の暴行に対してするように、それをごまかそうとも消し去ろうとも思いません。私たちはそこでの詳細を知りたいのですが、すべての情報があなた方の「皇軍」によって封鎖されてしまったため、冀東保安隊が寝返った時、通州で二、三〇〇人の日本人居住者が殺されたというニュースしか知りません。
通州事件はもちろん不幸な出来事ですが、決して「偶然の」事件ではありません。それには遠因と近因があります。通州で被害に遭った鈴木医師でさえも早くから予想していました。彼が生前父親に宛てた手紙の中で、かの地の保安隊の態度は表面的な親日にすぎず、「本当の中日親善はまだ遠い先のこと」であると述べています。貴国の「皇軍」が原因を作ったがために、貴国の官民が結果を引き受ける羽目になったのも不思議なことではありません。歴史を熟知している人ならば、こうした事変の発生などたやすく解説できます。我々はすでに多くの先例を見てきました。私は偏狭な民族主義者ではありません。民族間の憎しみを煽ったり、むやみやたらとわが方の軍人のいかなる行動も弁解するつもりはありません。あなた方のところでは、多くの論客が日がな一日大和民族の黄金時代を夢見て、「皇軍」が堂々と世界を征服することを大げさに妄想しています。我が方では、四億五千万人がささやかな目標をもっているにすぎません。私たちは自分の自由を勝ち取り、生存を維持しようとしています。誰でもこうした最低限の要求をもっているはずではありませんか。そのために私たちは躊躇することなくすべてを犠牲にすることができます[15]。

ここでの巴金の主旨は、通州事件の事実関係を争うものではなく、殺害という普遍的に不幸な事態をどのように解釈するかという立場の議論である。戦争によって避け難く起こった不幸な事件の原因がどこにあり、誰がそれに責任を負うべきかを問う冷静な姿勢である。当時、巴金のこの姿勢が穏健に過ぎるという批判もあった。陳独秀は「真っ先に裏切ったのは山川均氏だ。巴金氏が彼に道理を説いているのが不思議でならない。彼に希望などもてるものか[16]」と徹底した山川批判を主張している。

だが巴金はこの問題を日本と中国ではなく、もっと大きな世界の文脈でとらえようとする。単に日中間の争いではなく、人類の問題と考える立場である。書簡の続きを見れば「抑圧されていた民衆が立ち上がって、征服者に反抗する時、少数の罪のない者が巻き添えになって殺されることは避けられません」[17]と事件を必然的な不幸の結果としてとらえる見解を述べているが、「罪のない者が巻き添えになる」としても、不可避とはいえ不幸な出来事であるがゆえに、回避する道を模索することがいかに重要かを逆に浮かび上がらせている。更にフランス革命の時の「九月の虐殺」を反乱に加わっていた民衆の自然発生的な暴動として紹介しながら、こうした不幸な殺害事件を民族の特殊性に結びつける言論に大きく反発する。

ここで「残虐性」をもち出す必要は全くありません。社会主義者であるあなたは、貴国の新聞記者の尻馬に乗って「悪罵と欺瞞と中傷の言葉によって、人々の偏狭な愛国心を煽動」しているのです。あなたは自ら望んで貴国の軍閥の計略に引っ掛かってしまったのです。私たちは残虐性で人種を区分してはなりません。自らを優れていると自認する西洋人は、これまで東方民族には残虐性があると言いふらしてきました。彼らが最高の残虐性を示す時に使う形容詞は「東洋式」です。しかし実際にはローマでキリスト教徒を殺害した残虐さや、中世の異教審問所での暴虐ぶりは、東洋でも同例を探すのが困難なほどです。革命者が殺されたり、平和な民衆が蹂躙されたり、街角で血が流されることは、西洋の国でどこでも痛ましい記録として残っています。こうした記録を東洋で探しても、西洋以上には見つかりません。人間性は同じものです。東洋人の方が残酷だと断定する根拠はないし、中国人の方が凶暴だと認定する理由はどこにもありません。まさかあなたはかつて自分の友人であった大杉栄を、震災の混乱の中で密かに夫婦ともども逮捕、殺害したのが、貴国の皇軍の大尉であったことを忘れたわけではないでしょう。六歳の甥まで命を奪われてしまいました。殺人者の甘粕正彦は英雄視されて特赦を受けました。大震災の中でどれだけの貴国の社会主義者や中国人労働者や朝鮮人が虐殺されたことでしょう。この事件の鬼畜性と残虐性がどうしてあなたの良心を揺り動かさなかったのでしょうか。あなたが健忘症なのか、それとも皇軍のためにごまかしているのか、私には分かりません。[18]

戦争が必然的にもたらす無辜の民衆への甚大な不幸を現実として、また人類の歴史上の問題として認めたうえで、巴金はそうした行為の原因と見解を山川均に問いかけている。そこでは言語的抵抗という表現行為の問題は関係がない。戦争や殺戮を正面から議論する勇気が必要である。

『改造』の文章を読んだ巴金の日本語読解能力に限界があるとの指摘もあるが、[19]同じ国内であっても時代を超えれば、或いは個人によっては、山川均の文章が前出の評者のように「しなやかな抵抗」と読めない場合はいくらでもある。そもそも言説が公共空間に発表された時点で、解読の相違や誤読論議は必然的に起こり得る。それが個人空間と異なる公共空間の特性である。問題は山川均の文章に対する解釈の妥当性議論ではなく、日本国内の限定された文脈で表現行為を行い、読者にその効果を期待する閉鎖的な山川均の言説と、国境を超えて別の社会で読まれることを想定するほど開放的な巴金の言説が、果たして対話可能かどうかである。

仮に解釈をめぐる相違があったとしても、その相違を認識する対話があれば、相違は次の議論へ発展する。だが巴金が山川均に公開書簡を書いても、その当時山川均やその周囲の人間から、或いは日本の別の人間から反論または弁明はなかった。山川均の場合、のちに投獄されているので言論活動は不可能であり、他の者も意見発表がきわめて困難な時代状況は容易に想像がつく。だが、一九六七年に雑誌『中国』が特集を組んで議論を深めようとする時まで、巴金の書簡末尾の次のような言葉に、山川均を始め誰一人として答えようとしなかったことが、対話の長期的不可能性に現実感を与えている。

あなたは一人の社会主義者として、崩壊を前にした帝国の最後の栄光に対していったい何ができるでしょうか。反乱の旗を掲げた民衆があなたの裏切りの陰謀を暴くまで待っているつもりですか。山川先生、あなたとあなたの同胞の「反省」を私は期待しています。[20]

「あなた」という呼びかけから始まったこの書簡は、「あなたとあなたの同胞」への呼びかけで終わっている。この山川均への公開書簡の翌年一九三八年夏、山川均や武田武雄より遥かに深く思想的連帯感を抱いていたはずであるアナキスト石川三四郎宛てに、巴金は別の公開書簡を発表している。その最後も「あなた」ではなく「あなたがた」からの返事を待つと締め括られている。アナキズム原理からすれば思想は一義的には個人の問題だが、巴金は明確に日本社会という共同体の思想問題として戦争とファシズムを考え、それを個人へ発信していたのである。つまり共同体間の認識断層ではなく、アナキスト巴金が個人として日本国家及びそれを支える人々を批判していたことになる。日中戦争という非常事態の中で民族問題をどのように考えるか、思想的な難題に直面していたアナキスト巴金からすれば、共同体問題も同様に難題であったが、それでも巴金はあくまでも具体的な個人への書簡という形式で、個人として主張する立場を貫いていた。その問いかけに個人として答える者が、残念ながら当時の日本社会にはいなかった。

（二〇一一年初稿）

【注】

(1)「特集・日本の社会主義者と中国」、『中国』、一九六七年一二月号(通巻四九号)、二二頁。
(2)「作家巴金の抗議」、『中国』、一九六七年一二月号、三〇頁。
(3)山川均「支那軍の鬼畜性」、『改造』一九三七年九月特大号、六四頁。
(4)判沢弘「労農派と人民戦線――山川均をめぐって」、『転向』中巻、思想の科学研究会、一九六〇年、三七四頁。
(5)判沢弘「労農派と人民戦線――山川均をめぐって」、三七四頁。
(6)判沢弘「労農派と人民戦線――山川均をめぐって」、三七四頁。
(7)山川菊栄、向坂逸郎編『山川均自伝』岩波書店、一九六一年、四四五頁。
(8)「編者あとがき」『山川均全集』第一四巻、勁草書房、二〇〇〇年、四六六頁。
(9)中野重治「條件づきの感想」、『改造』一九三七年九月特大号、六五頁。
(10)向坂逸郎「感想一二」、『改造』一九三七年九月特大号、六七頁。
(11)巴金「給山川均先生(一)・(二)」、『烽火』第四期、五期、一九三七年九月二六日、一〇月三日。同書簡は『国聞週報』第一四巻第四〇期(一九三七年一〇月一八日)にも全文転載。『巴金全集』第一二巻所収。
(12)巴金「一点感想」、『吶喊』創刊号、一九三七年八月二五日、五―六頁。『巴金全集』第一二巻所収。
(13)巴金「給山川均先生(一)」『烽火』第四期、一九三七年九月二六日、五四頁。『巴金全集』第一二巻所収。
(14)巴金「応該認清敵人」、『吶喊』第二期、一九三七年八月二九日、三〇頁。『巴金全集』第一二巻所収。
(15)巴金「給山川均先生(一)」、『烽火』第四期、一九三七年九月二六日、五〇―五一頁。
(16)陳独秀「告日本社会主義者」、『陳独秀著作選』第三巻、上海人民出版社、一九九三年、五一〇頁。初出は『政論』第一巻第二二期、一九三八年九月五日。
(17)巴金「給山川均先生(二)」、五一頁。
(18)巴金「給山川均先生(一)」、五二頁
(19)「作家巴金の抗議」(『中国』一九六七年一二月号、四三頁)では、「山川均が〝通州事件もまた(中略)抗日感情を煽った結果であるといわれている〟と書いたところを、巴金は〝ということができる〟として引用している。山川が〝巧妙な言葉で逃げ〟たところを、巴金が読みとれなかったとすれば、それは日本語の性質と巴金の日本語読解能力にかかわるともいえるかもしれないが、

問題はもちろんそれに止まるものではない」と指摘する。ここでは中国語の原文「可以説」を「いうことができる」と訳しているが、原義は必ずしもそうとは限らない。「いっても差し支えない」或いは「いえるかもしれない」と訳すことも可能である。「いわれている」という箇所を伝聞推定の意味に読み取れていないこと、また山川がそうした晦渋な表現で意図したことが読み取れないことが、解釈の個別性の問題か、日本語の性質に関わることか、或いは巴金の日本語読解能力に関わるかどうかは議論の必要がある。

(20)　巴金「給山川均先生（続）」、『烽火』第五期、一九三七年一〇月三日、七八頁。『巴金全集』第一二巻所収。

第四章　評論

第一節　巴金と上海

一、上海のイメージ

魔都、冒険家の楽園、アヘンと娼婦の街……、革命前の上海を形容する言葉から受けるイメージはどれも芳しいものではない。実際当時の上海にあって、危険と隣り合わせの、その妖しい魅力の虜になった者たちは、退廃と喧騒の中で刹那の生と快楽を貪ることによって、確実に地獄の淵へと導かれていったのである。この危険な都市としてのイメージは海を越えて欧米にまで広がっていて、例えば多くの英語の辞書にshanghaiという動詞が載っているが、この言葉は「麻薬や酒や暴力を用いて誘拐し、船に連れ込んで水夫にする」という、信じ難い意味で使われている。自国の都市の名が外国でこのような意味で使われていることは、中国人にとっては耐え難い屈辱であろうが、欧米人のアジアへの偏見を差し引いたとしても、革命前の上海にそのような印象を与える社会状況が存在していたことは否定できない。

だが一方で、当時上海はまた東アジア随一の国際都市でもあった。租界と呼ばれる外国人居留地区が市街の大半を占め、欧米の帝国主義国家の植民地同然の都市であった上海は、文化面において西洋のショーウィンドーとしても機能していた。文学者、ジャーナリスト、画家、音楽家等、様々な文化人が上海を訪れ、西洋の香りを振りまいていった。当時上海はパリ、ロンドン、ニューヨークと直結した時代の先端をいく都市であった。身近な例でいえばジャズがそれをよく示している。一九二〇年代、アメリカ、ヨーロッパを席捲したジャズの流行はすぐに上海にも波及し、日本からも多くのジャズプレーヤーが最高水準の演奏を聞きに海を渡っていった。

魔都と国際都市、それはおよそかけ離れたイメージのように思える。だがこの相反するイメージを同時にもつことが上海という都市の特徴なのであった。この街は常に対立する二つのものを同時に抱えていた。まず数千年にわたる歴史を有する伝統的中国と近代を体現するものとしての西洋という対立。上海は中国の都市の中では極端に歴史が浅く、本格的都市建設が始まるのは、アヘン戦争後の南京条約によってイギリスが広州、廈門などとともに強制的に開港させてからである。それまでの上海は地方の小さな町にすぎなかった。ヨーロッパの帝国主義国家によって無理やりこじ開けられた中国の扉、それが上海の出発点の姿であった。今でも上海を訪れる人々は、ヨーロッパの街を思わせる石造りのビルを通り抜けた市南部に、旧城隍廟を中心とした昔ながらの旧式の家屋を見ることができる。西洋的近代と中国の伝統、それを中国人は「洋」と「土」と呼ぶ。中国の近代史は常にそれをめぐる葛藤の連続だったといってよい。

上海はまた中国における封建と革命の対立を抱えた街でもあった。租界は中国の官憲も直接には手を出せないため、弾圧を逃れて多くの左翼活動家や進歩的知識人が移り住み、租界外の活動を支える拠点として利用した。一九二一年七月、中国共産党創立大会が開かれたのも上海のフランス租界であった（実際には会議は四日目に租界当局の追及を逃れて、郊外の嘉興の南湖に移動して行われた）。また近代アジア最高の文学者といわれる魯迅は、一九二七年一〇月に広州から移って以来、亡くなるまで上海に住み、文学活動を行った。上海は封建勢力と闘う進歩的知識人の一大拠点であった。

またもう一つの対立は善と悪、文化と野蛮とでもいったらよいだろうか。しかもこの場合、後者の方が圧倒的に多かった。中国で最初に近代工業が発達したということもあり、上海の近代文化の繁栄ぶりは他の地域に比べて顕著で、早くも一八五〇年には英文雑誌が、一八六一年には中国語の日刊紙が創刊されている。上海の出版業は中国でも最大で、四馬路（現在の福州路）にはかつて出版社がずらりと軒を並べて繁栄を誇っていた。また近代中国の代表的な出版社、商務印書館も一九三二年日本軍の爆撃によって破壊されるまで、閘北に大きな社屋と印刷工場を持っていた。

だがこうした文化都市としての発展をあざ笑うかのように、上海の闇を支配する紅幇、青幇と呼ばれる暗黒組織が街に横行していた。殺人、アヘン取引、人身売買……考えられる限りの悪徳がそこには存在していた。アメリカ映画「インディ・ジョーンズ　魔宮の伝説」の冒頭シーンに象徴されるような、欧米人の上海に対する猥雑で危険なイメージの一部は、確実に彼らによって作り出されたといってよい。しかも彼らは国民党と結びつくことによって、より大きな力を手にすることができた。

上海における対立の図式はまだいくらでも挙げることができる。富と貧困、静謐と喧騒、秩序と無秩序……、すべてが上海にはあった。そしてすべてがあることが上海の特徴であった。上海はいわば東洋におけるパンドラの箱だったのである。

「混沌の街」。上海を形容するに最もふさわしいのは、実は混沌という言葉である。絶えず何かが生まれ、何かが死に、何かが移入され、何かが廃棄される。それらを集約するのは欲望であり、権力だったのだろう。だがその混沌世界の真の主人公は、金でも政治でもなく、現実を生きる一人一人の人間だったはずである。混沌のもつエネルギー、魔力、俗悪に幻惑された者には、その人間の生のもつ意味が見えてこない。一九二一年上海を訪れた芥川龍之介は、埠頭を出たとたんに人力車に囲まれた時の印象を、「支那の車屋となると、不潔それ自身と云っても誇張ぢゃない。その上ざっと見渡した所、どれも皆怪しげな人相をしている。」（『上海遊記』）と書いている。彼の上海に対する最初の印象は、上海を「アジアの売春婦」（whore of Asia）と呼んだ欧米人のそれと、どれほど隔たっているだろうか。

レストラン「シェファアド」で英語を話し、「カッフェ・パリジアン」で音楽を聞いて愉快になっても、「此処の西洋は本場を見ない僕の眼にも、やはり場違いのような気がする」（『上海遊記』）と述べる芥川龍之介にとって、上海はあくまでも西洋文化の出来の悪いレプリカにしかすぎなかったのであろう。だが数年後上海を訪れた詩人金子光晴は、同じ街の光景を前に「誕生から柩までのあらゆる叫びがそこにある」（「鱶沈む」）と感じ、「上海は一つのかくはん機だ」（同前）と歌った。たとえそれがどんなに傍観者的であったにせよ、少なくとも彼は混沌世界たる上海を曇りのない目で眺め、そこに生きる人々の人生を、同時代を生きる人間の一人として考えたはずである。でなければどうして次のような詩が歌えようか。

あゝ渦の渦たる都上海
強力にまきこめ、しぼり、投出す、
しかしその大小無数の渦もやうは
他でもない。世界から計上された
無数の質問とその答えだ。（「渦」）

芥川龍之介が発見した上海の俗悪の中に、実は回答が隠されていたのだ。ただ彼はそれを読み損ねた。そしてそうさせたのは、上海のアクチュアリティであったのかもしれない。

二、道の名前の変遷

かつて上海を訪れる外国人はたいてい船で上海に入った。長江河口を少し溯り、黄浦江に入り、数時間航行すると、行く手にヨーロッパ風のビル群が見える。それが上海の表玄関、外灘（バンド）である。船はまず市北部の埠頭に接岸し、旅行客は黄包車と呼ばれる人力車か、自動車に乗って外白渡橋を渡って外灘に入る。市内をほぼ東西に流れて黄浦江に注ぐ蘇州河の両岸は、かつてアメリカとイギリスが連合して統治する共同租界であった。外灘はその東南端に位置し、一九三〇年代までに造られた壮麗な西洋建築が今でも林立している。日本で公開され、話題を呼んだスピルバーグの映画『太陽の帝国』の中で、主人公のジム少年が避難中にイギリス戦艦の撃沈を目撃するパレスホテルもその中の一つで、現在は和平飯店と名前を変えて、往時の姿のまま聳え立っている。ジム少年は原作者であるイギリスのSF作家J・Gバラードの少年時代をそのまま反映したものといわれており、彼もまた両親と共に租界に住むヨーロッパ人の一人だった。

外灘の南端を右に折れ、旧城内に沿うようにして西へ向かって進むと、ほどなく淮海路に入る。ここは旧フランス租界である。淮海路は南京路とともに上海を代表する繁華街だが、プラタナスの並木が延々と続き、南京路よりは落ち着いた雰囲気をもっている。戦前ここは、第一次大戦時のフランスの将軍の名を取って霞飛路（Avenue de Joffre）と呼ばれていた。しかし、太平洋戦争開始後、汪精衛によって孫文の号を採った中山路へと改名され、一九四五年日本軍降伏後は蔣介石の号を採った中正路へ、一九四九年五月中国共産党による上海解放後は権力者の名をつけることをやめて淮海路へと改名された。霞飛路→中山路→中正路→淮海路という移り変わりを、堀田善衛は「これがたった一つの通りの名の変遷であり、歴史でもあった」（『上海にて』）と説明している。一本の通りの名の変遷に、中国の近代史が集約されていることをいっているのである。

淮海路から道のどちら側へ入っても、ヨーロッパ風の瀟洒な建物を至るところに見ることができる。今は色褪せ、薄汚れてはいるが、少なくともかつてとは違って、そこに住んでいるのはこの国の主人である中国人である。淮海路の中ほどまで来ると、右手に上海における最高級ホテルの一つ、錦江飯店が見える。ここは戦争中、上海の人々の恐怖と憎悪の対象であった日本軍十三軍司令部が置かれていた場所である。この錦江飯店のすぐ近くにおとぎの国の城のような、不思議な形をした美しい建物が立っている。フェアリーランドと呼ばれていた豪邸で、もとはノルウェーの資産家が建てたものだったが、戦争中は東方文化協会の事務所が置かれ、作家の武田泰淳などがここに勤務していた。更に淮海路を西へ進むと商店が少なくなり、閑静な住宅街になる。烏魯木斉路との交差点周辺には各国の領事館が立ち並んでいる。このすぐ近くの湖南路に入ると、日中でもすれ違う人もごく僅かなほど閑静な住宅街になる。湖南路に入って最初に交差するのは武康路だが、この二本の通りの交差点の角に、古びた洋館が立っている。表札が出ていないので、近くに住む人でなければ誰が住んでいるかは分からない。この家の主は、李堯棠、ペンネームを巴金という。

三、作家巴金と上海

現代中国の作家というと、まず魯迅の名が挙がるが、現在健在ということになると、巴金が最も有名なのではないかと思う。中国作家協会の主席を務め、毎年ノーベル文学賞選考の時期になると、決まってその名が挙がるほど国際的知名度も高い。日本には最近では一九八〇年に来訪し、東京や京都で講演会を行っているので、新聞、雑誌等で読んで知っている人も多いのではないだろうか。巴金は一九〇四年、四川省成都で高級官僚の家に生まれた。父親が四川省広元県の知事となったため、五歳から二年間、広元に暮らしたこともある。一家は家族、使用人を合わせて一〇〇人余りの人が起居をともにする大家族であった。彼は一〇歳の時に母親を、一三歳の時に父親を病気で失っている。母親の死によって愛を失った時の悲しみを、父親の死によって封建的な家の醜悪さを悟ったと彼は書いている。成都の外国語学校で英語を学ぶかたわら、アナキズム系の啓蒙団体に入って活動を行った。時はまさに五四運動の時期であった。五四運動は、ヴェルサイユ講和条約において日本の侵略を容認した中国の軍閥政権の民族的裏切りに怒った北京の学生たちが、一九一九年五月四日、集会とデモを行ったことに始まり、全国的に広まった反帝反封建の民衆運動だが、政治的抗議運動のレベルにとどまらず、優れた新文化運動へも発展した。巴金のいた成都にもこの運動は波及し、若き巴金も滾る情熱をもって運動に加わっていった。この成都時代の巴金の姿は、初期の代表作『家』によって、かなりの程度まで窺い知ることができる。自身の体験に基づき、封建的な家における若者の愛と挫折と反抗を描いたこの小説は、一九三〇年代の中国の青年たちの圧倒的共感を呼び、七年足らずのうちに一〇版を重ねる大ベストセラーになった。中国における封建的な家の問題は、今日我々が考える以上に深刻なものであり、小説の中でも三人の女性が封建制の犠牲者となって死んでいく。現実にあっても、一九三一年四月、この小説が上海の新聞『時報』に連載が開始された翌日、巴金は家を継いでいた長兄が自殺したという電報を受け取り、最も悲惨な形で、また一人家の犠牲者が増えたことを知らされる。理想に燃える青年巴金がこうした家に反抗し、そこから出て行こうとすることは、何ら不思議ではない。小説『家』は、巴金の分身である高家の三男覚慧が家を出て、船に乗って上海へ向かう次のような場面で終わる。

彼の目の前にあるのは、果てしなく続く緑の水である。この水は絶えず前へ流れていくだけでなく、彼を未知の大都会へ乗せていくのだ。そこではすべての新しいものが生長しつつある。そこには新しい運動があり、大勢の群衆がいる。そして更に、文通だけでまだ会ったことのない、情熱に燃える何人かの友人がいる。

この時彼にとって上海は、未知であるがゆえに輝いている都市であり、その本当の姿を彼は正確に知っていたわけではない。しかし家を出て上海へ行くことは、家と訣別し、封建制と闘う彼のマニフェストだったのである。一九二三年五月、巴金は次兄と共に成都を離れ、上海へ向かった。

上海に着いて半年ほどして、巴金は南京へ移り、東南大学附属高級中学に入学する。一九二五年八月に卒業するまで南京に滞在するが、この間、上海では同年五月に日本資本の紡績工場において、ストライキに参加した労働者が射殺されたことに端を発する「五・三〇事件」が発生し、大規模な抗議行動が起きている。巴金はこの事件をもとに五年後に『死去的太陽』という小説を書いている。当時上海は近代工業が発達していたこともあって、労働運動がかなり活発に行われていた。卒業後再び上海にやって来た巴金は、そうした社会状況を前にして、アナキストの立場から積極的に政治運動に参加していった。

巴金とアナキズムの関わりは非常に強く、ペンネームの「金」はクロポトキン（中国語で「克魯泡特金」）の名から採ったといわれているほどである。このアナキズムとの繋がりは、作家になってからの巴金に大きな意味をもち、中国共産党との間に微妙な関係をもたせる原因になっている。一九二五年から二六年にかけての二年間が、アナキストとして巴金が上海を中心として最も活発に活動した時期である。この間、彼は多くの政治的文章を発表している。大半は欧米のアナキズム資料の翻訳で、クロポトキン、プルードン、エマ・ゴールドマンといった著名なアナキストの著作を中国の人々に紹介している。またロシアにおけるボルシェヴィズムを批判する文章も書いており、先鋭なアナキストとしての立場を貫いている。ただ彼が従事していたのは、主に著述、出版物の発行といった啓蒙活動であり、先に述べた上海の労働運動に彼がどれほど関わっていたかは定かではない。しかし一九二〇年代を通じて、中国のアナキズム運動は次第に衰退し、アナキストたちも左翼反対派としての立場も維持できないところまで追い込まれていた。今世紀初頭にあっては、毛沢東を始めとする中国共産党の指導者の多くがアナキズムの洗礼を受けたように、反帝反封建に繋がるその思想は多くの共鳴者を勝ち得ていた。だが巴金が活動していた一九二〇年代半ばから後半にかけて、もともと確実な基盤ももたず、優秀なイデオローグも欠いていたその運動は崩壊の道をたどり、反共を理由に国民党へ転向する者が現れ、最も良質の部分でさえ各地に分散して個別闘争を闘わざるを得なかった。そうした状況を目の当たりにして、巴金がアナキストとしてどう考えたかを探る材料は今のところ非常に少ない。

やがて彼は一九二七年一月、勇躍ヨーロッパにおける政治運動の一大拠点パリへ向かう。フランスにおける二年足らずの留学生活の中でも政治に対する関心は薄れず、アメリカのアナキスト、サッコとヴァンゼッティの冤罪事件への抗議活動にも参加している。当時パリは政治的亡命者や思想家たちの活動拠点であり、巴金もそこで多くの人々と知り合いになる。芹沢光治良は『愛と知と悲しみと』の中で、各国の政治的亡命者の庇護者としてヨーロッパ中に名を知られていたルクリュ家で、巴金と顔を合わせていた可能性があることを指摘している。ちなみに芹沢光治良のこの小説は、巴金に捧げられたものである。

フランス留学が作家巴金にとって大きな意味をもつのは、フランス滞在中に書いた小説『滅亡』が、彼の作家生活の出発点となったからである。ロープシンの『蒼ざめた馬』にいくらか似たこの小説は、「愛と革命の文学」と呼ばれる彼の初期文学の起点であり、異国に身を置いて祖国の現状や世界全体の社会状況に心を痛める魂の叫びであった。この小説は彼の帰国に先立って、当時中国で最も影響力をもっていた雑誌の一つ『小説月報』に連載された。一九二八年末に帰国した巴金は、これをきっかけとして本格的に作家としての道を歩み始めることになる。

帰国後、旅行や戦争からの避難などを除いてほぼ一貫して巴金は上海に住み続ける。ただしアナキストとしての活動の方は以前とは大きな変化を見せ、帰国後数年はクロポトキンの著作の翻訳などをかなり精力的に行っているが、三〇年代に入ると次第に少なくなり、やがて文学作品の創作が生活の中心になっていく。初期の作品は青年の理想、情熱、苦悶が錯綜した観念的な小説が多く、西欧化した文体と相俟って独特な文学世界が形造られている。作品の多くは最初雑誌に掲載された後、開明書店を始めとする上海の各出版社から出版された。当時上海は中国おける文学運動の中心地であり、魯迅や茅盾を始めとする主だった作家の多くは上海に居を構えていた。巴金もその中に混じって文学活動を進めたが、左翼作家連盟のような共産党系の文学運動には加わらず、あくまでも一文学者として創作を続けていた点で特別な存在であった。

一九三二年一月、巴金の上海生活の中で最初の忘れ難い事件が起こる。南京にいる友人に会いにいっていた彼は、一月二八日夜、上海に戻る汽車の中で、「一・二八」事変（上海事変）の勃発を知る。汽車は乗客を載せたまま南京へ戻り、約一週間後に巴金は船で上海へ戻って来る。彼を待ち受けていたのは硝煙のたちこめる、戦火の中の上海の街であった。この戦乱で彼は住み慣れた閘北の家を失った。更に『滅亡』の続篇である『新生』の原稿も、商務印書館の建物とともに日本軍の爆撃によって灰になってしまった。この時の体験が彼に小説『海的夢』を書かせたといわれている。この戦乱を引き起こした日本を、彼は偽名を使って一九三四年一一月から三五年八月にかけて訪れ、滞在している。この間、石川三四郎など何人かの日本人と交流をもったり、日本滞在中の中国人作家、梁宗岱、沈桜夫婦を訪問したりしている。一九三五年五月には、「新生事件」（天皇問題に触れた一種の筆禍事件）に絡んで警察に一晩拘留されるということもあった。

日本から帰った巴金は文学創作を続けるかたわら、友人と興した文化生活出版社の編集を中心的に担って『文学叢刊』を編集したり、良友図書公司の雑誌『文季月刊』の編集者になるなど、精力的に活動を続けた。魯迅との信頼関係も厚く、一九三六年中国の文芸界を揺るがした「国防文学論戦」では、周揚ら共産党員文学者のグループの主張に反対する魯迅の側に一貫して立ち、魯迅（実際には馮雪峰代筆）も巴金を卑劣なアナキストと非難する彼らに対し、「巴金は情熱的で、進歩思想をもった作家である」（「答徐懋庸並関於抗日統一戦線問題」『且介亭雑文末編』）ときっぱりと擁護した。

こうして巴金は上海を中心にして活発に文学活動を続けていたが、本格的な戦争の足音がひたひたと迫っていた。一九三七年七月七日の盧溝橋事件をきっかけに本格化した日中戦争の戦火は、早くも八月一三日に上海にも移り、数か月にわたって戦闘が繰り広げられた。最終的に中国軍は日本軍に敗退させられてしまうが、市北部閘北の四行儲蓄倉庫に立て籠った約八〇〇人の中国軍は、最後まで抵抗を試みた。小説『火』第一部の中で巴金はその時の上海市民の行動を次のように描いている。

　この日から上海市民の半分が泥城橋付近へ行き、四行倉庫を堅守する八〇〇人の孤立した兵士たちに、遥か遠くから心を込めた敬礼を送った。一つのビルが全上海人の目を惹きつけ、人々はフランス租界から北の方へ潮のように押し寄せていった。

おそらく蘇州河越しに対岸の兵士たちを見守る群衆の中に巴金もいたに違いない。文学者としても巴金は、『救亡日報』や雑誌『吶喊』（のちに『烽火』と改名）の編集に加わるなど、積極的に抵抗運動へ参加していく。だが一〇月に上海は陥落してしまい、それとともに郭沫若や茅盾など多くの文学者は上海を脱出していった。その中で巴金は友人と共に翌年三月まで上海に踏みとどまる。上海全体が日本軍の手に落ちているのに彼らが上海に残ることができたのは、租界が存在していたからである。フランス租界に住みながら巴金は『家』の続篇『春』を完成させ、その後ようやく上海を離れる。その『春』の序文で彼はこういう。

この小説が出版される時、私はたぶん上海にいないだろう。きっと別離の悲しみを抱いて去るに違いない。なぜならここにはまだ何千何万もの青年男女がいるからだ。彼らは私の顔を知らないだろうし、名前すら知らないかもしれない。だが私は彼らのことが気にかかる。その無数の純潔な若い魂のことを私はいつも思い起こすし、今後も忘れることはできない。

「春は彼らのものだ」と叫んで巴金は上海を離れていった。その後、ほんの短い間上海に戻って来るが、それ以外は広州、武漢、桂林と各地を転々としながら創作活動を続け、その一方で抗日運動にも関わっていた。そして一九三九年春、彼は再び「孤島」上海へ帰って来る。「孤島」というのは、日本占領地域の中で上海の租界だけがまるで島のように非占領区域として残っていたことから、中国の人々がつけた呼び名だが、本来欧米の中国侵略の象徴であった租界が、日中戦争勃発に伴って中国人にとって一種の「自由区域」となったことは、あまりにも皮肉な歴史の変遷といわざるを得ない。だが実際にはその当時の租界の「自由」は、あくまでも他の被占領地域と比較しての相対的なものであった。特に日本の傀儡政権の代表汪精衛が上海に移って来てから、日本軍及び汪政権は抗日反汪の活動に血の弾圧を加え、租界内ではあっても恐怖政治が横行していた。租界外なら白昼堂々と殺すところを、暗殺するという程度の違いしかなかったともいえる。当時上海にいたアメリカ人ジャーナリスト、ジョー・ベンジャミン・パウエル（Joh Benjamin Powell）は、汪政権に反対する者への警告文を貼りつけた電柱の下に、生首が転がっているのを目撃している（*My Twenty Five years in China*）。問題はこのような恐怖の街へなぜ巴金が戻って来たかである。アメリカの中国学者オルガ・ラング（Olga Lang）は、それを暴君ネロの支配するローマへ死を覚悟して入っていったペテロの精神に譬えている（*Pachin And His Writings*）。

この「孤島」上海で、巴金は文化生活出版社の仕事をする一方、刊行物の編集作業にも携わっていた。創作に関しては、この時期はゲルツェンやクロポトキンなどの翻訳が多く、小説は『家』、『春』の続篇『秋』しかない。『秋』の序文で彼は「孤島」にあって遠方の友を思う自分の気持ちを、交響曲第八番を書いていた時のベートーヴェンのそれになぞらえ、最後に「永遠の秋など存在しない。秋が過ぎれば、春は必ずやって来る」と締め括った。暗い閉塞社会の中に身を置きながら遠い友への連帯を謳う気持ちの表れなのだろう。彼は『秋』を書き上げた二か月後の一九四〇年七月に上海を離れ、戦争終結まで二度と戻って来ることはなかった。上海の公共租界はその約一年半後、フランス租界は約三年後に実質的に日本軍の支配下に置かれ、「孤島」は消滅する。彼が再び上海に戻って来るのは一九四五年一一月のことである。

その五年間に彼は作家として大きな転換を遂げていた。初期にはロマンチシズムの匂いの濃い「愛と革命の文学」の作家であった彼は、抗日戦争を経験することによって、視線を市井の小人物に移し、ロマンチシズムと現実性を融合させた作品を書くようになっていた。彼にそうした転換を促したのは、まず戦争という状況であり、その戦争の中で苦難に満ちた日常生活を送る無名の人々の姿だったのだろう。この間に書いたいくつかの小説は、彼の文学の最高峰ともいうべき、完成度の高い作品になっている。とりわけ崩壊した家を哀切極まるタッチで描いた『憩園』（一九四四）と、戦時下の病院の悲惨な状況を告発した『第四病室』（一九四五）は、ロマンチシズムとリアリズムが巧みに融合された優れた作品である。そして上海へ帰って来た巴金が、自分の胸のうちの愛、憎しみ、怒り、批判、同情など、すべてを書き込んで完成させたのが、代表作『寒夜』である。

『寒夜』は色褪せた理想を抱きながら、戦時下の重慶で生活に破れ、肺結核のために死んでいく名もなき善良な知識人を主人公にした作品である。この小説は当時の国民党支配地域の社会の不合理を描く一方で、愛や優しさをもちながら、それが互いにすれ違っているため、他人や自分を傷つけてしまう善良な人々の悲しみを細やかに描いている。抗日戦争を通じて巴金は、文学における現実性を創作の上で獲得していったが、それが単なるリアリズムに陥らなかったのは、彼が徹底したヒューマニストだったからである。善良な人々の苦難や互いの心のすれ違いを描いていても、彼は善意や愛や理想への不信など見せない。現実がそうであるからこそ、彼はよりいっそう愛や理想の尊さを訴えようとしている。その意味で『寒夜』は彼の代表作であるといえるし、また一九三〇—四〇年代中国文学の傑作であるといっても過言ではない。その『寒夜』を巴金が上海で書き終えたのは、一九四六年一二月三一日のことだった。

一九四九年の中華人民共和国成立以降も、巴金は上海に住みながら文学活動を行ったが、『寒夜』を超える小説を二度と書くことはできなかった。その最大の理由は、現実の政治への没主体的なコミットの仕方であったのかもしれない。戦争を通じて国民党政権の腐敗を目の当たりにしてきた巴金は、かつてアナキストであったにもかかわらず（或いはそれゆえに）、多くの民衆の支持を勝ち得ていった共産党に全幅の信頼を寄せるようになった。そのため、一九五〇年代の胡風批判、反右派闘争のような異端審問的運動に際して、共産党の方針、政策に忠実に活動するようになる。それが裏切られた形となって自身の身に迫害が及ぶのが文化大革命である。

プロレタリア文化大革命は上海と密接な繋がりをもっている。一九六六年、中央で毛沢東と劉少奇、鄧小平らの間の権力闘争として始まった文革は、一九六七年に入って上海を中心として展開するようになる。のちに江青と共に「四人組」と呼ばれる張春橋、王洪文、姚文元は、上海に陣取って奪権闘争を指揮し、いわゆる造反派と呼ばれる民衆もここで大きな力をもっていた。巴金は文芸界における実権派の一人として批判され、市内で隔離審査を受け、家族と引き離されて農村での労働を強制された。文革中に巴金は妻や多くの友人を失い、自身も迫害を受けたうえに、作品を書くことも禁止され、作家としての命は断たれたかに見えた。しかし一九七六年「四人組」が失脚すると、彼も名誉回復し、再びペンを執るようになる。しかしその筆鋒は文革前とは大きく異なった。一九七八年一二月から、彼は香港の新聞『大公報』に『随想録』シリーズの連載を始め、その中で徹底した批判性と自省に基づいた言説を展開している。第五集まで出て完結したこのシリーズの中で、彼は文革に対する批判とともに、文学者の責任を厳しく問うている。文革後、ほとんどの作家が自らを被害者と呼んで復権してきた中で、巴金の『随想録』の自己批判のもつ意味は大きい。彼は文革中に受けた迫害よりも、なぜ文革が起きたのか、文学者はそれに対してどんな責任があるのかという問題を鋭く提起し、自分は被害者であるとともに、加害者でもあったと認めている。文革後、復活した作家の中で他に誰が巴金のように厳しい自己批判をもとに社会批判を行っただろうか。常に自らの良心に忠実に、真摯な態度で時代や歴史を見るこの姿勢は魯迅に通じているように思える。彼こそ魯迅の真の後継者であるかもしれない。

一九八〇年四月に来日した折、巴金は広島、長崎を訪れ、帰国後、『随想録』の中で何篇かその感想を書いている。「昨夜長崎の夢を見た」と書き出される一篇の中で、巴金は爆心地近くの小学生が水を飲みたい一心で水辺にやって来て、次々と倒れていく場面を夢に見たことを記し、広島、長崎の原爆と文革を受難の記憶として同列に置いている。かつて自分の祖国を侵略した国で起きた惨劇をも、等しく自らの心の痛みとして感じる魂の清らかさを巴金はもっている。政治性によって曇ることのない、その純粋なヒューマニストとしての眼差しは、アウシュヴィッツ、南京、広島・長崎を一つにとらえている。戦後の日本人は、その人類愛に燃える純粋な眼差しをそらさずに、どこまで真摯に受け止めているだろうか。

四、生きている都市

ドイツの思想家ヴァルター・ベンヤミンは、「ある都会で道がわからないということ――それは、面白くもなく、平凡なことかもしれぬ。そこには無知があるだけで、ほかに何もいらないからだ。だが、都会をさまよい歩くこと――ちょうど森のなかをさまよい歩くときのように――それには、たしかに全然ちがった習練が必要である。」（「ベルリン年代記」『ベルリンの幼年時代』晶文社所収）と書いている。これに倣っていえば、上海の街を歩く時は、目にするもの、耳にするもの一つ一つに意味があることを知る必要がある。淮海路のように通りの名一つにも歴史の変遷が反映されており、和平飯店の古めかしいスウィングジャズにも秘められた歴史がある。黄昏の外灘を散策する旅行者の目には、明かりのともる時計台、尖塔やドームを戴く西洋建築群は単なるレトロスペクティヴにしか映らないかもしれない。だが目を凝らし、耳を澄ましさえすれば、それが大都会上海の中で一つ一つの細胞のように機能していることに気づくはずである。歴史とは過去の遺産のことではなく、人間と自然の連続性なのだから。

上海、それは外国人のエキゾチシズムのための博物館ではなく、人々の血と汗と涙が染みつき、人間の哀歓とエネルギーに満ち溢れた「生きている都市」である。

（一九八八年初稿）

第二節　中国知識人のカンバセーション・ピース――『家書――巴金蕭珊書信集』

人はふつう著名な人物の書簡集を読む時、何を期待するのだろう。個人生活の範囲に限定される心情の吐露への興味か、思考の形成過程や背景を検証、理解するための資料か、或いは著名人の私生活を覗き見る好奇心か、いずれにしてもその根底には、当該人物の実像を理解する有効手段の一つとしての私信という認識が存在するに違いない。その意味からいえば『家書――巴金蕭珊書信集』（浙江文芸出版社、一九九四年一〇月）は、現在中国文壇の最長老の一人である巴金の私生活の一端が窺えるという点で読者の興味を惹くかもしれない。しかし、この書簡集が他と異なるのは、書かれた内容よりも、書かれなかったことの方が大きな意味をもつ点である。

この書簡集は中華人民共和国が成立する直前の一九四九年九月から、文化大革命の嵐が吹き始める一九六六年七月まで、約一八年間にわたる巴金とその妻蕭珊の往復書簡（巴金二六一通、蕭珊一二三通）を収めたものである。編者である二人の長女李小林のあとがきによれば、一九四九年以前の手紙は戦乱等で失われ、また同書が収録した三八〇通余りの手紙も、文化大革命初期に「犯罪証拠」として押収されるという運命をたどったものだという。しかしその内容を見ると、政治的問題が生ずるような尖鋭な記述はほとんどなく、内容の多くは子どもの教育や互いの健康問題を中心とする〝家族の肖像〟のような家庭雑記や、友人知人の動向や、事務的雑事を綴った個人生活に限定されている。だが、それが逆に書かれなかったことへの想像をかき立てる原因になっている。

巴金という作家を理解する時、その文学作品の解釈批評とともに、一九二〇年代に先鋭なアナキストであったという思想の軌跡のトレースを省略できない。ナショナリズムが昂揚した五四運動直後の一九二一年に発表した政治論文の中で、「愛国主義は人類進化の障害である」と言い切るほど敢然たるアナキストであった巴金は、一九二七年フランス留学中に、近代アメリカ最大の冤罪事件といわれる、サッコ＝ヴァンゼッティ事件の死刑囚バルトロメオ・ヴァンゼッティと死刑執行直前まで書簡を交わす（*The Letters of Sacco and Vanzetti*, New York:Viking press,1928 参照）ほど、アナキズム原理に相応する国境を超える活動を行っていた稀有な中国人である。しかしアナキズムが当時の世界にあって周縁の左翼思想であった以上に、一九二〇年代中国アナキストは辛亥革命期や五四運動期のような革命闘争における重要な役割を失い、左翼反対派としても消滅状態に近かった。ナショナリストとコミュニスト（或いは同一としての両者）が社会運動を牽引する一九二〇—四〇年代中国社会にあって、巴金のような存在は、政治権力構造の中では常に周縁の周縁でしかなかった。しかも作家として本格的に活動する一九三〇年代以降も、『家』のようなベストセラー作品によって若者を中心とした幅広い読者層を獲得し、魯迅などからも高く評価される一方で、いかなる文学グループにも所属しない孤高の作家として、文壇という文学イデオロギー権力構造の中で周縁の位置にいた。

一九四九年中華人民共和国の成立によって、その存在の新旧パラダイムを含めて、政治利用される形で知識人の疑似中心化が進行する。『家書』に収録されている手紙は、まさに知識人が主体的、非主体的に人民共和国体制に組み込まれていく時期のものである。だが中華民国期に文壇の周縁にいた巴金が、どのような過程を経て中華人民共和国期に、主体的に疑似中心へ近づいていったかを観察できる資料として本書を読もうとしても、ここでは家庭外部の諸事件はせいぜい備忘録程度の記述しかなく、多くは触れられることすらない。

巴金が手紙を書き送るこの一八年間に旅した地は、朝鮮、ベトナム、ソ連、ポーランド、インド、日本など広い範囲にわたっているが、いずれも中華人民共和国の作家代表という身分であって私人としてではない。また国内旅行の多くも会議出席を理由としていて、個人旅行は少ない。旅先で家族を思う心情が汲み取れるものの、ベンヤミンのように「きみの数行がありさえすれば、旅にともなって開かれる間隙には、風の精の橋が架かったことだろう」（『書簡I一九一〇―一九二八』晶文社）と語るほどの旅情は感じられない。

ただ彼らの私生活が全く見えないわけではなく、夫婦の愛情でいえば、妻の蕭珊の方がより直接的に不在の夫に対して、二点を結ぶ最短距離は直線であるという定理にも似た直情的愛情表現を繰り返している。また世の一般の親と同じく、子どもの躾や教育に悩み、友人の消息を気にし、金銭の管理を相談し、芝居や映画の感想を伝えたりしている。巴金が果物嫌いなことなど、個人的一面が垣間見られる記述もある。だがここには、家族の手紙の枠組みであっても書かれてよいことがほとんど書かれていない。それは一八年の歳月の間、彼らが生きた時代や社会の中で起きたことをどう考えたかである。

従軍作家として朝鮮やベトナムへ赴き、人民代表として北京の会議に参加し、〝社会主義〟中国の模範作家たらんと誠実に努力する巴金の姿が書簡を通じて窺えるが、この一八年間には、一九五五年胡風批判、一九五七―五八年反右派闘争など、知識人の受難や、人民公社化による混乱、中ソ対立、一九五九―六一年飢饉など、雪崩のように個人を巻き込む社会の激動が進行していた。その中で巴金が何をどう考えたか、手紙が明らかにしてくれることは少ない。読み取れるのは、彼がひたすら〝社会主義〟を真面目に信じ、謙虚に自己改造を図ろうとしていることである。そこに原罪意識に悩み周縁から中心へ向かう知識人の悲劇が密かに進行しているのを見て取ることができる。やがて自分や家族が迫害を受けることになる文化大革命直前の一九六五年七月でさえ、息子の誕生日に『毛沢東語録』を贈るほど〝社会主義〟中国に忠実な巴金は、一九六六年六月文革勃発後の手紙で「自分を消し去れば、この難関を越えられると思います」と意味深長な言葉を記している。この時の彼には、その後に待ち受ける越え難い難関が見えていたのだろうか。「時局の歩みはときどき、筆をとる楽しみまでも奪ってしまう」(ローザ・ルクセンブルク『獄中からの手紙』岩波書店)のような事態が起きたのか、或いは書かれたが、発表できない理由があるのか定かではないが、それ以降の文革中の手紙は公開されていない。それも含めて書かれなかったことを知るには、限定的ではあるが、文革後にその空白を追憶した『随想録』(一九七八―八六)を読むしかないだろう。

一九四九年一月アメリカのアナキスト Boris Yelensky 宛の手紙の中で、巴金は「情勢が複雑すぎて書けません」といいつつ、六月同じくアメリカの知人 Agnes Inglis 宛の手紙では、「私たちはコミュニストと革命軍によって〝解放され〟、情勢は日々良くなっています」と報告している。『家書』はこの地平を受け継ぎ、この地平ゆえに受難に向かっていった歴程を示すのか、それとも嵐からのシェルターの〝カンバセーション・ピース〟を描いているのだろうか。

(一九九六年初稿)

ない。

第三節　去り行く世紀の記憶——巴金と友人たち

世紀末を迎えると人はなぜ漠然とした不安を感じたり、感傷的になるのだろう。二〇世紀が消えてなくなるわけではないのに、寂しい気持ちになるのはなぜだろう。あと二年もすれば二〇世紀は完結して歴史上にその全体像が描かれる対象として誕生するのに、なぜ哀しく思うのだろう。たぶん答えの一つは失われた時間の記憶にあるのかもしれない。

二〇世紀の歴史が完結するとしたら、それは失われた記憶の集積になるだろう。人は個人的には一回性の歴史しかもち得ないので、連続した歴史は常に他者の記憶のデフォルメの集合でしかない。だが一方で記憶は時間が失われない限り成立しない。記憶にはもとより失われるものへの哀しみの遺伝子が組み込まれているともいえる。そして喪失への愛惜が個人の人生の幅を超えて共同体の記憶に対するものとなれば、世紀末の心情の所以もその一端が理解できる。だが問題は記憶がどのように記録されるかである。記録されないものは、記憶ではないのだろうか。

一九九八年八月に上海で老トロッキスト鄭超麟が九八歳の生涯を終えた（『東京新聞』一九九八年一〇月一七日関連記事）。国共両政権下で都合三四年間に及ぶ獄中生活を送ったその硬骨漢の回想録はすでに中国国内で出版され、従来の「公式」的歴史の叙述にどれほど権力イデオロギーが深く介入しているかを明らかにしている。彼が活躍した一九二〇—四〇年代は世界の歴史が激しく動いた時代であったが、彼の世代のほとんどがすでに世を去り、存命の人もたいていは病床にある。時代の記憶は次第に歴史の闇へ消えつつある。だが巴金のように病床にあってもなお歴史の証言を続けようとする作家もいる。

一九九八年五月五日『人民日報』に掲載された巴金の「曹禺を偲ぶ」は、原文で三千字足らずであるが、二か月近い時間をかけて口述筆記という形で完成されたものである。一九三三年、中国現代戯曲の名作となる曹禺（一九一〇―一九九六）の『雷雨』の原稿を読んで、トルストイの『復活』を初めて読んだ時と同じような衝撃を受けた巴金は、その後一九三〇―四〇年代の抗日戦争期、一九四九年以降の〝社会主義政権〟下を通じて曹禺と生涯の友となった。

1994年インタビュー当時の呉克剛（右側は著者）

抗日戦争中に曹禺が巴金の初期の代表作、小説『家』を戯曲化したこともある。晩年執筆から遠ざかっていた曹禺を巴金が叱咤激励して、もっと作品を書くようにと忠告したと伝えられるほど遠慮なく意見を言い合える仲でもあった。「曹禺を偲ぶ」の最後で巴金は「私宛の手紙の中で彼は〝もし私が先に死ねば、苦しみをあなたに残していくことになるでしょう〟と書いた。彼は苦しみを友人や彼を愛する者たちに残し、自分の魂の宝をもっていってしまったのだ」と記している。哀切が胸に染みる言葉であるが、二人とも作家であっただけに、こうした言葉は歴史の記憶にしっかりと残っていく。

だがアナキスト巴金の思想形成に大きな意味をもっていた人間の記憶の多くは、人知れず過去の闇に消えていこうとしている。巴金がフランス留学時代（一九二七―二八）に最も親しかった友人に呉克剛（一九〇三―一九九九）がいる。同じくアナキストでパリでも同宿だったこの友人をモデルにして巴金は小説まで書いているが、呉克剛はやがて経済学者になり、文学の世界とは無縁であったために、その後半生が文学史で取り上げられることはない。しかし前半生に限っていえば、呉克剛は現代中国文学史のトピックに関係している。一九二一年日本を国外追放になったロシアの詩人エロシェンコが、上海経由で北京の魯迅宅へ身を寄せた時、通訳として上海から同行し、北京でも魯迅宅で一緒に暮らしたのは、まだ一〇代の若者だった呉克剛である。二三年にエロシェンコが故国へ帰国すると、呉克剛は上海へ戻ってアナキストとしての道を歩み始め、巴金がフランスにいた当時は、ロシアから亡命していたウクライナのアナキスト、ネストル・マフノと共にパリでアナキズム・インターナショナルを組織して活動し、フランス政府から国外追放処分を受けるほどであった。彼は帰国後作家となった巴金と道を異にしながら、主として経済学畑で仕事をしていたが、二人の友情が途絶えることはなかった。だが個人の運命は容赦なく歴史の大河に押し流されていく。戦後台湾に渡って国民党政権下で大学教授として生きた呉克剛は、大陸にいる巴金と音信不通となり、二人が再会できるまでにはその後四〇数年の時間が必要であった。台湾で呉克剛は魯迅の同郷の友人許寿裳（一八八二―一九四八）暗殺の現場に駆けつけるなど、激動の現代台湾史を身をもって体験しながら世を送った。八〇歳を超えてから、彼が残された時間を注いで完成させたのは自叙伝という個人の歴史の記憶であった。九五歳で完成させたこの自叙伝は台湾の経済学誌に掲載されたので、文化界とは無縁のままひっそりと歴史の倉庫に眠るのかもしれない。しかし文字によって自分の生きた時代を証言する彼はまだ歴史の記憶の中に存在するだろうが、もっとひっそり消えていった巴金の友人がもう一人いる。

一九二七―二八年パリで巴金と呉克剛たちが共同編集していたアナキズム雑誌『平等』は、アメリカ、サンフランシスコの華人アナキストグループ平社の機関誌であった。『平等』は世界のアナキズム運動と中国アナキズム運動を繋ぐ橋として大きな役割を果たし、巴金がデビュー作『滅亡』を執筆する契機となったサッコ＝ヴァンゼッティ事件も同誌を通じて中国へ伝えられた。ちなみに死刑囚バルトロメオ・ヴァンゼッティが巴金に宛てた手紙も同誌に訳載されている。サンフランシスコの平社の中心人物は、広東出身の中国人移民劉忠士（Ray Jones 一八九二―一九七九）であった。劉忠士はその一生をアナキズムの理想に捧げ、華僑という言葉から連想される財産や血統主義とは無縁の人間であった。彼は生涯を縫製労働者、或いはスタインベックが『怒りのぶどう』で描くようなカリフォルニアの農場労働者として終え、華僑社会とも距離を置いて生きた。中国人移民であった彼が晩年親しくしていたのはイタリア系移民のアナキストであった。移民労働者として教育を受ける機会もなく生きた劉忠士は、肉体労働で得た金でパリにいた巴金や呉克剛に文章を発表する場を提供してやったが、自身は何かを書いて歴史に名を残すようなことはしなかった。だが無名のまま生きた彼は周囲の人々の記憶に大きな存在として残っている（Paul Avrich, *Anarchist Voices*, Princeton University Press がそうした証言を集めている）。

歴史が共同体における他者の記録された記憶の集積だとしたら、劉忠士はおそらくほとんど歴史と無縁の人間だろう。マカオの共同墓地に眠る彼を記憶する人はいまやほとんど存在しない。しかし『怒りのぶどう』の主人公トム・ジョードのように彼は「暗闇のどこにでもいる」。世紀が終わり、歴史の記憶がどのように整理されようとも、劉忠士が正史の中に書き込まれることはないだろう。だが歴史が共同体だけでなく個人の記憶でもある限り、彼のような人間は歴史の漆黒の闇に無名のままいつまでも存在し続けて、時に共同体の歴史に背後から光を照らすに違いない。

（一九九九年初稿）

第四節　二〇世紀中国文学最後の作家——巴金九九歳を祝う

一九九二年夏、オランダ、アムステルダムの国際社会史研究所（IISH）で巴金関係の新資料を発見した時の驚きと興奮は未だに忘れられない。エマ・ゴールドマン（Emma Goldman）、アレクサンダー・バークマン（Alexander Berkman）、ルドルフ・ロッカー（Rudolf Rocker）、マックス・ネットラウ（Max Nettlau）など一九—二〇世紀アナキズム運動の著名な理論家、活動家たちのアーカイヴの中に、Li Pei Kan（巴金が最も頻繁に用いた英語名）からの、またはLi Pei Kan宛の書簡が何通も含まれていることが分かり、夜九時を過ぎてもまだ明るいアムステルダムのひと夏を、ほとんど部屋から出ずに毎日それらの書簡を読みふけることで過ごした。同じ感動はその後一九九五年、アメリカ、ボストンでサッコ＝ヴァンゼッティ事件の無実の処刑囚バルトロメオ・ヴァンゼッティ（Bartolomeo Vanzetti）に宛てたLi Pei Kan書簡を探し当てた時にも味わった。これらの通信は、欧化文体や欧化文学などと「非中国的な」文学という偏狭な民族主義的批判を含めて評される巴金の小説が、単にスタイルの面で西洋文学を主体的に受容しているばかりでなく、アナキズムから啓示を受けた普遍性志向をその核としていることを別の形で示している。二〇世紀中国文学の著名な作家の中で、外国の思想家や活動家たちとここまで親密に通信を交わして、思想や中国の国内問題を論じ合った作家はほかにいないだろう。

中国の近代文学は、胎動期としての清末を起点に、五四運動に関連する文学革命によって本格的に成立したという説明が一般的である。とりわけ陳独秀、胡適、周作人、魯迅らによって担われた文学革命から思想的、文学的覚醒の啓示を受けた世代には、「科学」と「民主」に代表される西洋的近代の受容をめぐる試行や葛藤の中で、普遍性を追求する理念的タイプの作家が多い。その中でも共同体のイデオロギーの問題ではなく、個人の内面的倫理の問題として、自由や平等など普遍的原則に至上の価値を置いた巴金は、理念が先行しながら（というよりそれゆえに）若い読者の熱い支持を受けた理想主義的作家として、二〇世紀中国文学の中で魯迅の後に続く代表的作家であるといっても過言ではない。

清末に生まれた巴金は、中国式に数え年でいえば今年百歳、現在健在な作家として中国では最長老である。上海の病院でベッドに横たわる巴金は、もはや近親者としか意思疎通ができない状態だが、作家としての仕事を終えていても、現代中国を代表する作家としての存在感は圧倒的である。だがその理念的、理想主義的文学は、共産党独裁下でもはや資本主義国家といってもよいほど経済改革が進んで、文学が商品として機能する社会の中では、文学ではなく文学史の一部と見なされる傾向がある。今年予定されている国際シンポジウムなど各種記念行事も、二〇世紀中国文学の作家としての巴金の健在を祝うという意味合いが強く、巴金が一生を通じて追い求めた近代的普遍性志向を継承しようとは誰も言い出さない。むしろアメリカを中心とするグローバリズムに対抗するナショナリズムを称揚して、固有性を強調する現在の中国国内の文化状況からいえば、巴金を中国現代文学の正統を代表する作家として認定する方が一般的だろう。過去を認識することは、過去の再生産と同義であるという視点に立てば、巴金の文学をそうして普遍性の問題を軽視して読む＝再生産する限り、必然的に二〇世紀中国文学の中でなぜ普遍性追求の理念型作家巴金が多くの読者を獲得したかというテーマの解明は不十分なまま残り、巴金の小説をどのような全体として理解するかは依然として未完の課題のままである。

そもそも一九二七年、フランスでアナキスト Li Pei Kan が作家巴金へと姿を変える契機や過程には、人類の解放や個人の自由や平等など近代的普遍性概念を西洋文明から受容したことが大きな意味をもっていたはずである。理想の追求が挫折し、愛情を犠牲にしてテロルに走る若きアナキストを描いた巴金最初の小説『滅亡』（一九二九）は、サッコ＝ヴァンゼッティ事件との関わりがなければ生まれなかったろうし、中国国内の閉塞状況に苦悩する若きアナキストLi Pei Kanの挫折感がなければ書かれることはなかっただろう。その後帰国して作家となった巴金は、初期の代表作『家』（一九三三）などによって、同時代の若者の熱い支持を受ける有名作家でありながら、同時に作家になるしかなかったアナキストLi Pei Kanの焦燥感、挫折感を常に保ち続けた。死の直前の魯迅を巻き込むことになった一九三六年の国防文学論戦で、共産党側文学者から「アナキスト！」と罵られても、ひるむことなく胸を張ってアナキズム擁護の文章を書き続けたが、それも自分の思想的立場を擁護するためではなく、片田舎で教育運動に人生を捧げている中国国内の無名のアナキストたちや、当時危急存亡の瀬戸際で革命闘争を展開していたスペイン・アナキストを賞賛、支持するためであった。スペイン内戦をアナキストの立場から中国に紹介するために、巴金はこの時期から大量の翻訳を行うが、それは同時に抗日戦争を闘う民衆への激励の意味も込められていたに違いない。この抗日戦期、巴金の小説は初期の「愛と革命の文学」風の激しさが後退し、『憩園』（一九四四）、『寒夜』（一九四七）など、市井の名もなき人々の悲劇を叙述する文学へ移行していくが、自由という普遍性への希求と自己犠牲の高潔さと痛ましさをめぐる無限連鎖のような倫理的探求は、自己矛盾や原罪意識をはらんで続いていく。まるでアナキストLi Pei Kanと作家巴金の往復運動のようなこうした創作活動の原点は、やはり一九二〇年代から一貫している普遍的原則への徹底した固執である。

昨年末『北京青年報』や『文匯読書報』が、北京の国家図書館から*The Dial*など巴金寄贈の外国語雑誌が流出して、市場で売買されている醜聞を報じた。単に図書館の蔵書管理の問題だけでなく、そこに二〇世紀的な知への軽視を見た研究者から批判の声が上がった。奇しくも作家巴金生誕百周年を迎えるにあたって、この事件は二〇世紀中国文学の終焉を連想させたかもしれない。だが普遍性追求が一つの呪縛であり、限界だったとしても、少なくとも巴金たちが目指した近代の創造は普遍性抜きには完成せず、また近代の創造が普遍性の証明であることを考えると、終焉は未だ訪れていないといわざるを得ない。

（二〇〇三年初稿）

第五節　中国からの眼差し――巴金と大杉栄

一九二〇年、一九二二年と二回あった大杉栄の上海行きについて、『日本脱出記』に簡単な思い出が記されているのはよく知られている。また少なからぬ研究論文や回想録でも扱われているが、実はこの文章が貴重な歴史資料となっていることは意外と知られていない。

初回の一九二〇年一〇月は、コミンテルン主催の極東社会主義者会議に出席するのが目的だったが、大杉栄は上海到着後「ほとんど二、三日置きに、Cの家で会議を開いた。Cは北京大学の教授だったのだが、あることで入獄させられようとして、ひそかに上海に逃げて来て、そこで『新青年』という社会主義雑誌を出していた、支那での共産主義の権威だった」と、この会議の背景を窺わせる回想をしている。Cすなわち翌年結成される中国共産党の中心的人物、陳独秀がなぜ大杉のようなアナキストが参加する会議を主宰しているかは、コミンテルンと中国共産党成立に関わる歴史的経緯を見る必要がある。当時コミンテルンの意向として、中国・朝鮮・日本における社会主義組織結成がまず目標となっていたが、当初はアナキストを含めて、ロシア革命に共感する社会主義者の統一戦線的組織の成立を目指し、ヴォイチンスキーらコミンテルン派遣のロシア人が主導して準備工作が進んでいた。中国国内では、一九二〇年七月に上海で陳独秀が中心となり、袁振声や鄭佩剛らアナキストも参加して、社会主義者同盟結成の会議も開かれている。大杉栄が一〇月に参加した極東社会主義者会議も、こうした中国内外の流れに沿った動きの一つと考えてよいだろう。だが社会主義同盟上海革命局が運動の中心となって共産党設立に向かう過程で、アナキストとコミュニストの分岐、対立が明らかになり、その結果、アナキストの多くが離脱するか排除され、コミュニスト主導の中国共産党が一九二一年七月に成立する。大杉栄がこの会議を終えて、帰国後にアナ・ボル協同を模索するのは、まさに国境を超えた同時代的な課題に対する彼なりの回答だったといえよう。

ただ、この会議で何がどのように討論されたか、管見の限りでは、中国国内の資料にあまり言及がなく、不明のままである。そもそもこの会議が開催されたこと自体、中国の歴史・政治史研究書ではほとんど説明がない。大杉が『日本脱出記』で「日本を出る時に、きっと喧嘩をして帰って来るんだろうと、同志に話していたが、果たしてその会議はいつも僕とT（筆者注：ヴォイチンスキー説が有力）との議論で終わった」と述べ、以下当時の東アジアの運動情勢を述べている部分が、実は現時点でこの会議の性格や意味を知る貴重な資料となっている。後はコミンテルン側にどの程度資料が残っているかである。

大杉栄が帰国後に模索したアナ・ボル協同は結局失敗に終わるが、中国でも一九二〇年代以降、共産党と国民党の二大政党に挟まれ、アナキズム運動は彷徨、衰退していく。その時期に活躍したアナキストが、のちに世界的作家となる巴金である。しかも巴金は大杉が一九二三年に殺害されると、即座に抗議や追悼の声を上げた中国アナキストの一人である。一九二四年広東のアナキズム雑誌『春雷』第三期に、巴金（正確には作家巴金は一九二九年小説『滅亡』発表までは存在せず、この時期は芾甘などのペンネームをもつアナキストだった）は、「悼橘宗一」（詩）、「偉大的殉道者——呈同志大杉栄君之霊」（詩）、「東京安那其主義者一九二三年十月二十五日的報告」（翻訳）、「大杉栄著作年表」（編訳）と数篇の文章を一挙に書いて死を悼むとともに、虐殺者への抗議の意を明らかにしている。またこの年、巴金の著作は短文一篇を除き、他の六篇はすべて大杉栄関連の文章である。口語詩「偉大的殉道者」で巴金は、「あなたの血に染まった旗は永久に我々の手の中にある／我々はそれを掲げて自由への道を前進するのだ」、「あなたの生命は不朽だ

／永遠に東亜の労働者に光と自由の道を指し示す」と、その死をアナキストとして深く悲しむ言葉を連ねている。この詩の中には、他にシカゴ・ヘイマーケット事件の殉難者アドルフ・フィッシャー（Adolf Fischer）の言葉も引用され、大杉栄の死が世界アナキズム運動の中に位置づけられることを鮮明に表現している。この巴金の認識は他の中国アナキストにも見られ、同じく広東のアナキズム雑誌『民鐘』第八期（一九二四年六月）「克魯泡特金三年祭号」には、クロポトキンと並んで大杉栄への追悼文が三篇掲載され、更に一九二四年二月八日北京大学で行われるクロポトキン逝去三周年記念集会が「惨死した闘士大杉栄の追悼も兼ねる」との布告まで載っている。

作家になった後も巴金の日本アナキストへの関心は継続し、古田大次郎『死の懺悔』中国語訳を編集出版したり、石川三四郎の生田春月追悼文を翻訳したりしている。だがその一方、日中戦争期の日本の社会主義者やアナキストの言動は、巴金から見れば、そうした連帯意識を裏切るものであった。全面的な日中戦争開始後の一九三七―三八年、巴金は山川均や石川三四郎に対して公開書簡を発表し、侵略戦争に抗し得ず、帝国主義に屈する日本の社会主義者に批判を突きつけた。同志大杉栄に深い追悼の意をもつがゆえに、戦争期の日本の社会主義者やアナキストに厳しい目を向けることになったのだろう。

（二〇一五年初稿）

第六節　巴金追悼——百年の理想主義

巴金が二〇〇五年一〇月一七日上海で亡くなったニュースは、インターネット情報も含め、各種メディアの集中報道で中国国内外に即時に広がったが、その多くは二〇世紀中国文学最後の文豪逝去という視点からのものだった。私は同月二三日市内の龍華殯儀館において、家族と親しい友人・知人だけで小規模に行われた別れの会に出席したが、帰り際に翌日の公式追悼式のために準備が進む殯儀館の大ホールを覗くと、故人が生前好きだったチャイコフスキーの交響曲『悲愴』が流れる中、共産党指導者や様々な国家機関、各地の作家協会の名前が書かれた花輪が整然と並べられ、巴金が一作家としてではなく、中国作家協会主席、政治協商会議副主席として追悼されることが歴然と分かる光景が目に入った。生前の巴金が嫌っていたそうした社会的名誉の強調は、逆に巴金が後半生を生きた人民共和国体制における彼の影響力と利用価値を同時に示すものでもある。それはまた深い悲しみと痛みを伴う自己批判を中心とした『随想録』（一九七八—八六）が、作家巴金晩年の傑作として高い評価を受ける一方、その評価が政治的に脚色される社会的文脈を皮肉な形で示しているように見えた。

清朝末期の一九〇四年四川省成都に生まれた巴金は、五四新文化の中でアナキズム思想に目覚め、一九二九年絶望の果てにテロルに走る青年を描いた『滅亡』で衝撃的なデビューを飾った。その後、初期の代表作『家』から民国期最後の長篇小説『寒夜』に至るまで、自由を希求する個人が困難を乗り越えようとして蹉跌、献身、或いは再出発する物語を書き続け、一九三〇—四〇年代を通じて多くの読者から熱狂的な支持を受ける作家となった。一九四九年以降は、思想改造によって人民共和国体制に適応しようと試みたが、動乱の歴史に呑み込まれて苦難の道を歩み、文革後に復活を果たして、最終的には二一世紀の今日まで生き抜いた。清朝・中華民国・中華人民共和国と異なった三つの国家体制を経験した長命な作家だが、その道のりは実に苦悩と試練の連続であり、しかもその苦悩と試練が文学を生み出す原動力でもあった。そうした歴程は、文学が共同体の夢を共有化し、夢を通じて個人が共同体へ帰属することを慫慂する機能をもつ二〇世紀中国文学をある程度体現しているが、同時に契機や生成から結果に至るまで作品が自己循環する作家として、きわめて個性的であった。なぜ書くのか、なぜ書きたいのかという文学創作の出発点が、書いた文学にはどのような価値があるのかという帰着点と時として対立する、自家撞着にも似た苦悩に直面しながら巴金は文学創作を続けたが、それはアナキストと作家の往復運動の振幅としても表れた。

そもそも最初の小説『滅亡』が生まれる契機には、サッコ＝ヴァンゼッティ事件の無実の死刑囚バルトロメオ・ヴァンゼッティとの書簡による交流がある。一九二七年五月、当時パリにいた中国人アナキスト Li Pei Kan が、ボストンの刑務所に収監されていたヴァンゼッティに英文の手紙を書き、返事を受け取ったことが作家巴金の誕生に大きな意味をもつことになった。巴金がヴァンゼッティに宛てて書いた最後の手紙（一九二七年八月一三日付。ヴァンゼッティはこの手紙を読むことなく八月二三日に処刑された）を、一九九五年ボストン公立図書館で発見した時、その文面の悲痛さ、悲壮さに心打たれたことを私は覚えている。手紙の最後で巴金は「自由の為に戦う我々は、死ぬか、殺されるか、電気椅子で焼かれるか、牢獄に囚われるかして、自分自身は自由を得られないだろう。だが我々は自分のためでなく、子どもたちの世代のために最後の勝利を勝ち取るのだ」と信念への献身を宣言している。だが昂揚した感情が表れたアナキスト・マニフェストも、その精神だけでは中国社会の現実に対処して理想主義を貫くことができず、まるで代償行為のように巴金は作家として活動を始める。

当初は短篇集『復仇』のように共同体から離れた孤独な亡命者や異邦人の心性を描いた作品が多かったが、次第に中国社会へと視点を移動させ、自伝的要素を盛り込んだ初期の代表作『家』では、儒教倫理に基づく家父長制の下で、恋愛と思想問題を中心に、家に対して服従・不服従・反抗の異なった態度を取る三兄弟の生き方を描いた。恋愛は対幻想から家制度、社会秩序、国家体制にまで波及する人間関係の根幹問題だが、最後に家を捨てて脱出する『家』の主人公覚慧同様、巴金は家を出た個人が共同体の中でどのように生きるかを次の課題として考える必要に迫られることになる。作品的に成功しているとはいい難い『愛情三部曲』（一九三一―三五）は、実はその課題に向き合った貴重な実験ともいえる。だが文学創作を続けていても、その中で理想が実現できると考えるほど稚拙な文学観をもつはずもない巴金は、逆に文学創作の意義に疑念が生じるほど作家たりえない自分と折り合いがつかず、また一方で福建や広東で農村教育や社会変革に献身する仲間のアナキストたちのようにナロードニキ的な生き方も選択できなかった。一九三四―三五年の日本滞在前には筆をおく決意をしていたほど苦悩が深かったが、アナキストにも作家にもなりきれない自分が、双方への距離を意識することで逆にどちらにも近づくことができる立場を発見し、その振幅や矛盾の中から文学が生まれる可能性に気がつき、再生を果たすことになる。

それが象徴的に表れるのは、一九三六年に国防文学論戦で共産党側から名指しで攻撃された時、庇ってくれた魯迅や論戦の味方陣営の主役である胡風と異なり、文学の問題としてではなく、革命思想の問題として敢然とアナキズム擁護の文章を発表して反論したことである。論戦で徐懋庸がフランス、スペインのアナキストを非難したことに対して、巴金はスペイン内戦を革命ととらえる立場から、アナキスト全面擁護の文章を書いて反論し、スペイン・アナキストの活動を紹介した翻訳を一九三八―三九年に集中的に多数発表している。実は作家巴金が誕生する以前、サンフランシスコの華人アナキストグループの雑誌『平等』に、巴金はスペインのアナキズム運動を紹介する文章を発表するほど、同じ理想を目指す同時代の同志としてスペイン・アナキストに連帯意識をもち、書簡による交流もあった。日中戦争中も巴金がスペイン内戦関係の翻訳を続けた理由には、ファシズムと闘い祖国を防衛するというような国家擁護的視点ではなく、中国の民衆が抗日戦争を戦うことを通して自立、自己解放へと向かう道を想定した、アナキストとしての視点があると見るべきだろう。実際に抗日戦争中の巴金の作品には、長篇小説『火』三部作（一九四〇—四五）のように抗日に立ち上がる若者を主人公に、個人がどのように共同体の希望を担えるかを追及した作品もある。しかし『火』第三部では、林語堂の実兄をモデルに、純粋に信念を貫きながら現実では敗れていくキリスト教徒を描いて、個人の献身の可能性と限界性の双方を見通したかのような立場を表明している。この時期巴金は戦争期の中国社会を背景としながら、悲劇の叙述者から観察者へと視点を移動させることによって、悲劇の深部まで降りていこうとする試行を文学創作の上で行っている。その結果『還魂草』（一九四二）、『小人小事』（一九四三）、『憩園』（一九四四）、『第四病室』（一九四六）を経て、巴金の最も成熟した小説『寒夜』（一九四七）が生まれるのである。日本軍の空襲と国民党の腐敗政治が深刻化する重慶を舞台に、結核を病む主人公と自立を願う女性の愛と別れを描いて、究極まで男女の愛を突きつめた小説だが、そこでは伝統的な家制度を否定して自由恋愛を求めた人間が、自らの新しい家の形を作ることに失敗する悲劇を通して、自我の自由を追求した果てに自我の限界を知り、人間関係の紐帯として求めた愛が桎梏にもなり得ることを描いて、人間の自我や愛の本質とは何かという根源的な問いを提示している。

だが巴金はこうした作品で描いた悲劇の発生理由を社会制度に求めて、社会改革が個人の問題を解決するという道を選択したことで、アナキズムと文学の往復運動の振幅や矛盾から得られた双方への批評性を一旦放棄してしまったように見える。一九四九年以降の巴金は、共産党政治への適応を実に誠実に行い、一九五〇年代の胡風批判や反右派闘争では、かつての友人を批判する側に回った。『随想録』で自己批判するのも、強制であれ、自己保身であれ、やがて文革へと発展する異端審問的運動に「誠実に」関与した自分の責任を問う高い倫理性から来ているが、政治運動の被害者である自分は加害者でもあったとする姿勢は、過去への単なる懺悔ではなく、実は現実社会への批評性を堅持すべき作家の主体性回復に向けた、苦痛に満ちたマニフェストでもある点に注目すべきだろう。そもそもクロポトキン思想の受容を核とした巴金のアナキズム理解は、個人内部の倫理性や規律に重点を置いた思想として、集団の規律や秩序に基礎を置くコミュニズムときわめて対照的である。巴金が生物学に関心をもったのも、友人の生物学者朱洗との友情からというより、人為的な社会秩序よりも自然に存在するプリミティヴな調和に憧憬を抱くアナキズムのある種の立場に近いと見るべきかもしれない。その内的倫理の問題は、初期作品の中で個人の情熱が禁欲主義的な献身へ転換していく方向性が重視されることにも表れている。作家巴金は、内的精神が常に対他的言動、とりわけ文学表現と非常に距離が近いという特徴をもっているが、作品の中でいえば、主人公の自我と対他的言動が乖離しないか、或いは乖離することに苦悩する描写を好んで使う点にそれがよく表れている。従って巴金が人民共和国政治体制に適応しようとした時、内的精神をできるだけ外部規律に近づけようと努力することになり、毛沢東の「文芸講話」のような「正しい」外部規律に沿った文学表現に向けて、誠実に努力することを自らに課してしまうのである。問題はその内的精神や個人倫理の主体性をどのように保持するかという点にある。

自分の思想の核を示す言葉として、巴金がその作家生涯を通じて常に使い続けてきたのは「信仰」という言葉である。日本語でいえば「信念」、「理念」、或いは「理想」に近いこの「信仰」の概念自体は、巴金の場合、自由・平等・博愛・互助といった抽象的な用語で説明可能だが、重要なのは宗教のように「信仰」そのものが本質主義的に追求されているわけではなく、自分の理想を追求する過程が個人倫理として大きな意味をもっていることである。普遍性が単に外在的な規律としてあるのでなく、普遍性追求の過程が普遍性を生み出すと考えるこうした理想主義が、現実の

巴金（1981年）

中で実現可能かどうかは関係がない。ある意味では永遠に挫折と敗北を運命づけられているからこそ理想主義は輝くのであり、その敗北の跡地から巴金は豊穣な文学創作を続けることができたのである。個人的には苦痛と苦悩の茨の道だが、集団の中で一旦勝者の側に立ってしまえば、勝利は常に過渡期の妥協の産物なのだから理想主義は腐敗し、堕落する。巴金が一九四九年以降の文学活動で個人倫理と外部規律の対立に悩み、混迷の道に踏み込んだのもそれに関連しているが、一方で文革後に『随想録』で作家の主体性回復を試みるのは、巴金の思想の核にこの理想主義が内包されているからともいえる。巴金が永遠の理想主義者たる所以はそこにある。

一一月二五日の誕生日に、巴金生前の意思に従って東海上で散骨が行われ、巴金の肉体はこの地上から姿を消した。だが読者にとって作家巴金は作品そのものなのだから、読者がいる限り作家巴金が消えることはない。

（二〇〇六年初稿）

あとがき

まず、忍耐強く読んでいただいたことを心よりお礼申し上げたい。編集にあたって少しでもまとまりがあるように留意したつもりだが、「まえがき」にも書いたように、本書は一つのテーマに沿った全体構成のある論集ではないので、通読するには相当の忍耐と時間を必要とする。また個々の文章の水準がまちまちで、内容的な重複も残っているので、個別でもかなり読みにくかったと思う。ただ、各文章を執筆した時の強い関心は確かなものとして自分の中にあるので、それに興味をもってもらえたら幸いである。

本書の出版計画は数年前に遡り、中国文庫の佐藤健二郎氏の提案から始まっている。当時は『黒暗之光——巴金的世紀守望』(復旦大学出版社、二〇一七年)の執筆途中だったので、それが終了するまで待ってもらい、昨年から実際の執筆、修正、編集作業を始めた。本書以前に巴金研究書として『巴金的世界』(共著、北京：東方出版社、一九九六年)、『黒暗之光——巴金的世紀守望』(単著、復旦大学出版社、二〇一七年)の二冊を私は出しているが、いずれも中国語による著書なので、日本語による巴金研究書の出版はこれが初めてである。本来は新たに書き下ろすのが普通だが、個人的に過去に発表した論文や評論をまとめて一度整理する必要を感じていて、またそれを基礎に今後新たな巴金論を書く可能性があるので、今回は巴金研究の過去を編集する形とした。ただし消え去った過去ではなく、編集している現在が未来へ繋がると自負してのことである。

これまで私が発表した巴金研究の文章は日本語と中国語の二言語に跨っていて、同一内容に二か国語版がある場合と、どちらかの言語しかない場合と、中国国内の検閲や諸事情により修正されてしまったため原稿と公刊された文章に異同がある場合があり、それぞれテクストが異なっている。今回は関連する内容に関してできるだけ言語を超えて編集することを方針としたので、二言語のテクストを統一、編集して日本語版を作成した。また今回収録したもの以外に、巴金について書いている文章がほかにもあるが、全体構成や紙幅や読者対象を考慮して本書では割愛した。今後別の機会にまとめることができればと思う。

ここで、具体的にそれぞれの文章がどのような既出テクストに基づいているかを示しておく。数篇を編集して一篇にしたものや、初出テクストをそのまま修正、編集してあるものが混在しているが、検索の便宜のために一律に列記しておくことにする。

序章　巴金の生涯と作品——永遠の理想主義者

①「巴金的『寒夜』及其他」、『名作欣賞』第三期、山西人民出版社、一九八一年。
②「もうひとつの『銀河鉄道の夜』——巴金、その人と文学」、『ユリイカ』一〇月号、青土社、一九八九年。
③『リラの花散る頃——巴金短篇集』、JICC出版局、一九九一年。
④「家からの亡命者」、『週刊朝日百科・世界の文学109』、朝日新聞社、二〇〇一年。

第一章　アナキズムと文学の往復

第一節　巴金とエマ・ゴールドマン——一九二〇年代国民革命におけるアナキズム

①「巴金とエマ・ゴールドマン（1）」『トスキナア』第三号（二〇〇六年四月）、「同（2）」『同』第五号（二〇〇七年四月）、「同（3）」『同』第七号（二〇〇八年四月）、「同（4）」『同』第八号（二〇〇八年一〇月）、「同（5）」

『同』第一一号（二〇一〇年四月）、「同（6）」『同』第一二号（二〇一〇年一〇月）、「同（7）」『同』第一四号（二〇一一年一〇月）、「同、（8）」『同』第一七号（二〇一三年六月）、「同（9）」『同』第二〇号（二〇一四年一〇月）、いずれもトスキナアの会発行。

②「巴金與高徳曼：一九二〇年代国民革命中的無政府主義」、『中国現代文学研究叢刊』第五期、中国現代文学館、二〇一六年五月。

第二節　サッコ＝ヴァンゼッティ事件及び小説『滅亡』

①「巴金とサッコ＝ヴァンゼッティ事件」、『研究紀要』第四五巻、日本大学人文科学研究所、一九九三年三月。

②「巴金・ヴァンゼッティ往復書簡について」、『漢学研究』第三三号、日本大学中国文学会、一九九五年三月。

③「凡宰特致巴金的信（附英文原件）」、『中国現代文学研究叢刊』第二期、一九九六年五月。

④「巴金致凡宰特第三函（附英文原件）」・「巴金致薩凡援救委員会的信（附英文原件）」・「巴金和凡宰特往来書信編目」、『中国現代文学研究叢刊』第二期、一九九八年六月。

なおこれ以外に関連する文章として、「サッコ・ヴァンゼッティ紀行1」『日本アナキズム運動人名事典ニュース28』（二〇〇三年二月二一日）、「同2」『同29』（二〇〇三年五月一六日）、「同3」『同30』（二〇〇三年七月一八日、いずれも日本アナキズム運動人名事典編集委員会発行）があるが、今回は割愛した。

第三節　雑誌『平等』に見るアナキズム思想空間の越境性——巴金と劉忠士の思想交流

①「HIM MARK LAI COLLECTION 藏巴金書簡：巴金とRAY JONES（劉鐘時）及び『平等』」、『研究紀要』第五三号、日本大学人文科学研究所、一九九七年三月。

②「中国アナーキズムにおける求心力と遠心力——巴金とThe Equality『平等』をめぐって」、『孫文と華僑

――孫文生誕一三〇周年記念国際学術討論会論文集』、日本孫文研究会・神戸華僑華人研究会編、汲古書院、一九九九年三月。

③「帝国秩序とアナーキズムの形成：田中ひかる・梅森直之論文へのコメント」、『歴史学研究』No.859、青木書店、二〇〇九年一〇月。

④「巴金と劉忠士の書簡について――雑誌『平等』に見るアナキズム思想空間の越境性」、日本大学文理学部情報科学研究所「年次研究報告書」、二〇一三年三月。

⑤「従雑誌《平等》看無政府主義思想空間的越境性――以巴金與劉忠士的書簡為中心」、『現代中文学刊』第五期、華東師範大学出版社、二〇一四年一〇月。

⑥「移民ネットワークと社会運動：三、アメリカにおける華人アナキストの社会運動」、『社会運動のグロバル・ヒストリー――共鳴する人と思想――』、ミネルヴァ書房、二〇一八年五月。

第四節　巴金とスペイン内戦

①「巴金與西班牙内戰」、『中国語中国文化』第三号、日本大学大学院文学研究科中国学専攻、二〇〇六年三月。

②「巴金與西班牙内戰」、『中国現代文学研究叢刊』第一期（総第一一四期）、中国現代文学研究叢刊雑志社、二〇〇七年。

第五節　巴金と欧米アナキスト往復書簡

①「関於IISH和CIRA所藏之巴金英文、法文書簡」、『巴金的世界』、北京：東方出版社、一九九六年一月。

②「関於International Institute of Social History（IISH）和Centre International de Recherches sur l'Anarchisme（CIRA）所藏之巴金英文、法文書簡」・「巴金佚信：致Alexander Berkman」、『世紀的良心』、

上海文芸出版社、一九九六年四月。
③「Labadie Collection 所蔵巴金英文書簡」、『研究紀要』第五五号、日本大学人文科学研究所、一九九八年三月。
④「Labadie Collection 所藏巴金宛 Agnes Inglis 英文書簡」、『研究紀要』第五六巻、日本大学人文科学研究所、一九九八年一〇月。
⑤「巴金書簡研究（1）」、『研究紀要』第五九号、日本大学人文科学研究所、二〇〇〇年一月。

第二章　小説論

第一節　巴金の小説の変化について
「巴金の小説について」、『東京都立大学人文学報』第一五六号、一九八二年三月。
第二節　巴金批判と林憾廬
①「巴金の文学をどうとらえるか（一）」、『季節』第一〇号、季節の会、一九八一年五月。
②「巴金的文学與宗教」、『巴金與中西文化』、四川大学出版社、一九九二年九月。
第三節　小説『家』の構造
「巴金試論――『家』の構造」、『猫頭鷹』第三号、新青年読書会、一九八四年六月。
第四節　『家』のテクスト変容――小説・戯曲・映画をめぐって
①「曹禺『家』読後ノート」、『季節』第一二号、季節の会、一九八三年一二月。
②「巴金『家』のテクスト変容――小説・戯曲・映画をめぐって」、『日本中国学会報』第六十集、日本中国学会、二〇〇八年一〇月。
③「巴金作品《家》文本的変容――関於小説・戯曲・電影」、『一股奔騰的激流（巴金研究集刊巻四）』、上海三聯

書店、二〇〇九年六月。

④「巴金《家》和香港電影」、『五四新文学精神的薪伝』（巴金研究集刊巻六）、上海三聯書店、二〇一〇年一〇月。

⑤「一九五〇―六〇年代香港電影的現代性――以巴金《家》的電影改編為主」、『香港：都市想像與文化記憶』、北京大学出版社、二〇一五年三月。

第三章　日本経験

第一節　巴金の日本滞在に関する記録（横浜時代）

①「巴金の日本滞在に関する記録（1）横浜時代」、『研究紀要』第三九号、日本大学人文科学研究所、一九九〇年三月。

②「巴金とナショナリズム」、『アジア遊学』第一三号、勉誠出版、二〇〇〇年二月。

第二節　日中のすれ違う眼差し――芹沢光治良、ジャック・ルクリュを起点として

①「記憶への旅（五）中国」、『リベラシオン』no.136、福岡県人権研究所、二〇〇九年一二月。

②「記憶への旅（六）中国」、『リベラシオン』no.141、福岡県人権研究所、二〇一一年三月。

第三節　山川均批判と通州事件

「記憶への旅（七）中国」、『リベラシオン』no.143、福岡県人権研究所、二〇一一年九月。

第四章　評論

第一節　巴金と上海

「巴金と上海」、『学叢』第四五号、日本大学文理学部、一九八八年。

第二節　中国知識人のカンバセーション・ピース――『家書――巴金蕭珊書信集』

「中国知識人のカンバセーション・ピース」、『ユリイカ』九月号、青土社、一九九六年。
第三節　去り行く世紀の記憶――巴金と友人たち
「去り行く世紀の記憶――巴金と友人たち」、『ユリイカ』一月号、青土社、一九九九年。
第四節　二〇世紀中国文学最後の作家――巴金九九歳を祝う
「二十世紀中国文学最後の作家――巴金九九歳を祝う」、『ユリイカ』一二月号、青土社、二〇〇三年。
第五節　中国からの眼差し――巴金と大杉栄
「中国からの眼差し――巴金と大杉栄」、『大杉栄全集』「月報12」、二〇一五年九月。
第六節　巴金追悼――百年の理想主義
①「巴金追悼――百年の理想主義」、『東方』第三〇〇号、東方書店、二〇〇六年一月。
②「巴金――一個理想主義者的世紀守望」、『中国現代文学研究叢刊』第二期（総第一〇九期）、中国現代文学研究叢刊雑志社、二〇〇六年。
③「巴金――一個理想主義者的世紀守望」、『巴金先生紀念集』、香港文匯出版社、二〇〇八年一月。（なお同名の書が二〇〇六年に上海文芸出版社より出版されていて、内容もほぼ同じだが、拙文は検閲により削除されている。）

最後になるが、中国文庫の佐藤健二郎氏にお礼を述べておきたい。本書は佐藤氏の熱意なくしては完成しなかったと思う。ここに厚くお礼を申し上げたい。またここまで私の巴金研究を支援して下さったすべての方に感謝申し上げたい。闇を歩む時、迷える私のために光を照らしてくれたのは、そうした方々だった。

二〇一八年九月二〇日　　山口　守

【人名索引】

本索引は本文中の主要人物を50音順に配列した。数字はページ数を示す。

あ　行

か　行

さ 行

た 行

な 行

は 行

ま　行

や　行

ら　行

わ　行

欧　文

【作品・刊行物・事項索引】

本索引は本文中の主要作品名（巴金作品を除く）･刊行物名･事項を50音順に配列した。数字はページ数を示す。

あ　行

か　行

さ　行

【巴金作品索引】

本索引は本文中の巴金主要作品名を 50 音順に配列した。数字はページ数を示す。

あ 行

か 行

さ　行

た　行

は　行

ま　行

や　行

ら　行

わ　行

欧　文

■巻末付録①　第一章第二節　付属資料Ⅰ　巴金―ヴァンゼッティ往復書簡原文

これら書簡は公刊時に一部修正があるが、それ以外は原文のまま採録した。

①巴金宛ヴァンゼッティ第一信（1927年6月9日）

June 9, 1927
Dedham Jail,
Mass.

To Li Pei Kan,
My dear Little Comrade:

I have received your letter of May 17, and I am much touched by it.

Do you know why I mentioned the "silent ones" in my letter to all our comrades and friend? Just because I know that there are many little ones like you and many grand old men and women that silently share our passion, defended our life, struggle for our freedom, revendicate our innocence and our faith – this is why I am carry them all in my heart, till death.

Yes, comrade, it is supremely great and sweet to us – our consciousness that you all, in spite of the dark and cruel times of our, have done and are doing for us, umble workers, what once would have only been done for saints and kings.

This proofs that, after all, the principle of equality of the humans – the right based on the nature and individuality of the man, and therefore alien to casts and classes and social stations, and equal to all – has been greatly acquired and quietly applied by millions of persons. This is one of the few bright sides of our case.

It does not mean that our cause is fatally predestined to victory –. no. Let me tell you something a propos: Human history has two principal factors; namely, mankind grossly divided into two files, that of tyranny and that of freedom – the individual himself being tyrant and libertarian; and the cosmos from which we come and in which we live. Now, apart the cosmic factor, which at least to the date is superior to our will and force, history will become what we will force it to become. As every phenomenon – history is the result of qualities and quantities – as Pitagora so truthfully thought. So that if we anarchists will know to have in our side the quantities and the qualities necessary for the victory of freedom – we will be victorious and free. If not, not, Mankind, history, it seems to me, could be but are not predestinated. Nature has gave us unphantomed treasures for the security and elevation of life; it breaths in our heart an unquanchable long of frfeedon, and it gifts us of such faculties which, if free

and cultivated, would make a wonder of us. But there is another side of this – it is told and proven by all the death nations and decayed or decadent civilizations; by the fact that while mechanic and cultural progress furnishes us of a greater capacity of production, want, pauperism remain among the workers always more subjected to intensive and unhealthy works; by the fact that while general and popular progress in learning and higher standards of physical condition take place, morallity, character, and even physical strength deperish; and finally by the actually universal conditions of mankind: Either innovate ourselves and life, or perish. This negative side of history is difficult to be understood and even more to be explained. But we know that it is it that induced great minds as Balzac, Shackspeares, and many others to proclaim that mankind travels in a close circle, always returning upon its former steps. And you have already met and will ever meet more rascals, cynics, fools – when not the three in one – who tell you: "What is the use of it all, the world has always been so and ‥" and send them to their place, young comrade, and you keep on. After all, to struggle for anarchy, even if it were a folly – is the most beautiful way to spend a life – if its owner is worth of it.

The real essence of anarchy is the understanding and the will to eliminate the causes of this negative result of history by freeing the life and the individual from every oppression and explotation of the man by the man. Anarchy is, therefore, the only way and means of life of which we can dispose. But it must be willed, it must be actuated, realized by the men, it will not come by itself – not even if the victory of its reverse, tyranny and explotation, will slowly in abyss mankind in perdition and death.

Dear Li Pei Kan, I have spoken to fortify your heart. Returning to our case, it seems to me that they are not going to burn us; it became to shamefull and dangerous; but I fear they will try to burry us alive in the malebolgie of Massachusetts State's Prison, in Charlestown, Mass. Just as they did with Mooney and Billings – down there in California which could be a heaven but is a hell to the workers, the exploited, oppressed, prisoners. We trust that such method to "eliminate" rebels and libertarians will – still proof unsafe to the American plutocracy and its blackguards.

I will be glad to receive a copy of "*Jl Vangelo*" or "*L' Evangelo*" (both correct) containing your article on our case and keep it as a valuable object.

Please salute for us all our comrades in Paris and all our comrades and the people of China.

Yes, most willingly I will tell our comrades here to send you my "*A Proletarian Life*," and "*The Background of The Tragedy*", and if possible, my two arti-

cles, "*A Journalistic Lynching,*" and "*Journalistic Conspiracy of silence,*" and, "*Sacco-Vanzetti Case*" by Prof. Frankfurter, or the one by Comrade Dos Passos. Beside this, when you will receive this letter, it will be published in France, in French and in Italian Languages, a complete resumè of the case; lately it will be published in France, a translation of the second motion for a new trial, and probably also the first one, in a single volume. So you will have sufficient data to present our case properly and exactly to your people.

And now, cheer up, With brotherly heart I embrace you.

Yours, Bartolomeo V.

I guess Nick will write you too; anyhow, you can rest assured that I have voiced his sentiments in this letter, and I salute you and all in his name.

②巴金宛ヴァンゼッティ第二信（1927年7月23日）

23 July, 1927, Charlestown Prison

Dear little comrade:

Your letter dated July 11, was given to me a few days ago, and it gives me joy each time I read it. I will not try to find words with which to thank you for your little picture you sent me. Youth is the hope of mankind, and my heart exults when I look at your photograph and say to myself "Lo! one of those who will plunk and uphold, highly, the flag of freedom, the flag of our supremely beautiful anarchy, which is now slowly falling down from our weakening hands," - and a good one, as for that. You need to live for many other years, and hard ones, before to realize and understand what comfort and joy such a thought is to your old and dying Bartolo.

I had read of that - say, incident, and I thought it happened to you. It is less bad that it happened to an elderly one - because the elders are more worried and hardened by the vicissitudes and adversities of life - so that they can bear better the hard blows of the fate, which the young ones are more tender, and could be bent or split by black adversities. You will surely resist to all, and separate all; I am sure of it.

In regards to what you said of our Ideal in your letter, I fundamentally agree with all of it. My words on this subject, of my antecedent letter, where principally intended to fortify your spirit to better face the tremendous struggle for freedom and prevent future delusions by weakening fatalism and fortify voluntarism in you, as I do with all our young ones and neophytes.

Perhaps you know Proudhon better then I, but if not, I advise you to study him. Read his "*Peace and War*". I think he approached truth in many subject

nearer than other more recent great ones.

To my understanding, we are actually certainly dragged, with the rest of mankind, toward tyranny and darkness. Where will we land?

The relatively known history testifies, it is true, that mankind has continuously progressed, slowly, unsteadily, with advances and retrocessions, yet, steadily progressed.

But the dead civilizations tell their tale as well and what came and passed before the dawn of our historical knowledge, we cannot know. History, like evolution, as we know of it now, fails far from explaining the request of a deep thinker.

Then, what will follow lo this age of reversion and tyranny? A false democracy again, which in its turn would inevitably yield to another tide of tyranny? As it is happening from thousands of years?

Anarchy, the anarchists alone, we only can break this deadly circles and set life in such a way that by a natural synchronism, produced by the very nature of the things which create the new order, more exactly, which constitute the new order, history will be streamed toward the infinite sea of freedom, instead to turn in the above said dead, close circle, as, it seems, it did 'til now.

It is a titanic task – but humanly possible, and if we know, we will create the happy kingdom of Freedom when the traviated, misled, tralignated working class, and people of all classes will, mostly instinctively, join us for the greatest emancipation of the history. But even then we will have to be at the brightness of our task, or else, only a new tyranny will be substitute to the present one as corollary of the immense holocaust.

These are the reason why I tell you, young Comrade, heavy and hard words, just as your juvenile ardor, enthusiasm and faith bliss me, I hope my old experience will complete and fortify you.

My friends must have forgotten to send you "*A Proletarian Life*", or they are running short of the copies. But I hope to provide you of a copy in the near future. It is a poor thing, but you will take it for what it is. It was modified without my knowledge of it, to fit it to the Americans, to whom you can tell everything, and they like everything, except the pure, naked truth. In general, of course, but the exceptions to the rule are desperately few……

And now, dear Li, I embrace you with brotherly and glad heart.

（この書簡は原文そのままではなく、*The Letters of Sacco and Vanzetti*（New York: Viking Press, 1928）版を参照して文法や綴りの間違いを修正した。）

③ヴァンゼッティ宛巴金第三信（1927年8月13日）

Li Yao Tang
College de Chàteau-Thierry (Aisne)
France
August 13/27

My dear, dear comrade

Your letter reached me three days ago, that is to say, 25 hours before the fixed execution. I cannot find words to show how I was touched by your dear kind letter. I said to myself: "Lo! He who wrote this letter will die on the electric chair 25 hours after! He, who is innocent, will die for the 'alleged' crime which he and his comrade never commit. You know all this and yet you see with your own eyes that they are dying on the electric chairs! No, they are dying, not only for our beautiful ideal, but also for you, the children born and unborn."

Now I know that the date of your execution is prolonged to the 22nd of August. Perhaps the blood-thirsting beasts dare not to burn you before the eyes of the millions of people all over the world. Yet who can say that these beasts will understand the so-called humanity and justice? They can do everything! They have killed five best persons of the 19th century 40 years before, and yet they will kill two best persons of 20th century 40 years after!

Dear comrade, this letter may come to your eyes or may not, but what does it matter ? Let me assure you that, living or dead, I am with you and our dear comrade Sacco. And I will tell my contemporaries uninterruptly that you are dying for the children, born and unborn.

As for what you said in your letter, certainly I agree with you, and I thank you once more for your dear kind letter.

You said that your old experience will complete and fortify me, yes, dear comrade I assure you that I will never "be bent or split by black adversities".

Tragedy, tragedy, always tragedy, we may die, we may be killed, burned, or imprisoned, we, who fight for liberty, will never get liberty for ourselves, and yet we may gain the last victory not for us, but for our children. What is death, what are our sufferings, if one day our beautiful Anarchy comes, and brings out the happiness for our children! You will never die!

My best regards to comrade Sacco.

Yours cordially
Li Pei Kan

P. S. I have sent you the Japanese and Chinese magazines containing the protestations against your execution. And now I also received the Japanese maga-

zine containing the photographs of you two.

I left Paris and now I am in Chàteau-Thierry. Your letter with the above address will reach me.

④サッコ＝ヴァンゼッティ救援委員会宛巴金書簡（1927年8月13日）

Li Yao Tang
College de Chateau-Thierry (Aisne)
France
August 13/27

Dear Comrade

Here is a letter for our comrade Vanzetti, yet I am not sure whether it will reach him or not, since I know he and his comrade Sacco will be executed the 22nd of this months.

Comrades, will the Chicago tragedy repeat itself after 40 years? And will the Massachusetts tragedy be thus finished, so tragically, so brutally?

Justice! Who can believe that the blood-thirsting beasts even understand the justice?

Electric chair, or imprisonment for life! Men of America, children of Washington, of Thomas Paine! You have killed five best persons of 19th century 40 years before, and will you burn these two best persons of 20th century?

Dear comrades, thank you all, for the long and mighty struggles of the last seven years for justice, for the freedom of our two best comrades.

What shall we do, if the execution comes on the fixed day? If we fail to save these two innocents, then what shall we do when, after a few years, some other innocents will be executed by these same "butchers"!

Fight, fight till the last victory. I am with you!

Yours cordially
Li Pei Kan
(Li Yao Tang)

■巻末付録②　第一章第五節　付属資料　巴金と欧米アナキスト間の往復書簡原文

巴金書簡の原文には綴りや文法の間違いがあるが、意味が読み取れないほど大きな間違い以外は、一次資料なので修正せずに採録した。なお①〜⑪の番号は本文に合わせてあるので、ここでの番号は連続していない。

巴金書簡

①トマス・キール（Thomas H. Keell）宛[(1)]

1926年7月8日
Dear Comrade

Thank you for your pamphlets. Now in Shanghai we publish the monthly "*the people*"[(2)] No.11–12 of which is the special issue for M. Bakunin. I send it to you.

With comradely greetings.
Yours
Li Pei Kan

③アレクサンダー・バークマン（Alexander Berkman）宛[(3)]

1927年7月18日
Dear Comrade

When I was in China (Shanghai) I wrote you twice. And about two months before my leaving Shanghai, I received your letter[(4)], but sorry to say I lost it so that I could not reply me. When I was in Paris we met once at the banquet of *Plus Loin*[(5)], yet you were very busy then and we had no chance for talking.

Comrade Woo Yang Hao[(6)] is deported with Mahno[(7)] etc. by the French Government. And I come here now. You said that you will go to our hotel, but now we all leave it.

Comrade Goldman writes me that you are writing a book on Anarchism[(8)]. I am longing to read it and if possible I will translate it into Chinese. If it is published, I beg you to send me a copy.

I am translating your *Prison Memoirs*[(9)], but it's rather a difficult work, perhaps I can finish it one or two years after. I like it very much and reread it for three times. But may I ask you some questions, if there were?

As for your *Bolshevik Myths*[(10)], I have no chance to read it, it can be bought

in China but it costs very much (seven Chinese dollars), I cannot buy a copy. If possible, will you send me a copy? I know a new edition is published in London but it costs 18s.

I will go back China at the next summer for there are many works to do in China. I want to help the comrades to continue the publication of "*The People's Tocsin*" (*La Popolara Sonorilo*)[11].

I received from Japan the magazine "*Laborista Movado*"[12] containing your photograph and Goldman's sketch on you. If you haven't received it, I will send it to you.

With heartiest regard and comradely greetings

Cordially

Li Yao Tang

(Li Pei Kan)

⑤マックス・ネットラウ（Max Nettlau）宛[13]

1928年3月3日

Li Yao Tang
College de Chateau Thiery (Aisne)
France
3rd March 1928

Dear Comrade:

I received your letter of 2 August last year. Owing to the lack of time, I only sent you a card, and I am very sorry for it.

We are founding a "*Freedom Press*"[14] in Shanghai and undertaking the task of publishing the complete works of Kropotkin, and three volumes of which appeared already. I have finished the translation of "Conquest of Bread" before coming to France. And now I am translating the "*Ethics*"[15].

As to "*Ethics*", I have a question about it to ask you. In an article on Kropotkin's "*Ethics*", the Japanese writer Morito[16] wrote: "When I met M. Nettlau, the famous Anarchist scholar, I asked him in following words: From Kropotkin's works written in English one may conclude that he is a socalled "born pacifist" and the violent revolution has nothing to do with him. Since you are an old friend of Kropotkin, will you give me your judgement from the point of view of the personal touches. To this question Nettlau answered probably as follows: (1) Kropotkin's English works, especially the "*Russian Literature*" and "*Memoirs*" were written for the conservative American and general intellectuals, so

he had to restrain from threatening them by outspoken words. From these words, therefore, one cannot recognize his personality and thoughts perfectly. (2) When Nettlau saw him in London at the beginning of this century, he practiced the shooting every week. One day, caressing his revolver, he told Nettlau 'If the Russian Revolution burst out some day, I will go back and throw myself into it at once '." (I translate from Japanese.)[17] I don't know whether you did answer him in such a way or not, but since he (Morito) at the end of his article, comparing *Ethics* with Lenin's "*State and Revolution*", attained the conclusion that Kropotkin's Ethics should be supplemented by "*State and Revolution*" (what a wonderful conclusion !), I cannot trust his words.

About your second remark I remember someone wrote that when the Russian Revolution of 1905 took place, Kropotkin was ready to go back Russia. He practiced to shoot for several hours; Seeing he shot very well, he was pleased, and said "This may be useful someday!"

As for your first remark, I do not agree with you, if it is really your own words. Though I know Kropotkin less, yet I think that he never tried to say anything except the outspoken words. He wrote books with different languages, yet all his books, no matter in what language they were written, are bound together by a common feeling; the love of mankind, and this feeling manifested itself more strongly in his books of the latter part of his lifetime. In every writing of Kropotkin, a pamphlet as "*An appeal to the young*", or a thick volume as "*Ethics*", his beautiful personality lighted as everlasting star everywhere. His writings are the continual manifestation of his perfect personality. And his books written in English such as *Mutual aid, Fields, Factories and Workshops*, and *Memoirs* may occupy the central position in his whole works. Even of *Ethics*, which Lebedev called the swan song, the first three chapters were written firstly in English. And his every book, especially that of the latter part of his lifetime, strictly corresponded to his life itself. Brandes[18] was right when he wrote: "Both are peace loving natures, and Kropotkin is the more peaceful of the two -- although Tolsty always preaches peace and condemns those who take right into their own hands and resort to force, while Kropotkin justifies their action and was on friendly terms with them." Kropotkin is a true pacifist. I venture to say even if holding the revolver, his heart was still full of love, for he never showed the feeling of hatred to anyone, and he never illtreated anyone.

After the death of Kropotkin, Lebedyeff[19] wrote "A disparu un grand coeur inspire par l'amour." and Borovoi[20] crowned his "*Mutual Aid*" as "un poème infini de l'amour." It is true.

I want to cite here two facts to show his personality. In his "*a Visit to Kropotkin*", A Japanese novelist[21] wrote "Kropotkin entered, his figure was just the same as one saw in his portrait………, he was like a rock standing in the sea. What covered his wide breast was the clothes of a common people. He shaked hand with me. My eyes were full of tears………. When talking, I posed some question about his '*Mutual Aid*'. For better to answer my question, he let me into his study, where he made me sit down, in a sofa and he sat by my side, then he began to explain it carefully to me. I forgot that I was in England, also that I was a Japanese, and I also did not know where this study was. It seemed to me that I was a little child sitting by my old father's side to listen to his kind and parental words" (translate from Japanese)[22]. A young Russian wrote: "Kropotkin approached me with his love of every man and his kind face. He spoke in a low tone, probably owing to his sickness………. From this time, whenever and wherever, I thought of this man, I considered him as a man, he is the most beautiful spirit of mankind; as a revolutionist, he has the greatest conscience. Adding to all this, I reminded also his painful life and his wandering propaganda, I worshipped him as a Saint of the Ancient time" (also translated from Japanese)[23]

This man was just deserved to be the author of "*Mutual aid*" and "*Memoirs*" and only he could write such books.

So I may conclude that even from his English books one can recognize his personality and thoughts perfectly. For, as Figner[24] said, "en lui l'harmonie de l'écrivain et de l'homme est complète. Vraiement toute sa vie, dans les grandes choses comme dans les petites, et pusque dans les moindres evenements quotidiens, est pure et s'harmonise avec ses idées révolutionnaires et ses idéal socialistes."

Thus concluded, "*Ethics*" is the end that his life and thoughts have to reached; it is not only the continuation of his *Mutual Aid*, and the résumé of all his scientific, philosophical and sociological views, but also the conclusion of his life-book itself.

This is my opinion, and I hope you to let me see whether I am right or not, for you know Kropotkin a thousand time better than I.

I hope that you will write me several lines which I may publish in my translation of *Ethics*. For now Kropotkin's works are enthusiastically welcomed by the Chinese youths. As *the Coquest of Bread*, it may arouse a universal interest. So it's better to write something to help our young generation to understand more profoundly Kropotkin.

Awaiting your answer, I am

very cordially yours
Li Pei Kan
P.S. thank you once more for your kind letter.
P.S. If you want to receive the copies of Kropotkin's complete works in Chinese, I will send them to you.

⑦アグネス・イングリス（Agnes Inglis）宛[25]

1948年7月3日
Dear friend:

Thank you for your kind letter. I have read from some paper that Labadie Collection grew and continues to grow under your arrangement and your devotion. I shall be much pleased if I can help you in any way. Yesterday I sent you another parcel of Chinese books and pamphlets. I am willing to continue to send books to Labadie Collection. Next month I will mail you the fourth volume of Kropotkin's complete works (*Words of a Rebel*)[26] just appeared. I am the editor of these works.

I earn my living as a writer, and I have published more than ten novels and short novels here. One of them has been translated into the English, but they cannot find a publisher in U.S.A.

Are there some copies of Esperanto review "*Libera Laboristo*" in the collection? I have published an article on "*History of the Anarchist Movement in China*"[27], in the August issue of 1926 (Vol.2, No. 2, Paris). I have published another article on "*The Tokio Martyrs*" in the "*Ino*"[28] Bulletine (Esperanto) of 1928, of which there was a German translation published in "*Der Freie Arbeiter*" of Berlin (1928 or 1929)[29]. In "*Der Freie Arbeiter*" of 1927 (Autumn) I also published a short article on Sacco and Vanzetti[30]. I don't know you can find these three articles for me or not? If there is any possibility of finding them and typing a copy for me (certainly I will pay the cost), please let me know.

With best greetings
Yours fraternally Li Pei Kan

1948年10月19日
Dear comrade:

Thank you very much for your kind letter. And I am very glad that you are

interested in my story "*Star*"[31]. The copy which I sent you is a socalled "pirate edition". The English translation of the last part of the story has appeared in "*Tien Hsia Monthly*", of which I am typewriting a copy for you. Inclosed you will find the first page of it, and I will send the rest later.

Last July, I have sent you a letter by air mail, of which I didn't receive your reply. I wonder whether you got it or not. I want to get your help for some information. During 1926～1928, I have written three articles[32]: the first one was in Esperanto ("*The History of Anarchist movement in China*"), and published in "*LIBERA LABORISTO*" Vol. II, No. 2, 1926, Paris; the second one was on the case of Sacco and Vanzetti and only published in the German weekly "*DER FREIE ARBIETER*" 1928, Berlin (September or October); and the last was also in Esperanto, first published in the "*INO*" Bulletin, Frankfort, 1928, and then in a German translation, also published in "*Der Freie Arbeiter*" (*La Martiroj de Tokio*, or *The Martyrs of Tokyo*). Since there are a complete collection of anarchist literatures in your library, I hope that you can find them and get them typed for me, if possible. Of course I will pay the cost of the typed sheets.

A month ago I have sent you a parcel containing the "deluxe" edition of Kropolkin's "*Words of a Rebel*"[33] and the new edition of Sim's drawings[34]. Today I sent you by ordinary mail three books: i.e., the 1947 edition of my translation of Kropotkin's "*Memoirs*"[35] and the 1942 wartime edition of the same work, and also my novel on the old style family life in China (Chia)[36]. I will send more later.

Yes, I know Miss Darren[37] well. She is a good girl. I was a friend of her father, who was an educator and a libertarian. I have just received one letter from her telling me about you and your work.

With best greetings,

Yours cordially

Li Pei Kan

1948年11月8日

Dear Friend:

Inclosed I send you the 2nd and 3rd page of the next part of my short novel in English translation[38]. And shall send you the rest later.

I hope that my last letter has reached you already.

I am translating Rocker's "*The Six*"[39], and hope to finish it the next spring.

I know that there exists a great collection of Haymarket Affair[40] literatures

in L. C.[41], and I shall be much obliged to you, if you can tell me about Miss Van Zandt[42], the mysterious wife of A. Spies[43]. I have written and published a pamphlet about the Chicago Martyrs with the title "*Blood of Freedom*"[44]. But it's out of print now, and I will try to manage to send one copy later.

With best greetings,

Yours cordially,

Li Pei Kan

1949年2月6日

Dear friend:

Thank you very much for your kind letter dated 21st November, and also for the Kropotkin Issue of *Probuzhdenie*[45] you sent me. I will keep this copy for reference, for I plan to translate all the letters published in it someday.

I have mailed to you several parcels of books and pamphlets and the continued pages of my short novel "*Star*", and also the photographical copy of Vanzetti's letter. I hope that you have received all of them.

I haven't got yet the few items of Nina Spies you sent me. I am waiting for them. I am much interested in the fate of Spies, and also that of Nina, her life, her character, and her letters. I agree with you that her letters ought to be published. Is there any possibility to get them all published with notes and a biographical sketch? I shall be much obliged to you, if you can send some materials about the lives of the Chicago Martyrs and their last moments. I want to write a book about them someday.

The title of my pamphlet about the Chicago Martyrs is "*The Blood of Freedom*". It has been printed several times, and the friends in the southern provinces brought out a new edition[46] last year and this propaganda edition is just out of print now. I will manage to find a copy for you someday.

I've finished one sixth of my translation of Rocker's wonderful work "*The Six*", and will get it published in Chinese next summer.

With best greetings and cordial regards,

Yours fraternally,

Li Pei Kan

1949年2月14日

Dear friend:

Thank you very much for your letter dated 19th December, 1948, and also

for the article about Nina van Zandt Spies. I am much obliged to you for telling me some details about Nina, and promising to send me extracts of Nina's letter to Joe Labadie[47]. I do not know whether there is any possibility for me to get a copy of those letters or not, but I am longing for reading them, for I am planning to write a booklet about her. I want to get one of her pictures for my book if possible. I also thank you for the other letter dated 8th Jan. 1949, which I received several days earlier.

You ask for what has become of the young people in my story "*Star*". Some of them has been dead, some lost their faith in the FUTURE. But three fifth of them still live and work there. They are even stronger and maturer than before, though their influences do not go beyond their district. I have written another novel about their life, entitled "*The Lightning*"[48], which I mailed you yesterday with the other book.

Yesterday I also sent you a letter by ordinary mail containing a photographical copy of an unpublished letter of E. Malatesta[49] to Chinese comrades of the group "*Laboro*"[50] in Pairs. Please keep it with that of Vanzetti's letter for Labadie Collection. I have made two photo- copies of it by the help of a friend, one of which I have sent to comrade Frigerio of Geneva several months ago.
Yes, I have read the book review on the new book on Sacco–Vanzetti case in
（この一行は不鮮明で読み取れない）
that book is a good one about the case and also about the two martyrs.

I will send you more materials for the Collection in future.

With best greetings and warm regards.

Li Pei Kan

P. S. Have you read the book "*Thirteen Days*" by Jannette Marks[51]（that about the S–V case）? I think it's good book, but I haven't got the opportunity to read it. I want to know your opinion, if you have read it. Yesterday I also sent you a picture of Kropotkin, a linoleum. Cut by comrade Sin Chan[52]（he lives in San Francisco, and promises to send me a copy of "*The Legacy of S. and V.*"[53]）As for his linoleum cut of my picture, it was done two years before,（1947）after a photo mat here some years ago.

1949年3月9日
Dear friend:

Thank you for the dated 3rd Feb. I am very glad that you have received the package of the Spanish albums. But I must tell you that I've translated the titles and the foreword from the Spanish into the Italian, not from the Italian.

I've sent you continually packages of books and pamphlets, I hope, that you received some of my novels and also a photostat of an unpublished letter from E. Malatesta to the Chinese comrade of the Paris "*Laboro*" group in 1924.

Yesterday I've mailed a package containing two of my translations (O.Wilde's "*The Happy Prince & the other fairy tales*"(54) Vera Figner's "*Twenty years in Schlusselburg*"(55)) and one of my novels (*Autumn in the Spring*)(56) and my book "*A Biographical History of Russian Revolution*"(57).

I've already written you about the photostat of Labadie's letter you sent me. I thank you for that. I was and am still interested in the Nina van Zandt's case. I want to be well informed about her. Please tell me all you know about her old age. I am planning to write a booklet about her and translate some of her letters, if possible. I am waiting for your letter.

As for the drawings of Castelao(58), you said: that you have never seen such things done. I should envy you for that. I have seen much since I was a child, and was forced and am still forced to see them or to suffer from them. I have seen much and known more about the cruelties which man did and does still to his brethren and which man suffered and still suffers from his brothers. I've weaved them all into my novels and short stories. One of my novel "*The Kao Family*" has been translated into English(59), but the translator could not find a publisher to print it yet. When I am less busy, I shall type some chapters of it for you.

With best greetings
Yours Fraternally
Li Pei Kan

1949年3月21日
Dear friend:

Today I sent you a registered parcel of books containing:
1, *Spring*(60), a novel by Li Pei Kan, a sequel to "*The Kao Family*".
2, *Autumn*(61), a novel by Li Pei Kan, a sequel to "*Spring*". The 3rd volume of "*Trilogy of Torrent*", "Deluxe" edition limited to 25 copies and printed on Indian paper.
3, *The Perished*(62), a novel by Li Pei Kan, 1st volume of "*Trilogy of Revolution*".
4, *Resurrection*(63), a novel by Li Pei Kan, 2nd volume of "*Trilogy of Revolution*".
5, *My Life*(64), by Li Pei Kan.
6, *Blood of Freedom*(65), on the 50th anniversary of the martyrdom of our 5 Chicago comrades, by Li Pei Kan.

7, *Life of Kropotkin*[(66)], by "Anonymous" (A pamphlet.)

I hope that you will receive them soon. And I will continue to send you more of my writings and also of the old Chinese publications.

I told you that my novel "*The Kao Family*" has been translated into English but never published. I got a copy of the manuscript from the translator. I will have the preface of "*Trilogy of Torrent*" typewritten for you, when I am less busy. I have been ill for sometime, but I am recovered now.

I am waiting for the Nina van Zandt material, and I thank you once more for all the trouble I caused you.

I haven't got "*The Legacy of Sacco and Vanzetti*" from my friend in San Francisco, nor any letter from him since the end of the last December. He told me that his father was very ill and the doctor said there was little hope to recover. I don't know what has become of him, for I wrote him two letters and haven't got his answer yet. I do not know what you mean in those three lines in your P. S.. Is it that there is some possibility to get a copy of it from you? Then I shall be much obliged to you.

With best greetings.

Cordially yours,

Li Pei Kan

P. S. On the cover of the parcel that I mailed you today I forget to typewrite down "Labadie Collection" in your address. I write your address as follows:

Miss A. Inglis, General Library, University of Michigan, etc.

I think that you will get the parcel anyhow. The receipt number of that parcel is 8014.

1949年5月7日

Dear friend:

Thank you very, very much for your letter dated April 9th, with the Nina van Zandt materials, which I received yesterday. I read all of them immediately. Now I may say that I know Nina van Zandt well, with her sincerity, her enthusiasm, her devotion and her tender heart. I think that all her life was a tragedy. She was a woman, a character very different from Lucy Parsons[(67)], who was a fighter, strong, stern, obstinate, indefatigable, just as H. Fast described her in his famous novel[(68)] about Altgeld[(69)]. Mrs. Parsons could not understand Nina van Zandt, so she became angry when she knew that Nina left "her entire estate to dogs". She was simply offended by this, and wrote that letter in her anger.

I don't think that this letter could be regarded as her opinion of Nina van Zandt.

Yes, I read Spies' farewell letter in German to Nina. But I haven't read his last letter to his mother and sister, and those letters he wrote to her before his death. I hope that those letters and Nina's letters to him and to Labadie will be published someday.

I hope that you have received all the parcels of books I sent you, among which you can find my pamphlet on the Chicago Martyrs(70).

I got a letter from my friend in San Francisco, in which he promised me to send me a copy of "*The Legacy of Sacco and Vanzetti*" (His letter reached me day before yesterday.), but it has not reached me yet.

The situation here grew worse recently, and the war is raging near Shanghai. But I am still busy at my work in translating and editing. I don't know what is waiting for us. But we can do nothing now except "wait and hope"(71).

I wrote to another comrade in San Francisco to send you some Chinese libertarian literatures, if he still has some to send. I'll write you the next time.

With best greetings,

Cordially,

Li Pei Kan

P. S. Last night I read the little Italian book "*Anteo Zamboni*"(72), I was much moved by the father's pen describing how this 15 years old boy was lynched by the rogues of Mussolini. Why so much bloods, so much tears, and so much brutalities in this world ?! But there are also heroism and love!

1949年6月10日

Dear friend:

Thank you very much for your letter dated 22nd April, which I received today. I have suffered (but not much) during the war. But we have been "liberated" soon by the communist and revolutionary forces. The situation grows better daily(73). And everything is all right with us, and I can do or continue my literary work as usual. I have finished my translation of Rocker's book "*The Six*"(74) and hope to publish it in the next winter.

Please send me the further materials regarding Nina Spies and others, as usual. And I hope that you have received the three other parcels of books I sent you.

With best regards

Sincerely yours

Li Pei Kan

1949年10月29日
Dear friend:

Thank you very much for your letter dated May 15th and also for that you sent to me through our friend R. Jones[(75)] in San Francisco.

I am very glad to read the photostats of Spies, Autobiography and hope that you will send me more of the matters dealing with Haymarket Case in 1887, in which I am very interested.

Everything goes well with me, and I am able to continue my literary work, though slowly. My translation of Rocker's "*The Six*" has been published two months ago. I will send you a copy of it, when the port is opened for the steamers. I have received from my friend S. C. the "*Legacy of Sacco and Vanzetti*", so you need not send me the same book. Yet I am very grateful for your help.

With warmest regards
Li Pei Kan

1949年12月31日
Dear friend:

This is the last day of the year 1949, when I sit at my desk to write you these lines. My thoughts are always with you, and your work.

Since when Shanghai was "liberated by the people's army", I have written you two letters, (one of which was in care of our friend Jones,) and also a registered parcel containing my translation of Rocker's book "*The Six*", which was published here two months ago. I hope that you have got them all.

I am well, and do my literary work continually and as usual, though not without difficulty. My novels and stories once selled well, but the circulating of them decreases badly in these days. Yet I can earn my living by translating the world classics into Chinese.[(76)]

Thank you very much for the photostats of Spies' Autobiography[(77)]. And if possible I hope you will send me more of the Haymarket affairs materials, especially about the wifes and girlfriends of the martyrs. I want to know how they lived and acted during the trial and after the execution.

Yes, I have got already the book of Morgan & Joughin[(78)] from my friend S. C. in San Francisco. It's a real good book. You need not send me another. Yet 1 thank you just the same.

I want to get a copy of Miss Jeanette Marks' book "*The Thirteen Days*". But I do not know how to get it. Is there any possibility to get it?
I must finish this letter now. I have so much to say, yet I am busy and have no time to write them down all in this letter. But I'll write you the other time.

I wish you a happy new year.

With my warmest regards to you,

Li Pei Kan

P. S. Are you always in correspondence with Mrs. Darren Chen? Is her child born? I haven't got any word from her since May.

1950年4月26日

Dear Friend:

Thank you very for your kind letter, which I received last week. I have been sick for six weeks, and just recovered from the operation (for hernia). I can do nothing during these two months. But I am well now. And I hope to carry on my literary work next month.

Yes, dear friend, I have received the information regarding Spies' "*Autobiography*". (The photostats taken from the German book of 1888.) I agree with you that this book is very important for those who want to be acquainted with, or are interested in, the Haymarket Affairs or the American labor movement. And it's more important for us who treasure the memory of Nina Spies.

I have got one letter from Mrs. Darren Chen. She wrote that she will return to Shanghai in September, and work here.

I mailed you yesterday a package containing two books (recently published) : *Zola's Travail* (*Work or Labor*)(79), translated by Pi; and Gorky's "*L.N. Tolstoy*"(80) translated by me.

I've got the clipping about Nina, and thank you for it. I hope that you will send me more, when you find new materials. And I shall be very glad to get any word, any news from you. I am waiting for the publication of the French translation of my novel *THE KAO FAMILY*(81) in Paris. When it is published, I'll send you a copy or it. There is an English translation, which was done by a Chinese girl student in Greeley(82). But she could not find a publisher in in America. She tried several times, but failed.

With warmest regards and greetings

P. S. Please tell me, dear friend, is there any possibility for me to get a portrait or photo of yours ? I want to keep it forever.

1950年9月18日
Dear Friend:

Excuse me for my long silence, for I was so busy at work. I read manuscripts, did translating works and proof reading, and also attended meetings. Yes, there are so many meetings to attend in our country. Yet I still have time to study the Russian and Yiddish languages(83), to read new books.

Thank you very much for your dear picture and also the 50th Haymarket Commemoration stamps. And I shall be much obliged you, if you can send me more memorial prints (about the Haymarket Affairs, of course).

I am sound and healthy, and enjoyed much in reading those materials you sent me from your collection about A. Spies and his wife Nina. I have not given up my plan to write a book about Nina Spies. But I shall postpone it.

I am told that our friend Mrs. Darren Kwang-Chen has finished her studies and will come back here this or next month. And she will work here in Experimental Biological Institute(84). I am sure that she has told you already.

Inclosed you will find my photograph and also that of my wife, which you asked me to send you.

With best regards and fraternal greetings,

Li Pei Kan

P. S. Perhaps I'll have the chance to see the carrying out of the Land Reform, the distribution of land among the poor peasants. That's the destruction of the Feudalism in China. A great thing, of course.(85)

⑧ルドルフ・ロッカー（Rudolf Rocker）宛(86)

1948年10月14日
Dear Comrade,

I am very glad to know that the free thinkers and the fighters for freedom all over the world are joining to honour you on the occasion of your seventy-fifth birthday. As a Chinese writer and a follower of P. Kropotkin, I am proud of being one of your contemporaries and comrades. I have learned so much from your writings, and I am translating one of your works ("*The Six.*") into Chinese(87). I wish you good health and to continue your great work for our cause, the cause of humanity: Liberty, Equality and Fraternity.

With heartiest regards and fraternal greetings.

Yours

Li Pei Kan

1948年12月28日

Dear Comrade:

I just receiv.ed your kind letter dated 11th December, and I thank you for it. I am very glad that you still remember my name after so many years and so many bloody events and sufferance which you have seen and lived through.

Yesterday I sent you a copy of the translation of your essay "*Germinal*"(88) (translated from French by comrade C.B.Lu(89)'s brother and published in Chengtu in the form of pamphlet) together with a Spanish album (Castelao's drawings) edited by me(90). Tomorrow I will send you by ordinary mail a registered parcel containing a copy of my translation of "*The Truth about Spain*" (edition, Chungking, 1937, not the same edition that I sent to Cuba)(91), a short novel of mine with English translation(92), the first volume of my history of the Russian social movement(93), and another copy of "*Germinal*". And enclosed you will find my translation of your two short essays ("*Hunger*!" and "*Ich liebe die Jugend*")(94).

Yes, I find that it is very difficult to translate your book "*The Six*" and render the beautiful and poetical prose into fluent Chinese. But I like this book very much and I shall do my best. So I translated only one or two paragraphs each day, after reading and rereading them. And I hope that my translation will be finished the next spring, and perhaps it will not be a failure. (I've written more than ten novels and have them all published here, and one of them has been translated into English by a friend who, however cannot find a publisher in U.S.A. till now. The manuscript has been sent to Simon and Shuster, Harpers, Johnday and Doubleday, and was rejected by all of them. But the French translation of the same novel will be published the next autumn in Paris(95).

I shall be much obliged to you if you are kind enough to send me all your works which I haven't got, for 1 am planning to publish the Chinese translation of your complete works if the situation does become much better. I read Spanish, Italian, French and Russian. So I've bought from Cuba your "*El pemsamiento liberal en los E.U.*"(96), from San Francisco your "*Socialismo constructivo*"(97); from England "*A-Syndicalism*"(98). A Chinese friend have mailed me the first edition of your monumental work "*Nationalism and Culture*"(99) which I have read and unfortunately lost during my journey from Kweilin to Shanghai 1939. I also kept in possession your "*Hinter Stacheldraht und Gitter*"(100), which you sent me together with the biography of J. Most; and the Spanish translation of the 1st volume of your Memoirs(101) which comrade Alonso(102) sent me from Habana. And I hope that you can help me to get a copy of the

review "*The Campana*"(103) publish in Buenos Aires, containing your articles.

I think that you can always write me to my present address.

With best greetings,

Yours cordially

Li Pei Kan

P.S. I also translated your Introduction to the Kropotkin's Funeral album(104), but I cannot find a copy of the old publication which published it.

1948年？月？日

Dear comrade:

Several months ago I have sent you a copy of my translation of your pamphlet "*The Truth About Spain*"(105) through "Solidaridad"(106) of Cuba, I hope that you have got it. And last month I mailed you the Chinese edition of Kropotkin's "*Conquest of Bread*" in which I also translated your preface to the German edition(107). Last week I received from Cuba your book "*Juventud de un Rebelde*,"(108) which I find very interesting.

I do not know whether you remember or not, but I have written you once when I was in Paris and you were in Berlin(109), and I have got your reply, and also your book on John Most(110) from you, which is still on my bookshelf, and your letter is still in my possession.

I hope to hear from you soon, if you are not too busy in your work.

Li Pei Kan

1949年3月16日

Dear Comrade,

I hope that you have received my answer to your letter dated 11th Dec.1948, and also the booklets(111) I sent you from here. In my last letter I told you that I am translating your book "*The Six*" into Chinese. I have just finished the first three chapters of that book and have "*The First Road*" published in *the Literary Monthly* (the March Issue)(112). Inclosed you will find a copy of my translation published. And I am arranging to publish the whole book here in Autumn.

I am told that there was an edition of The Six in Yiddish language, which was published by the Rocker Publication Committee. I hope that you can find a copy for me, and also "*75th Birthday ANNIVERSARY CELEBRATION of R.Rocker*" published by R.Rocker Jubilee Committee(113).

I am sure that you have sent me the other works of yours which you men-

tioned in your last letter.

I hope to receive your news soon.

With best greetings and cordial salutions,

Yours fraternally

Li Pei Kan

1950年2月4日

Dear Friend,

Thank you very much for your kind letter dated January 11th, which I received three days ago. It's a surprise for me. I have written you some letters and also mailed you several books during the first part of the last year. But unfortunately I haven't got a word from you. I thought that all that I have written and all that I have sent never reached you. But I get your letter now, and I know that you have got them and you have sent me letters and books, which I never got till now.

I have mailed you one more copy "*The Six*" in Chinese translation through a Chinese friend[(114)] (Old H.Kelly[(115)] knows her) about one month ago. And then I mailed you two more copies of my translation in a registered package, when I got your long expected letter. I will send you more if you ask me to send them.

I am very well, and I am able to do my literary work as usual, though more slowly and not without difficulties. Now I am translating Gorky's Memoirs of Tolstoy[(116)]. The first edition of "*The Six*" (only 1000 copies) has been sold out last month and then appeared the second impression (the another 1000 copies). It is not a socalled "up-to-date" or "à la mode" book. But some of my friends like it very much.

I have got a copy of the American edition of your "*Nationalism and Culture*" from a Chinese friend, and also I got "*Syndicalism*". So I beg you to send me all the other works of yours in any language. If possible, I will translate and publish the complete works of yours someday. But I am afraid that I cannot do it now. And I hope that you can get for me the Spanish book you wrote about literature and arts. (I remember that it was published by "*Protesta*"[(117)] in Argentine.) If the post there does not take on any registered mail for China even now, I will send you the address of my friend in Hong Kong. You can mail the package of books to him, and he will mail it to Shanghai from there.

Please write me soon when you get this letter of mine. I shall write you more in detail the next time.

With best regards and cordial greetings,
Li Pei Kan
P.S. I have got a letter from a friend Lu Chien-Bo, he is very well. Day before yesterday this city was bombed by the Kuomingtang fascist bomber, many people died and mutilated, (but I am safe and sound), yet this city will carry on its fight against the brutalities of the fascist.[118]

1950年2月28日
Dear Friend,
I hope that you have got my last letter (air mail). I do not know whether the American post does take on any registered mail for China or not. But I give you the address of my friend in Hong Kong. If you cannot send the package of books for Shanghai, you can send the registered package for Hong Kong at least for the time being. And I am much obliged to you if you can get for me some Yiddish books and one copy of "*Yiddish grammar*" (I also want to get one copy of Yiddish translation of "*The Six*", if possible.)
With best wishes for 1950.
Sincerely
Li Pei Kan
Mr. Li Pei Kan
c/o Lo Yun Hsi
c/o Danby & Hance
711-712 Edinburg House
Hong Kong

1950年8月24日
Dear Friend
Thank you very much for your letter, and also your books which you sent me last May. I am very glad to know that you have been quite recovered and are able to write the last 300 page of your Memoirs. From the first part of your book which I read in the Spanish translation[119], I may judge that it is one of the best books of this century. I haven't got the second volume of it, and I don't know whether friend Santillán[120] has sent it or not. If it is lost by the post, I hope that you can send me another copy of it, and also the English translation of your book on American thinkers[121], which, I heard, may appear in these days.

My friend Mrs. Dareen Kuan-Chen wrote me that she has met you in N.Y. and talked with you, and she also sent you the book which I mailed to her from here. She will be back China the next month and work here in the National Institute of Experimental Biology.

I am expecting your biography of M.Nettlau. I have exchanged several letters with him 23 years ago when I was in France. His letters are still in my possession. No doubt he was a great historian of social thoughts and movement. Unfortunately most of his works are not published yet. I know that once Santillán has translated his great biography of M.B.(122) and even published several chapters in "*Protesta-Supplement*"(123). But that's all, and I heard no more of it since seventeen or eighteen years.

When you write to Santillán, please tell him what I write you here and also ask him whether he can send one copy of his translation of Nettlau's *Documentos Inéditos*(124) to me or not. I got it once(125), but I lost it during the Sino-Japanese war in 1932.

I hope that you are always in good health and do you're a valuable work continually.

With best regards and fraternal greetings,
your friend
Li Pei Kan

⑨ボリス・イエレンスキー（Boris V. Yelensky）宛(126)

1949年1月23日
Dear Comrades,

Thank you very much for your kind letter. I am very glad to know that F. S.G.(127) has reached the 25th year of its existence and its glorious work of spreading libertarian thought among the people.

I welcome the news that you are going to publish a booklet about "*Libertarian Philosophy*"(128). I am sure that this publication will be a great success, for the world has suffered and still suffers so much and groans under the yoke of totalitarianism and capitalism. The people who survived the great world war need so much the light of Libertarian Thought to enlighten them and help them to get rid of the yoke and be a freeman.

I am honored by your inviting to partake in this Libertarian Open Forum. But I am very sorry to tell you that I cannot send you the article you asked in the near future, owing to the present situation in this country. This city has

been under the threat of war since last November, and we live under the martial law (though not in the strict sense of this term), and people here do not know what's awaiting: war or peace ? The situation is so complicate that I cannot write anything about it, at least for now.

With comradely greetings,

Fraternally yours

Li Pei Kan

1949年2月19日

Dear Comrade,

Thank you for your kind letter dated 2nd Feb. I am very glad that you will send me a Yiddish grammar. I have been trying to get it in China since I returned Shanghai, but I cannot find none. I hope that you can send me also the Yiddish translation of R. Rocker's book "*The Six*". I know that there exists such an edition published by Rocker Publications Committee. I am translating this work from English, and have finished one fourth of it already.

Since you insist to get an article for your booklet, I will try to write it for you in English or in Chinese. But I am sure that I cannot write a good article, especially under these conditions. The Chinese affairs are so complicate and strange that it's very difficult to understand them even for us Chinese. The situation in China is not the same as that in Europe or in America. Even among the Chinese anarchists there are many who call themselves anarchists but who defend the feudal rights and do everything that Anarchism condemns. There are anarchist-bankers, anarchist-capitalists, anarchist-government officials, anarchist-nationalists. They brought and are still bringing disgrace upon our idea before the Chinese people. That's the real reason of the "degradation" of our movement in China. I shall tell more the next time.

With best regards and comradely greetings,

Li Pei Kan

⑩ CRIA 宛[129]

1949年3月18日

Cher camarade

J'ai bien reçu ta lettre et j'en remercie. Pardonne-moi pour ma réponse retardée, car je suis très occupé dans ces jours. Mais je t'ai envoyé déjà mes

éditions de peinture de Sim et de Castelao sur la révolution espagnole il y a huit jours.
Je ne reçois pas encore les publications que tu m'as envoyées de Paris. Je suis heureux que tu les aies envoyées.
Je reçois régulièrement le journal japonais et aussi la proposition de organiser un congrès pour l'Extrême-Orient. Mais je ne crois pas que le congrès est possible sous les conditions d'aujourd'hui en l'Asie. Premièrement on ne peut pas partir d'ici pour l'étranger sans permission du gouvernement et la correspondance destinée au Japon doit passer à la censure ici et là-bas.
Malheureusement, je ne peux pas te donner des renseignements sur le mouvement anarchiste en Chine, car, à dire vrai, il n'existe pas un tel mouvement en Chine. Ici, je suis tout seul, et je travaille et fait la propagande seulement comme un écrivain. Je fais la rédaction des « Œuvres complètes illustrées de Kropotkine en Chinois » dont les 4 volumes sont déjà parus. Je suis aussi l'éditeur de cette œuvre. Il y a un autre camarade qui a traduit les « Paroles » et qui est traduisant « La science moderne » pour moi mais qui était un anarchiste-Kuomintang.
Lu Chien-Ho est aussi seul en Chengtu, mais avec son frère qui n'est pas un camarade, mais qui est un sympathisant et qui connaît français. Il est indéfatigable à son travail. Mais malheureusement, il publie son journal « Pensée » comme le supplément de quotidien du Kuomintang à Chengtu (le rédacteur du quotidien est son ami personnel), pour ça, on ne lit pas beaucoup. En Fukien, seulement en Fukien, il y a un mouvement libertaire. Il est pas grand, mais il est un mouvement réel. Il existe une école fondée par nos camarades là-bas et on fonde une petite maison d'éditeurs, qui a publié une dizaine de brochures, dans lesquelles on trouve l'article sur l'anarchie de Malatesta traduit par Lu et la première partie de mon « Bakounine ».
Du reste, je vais t'écrire une autre fois.
Avec mes meilleures salutations, je te serre fraternellement la main.
Li Pei Kan.

⑪ジョゼフ・イシル宛[130]

1949年4月12日
Dear Comrade;

I received from Comrade E. Relgis[131] the leaflet announcing the publication of his novel "*Muted Voices*"[132] by you. I want to get a copy of it, but I cannot

mail you the money from here; I'll let some Chinese comrades[133] in San Francisco send the money on my behalf. So I write you and beg you send me a copy, as soon as it comes out.

Last week I sent you a registered parcel containing the three bound books of Kropotkin's works in Chinese translation (1, *Conquest of Bread*, trans. by me[134]; 2, *Mutual Aid*, trans. by Tchou-Su[135]; 3, *Ethics*, trans. by me[136]) and two Spanish albums[137] published by me. I hope you will get it soon.

I know that you have edited and published some books and periodicals, which were all beautifully printed. Of your publication I got only "*Elisee and Elie Reclus*"[138] (Copy Number 63) and the first two numbers of "*Open Vistas*"[139] (Vol.1 Nos.1, 2.) I like them very much. That's a masterpiece in editing and in printing. I am willing to get all the other publications of yours. (In *O. V.* I read An announcement of Mrs. H. Ellis's *STORIES & ESSAYS*[140], and in R. Rocker's "*EL PENSAMIENTO LIBERAL EN LOS E.U.*" I read these lines: "J. Ishill dedico a Tucker un numero especial de su *FREE VISTAS* (Vol.11, 1927)[141]". But I have never seen this periodical of yours.) Is there any possibility for me to get all of them ? I am longing to find even a copy of your "*Kropotkin Memorial*"[142]. I knew that there exist only 75 copies of this book, but I think that perhaps you have been preparing a new edition of it. Please tell me, is there any hope to find you preparing such an edition. I am planning to edit and publish such a book in Chinese someday.

I am translating R. Rocker's *THE SIX* into Chinese and wish to have it published next Autumn. I shall send you a copy of it, when it comes out.

With best greetings and fraternal salutations,

Cordially yours

Li Pei Kan

by courtesy of :

International Institute of Social History, Amsterdam, The Netherlands

Boston Public Library, USA

Law School Library, Harvard University, USA

Labadie Collection, Special Collections Library, University of Michigan, Ann Arbor, USA

Ishill Collection, Houghton Library, Harvard University, USA

Centre International de Recherches surl L'Anarchisme, Lausanne, Switzerland

【注】

(1)　Li Pei Kan's letter to Thomas H. Keell, July 8, 1926, Freedom Archives 4435, L2, International Institute of Social History（IISH）, Amsterdam, The Netherlands.

(2)　"the people" はアナキズム雑誌『民衆』を指すと思われる。

(3)　Li Pei Kan's letter to Alexander Berkman, July 18, 1927, Alexander Berkman Archives Ia, IISH.

(4)　この部分から、巴金はフランスへ留学する前に上海からアレクサンダー・バークマンに2通の手紙を出し、返信を1通受け取っていることが分かる。具体的にはエマ・ゴールドマンとの通信に少し遅れて1925-1926年に始まり、返事を受け取ったのは上海からフランスへ向かう2か月前、1926年11月頃のことと思われる。この書簡の所在は現時点で不明。

(5)　巴金が初めてアレクサンダー・バークマンに会ったのは *Plus Loin*（1925年創刊のアナキズム刊行物）主催の晩餐会で、その時は長く会話を交わすことがなかった。ただパリ到着後に巴金がこうして通信ではなく、実際に顔を合わせて各国の活動家や思想家と交流していたことは注目に値する。この夜の出会いで、バークマンは巴金の投宿先を訪ねることを約束したようだが、実際には巴金だけでなく、呉克剛や衛恵林ら中国から来た若いアナキストも訪問対象だったと思われる。アムステルダムの国際社会史研究所（IISH）に所蔵されているバークマンの日記の1927年5月26日のページに、Woo Yang Hao（呉克剛）の名前と当時3人が住んでいた住所「2 Rue Tournefort, Paris 5」が記載されている。おそらく巴金より先にパリへ着いた呉克剛がまずバークマンと連絡を取っていたものと思われる。バークマン訪問の約束は、1927年7月5日付エマ・ゴールドマン宛書簡で巴金が言及している。

(6)　Woo Yang Hao は呉克剛の本名、呉養浩のローマ字表記。

(7)　Mahno はウクライナの農民運動指導者ネストル・マフノ Nestor Makhno（1889-1935）のこと。ボルシェヴィキに追放されてフランスへ亡命したマフノは、パリでアナキズム・インターナショナル International Anarchisme 運動を展開しようとしたが、警察当局に察知され、強制退去命令を受けた。呉克剛はこの運動の中国代表として活動し、同じように強制退去命令を受けたが、Jean Grave が国会議員を通じてフランス政府に抗議したため、実際には執行されなかった。この経緯と呉克剛の悲恋を題材に巴金は「亜麗安娜」（『婦女雑誌』第17巻第3号、1931年3月、『巴金全集』第9巻所収）と「亜麗安娜・渥柏爾格」（天津『大公報』「文芸」1933年10月28日、『巴金全集』第12巻所収）の2篇の短篇小説を書いている。

(8)　1927年5月26日エマ・ゴールドマン宛書簡の中でも巴金はこの翻訳作業に触れている。時期的に見て *Now and After; ABC of Communist Anarchism*, Vanguard Press, 1929 の翻訳ではないかと思われる。

(9)　1935年文化生活出版社から出版されるアレクサンダー・バークマン『獄中記』の翻訳を巴金がパリ時代から始めていたことが分かる。

(10)　Alexander Berkman, *The Bolshevik myth: Diary 1920-1922*, New York: Boni

and Liveright, 1925.

(11)　*The People's Tocsin*（*La Popolara Sonorilo*）は『民鐘』のこと。巴金が翌年1928年夏の帰国を決めていて、しかも理由が『民鐘』編集参加であったことから、当時の中国アナキズム運動に対する巴金の立場が推測できる。

(12)　*Laborista Movado* は日本の雑誌『労働運動』のこと。この雑誌の1927年2月号、3月号に連載でアレクサンダー・バークマンの生涯を紹介したエマ・ゴールドマンの文章とバークマンの写真が掲載されている。

(13)　Li Pei Kan's letter to Max Nettlau, March 3, 1928, Max Nettlau Archives, IISH

(14)　上海自由書店のこと。

(15)　この文によって巴金がフランスに行く前にすでに『克魯泡特金全集』の第2巻『麺包略取』（上海自由書店、1927年11月）を訳し終え、更にフランス滞在中に第4巻『人生哲学其起源及其発展：上篇』（上海自由書店、1928年9月）、第5巻『人生哲学其起源及其発展：下篇』（上海自由書店、1929年7月）の翻訳作業を行っていたことが分かる。なお、『全集』の印刷部数は各巻2000冊で、サンフランシスコの平社の劉忠士たちの経済援助を受けていた。

(16)　経済学者、森戸辰男（1888-1984）のこと。1914年東京大学法学部を卒業後、母校に残り、経済学部で教鞭を執っていた森戸は、1919年クロポトキン研究の論文を発表したことで、日本政府や東京大学当局から非難され、辞職を迫られたが屈せず、のちに起訴されて東大を解雇された。この「森戸事件」を当時巴金も知っていたと思われる。

(17)　森戸辰男「クロポトキンの『倫理学』」、『我等』第7巻第1号、1925年1月、36頁。

(18)　ゲオルグ・ブランデス（Georg Brandes、1842-1927）、デンマークの文芸批評家。クロポトキンと親交があった。巴金が引用している文章はブランデスがクロポトキンの回想録のために書いた序文 *Introduction, Memoirs of a Revlutionist* に基づく。巴金はクロポトキンの自伝（『我的自伝』、上海自由書店、1930年）を訳した時、ブランデスのこの序文も中国語訳している。

(19)　Nikolai Konstantinovich Lebedev（1879-1934）はクロポトキン『倫理学』ロシア語版の編集者。

(20)　Alexei Alexeyevich Borovoi（1875-1935）はロシアのアナキスト。

(21)　有島武郎（1878-1923）のこと。1907年有島はロンドンでクロポトキンに面会、幸徳秋水（1871-1911）宛の書簡を託された。のちに幸徳秋水が大逆事件で日本政府により殺害された後、有島は創作活動に専心して理想主義的な作品を発表する一方、アナキスト大杉栄（1885-1923）も援助した。

(22)　巴金は有島武郎「新しく会った海外芸術家の印象（二）：クロポトキン」、『新潮』第25巻第1号、新潮社、1916年7月、15-16頁から引用している。のちに有島は「クロポトキンの印象と彼の主義及び思想に就て」（『読売新聞』1920年1月25日）において、この文章の執筆経緯を説明している。

(23)　この文は未詳。

(24)　ヴェラ・フィグネル（Vera Nikolayevna Figner、1852-1942）はロシアのナロードニキ。巴金はその回想録を「薇娜・妃格念爾」（『俄羅斯十女傑』所収、上海太平洋書店、1930年）、及び『獄中二十年』（上海文化生活出版社、1949年2月）として翻訳出版している。

(25)　アグネス・イングリス宛巴金書簡はすべてLabadie Collection, Special Collections Library, University of Michigan, Ann Arborが所蔵している。

(26)　克魯泡特金著、畢修勺訳『一個反抗者的話』（上海平明書店、1948年6月）のことか。

(27)　Li Pei Kan, *History of the Anarchist Movement in China*, Libera Laboristo, vol.2, no.2, August, 1926, Paris, France.　原文は未確認。

(28)　*Ino*はドイツのエスペラント刊行物。巴金は1927-28年にその編集者のErnst Liebetrauと何度か書簡を交わしている。Liebetrauはそれらの書簡内で"JNO"と書いたり"INO"と書いたりしているが、詳細は不明。

(29)　Li Pei Kan, *Die Märtyrer von Tokio, Die freie Arbeiter*, vol.21, no.51, December 22, 1928, Berlin, Germany.

(30)　この文章は原文未確認。

(31)　巴金著、任玲遜訳『星』（世界英語編訳社、1947年）のことか。ミシガン大学アナーバー校図書館所蔵のこの本にはアグネス・イングリスの筆跡で著者名、書名、簡単な説明が英語で書かれているので、アグネス・イングリスは受領後に図書館へ寄贈したのだろう。巴金が『天下月刊』のどの号の英訳を新たにタイプしてアグネス・イングリスに送ったかは未確認。「星」は『十年』（開明書店、1936年）に収められ、のちに『髪的故事』（文化生活出版社、1936年）に収録された。

(32)　これ以外に実は巴金はもう1篇、*Chicago 1887–Boston 1927, Die freie Arbeiter*, vol.20, no.44, October 29, 1927を書いているが、これは*Feedom*, vol.41, no.445, September–October, 1927掲載の同名英語文章のドイツ語抄訳。

(33)　克魯泡特金著、畢修勺訳『一個反抗者的話』（上海平明書店、1948年6月）のこと。

(34)　幸門作画、巴金訳『西班牙的曙光』（平明書店、1949年）のこと。

(35)　克魯泡特金著、巴金訳『我的自伝』（平明書店、1947年）のこと。この書簡で言及される1942年版はこの版の初版だろう。

(36)　巴金『家』のどの版かは不明。

(37)　上海立達学園の創立者匡互生（1891-1933）の次女、匡達人（1920-　）のこと。匡達人は1942年厦門大学を卒業後、成都の中央大学で勉学を継続し、南京経由でアメリカへ留学、1948-55年コロンビア大学で学んだ。1955年に中国へ戻り、上海細胞生物学研究所で研究に従事した。

(38)　巴金著、任玲遜訳『星』のことか。

(39)　翌年出版した洛克爾著、巴金訳『六人』（文化生活出版社、1949年）のこと。

(40)　シカゴのヘイマーケット事件（1886）はサッコ＝ヴァンゼッティ事件と同じく、アメリカの政治的迫害による冤罪事件の1つで、のちのメーデーの起源にもなってい

る。当時アメリカの労働者の劣悪な労働条件に抗議する声が高まり、1886年5月1日シカゴの労働者が1日8時間労働を求めてストライキで決起、警察と衝突した。5月3日ストライキに参加していた労働者2名が警察によって射殺され、5月4日シカゴ市内のヘイマーケットで抗議集会が開かれていた時、爆発事件が発生して数名が死亡した。この事件で何ら合理的な証拠がないまま、7名の労働者が共謀罪で死刑判決を受け、4名の死刑が執行された。1893年になってイリノイ州知事が冤罪であることを認め、残る3名が釈放された。巴金は「芝加哥的惨劇」（『民鐘』第1巻第13期、1925年。単独の刊行物としても1926年にサンフランシスコの平社から出版されている）を始めとして、この事件に関する文章をいくつか書いている。

(41)　Labadie Collection のこと。

(42)　Nina Stuart Van Zandt（1862?-1936）はヘイマーケット事件で獄中にあったAugust Spies と結婚した。裕福な家庭に生まれた彼女は事件に関心を寄せるとともに被告の無罪を信じて、August Spies と頻繁に交流をもった。その後、刑務所が家族しか面会を許さなくなったので、彼女はAugust Spies と結婚することにした。巴金はアグネス・インアグリスへの書簡でたびたびNina Van Zandt に言及して、その個人的背景や献身の姿に大きな関心を寄せている。

(43)　August Spies（1855-1887）はヘイマーケット事件の死刑囚で、刑が執行された4人のうちの1人。生前は労働運動に積極的に参加して、新聞の執筆、編集を行っていた。

(44)　「自由血」のこと。『革命的先駆』（上海自由書店、1928年）、及び『断頭台上』（上海自由書店、1929年）に収録された。1937年には福建自由社より単行本として出版されている。

(45)　*Probuzhdenie* はロシア系アメリカ人のアナキズム刊行物。1963年停刊。

(46)　『自由血』に1937年福建自由社版以外があるかどうかは不明。

(47)　ラバディ・コレクション（Labadie Collection）の創設者 Joseph A. Labadie のこと。

(48)　巴金「電」、『文学季刊』第1巻第2期、第3期（1934年4月1日、7月1日）のことか。のちに1935年良友図書印刷公司より単行本として出版。ここで巴金は「星」が「電」と同じく福建省泉州のアナキズム運動を反映していることを説明している。

(49)　Errico Malatesta（1853-1932）はイタリアの著名なアナキズム思想家。

(50)　1922年パリで創刊された『工余』のことと思われるが、確証はない。当初陳延年（陳独秀の長男）が編集していたが、のちに巴金の同志である李卓と畢修勺らが編集するようになり、最終的に1925年上海の『自由人』と合併した。

(51)　Jeannette Augustus Marks, *Thirteen Days*, New York: Albert & Charles Boni, 1929.

(52)　Sin Chan はサンフランシスコの平社のメンバーだと思われるが、詳細は不明。

(53)　Louis Joughin, Edmund M. Morgan, *The Legacy of Sacco and Vanzetti*, New York: Harcourt, Brace and Company, 1948. のことか。

(54) 王爾徳著、巴金訳『快楽王子集』(文化生活出版社、1948年) のこと。

(55) 薇娜・妃格念爾著、巴金訳『獄中二十年』(文化生活出版社、1949年) のこと。

(56) 巴金『春天裏的秋天』(第20版、開明書店、1949年) のこと。

(57) 巴金『俄国社会運動史話』(文化生活出版社、1936年) のこと。

(58) 加斯特労絵、巴金編訳『西班牙的血』(文化生活出版社、1948年) のこと。アグネス・イングリスが1948年8月のLabadie Collection所蔵目録にこの本を記録しているので、巴金が寄贈したことが分かる。

(59) 巴金『家』のどの版を翻訳し、またこの英語訳が出版されたかどうかは不明。

(60) 巴金『春』のこと。

(61) 巴金『秋』のこと。

(62) 巴金『滅亡』のこと。

(63) 巴金『新生』のこと。

(64) 巴金『巴金自伝』(第一出版社、1934年) のことか。

(65) 芾甘『自由血：五一殉道者的五十周年』(福建：自由社出版、1937年) のことか。

(66) 未詳。

(67) Lucy Parsons (1849-1942) はヘイマーケット事件の無実の死刑囚 Albert Parsons (1848-87) の妻。

(68) Howard Fast, *The American: A Middle Western Legend*, New York: Duell, Sloan And Pearce, 1946. のことか。

(69) John Peter Altgeld (1847-1902) は1893年イリノイ州知事時代にヘイマーケット事件が冤罪事件であることを宣言し、3名の死刑囚を釈放した。

(70) 芾甘『支加哥的惨劇』(平社、1926年)、もしくは芾甘『革命的先駆』(上海自由书店、1928年) のことか。

(71) 巴金はアグネス・イングリス宛の書簡でほとんど中国の事情に言及していないが、この部分は例外的に短く説明をしている。

(72) Anteo Zamboni (1911-1926) はイタリアのアナキスト。15歳の時にムッソリーニを暗殺しようとして失敗、その場で殺された。巴金が読んだのがどのようなイタリア語の書籍だったかは不明。

(73) ここも例外的に中国の事情に言及しているが、巴金は基本的に中国共産党の「上海解放」を歓迎して、これによって内戦時期の社会状況が改善されると期待していたことが分かる。1949年12月31日の書簡では人民解放軍によって上海が「解放」されたとも記している。

(74) 洛克爾著、巴金訳『六人』(文化生活出版社、1949年) のこと。

(75) R. Jones はサンフランシスコ平社の中心人物、劉忠士 (Ray Jones) のこと。

(76) この時期の巴金の具体的な生活状況、すなわち執筆は問題なく継続しているが、小説等の売れ行きが芳しくないので、翻訳で生計を立てていると説明されている。

(77) *August Spies' Autobiography: His Speech in Court and General Notes*, Chicago: Nina van Zandt, 1887. のことか。

(78)　Louis Joughin, Edmund M. Morgan, *The Legacy of Sacco and Vanzetti.* のことか。
(79)　左拉著、畢修勺訳『労働』（上海文化生活出版社、1950年）のこと。
(80)　高爾基著、巴金訳『回憶托爾斯泰』（平明出版社、1950年）のこと。
(81)　この巴金『家』フランス語訳は未詳。
(82)　Greeleyはアメリカ、コロラド州北部に位置する町。ここで巴金が言及している中国人女子学生は未詳。
(83)　1949年2月19日付ボリス・イエレンスキー宛書簡、及び1950年2月28日付ルドルフ・ロッカー宛書簡でも巴金はイディシュ語の学習に言及している。ドイツ語を解する巴金はイディシュ語の習得に大きな障害はないだろうが、その目的としている「新しい本を読むため」とはどのような読書志向を指すのか不明。
(84)　上海細胞生物学研究所のこと。匡達人はアメリカ留学を終えて帰国後この研究所で研究に従事した。
(85)　これが現時点で確認できるアグネス・イングリス宛の最後の巴金書簡である。1949年10月以降の書簡で、巴金は明確に中華人民共和国体制下の社会改造を支持することを表明している。この書簡で巴金は土地改革が封建制度を瓦解させると考え、まもなく農村へ視察に赴くことをアグネス・イングリスに告げているが、実際には巴金はその時期に農村へ行くことなく、2か月後に第2回世界平和大会の中国代表団の一員としてポーランドとソ連へ赴くことになった。翌年夏にようやく「老根据地訪問団」に参加して山東と江蘇の農村へ視察に出かけた。巴金の新体制への期待が大きくなればなるほど政治的動向に巻き込まれ、公的活動が増える結果となったことが分かる。
(86)　ルドルフ・ロッカー宛巴金書簡はすべてRudolf Rocker Archives 149, IISHに所蔵されている。
(87)　巴金は翌年1949年に文化生活出版社から洛克爾著、巴金訳『六人』を出版している。
(88)　この書の原本はRudolf Rocker, *Germinal*, Mexico: Grupo Cultural Ricardo Flores Magon, 1925.だが、巴金が指しているフランス語版はおそらく*De l'autre rive*, Brussels: Pensee et Action, 1946.だろう。
(89)　巴金の同志で四川のアナキスト盧剣波のこと。ここで言及している冊子がどこから出版されたものかは不明だが、IISH所蔵ルドルフ・ロッカー資料に“Kolekto Mong Tzung, 1947”と表記されるものがある。ただしこれがそれに該当するかどうかは今後の研究を待たなければならない。
(90)　加斯特労絵、巴金編訳『西班牙的血』（文化生活出版社、1948年）のこと。
(91)　洛克爾著、巴金訳『西班牙的闘争』に1937年重慶版があることがこれで判明する。
(92)　巴金著、任玲遜英訳『星』のことか。
(93)　巴金『俄国社会運動史話』（文化生活出版社、1936年）のこと。
(94)　Rudolf Rocker, *Germinal*或いはRudolf Rocker, *Vom anderen Ufer*, Verlag Syndikalist, 1926.の中のことか。

(95) 巴金『家』の英語版、フランス語版に関しては1950年4月26日アグネス・イングリス宛巴金書簡も併せて参照。

(96) Rudolf Rocker, *El pensamiento liberal en los Estados Unidos*, Editorial Americalee, Buenos Aires, 1944.

(97) Rudolf Rocker, *Socialismo constructivo*, Buenos Aires: Ediciones Iman, 1934.

(98) Rudolf Rocker, *Anarcho-Syndicalism: Theory and Practice*, London: Secker and Warburg, 1938.

(99) Rudolf Rocker, *Nationalism and Culture*, New York: Covici-Friede, 1937.

(100) Rudolf Rocker, *Hinter Stacheldrabt und Gitter: Erinnerungen aus der englischen Kriegsgefangenscha*, Berlin: Verlag Der Syndikalist, F. Kater, 1925.

(101) *La juventud de un rebelde* のことか。

(102) 未詳。

(103) 未詳。

(104) *Die Beerdipung von P. A. Kropotkin*, with an introduction by Rudolf Rocker, Foreign Bureau Confederation Anarcho-Syndicalists, Berlin, 1922. のことか。

(105) 洛克爾著、巴金訳『西班牙的闘争』（平社出版部、1937年）のこと。1939年上海文化生活出版社から第2版が出ている。

(106) Solidaridad Internacional Antifascista (SIA) のことか。1936年キューバのアナキストがスペインのCNTとFAIを支援するために組織した団体。

(107) 克鲁泡特金著、巴金訳『麵包與自由』（平明出版社、1940年）の中のルドルフ・ロッカー「ドイツ語版序」のこと。1927年巴金が『麵包略取』（上海自由書店）を出した時はロッカーのこの序文は翻訳していない。

(108) Rudolf Rocker, *La juventud de un rebelled*, Buenos Aires: Tupac, 1947. これはルドルフ・ロッカーの回想録の第1冊目をDiego Abad de Santillánがドイツ語からスペイン語に翻訳したもの。

(109) この記述から巴金がフランス時代にルドルフ・ロッカーと書簡を交わしていたことが分かるが、現時点で書簡の所在は不明。

(110) Rudolf Rocker *Johann Most, das Leben eines Rebellen*, Berlin: Verlag Syndikalist, F. Kater, 1924.

(111) 未詳。

(112) 洛克爾著、巴金訳「浮士德的路」（『文芸春秋』第8巻第2期、1949年3月15日）のこと。

(113) *Seventy-fifth Birthday Anniversary Celebration of Rudolf Rocker*, Chicago: Rudolf Rocker 75th Jubilee Committee, 1943.

(114) 匡達人のことか。巴金は1950年8月24日ルドルフ・ロッカー宛書簡でも匡達人の名を記している。

(115) Harry May Kelly (1871-1953) はアメリカのアナキスト。Modern School movementの中心的人物。

(116)　高爾基著、巴金訳『回憶托爾斯泰』（平明出版社、1950年）のこと。

(117)　Paul Avrich, *Anarchist Voices: an oral history of anarchism in America*, Princeton University Press, 1995, p.173を参照すれば、"*Protesta*"は巴金と通信があったDiego Abad de Santillanが参加したアルゼンチンのアナキズム新聞と推定できる。

(118)　巴金はルドルフ・ロッカー宛の書簡の中でほぼ中国国内の事情を書かないが、ここでは明確に国民党軍の空襲をファシスト的行為と非難して、自らの政治的立場を表明している。

(119)　Rudolf Rocker, *La juventud de un rebelde*, Buenos Aires: Tupac, 1947.のことか。

(120)　Diego Abad de Santillan, 1897-1983）はスペインとアルゼンチンのアナキズム運動の重要人物。FAIの中心的人物としてスペイン内戦で活躍。フランコ将軍のファシスト政権成立後、1939年から1977年までアルゼンチンに亡命。

(121)　Rudolf Rocker, *El pensamiento liberal en los Estados Unidos*, Buenos Aires: Editorial Americalee, 1944.のことか。

(122)　Max Nettlau, *Michael Bakunin: Ein biographische Skizze*, Berlin: Verlag von Paul Pawlowwitsch, 1901.

(123)　"*Protesta*"のことか。詳細は不明。

(124)　Max Nettlau, *Documentos inéditos sobre la Internacional y la Alianza en Espana*, Buenos Aires: Protesta, 1930.

(125)　この記述で巴金が1920年代にDiego Abad de Santillánと交流があったことが判明する。

(126)　ボリス・イエレンスキー宛巴金書簡は2通ともBoris V. Yelensky Archives, IISHに所蔵されている。

(127)　自由社会グループ（Free Society Group）のこと。

(128)　*The World Scene from the Libertarian Point of View*, Chicago: Free Society Group, 1951.のことか。

(129)　この書簡はCIRA（Centre International de Recherches sur l'Anarchisme), Lausanne, Swissが所蔵している。

(130)　Li Pei Kan's letter to Joseph Ishill, April 12, 1949, Ishill Collection, bMSAm 1614（86), Houghton Library, Harvard University.

(131)　Eugen Relgis（1895-1987）は本名Eugen Sigler、ルーマニア生まれ。自由主義を中核とする平和主義、人道主義の作家。ヒューマニズム・インターナショナルを創立するために、1930年代欧州各地で宣伝活動を行ったが、ファシスト勢力の台頭とともにルーマニアでの活動が困難となった。1947年にウルグアイに移住、その地で死去した。ノーベル平和賞にノミネートされたとの説もある。

(132)　Eugen Reglis, *Muted Voices*, Berkeley height, Berkeley height, New Jersey: the Oriole press, 1938.　出版社the Oriole pressはジョゼフ・イシルが自分で設立し、この小説も彼が手作業で印刷した。

(133)　サンフランシスコの劉忠士かその仲間と思われるが、詳細は不明。

（134） 克魯泡特金著、巴金訳『麵包與自由』（『克魯泡特金全集』第4巻、上海平明書店、1940年）のことか。

（135） Tchou Su は巴金の友人で生物学者の朱洗のことか。朱洗は克魯泡特金『互助論』（『克魯泡特金全集』第6巻、上海平明書店、1939年）の翻訳者。

（136） 克魯泡特金著、巴金訳『倫理学的起源和発展』（『克魯泡特金全集』第10巻、重慶平明書店、1941年）のことか。

（137） 幸門作画、巴金編訳『西班牙的曙光』（平明書店、1948年）と加斯特労絵、巴金編訳『西班牙的血』（文化生活出版社、1948年）のことか。

（138） Joseph Ishill. *Elisee and Elie Reclus*, Berkeley height, New Jersey: the Oriole press, 1927.

（139） “*Open Vistas*” は1925年ジョゼフ・イシルと Hippolyte Havel が Stelton, New Jersey で共同編集、出版した隔月刊。内容は文学評論とアナキズム思想が主だった。

（140） Ellis, Edith Mary Oldham, *Stories and essays*, Berkeley height, the Oriole press, Berkeley height, New Jersey, 1924. この書は性科学者として有名な Henry Havelock Ellis の妻 Edith Mary Oldham（1861-1916）が編集した。

（141） ジョゼフ・イシルが編集、出版した刊行物 *Free Vistas*, Vol Ⅱに掲載された *A Libertarian Outlook on Life and Letters.* のことか。

（142） ジョゼフ・イシルが編集、自ら印刷した *Peter Kropotkin: the rebel, thinker and humanitarian*, Berkeley height, New Jersey: the Free spirit press, 1924. のことか。この書は75部限定出版だった。

[著者紹介]
山口守（やまぐち　まもる）
1953年、長野県生まれ。東京都立大学大学院人文科学研究科中国文学専攻修了。日本大学文理学部教授。専門は中国現代文学、台湾文学及び華語圏文学。復旦大学、北京師範大学、台湾大学などでの教歴もある。著書に『黒暗之光——巴金的世紀守望』（上海：復旦大学出版社）、『巴金的世界』（共著、北京：東方出版社）、『大衆媒体與現代文学』（編著書、北京：新世界出版社）、『講座 台湾文学』（共著、国書刊行会）、訳書に『魯迅日記』（共訳、学習研究社）、アイダ・プルーイット『北京の想い出——1926-1938 A Memoir of Peking Life』（平凡社）、『リラの花散る頃——巴金短篇集』（JICC出版局）、史鉄生『遥かなる大地』（宝島社）、白先勇『台北人』（国書刊行会）、阿来『空山』（勉誠出版）など。

巴金（はきん）とアナキズム——理想主義（りそうしゅぎ）の光（ひかり）と影（かげ）

NDC924　490ページ　21cm

2019年3月25日　初版第1刷発行

著　者　山口守
発行者　佐藤健二郎
発行所　中国文庫株式会社
〒167-0022　東京都杉並区下井草2-36-3
電話 03-6913-6708
E-mail:info@c-books.co.jp
装丁者　近藤桂一
印刷／製本　壮光舎印刷

ISBN978-4-9906357-7-0 Printed in Japan